O ÁLIBI

SANDRA BROWN

O ÁLIBI

Tradução de ALYDA CHRISTINA SAUER

Rocco L&PM POCKET

Coleção **L&PM** POCKET, vol. 813

Texto de acordo com a nova ortografia.
Título original: *The Alibi*
Publicado pela Editora Rocco em formato 14 x 21 cm, em 2003.

Este livro foi publicado mediante acordo de parceria entre a Editora Rocco e a L&PM Editores exclusivo para a Coleção L&PM POCKET
Primeira edição na Coleção **L&PM** POCKET: novembro de 2009
Esta reimpressão: maio de 2011

Tradução: Alyda Christina Sauer
Capa: Marco Cena
Preparação: Mônica Martins Figueiredo
Revisão: Fernanda Lisbôa de Siqueira e Lolita Beretta

CIP-Brasil. Catalogação-na-Fonte
Sindicato Nacional dos Editores de Livros, RJ

B897a

Brown, Sandra, 1948-
O álibi / Sandra Brown; tradução Alyda Christina Sauer. – Porto Alegre, RS: L&PM; Rio de Janeiro: Rocco, 2011.
480p. – (Coleção L&PM POCKET; v. 813)

Tradução de: *The Alibi*
ISBN 978-85-254-1897-5

1. Ficção americana. I. Sauer, Alyda Christina. II. Título. III. Série.

09-1895. CDD: 813
CDU: 821.111(73)-3

Publicação da edição brasileira mediante acordo com Maria Carvainis Agency Inc.

EDITORA ROCCO LTDA
Av. Pres. Wilson, 231 / 8º andar – 20030-021
Rio de Janeiro – RJ – Brasil / Fone: 21.3525.2000 – Fax: 21.3525.2001
email: rocco@rocco.com.br
www.rocco.com.br

L&PM EDITORES
Rua Comendador Coruja, 314, loja 9 – Floresta – 90220-180
Porto Alegre – RS – Brasil / Fone: 51.3225.5777 – Fax: 51.3221.5380

PEDIDOS & DEPTO. COMERCIAL: vendas@lpm.com.br
FALE CONOSCO: info@lpm.com.br
www.lpm.com.br

Impresso no Brasil
Outono de 2011

SÁBADO

Prólogo

O grito rasgou o silêncio refrigerado do corredor do hotel.

Tendo acabado de entrar na suíte segundos antes, a camareira saiu trôpega do quarto pedindo socorro, aos prantos, e batendo nas portas dos outros apartamentos ao acaso. Mais tarde o supervisor ia repreendê-la por aquela reação, mas naquele momento ela realmente estava tomada pela mais completa histeria.

Infelizmente para ela, poucos hóspedes estavam em seus apartamentos naquela tarde. A maioria tinha saído para curtir o charme exclusivo do bairro histórico de Charleston. Mas, finalmente, ela conseguiu chamar a atenção de um hóspede, um homem de Michigan que, sofrendo com o calor ao qual não estava habituado, tinha retornado ao quarto do hotel para tirar um cochilo.

Apesar de meio grogue por ter despertado assim de repente, ele imediatamente concluiu que apenas uma catástrofe gigantesca poderia provocar aquele nível de pânico que dominava a camareira. Antes mesmo de entender o que ela dizia entre soluços, ele ligou para a recepção e alertou o pessoal do hotel que havia uma emergência no último andar.

Dois policiais de Charleston, cuja ronda incluía o recém-inaugurado Charles Towne Plaza, atenderam imediatamente ao chamado. Um guarda da segurança do hotel, todo alvoroçado, levou-os à suíte do último andar, onde a camareira tinha entrado para arrumar a cama e descobriu que não seria mais necessário. O ocupante estava caído no chão da sala da suíte, morto.

O policial abaixou-se ao lado do corpo.

– Nossa... está parecendo...

– É ele mesmo – disse o companheiro dele, também espantado. – Isso vai ser o maior escândalo.

Capítulo 1

Ela chamou sua atenção no minuto em que entrou no pavilhão. Mesmo no meio de uma multidão de mulheres, quase todas usando mínimas roupas de verão, ela definitivamente se sobressaía. E, surpreendentemente, estava sozinha.

Parou para se familiarizar com o ambiente, seus olhos examinaram por um breve tempo o tablado onde a banda se apresentava, depois a pista de dança, então olhou para a disposição casual de cadeiras e mesas em volta. Avistou uma mesa vazia, foi até ela e sentou-se.

O pavilhão era redondo, com cerca de trinta metros de diâmetro. Apesar de ser uma estrutura aberta, com um telhado cônico de onde pendiam lâmpadas brancas de Natal, o teto inclinado não permitia que o som se espalhasse e a cacofonia era incrível.

O que faltava de talento musical na banda era compensado pelo volume, obviamente convencidos de que os decibéis a mais tornariam as notas erradas menos perceptíveis. Mas eles tocavam com um entusiasmo exuberante e tinham presença de palco. Nos teclados e na guitarra, os músicos pareciam estar arrancando as notas à força dos seus instrumentos. A barba trançada do que tocava gaita balançava a cada movimento abrupto que ele fazia com a cabeça. Enquanto serrava as cordas com o arco, o violinista dançava com uma ginga enérgica, exibindo suas botas amarelas de vaqueiro. O baterista parecia conhecer apenas um ritmo, mas se concentrava nele com verve.

A multidão parecia não se importar com o som desarmonioso. E, por sinal, Hammond Cross também não. Ironicamente, a barulheira da feira era até confortante. Ele absorvia o barulho – os gritos que vinham da rua principal, assobios dos rapazes adolescentes desordeiros no alto da roda-gigante, o choro dos bebês cansados, os sinos, apitos e cornetas, a gritaria e as risadas.

Ir a uma feira municipal não constava da agenda dele naquele dia. Deviam ter feito alguma publicidade antecipada sobre o evento no jornal local e na televisão, mas ele não tinha tomado conhecimento.

Ele chegara à feira, a cerca de meia hora do centro de Charleston, por acidente. Nunca saberia o que o fez parar ali. Não era um grande entusiasta de eventos assim. Seus pais certamente nunca o levaram a um. Eles evitavam atrações públicas como aquela a qualquer custo. Não era exatamente a tribo deles. Não eram pessoas do tipo deles.

Normalmente Hammond teria evitado aquele programa também. Não por ser esnobe, mas porque trabalhava demais, era egoísta com seu tempo de lazer e muito seletivo na maneira de aproveitá-lo. Uma partida de golfe, umas duas horas pescando, um bom filme, um jantar tranquilo num bom restaurante. Mas uma feira municipal? Isso não estaria em evidência na lista das suas atividades prazerosas.

Mas, naquela tarde especificamente, a multidão e o barulho o atraíram. Se tivesse ficado sozinho no seu canto, ele só pensaria nos seus problemas. Acabaria ficando abatido, e quem ia querer isso em um dos últimos fins de semana do verão?

Por isso, quando teve de reduzir a velocidade e quase parar, preso no tráfego que se arrastava para o estacionamento provisório – na verdade um pasto que um fazendeiro empreendedor transformara em estacionamento –, ele permaneceu na fila com os outros carros, vans e veículos semiutilitários.

Ele pagou dois dólares para o jovem mascando tabaco que cobrava pelo fazendeiro e teve a sorte de encontrar uma vaga para o carro à sombra de uma árvore. Antes de descer, ele tirou o paletó e a gravata e arregaçou as mangas da camisa. Foi desviando dos montes de esterco pelo caminho, desejando estar de jeans e botas em vez da calça social e mocassins, mas já sentindo a animação crescer. Ninguém ali o conhecia. Não tinha de conversar com ninguém, se não quisesse. Não tinha de cumprir obrigação nenhuma, não precisava comparecer a reuniões, nem responder a telefonemas. Naquele lugar ele não era um profissional, nem colega de ninguém. Nem filho. A tensão, a raiva e o peso da responsabilidade começaram a se desfazer. A sensação de liberdade era inebriante.

O terreno da feira era demarcado por uma corda de plástico cheia de galhardetes multicoloridos que pendiam imóveis no calor da tarde. O ar denso pesava com os aromas torturantes da comida – a menos saudável possível. De longe a música não parecia ruim. Hammond ficou contente de ter parado. Ele precisava daquele... isolamento.

Porque, apesar de todas aquelas pessoas que passavam pela roleta, ele se sentia, num sentido bem concreto, isolado. Ser absorvido por uma grande multidão barulhenta subitamente pareceu preferível a passar uma noite solitária em sua casa de campo, que era seu plano original quando saiu de Charleston.

A banda tinha tocado duas canções desde que a mulher ruiva sentara do outro lado do pavilhão onde ele estava. Hammond continuou olhando para ela e especulando. Provavelmente estava à espera de alguém, talvez o marido e vários filhos. Aparentava ter menos idade do que ele, talvez trinta e poucos. Mais ou menos da idade das mães que faziam revezamento de transporte dos filhos. Mães de lobinhos. Representantes da associação de pais e mestres. Donas de casa preocupadas com vacinas tríplices, ortodontia e com a brancura das roupas brancas e com o brilho das coloridas. O que ele sabia sobre essas mulheres tinha aprendido nos comerciais da televisão, mas ela parecia pertencer a esse grupo demográfico generalizado.

Só que ela parecia estar... nervosa demais.

Não parecia mãe de crianças pequenas curtindo alguns minutos de trégua enquanto papai levava os filhos para dar uma volta no carrossel. Ela não tinha aquele ar competente e tranquilo das mulheres dos conhecidos dele que eram membros da liga infantil e de outros clubes cívicos, que compareciam a almoços só de salada e organizavam festas de aniversário para os filhos e jantares para os sócios do marido e que jogavam golfe ou tênis em seus respectivos clubes de campo uma ou duas vezes por semana, entre as aulas de aeróbica e os círculos de estudo da Bíblia.

Ela também não tinha o corpo macio e acomodado de uma mulher que gerara dois ou três filhos. Suas formas eram firmes e atléticas. As pernas eram bem feitas – não, maravilhosas –, musculosas, elegantes e bronzeadas, expostas sob uma saia curta e sandálias de salto baixo. A blusa sem mangas tinha um decote cavado, como uma camiseta regata, e um cardigã combinando estava amarrado ao pescoço com uma volta solta, até que ela o retirasse. A roupa era moderna e chique, um ponto acima da maioria dos shorts e tênis que a multidão usava.

A bolsa, que ela pusera sobre a mesa, só comportava um chaveiro, lenços de papel e possivelmente um batom, mas não chegava nem perto do tamanho de uma bolsa de jovem mãe, cheia de garrafas de água mineral, lenços umedecidos, guloseimas naturais e equipamento suficiente para sobreviver dias no deserto caso surgisse uma situação de emergência.

Hammond tinha mente analítica. Raciocínio dedutivo era seu forte. Por isso ele concluiu, com o que achava ser um grau razoável de precisão, que aquela mulher não devia ser mãe.

O que não queria dizer que não fosse casada, ou comprometida de alguma forma, à espera da cara-metade, quem quer que fosse e qualquer que fosse a natureza do relacionamento deles. Ela podia ser uma mulher dedicada a uma carreira profissional. Um membro requisitado e influente na comunidade empresarial. Uma vendedora bem-sucedida. Uma empresária de bom senso. Uma operadora da Bolsa. Uma analista financeira.

Bebericando sua cerveja, que já estava morna naquele calor, Hammond continuou a examinar a mulher, muito interessado.

Então, subitamente, ele percebeu que seu olhar era correspondido.

Quando os olhares dos dois se encontraram, o coração dele deu um pulo, talvez de constrangimento por ter sido flagrado olhando. Mas ele não desviou o olhar. Apesar dos dançarinos que passavam entre os dois, interrompendo intermitentemente a linha de visão, ambos mantiveram o contato visual por alguns segundos.

Então, ela desistiu de repente, como se também se sentisse embaraçada de tê-lo escolhido no meio da multidão. Contrariado de ter uma reação tão juvenil com algo tão insignificante quanto o contato visual com alguém, Hammond cedeu sua mesa para dois casais que esperavam alguma mesa vagar. Ele abriu caminho no meio das pessoas para chegar ao bar provisório. Tinha sido montado durante a feira para atender aos dançarinos sedentos.

Era um ponto muito procurado. O pessoal das diversas bases militares das redondezas formava três linhas em pé diante do bar. Mesmo sem uniforme, era fácil identificá-los pelas cabeças raspadas. Eles bebiam, admiravam as moças, avaliavam suas chances de conseguir alguma coisa, apostavam em quem ia ou não se dar bem, cada um querendo ser mais esperto do que o outro.

Os atendentes do bar serviam cerveja o mais rápido que podiam, mas não acompanhavam a demanda. Hammond tentou diversas vezes chamar a atenção de um deles, mas finalmente desistiu e resolveu esperar a massa de gente rarear para pedir outra bebida.

Ele se sentia um pouco menos patético do que quando estava sentado sozinho à mesa, e olhou para a mesa dela do outro lado da pista de dança. Foi uma ducha de água fria. Três homens ocupavam as cadeiras extras da mesa em que ela estava. Na verdade, os ombros largos de um deles escondiam a mulher da vista de Hammond. O trio não usava uniforme, mas a julgar pela severidade dos cortes de cabelo e pela pose arrogante, ele adivinhou que eram fuzileiros navais.

Bom, ele não ficou surpreso. Desapontado, mas não surpreso. Ela era atraente demais para ficar sozinha num sábado à noite. Estava apenas matando o tempo até o namorado aparecer.

Mesmo tendo ido para a feira sozinha, não ficaria sem par por muito tempo. Não num mercado de carne como aquele. Um soldado solteiro com um passe de fim de semana tinha o instinto e o propósito único de um tubarão. Tinha apenas uma ideia na cabeça, que era arranjar uma companheira para a noite. E, mesmo sem fazer qualquer esforço, aquela chamaria atenção.

Não que *ele* tivesse pensado em paquerá-la, Hammond concluiu. Estava velho demais para isso. Não ia voltar para aquela mentalidade de rato de fraternidade por nada neste mundo. Além do mais, não seria correto, seria? Ele não era exatamente comprometido, mas também não era exatamente descomprometido.

De repente ela se levantou, pegou o cardigã, pendurou a alça da pequena bolsa no ombro e virou-se para sair. Na mesma hora os três homens sentados com ela ficaram em pé e a cercaram. Um deles, que parecia feito a martelo, passou o braço nos ombros dela e encostou o rosto no dela. Hammond conseguiu ver os lábios dele se mexendo. O que ele disse para ela fez seus companheiros caírem na gargalhada.

Ela não achou graça. Desviou o rosto, e Hammond teve a impressão de que ela tentava escapar daquela situação constrangedora sem provocar um escândalo. Segurou o braço do soldado e tirou de cima dos ombros e, com um sorriso, disse algo para ele antes de tentar dar meia-volta de novo para ir embora.

Sem se dar por vencido e instigado pelos dois amigos, o rejeitado foi atrás dela. Quando ele segurou o seu braço e a puxou para trás, Hammond entrou em ação.

Mais tarde ele não se lembraria de ter atravessado a pista de dança, apesar de ter praticamente atropelado os casais que naquela hora se embalavam com uma música lenta, porque em segundos já passava entre dois fuzileiros navais musculosos com abdômens de pedra e empurrava o persistente, dizendo ao mesmo tempo:

– Desculpe, meu bem. Encontrei o Norm Blanchard e você sabe que aquele filho da mãe fala pelos cotovelos. Felizmente para mim, eles estão tocando a nossa música.

Hammond passou o braço na cintura dela e a levou para a pista de dança.

– Entendeu as minhas instruções?

– Sim, senhor detetive. Ninguém mais entra, ninguém sai. Bloqueamos todas as saídas.

– Isso inclui todo mundo. Sem exceções.

– Sim, senhor.

Depois de enfatizar suas ordens, o detetive Rory Smilow cumprimentou o policial uniformizado com um aceno de cabeça e entrou no Charles Towne Plaza pela porta principal do hotel. A escada tinha sido apresentada por diversas revistas especializadas como um triunfo arquitetônico. Já era a principal assinatura do novo complexo. Epítome da hospitalidade sulista, duas alas de degraus bem largos partiam do saguão. Pareciam abraçar o incrível candelabro de cristal antes de se unir doze metros acima da recepção, formando a galeria do segundo andar.

Nos dois níveis do saguão, policiais se misturavam aos hóspedes e aos empregados do hotel e, àquela altura, todos já tinham ouvido dizer que acontecera o que parecia ser um assassinato no quinto andar.

Nada criava aquele tipo de atmosfera ansiosa como um assassinato, pensou Smilow observando a cena.

Queimados de sol, transpirando, turistas com suas câmeras fotográficas andavam de um lado para outro fazendo perguntas a qualquer pessoa com autoridade, conversando entre eles, especulando a identidade da vítima e o que havia provocado o crime.

Com seu terno feito sob medida e camisa de punhos dobrados com abotoaduras, Smilow estava conspicuamente bem-vestido. Apesar do calor abafado lá fora, sua roupa estava fresca e seca, nem um pouco úmida. Um subordinado irritado certa vez tinha perguntado com os dentes cerrados se Smilow não suava nunca.

– Que diabos, claro que não – respondeu um outro policial. – Todo mundo sabe que alienígenas não têm glândulas sudoríparas.

Smilow caminhou com determinação para o conjunto de elevadores. O policial com quem tinha conversado à entrada do hotel devia ter comunicado a chegada dele, porque já havia um outro no elevador, segurando a porta para ele. Sem agradecer a cortesia, Smilow entrou na cabine.

– Continua brilhando, sr. Smilow?

Smilow virou para o homem:

– Ah, continua, Smitty. Obrigado.

O homem que todos só conheciam pelo primeiro nome operava três cadeiras de engraxate numa alcova num canto do saguão do hotel. Durante décadas tinha sido um acessório permanente de outro hotel no centro da cidade. Recentemente fora atraído pelo Charles Towne Plaza, e sua clientela mudou-se com ele. Recebia excelentes gorjetas até de pessoas que não eram da cidade, porque Smitty sabia melhor do que o porteiro do hotel o que fazer, aonde ir e onde encontrar qualquer coisa em Charleston.

Rory Smilow era um dos clientes assíduos de Smitty. Normalmente ele teria parado para trocar amabilidades, mas estava com pressa e, na verdade, um pouco irritado de ter de parar.

– Falo com você mais tarde, Smitty – disse ele laconicamente, e as portas do elevador se fecharam.

Ele e o policial de uniforme subiram até o último andar em silêncio. Smilow nunca fazia camaradagem com os companheiros, nem mesmo com os da mesma patente, mas certamente não com os subalternos. Nunca iniciava uma conversa, a não ser que se relacionasse com algum caso em que estivesse trabalhando. Os homens do departamento, temerários a ponto de tentar bater papo com ele, logo descobriam que tais tentativas eram inúteis. A pose dele desencorajava camaradagem. Até a sua aparência alinhada era eficiente como corda de sanfona no que dizia respeito à facilidade de abordagem.

Quando as portas do elevador se abriram no quinto andar, Smilow teve a sensação que já conhecia. Tinha visitado inúmeras cenas de crime, algumas bem-comportadas e nada espetaculares, outras extraordinariamente medonhas. Algumas eram esquecíveis e rotineiras. Outras ele lembraria para sempre, graças à imaginação criativa do matador, ao ambiente estranho em que o corpo tinha sido encontrado, ao bizarro método de execução, à exclusividade da arma ou à idade e situação da vítima.

Mas a primeira visita a uma cena de crime invariavelmente provocava uma descarga de adrenalina, da qual ele jamais se envergonhara. Tinha nascido para fazer aquilo. Gostava do seu trabalho.

Quando ele saiu do elevador, a conversa dos policiais à paisana no corredor silenciou. Por respeito, ou medo, eles se afastaram para dar passagem para ele até a porta aberta da suíte do hotel onde um homem tinha morrido naquele dia.

Ele gravou o número do quarto e então deu uma espiada lá dentro. Ficou satisfeito de ver que os sete policiais que formavam a Unidade da Cena do Crime já estavam lá, cumprindo suas diversas funções.

Verificou que eles estavam fazendo um trabalho minucioso e virou-se para os três detetives que tinham sido enviados pela Divisão de Investigação Criminal. Um deles, que fumava um cigarro, apagou-o rapidamente num cinzeiro próximo. Smilow lançou-lhe um olhar frio, sem piscar.

– Espero que essa areia não contenha alguma prova crucial, Collins.

O detetive enfiou as mãos nos bolsos como um menino repreendido por não ter lavado as mãos depois de ir ao banheiro.

– Ouçam – disse Smilow, dirigindo-se ao grupo em geral. Ele nunca levantava a voz. Não precisava. – Não vou tolerar um único erro. Se houver alguma contaminação dessa cena de crime, se houver qualquer quebra, por menor que seja, do procedimento correto, se o grão mais insignificante de prova for ignorado ou se ficar comprometido pelo descuido de alguém, o rabo do responsável será fatiado! Por mim. Pessoalmente!

Ele olhou nos olhos de cada homem. E então disse:

– Muito bem, vamos lá.

Entraram em fila no quarto, calçando luvas de borracha. Cada homem tinha uma tarefa específica. Cada um tratou de cumpri-la, pisando com cuidado, sem tocar em nada que não dissesse respeito à sua função.

Smilow se aproximou dos dois policiais que tinham chegado primeiro. Sem preâmbulo, ele perguntou:

– Vocês tocaram nele?

– Não, senhor.

– Encostaram em alguma coisa?

– Não, senhor.

– Na maçaneta?

– A porta estava aberta quando chegamos. A camareira que o encontrou tinha deixado aberta. O guarda da segurança do hotel pode ter tocado nela. Nós perguntamos, ele disse que não, mas... – ele levantou os ombros manifestando dúvida.

– Telefone? – perguntou Smilow.

– Não, senhor. Usei o meu celular. Mas, mais uma vez, o guarda da segurança pode tê-lo usado antes de chegarmos aqui.

– Com quem você já falou até agora?

– Só com ele. Foi ele que ligou para nós.

– E o que ele disse?

– Que uma camareira encontrou o corpo – ele indicou o corpo. – Assim mesmo. De cara para baixo, dois ferimentos de bala nas costas embaixo da omoplata esquerda.

– Vocês interrogaram a camareira?

– Tentamos. Ela está tão histérica que não conseguimos arrancar muita coisa dela. Além do mais, ela é estrangeira. Não sei de onde – o policial respondeu à sobrancelha levantada de Smilow. – Não pude reconhecer o sotaque. Ela só fica repetindo sem parar "homem morto" e chorando com um lenço no rosto. Ficou apavorada.

– Vocês sentiram o pulso dele?

O policial olhou para o parceiro, que falou pela primeira vez:

– Eu o senti. Só para me certificar de que estava morto.

– Então você tocou nele.

– Bem, toquei. Mas só para isso.

– Suponho que não sentiu nada.

– Pulsação? – o policial balançou a cabeça. – Não. Ele estava morto. Sem dúvida nenhuma.

Até aquele ponto Smilow tinha ignorado o corpo. Então foi até ele.

– Alguém sabe do médico-legista?

– Está a caminho.

Smilow registrou a resposta, mas olhava intensamente para o homem morto. Até ver com os próprios olhos, não acreditava que a suposta vítima de assassinato não fosse outro senão Lute Pettijohn. Um tipo de celebridade local, homem de grande reputação, Pettijohn era, entre outras coisas, presidente-executivo da construtora que havia convertido o armazém de algodão em ruínas no espetacular e novo Charles Towne Plaza.

E também era cunhado de Rory Smilow.

Capítulo 2

– Obrigada – disse ela.

– Não tem de quê – respondeu Hammond.

– A situação estava ficando complicada.

– Ainda bem que a minha encenação funcionou. Se não tivesse funcionado, eu teria três dos seletos e altivos em cima de mim.

– Elogio a sua bravura.

– Ou burrice. Eles podiam me arrebentar.

Ela sorriu, e então Hammond ficou duplamente satisfeito de ter obedecido ao seu impulso cavalheiresco e idiota de salvá-la. Tinha se sentido atraído por ela no momento em que a viu, mas vê-la do outro lado da pista de dança não era nada se comparado com aquela visão tão próxima e sem restrições. Ela desviou os olhos do olhar intenso de Hammond e ficou olhando para um ponto qualquer acima do ombro dele. Ela mantinha a calma sob pressão. Sem dúvida, ela era tranquila.

– E o seu amigo? – perguntou ela.

– Meu amigo?

– O sr. Blanchard. Norm, não era?

– Oh – disse ele, rindo baixinho. – Nunca ouvi falar dele.

– Você o inventou?

– Inventei e não tenho a mínima ideia de onde tirei esse nome. Simplesmente surgiu na minha cabeça.

– Muito criativo.

– Eu tinha de dizer alguma coisa plausível. Para parecer que estávamos juntos. Que nos conhecíamos bem. Algo que, no mínimo, pudesse trazê-la para a pista de dança comigo.

– Você podia ter apenas me tirado para dançar.

– É, mas isso seria chato. E também daria a chance de você recusar.

– Bom, obrigada de novo.

– De nada de novo – ele deu a volta em outro casal com ela – Você é daqui mesmo?

– Originalmente, não.
– Tem sotaque sulista.
– Fui criada no Tennessee – disse ela. – Perto de Nashville.
– Região simpática.
– É.
– Bela paisagem.
– Hummm.
– Boa música também.

Conversa brilhante, Cross, pensou ele. Cintilante.

Ela nem se dignou a responder à última afirmação inane, e ele não a culpou por isso. Se continuasse assim, ela ia dar o fora antes de a música acabar. Ele a conduziu rodopiando em volta de outro casal que executava passos intrincados e, então, com voz bem neutra, ele fez a pergunta mais clichê de todas as paqueras:

– Você vem sempre aqui?

Ela entendeu a piada e sorriu, aquele sorriso que podia reduzi-lo ao mais completo idiota se não tomasse cuidado.

– Na verdade, não venho a uma feira como essa desde que era adolescente.

– Eu também. Lembro de ter ido a uma com alguns amigos. Devíamos ter uns quinze anos, e a nossa missão era comprar cerveja.

– Tiveram sucesso?

– Nada.

– Foi a sua última feira?

– Não. Fui a uma outra com uma namorada. Levei-a à Casa dos Horrores com o propósito específico de conquistá-la.

– E como se saiu?

– Mais ou menos como na missão da cerveja. Deus sabe que tentei. Mas parecia que eu sempre saía com a única menina que... – ele não completou a frase quando sentiu que ela ficou tensa.

– Eles não desistem fácil, não é?

E dito e feito, o trio de fuzileiros estava bem na linha divisória da pista de dança, tomando cerveja e olhando para eles furiosos.

– Bom, se eles se rendessem logo, a nossa segurança nacional estaria ameaçada.

Hammond deu um sorriso convencido para os homens, firmou o braço em volta da cintura dela e passou rodando por eles.

– Você não precisa me proteger – disse ela. – Eu poderia ter resolvido a situação sozinha.

– Tenho certeza de que poderia. Defender-se da atenção indesejada dos homens é uma técnica que toda mulher atraente deve aprender. Mas você também é uma dama que relutava em provocar um escândalo.

Ela olhou para ele.

– Muito observador.

– E então, já que estamos acertados, podemos muito bem aproveitar essa dança, não é?

– Acho que sim.

Mas o fato de ter concordado em continuar dançando não reduziu a tensão dela. Não estava exatamente virando rápido para olhar para trás, mas Hammond sentiu que era isso que ela queria fazer.

O que o fez imaginar o que ela faria quando a dança acabasse. Ele esperava um fora. Um fora gentil, mas mesmo assim um fora. Felizmente a banda tocava uma balada triste e melada. A voz do cantor não era refinada, era metálica, mas ele conhecia a letra de todos os versos. No que dizia respeito a Hammond, quanto mais demorasse aquela dança, melhor.

A parceira encaixava bem nele. O topo da cabeça dela ficava na altura do queixo dele. Hammond não tinha ultrapassado a barreira imaginária que ela estabeleceu entre eles no momento em que ele a puxou para os seus braços, mas a simples ideia de segurá-la contra seu corpo era muito excitante.

Por enquanto ele se contentava com isso, com a parte interna do seu braço encostando na parte inferior das costas dela, com a mão dela – sem aliança – no ombro dele, os pés para lá e para cá, no ritmo da música lenta.

De vez em quando as coxas dos dois encostavam de raspão e ele sentia um latejar de desejo, mas era controlável. Ele tinha a visão de cima do decote da blusa dela, mas era bastante cavalheiro para não espiar. Só que a sua imaginação corria solta, adejando aqui e ali, ricocheteando nas paredes da mente dele como uma varejeira enlouquecida com o calor.

– Eles foram embora.

A voz dela tirou Hammond daquele devaneio. Quando entendeu o que ela queria dizer, ele olhou em volta e viu que os fuzileiros não estavam mais lá. Na verdade, a música tinha terminado, os músicos estavam deixando os instrumentos no chão e o líder da banda pedia a todos "fiquem onde estão", prometendo que voltariam para tocar mais depois de um breve intervalo. Outros casais voltavam para suas mesas ou iam para o bar.

Ela abaixou os braços. Hammond percebeu que ainda a segurava pela cintura e não teve alternativa senão soltá-la. Quando ele fez isso, ela deu um passo para trás, afastando-se dele.

– Bem... ninguém pode dizer que o cavalheirismo acabou.

Ele deu um sorriso largo.

– Mas se matar dragões voltar à moda, pode esquecer.

Sorrindo, ela estendeu a mão.

– Agradeço o que você fez.

– O prazer foi meu. Obrigado por dançar comigo – ele apertou a mão dela. Ela deu meia-volta para ir embora. – Uh... – Hammond entrou no meio da multidão atrás dela.

Quando chegaram ao perímetro do tablado do pavilhão, ele desceu e segurou a mão dela para ajudá-la a descer, um gesto cortês e desnecessário, já que a altura não passava de uns quarenta centímetros. Ele foi andando ao lado dela.

– Posso oferecer uma cerveja?

– Não, obrigada.

– O milho cozido está com um cheiro ótimo.

Ela sorriu, mas balançou a cabeça, indicando que não.

– Uma volta na roda-gigante?

Ela não desacelerou, mas olhou para ele com uma expressão de mágoa.

– Não na Casa dos Horrores?

– Não quero abusar da minha sorte – disse ele, sorrindo porque sentia que o gelo começava a derreter. Mas o otimismo dele não durou muito tempo.

– Obrigada, mas tenho mesmo de ir agora.

– Você acabou de chegar.

Ela parou de repente e virou de frente para ele. Inclinou a cabeça e olhou diretamente para Hammond. O sol poente criava linhas de luz através das íris verdes. Ela semicerrou os olhos e os protegeu com cílios bem mais escuros que o cabelo. Olhos maravilhosos, ele pensou. Diretos e cândidos, mas sensuais. E, naquele momento, curiosos e penetrantes, perguntando como ele sabia a que hora ela havia chegado.

– Notei você assim que entrou no pavilhão – confessou ele.

Ela encarou o olhar dele alguns segundos e depois, constrangida, abaixou a cabeça. A multidão parecia um redemoinho. Um grupo de jovens passou correndo e por pouco não esbarrou nos dois, levantando uma nuvem de poeira sufocante que ficou rodopiando em torno deles, uma criança começou a berrar quando seu balão cheio de hélio escapou da mãozinha minúscula e flutuou em direção à copa das árvores. Uma dupla de adolescentes tatuadas transformava em espetáculo todo produzido os cigarros que acendiam, e passaram falando alto com linguagem aviltante.

Não reagiram a nada disso. A cacofonia da feira parecia não penetrar no silêncio particular dos dois.

– Pensei que você havia me visto também.

Milagrosamente, ela não teve dificuldade nenhuma para ouvir as palavras suaves de Hammond com todo aquele barulho da festa. Ela não olhou para ele, mas ele viu seu sorriso, ouviu a leve risada de constrangimento.

– Então foi mesmo? Você me viu?

Ela levantou um ombro num gesto discreto de concessão.

– Bom, que ótimo – disse ele, soltando o ar pela boca ruidosamente, exagerando a sensação de alívio. – Nesse caso, não vejo por que limitar toda a nossa experiência na feira municipal a uma única dança. Não que não tenha sido ótima. Foi. Faz séculos que não curto tanto uma dança assim.

Ela levantou a cabeça e deu um olhar de quem bate em retirada.

– Hummm... Estou bancando o idiota, não estou?

– Totalmente.

Ele abriu um enorme sorriso, porque ela era tremendamente atraente e não se importava de ele estar flertando com ela como não flertava havia vinte anos.

– Então que tal isso? Estou livre esta noite e não me sinto tão desprogramado assim há...

– Essa palavra existe?

– Basta.

– É uma palavra de cinquenta centavos.

– Tudo isso para dizer que se você não tiver nenhum plano para jantar...?

Ela indicou que não tinha, balançando a cabeça.

– Por que não aproveitamos juntos o resto da feira?

Rory Smilow, olhando fixamente para os olhos mortiços de Lute Pettijohn, perguntou:

– Qual foi a causa da morte?

O médico-legista, um homem franzino e atencioso, com ar sensível e muito educado, tinha conquistado uma coisa raríssima: o respeito de Smilow.

O dr. John Madison era um negro do Sul que fizera por merecer sua autoridade e posição numa cidade consumadamente sulista. Smilow admirava qualquer pessoa que atingia esse tipo de realização pessoal diante da adversidade.

Madison havia estudado meticulosamente o corpo do modo que tinha sido encontrado, de barriga para baixo. O morto foi delineado e depois fotografado de diversos ângulos. Examinou as mãos e os dedos da vítima, especialmente embaixo das unhas. Testou a rigidez movendo os pulsos. Usou uma pinça para tirar uma partícula não identificável da manga do paletó de Pettijohn, depois guardou-a com todo o cuidado num saco especial para provas.

Só depois de completar o exame inicial e de pedir ajuda para virar a vítima foi que tiveram a primeira surpresa – um ferimento bem feio na têmpora de Pettijohn, na linha do cabelo.

– Você acha que a pessoa que fez isso bateu nele? – perguntou Smilow e abaixou-se para ver melhor o ferimento. – Ou atirou nele primeiro, e isso aconteceu na queda?

Madison ajeitou os óculos e disse, apreensivo:

– Se for difícil para você falar sobre isso, podemos conversar sobre os detalhes mais tarde.

– Você está se referindo ao fato de ele ter sido meu cunhado? – O médico-legista assentiu com a cabeça, e Smilow disse: – Nunca deixo minha vida privada se misturar com a minha vida profissional e vice-versa. Diga o que você acha, John, e não me poupe de nenhum detalhe escabroso.

– É claro que terei de examinar melhor o ferimento – disse Madison, sem nenhum outro comentário sobre a relação entre a vítima e o detetive. – Mas, à primeira vista, eu diria que ele sofreu a pancada na cabeça antes de morrer, não depois. Apesar de certamente ser um ferimento sério. Poderia ter provocado traumatismo craniano de diversos tipos, e qualquer um deles poderia ser fatal.

– Mas você não acha que foi isso.

– Para dizer a verdade, Rory, não acho. Não parece tão traumático assim. A inchação é externa, o que normalmente indica que deve haver pouca ou nenhuma por dentro. Mas às vezes sou pego de surpresa.

Smilow sabia apreciar a relutância do médico-legista de se comprometer com uma teoria ou outra antes da autópsia.

– A essa altura é seguro dizer que ele morreu por causa dos tiros?

Madison concordou com a cabeça.

– Mas essa é só a primeira impressão. Parece-me que ele caiu, ou foi empurrado, ou atacado antes de morrer.

– Quanto tempo antes?

– O tempo é mais difícil de determinar.

– Hummm.

Smilow deu uma rápida olhada em volta. Tapete. Sofá. Poltronas. Superfícies macias, a não ser pelo tampo de vidro da mesa de centro. Ele caminhou de cócoras até a mesa e abaixou a cabeça até ficar com os olhos na altura do tampo. Tinham encontrado um copo e uma garrafa do minibar sobre a mesa. Já haviam sido recolhidos e ensacados pela Unidade da Cena do Crime.

Sob aquela perspectiva, Smilow pôde ver algumas rodelas de líquido, já secas, onde Pettijohn tinha posto seu copo sem um porta-copos por baixo. Moveu os olhos lentamente pela superfície de vidro, examinando um centímetro de cada vez. O técnico em datiloscopia tinha descoberto o que parecia ser a marca de uma mão na beirada da mesa.

Smilow ficou em pé e procurou reconstruir mentalmente o que podia ter acontecido. Recuou para o lado mais distante da mesa e andou na direção dela.

– Vamos supor que Lute ia pegar seu drinque – disse ele, pensando em voz alta – e caiu para a frente.

– Acidentalmente? – perguntou um dos detetives.

Smilow era temido, em geral não gostavam dele, mas ninguém da Divisão de Investigação Criminal discutia seu talento para recriar um crime. Todos no quarto pararam para ouvi-lo atentamente.

– Não necessariamente – respondeu Smilow, pensativo. – Alguém poderia tê-lo empurrado por trás, feito com que se desequilibrasse. Ele caiu.

Smilow encenou a queda, com cuidado para não encostar em nada, especialmente no corpo.

– Ele tentou aparar a queda segurando a beirada da mesa, mas pode ter batido a cabeça no chão com tanta força que perdeu os sentidos – ele olhou para Madison e franziu as sobrancelhas como se pedisse a opinião dele.

– Pode ser – respondeu o médico-legista.

– É válido dizer que ele ficou pelo menos atordoado, certo? Ele teria caído bem aqui – ele abriu as mãos, indicando o desenho no chão que marcava a posição em que o corpo tinha sido encontrado.

– Então a pessoa que o empurrou meteu duas balas nas costas dele – disse um dos detetives.

– Ele foi definitivamente alvejado nas costas enquanto estava deitado de barriga para baixo – disse Smilow, e olhou para Madison pedindo confirmação.

– Parece que sim – disse o médico-legista.

O detetive Mike Collins assobiou baixinho.

– Muita frieza, cara. Atirar no homem pelas costas quando ele já está caído. Alguém estava possesso!

– A fama de Lute era devida a isso: deixar as pessoas possessas – disse Smilow. – Tudo que temos de fazer é reduzir a uma só.

– Foi alguém que ele conhecia.

Smilow olhou para o detetive que disse isso e fez sinal para ele continuar.

– Nenhum sinal de arrombamento – disse o detetive. – Nada indica que a fechadura foi forçada. Por isso, o criminoso tinha uma chave, ou então Pettijohn abriu a porta para ele.

– A chave do quarto de Pettijohn estava no bolso dele – informou um dos outros. – O motivo não foi roubo, a não ser que tenha sido mascarado. A carteira dele foi encontrada no bolso da frente, embaixo do corpo, e parece intacta. Não falta nada.

– Muito bem, então temos uma coisa com que trabalhar aqui – disse Smilow –, mas ainda temos um longo caminho pela frente. O que não temos é a arma e um suspeito. Esse complexo está cheio de gente, empregados e hóspedes. Alguém viu alguma coisa. Vamos começar com os interrogatórios. Reúnam as pessoas.

Quando ele ia para a porta, um dos detetives resmungou:

– Está quase na hora do jantar. Eles não vão gostar.

– Não me importo – retrucou Smilow, e todos que trabalhavam com ele não tiveram dúvida nenhuma disso. – E as câmeras de segurança? – perguntou ele. Diziam que tudo no Charles Towne Plaza era de última geração. – Onde está o vídeo?

– Parece que há uma certa confusão em relação a isso.

Smilow virou para o detetive que tinha recebido ordem mais cedo para verificar o sistema de segurança do hotel.

– Que tipo de confusão?

– Ah, confusão. Uma trapalhada geral. A fita está temporariamente desaparecida.

– Sumiu?

– Eles não disseram exatamente isso.

Smilow resmungou uma praga.

– O encarregado promete que vai apresentá-la logo. Mas sabe como é... – o detetive ergueu os ombros como se dissesse, com desprezo, *civis*.

– Mantenha-me informado. Quero ver essa fita o mais rápido possível. – Smilow dirigiu-se ao grupo. – Esse será um assassinato sensacionalista. Ninguém fala com a mídia, só eu. Fiquem de boca fechada, entenderam? O rastro do criminoso está esfriando a cada minuto, por isso tratem de começar já.

Os detetives saíram em fila para começar a questionar os hóspedes e os empregados do hotel. Em geral as pessoas não gostavam de passar por esse interrogatório porque implicava culpa, por isso aquela ia ser uma tarefa desagradável e cansativa. E Smilow, eles sabiam por experiência própria, era um chefe inclemente e implacável quando cobrava o cumprimento dessas tarefas.

Ele se aproximou do dr. Madison outra vez.

– Dá para fazer isso bem depressa?

– Uns dois dias.

– Segunda-feira?

– O meu fim de semana vai para o espaço.

– O meu também – disse Smilow sem se desculpar. – Quero toxicologia, tudo.

– Você sempre quer – disse Madison com um sorriso amável. – Farei o melhor possível.

– Você sempre faz.

Depois que removeram o corpo, Smilow dirigiu-se a um dos técnicos da Unidade da Cena do Crime.

– Em que pé estamos?

– É vantagem para nós o hotel ser novo. Não tem excesso de digitais, por isso a maior parte delas deve ser de Pettijohn.

– Ou do assassino.

– Eu não contaria com isso – disse o técnico, franzindo a testa. – O lugar é o mais limpo que já vi.

Quando a suíte ficou vazia, Smilow caminhou por ela sozinho. Verificou tudo pessoalmente, abriu cada gaveta, examinou o armário e o cofre embutido, entre os colchões, embaixo da cama, dentro do armário do banheiro, no vaso sanitário, à procura de qualquer coisa que Lute Pettijohn pudesse ter deixado que servisse de pista para a identidade do assassino.

A soma total de descobertas de Smilow foi uma Bíblia protestante e a lista telefônica de Charleston. Não encontrou nada pessoal que pertencesse a Lute Pettijohn, nenhuma agenda, recibos, bilhetes, anotações, embalagens de alimentos, nada.

Smilow viu que faltavam duas garrafas de uísque no minibar, mas que apenas um copo tinha sido usado, a menos que o assassino tivesse sido esperto e levado o dele quando saiu. Mas Smilow ficou sabendo, depois de se informar na copa, que o número normal de copos altos de uma suíte era quatro, e restavam três limpos.

Em se tratando de cenas de crime, aquela era praticamente estéril... a não ser pela mancha de sangue no carpete.

– Detetive?

Smilow, que estava pensativo, olhando para o sangue no carpete, levantou a cabeça.

O policial em pé na porta do quarto acenou com o polegar para o corredor.

– Ela insistiu em entrar.

– Ela?

– Eu.

Uma mulher passou ao lado do patrulheiro como se ele não tivesse importância nenhuma, tirou a fita da cena do crime da porta e entrou na suíte. Quando ela viu a mancha escura de sangue, bufou desapontada e revoltada.

– Madison já levou o corpo? Droga!

Smilow levantou o braço para ver as horas no seu relógio de pulso.

– Parabéns, Steffi. Você quebrou seu próprio recorde de velocidade – disse ele.

Capítulo 3

– Achei que você estava esperando seu marido e filhos.

– Quando?

– Quando você entrou no pavilhão.

– Ah.

Ela não mordeu a isca que Hammond lançou, continuou lambendo seu picolé. Só falou quando o palito ficou completamente seco.

– Esse é seu jeito de perguntar se sou casada?

Ele fez cara de magoado.

– E eu que pensei que estava sendo tão sutil...

– Obrigada pelo picolé de chocolate com amêndoas.

– Esse é seu jeito de evitar a resposta?

Rindo, eles chegaram a uma escada com degraus irregulares de madeira que levava a um cais. A plataforma ficava aproximadamente a um metro da água e tinha mais ou menos dez metros quadrados de área. A água batia suavemente nas estacas por baixo das tábuas gastas. Bancos de madeira formavam o perímetro do píer, e os encostos serviam de balaustrada. Hammond pegou o palito e o papel do sorvete dela e jogou-os na lata de lixo junto com os dele, depois apontou para um dos bancos.

Em cada canto do píer havia um poste de luz, mas as lâmpadas eram fracas e não incomodavam. Luzes brancas de Natal como as que pendiam do teto do pavilhão tinham sido postas entre os postes. Elas suavizavam a rusticidade, transformando o píer comum e feioso num lugar romântico.

A brisa era suave mas suficientemente forte para afastar os mosquitos. Sapos coaxavam nas folhagens densas que cresciam nas margens do rio. Cigarras cantavam nos galhos mais baixos e cheios de musgo ao abrigo generoso das copas dos carvalhos.

– É gostoso aqui – observou Hammond.

– Humm. Fico surpresa de ninguém mais ter descoberto esse lugar.

– Fiz a reserva para tê-lo só para nós.

Ela deu uma risada. Os dois tinham rido bastante nas últimas horas enquanto experimentavam as guloseimas altamente calóricas das barraquinhas de comida e andavam a esmo de uma para outra. Tinham admirado conservas domésticas de pêssego e de vagem, tiveram uma aula sobre o mais moderno equipamento de musculação e experimentaram os assentos estofados de tratores da mais alta tecnologia. Hammond ganhou um ursinho em miniatura para ela jogando uma bola de beisebol. Ela se recusou a experimentar uma peruca, apesar de a vendedora ter sido muito persuasiva.

Deram uma volta na roda-gigante. Quando o banco deles parou lá em cima e balançou precariamente, Hammond se sentiu completamente eufórico. Foi um dos momentos mais despreocupados que ele conseguia se lembrar desde...

Não era capaz de se lembrar de nenhum momento mais alegre.

As amarras que mantinham seus pés bem presos ao chão, às pessoas, ao trabalho, às obrigações pareciam ter sido cortadas. Por alguns minutos ele ficou flutuando, livre. Sentiu-se livre para curtir a emoção de uma leveza de espírito que não lembrava mais. Livre para aproveitar a companhia de uma mulher que tinha conhecido havia menos de duas horas.

Espontaneamente, ele virou para ela e perguntou:

– Você é casada?

Ela deu uma risada e abaixou a cabeça, balançando-a de um lado para outro ao mesmo tempo.

– Por falar em sutileza...

– A sutileza não estava funcionando para mim.

– Não. Não sou casada. E você, é?

– Não. – E depois: – Puxa! Estou contente de ter esclarecido isso.

Ela levantou a cabeça e olhou para ele, sorrindo.

– Eu também.

Então eles pararam de rir e ficaram só olhando um para o outro. Esse olhar se estendeu alguns segundos, depois minutos, e por um tempo ainda mais longo, calmo por fora, mas estrepitoso no campo emocional.

Para Hammond foi um daqueles momentos que só se tem uma vez na vida, quando se tem sorte. Do tipo que até os diretores e atores mais talentosos do cinema não conseguem captar num filme. O tipo de momento de união que os poetas e compositores tentam descrever em suas obras, mas que não chegam a passar por completo. Até aquele instante Hammond nutria a noção equivocada de que eles tinham feito um bom trabalho. Mas estava entendendo que eles tinham fracassado terrivelmente.

Como é que uma pessoa, qualquer pessoa, podia descrever aquele momento em que tudo se encaixa? Como descrever aquela explosão de clareza quando sabemos que a nossa vida só começou agora, que tudo que aconteceu antes não se compara a isso, e que nada será a mesma coisa daqui para a frente? As respostas ilusórias para todas as perguntas deixaram de ter importância, e ele compreendeu que a única verdade que realmente precisava saber estava no aqui e no agora. Neste momento.

Ele nunca se sentira assim em toda a sua vida.

Ninguém jamais sentiu isso.

Ele ainda estava balançando no banco, lá em cima na roda-gigante e não queria descer nunca mais.

Assim que ele disse "Dança comigo outra vez?", ela disse: "Eu preciso mesmo ir".

"Ir?" "Dançar?"

Eles falaram ao mesmo tempo de novo, mas Hammond atropelou a voz dela:

– Dance comigo de novo. Eu não estava na minha melhor forma da última vez, com aqueles fuzileiros navais observando cada passo que eu dava.

Ela virou a cabeça e olhou na direção do estacionamento, do outro lado da feira.

Ele não queria pressioná-la. Qualquer tentativa de coerção provavelmente a faria fugir. Mas ele não podia deixá-la ir. Ainda não.

– Por favor?

Ela olhou para ele com cara de dúvida, e então deu-lhe um pequeno sorriso.

– Está bem. Uma música.

Eles se levantaram e ela se dirigiu para a escada, mas Hammond segurou a mão dela e a puxou de volta.

– O que há de errado com esse lugar?

Ela respirou fundo e soltou o ar bem devagar, meio trêmula.

– Nada, acho.

Ele não tinha tocado nela desde a última dança, só encostou a mão de leve nas costas para guiá-la por uma passagem estreita no meio da multidão. Tinha oferecido a mão para ajudá-la quando subiram e desceram da roda-gigante. Ficaram com os braços e os quadris encostados na gôndola da roda-gigante enquanto rodavam. Mas, exceto em poucas ocasiões, ele havia controlado todas as tentações de tocá-la, sem querer afugentá-la, passar por tarado ou ofendê-la.

Mas naquele momento ele a puxou gentilmente, porém com firmeza, até bem perto. Passou o braço na cintura dela e puxou-a mais. Mais perto do que antes. Contra seu corpo. Ela cedeu com um pouco de hesitação, mas não tentou se afastar. Pôs o braço no ombro dele. Ele sentiu a pressão da mão dela na nuca.

A banda tinha parado de tocar. A música estava a cargo de um DJ que locava uma variedade que ia de Creedence Clearwater até Barbra Streisand. Estava ficando tarde, os dançarinos estavam mais calmos, por isso ele tocava músicas mais lentas.

Hammond reconheceu a canção mas não conseguia se lembrar do nome do cantor nem da música que soava no pavilhão. Não tinha importância. A balada era lenta, suave e romântica. No início ele tentou fazer com que os pés executassem uma sequência de passos que tinha aprendido quando jovem nos bailes que frequentava a contragosto, levado pela mãe. Mas, quanto mais tempo ele ficava segurando seu par, mais difícil era concentrar-se em outra coisa que não fosse ela.

Uma melodia era seguida por outra, e eles não perdiam o ritmo, apesar de ela ter dito que só queria dançar uma música. Na verdade, eles nem notavam quando a música mudava. Seus olhos e mentes estavam presos um no outro.

Ele encostou as mãos dadas dos dois no peito dele, a dela espalmada e a dele por cima. Ela inclinou a cabeça para a frente e para baixo até encostar a testa na clavícula dele. Ele roçou o pescoço no cabelo dela. Hammond não ouvia, mas sentia o pequeno ruído do desejo que vibrava na garganta dela. E o dele fez eco.

Os pés dos dois deslizavam cada vez mais devagar até que pararam por completo. Ficaram imóveis, e a única coisa que se movia era uma mecha do cabelo dela que a brisa fazia acariciar o rosto dele. O calor que emanava de cada ponto de contato parecia forjá-los juntos. Hammond abaixou a cabeça para o beijo que ele achava que seria inevitável.

– Preciso ir – ela se desvencilhou do abraço dele e se virou abruptamente, indo para o banco onde tinha deixado a bolsa e o cardigã.

Por alguns segundos, Hammond ficou atônito demais para reagir. Depois de pegar suas coisas, ela passou por ele e disse apressadamente:

– Obrigada por tudo. Foi ótimo. Mesmo.

– Espere um minuto.

Ela desviou da mão dele e subiu rapidamente os degraus, tropeçando uma vez por causa da pressa.

– Preciso ir.

– Por que agora?

– Eu não posso... não posso fazer isso.

Ela jogou as palavras por cima do ombro enquanto corria na direção do estacionamento. Seguiu a fileira de flâmulas, evitando a rua principal, evitando o pavilhão e a atividade que já diminuía nos estandes. Algumas atrações já estavam fechadas. Os expositores desmontavam suas barracas e empacotavam seus equipamentos. Famílias carregadas de lembranças e prêmios caminhavam lentamente para suas vans. O barulho não era mais tão alegre, nem tão alto como antes. A música no pavilhão agora soava mais triste do que romântica.

Hammond foi andando o tempo todo ao lado dela.

– Não entendo.

– O que há para não entender? Eu disse que precisava ir embora. É só isso.

– Não acredito nisso.

Desesperado para detê-la, ele segurou seu braço. Ela parou, respirou fundo várias vezes e virou-se de frente para ele, apesar de não olhar diretamente para Hammond.

– Eu me diverti muito – disse ela num tom de voz neutro, sem inflexão, como se tivesse decorado a frase. – Mas agora a noite acabou e preciso ir embora.

– Mas...

– Não lhe devo explicação. Não lhe devo nada – os olhos dela encontraram os dele por um breve instante antes de escapar de novo.

– Agora, por favor, não tente me impedir de novo.

Hammond soltou o braço dela e recuou, levantando as mãos em sinal de rendição.

– Até logo – foi tudo que ela disse antes de virar de costas para ele e seguir pela terra seca até o estacionamento.

Stefanie Mundell jogou as chaves do seu Acura para Smilow.

– Você dirige enquanto troco de roupa.

Tinham saído do hotel pela entrada da rua East Bay e andavam apressados pela calçada que estava congestionada, não só com a multidão habitual de sábado à noite, mas com curiosos atraídos para o novo complexo pelos veículos de emergência estacionados ao longo da rua.

Passaram pelos observadores curiosos sem chamar atenção porque nenhum aparentava ser "funcionário público". O terno de Smilow continuava impecável, os punhos da camisa limpos. Apesar da confusão em torno do assassinato de Pettijohn, ele não tinha se abalado.

Ninguém suspeitaria também que Steffi era assistente do promotor público. Ela estava de short de corrida e top de ginástica, ambos ainda molhados de suor, que nem o sistema de refrigeração de ar do hotel tinha sido capaz de secar. Os mamilos rijos, assim como as pernas magras e musculosas, atraíram a atenção de vários homens, mas ela nem se deu conta dos olhares de admiração enquanto levava Smilow para o seu carro, estacionado ilegalmente numa rua de mão dupla.

Ele apertou o botão do controle remoto para destrancar as portas, mas não deu a volta para abrir a porta do lado dela. Ela teria feito pouco caso do gesto se ele o fizesse. Ela entrou no banco de trás. Smilow pôs-se ao volante. Deu partida no motor e esperou os outros carros passarem para sair.

– Aquilo era verdade? – perguntou Steffi. – O que você disse para os policiais quando saímos do hotel?

– Que parte?

– Ah, então alguma coisa era besteira?

– Não a parte de não termos motivo aparente, arma ou suspeito no momento.

Smilow tinha dito para eles manterem a boca fechada quando os repórteres aparecessem fazendo perguntas. Já convocara uma entrevista coletiva para as onze horas. Marcar essa hora significava ter as estações locais ao vivo com a reportagem nos últimos noticiários da noite, o que ampliava a sua exposição na televisão.

Impaciente com a interminável fila de carros se arrastando pela avenida, ele enfiou o carro de Steffi na pista estreita de sentido contrário e recebeu uma buzinada escandalosa de um veículo de frente para ele.

Demonstrando a mesma impaciência que Smilow exibia dirigindo, Steffi arrancou o top esportivo pela cabeça.

– Tudo bem, Smilow, ninguém pode ouvir você agora. Vai falando. Sou eu que estou aqui.

– Estou vendo – observou ele, olhando para ela pelo espelho retrovisor.

Sem constrangimento algum, ela secou as axilas com uma toalha de mão que tirou da sua sacola de ginástica.

– Pai, mãe, nove filhos, um banheiro só. Na nossa casa, se você fosse tímido ou pudico, ficaria sujo e com prisão de ventre.

Para alguém que renegava sua origem pobre, Steffi se referia a ela com frequência, em geral para justificar seu comportamento grosseiro.

– Bem, apresse-se e vista-se. Estaremos lá em poucos minutos. Apesar de você nem precisar estar lá. Posso fazer isso sozinho – disse Smilow.

– Eu *quero* estar lá.

– Está bem, mas gostaria de não ser preso no caminho, por isso abaixe-se para que ninguém a veja desse jeito.

– Ora, Rory, você é um puritano – disse ela, fazendo charme.

– E você tem sede de sangue. Como farejou tão depressa esse animal recém-abatido?

– Eu estava correndo. Quando passei pelo hotel e vi todos aqueles carros da polícia, parei e perguntei para um policial o que estava acontecendo.

– E por falar em ordens para manter a boca fechada...

– Tenho meus dons de persuasão. Além do mais, ele me reconheceu. Quando me contou, não acreditei no que ouvi.

– Eu também.

Steffi vestiu um sutiã normal, em seguida tirou o short e procurou uma calcinha na sacola.

– Pare de mudar de assunto. O que você tem?

– A cena de crime mais limpa que já tive em muito tempo. Talvez a mais limpa que já vi.

– Está falando sério? – perguntou ela, aparentando estar desapontada.

– Quem o matou sabia o que estava fazendo.

– Alvejado pelas costas, deitado no chão de barriga para baixo.

– É isso aí.

– Humm.

Ele olhou para ela outra vez. Steffi abotoava um vestido sem mangas, mas não prestava atenção no que fazia. Olhava para o espaço e ele quase conseguia ver as engrenagens do seu cérebro inteligente rodando.

Stefanie Mundell trabalhava na Promotoria Pública havia pouco mais de dois anos, mas nesse tempo ela fez diferença – nem sempre no bom sentido. Alguns a consideravam uma verdadeira praga, e ela sabia ser uma. Tinha uma língua ferina e não se opunha a usá-la. Ela nunca, mas nunca mesmo, recuava numa argumentação, o que fazia dela uma excelente advogada de tribunal e uma tortura para os advogados de defesa, mas isso não contribuía em nada para a sua reputação entre os colegas de trabalho.

Mas pelo menos a metade dos homens e talvez algumas mulheres, que trabalhavam no departamento de polícia e no prédio judicial do município, eram apaixonados por ela. Alianças fantasiosas com ela muitas vezes eram comentadas com os detalhes mais crus, regados pelos drinques depois do expediente. Sem que ela ouvisse, claro, porque ninguém queria ser alvo de um processo de assédio sexual por parte de Stefanie Mundell.

Se ela sabia de todo esse tesão enrustido por ela, fingia não saber. Não porque pudesse aborrecê-la ou deixá-la sem graça saber que os homens usavam os termos mais chulos em relação a ela. Simplesmente acharia que era um comportamento juvenil, idiota e trivial demais para gastar seu tempo e energia com isso.

Rory observava Steffi secretamente pelo espelho retrovisor enquanto ela afivelava um cinto fino de couro na cintura e depois passava as mãos no cabelo para penteá-lo. Ele não sentia atração física por ela. Vê-la operar não acendia nele nenhum desejo louco, carnal, apenas uma profunda admiração por sua inteligência privilegiada e pela ambição que lhe servia de combustível. Essas qualidades o faziam lembrar de como ele era.

– Esse seu "humm" foi muito significativo, Steffi. Em que você está pensando?

– Na fúria que o assassino devia estar sentindo.

– Um dos meus detetives comentou isso. Foi um crime a sangue-frio. O médico-legista acha que ele podia estar inconsciente quando recebeu os tiros. De qualquer forma, não representava ameaça nenhuma. O matador simplesmente queria vê-lo morto.

– Se você fizesse uma lista de todas as pessoas que queriam ver Lute Pettijohn morto...

– Não temos tanto papel e tinta assim.

Ela olhou para os olhos dele no retrovisor e sorriu.

– Certo. Então, algum palpite?

– Agora não.

– Ou só não quer me dizer?

– Steffi, você sabe que não dou nada para o seu escritório antes de estar preparado.

– Só me prometa...

– Sem promessas.

– Prometa que ninguém mais terá esse furo.

– Sem querer fazer trocadilho.

– Você sabe o que quero dizer – disse ela, zangada.

– Mason vai designar o caso – disse ele, referindo-se a Monroe Mason, procurador público do município de Charleston. – Vocês é que terão de tratar de consegui-lo.

Mas olhando para ela pelo espelho e vendo fogo nos seus olhos, ele não tinha dúvida de que para ela isso seria uma prioridade. Ele parou o carro perto do meio-fio.

– Chegamos.

Desceram na frente da mansão de Lute Pettijohn. O exterior grandioso, condizente com o endereço de prestígio na South Battery, era uma mistura arquitetônica. O estilo georgiano original tinha dado lugar aos toques federativos que surgiram depois da Guerra Revolucionária. Em cima disso, adicionaram a revitalização das colunas gregas quando eram símbolo da oposição à Guerra da Secessão. Mais tarde a estrutura imponente foi atualizada com salpicos de vulgaridade vitoriana. Essa colcha de retalhos de arquitetura era típica do Bairro Histórico e, ironicamente, tornava Charleston ainda mais pitoresca.

A casa de três andares tinha varandas duplas e profundas, com colunas majestosas e arcos graciosos. Uma cúpula coroava a cumeeira do telhado. Por dois séculos a casa tinha resistido a guerras, a crises econômicas debilitantes e a furacões antes de sofrer seu último ataque – de Lute Pettijohn.

A restauração bem documentada que ele fez demorou anos. O primeiro arquiteto que supervisionou o projeto pediu demissão porque teve um esgotamento nervoso. O segundo sofreu um enfarte. O cardiologista dele obrigou-o a abandonar o projeto. O terceiro chegou ao fim da restauração, mas custou-lhe seu casamento.

Desde o portão da frente, com seu elaborado trabalho em ferro fundido e luminárias historicamente catalogadas, até as cópias das dobradiças das portas dos fundos, Lute não tinha economizado nada para sua casa ser a mais comentada em toda Charleston.

Isso ele tinha conseguido. Não era necessariamente a restauração mais admirada, mas certamente tinha sido a mais falada.

Ele travou uma batalha contra a Sociedade de Preservação de Charleston, a Fundação Histórica de Charleston e a Associação de Arquitetos com sua proposta de converter o antigo armazém em ruínas no que agora era o Charles Towne Plaza. Essas organizações, cujo propósito era preservar com todo zelo o que Charleston tinha de exclusivo, fiscalizar as construções e limitar a expansão comercial, inicialmente vetaram a proposta dele. Ele não recebeu as licenças até todos terem certeza de que a integridade do exterior de tijolos original do prédio não seria drasticamente alterada nem comprometida, que suas cicatrizes bem vividas não seriam camufladas e que jamais seria desfigurada com marquises ou outros letreiros contemporâneos designando o que era.

As sociedades de preservação tinham nutrido reservas semelhantes quanto à renovação da casa dele, mas ficaram satisfeitas porque a propriedade, que tinha caído num triste estado de decadência, fora comprada por alguém que tinha meios para reformá-la do jeito que merecia.

Pettijohn tinha obedecido às diretrizes rígidas porque não teve escolha. Mas o consenso geral era que a reforma que ele fez na casa, especialmente no interior, era um exemplo claro de até que ponto se pode ser vulgar quando se tem mais dinheiro do que bom gosto. Mas todos concordavam que os jardins não tinham igual em toda a cidade.

Smilow notou que o jardim da frente era exuberante e que estava muito bem cuidado quando apertou o botão do interfone no portão principal.

Steffi olhou para ele.

– O que você vai dizer para ela?

Smilow estava esperando que alguém dentro da casa atendesse à campainha e respondeu pensativo:

– Parabéns.

Capítulo 4

Mas nem mesmo Rory Smilow era tão insensível e cínico assim.

Quando Davee Pettijohn olhou para o vestíbulo lá embaixo, aos pé da escada, viu o detetive parado, com as mãos para trás, olhando fixamente para seus sapatos muito lustrosos ou para o piso italiano em que eles pisavam. De qualquer modo, parecia totalmente concentrado na área em volta dos seus pés.

A última vez que Davee tinha visto o ex-cunhado do marido fora num evento em homenagem ao departamento de polícia. Smilow tinha recebido um prêmio aquela noite. Depois da cerimônia, Lute o procurou para dar-lhe os parabéns. Smilow apertou a mão de Lute, mas só porque Lute o forçou a isso. Foi cortês com eles, mas Davee percebeu que o detetive preferia rasgar a garganta de Lute com os dentes em vez de apertar-lhe a mão.

Rory Smilow demonstrava o mesmo controle rígido daquela última ocasião. Sua postura e aparência eram perfeitamente militares. O cabelo estava rareando no topo da cabeça, mas só dava para notar porque Davee estava no alto da escada.

Não conhecia a mulher que estava com ele. Davee sempre teve o hábito de avaliar qualquer outra mulher que encontrava, por isso teria lembrado se já tivesse visto a companheira de Smilow.

Smilow não olhou para cima, mas a mulher parecia avidamente curiosa. Sua cabeça se movia constantemente, girando, observando tudo que havia na entrada da casa. Não perdia nenhum item importado da Europa. Seus olhos eram ligeiros e predatórios. Davee sentiu aversão por ela à primeira vista.

Nada menos importante do que uma catástrofe teria levado Smilow à casa de Lute, mas Davee resolveu ignorar isso até onde fosse possível. Bebeu de um gole tudo que tinha no seu copo alto e, com cuidado para não fazer barulho com as pedras de gelo, o deixou numa mesa de canto. Só então ela anunciou sua presença:

– Vocês estão me procurando?

Seguindo o som da voz dela, os dois viraram juntos e a viram lá em cima, no topo da escada. Ela esperou os olhos se fixarem nela para iniciar a descida. Estava descalça e um pouco despenteada, mas desceu a escada, com a mão no corrimão, como se estivesse de vestido de baile, a princesa da noite, com seus humildes súditos prestando homenagem em adoração. Era de uma família do epicentro da sociedade de Charleston. Por ambos os lados ela pertencia à *noblesse oblige.* Jamais esquecia disso e também fazia questão de não deixar ninguém esquecer.

– Olá, sra. Pettijohn.

– Não temos de fazer cerimônia, não é, Rory? – ela parou bem perto dele e, inclinando a cabeça para o lado, sorriu para Smilow. – Afinal de contas, somos praticamente parentes.

Davee estendeu a mão. A dele estava seca e quente. A dela levemente úmida e muito fria, e ela ficou imaginando se ele adivinhara que tinha segurado um copo de vodca.

Smilow soltou a mão dela e apontou para a mulher que estava com ele.

– Esta é Stefanie Mundell.

– Steffi – disse a mulher, estendendo a mão agressivamente para Davee.

Ela era *mignone,* cabelo escuro curtinho e olhos escuros. Olhos intensos. Olhos famintos. Não estava de meias, apesar dos sapatos de salto alto. Para Davee isso era uma quebra de etiqueta mais ofensiva do que seus pés descalços.

– Como vai? – Davee apertou a mão de Steffi Mundell, mas soltou-a logo. – Vocês querem ingressos para o baile dos policiais ou o quê?

– Há algum lugar onde possamos conversar?

– Claro – disse ela, ocultando o nervosismo com um largo sorriso, e então levou-os para a sala de estar.

A empregada, que tinha aberto a porta para os dois antes de avisar Davee que tinha visita, andava pela sala acendendo as luzes.

– Obrigada, Sarah.

A mulher, que era gorda e negra como um armário de mogno, aceitou com um movimento de cabeça o agradecimento de Davee e saiu por uma porta lateral.

– Posso preparar um drinque para vocês?

– Não, obrigado – respondeu Smilow. Steffi Mundell também recusou.

– Que linda sala – disse ela. – Uma cor maravilhosa.

– Você acha? – Davee olhou em volta como se visse a sala pela primeira vez. – Na verdade, esse é o cômodo de que menos gosto em toda a casa, apesar de realmente ter uma vista adorável da Battery, o que é ótimo. Meu marido insistiu em pintar as paredes dessa cor. É chamada de terracota, e supostamente é igual à das *villas* na Riviera Italiana. Só que, em vez disso, me lembra uniformes de futebol americano – olhando diretamente para Steffi e com um sorriso suave, acrescentou ela: – Minha mãe sempre dizia que laranja era a cor da plebe sem educação.

O rosto de Steffi ficou vermelho de raiva.

– Onde a senhora estava esta tarde, sra. Pettijohn?

– Não é da sua conta – retrucou Davee sem pestanejar.

– Senhoras – Smilow olhou sério para Steffi e, por trás desse olhar, havia uma ordem silenciosa para ela calar a boca.

– O que está acontecendo, Rory? – quis saber Davee. – O que vocês vieram fazer aqui?

Ele falou bem devagar, com calma e respeito:

– Podemos nos sentar?

Davee ficou encarando Smilow alguns segundos, deu uma olhada rápida para Steffi e então, com um gesto brusco, indicou o sofá mais perto deles. Ela sentou-se numa poltrona ao lado.

Ele começou explicando que aquela não era uma visita casual.

– Temo que tenha de lhe dar uma má notícia.

Ela olhou firme nos olhos dele, esperando.

– Lute foi encontrado morto hoje, no fim da tarde. Na suíte da cobertura do Charles Towne Plaza. Parece que foi assassinato.

Davee manteve a expressão sob controle.

Não se podia demonstrar muita emoção em público.

Simplesmente não se fazia isso.

Esconder as emoções era uma habilidade que se adquiria naturalmente quando papai era um mulherengo e mamãe uma alcoólatra, e todo mundo sabia por que ela bebia, mas todo mundo também fingia que não havia problema algum. Não na família deles.

Maxine e Clive Burton tinham sido um casal perfeito. Ambos descendiam de famílias da elite de Charleston. Ambos eram absolutamente lindos. Ambos frequentaram escolas exclusivas. O casamento deles era padrão de comparação para todos os outros, até hoje em dia. Eram um par sublime.

As três filhas adoráveis tinham recebido nomes de menino, porque Maxine estava bêbada sempre que entrava em trabalho de parto, ou porque estava tão entorpecida que se confundia com o sexo das recém-nascidas, ou então por despeito pelo volúvel Clive, que desejava filhos homens e a culpava por produzir apenas filhas. Não levava em conta a ausência de cromossomos Y.

Então as pequenas Clancy, Jerri e Davee foram criadas num lar em que problemas domésticos sérios eram varridos para debaixo dos valiosíssimos tapetes persas. As meninas aprenderam logo cedo a controlar suas reações diante de qualquer situação, por mais perturbadora que fosse. Era mais seguro assim. Era impossível confiar e difícil de avaliar a atmosfera em casa quando pai e mãe eram voláteis e dados a crises de mau-humor, que resultavam em brigas que estilhaçavam qualquer aparência de paz e tranquilidade.

Consequentemente, as irmãs ficaram com cicatrizes emocionais. Clancy tinha curado as suas morrendo com trinta e poucos anos de câncer cervical, que os boatos mais venenosos afirmavam ter sido consequência de inúmeras doenças venéreas.

Jerri tinha seguido na direção oposta, convertendo-se a um grupo fundamentalista cristão no primeiro ano da faculdade. Dedicava-se a uma vida de sacrifícios e abstinência de tudo que significasse prazer, especialmente álcool e sexo. Plantava legumes e pregava o Evangelho numa reserva indígena de Dakota do Sul.

Davee, a mais nova, foi a única que continuou morando em Charleston, desafiando a vergonha e a maledicência, mesmo depois de Clive morrer de parada cardíaca na cama da amante do momento, entre a reunião da diretoria pela manhã e a partida de golfe à tarde, logo depois de Maxine ter sido internada numa clínica com o "mal de Alzheimer" embora todos soubessem que a verdade era que seu cérebro estava conservado no álcool da vodca.

Davee, que parecia suave e maleável como caramelo quente, na verdade era dura como pedra. Teve resistência suficiente para passar por cima de tudo. Ela sobrevivia a qualquer coisa. Tinha provado isso.

– Bem – disse ela, ficando em pé –, vocês não querem um drinque, mas acho que vou tomar um.

No carrinho de bebidas, ela pôs alguns cubos de gelo num copo de cristal e jogou vodca em cima deles. Bebeu quase a metade em um gole só, depois encheu o copo de novo e voltou para junto dos dois.

– Quem era ela?

– Perdão?

– Ora, vamos, Rory. Não me venha com rodeios. Se Lute levou um tiro na sua luxuosa suíte do hotel, devia estar com alguma amiga. Imagino que tenha sido ela ou o marido ciumento que o matou.

– Quem disse que ele levou um tiro? – perguntou Steffi Mundell.

– O quê?

– Smilow não disse que seu marido foi baleado. Ele disse que foi assassinado.

Davee bebeu mais um pouco.

– Concluí que foi com um tiro. Não é um palpite seguro?

– Foi um palpite?

Davee abriu os braços e derramou um pouco da bebida no tapete.

– E quem é você, afinal?

Steffi ficou em pé.

– Represento a promotoria pública. Ou, como é conhecido na Carolina do Sul, o procurador municipal.

– Sei como se chama na Carolina do Sul – rebateu Davee fazendo graça.

– Vou ser a promotora do caso do assassinato do seu marido. Foi por isso que insisti em vir junto com Smilow.

– Ah, entendi. Para avaliar a minha reação à notícia.

– Exatamente. E devo dizer que a senhora não pareceu muito surpresa com ela. Então voltemos à minha pergunta original: onde estava esta tarde? E não diga que não é da minha conta porque, como pode ver, sra. Pettijohn, é da minha conta, sim.

Davee dominou a raiva, ergueu calmamente o copo para tomar mais um trago e levou algum tempo para responder.

– Você quer saber se posso apresentar um álibi, não é?

– Não viemos aqui para interrogá-la, Davee – disse Smilow.

– Tudo bem, Rory. Não tenho nada para esconder. Só acho que ela foi muito insensível – olhou para Steffi de cima a baixo com desprezo – de entrar na minha casa e começar a disparar perguntas ofensivas e insinuando coisas segundos depois de eu receber a notícia de que o meu marido foi assassinado.

– É o meu trabalho, sra. Pettijohn, quer a senhora goste ou não.

– Bem, eu não gosto – depois, ignorando Steffi como se fosse alguém insignificante, ela se virou para Smilow: – Terei prazer de responder às suas perguntas. O que você quer saber?

– Onde estava esta tarde, entre cinco e seis horas?

– Aqui.

– Sozinha?

– Sim.

– Alguém pode confirmar isso?

Ela foi até uma mesa de canto e apertou um único botão num telefone de mesa. A voz da empregada soou no alto-falante:

– Pois não, sra. Davee?

– Sarah, dê um pulo aqui, por favor. Obrigada.

Os três aguardaram em silêncio. Lançando um olhar frio, de desprezo, para a promotora, Davee ficou brincando com o colar – de um único fio de pérolas exatamente do mesmo tamanho – que usava. Tinha sido um presente do pai, que ela amava e odiava ao mesmo tempo. A terapeuta tinha dito que as pérolas eram um símbolo da desconfiança dela, porque o pai tinha traído a mãe e as filhas. Davee não sabia se isso era verdade ou se simplesmente gostava do colar. Mas fosse o que fosse, ela usava as pérolas com tudo, inclusive com o short bem curto e a camiseta branca de algodão tamanho grande que vestia aquela noite.

Davee tinha herdado a empregada da mãe. Sarah trabalhava para a família desde antes de Clancy nascer e vivenciara todas as tribulações deles. Quando ela entrou na sala, olhou com hostilidade para Smilow e Steffi Mundell.

Davee apresentou Sarah formalmente:

– Sra. Sarah Birch, estes são o detetive Smilow e uma pessoa do escritório do promotor público. Vieram me dizer que o sr. Pettijohn foi encontrado assassinado esta tarde.

A reação de Sarah não foi mais visível do que a de Davee tinha sido. Davee continuou:

– Eu disse que estava aqui em casa entre cinco e seis horas e que você poderia confirmar isso. Não é verdade?

Steffi Mundell quase xingou.

– A senhora não pode...

– Steffi.

– Mas ela acabou de comprometer o interrogatório – berrou ela para Smilow.

Davee olhou para ele com ar inocente.

– Pensei que você tinha dito que eu não estava sendo interrogada, Rory.

Os olhos dele pareciam de gelo, mas ele se virou para a empregada e disse educadamente:

– Sra. Birch, a senhora pode me dizer se a sra. Pettijohn estava em casa nessa hora?

– Sim, senhor. Ela ficou descansando no quarto o dia todo.

– Ai, caramba! – resmungou Steffi baixinho.

Smilow ignorou Steffi e agradeceu à empregada. Sarah Birch se aproximou de Davee e segurou a mão dela.

– Sinto muito.

– Obrigada, Sarah.

– Está tudo bem, menina?

– Eu estou bem.

– Quer alguma coisa?

– Agora não.

– Se precisar de alguma coisa, é só me chamar.

Davee sorriu para ela e Sarah passou a mão afetuosamente no cabelo louro despenteado de Davee, depois deu meia-volta e saiu da sala. Davee terminou seu drinque, olhando disfarçadamente para Steffi por cima da borda do copo,

– Satisfeita? – perguntou ela quando abaixou o copo.

Steffi estava soltando fumaça de raiva e nem se deu o trabalho de responder.

Indo de novo até o carrinho de bebidas, Davee perguntou:

– Onde está o... para onde ele foi levado?

– O médico-legista vai fazer uma autópsia.

– Então os preparativos do enterro terão de esperar...

– Até o corpo ser liberado – disse Smilow, terminando a frase para ela.

Ela serviu-se de mais uma dose de vodca e depois voltou para perto dos dois.

– Como foi que ele morreu? – perguntou ela.

– Foi alvejado nas costas. Dois tiros. Achamos que ele morreu instantaneamente e que poderia até estar inconsciente quando dispararam os tiros.

– Ele estava na cama?

É claro que Smilow conhecia as circunstâncias da morte do pai dela. Todos em Charleston sabiam muito bem dos detalhes escandalosos. Ela gostou de Smilow parecer meio constrangido e penalizado quando ele respondeu à sua pergunta.

– Lute foi encontrado no chão da sala de estar, completamente vestido. A cama não tinha sido usada. Não havia sinal de nenhum encontro romântico.

– Bom, pelo menos *esse* foi diferente – ela esvaziou o copo.

– Quando foi a última vez que você viu Lute?

– A noite passada? Esta manhã? Não me lembro. Esta manhã, acho – Davee ignorou o grunhido de incredulidade de Steffi e continuou olhando para Smilow. – Às vezes passávamos dias sem nos ver.

– Vocês não dormiam juntos? – perguntou Steffi.

Davee olhou para ela.

– De que cidade do Norte você é?

– Por quê?

– Porque você é obviamente mal-educada e muito grosseira.

Smilow interveio de novo:

– Só vamos invadir a vida privada dos Pettijohn se for necessário, Steffi. Neste momento não é necessário. – Ele se virou para Davee. – Você não tinha ideia da agenda de Lute para hoje?

– Nem hoje, nem dia nenhum.

– Ele não deu a entender que ia encontrar alguém?

– Não.

Ela pôs o copo na mesa de centro e, quando recuou, endireitou as costas.

– Sou suspeita?

– Neste momento todos em Charleston são suspeitos.

Davee olhou bem nos olhos dele.

– Muita gente tinha motivo para matar Lute.

Incomodado com o olhar penetrante dela, Smilow desviou o dele.

Steffi Mundell deu um passo à frente como se quisesse lembrar a Davee que ainda estava ali e que era alguém importante, alguém que devia ser levado em consideração.

– Desculpe-me se exagerei um pouco, sra. Pettijohn.

Ela fez uma pausa, mas Davee não ia perdoar suas muitas infrações das regras tácitas do decoro. Davee se manteve impassível.

– Seu marido era uma figura proeminente – continuou Steffi. – Seus negócios geravam uma vultosa receita para a cidade, para o município e para o estado. Sua participação em projetos cívicos...

– Isso vai levar a alguma coisa?

Steffi não gostou da interrupção de Davee, mas persistiu assim mesmo.

– Esse assassinato provocará um impacto em toda a comunidade e além dela. A promotoria vai considerá-lo prioridade máxima até o culpado ser capturado, julgado e condenado. A senhora tem a minha palavra de que a justiça será rápida e certa.

Davee deu o seu sorriso mais bonito e mais falso.

– Sra. Mundell, a sua palavra não vale nada para mim. E tenho uma má notícia para a senhora. A senhora não vai ser promotora do assassinato do meu marido. Nunca me contento com produtos de liquidação de quintal – ela fez uma cara de nojo para o vestido de Steffi.

E então, de frente para Smilow, a ex-debutante ordenou como seriam as coisas:

– Quero os maiorais. Cuide disso, Rory. Senão eu, a viúva de Lute Pettijohn, vou cuidar.

CAPÍTULO 5

– Cem das grandes, bem aqui.

O homem deu um tapa no feltro verde manchado e um sorriso antipático de quem bebeu cerveja demais que fez Bobby Trimble estremecer de nojo.

Bobby pegou sua carteira no bolso de trás da calça, tirou duas notas de cinquenta e deu-as para o cretino do filho da mãe, um pé-rapado.

– Bom jogo – ele disse laconicamente.

O homem embolsou as notas e, então, esfregou as mãos ansioso.

– Está pronto para outra?

– Agora não.

– Ficou zangado? Ora, vamos, não se aborreça – disse ele com voz cativante.

– Não estou zangado – disse Bobby, parecendo zangado. – Talvez mais tarde.

– O dobro ou nada?

– Mais tarde.

Bobby piscou o olho, deu um tiro com o dedo na enorme barriga do outro cara e se afastou saltitando, levando sua bebida.

Na verdade, ele adoraria tentar de novo e recuperar o que tinha perdido, mas infelizmente estava sem um tostão. A última série de jogos, que perdeu todos, o deixou algumas centenas de dólares mais pobre. Até resolver seu problema de caixa não podia apostar nada.

Tampouco podia usufruir das melhores coisas da vida. Aqueles últimos cem dólares teriam contribuído muito para resolver sua fissura. Nada de mais, apenas algumas fileiras. Ou uns dois comprimidos...

Ainda bem que tinha o cartão de crédito falsificado. Podia cobrir suas despesas diárias com ele, mas para qualquer extra precisava de dinheiro em espécie. Que era mais difícil de arranjar. Não impossível. Só exigia mais trabalho.

E a vocação de Bobby era menos trabalho e mais boa vida.

– Agora não vai demorar – disse para ele mesmo, sorrindo e olhando para seu copo alto.

Quando seu investimento gerasse dividendos, teria anos de recreação pela frente.

Mas o sorriso dele não durou muito. Uma nuvem de incertezas cobriu a fantasia do seu futuro ensolarado. Infelizmente, o sucesso do seu esquema de ganhar dinheiro dependia da sua parceira e ele estava começando a duvidar da lealdade dela. Para dizer a verdade, a dúvida queimava suas entranhas com a mesma força do uísque barato que estava bebendo a noite toda. No frigir dos ovos, não confiava mesmo nela, nem um pouco.

Ele se sentou num banquinho no fundo do bar e pediu outro drinque. O assento de vinil avermelhado um dia já tivera um relevo imitando couro, mas estava praticamente liso, tendo suportado décadas de beberrões contumazes. Se não tivesse de viver com discrição, não teria escolhido uma taverna de classe baixa como aquela. Tinha vivido muito desde o tempo em que frequentava lugares daquele calibre. Tinha progredido de onde começara. Lá para o alto. Emergente ascendente, esse era Bobby Trimble.

Bobby tinha cultivado uma nova imagem para ele e não ia desistir dela. Não podia modificar o berço em que tinha nascido, mas se não gostava dele, se sabia instintivamente que seu destino era maior, com coisas melhores, então podia muito bem descartar uma imagem e criar outra. E foi isso que fez.

Foi esse interesse adquirido pela urbanidade que proporcionou o confortável emprego em Miami. O dono da boate precisava de um cara com os talentos de Bobby para operar como recepcionista e relações públicas. Ele tinha boa aparência e sua lábia atraía as damas. Agarrou-se ao emprego como um pato à água. Os negócios cresceram significativamente. Em pouco tempo, o Cock'n'Bull passou a ser um dos pontos noturnos mais badalados de Miami, uma cidade famosa por suas casas noturnas.

A boate lotava todas as noites com mulheres que sabiam como se divertir. Bobby tinha cultivado, e depois alimentado, a reputação de lugar vulgar e obsceno para competir com os outros clubes de mulheres.

O Cock'n'Bull não se desculpava por apresentar um espetáculo de sexo explícito que atraía *mulheres,* não damas, que não tinham medo de cair na gandaia. Na maioria das noites, os dançarinos tiravam tudo e ficavam completamente nus. Bobby permanecia de smoking, mas seu discurso levava as mulheres ao frenesi sexual. Seus engodos verbais eram mais eficientes do que os quadris projetados para a frente dos dançarinos. Elas adoravam seus diálogos sacanas.

Então, uma noite, uma fã muito entusiasmada subiu no palco com um dos dançarinos, ficou de joelhos e começou a praticar aquele ato libidinoso com ele. As espectadoras enlouqueceram. Adoraram.

Mas o esquadrão antivício que se misturava ao público à paisana não gostou.

Secretamente, pediram reforços e, antes de qualquer pessoa entender o que estava acontecendo, o lugar ficou cheio de policiais. Bobby conseguiu escapar pela porta dos fundos, mas antes tratou de raspar toda a féria do cofre do escritório.

Devido a uma queda pelas pistas de corrida e uma maré recente de má sorte, ele devia dinheiro para um agiota, que não compreendia que o fechamento do clube representava uma interrupção temporária dos seus rendimentos, que seria corrigida em breve. "Em breve" não constava do vocabulário do agiota.

Por isso, com o proprietário do clube, a polícia e o agiota na sua cola, ele fugiu do Estado Ensolarado com quase dez mil dólares nos bolsos do seu smoking. Mandou pintar seu Mercedes conversível de uma cor diferente e trocou as placas. Por algum tempo ele viajou tranquilo subindo a costa, esbanjando o dinheiro roubado.

Mas não durou para sempre. Teria de pôr mãos à obra, fazendo o único negócio que conhecia. Fazendo-se passar por hóspede dos hotéis luxuosos, ele ficava nas piscinas onde aplicava seu charme em turistas solitárias. O dinheiro que roubava delas ele considerava uma troca justa pela felicidade que lhes proporcionava na cama.

Então, uma noite, enquanto bebia champanhe e cantava uma relutante divorciada para que lhe desse a chave do quarto, Bobby viu um conhecido de Miami do outro lado do restaurante. Pediu licença para ir ao banheiro, voltou para o seu hotel, pôs apressadamente tudo que tinha no Mercedes e tratou de sair voando da cidade.

Ficou escondido algumas semanas e até renunciou às conquistas. Suas reservas de dinheiro encolheram e se reduziram a uma quantia pífia. Apesar de todos os trejeitos e maneirismos afetados, quando Bobby olhava no espelho ele se via como era anos antes – um malandro imprudente e incompetente que competia com trapaceiros de quinta categoria. Essa insegurança crescia muito quando estava quebrado, dominava Bobby violentamente. Uma noite, desesperado e com um certo medo, ele se embebedou num bar e acabou se metendo numa briga com outro freguês.

Foi a melhor coisa que podia acontecer. Aquela disputa de bar foi observada pela pessoa certa. Determinou o curso que ele seguia agora. E o resultado já era visível. Se tudo funcionasse do jeito que ele planejara, faria uma fortuna. Teria todo o dinheiro que o Bobby Trimble que era agora merecia. Não voltaria a ser o perdedor que fora antes.

No entanto – e esse era um "no entanto" gigantesco –, seu sucesso dependia da parceira. Como havia estabelecido antes, das mulheres não se podia confiar que fossem qualquer outra coisa senão mulheres.

Ele esvaziou o copo e levantou a mão para o atendente do bar.

– Preciso de mais uma dose.

Mas o barman estava entretido com a televisão. A imagem era cheia de chuvisco, mas, mesmo de onde estava sentado, Bobby conseguia ver um cara falando para os microfones apontados para ele. Não era alguém que Bobby conhecia. Só sabia que o homem era antipático e muito sério. Só tinha pose, como os assistentes sociais que costumavam xeretar a casa de Bobby quando ele era pequeno, fazendo perguntas pessoais sobre ele e sua família, invadindo sua vida particular.

O homem na televisão era um cara tranquilo, mesmo com uma dúzia de repórteres se atropelando para chegar perto dele.

– O corpo foi encontrado esta noite – dizia ele –, logo depois das seis horas. Foi identificado positivamente.

– O senhor tem...

– E a arma?

– Há algum suspeito?

– Sr. Smilow, pode nos dizer...

Bobby perdeu o interesse e disse mais alto:

– Quero uma bebida aqui.

– Já ouvi – respondeu o barman, invocado.

– O serviço aqui deixa a desejar...

A reclamação morreu nos lábios de Bobby quando a imagem na tela da televisão mudou do cara de olhos frios para um rosto que Bobby reconheceu e que conhecia bem. Lute Pettijohn. Ele se esforçou para ouvir cada palavra.

– Não havia sinal de arrombamento na suíte do sr. Pettijohn. Roubo foi descartado como motivo. Neste momento não temos nenhum suspeito.

A reportagem especial ao vivo terminou e voltaram a apresentar o noticiário das onze horas nos estúdios.

Mais uma vez confiante, com um sorriso de orelha a orelha, Bobby ergueu seu novo drinque num brinde silencioso à parceira. Evidentemente, ela subira no seu conceito.

– Isso é tudo que tenho para dizer por enquanto.

Smilow se afastou dos microfones, mas descobriu que havia outros atrás dele.

– Com licença – disse ele, abrindo caminho pelo meio da turba da mídia.

Ele ignorou as perguntas aos gritos e continuou abrindo caminho entre os repórteres até eles entenderem que não iam conseguir arrancar mais nada dele e se dispersarem.

Smilow fingia detestar a atenção da mídia, mas a verdade era que gostava de entrevistas coletivas ao vivo como aquela. Não por causa das luzes e das câmeras, apesar de saber que parecia ameaçador nas fotos. Nem mesmo pela atenção e pela publicidade que resultava disso. Seu emprego escava garantido e ele não precisava de aprovação pública para mantê-lo.

Ele gostava mesmo era da sensação de poder gerada pelo fato de estar sendo filmado e citado.

Mas quando se aproximou da equipe de detetives reunida perto da recepção no saguão do hotel, ele resmungou:

– Ainda bem que terminou. Agora, o que vocês têm para mim?

– Zero.

Os outros balançaram a cabeça concordando com o sumário de Mike Collins.

Smilow tinha calculado seu retorno da casa dos Pettijohn para o Charles Towne Plaza de modo a coincidir com o noticiário das onze horas. E, como previra, todas as emissoras locais, assim como as outras de lugares distantes, como Savannah e Charlotte, tinham montado uma transmissão ao vivo no saguão do hotel, onde ele revelou os fatos rudimentares para os repórteres e espectadores em casa. Não dourou a pílula. Primeiro porque só conhecia mesmo os fatos rudimentares. Pelo menos naquela vez ele não estava se esquivando ao se recusar a dar-lhes mais informação.

Estava tão aflito quanto a mídia para obter informações. Por isso, o lacônico sumário do sucesso dos detetives só fez desanimá-lo.

– O que quer dizer zero?

– Exatamente isso – Mike Collins era um veterano. Não se intimidava tanto com Smilow como os outros, por isso havia um acordo tácito de que seria sempre o porta-voz dos detetives. Não temos nada até agora. Nós...

– Isso é impossível, detetive.

Collins estava com olheiras escuras embaixo dos olhos fundos, evidência da dureza que tinha sido sua noite. Ele se virou para Steffi Mundell, que o tinha interrompido, e olhou para ela como se quisesse estrangulá-la, depois a ignorou educadamente e continuou seu relatório verbal para Smilow:

– Como eu estava dizendo, esprememos todas essas pessoas – os hóspedes e os empregados ainda estavam detidos no salão de baile do hotel. – Primeiro eles até gostaram, sabe como é. Era emocionante. Como num filme. Mas tudo deixou de ser novidade algumas horas atrás. Eles deram as mesmas respostas para as mesmas perguntas inúmeras vezes, por isso agora estão ficando irritados. Não estamos conseguindo arrancar grande coisa deles, só reclamações e pedidos para sair daqui.

– Acho difícil acreditar...

– Quem a convidou? – Collins atacou Steffi quando ela o interrompeu de novo.

– Que de todas essas pessoas – disse ela, ignorando Mike – ninguém tenha visto nada.

Smilow levantou a mão para impedir uma discussão acalorada entre seu desanimado detetive e a promotora sem papas na língua.

– Chega, vocês dois! Vocês estão todos cansados. Steffi, não vejo motivo para você continuar por aqui. Quando tivermos alguma coisa avisamos para você.

– Estou acreditando mesmo – ela cruzou os braços e olhou para Collins como se o desafiasse. – Eu fico.

Smilow hesitou um pouco, mas deu ordem para os hóspedes do hotel voltarem para seus quartos. Então, reuniu seus detetives em uma das salas de reunião no mezanino e pediu pizzas para todos. Enquanto dizimavam as pizzas, ele repassou as poucas informações que tinham conseguido depois de horas de exaustivos interrogatórios.

– Pettijohn fez uma massagem no spa? – perguntou ele, relendo as anotações.

– Fez – um dos detetives engoliu um pedaço enorme de pizza. – Logo depois que chegou aqui.

– Vocês interrogaram o massagista?

O homem fez que sim com a cabeça.

– Disse que Pettijohn pediu a massagem de luxo, de noventa minutos. Pettijohn tomou uma chuveirada no banheiro do spa, por isso o banheiro da suíte estava seco.

– Esse cara era suspeito?

– Não vi nada suspeito nele – disse o detetive com a boca cheia de novo. – Contratado de um spa na Califórnia. Novo em Charleston. Viu Pettijohn pela primeira vez hoje.

Smilow leu a lista, feita às pressas, dos hóspedes registrados. Todos pareciam acima de qualquer suspeita. Todos afirmaram que não conheciam Lute Pettijohn, mas alguns o tinham visto na cobertura da mídia na inauguração do Charles Towne Plaza alguns meses antes.

A maioria era gente comum, de férias com a família. Três casais em lua-de-mel. Alguns outros fingiam ser recém-casados, mas era óbvio que eram amantes secretos passando um fim de semana clandestino numa cidade romântica. Esses responderam às perguntas dos detetives com nervosismo, mas não por serem culpados de um assassinato, apenas de adultério.

Todos os quartos do quarto andar, menos três, estavam ocupados por um grupo de professoras da Flórida. Duas suítes acomodavam amontoados meninos de um time de basquete que tinham terminado o segundo grau na primavera e estavam curtindo aquele programa juntos antes de partir cada um para a sua respectiva universidade. O único crime que tinham cometido era o consumo de bebida alcoólica, sendo menores de idade. Para desespero dos colegas, um deles entregou voluntariamente um porta-moedas com maconha dentro para o detetive que o interrogou.

O consenso geral era o de que, se Lute Pettijohn não tivesse sido assassinado naquela tarde, teria sido um sábado de verão bem rotineiro.

– Comprido, quente e grudento – observou um dos detetives, dando um bocejo enorme.

– Você está falando do dia ou do meu pau? – brincou outro.

– Bem que você queria...

– E o vídeo da segurança? – perguntou Smilow, interrompendo a brincadeira. Os detetives debocharam do que era obviamente uma piada entre eles. – O quê? – quis saber Smilow.

– Quer ver o vídeo? – perguntou Collins.

– Tem alguma coisa para ver?

Depois de outra rodada de risos, Collins sugeriu que Smilow desse uma espiada e até convidou Steffi para assistir ao vídeo com eles.

– Talvez você possa aprender alguma coisa – disse ele para ela.

Smilow e Steffi seguiram os detetives através do largo saguão do mezanino e entraram numa das menores salas de reunião, onde um aparelho de vídeo já estava ligado e pronto para funcionar com um monitor colorido.

Com uma ostentação desnecessária, Collins apresentou o vídeo:

– Primeiro, o cara que monitorava as câmeras da segurança ontem à tarde me disse que não estava encontrando o vídeo da câmera daquele andar.

Smilow sabia, por experiência própria, que câmeras de observação em geral eram acopladas a gravadores de tempo que exibiam uma tela a cada cinco ou dez segundos, dependendo da vontade do usuário. Por isso os filmes pareciam pular quando eram rodados de novo. Costumavam gravar vários dias antes de rebobiná-los automaticamente.

– O que a fita estava fazendo fora da máquina? As fitas em geral não ficam nos gravadores e são recicladas se ninguém precisar revê-las?

– Essa foi a primeira coisa que me fez achar que ele estava mentindo – disse Collins. – Por isso, fiquei no pé dele. Finalmente ele cuspiu este vídeo. Estão prontos?

Smilow assentiu com a cabeça, e Collins apertou o play no aparelho de vídeo. Mesmo que não tivessem imagem alguma, a trilha sonora era indiscutivelmente a de um filme pornográfico. Os suspiros e gemidos eram pano de fundo de uma imagem granulada de um casal fazendo sexo.

– Essa cena dura cerca de quinze minutos – explicou Collins. – Depois do clímax, muda para duas mulheres numa banheira, uma bolinando outra. Depois vem uma cena básica de dominação com...

– Já entendi – disse Smilow, aborrecido. – Desligue isso – ele ignorou as vaias e assobios dos outros homens na sala. – Sinto muito, Steffi.

– Não precisa. A piadinha do detetive Collins às minhas custas simplesmente corrobora a minha teoria de que a expressão "macho adulto" é uma contradição.

Os outros riram, mas Collins pigarreou, sem se deixar abater pela crítica.

– A questão é a seguinte – disse ele. – Pettijohn se gabava da segurança de última geração, mas tudo não passava de bazófia. As câmeras nos andares dos hóspedes são de mentira. São falsas.

– O quê? – perguntou Steffi.

– A única câmera que funciona em todo o complexo fica no departamento de contabilidade. Pettijohn não queria que ninguém roubasse dinheiro dele, mas creio que não se importava se os hóspedes fossem assaltados ou liquidados. O feitiço se virou contra o feiticeiro, não foi?

– Por que o rapaz mentiu? – perguntou Smilow.

– Foi o que disseram para ele fazer. O próprio Pettijohn. Não estamos falando de um cientista de foguetes, por isso ele não se entregou, mesmo depois de garantirmos que Pettijohn estava morto e que a única coisa que tinha de temer era mentir para nós. Finalmente ele cedeu. E verificamos tudo. As câmeras são falsas.

– Quantas pessoas sabem disso?

– Acho que são poucas.

– Verifique. Comece com as pessoas que exercem funções administrativas.

– Está bom.

Smilow dirigiu-se ao grupo como um todo.

– A primeira coisa que vamos fazer amanhã cedo é verificar os inimigos de Pettijohn. Faremos uma lista...

– Ou podemos poupar trabalho e simplesmente usar a lista telefônica – gracejou um dos homens. – Todo mundo que conheço ficará feliz com a morte daquele filho da mãe.

Smilow olhou zangado para ele.

– Oh, perdão – resmungou ele, e o sorriso desapareceu. – Esqueci que vocês eram parentes.

– Não éramos parentes. Ele foi casado com a minha irmã. Por um tempo. Só isso. Eu provavelmente gostava menos dele do que qualquer outra pessoa.

Steffi inclinou o corpo para a frente.

– Não foi você que acabou com ele, não é, Smilow?

Todos riram, mas o conciso "não" dito por Smilow, como se levasse a pergunta dela a sério, acabou com o riso com a mesma rapidez com que tinha começado.

– Com licença, sr. Smilow?

Smitty estava à porta aberta. Smilow olhou para o seu relógio de pulso. Já passava da meia-noite.

– Pensei que você estivesse aflito para ir para casa – disse ele para o engraxate.

– Só disseram que podíamos ir para casa agora, sr. Smilow.

– Ah, é – ele não tinha pensado nos agregados do hotel, como Smitty, que seriam detidos horas e horas para serem interrogados, apesar de ter dado a ordem ele mesmo. – Sinto muito por isso.

– Não tem importância, sr. Smilow. Eu estava só pensando se alguém contou para vocês sobre as pessoas que foram levadas ontem para o hospital.

– Hospital?

Capítulo 6

A letra E maiúscula no painel de instrumentos do carro dela brilhou com uma luz vermelha.

Ela gemeu frustrada. A última coisa que queria fazer era parar para abastecer ela mesma o carro, mas sabia que, quando o marcador indicava vazio, costumava ser perigosamente correto.

Os postos de gasolina eram raros naquela estrada rural, por isso, quando viu um poucos quilômetros depois de avistar a luz vermelha, ela parou e saiu do carro cheia de preguiça.

Normalmente, quando ela mesma punha gasolina no carro, pagava com cartão de crédito na própria bomba. Mas a tecnologia não tinha chegado àquele lugar onde Judas tinha perdido as botas. Por questão de princípio, não gostava de ter de pagar adiantado. Por isso, ela tirou a mangueira da bomba e abaixou a manivela. Desenroscou a tampa do tanque de gasolina do carro e pôs na capota, enfiou o bico da mangueira no buraco e acenou para o atendente na cabine, indicando com um gesto para ele ligar a bomba.

Ele estava assistindo a uma luta na sua televisão em preto e branco. Ela mal conseguia vê-lo atrás das placas de cerveja em néon e dos cartazes pregados na janela anunciando eventos que já tinham acontecido e animais de estimação perdidos. Ele não a viu, ou então estava pondo em prática o próprio princípio de não ligar a bomba se o freguês não pagasse adiantado, especialmente depois de escurecer.

– Droga – acabou ela cedendo, entrou no escritório e pôs uma nota na bandeja suja sob uma janela ainda mais suja.

– Vinte dólares? Mais alguma coisa? – perguntou ele, mantendo os olhos grudados na televisão.

– Não, obrigada.

A gasolina saía gota a gota, mas a bomba finalmente desligou. Ela tirou a mangueira do tanque e pendurou-a de novo na bomba. Quando ia pegar a tampa do tanque na capota, outro carro saiu da estrada e entrou no posto. Ela ficou na linha dos faróis e semicerrou os olhos, ofuscada.

O carro parou lentamente, apenas a centímetros do para-choque traseiro do carro dela. O motorista apagou os faróis mas não desligou o motor antes de abrir a porta e descer.

Ela ficou boquiaberta e muda quando o viu. Mas não se mexeu, nem disse nada. Não reclamou de ele ter ido atrás dela. Nem exigiu saber por que tinha feito isso. Tampouco insistiu para ele ir embora e deixá-la em paz. Ela não fez nada. Só ficou olhando para ele.

O cabelo dele parecia mais escuro agora que o sol tinha desaparecido, não tão dourado como ficava de dia. Ela sabia que os olhos dele eram cinza-azulados, apesar de estarem escondidos da luz. Uma sobrancelha era um pouco mais alça e mais arqueada que a outra, mas as feições assimétricas só lhe aumentavam o charme. O queixo tinha uma reentrância rasa e vertical. A sombra dele era comprida porque era bem alto. O peso jamais seria um problema. Ele não tinha estrutura para carregar quilos a mais.

Por vários segundos eles ficaram olhando um para o outro por cima do capô do carro dele, e então ele saiu de trás da porta aberta. Ela seguiu com o olhar os passos dele, vindo na direção dela. A determinação que via no maxilar dele dizia muita coisa sobre o seu caráter. Ele não desistia com facilidade e não tinha medo de correr atrás de alguma coisa que queria.

Ele só parou quando estava bem na frente dela. Então segurou o rosto dela com as duas mãos, levantou-o um pouco, abaixou o seu rosto e beijou-a.

E ela pensou: *Oh, meu Deus!*

Os lábios dele eram carnudos e sensuais e provocavam o que sugeriam. O beijo era quente, doce e ávido. Ele aplicava a pressão perfeita, sem deixar dúvida de que ela estava sendo firmemente beijada, mas sem fazer com que se sentisse dominada ou ameaçada. Era um beijo tão perfeito que os lábios dela se abriram naturalmente. Quando a língua dele encostou na dela, seu coração se expandiu e ela abraçou a cintura dele.

Ele abaixou as mãos e ficou com um braço nos ombros dela, a outra mão abaixo da cintura dela, puxando-a para que seus corpos ficassem colados um no outro. Ele inclinou a cabeça. Ela inclinou a dela para outro lado. O beijo ficou mais profundo, a língua dele mais agressiva. Quanto mais tempo durava o beijo, mais ardente ficava.

Então, de repente, ele se afastou. Estava ofegante. As mãos voltaram para a posição inicial, segurando o rosto dela.

– Era isso que eu precisava saber. Não era só eu.

Ela balançou a cabeça até onde as mãos dele permitiam.

– Não – disse ela, surpresa com a rouquidão da própria voz. – Não era só você.

– Quer me seguir?

O protesto morreu nos lábios dela antes de conseguir reunir forças para pronunciá-lo.

– Tenho uma casa de campo perto daqui. Quatro, cinco quilômetros.

– Eu...

– Não diga que não – a voz dele, num sussurro, estava entrecortada, cheia de paixão. Ele apertou mais o rosto dela. – Não diga que não.

Ela examinou os olhos dele, depois fez um movimento leve e positivo com a cabeça. Ele a soltou imediatamente, deu meia-volta e voltou para o carro com passos largos. Ela deixou cair a tampa do tanque na pressa de atarraxá-la. Finalmente conseguiu prendê-la, deu a volta no carro e entrou. Ela deu partida no motor e ele encostou seu carro no dela.

Ele olhava para ela como se quisesse se certificar de que ela estava tão decidida quanto ele, que não ia desistir e desaparecer na primeira oportunidade.

Ela sabia que era isso que devia fazer. Mas sabia com a mesma certeza que não faria. Agora não.

Hammond não respirou com tranquilidade até o carro dela parar completamente ao lado do dele. Ele desceu do seu e foi abrir a porta para ela.

– Cuidado onde pisa, está escuro.

Ele segurou a mão dela e levou-a por um caminho de conchas quebradas até a cabana. Uma pequena luminária na entrada oferecia exatamente a luz necessária para ele destrancar o cadeado com a chave que tinha trazido de Charleston.

Abriu a porta e levou-a para dentro. Uma senhora que morava ali perto fazia a faxina na casa sempre que ele precisava. Tinha combinado que ela iria mais cedo aquele dia. Em vez de cheirar a mofo como uma casa vazia que não era muito usada, a cabana estava com cheiro de limpa, como lençóis recém-lavados. A pedido de Hammond, ela também tinha deixado o condicionador de ar ligado, por isso a temperatura estava fresca e bem agradável.

Ele fechou a porta da frente, separando-os da luz do pórtico e fazendo com que mergulhassem na mais completa escuridão. Ele tinha intenção de ser um bom anfitrião e um cavalheiro, de mostrar a casa para ela, de oferecer-lhe algo para beber, de contar mais a seu respeito e de dar-lhe tempo para se acostumar com o fato de estar sozinha com ele poucas horas depois de terem se conhecido. Em vez disso, ele a agarrou.

Ela correspondeu ao abraço dele e queria seu beijo também. Sua boca reagiu com paixão às investidas da língua dele, que acariciava, experimentava e saboreava até ter de parar para recuperar o fôlego. Ele abaixou o rosto e encostou no pescoço dela, enquanto ela punha as mãos na cabeça dele e enfiava os dedos no seu cabelo.

Ele foi beijando o pescoço dela até a orelha.

– Isso é loucura – murmurou ele.

– Total.

– Está com medo?

– Estou.

– De mim?

– Não.

– Mas devia estar.

– Eu sei, mas não estou.

Os lábios dele rasparam nos dela num beijo que não chegou a ser um beijo.

– Está com medo da situação?

– Apavorada – disse ela quando sua boca se derreteu na dele.

Finalmente o beijo terminou, e ele disse:

– Isso é temerário, imprudente e...

– Completamente irresponsável.

– Mas não consigo evitar.

– Nem eu.

– Eu quero muito...

– Eu também quero você – suspirou ela quando as mãos dele deslizaram por baixo da camiseta e cobriram seus seios.

Qualquer receio que ele pudesse ter do desejo ser unilateral desapareceu quando ela deixou a cabeça cair para trás, oferecendo o pescoço para os lábios dele enquanto era acariciada. Ficou sem ar e parou de respirar quando ele se atrapalhou com o fecho frontal do sutiã, mas deu um suave gemido de prazer quando as pontas dos dedos dele encostaram na sua pele nua.

As mãos dela se moviam nas costas dele. Ele sentiu os dez dedos dela apertando os músculos e explorando as costelas e a espinha. As palmas das mãos dela rasparam no cinto dele, desceram para as nádegas e o puxaram para dentro dela,

Eles se beijaram mais uma vez, um beijo longo, profundo e provocante.

Então ele pegou a mão dela outra vez e a puxou atrás dele enquanto tateava no escuro para chegar ao quarto. A casa não era nada luxuosa, mas ele não tinha sacrificado todos os confortos. Num quarto pequeno demais, ele tinha enfiado uma enorme cama de casal.

Foi em cima dela que os dois caíram, unidos bem no centro e entrelaçados um no outro com o desejo cego e irracional dos novos amantes.

Ela estava deitada de lado, de costas para ele.

Hammond pensava em alguma coisa adequada para dizer, mas descartava as possibilidades antes de estarem formadas. Tudo que vinha à cabeça parecia falso, piegas, clichê ou uma combinação dos três. Ele até pensou em contar-lhe a verdade.

Meu Deus, isso foi incrível.

Você é incrível.

Nunca senti isso em toda a minha vida.

Não quero que esta noite termine nunca.

Mas ele sabia que ela não ia acreditar em nada disso, por isso não disse nada. O longo e constrangedor silêncio ficou ainda mais longo e mais constrangedor. Ele acabou rolando de lado e acendeu o abajur da mesa de cabeceira. Ela reagiu à luz, puxando os joelhos para mais perto do peito, ficando mais distante e intocável.

Desanimado, Hammond sentou-se na cama. Sua camisa estava amassada e desabotoada, o zíper da calça aberto, mas ainda vestia as duas peças. Ele se levantou e tirou tudo, menos a cueca. Quando olhou de novo para a cama, viu que ela estava de costas e olhando para ele, com os olhos arregalados e apreensivos.

– Este momento é constrangedor. Podemos dizer isso, não podemos?

Hammond sentou-se com cuidado na beira da cama.

– Podemos, sim.

Ela umedeceu os lábios, apertou-os para dentro, desviou os olhos de Hammond e balançou a cabeça.

– Você está pensando numa forma educada de livrar-se de mim agora?

– O quê? – perguntou ele baixinho. – Não. *Não* – ele estendeu a mão para acariciar o cabelo dela, mas deixou-a cair antes de tocá-la. – Eu estava pensando numa maneira de convencê-la a passar a noite comigo sem parecer um completo idiota.

Ele percebeu que ela gostara daquilo. Os olhos dela encontraram os dele novamente. Ela sorriu com timidez. Ainda afogueada por causa do sexo, com os lábios um pouco inchados dos beijos, o cabelo despenteado em volta do rosto, roupas mais desarrumadas do que as dele, ela parecia incrivelmente sedutora. Seus seios, livres do sutiã, pousavam macios contra o peito por baixo da camiseta. Mas os mamilos eram bem visíveis sob o tecido. Ele começou a ter uma nova ereção.

– Estou toda desgrenhada – preocupada com a aparência, ela puxou a saia para cobrir as coxas.

Os dois ignoraram a calcinha largada em cima da colcha no pé da cama.

– Posso usar seu banheiro?

– É naquela porta – ele se levantou para sair do quarto, para dar mais privacidade para ela. – Vou pegar alguma coisa para beber. Você está com fome?

– Depois de comer todas aquelas porcarias na feira?

Ele retribuiu o sorriso dela.

– Que tal água? Suco? Chá? Um refrigerante? Cerveja?

– Água está bom.

Ele apontou com o queixo para a porta do banheiro.

– Se precisar de qualquer coisa, é só pedir.

– Obrigada.

Ela parecia hesitar em sair da cama enquanto ele continuava no quarto, por isso ele sorriu de novo para ela e deixou-a sozinha. Ainda bem que a faxineira tinha abastecido a geladeira com bebidas engarrafadas, inclusive água. Na cozinha, ele fez um inventário dos suprimentos. Meia dúzia de ovos. Meio quilo de bacon. Pãezinhos de minuto ingleses. Café. Creme? Não. Torceu para que ela gostasse de café puro. Suco de laranja? Sim. Uma lata de 200ml de suco de laranja concentrado no congelador.

Ele raramente tomava café da manhã, a não ser em reuniões de trabalho. Mas no campo, onde as manhãs de fim de semana eram mais longas e preguiçosas, gostava de saborear um farto café da manhã bem tarde. Ele cozinhava bem, especialmente algo tão básico quanto ovos com bacon. Talvez pudessem fazer juntos o café da manhã, dividindo as tarefas, esbarrando um no outro durante os preparativos. Dando risadas. Beijos. Podiam levar seus pratos para a varanda e comer lá. Ele sorriu de pensar na manhã seguinte.

– Esta manhã – corrigiu ele, verificando que horas eram e descobrindo que já passava muito da meia-noite.

O dia anterior tinha sido péssimo. Havia saído de Charleston aborrecido e com raiva, frustrado com muitas coisas. Nada na vida dele tinha dado certo. Nunca, nem em um milhão de anos, teria adivinhado que um dia tão ruim terminaria na cama com uma mulher que poucas horas antes ele nem sabia que existia. E tampouco que seria uma experiência tão marcante.

Ele ainda estava maravilhado com os caprichos do destino quando ouviu a torneira do banheiro fechar. Controlou-se para esperar mais dois minutos, sem querer reaparecer rápido demais ou numa hora inoportuna. Então pegou duas garrafas de água e voltou para o quarto.

– Aliás – disse ele, abrindo a porta com o pé descalço –, acho que já é hora de nos apresen...

Ele parou de falar quando ela se virou rapidamente da penteadeira, com o telefone na mão. Ela desligou na mesma hora e gaguejou.

– Espero que não se importe.

Na verdade ele se importava, sim. E se importava muito. Não de ela ter usado seu telefone sem antes pedir. Mas de ter alguém na vida que era suficientemente importante para ela ter de ligar de madrugada, minutos depois de fazer amor com ele. Hammond ficou espantado ao perceber que aquilo tinha tanta importância para ele.

Tinha brincado na cozinha, fantasiando o café da manhã com ela, contando os minutos para poder voltar no momento adequado. Agora ele estava lá parado, com cara de bobo e uma semiereção espetando a cueca. Tudo isso enquanto ela dava um telefonema para outra pessoa. Ele deixou as garrafas de água na mesa de cabeceira.

Ele se sentia burro, ridículo, sentimentos estranhos para Hammond Cross. Em geral muito confiante e dominando qualquer situação, a sensação naquele momento era da mais completa estupidez, e ele detestou isso.

– Você quer privacidade? – perguntou secamente.

– Não, tudo bem – ela pôs o fone no lugar. – Não consegui completar a ligação.

– Sinto muito.

– Não era importante – ela cruzou os braços e depois, nervosa, deixou-os cair ao lado do corpo.

Se não era importante, então por que diabos estava tentando telefonar para alguém a essa hora da noite?, ele queria perguntar, mas não perguntou.

– Tudo bem se eu vestir isso?

– O quê? – perguntou ele distraído.

Ela passou a mão pela frente da velha camiseta desbotada. Ele reconheceu a camiseta de uma festa da fraternidade dos tempos de faculdade. Chegava à metade das coxas dela.

– Ah, claro, tudo bem.

– Encontrei-a na cômoda no banheiro. Não estava bisbilhotando. Só...

– Não se preocupe – o tom lacônico traduzia um discurso inteiro.

Ela cerrou os punhos ao lado do corpo e depois abriu e balançou os dedos.

– Olha, talvez seja melhor eu ir embora agora. Nós dois ficamos empolgados demais. Acho que a volta na roda-gigante nos subiu à cabeça – a tentativa de fazer graça caiu no vazio. – De qualquer maneira, foi... – interrompeu ela a frase e olhou para a cama.

Ela ficou com o olhar parado provavelmente mais tempo do que pretendia. Os lençóis amarfanhados eram uma lembrança comovente do que tinha acontecido ali, do quanto tinha sido envolvente e gratificante. Palavras sussurradas sem censura pareciam ecoar de volta para eles naquele momento.

Quando estava no banheiro, ela havia se lavado. Hammond sentia o cheiro de água e sabão na pele dela. Mas ele não tinha se lavado. Cheirava a sexo. Tinha o cheiro dela.

– Vou vestir a minha roupa e ir embora – disse ela, apressada, tentando passar por ele, mas Hammond estendeu o braço e segurou-a pela cintura.

Ela parou, mas não virou de frente para ele. Ficou olhando para a porta.

– Você pode pensar o que quiser de mim, mas quero que saiba que... que eu não costumo fazer isso, nem de vez em quando.

– Não importa – disse ele suavemente.

Então ela olhou para ele, virando apenas a cabeça.

– Importa para mim. É importante para mim que você saiba disso.

Movendo-se com cuidado, ele pôs as mãos nos ombros dela e fez com que virasse de frente para ele.

– Você acha, honestamente, que foi só uma volta na roda-gigante que nos trouxe até aqui?

Como se quisesse evitar o tremor no lábio inferior, ela o mordeu e balançou a cabeça, indicando que não.

Ele a abraçou e puxou-a mais para perto. Só isso. E ficou assim um longo tempo, com o rosto apoiado na cabeça dela, os dedos dos pés tocando nos dela, compartilhando o calor dos corpos. Descalça, engolida pela camiseta dele, ela parecia menor e mais delicada do que antes. Ele se sentia viril e protetor quando a abraçava daquele jeito. Na verdade, desde que a conhecera, tinha se sentido como um maldito Conan.

Deu uma risadinha quando pensou nisso. Ela levantou a cabeça do peito dele.

– O que foi?

– Nada. Só estava pensando que você me faz sentir muito bem – então o sorriso dele foi substituído pelo cenho franzido de preocupação. – E você? Você está bem?

Ela inclinou a cabeça, confusa.

– Estou.

– Quero dizer... em relação a... você sabe.

– Oh – ela desviou o olhar e ficou encarando o pomo de adão dele. – Sim. Obrigada por ser responsável.

Ele mantinha uma caixa de camisinhas na gaveta da mesa de cabeceira. Mas, de todas, aquela tinha sido a mais difícil de abrir e de colocar. Envergonhado com sua briga desajeitada com o diabo da coisa, num momento em que desejava ser o mais amável, ele resmungou:

– Na hora H.

Ela o surpreendeu pondo as mãos no peito dele e fazendo carinho de leve.

– Para mim também – murmurou ela bem baixinho.

O desejo se manifestou num gemido surdo quando ele segurou o queixo dela e inclinou sua cabeça para beijá-la. A paixão reacendeu. Pegou fogo. Ardeu. Mais quente do que antes.

Os sussurros incrementavam a intimidade.

– Você gosta disso.

– Gosto.

– Violento demais?

– Não.

– Eu nem percebi.

– Nem eu.

– Sinto muito.

– Não tem importância.

– Mas se te machuquei...

– Você não me machucou. E não vai me machucar.

– Você se importa se eu...

– Não.

– Jesus. Olhe só para você. Isso é lindo. Você já está...

– Estou.

– Então...

– Oh...

– Molhada.

– Perdoe-me, sinto muito.

– Sente muito?

– Bem, quero dizer... você...

– Não se desculpe.

– Deixe-me tocar em você.

– Não, deixe que *eu* toco em *você*.

Capítulo 7

Steffi dirigia o carro, e Smilow e ela chegaram ao hospital Roper em tempo recorde.

– Quantas pessoas eles disseram? – perguntou ela enquanto atravessavam rapidamente o estacionamento da emergência do hospital, dirigindo-se ao prédio.

Steffi tinha perdido os detalhes quando saiu da sala de conferência para pegar o carro. Apanhara Smilow na entrada principal do Charles Towne Plaza.

– Dezesseis. Sete adultos e nove crianças. Eles pertencem a um coro de igreja de Macon, na Geórgia, que fazia uma turnê. Almoçaram cedo no restaurante do hotel antes de sair para um passeio a pé pelo centro da cidade. Retornaram duas horas depois, quando as crianças começaram a passar mal.

– Dor de estômago? Vômitos? Diarreia?

– Todas as respostas acima.

– A gente nunca esquece de uma intoxicação alimentar quando se teve uma. Eu tive uma vez. Sopa de creme de cogumelos de uma delicatessen famosa.

– Rastrearam até um molho de carne marinada que usaram numa pizza que as crianças comeram. Também foi usado na pasta especial.

Quase correndo, eles entraram no pronto-socorro do hospital. Para uma noite de sábado, a sala de espera estava relativamente calma, mas havia alguns pacientes. Um policial uniformizado vigiava um homem algemado. O homem tinha uma toalha de banho ensanguentada enrolada na cabeça como um turbante. Estava de olhos fechados e gemendo, enquanto a mulher dele dava respostas lacônicas para as perguntas padronizadas da enfermeira sobre seu histórico médico. Uma jovem mãe e um jovem pai tentavam em vão acalmar o bebê que chorava. Havia um homem mais velho sentado sozinho, chorando com um lenço no rosto, sem motivo aparente. Uma mulher estava inclinada para a frente, quase dobrada em duas na cadeira, com a cabeça quase encostando no colo. Parecia dormir.

Ainda era um pouco cedo para as emergências sérias começarem a chegar.

Smilow e Steffi não prestaram atenção nas pessoas da sala de espera e foram diretamente para a mesa de admissão, onde Smilow se apresentou para a enfermeira, mostrou seu distintivo e perguntou se as pessoas transportadas do Charles Towne Plaza ainda estavam na sala de emergência ou se tinham sido levadas para os quartos.

– Eles ainda estão aqui – disse a enfermeira.

– Preciso vê-los agora mesmo.

– Bem, eu... Vou procurar o médico. Sentem-se, por favor.

Nenhum dos dois sentou. Steffi começou a andar de um lado para outro.

– O que não entendi foi como seus homens deixaram passar a discrepância. Eles não tinham de verificar o número de hóspedes registrados comparando com o número de pessoas que interrogaram?

– Dê-lhes uma colher de chá, Steffi. As pessoas se desgarraram aquele tempo todo, depois de terem ficado horas fora do hotel. Estamos falando de centenas de hóspedes registrados, além dos empregados que trocavam de turno. Seria quase impossível obter uma contagem exata.

– Eu sei, eu sei – disse ela com impaciência. – Mas depois da meia-noite? Quando todo mundo deve estar se retirando para os quartos? Eu esperaria que um deles tivesse a ideia de fazer uma nova contagem. Ou será que estavam entretidos demais com o filme deles?

– Estavam de mãos cheias – disse ele meio irritado.

– É, tocando punheta.

Smilow era o primeiro a criticar se um investigador criminal fizesse besteira. Mas, se a crítica partisse de alguém de fora, isso era outra história. Os lábios dele ficaram finos e esticados de raiva.

– Olha, peço-lhes desculpas – disse Steffi num tom de trégua. – Não queria ter dito isso.

– É, mas disse. Deixa que eu me preocupo com a coleta de provas, está bem?

Steffi sabia quando era preciso recuar. Não seria nada bom deixar Smilow contra ela. Apesar da nova orientação da viúva, ela pretendia procurar o procurador municipal de justiça, Monroe Mason, e pedir para ser nomeada promotora-chefe daquele caso. E, quando conseguisse, ia precisar do apoio do departamento de polícia. Especificamente de Smilow.

Ela deu a Smilow alguns segundos para se acalmar.

– Acho que essas pessoas com intoxicação alimentar também não vão saber nada. Elas foram trazidas para o hospital antes da hora estimada do assassinato de Pettijohn.

– Algumas só apresentaram os sintomas mais tarde – argumentou ele. – O gerente do hotel confessou que tirou algumas delas às escondidas do hotel por volta das oito horas da noite.

– Por que ele não contou isso para você?

– Porque seria propaganda negativa. Ele parecia mais preocupado com a intoxicação alimentar e com o que representa para sua cozinha nova em folha do que com a descoberta do corpo de Pettijohn na suíte da cobertura.

– Vocês estão me procurando?

Steffi e Smilow viraram para trás. O médico era tão jovem que ainda tinha acne, mas os olhos atrás dos óculos de armação metálica pareciam velhos, cansados e privados de sono. O colete verde e o jaleco branco estavam amassados e com manchas de suor. O crachá de identificação com foto dizia RODNEY C. ARNOLD.

Smilow apresentou novamente seu distintivo.

– Preciso fazer umas perguntas para as pessoas do Charles Towne Plaza que foram trazidas para cá com intoxicação alimentar.

– Perguntas sobre o quê?

– Elas podem ser testemunhas de um assassinato que aconteceu esta tarde no hotel.

– No hotel novo? Estão brincando.

– Temo que não.

– Esta tarde? Quer dizer, ontem?

– Até o médico-legista poder dar uma hora mais definida, a nossa estimativa é que a vítima morreu entre quatro e seis horas da tarde.

O residente deu um sorriso triste.

– Detetive, a essa hora, ontem, esse pessoal estava sofrendo de diarreia aguda, ou vomitando as vísceras, ou as duas coisas ao mesmo tempo. A única coisa que os olhos dessas pessoas testemunharam foi o fundo da comadre. Quando tinham sorte e conseguiam pegar a comadre em tempo, e eu soube que algumas não tiveram essa sorte.

– Compreendo que elas estavam passando muito mal...

– Estavam não. Estão.

Steffi se adiantou e se identificou.

– Dr. Arnold, acho que o senhor não está entendendo que é muito importante interrogar essas pessoas. Algumas ocupavam quartos no quinto andar, onde ocorreu o crime. Uma delas pode ter uma informação vital e nem saber disso. A única maneira de descobrir é falando com elas.

– Tudo bem – disse ele, dando de ombros. – Apresentem-se no balcão de admissões amanhã. Tenho certeza de que algumas ainda estarão aqui, mas a maioria terá ido para os quartos.

Ele deu meia-volta e já ia embora.

– Espere um minuto – disse Steffi. – Precisamos falar com elas agora.

– Agora? – O dr. Arnold olhou para os dois com expressão de incredulidade. – Sinto muito. Não pode ser. Alguns ainda estão sofrendo muito com problemas gastrintestinais agudos. Agudos. Sofrendo muito – repetiu ele, separando as palavras para dar mais ênfase. – Estão sendo hidratados com soro na veia. Os que tiveram a sorte de superar a crise estão descansando e, depois da provação que passaram por causa dos intestinos, eles bem que precisam. Voltem amanhã. Possivelmente no início da tarde. De preferência à noite. Até lá...

– É tempo demais.

– Mas tem de ser assim – afirmou o médico. – Porque ninguém vai conversar com nenhum deles esta noite. Agora, se me derem licença... Os pacientes estão me esperando.

Dito isso, ele deu meia-volta e passou pelas portas que separavam a entrada do hospital das salas de exames.

– Droga – disse Steffi. – Vai deixá-lo se safar assim?

– Você quer que eu invada a sala de emergência e comece a perturbar pacientes que estão sofrendo... et cetera? Por falar em propaganda negativa... – ele retornou ao balcão da enfermeira e pediu para ela dar seu cartão para o dr. Arnold. –

Se qualquer um dos pacientes começar a melhorar, diga para ele me ligar. A qualquer hora.

– Não acredito que o doutor esteja disposto a ajudar – observou Steffi quando Smilow voltou para o lado dela.

– Eu também não. Ele parece estar gostando de ser o ditador do seu pequeno reino.

Steffi olhou para ele com um sorriso malicioso.

– E você pode se identificar com isso.

– E você, não? – devolveu ele. – Pensa que não sei por que você quer tanto este caso?

Smilow era um excelente detetive por causa da sua sensibilidade. Mas às vezes essa percepção o tornava uma companhia desagradável.

– Temos cinco minutos? Preciso de cafeína – ela foi até uma máquina e enfiou moedas nela. – Quer uma coca?

– Não, obrigado.

Ela tirou a tampinha da lata de refrigerante.

– Bem, encare isso da seguinte forma. Se esse pessoal de Macon está tão doente assim, você provavelmente não ia mesmo conseguir arrancar-lhes nada útil ou confiável deles. Sofrendo de intoxicação alimentar, como podiam observar alguma coisa ontem à tarde? Não fará mal nenhum voltar aqui amanhã e conversar com eles, mas acho que acabará sendo um beco sem saída para você.

– Pode ser – ele se sentou numa cadeira vaga, apoiou os cotovelos nos joelhos e pôs os dois dedos indicadores esticados sobre os lábios. Steffi sentou-se na cadeira ao lado da dele. Ele recusou um gole da bebida dela com um gesto. – Uma das regras da investigação criminal é que alguém viu alguma coisa.

– Você acha que as pessoas estão sonegando informação?

– Não. Elas simplesmente não sabem que o que viram é importante.

Ambos ficaram calados algum tempo, perdidos em seus pensamentos. Finalmente, Steffi perguntou:

– O que você acha que aconteceu naquela suíte da cobertura?

– Procuro não elaborar teoria nenhuma. Pelo menos não tão cedo. Se fizesse isso, poderia desfigurar a investigação. Estaria procurando pistas para comprovar a minha ideia, ignorando as pistas que levam à solução verdadeira.

– Pensei que todos os policiais se apoiavam em palpites.

– Palpites, sim. Mas os palpites se baseiam em pistas. Ficam mais fortes ou mais fracos à medida que você vai avançando, dependendo das provas que você encontra, que podem confirmar ou destruir o seu palpite – ele se recostou na cadeira e deu um profundo suspiro, deixando atipicamente seu cansaço transparecer. – Tudo que realmente tenho neste momento é um homem que muita gente gostaria de ver morto.

– Inclusive você.

Os olhos dele ficaram frios.

– Estaria mentindo se dissesse que não. Eu detestava aquele filho da mãe e não escondia isso de ninguém. Você, por outro lado...

– *Eu*?

– Pettijohn tinha muita influência na política local. A procuradoria municipal de justiça não era exceção. Com Mason prestes a se aposentar...

– Isso ainda não se tornou público.

– Mas logo será. Se ele se recusar a tentar a reeleição, e com o segundo no comando lutando contra um câncer de próstata...

– Wallis tem cerca de seis semanas.

– Então, em novembro o cargo ficará vago. Pettijohn era famoso por pendurar cenouras como essa na frente dos ambiciosos e corruptos. Pense só que maravilha seria para um vigarista como ele ter uma coisinha doce e jovem como você exercendo a função de promotor público.

– Não sou doce. Quanto à juventude, os quarenta pairam ameaçadoramente próximos.

– É estranho você se referir a isso e não à parte da ambição e da corrupção.

– Admito a primeira e nego a segunda. Além do mais, se Pettijohn fosse o tapete vermelho para me levar ao cargo, por que eu ia matá-lo?

– Boa pergunta – disse ele, analisando Steffi com um olho fechado.

– Você é muito besta, Smilow – balançou ela a cabeça e deu risada. – Mas estou entendendo onde quer chegar. Considerando todas as maquinações de Pettijohn, a lista de suspeitos não acaba mais.

– O que não facilita em nada o meu trabalho.

– Talvez você esteja se esforçando demais – com ar pensativo, ela tomou um gole do refrigerante. – Quais são os dois motivos mais comuns para se cometer um assassinato?

Ele sabia a resposta, que apontava para uma pessoa.

– A sra. Pettijohn?

– O sapato serve direitinho, não serve? – Steffi levantou o dedo indicador. – Ela ficou cheia das traições flagrantes do marido. Mesmo sem amá-lo, seu comportamento de mulherengo a humilhava.

– O pai dela fez a mesma coisa com a mãe dela.

– O que poderia explicar o segundo tiro, já que o primeiro deve tê-lo matado – ela levantou o segundo dedo. – Ela recebe rios de dinheiro com Lute Pettijohn morto. Um desses motivos já seria suficiente. Combinados então...

Ela ergueu os ombros como se a conclusão falasse por si mesma. Depois de pensar um pouco, ele franziu a testa.

– É quase óbvio demais, não é? Além disso, ela tem um álibi.

Steffi bufou com desprezo.

– A serva leal da família? Sim, srta. Scarlett. Não, srta. Scarlett. Por que não me dá outro tapa, srta. Scarlett?

– Sarcasmo não lhe cai bem, Steffi.

– Não estou sendo sarcástica. O relacionamento delas reflete uma atitude arcaica.

– Não para a sra. Pettijohn. E tenho certeza de que para Sarah Birch também não. Elas são muito dedicadas uma à outra.

– Enquanto a srta. Davee for a patroa.

Ele balançou a cabeça.

– Você teria de ser criada lá para entender.

– Graças a Deus que não fui. No Meio-Oeste...

– Onde as pessoas são mais esclarecidas e todos os homens são criados iguais?

– Foi você que disse, Smilow, não eu.

– Além de sarcástica, condescendente e dona da verdade também. Se você nos despreza tanto, e ao que considera nosso comportamento arcaico, por que se mudou para cá?

– Por causa da oportunidade que havia aqui.

– Para corrigir todos os nossos erros? Para tornar mais esclarecido esse pobre povo atrasado do Sul?

Ela olhou para ele de cara feia.

– Ou você inveja o nosso modo de vida? – Provocando ainda mais, ele acrescentou: – Tem certeza de que não sente inveja de Davee Pettijohn?

Steffi formou com os lábios, silenciosamente, *vai se foder, Smilow!* Ela então terminou de beber o refrigerante e levantou-se para jogar a lata vazia num recipiente de lixo reciclável de metal. O barulho que fez assustou todo mundo na sala de espera, menos a mulher adormecida.

– Não suporto mulheres como Davee Pettijohn – disse Steffi. – Aquela afetação de madame sulista óbvia demais me dá vontade de vomitar.

Ele apontou para a porta. Os dois saíram para o ar quente e úmido. O céu a leste estava adquirindo um tom rosa-acinzentado, anunciando a aurora.

Smilow refletiu um pouco e disse:

– Concordo que a sra. Pettijohn faz disso uma arte.

– O que estou achando é que ela é suficientemente habilidosa nessa arte para usá-la a favor da impunidade.

– Seu coração é frio, Steffi.

– Olha quem fala. Se você fosse um nativo, seu nome seria Gelo Flui nas Veias.

– É verdade – disse ele, sem se ofender. – Mas não estou tão certo quanto a você.

Ela chegou à porta do motorista, mas não entrou no carro. Em vez disso, parou e olhou para ele por cima da capota.

– Quanto a mim, o quê?

– Ninguém questiona a sua ambição, Steffi. Mas ouvi dizer que o trabalho não é a única coisa que está mantendo seu sangue fervendo estes dias.

– O que foi que você ouviu?

– Boatos – disse ele.

– Que tipo de boatos?

– Apenas boatos – disse ele novamente, com seu sorriso gelado.

Loretta Boothe, que estava toda curvada, levantou a cabeça e observou Rory Smilow e Stefanie Mundell atravessando o estacionamento e chegando a um carro onde pararam para conversar antes de entrar nele e partir.

Tinham entrado na emergência do hospital com uma explosão de energia e determinação, que Loretta sabia que ambos possuíam abundantemente. Parecia que sugavam todo o oxigênio da atmosfera. Não gostava de nenhum dos dois. Mas por motivos diferentes.

Tinha uma rixa pessoal contra Rory Smilow havia alguns anos. Quanto a Steffi Mundell, só conhecia a reputação dela. A assistente do promotor público era considerada por todos uma megera perfeita, que se achava dona da verdade.

Loretta não sabia por que não tinha falado com eles, ou se identificado. Alguma coisa fez com que mantivesse a cabeça abaixada, o rosto escondido, fingindo estar dormindo. Não que um deles desse a mínima para ela, de qualquer maneira. Smilow olharia para ela com desprezo. Steffi Mundell possivelmente não ia reconhecê-la, ou então, se reconhecesse, não se lembraria do seu nome. O mais provável é que eles dissessem qualquer coisa razoavelmente educada e depois a ignorassem.

Então, por que não tinha dito nada? Devia ter sido a sensação de superioridade de poder ouvir toda a conversa sem ser vista ou observada, primeiro com o médico, depois entre eles.

Naquela noite mesmo, antes de começar a sentir náuseas e ter de ir para o pronto-socorro do hospital, tinha sabido do assassinato de Lute Pettijohn pela televisão. Tinha assistido à entrevista coletiva de Smilow. Ele havia se conduzido com sua habitual eficiência e postura inabalável. Steffi Mundell já estava se intrometendo onde não era querida nem necessária, ultrapassando suas fronteiras, no que diziam que ela era muito boa.

Loretta deu uma risadinha. Fazia bem ao seu velho coração vê-los correndo atrás de pistas e seguindo as que acabavam num beco sem saída. A investigação não podia estar indo muito bem se as únicas testemunhas possíveis eram as pessoas com intoxicação alimentar. De uma coisa tinha certeza: Smilow não tinha um suspeito viável, senão não estaria perseguindo pacientes na emergência do hospital.

Loretta olhou para o relógio na parede. Estava esperando havia mais de duas horas, e piorava a cada minuto. Esperava que o socorro viesse logo.

Para passar o tempo e distrair a mente dos seus problemas pessoais, ela ficou olhando através da janela de vidro laminado para o lugar, agora vazio, onde o carro deles estava estacionado. Rory Smilow e Steffi Mundell. Cristo, que combinação perigosa! Que Deus ajude o pobre criminoso quando eles o pegarem.

– O que você está fazendo aqui?

Loretta virou-se ao ouvir a voz da filha. Bev estava diante dela, com as mãos nas cadeiras, olhar crítico, nada feliz de vê-la. Ela tentou sorrir, mas sentiu os lábios secos rachando quando os esticou sobre os dentes.

– Oi, Bev. Só disseram agora para você que eu estava aqui?

– Não, mas eu estava ocupada e só pude vir agora.

Bev era enfermeira da UTI, mas Loretta achava que ela podia ter pedido para alguém substituí-la por cinco minutos, se quisesse. É claro que ela não quis.

Nervosa, Loretta molhou os lábios descascados com a língua.

– Achei que podia vir até aqui para ver... Podemos tomar café da manhã juntas.

– Quando meu turno terminar, às sete, estarei completando doze horas. Vou para casa dormir.

– Oh.

Aquilo não estava indo como Loretta esperava, nem tinha muita esperança de que funcionasse mesmo. Ficou mexendo nos botões da blusa suja.

– Você não veio até aqui para tomar café da manhã comigo, veio? – a voz de Bev possuía um tom imperativo e acabou chamando a atenção da enfermeira da recepção. Loretta viu que ela olhou para as duas curiosa. – Você ficou sem dinheiro, não podia mais comprar sua bebida e veio aqui me pedir esmola.

Loretta abaixou a cabeça para evitar o olhar furioso e inclemente da filha.

– Não bebo há dias, Bev. Juro que não.

– Estou sentindo o cheiro em você.

– Estou doente. É verdade, eu...

– Ah, poupe-me disso – Bev abriu a carteira e tirou uma nota de dez dólares. Mas não a deu para Loretta. Forçou-a a estender a mão para pegá-la, acentuando a humilhação. – Não me incomode no trabalho novamente. Se voltar aqui pedirei para a segurança do hospital levá-la para fora. Entendeu?

Loretta concordou com a cabeça, engolindo seu orgulho e a vergonha. As solas de borracha do sapato de Bev guincharam no piso quando ela deu meia-volta para ir embora. Loretta ouviu as portas do elevador se abrindo, levantou a cabeça e chamou, com a voz entrecortada.

– Bev, não...

As portas se fecharam antes de Loretta terminar a frase, mas só depois de notar que Bev desviou o olhar, como se não suportasse ver a própria mãe.

DOMINGO

Capítulo 8

Simplesmente não fazia sentido.

Inesperadamente, completamente ao acaso, você conhece alguém. É como receber um presente sem motivo. A atração é instantânea, forte e mútua. Vocês gostam da companhia um do outro. Riem, dançam, comem milho cozido e tomam sorvete. Fazem sexo, e é de um jeito que você conclui que antes não tinha a menor ideia do que era sexo. Adormecem nos braços um do outro e se sentem mais satisfeitos do que nunca.

Então você acorda sozinho.

Ela foi embora. Nem até logo, nem adeus. Nem um *hasta la vista, baby.* Nada.

Hammond tamborilava na direção do carro, com raiva dela, mas com mais raiva dele mesmo por se importar. Por que se importaria de ela ter fugido? Ei, ele teve uma noite de sábado sensacional. Fez um sexo ótimo com uma estranha linda, que convenientemente foi para a cama com ele, e depois, mais conveniente ainda, desapareceu, sem nenhuma cobrança. Programa de sonho, certo? Não podia ser melhor. Pergunte para qualquer homem solteiro qual é sua fantasia principal, a número um, e ele dirá que é essa.

Então aceite tudo do jeito que foi, seu idiota, ele se repreendeu. *Não dê importância demais. E não tenha lembranças melhores do que o que realmente aconteceu.*

Mas não estava imaginando que tinha sido melhor do que realmente foi. Foi fantástico, e a lembrança era exatamente essa.

Xingando, ele desviou de um motorista que punha à prova a sua paciência, dirigindo devagar demais. Hoje tudo era irritante. Desde que acordara aquela manhã, andava descarregando sua decepção e frustração nos objetos inanimados. Primeiro na escrivaninha, quando deu nela uma topada com o dedão do pé, pulando da cama e correndo para a sala da cabana, com a esperança frenética de vê-la mexendo na cozinha à procura de um pote para servir o cereal, ou folheando uma revista na sala de estar, ou sentada na cadeira de balanço na varanda, vendo o rio fluir languidamente enquanto bebia café e esperava Hammond acordar.

As fantasias dele tinham adquirido o brilho sem foco dos comerciais de cartão-postal.

Mas não passavam disso mesmo... fantasias.

Porque não havia ninguém na sala de estar e na cozinha, o carro dela não estava mais lá e a única ocupante da cadeira de balanço na varanda era uma aranha que se empenhava em tecer uma teia que ia de um braço a outro, cobrindo o assento.

Sem se importar de estar nu, ele espantou a aranha e sentou-se na cadeira de balanço, tirando o cabelo da testa com os dez dedos, gesto de um homem desesperado, à beira de perder completamente o controle.

A que horas ela fora embora? Que horas eram agora? Há quanto tempo tinha ido?

Talvez ela fosse voltar. Talvez ele estivesse se preocupando à toa.

Por meia hora ele se iludiu, acreditando que ela havia saído para comprar sonhos e manteiga. Ou creme para o café. Ou o jornal de domingo.

Mas ela não voltou.

Depois de um tempo, ele cedeu a cadeira de balanço para a aranha e entrou na casa. Quando tentou fazer café, derramou borra de café em cima do aparador. Furioso, ele rachou o bule de vidro e acabou jogando a cafeteira inteira no chão, que se espatifou e espalhou a água que ele tinha posto para ferver.

Havia vasculhado a casa toda à procura de alguma coisa que ela podia ter deixado ou esquecido, torcendo para encontrar um cartão de apresentação ou, melhor ainda, um bilhete. Não achou nada. No banheiro, tinha inspecionado o cesto de papel embaixo da pia, mas não havia nada além do saco plástico descartável. Ao levantar, bateu com a cabeça na porta aberta do armário. Com raiva, Hammond bateu a porta com força e xingou com mais ferocidade ainda porque espremeu o dedo quando fez isso.

Finalmente, apesar de a cama ser a lembrança mais marcante da presença dela, ele se deitou com o braço dobrado em cima dos olhos, fazendo força para recuperar o controle.

O que havia de errado com ele? ficou pensando. Ninguém que o conhecia teria reconhecido Hammond aquela manhã, andando nu e com a barba por fazer pela casa, sem dar a mínima, com a aparência e o comportamento de um louco, um lunático perigosamente desequilibrado. Hammond Cross, agindo como um imbecil, como um adolescente com dor de cotovelo. O *nosso* Hammond Cross? Você deve estar brincando!

Espere um minuto, você disse *dor de cotovelo?*

Lentamente ele tirou o braço de cima do rosto e virou para o travesseiro dela. Pôs a mão na depressão formada pela cabeça dela. Aos pouquinhos foi ficando de lado, segurou o travesseiro contra o peito e enfiou a cara nele, aspirando profundamente o perfume dela.

Foi tomado pelo desejo, mas não era sexo.

Tudo bem, era sexo sim, mas não só sexo.

Não era um tesão comum. Tinha sentido esse milhares de vezes. Era capaz de reconhecer. Aquilo era diferente. Mais profundo. Mais envolvente. Ele estava dominado por uma... necessidade de estar com ela.

– Merda – sussurrou ele. *Quer prestar atenção no que você está pensando? Necessidade de estar com ela?*

Rolou na cama e ficou de costas de novo, olhou para o teto e, desolado, reconheceu que não conhecia uma palavra que descrevesse o que estava sentindo. Era estranho para ele. Nunca sentira isso antes, como é que podia dar um nome? Só sabia que era abrangente e muito debilitante, que nunca se sentira assim antes, apesar de ter estado com muitas mulheres lindas, cativantes e sensuais.

Daí em diante seus pensamentos vagaram da sua história sexual para a dela. E foi então que se lembrou do telefonema. Franziu a testa e olhou para o telefone sobre a mesa do outro lado do quarto. Quando a surpreendera usando o aparelho, ela parecera assustada e culpada. Para quem estava telefonando?

Subitamente ele pulou da cama. Com o coração aos saltos, inclinou-se sobre o telefone e passou o dedo pelos botões emborrachados no painel. Nem tinha certeza se aquele modelo tinha aquilo que procurava, mas então, *sim!,* lá estava.

Auto Redial, rediscagem automática.

Hesitou apenas um segundo e apertou o botão. O telefone emitiu uma série de tons e discou automaticamente o número, que apareceu na mesma hora no mostrador. Ele pegou um lápis e o único papel que tinha ao seu alcance – o exemplar da última temporada da *Sports Illustrated,* edição de trajes de banho. Escreveu o número do telefone na barriga da menina da capa.

– Clínica Ladd.

Hammond não sabia o que esperar e, depois de tocar duas vezes, quando a sua ligação foi atendida por uma voz feminina bem profissional, ele foi pego desprevenido.

– Perdão?

– O senhor ligou para a clínica Ladd?

– Uh... Eu... devo ter discado o número errado – ele repetiu o número que tinha rabiscado na revista.

– Está correto. Este é um serviço de recados. O senhor queria marcar uma hora?

Sem saber o que dizer, ele respondeu:

– Uh, queria.

– Seu nome e número do telefone onde possa ser encontrado, por favor.

– Sabe, pensando bem, vou esperar e ligar de novo no horário comercial.

Ele desligou rapidamente, mas ficou muito tempo lá sentado, na beirada da cama, imaginando que clínica seria aquela, e por que ela havia telefonado para lá no meio da noite.

Tinha passado uma agenda inteira de nomes e rostos no seu banco de memória. Convivia socialmente com diversos médicos. Era sócio de dois clubes de campo, onde médicos de todas as especialidades se acotovelavam. Mas não se lembrava de jamais ter encontrado um dr. Ladd.

Mas será que tinha conhecido a mulher do dr. Ladd? Será que conhecia intimamente a mulher do dr. Ladd?

Irritado com essa possibilidade triste mas muito concreta, esforçou-se para levantar da cama e tomar uma chuveirada. Não que uma ducha quente significasse alguma coisa. Não que estivesse se sentindo culpado, precisando de uma limpeza. Se ela era casada e tinha mentido sobre isso, a culpa não era dele. Certo? Certo.

Depois de se vestir, ele foi se arrastando até a cozinha, onde tornou duas xícaras de café desidratado, congelado e descafeinado. Forçou-se até a comer metade de um pãozinho, mastigando e ruminando em sincronia. Ela disse que não era casada, mas que diabos, como podia acreditar numa mulher que nem tinha dito seu nome para ele?

Por Deus, ele nem sabia o nome dela!

Ela contou uma porção de coisas. Por exemplo, que não costumava ir para a cama com homens que acabava de conhecer. Nem casual, nem habitualmente. Essas eram as palavras exatas? Mas como ele ia saber se isso era verdade?

Como saber se ela não era uma mentirosa compulsiva e uma vadia, que por acaso era casada com um pobre-diabo com diploma de médico? Ela podia ser uma esposa volúvel que tinha traído o marido tantas vezes que ele não se surpreendia mais com telefonemas no meio da noite.

Quanto mais Hammond pensava, mais mal-humorado ficava.

Enquanto arrumava a cozinha ele tinha olhado para o relógio de parede e se surpreendido ao ver que já eram quase três horas. Como podia ter dormido tanto? Fácil. Eles não pararam de fazer amor... Não tinham dormido até quase seis da manhã.

Ele não pretendia voltar para Charleston até a noite. Tinha planejado passar um domingo tranquilo, pescando, ou sentado na varanda, apreciando a paisagem, basicamente sem fazer nada que exigisse pensar muito.

Mas ficar na cabana não tinha muita graça. Nem pensar. Por isso ele trancou a casa e voltou antes do programado. Agora ele estava atravessando a ponte Memorial e entrando na cidade e imaginando se ela era de Charleston e se tinha voltado para casa por aquele mesmo caminho.

E se dessem de cara um com o outro uma noite, numa festa qualquer? Comentariam a noite que passaram juntos ou apenas se cumprimentariam como desconhecidos bem-educados e fingiriam que jamais tinham se visto?

Isso talvez dependesse de estarem ou não com outras pessoas neste momento. Como se sentiria se fosse apresentado ao casal aparentemente feliz, dr. e sra. Ladd, e tivesse de olhar bem nos olhos do marido, apertar a mão dele, jogar conversa fora e agir como se não conhecesse intimamente a mulher ao lado dele?

Por inúmeros motivos, ele esperava que nunca tivesse de enfrentar uma situação como essa, mas se tivesse ia se comportar com um grau razoável de compostura. Esperava não ficar parecendo um simplório. Esperava conseguir dar as costas para ela e ir embora.

Não tinha certeza se podia fazer isso. Era isso que o deixava mais preocupado.

Quando tinha de encarar um dilema moral, Hammond normalmente escolhia o lado do bem. Fora as brigas normais da infância, maldades da adolescência e as farras da faculdade, sua conduta era irrepreensível. Não importava se tinha sido amaldiçoado com uma dose extra de virtude, ou se era apenas covarde, ele costumava seguir as regras.

Nem sempre era fácil. Na verdade, o sentido inabalável que tinha de certo ou errado estivera sempre no cerne da maioria dos seus conflitos com amigos e colegas, até com seus pais. Especialmente com o pai. O pai e ele não obedeciam as mesmas regras de comportamento. Preston Cross acharia graça dessa perplexidade toda a respeito de uma mulher.

Entrando no condomínio onde morava, Hammond se perguntou o que teria acontecido se tivesse entrado no quarto segundos antes e ouvido ela dizer ao telefone uma coisa assim: "Querido, já que é muito tarde, resolvi passar a noite com a minha amiga. Isto é, se você não se importar. Achei que podia ser perigoso voltar dirigindo, sozinha, a essa hora. Tudo bem, então, vejo você de manhã. Também te amo".

A porta automática se abriu e Hammond entrou com o carro na garagem estreita. Mas depois de desligar o motor ele ficou alguns minutos lá sentado, olhar parado para a frente, avaliando se passaria ou não naquele teste específico da sua fibra moral.

Finalmente, aborrecido com ele mesmo por alimentar especulação tão sem sentido, ele desceu do carro e entrou na casa pela porta que ligava a garagem à cozinha. Por força do hábito, foi direto para o telefone checar os recados na secretária. Pensou melhor e ignorou o telefone. Haveria pelo menos um recado do seu pai. Não estava a fim de recomeçar o confronto da véspera. Não estava a fim de falar com ninguém.

Talvez saísse para velejar um pouco. Ainda faltavam algumas horas para o anoitecer. O barco de dezesseis pés, presente dos pais quando foi inscrito como advogado no foro, estava apoitado do outro lado da rua, no City Marina. Por isso tinha comprado a casa naquele condomínio. Era uma caminhada curta até a marina.

Hoje era um dia perfeito para sair de barco. Podia ajudar a clarear sua cabeça.

Apressando o passo, ele atravessou a cozinha, passou pelo corredor, pela sala de estar, e estava indo para a escada quando ouviu alguém enfiando a chave na porta da frente. Mal teve tempo de se virar e Steffi Mundell entrou, com um telefone celular na orelha.

– Não acredito que eles estejam sendo tão rígidos com isso – dizia ela, fazendo malabarismos com as chaves, o telefone, a pasta e uma bolsa, mexendo os dedos para cumprimentar Hammond. – Quero dizer, intoxicação alimentar não é exatamente câncer ósseo... Bem, avise-me... Sei que não preciso estar aí, mas quero estar. Você tem o número do meu celular, não tem?... Tudo bem, tchau – ela desligou o telefone e olhou para Hammond, exasperada. – Onde, diabos, você esteve?

– O que aconteceu com o “oi”?

A colega nunca parava de trabalhar. Numa pasta enorme, ela carregava uma miniatura do escritório. Quando passou a fazer parte da Procuradoria Municipal de Charleston, ela mandou instalar um rastreador da polícia no carro e ouvia as transmissões como os outros motoristas ouviam música ou entrevistas no rádio. No meio dos outros advogados e oficiais de polícia, era piada corrente que, para a promotoria, Steffi era o equivalente a um advogado de defesa que perseguia ambulâncias.

Ela largou seus inúmeros pertences numa cadeira, tirou o sapato de salto alto e tirou a blusa de dentro da saia. Abanou a barriga com a fralda da blusa.

– Meu Deus, está muito abafado lá fora. Estou pegando fogo! Por que não atendeu o telefone?

– Eu disse que ia para a minha cabana.

– Eu liguei para lá. Milhões de vezes.

– Desliguei a campainha.

– Que coisa! Por quê?

Porque eu estava totalmente envolvido com uma mulher e não queria ser perturbado, pensou ele.

– Você deve ter o radar de um morcego. Acabei de entrar em casa pela porta dos fundos. Como sabia que eu estava aqui?

– Não sabia. A sua casa é mais perto da central de polícia do que a minha. Achei que você não ia se incomodar se eu ficasse aqui esperando até saber de alguma coisa.

– Sobre o quê? Com quem você estava falando? O que é tão urgente?

– Urgente? Hammond? – de frente para ele, com as mãos na cintura, primeiro ela pareceu confusa. Depois, sua expressão mudou para profunda incredulidade: – Oh, meu Deus, você não sabe.

– Parece que não.

O drama que ela estava fazendo não impressionou Hammond. Era sempre dramática.

Lá se foi o passeio de barco. Ele não queria convidar Steffi para velejar com ele, e era difícil livrar-se dela, especialmente quando ficava agitada daquele jeito. Ele subitamente sentiu um cansaço enorme.

– Preciso beber alguma coisa. O que você quer?

Ele voltou para a cozinha e abriu a geladeira.

– Água ou cerveja?

Ela foi atrás dele.

– Não acredito. Você não sabe mesmo. Você não ouviu nada. Onde fica essa sua cabana, na periferia da Mongólia? Não tem televisão lá?

– Tudo bem, cerveja.

Ele tirou duas garrafas da geladeira, abriu a primeira e entregou-a para ela. Ela pegou a garrafa, mas continuou olhando para ele como se a cara dele tivesse acabado de se desmanchar em feridas purulentas. Ele abriu a segunda cerveja e aproximou o gargalo da boca.

– O suspense está me matando. O que a está deixando tão agitada?

– Alguém assassinou Lute Pettijohn ontem à tarde na sua cobertura do Charles Towne Plaza.

A garrafa de cerveja não chegou à boca de Hammond. Ele abaixou o braço lentamente, olhando incrédulo para Steffi. Segundos foram se passando.

– Isso é impossível – disse ele, com a voz rouca.

– É verdade.

– Não pode ser.

– Por que eu mentiria?

Depois de um tempo imobilizado pelo choque, ele se mexeu. Passou a mão na nuca, onde a tensão já tinha se concentrado. Funcionando no piloto automático, ele deixou a cerveja na pequena mesa de bistrô, puxou a cadeira e sentou-se nela. Quando Steffi se sentou na frente dele, ele piscou e conseguiu focalizá-la.

– Você disse *assassinado*?

– Assassinado.

– Como? – perguntou ele, com a mesma voz seca. – Como foi que ele morreu?

– Você está bem?

Ele olhou para ela como se não entendesse mais a língua e, então, balançou a cabeça, distraído.

– Estou, estou bem. Só um pouco... – ele abriu as mãos.

– Sem palavras.

– Estupidificado – ele pigarreou. – Como foi que ele morreu?

– Baleado. Dois tiros nas costas.

Ele baixou os olhos para o tampo de granito da mesa e ficou olhando, sem ver, para a condensação que se formava na garrafa de cerveja gelada, tentando assimilar a notícia espantosa.

– Quando? A que horas?

– Ele foi encontrado por uma camareira pouco depois das seis.

– Ontem à noite.

– Hammond, não estou gaguejando. É. Ontem à noite.

– Desculpe-me.

Ele ouviu Steffi descrever o que a camareira tinha encontrado.

– O ferimento na cabeça foi mais do que uma pancada, mas John Madison acha que os tiros o mataram. Naturalmente ele não pode determinar oficialmente a causa da morte até terminar a autópsia. Todos os detalhes só serão conhecidos depois disso.

– Você conversou com o médico-legista?

– Pessoalmente, não. Smilow me deu as informações.

– Então ele está no caso?

– O que você acha?

– É claro que está – resmungou Hammond. – O que ele acha que aconteceu?

Nos cinco minutos seguintes, Hammond ouviu Steffi explicar os detalhes conhecidos do caso.

– Achei que a promotoria devia estar acompanhando isso desde o início, por isso passei a noite com Smilow... por assim dizer – o sorriso malicioso dela pareceu grosseiro e fora de propósito. Hammond simplesmente fez que sim com a cabeça e gesticulou impaciente para ela continuar. – Eu estava com ele quando ele seguiu algumas pistas, as pouquíssimas que havia.

– Segurança do hotel?

– Pettijohn morreu sem emitir um som. Nenhum sinal de arrombamento. Nenhum sinal de luta. E podemos eliminar supervisão com câmeras. Tudo que temos em vídeo é uma trilha sonora monótona e gente nua se contorcendo.

– Hein?

Quando ela contou a história das câmeras de segurança falsas, ele balançou a cabeça consternado.

– Cristo! Ele falava tanto daquele sistema, de quanto tinha custado. Que atrevimento do homem!

Hammond conhecia bem as características pessoais desagradáveis e os negócios inescrupulosos de Lute Pettijohn. Vinha investigando o homem secretamente para o promotor-geral havia seis meses. Quanto mais descobria sobre Pettijohn, mais tinha a desprezar e não gostar.

– Alguma testemunha?

– Nenhuma até agora. A única pessoa no hotel que teve algum contato com ele foi um massagista no spa, e é um beco sem saída – ela então contou para ele sobre o grupo com intoxicação alimentar. – Tirando as crianças, há sete adultos que Smilow quer interrogar. Nenhum de nós está muito otimista quanto ao resultado, mas ele prometeu me avisar assim que o médico der sinal verde. Quero estar lá.

– Você está ficando pessoalmente muito envolvida, não está?

– Será um caso gigantesco.

A afirmação caiu entre os dois como uma luva jogada no chão. A rivalidade não era articulada, mas estava sempre lá. Hammond reconhecia humildemente que costumava levar vantagem sobre ela, e não porque era mais inteligente. Tinha tirado segundo lugar na turma da faculdade de direito, mas Steffi tirou o primeiro na dela. O que os distinguia eram suas personalidades. A dele representava uma grande vantagem para ele, mas a de Steffi funcionava contra ela. As pessoas não reagiam bem à sua causticidade nem às suas abordagens agressivas.

Ele admitia que sua maior vantagem era o declarado favoritismo de Monroe Mason por ele. Uma posição tinha ficado vaga logo depois que Steffi se juntou a eles. Ambos eram qualificados. Ambos foram avaliados. Mas, na verdade, nunca houve nenhuma disputa quanto a quem seria promovido. Hammond agora era promotor assistente especial.

A decepção de Steffi ficou muito clara, apesar de ter enfrentado a situação com brio. Ela não era má perdedora e não tinha guardado rancor. O relacionamento profissional dos dois continuou a ser mais de cooperação do que de rivalidade.

Mesmo assim, como estava acontecendo naquele momento, às vezes despontavam desafios silenciosos. Naquela hora, nenhum dos dois quis aceitar.

Hammond mudou de assunto:

– E quanto a Davee Pettijohn?

– Em que aspecto? Você quer dizer e quanto a Davee Pettijohn como suspeita? Ou como a viúva atormentada?

– Suspeita? – repetiu Hammond, surpreso. – Alguém acha que ela matou o Lute?

– Eu acho.

Steffi, então, contou para Hammond a ida dela com Smilow à mansão Pettijohn e por que considerava a viúva uma provável suspeita.

Depois de ouvir a história, Hammond refutou a teoria de Steffi.

– Para começo de conversa, Davee não precisa do dinheiro de Lute. Nunca precisou. A família dela...

– Já fiz a minha pesquisa. O dinheiro dos Burton jorra pelo ladrão. O tom malicioso dela não passou despercebido.

– O que está incomodando você?

– Nada – respondeu ela secamente. Então respirou bem fundo e desabafou devagar: – Tudo bem, talvez eu esteja mesmo irritada. Fico irritada quando os homens, que supostamente são adultos, profissionais e inteligentes, se transformam em manteiga derretida diante de uma mulher igual a ela.

– Uma mulher igual a ela?

– Ora, Hammond – continuou ela, ainda mais aborrecida que antes. – Gatinha fofa por fora, pantera por dentro. Você conhece esse tipo.

– Você rotulou Davee depois de vê-la apenas uma vez?

– Está vendo? Você já a está defendendo.

– Não estou defendendo ninguém.

– Primeiro Smilow fica retardado perto dela, se é que você é capaz de acreditar nisso. Agora você.

– Não sou nenhum retardado. Só não estou entendendo como você pode traçar um perfil completo da personalidade de Davee depois de...

– Está bem! Eu não me importo – disse ela, impaciente. – Não quero mais falar sobre Lute Pettijohn, o assassinato e os motivos. Só tenho pensado nisso há quase 24 horas. Preciso de um descanso.

Ela se levantou da cadeira, pôs as mãos nas costas e se espreguiçou com gosto, depois deu a volta na mesa para se sentar no colo de Hammond. Passou os braços em volta do pescoço dele e o beijou.

Capítulo 9

Depois de alguns beijos rápidos, Steffi se endireitou e despenteou o cabelo dele.

– Esqueci de perguntar. Como foi sua noite?

– Foi ótima – respondeu Hammond sinceramente.

– Fez alguma coisa especial?

Especial? Muito especial. Até as conversas bobas tinham sido extraordinárias.

– Joguei futebol americano na Liga Nacional de Futebol, sabia?

– Jogou?

– Joguei. Mas depois que ganhei meu segundo campeonato fui trabalhar para a CIA.

– Trabalho perigoso?

– Operações básicas de capa e espada.

– Uau!

– Para falar a verdade, foi muito chato. Por isso me alistei no Corpo da Paz.

– Fascinante.

– Foi legal. Até um certo ponto. Mas depois que recebi o Prêmio Nobel por ter alimentado todas as crianças famintas da África e da Ásia, comecei a procurar outra coisa para fazer.

– Um desafio maior?

– Isso mesmo. Limitei minhas opções a tornar-me presidente e a servir ao meu país, ou a descobrir a cura do câncer.

– Autossacrifício deve ser seu nome do meio.

– Não, é Greer.

– Eu gosto.

– Você sabe que estou mentindo.

– O seu nome do meio não é Greer?

– Isso é verdade. O resto é tudo mentira.

– Não!

– Eu queria impressioná-la.

– Sabe de uma coisa?

– *O quê?*

– *Estou impressionada.*

Hammond se lembrou do toque da mão dela, de ficar excitado...

– Humm – ronronou Steffi. – Exatamente o que pensei. Você sentiu a minha falta.

Ele estava com ereção, mas não motivada pela mulher sentada no seu colo que o acariciava por cima da calça. Ele afastou a mão dela.

– Steffi...

Ela chegou para a frente e beijou-o com agressividade. Levantou a saia acima dos quadris, montou em cima dele e continuou beijando-o, enquanto atacava a fivela do cinto.

– Detesto correria – disse ela, ofegante, entre beijos. – Mas, quando Smilow ligar, vou ter de correr. Temo que isso terá de ser rápido.

– Hammond agarrou as mãos atarefadas dela.

– Steffi. Nós precisamos...

– Subir para o quarto? Ótimo. Mas não podemos perder tempo, Hammond.

– Ágil e enérgica, ela pulou do colo dele e foi para a porta, desabotoando a blusa no caminho.

– Steffi.

Ela virou de frente para ele e ficou atônita ao ver Hammond levantar-se e fechar o zíper da calça. Ela riu um pouco.

– Estou disposta a experimentar praticamente qualquer coisa, mas vai ser meio complicado se você não tirar a calça.

Ele foi para outro canto da cozinha e apoiou os braços na bancada de granito. Ficou olhando para a pia imaculada alguns segundos antes de encará-la de novo.

– Isso não está mais funcionando para mim, Steffi.

Assim que conseguiu dizer isso, ele se sentiu enormemente aliviado. Tinha saído da cidade na tarde anterior, sobrecarregado por diversos motivos. Um deles – na verdade o menos importante – era sua indecisão quanto ao caso com Steffi. Não tinha certeza se queria terminar. O esquema deles era confortável. Nenhum dos dois cobrava quase nada do outro. Compartilhavam muitos interesses comuns. Eram sexualmente compatíveis.

No entanto, a ideia de morar juntos nunca tinha aflorado nas conversas e Hammond estava feliz por causa disso. Se tivesse, ele teria feito uma lista de desculpas apropriadas para explicar por que morar no mesmo endereço seria uma má ideia, mas o verdadeiro motivo era que o nível de energia de Steffi ia cansá-lo rapidamente. E, aparentemente, ela também demonstrava que não queria tê-lo por perto o tempo todo. O caso deles era mantido em segredo. Os dois se viam regularmente e quando queriam. Por quase um ano tinha sido um arranjo perfeito.

Mas ultimamente ele andava sentindo que, afinal de contas, não era tão perfeito assim. Não gostava da clandestinidade e dos subterfúgios, especialmente no que diziam respeito a relacionamentos pessoais, pois se agarrava à crença antiquada de que a honestidade devia ser um pré-requisito.

Também estava insatisfeito com o nível de intimidade deles. Para ser mais exato, não existia intimidade nenhuma. De verdade, não. Steffi era uma amante ardente e capaz, mas eles não estavam mais próximos emocionalmente do que da primeira vez que ela o convidou para jantar e eles acabaram arrancando as roupas no sofá da sala.

Depois de pesar todos os prós e contras, de pensar semanas no assunto, Hammond tinha resolvido que o relacionamento chegara a um ponto que fazia com que ele quisesse e precisasse de mais. Em vez de aguardar com ansiedade as noites que eles passavam juntos, passara a temê-las. Passou a responder às ligações dela com atraso e não assim que podia. Mesmo na cama, quando faziam sexo, ele se surpreendia distraído e pensando em outras coisas, tendo um desempenho adequado, mas rotineiro, físico, mas sem emoção. Antes de a indiferença decair para o ressentimento, era melhor terminar tudo.

O que queria e precisava de um relacionamento ele não sabia ao certo. Mas tinha certeza de que o que quer que fosse não ia encontrar em Stefanie Mundell. Tinha chegado mais perto dessa descoberta na noite anterior, com uma mulher da qual nem sabia o nome. Essas eram observações tristes sobre seu relacionamento com Steffi, mas indicavam a plena confirmação de que era hora de acabar.

Chegar a essa decisão era apenas a metade do problema. Agora tinha de enfrentar o ato em si. Queria terminar o caso da forma mais civilizada possível, de preferência evitando o equivalente temperamental da Guerra dos Cem Anos. O melhor que podia esperar era que terminasse com os mesmos fogos de artifício com que tinha começado.

A probabilidade de isso acontecer era nula. Uma cena era praticamente garantida. Ele tinha provocado, e agora ela estava chegando.

O que ele tinha dito levou algum tempo para ser registrado. Quando Steffi entendeu, ela engoliu em seco, cruzou os braços por cima da blusa aberta e então, num gesto de desafio, descruzou-os e os deixou caídos ao lado do corpo.

– Quando você diz "isso", imagino que esteja se referindo a...

– Nós.

– Ah, é?

Ela inclinou a cabeça para um lado e ergueu as sobrancelhas de um modo familiar demais. Era a expressão que ela fazia quando estava furiosa, quando estava prestes a estraçalhar alguém, em geral um estagiário ou funcionário que não tivesse feito um bom trabalho no preparo de uma minuta para ela, ou um policial que tivesse deixado de incluir um fato completo de um caso em seu relatório, ou qualquer um que ousasse irritá-la quando estava determinada a ter tudo a seu modo.

– E desde quando não está "funcionando" para você?

– Há algum tempo. Sinto que estamos nos movendo em direções diferentes.

Ela sorriu e deu de ombros.

– Nós dois andamos distraídos ultimamente, mas é fácil consertar isso. Temos bastante coisa em comum para salvar...

Ele balançou a cabeça.

– Não apenas em direções diferentes, Steffi. Direções opostas.

– Será que você podia ser um pouco mais específico?

– Tudo bem – falou ele sem nenhuma entonação especial, apesar de ter se ressentido do tom que ela usou, porque indicava que ele não era tão inteligente quanto ela. – Um dia eu gostaria de me casar. Ter filhos. Você deixou bem claro em inúmeras ocasiões que não está interessada em ter uma família.

– O *seu* interesse é uma surpresa.

Ele deu um sorriso triste.

– Na verdade é uma surpresa para mim também.

– Você disse que não queria ser para nenhuma criança inocente o que o seu pai tinha sido para você.

– E não vou ser – disse ele muito sério.

– É uma mudança de ideia recente?

– Recente mas gradual. O nosso relacionamento foi perfeito por algum tempo, mas depois...

– A novidade acabou?

– Não.

– Então foi o quê? Não o excito mais? Ir para a cama com a mais quente do escritório da promotoria perdeu seu encanto? Ser o amante secreto de Steffi Mundell não te dá mais tesão?

Ele abaixou a cabeça e balançou-a de um lado para outro.

– Por favor, não faça isso, Steffi.

– Não estou fazendo nada – retrucou ela, e sua voz ficou mais aguda. – Essa conversa foi ideia sua – ela semicerrou os olhos escuros. – Você tem alguma ideia de quantos homens gostariam de trepar comigo?

– Tenho – disse ele, elevando o tom de voz para igualar o nível furioso da voz dela. – Ouço as fofocas do vestiário a seu respeito.

– Você costumava gostar muito quando eles especulavam quem seria o homem misterioso na minha cama, e era você o tempo todo. Costumávamos rir muito disso.

– Acho que deixou de ser engraçado.

Sem nada para dizer, Steffi ficou lá parada, soltando fogo pelas ventas, em silêncio.

Ele continuou com voz mais calma:

– De qualquer modo, viajei esse fim de semana para reavaliar o nosso relacionamento...

– Sem ao menos conversar comigo primeiro? Nunca te ocorreu me convidar para ir junto nessa reavaliação?

– Não vi necessidade.

– Então já tinha decidido antes mesmo de ir para a sua preciosa cabana no mato para *reavaliar* – disse ela, arranhando a palavra.

– Não, Steffi. Não tinha decidido nada. Enquanto estive fora examinei nosso relacionamento de todos os ângulos e sempre chegava à mesma conclusão.

– Que você queria me dar o fora.

– Não...

– Dar o fora? Que palavra você usaria?

– Esse é exatamente o tipo de cena que eu esperava evitar – disse ele, finalmente, gritando mais alto que ela. – Porque eu sabia que você ia discutir. Sabia que ia argumentar até a morte como se estivesse no tribunal, expondo seu caso para um júri. Você rebateria tudo que eu dissesse simplesmente para argumentar e não cederia um milímetro, porque com você tudo se reduz a uma disputa. Bom, isso não é uma competição, Steffi. E não é um julgamento. São as nossas vidas.

– Meu Deus, poupe-me desse melodrama!

Ele bufou uma risada breve.

– É exatamente isso. Preciso de um pouco de melodrama. O nosso relacionamento é completamente desprovido de melodrama. Melodrama é humano. É...

– Hammond, de que diabos você está falando?

– Nem tudo na vida pode ser resumido numa minuta. Nem todas as respostas são encontradas em livros de direito – frustrado com a própria incapacidade de se explicar, ele xingou baixinho antes de tentar de novo. – Você é brilhante, mas nunca para. As discussões, a disputa, são constantes. Incessantes. Não há trégua com você.

– Perdoe o duplo sentido, mas eu não sabia que estar comigo tinha sido como um julgamento para você.

– Olhe – disse ele secamente –, vou poupá-la do melodrama se você me poupar da encenação canastrona de parte ferida. Você está zangada, mas não magoada.

– Quer parar de dizer o que sou e o que deixo de ser? Você não sabe o que estou sentindo.

– Sei que não é amor. Você não me ama. Ama? Se tivesse escolha agora mesmo, o que ia preferir, a sua carreira? Ou eu?

– O quê? – gritou ela. – Não acredito que você seja capaz de dar um ultimato tão ridículo e juvenil. Se tivesse escolha? Que tipo de merda sexista é essa? Por que tenho de fazer uma escolha? Você não precisa escolher. Por que não posso ter você e a minha carreira?

– Você pode. Mas para tudo funcionar é preciso que haja duas pessoas dispostas a fazer alguns sacrifícios. Duas pessoas que se amam muito e que são dedicadas ao relacionamento e à felicidade uma da outra. O que fazemos juntos – disse ele, apontando para o quarto lá em cima – não é amor. É recreação.

– Bom, ficamos muito bons em manter um ao outro entretido.

– Não vou negar isso. Mas entretenimento é o que sempre foi, e é inútil imaginar que foi qualquer outra coisa.

Ele parou de falar para recuperar o fôlego. Ela continuou a olhar fixamente para ele, furiosa.

Ele se aproximou da mesa, pegou sua cerveja e deu um longo gole. Finalmente, olhou para ela.

– Não finja que você discorda. Sei que concorda.

– Nós nos damos tão bem!

– Nos dávamos. Nos damos. Tivemos momentos ótimos. Isso não é culpa de ninguém. Não existe um lado certo e um errado. É simplesmente uma questão de desejar futuros diferentes.

Ela pensou nisso um pouco.

– Não fiz segredo nenhum do que eu queria, Hammond. Se eu quisesse uma lareira e um lar, teria ficado na minha cidade natal, obedecendo meu pai e casando logo depois de terminar o segundo grau, senão antes, e tendo filhos logo, como minhas irmãs fizeram. Teria me poupado do desprezo delas e dos sermões dele. Não teria batalhado para chegar onde estou. Ainda tenho um longo caminho pela frente para chegar onde quero. Desde o princípio você sabia quais eram as minhas prioridades.

– E eu a admiro por elas.

– Correção. Quais *são* as minhas prioridades.

– Espero que você ultrapasse todos os objetivos que determinou para a sua vida. E digo isso sinceramente. Só que os seus objetivos pessoais não deixam espaço para mais nada. São incompatíveis com o comprometimento que desejo de uma companheira de vida.

– Você quer realmente uma Santa Dona de Casa?

– Claro que não – disse ele, rindo e balançando a cabeça. Ficou olhando para o vazio algum tempo e depois disse: – Não sei bem o que quero.

– Só sabe que não me quer.

Mais uma vez ele sabia que ela estava mais zangada do que magoada. Mesmo assim, nenhuma mulher gostava de ser rejeitada. Ele a respeitava o suficiente para dar-lhe o fora com gentileza.

– Não é você, Steffi, sou eu. Quero alguém que pelo menos se disponha a se comprometer em alguns pontos.

– Eu nunca me comprometo.

Suavemente, ele disse:

– Você está escorregando. Acabou de fundamentar meu caso para mim.

– Não, dei essa para você.

– Obrigado, aceito.

Então sorriram um para o outro, porque, além da atração física, sempre tinham admirado a sagacidade um do outro.

– Você é muito inteligente, Hammond. Gosto de inteligência e admiro o intelecto. Você tem muita perspicácia. É durão quando é preciso ser durão. Pode até ser cruel quando tem de ser, e a crueldade realmente me enlouquece. Você é indiscutivelmente bonito.

– Por favor, estou ruborizando.

– Não seja tímido. Você sabe que faz corações palpitar e hormônios jorrar.

– Obrigado.

– Você é generoso e atencioso na cama, nunca recebe mais do que dá. Resumindo, tudo que desejo num homem.

Ele pôs a mão no coração.

– Eu levaria muito mais tempo para enumerar as qualidades que admiro em você.

– Não estou querendo elogios. Deixo esse tipo de manha feminina para as Davee Pettijohn do mundo.

Ele deu uma risadinha.

– O que estou querendo dizer é... – ela respirou fundo. – Imagino que você nem pensa em continuar como estávamos, até...

Ele a fez parar de falar balançando a cabeça vigorosamente.

– Isso não seria bom, nem justo, para nenhum de nós.

– Não existe opção B?

– Acho que uma separação tranquila seria melhor, você não acha?

Ela deu um sorriso amargo.

– É um pouco tarde para solicitar a minha opinião, Hammond. Mas sim, suponho que, se é assim que você se sente, não quero que fique indo para a cama comigo por pena.

Ele deu uma gargalhada.

– A última coisa que você pode ser é objeto de pena.

Mais calma, ela disse:

– Vai sentir a minha falta, sabe disso.

– Muita.

Com a pontinha da língua no meio do lábio superior, Steffi abriu a blusa. Ele não se surpreendeu de ver que os mamilos dela estavam duros e escuros de desejo. O que mais excitava Steffi era uma discussão. Nada a estimulava mais que uma briga aos gritos. Quase sempre o sexo mais violento que eles faziam era depois de algum tipo de confronto. Naquele momento ele descobriu que ela garantia assim uma vitória final para todas as disputas. O clímax dele sempre foi a vitória dela. E isso bastaria para tornar válida sua decisão.

Ela deu um sorriso malicioso para ele.

– Uma última vez? Pelos velhos tempos? Ou você é elevado demais, ou ético demais para trepar com uma mulher que acabou de dispensar?

– Isso não é exatamente uma inspiração romântica, Steffi.

– Então, agora você quer melodrama *e* romance? Que bicho te mordeu, Hammond?

Ele ficou tentado a aceitar a oferta dela, não porque a desejasse, mas porque dormir com ela poderia ajudar a desfazer um pouco a lembrança tão clara e docemente dolorosa da noite anterior. Possuir outra mulher agora talvez aliviasse a pesada sensação de perda.

Enquanto ele ainda avaliava a situação, o telefone tocou.

Steffi deu uma risada sem graça, fechou a blusa e abotoou-a de novo.

– Seu filho da mãe sortudo. A sorte simplesmente continua a sorrir para você, Hammond. Foi salvo pelo gongo!

Ela deu meia-volta e foi para a sala recolher suas coisas.

Hammond atendeu o telefone.

– Alô?

– É Monroe.

Não que o procurador municipal Monroe Mason precisasse se identificar. Só conhecia um tom de voz, que era retumbante. As cordas vocais do homem pareciam equipadas com um megafone embutido. Na mesma hora Hammond ajustou o volume do telefone.

– Ei, Monroe, o que houve? Passei uma noite fora de Charleston e armou-se a maior confusão.

– Então você já soube?

– Steffi me contou.

– Soube que ela está metida nisso até o pescoço.

Hammond olhou para a sala de estar, onde Steffi calçava os sapatos e enfiava a blusa na saia. Hammond ficou de costas para a porta e baixou a voz.

– Ela parece que está cuidando do caso.

– Você quer que ela cuide disso?

Hammond percebeu que sua camisa estava grudada no peito. Quando tinha começado a suar? Esfregou a testa e descobriu que estava molhada também. Havia um motivo para aquela transpiração nada habitual: ele tinha encontrado Lute Pettijohn na véspera, à tarde, no Charles Towne Plaza.

Monroe Mason devia saber disso. A hora para contar para ele era aquela.

Mas por que dar tanta importância a isso?

Não tinha relação com o assassinato de Pettijohn. O encontro tinha sido breve. Aconteceu antes da hora estimada da morte. Logo antes, mas mesmo assim...

Ele não via motivo para contar para Mason, assim como não tinha achado necessário contar para Steffi quando ela lhe deu a espantosa notícia do homicídio. Não teria nada a ganhar se informasse essa coincidência, só muito a perder.

Ele secou a testa com a manga da camisa e disse:

– Quero esse caso.

Seu mentor deu uma risadinha.

– Bom, é seu, rapaz.

– Obrigado.

– Não me agradeça. Já era seu mesmo antes de pedir.

– Aprecio seu voto de confiança.

– Deixe de ser puxa-saco, Hammond. Não tomei a decisão sozinho. Você é o encarregado do caso porque a viúva Pettijohn está me ligando toda hora desde às dez da noite de ontem.

– Para quê?

– Ela pediu, e interprete como uma exigência, para você levar o assassino do marido dela a julgamento.

– Então agradeço a ela...

– Chega de merda, Hammond! Posso sentir o cheiro a um quilômetro de distância. Droga, sou tão velho que acho que fui eu que inventei isso. Onde é que eu estava?

– A viúva.

– Ah, é. Lute está morto, mas parece que Davee vai assumir a influência dele de onde ele parou. Ela pode fazer muito barulho neste município. Por isso, para poupar o nosso escritório de muito sofrimento e propaganda negativa na imprensa, concordei em designá-lo para este caso.

Esse caso provocaria um impacto na carreira dele como nenhum outro seria capaz. Uma vítima famosa de assassinato. Saturação da mídia. Tinha todos os elementos que fazem promotores ambiciosos ficarem com água na boca. É claro que ele se sentiria melhor se Mason tivesse dado o caso para ele sem a intervenção de Davee, mas não ia ficar se importando com um detalhe tão pequeno como esse. Não fazia mal de que forma tinha acontecido, o caso era dele.

Ele o queria, precisava dele e era definitivamente o homem para a função. Tinha levado cinco casos de assassinato a julgamento antes e conseguiu condenações em todos, menos um, porque o acusado tinha feito um acordo. Desde o dia em que havia ingressado no lado da acusação, ele vinha se preparando para um caso daquela magnitude. Tinha apetite para isso e tinha competência para sair vencedor. O julgamento do assassinato de Lute Pettijohn ia alavancar sua carreira para onde queria chegar... o cargo de promotor municipal.

Como o caso era dele, já tinha a confiança do seu superior e o apoio da viúva, imaginou se devia contar para Mason sobre seu encontro com Pettijohn. Detestava a ideia de entrar num projeto daquele calibre com qualquer desvantagem, por menor que fosse. Uma ambiguidade insignificante como aquela podia se tornar crucialmente danosa se fosse descoberta mais tarde.

– Monroe?

– Não me agradeça, rapaz. Você terá pela frente muitas noites insones.

– Gosto do desafio. É uma outra coisa. Eu...

– O quê?

Depois de um momento de hesitação, ele disse:

– Nada. Nada, Monroe. Mal posso esperar para começar.

– Ótimo, ótimo – disse ele, e depois passou para o próximo assunto. – Você vai trabalhar com Rory Smilow. Algum problema?

– Não.

– Mentiroso.

– Não teremos de nos beijar. A única coisa que quero é que ele coopere conosco.

– Ele tirou sangue primeiro.

– O que isso quer dizer?

– Recebi uma ligação do chefe Crane esta tarde. Smilow indicou Steffi Mundell para ser a advogada de acusação do caso. Mas eu disse para Crane quem a viúva preferia.

– E aí?

Ele deu uma risadinha. Monroe Mason adorava política, mais que a lei. Hammond não gostava da política necessária que acompanhava o trabalho para o governo municipal, mas fazia parte do trabalho com que Mason se deleitava.

– Davee já tinha falado também com o chefe de polícia. Ela disse para ele que queria que Smilow encontrasse o criminoso e que queria que você o pusesse na prisão. E foi assim que combinamos.

Hammond fez uma careta como fazia quando o dentista se aproximava com a injeção de anestesia e dizia que ia sentir uma picadinha.

– Você e Smilow vão deixar de lado suas diferenças até essa coisa acabar. Entendeu?

– Nós somos profissionais.

Hammond não fazia promessas quanto a Rory Smilow, mas uma trégua de cessar-fogo era uma concessão relativamente fácil. Então Mason acrescentou a segunda condição:

– E vou pôr a Steffi para agir como juiz.

– O quê? – procurando esconder a raiva e manter a voz baixa, Hammond disse: – Isso é uma droga de arranjo, Monroe! Não preciso de monitora.

– A troca é essa, Hammond, é pegar ou largar.

Hammond ouviu Steffi falando ao celular no outro cômodo.

– Você já contou para ela sobre esse arranjo? – perguntou ele.

– Amanhã de manhã. Você entendeu tudo, rapaz?

– Entendi tudo.

Mesmo assim, Monroe Mason berrou mais uma vez:

– Steffi vai ajudá-lo e funcionar como para-choque entre você e Smilow. Vamos torcer para ela conseguir evitar que vocês se matem antes de julgar e condenar o assassino do Lute.

Capítulo 10

Parecia que seus pulmões iam explodir. Os músculos pegavam fogo. As articulações berravam para ela parar. Mas em vez de ir mais devagar ela acelerou o ritmo, correu mais que nunca, mais que a saúde permitia. Tinha algumas centenas de calorias de comida para queimar.

E a consciência culpada para deixar para trás.

O suor pingava em seus olhos, prejudicando a visão e provocando ardência. A respiração estava ofegante e ruidosa. A boca seca. Os batimentos do coração acompanhavam as passadas rápidas. Mesmo quando achava que não ia conseguir dar mais um passo, continuava, obstinadamente. Certamente havia superado a melhor velocidade e nível de resistência anteriores.

Mesmo assim, nunca conseguiria escapar do que tinha feito na véspera.

Correr era seu exercício aeróbico preferido. Ela corria alguns dias da semana. Frequentemente participava de corridas para arrecadar fundos. Tinha ajudado a organizar uma para levantar doações para a pesquisa do câncer de mama. Mas aquela noite não estava correndo por nenhum motivo altruísta, nem pelos benefícios físicos proporcionados pelo exercício, tampouco para aliviar a tensão de um dia de trabalho.

A corrida daquela noite era uma autoflagelação.

Claro que não era nada lógico supor que o esforço físico de hoje repararia as transgressões da noite anterior. O perdão só viria para alguém sincera e profundamente arrependido. Ela lamentava que o encontro deles tivesse sido calculado, não fruto de um capricho. Não tinha sido o encontro casual que ele pensava. Num arroubo de consciência, ela tentara pôr um fim naquilo antes que culminasse em sexo, mas não sentia remorso algum de ter evoluído daquela forma.

Em nenhum momento ela se arrependeu da noite que passara com ele.

– À sua esquerda.

Civilizadamente, ela chegou para a direita para deixar o outro corredor passar. O trânsito de pedestres na Battery estava intenso aquela noite. Era uma alameda popular, que atraía atletas, patinadores e pessoas que saíam para passear.

Aquela ponta histórica da península onde os rios Ashley e Cooper convergiam e desaguavam no Atlântico constava da agenda de todos os turistas que visitavam Charleston.

A Battery, que incluía o White Point Gardens e o quebra-mar, tinha cicatrizes de guerras, desgraças e das intempéries, assim como toda a Charleston. Tendo sido o local dos enforcamentos públicos, depois um posto estratégico de defesa, a principal função da Battery hoje era oferecer uma paisagem e prazer.

No parque que ficava do outro lado da rua do quebra-mar, os antigos e imponentes carvalhos que tinham desafiado tempestades violentas, até o furacão Hugo, davam sombra para os monumentos, canhões confederados e para casais empurrando carrinhos de bebê.

O calor opressivo e úmido não tinha arrefecido nem um pouco, mas pelo menos no quebra-mar, com vista para o porto de Charleston e para o forte Sumter à distância, havia uma brisa que era quase um bálsamo para as pessoas que queriam admirar o fim de um lindo entardecer que encerrava o fim de semana.

Desacelerando até um passo mais prudente, ela resolveu que era hora de voltar. Ao refazer seu caminho, cada impacto no calçamento projetava uma pontada de dor nas canelas, que subia para as coxas e chegava à região lombar, mas pelo menos dava para aguentar. Os pulmões continuavam sacrificados, mas a sensação dos músculos pegando fogo tinha diminuído.

No entanto, sua consciência continuava incomodando-a. Lembranças dele e da noite que passaram juntos promoviam ataques de surpresa o dia inteiro. Não tinha se permitido curtir essas lembranças muito tempo porque parecia que isso daria mais peso à ofensa original, como um intruso que, além de invadir a propriedade da vítima, ainda violava seus bens mais pessoais.

Mas não podia mais manter aqueles pensamentos afastados. Reduziu o esforço, acolheu as lembranças e deixou-as ficar. Saboreou outra vez o que tinham comido na feira, sorriu ao lembrar da piada boba que ele contou, imaginou a respiração dele na sua orelha, as pontas dos dedos encostando-lhe na pele.

Ele dormia tão profundamente que nem acordou quando ela desceu da cama e se vestiu no quarto escuro. Ela havia parado na porta para olhar para ele. Estava deitado de costas. Uma perna descoberta. O lençol cobria a cintura dele.

Ele tinha mãos maravilhosas. Pareciam fortes e másculas, mas bem cuidadas. Uma delas segurava de leve o lençol. A outra estava em cima do travesseiro dela. Os dedos estavam um pouco curvados para dentro, e até segundos antes tinham estado no cabelo dela.

Vendo o peito dele subindo e descendo com a respiração tranquila, ela teve de lutar contra a tentação de despertá-lo e confessar tudo. Será que ele entenderia? Teria agradecido por ela ter sido honesta com ele? Talvez tivesse dito que não tinha importância, talvez a tivesse puxado de volta para o lado dele, talvez a beijasse de novo. Ele acharia bom ou ruim se ela admitisse o que tinha feito?

O que ele tinha pensado quando acordou e descobriu que ela fora embora?

Sem dúvida, no início, deve ter entrado em pânico, achando que tinha sido roubado. Recém-saído da cama, ele provavelmente verificou se a sua carteira ainda estava na escrivaninha. Será que dispôs seus cartões de crédito em leque para se certificar de que nenhum deles estava faltando? Será que ficou surpreso de ver que todo o seu dinheiro estava intacto na carteira? Será que ele sentiu um alívio imenso?

Depois desse alívio, será que ficou confuso com o desaparecimento dela? Zangado? Provavelmente zangado. Podia ter considerado a saída às escondidas como uma afronta.

Ela esperava que, no mínimo, quando acordou e viu que ela não estava mais lá, ele não tivesse simplesmente dado de ombros, rolado para o lado e voltado a dormir. Essa era uma possibilidade triste, mas bem concreta, que a fez pensar se ele tinha ou não pensado nela naquele dia. Será que ele também tinha repassado a noite toda na cabeça, a partir do momento em que seus olhos se encontraram, cada um de um lado da pista de dança, até a última vez...?

Ele beijava todo o rosto dela.

– Por que isso é tão bom? – sussurrou ele.

– Porque é para ser bom, não é?

– É. Mas não assim. Não tão bom.

– É...

– O quê? – inclinando a cabeça para trás, os olhos dele procuraram os dela.

– É quase melhor.

– Você quer dizer ficar parado?

– Ela apertou as coxas nos quadris dele, abraçou-o com mais força, ela o prendeu.

– Assim. Só ter você...

– Humm – ele afundou o rosto no pescoço dela, mas depois de um longo tempo, gemeu. – Sinto muito. Não consigo ficar parado.

– Eu também não – disse ela ofegante, levantando o quadril.

De repente, para não tropeçar, ela parou de correr e dobrou o corpo da cintura para cima, apoiou as mãos nos joelhos e sugou o ar insuficiente e abafado. Piscou para tirar o suor salgado dos olhos e tentou secá-los com as costas da mão, que, no entanto, também estava pingando.

Precisava parar de pensar nisso. A noite que passaram juntos, apesar de terrivelmente romântica para ela, provavelmente não tinha sido nada fora do comum para ele, independentemente de todas as coisas poéticas que ele tinha dito.

Não fazia diferença, de um jeito ou de outro, ela lembrou. Não fazia diferença o que ele pensava dela ou *se* pensava nela. Eles nunca mais poderiam se encontrar.

Depois de um tempo, ela recuperou o fôlego e o coração passou a bater mais devagar, e então desceu os degraus do quebra-mar. Mais que a corrida exaustiva, a certeza de nunca mais vê-lo sugava sua energia. Ela morava a poucos quarteirões da Battery, mas caminhar esse trecho parecia mais penoso do que toda a distância que havia corrido.

Continuava perdida no desalento daqueles pensamentos quando abriu o portão de ferro da frente da casa. O som estridente da buzina de um carro a assustou, ela se virou e viu um Mercedes conversível cantando os pneus e parando junto ao meio-fio.

O motorista baixou os óculos escuros e olhou para ela por cima da armação.

– Boa noite – disse Bobby Trimble, com a voz arrastada. – Estive ligando para você o dia inteiro e já estava quase achando que a tinha perdido.

– O que você está fazendo aqui?

O sorriso de censura dele provocou-lhe arrepios.

– Afaste-se da minha casa e deixe-me em paz.

– Não seria uma boa ideia me irritar. Especialmente não agora. Onde você esteve o dia todo?

Ela não quis responder.

Ele deu um sorriso largo, aparentemente achando graça da sua teimosia.

– Não faz mal. Entre.

Com o corpo inclinado por cima do banco, ele abriu a porta do lado do passageiro. Quando a porta abriu, ela teve de dar um pulo para trás para que não batesse na sua perna.

– Se está pensando que vou para qualquer lugar com você, está maluco.

Ele pôs a mão na chave, na ignição.

– Tudo bem, então vou entrar.

– Não!

Ele deu uma risadinha.

– É, achei que não. – Dando um tapinha no assento do passageiro ele disse: – Ponha seu rabinho lindo aqui. Agora.

Ela sabia que ele não ia desistir com facilidade e desaparecer. Mais cedo ou mais tarde ela teria de enfrentar aquilo, por isso era melhor acabar com isso de uma vez por todas. Ela entrou no carro e bateu a porta com raiva.

Hammond resolveu não adiar sua apresentação de condolências para a viúva de Lute Pettijohn. Depois de concluir a conversa com Mason e de se despedir de Steffi, ele tomou uma ducha e trocou de roupa. Em poucos minutos já estava no carro a caminho da mansão Pettijohn.

Esperando alguém atender a campainha no portão, ele ficou observando, distraído, as pessoas que aproveitavam a noite de domingo na Battery. Dois turistas do outro lado da rua do parque tiravam fotografias da mansão dos Pettijohn, apesar da presença dele no primeiro plano. O número habitual de corredores e caminhantes parecia o de silhuetas móveis ao longo do quebra-mar.

Quem abriu a porta para ele foi Sarah Birch. A empregada pediu para ele esperar no hall de entrada enquanto ia anunciá-lo. Ela retornou logo.

– A srta. Davee disse para o senhor subir, sr. Cross.

A mulher corpulenta levou-o para o andar de cima, atravessando o balcão, passando por um largo corredor, depois por um enorme quarto de dormir, até um banheiro que não se parecia com nenhum que Hammond já tinha visto. Sob a claraboia de vitral, havia uma banheira redonda num plano mais baixo onde caberia um time inteiro de vôlei. Estava cheia de água, mas as torneiras estavam fechadas. Brotos de magnólias creme, do tamanho de pratos, flutuavam na superfície imóvel.

O que parecia ser quilômetros de paredes espelhadas refletia velas perfumadas que tremeluziam sobre castiçais elaborados espalhados por todo o banheiro. Num canto havia uma espreguiçadeira forrada de seda, cheia de almofadas decorativas. A pia de ouro era do tamanho de uma banheira. As torneiras eram de cristal, combinando com os inúmeros vidros de cosméticos e perfumes dispostos na bancada.

Hammond entendeu que os boatos deviam ser acanhados na avaliação de quanto Lute tinha gasto na reforma da casa. Apesar de já ter estado lá diversas vezes em vários eventos sociais, aquela era a primeira vez que subia ao segundo andar. Tinha ouvido falar da opulência, mas não esperava nada parecido com aquele luxo todo.

E também não esperava encontrar a viúva recente nua e gemendo de prazer enquanto um massagista sarado alisava a parte de trás da sua coxa.

– Você não se incomoda, não é, Hammond? – perguntou Davee Pettijohn enquanto o massagista enrolava nela uma toalha para cobrir tudo, menos os ombros e a perna que ele estava massageando.

Hammond segurou e apertou a mão que ela lhe estendeu.

– Se você não se incomodar, eu não me incomodo.

Ela deu um sorriso malicioso.

– Você me conhece muito bem. Não tenho nem um pingo de modéstia. Um defeito que devia enlouquecer a minha mãe. Claro que ela era maluca de qualquer jeito.

Ela apoiou o queixo nas duas mãos abertas e suspirou quando o massagista apalpou suas nádegas.

– Estamos bem no meio da sessão de noventa minutos, e é tão divino que simplesmente não tive coragem de pedir ao Sandro para parar.

– Não a culpo. Mas é engraçado.

– O quê?

– Lute fez massagem no spa do hotel ontem.

– Antes ou depois de ser assassinado? – Hammond franziu a testa e ela riu. – Só estava brincando. Por que não se serve de um pouco de champanhe?

Com um gesto indolente, ela apontou para o balde de gelo de prata perto da penteadeira. A rolha já tinha sido tirada, mas na bandeja de prata ao lado do balde havia uma *flûte* que não tinha sido usada. Passou pela cabeça de Hammond que Davee já devia estar esperando a visita dele aquela noite. Era uma ideia perturbadora.

– Obrigado, mas é melhor não – disse ele.

– Oh, pelo amor de Deus! – disse ela com impaciência. – Não seja um estraga-prazeres. Você e eu nunca tivemos de fazer cerimônia um com o outro; para que começar agora? Além do mais, acho que o champanhe é a bebida perfeita quando seu marido é baleado na suíte da cobertura do próprio hotel. E, enquanto estiver com a mão na massa, aproveite para servir mais uma dose para mim também.

A *flûte* de champanhe que ela usava estava no chão, ao lado da mesa de massagem. Sabendo que em geral era inútil discutir com Davee, Hammond encheu o copo dela, depois serviu-se de meia *flûte*. Quando levou o champanhe para ela, ela bateu com sua *flûte* na dele.

– Saúde! Aos funerais e a outros momentos divertidos.

– Não compartilho exatamente com os seus sentimentos – disse ele depois de dar um gole.

Ela passou a língua nos lábios para saborear o gosto do vinho.

– Você pode estar certo. Talvez só se deva beber champanhe em casamentos.

Quando ela olhou para ele, Hammond sentiu o rosto ficar quente. Adivinhando exatamente o que ele estava pensando, ela deu risada.

Era a mesma risada que ele lembrava que ela dera numa noite de julho, anos antes, quando os dois eram convidados de um casamento de um amigo mútuo. Tinham usado gardênias, lírios Casa Blanca, peônias e outras flores perfumadas para decorar o jardim da casa da noiva onde deram a recepção. O cheiro forte das flores era penetrante e tão intoxicante quanto o champanhe que ele tinha bebido, num esforço para se refrescar um pouco, apertado dentro do seu smoking.

Como se tivessem sido escolhidas por uma agência de modelos, as oito damas de honra eram louras lindíssimas. Com o vestido comprido rosa-claro e um decote profundo, Davee estava ainda mais estonteante que as outras.

– Você está tão apetitosa que dá vontade de comê-la – ele tinha dito para ela do lado de fora da capela segundos antes do casamento. – Ou beber, talvez. Está parecendo que você devia ter um guarda-chuvinha de papel saindo do topo da sua cabeça.

– Um guarda-chuva de papel é tudo que esse traje precisa para ser cem por cento nojento.

– Você não gostou? – perguntou ele, querendo provocá-la.

Ela mostrou o dedo para ele.

Mais tarde, na recepção, quando os dois saíram da pista de dança depois de uma música animada, "Shout", de Otis Day e os Knights, ela abanou o rosto e reclamou:

– Além de esse vestido ter frufrus demais, é a merda de roupa mais quente que já pus no corpo.

– Então tire.

Os Burton e os Cross eram amigos antes de Davee ou Hammond nascerem. Consequentemente, as primeiras lembranças que ele tinha das festas de Natal e churrascos na praia incluíam Davee. Quando as crianças eram levadas para suas camas no segundo andar da casa enquanto os adultos continuavam se divertindo lá embaixo, Davee e ele pregavam peças nas babás que tinham a má sorte de estarem encarregadas de tomar conta deles.

Fumaram o primeiro cigarro da vida juntos. Com ar de superioridade, ela confidenciou para ele quando teve sua primeira menstruação. Na primeira vez que ela tomou um porre, foi no carro dele que vomitou. Na noite em que perdeu a virgindade, Davee telefonou para Hammond assim que chegou em casa, para dar um relatório detalhado sobre o acontecimento.

Desde quando eram pequenos, trocando o vocabulário de palavrões, por toda a adolescência, falavam sacanagens um para o outro. Primeiro porque era divertido, e porque ninguém ficava sabendo. Nenhum dedurava o outro, nem se sentia ofendido. Quando passaram a ser jovens adultos, a brincadeira adquiriu um tom mais sexual e de flerte, mas continuava sem sentido e, portanto, segura.

Mas antes daquele casamento em julho, eles estavam cada um na sua respectiva universidade – ele na Clemson e ela na Vanderbilt – e não se viam havia bastante tempo. Estavam mais que um pouquinho bêbados de champanhe e afetados pelo romantismo da ocasião. Por isso, quando Hammond fez aquele desafio malvado, Davee olhou para ele com os olhos enevoados e respondeu:

– Talvez eu tire mesmo.

Enquanto todos se reuniam em círculo para ver os noivos cortando o bolo do casamento, Hammond roubou uma garrafa de champanhe de um dos bares e puxou Davee pela mão. Esgueiraram-se até o quintal da casa vizinha, sabendo que o vizinho estava na recepção. Os gramados das duas casas eram divididos por uma sebe espessa e alta cultivada havia décadas para garantir o tipo de privacidade que Hammond e Davee procuravam.

O espoucar da rolha da garrafa de champanhe soou como um tiro de canhão quando Hammond a tirou. Isso fez com que os dois começassem a rir histericamente. Ele serviu uma taça para cada um e beberam tudo. Depois uma segunda.

Num certo ponto da terceira taça, Davee pediu para ele ajudá-la a desabotoar os botões das costas do vestido de dama de honra e tirou tudo, inclusive o sutiã sem alças, a cinta-liga e as meias.

Ela hesitou quando enfiou os polegares no elástico da cintura da calcinha, mas ele sussurrou:

– Duvido, Davee – um refrão familiar da infância e da juventude dela.

Davee nunca recuava quando recebia um desafio. E aquela noite não foi exceção.

Ela tirou a calcinha e deixou Hammond olhar bem para o recheio dela, depois desceu de costas os degraus da piscina e entrou na água fria. Hammond tirou o smoking numa fração do tempo que tinha levado para vesti-lo, isolando as abotoaduras que nunca mais seriam encontradas... pelo menos por ele.

Ele ficou em pé na beira da piscina e Davee arregalou os olhos de espanto e admiração.

– Hammond, querido, você melhorou muito desde aquele dia em que nos pegaram brincando de médico.

Ele mergulhou.

Fora os beijos experimentais da adolescência, quando concordavam que era "nojento" demais até pensar em abrir a boca e encostar a língua, eles jamais tinham se beijado. E naquela noite também não se beijaram. Não perderam tempo com isso. O perigo de serem pegos aumentava a excitação deles a tal ponto que as preliminares nem eram necessárias. No momento em que ele a alcançou, puxou-a para cima das suas coxas e penetrou-a.

Foi escorregadio. Foi rápido. Os dois riram o tempo todo.

Depois daquela noite ele não a viu mais por uns dois anos. Quando se reencontraram, ele fingiu que a escapada na piscina nunca acontecera, e ela fez a mesma coisa. Provavelmente nenhum dos dois queria que aquela única experiência sexual estragasse a amizade de uma vida inteira.

Nunca tinham mencionado o fato até aquele momento. Ele nem se lembrava como se vestiram de novo aquela noite, ou como se explicaram para as outras pessoas na recepção do casamento, ou se tiveram de dar explicações para alguém.

Mas ele se lembrava muito bem da risada de Davee, escandalosa e forte, sedutora e sensual. A sua risada não tinha mudado.

Mas o sorriso dela era quase triste.

– Nós nos divertimos bastante quando éramos crianças, não acha? – disse ele.

– É, nos divertimos muito.

Então ela olhou para as bolhas na sua taça e ficou pensativa um instante antes de beber.

– Infelizmente tivemos de nos tornar adultos e a vida ficou um saco.

Ela deixou o braço cair sem vida ao lado da mesa. Hammond tirou a *flûte* da mão dela antes que caísse e se espatifasse no chão de mármore.

– Sinto muito a morte do Lute, Davee. Foi para isso que eu vim, para dizer que acho horrível isso que aconteceu. Tenho certeza que meus pais vão telefonar ou vir até aqui para vê-la amanhã.

– Ah, amanhã haverá uma procissão de gente compadecida fazendo fila por aqui. Recusei-me a receber qualquer pessoa hoje, mas amanhã não vou mais poder evitar. Trazendo seus ensopados de galinha e gelatina de limão, eles vão se amontoar aqui dentro para ver como estou reagindo.

– E como é que você está reagindo?

Davee notou a mudança no tom de voz dele, rolou de lado, puxou a toalha para a frente do corpo e sentou, balançando as pernas na beirada da mesa.

– Você está perguntando como meu amigo ou como o provável herdeiro da promotoria pública?

– Eu poderia contestar essa questão, mas estou aqui como seu amigo. Nem devia precisar dizer isso.

Ela respirou fundo.

– Bom, não espere luto, penitência ou camisa de cilício. Nenhum desses rituais da Bíblia. Não vou cortar fora um dedo nem nada que as viúvas índias fazem nos filmes. Não, vou me comportar de acordo. Graças a Lute as fofocas terão bastante combustível sem que eu tenha de demonstrar o que realmente sinto.

– E o que é?

Ela deu um sorriso brilhante como na noite do seu baile de debutante.

– Estou achando ótimo o filho da mãe estar morto – os olhos cor de mel desafiaram Hammond a fazer qualquer comentário. Ele não fez, ela simplesmente riu, e então virou-se para o massagista: – Sandro, seja bonzinho e faça meu pescoço e meus ombros, por favor.

Desde o momento em que ela se sentou, ele ficou encostado na parede espelhada, os braços cruzados sobre o peito musculoso. Sandro era bonito e muito forte. O cabelo preto e liso estava penteado para trás com muito gel. Os olhos eram negros como azeitonas maduras.

Quando ele se aproximou de Davee por trás e pôs as mãos nos ombros dela, seus olhos mediterrâneos e intensos olharam fixamente para Hammond, como se avaliasse um competidor. Era óbvio que seus serviços iam além da massagem. Hammond queria dizer para ele relaxar, que Davee e ele eram velhos amigos, nada mais, e que ele não precisava ter ciúme nenhum.

Ao mesmo tempo, ele queria avisar Davee que aquela não era hora de afrontar as convenções trepando com o massagista. Pelo menos uma vez na vida ela devia exercitar a discrição. A não ser que Hammond estivesse enganado, e levando em conta as observações de Steffi, o nome dela estaria no topo da lista de suspeitos de Rory Smilow. Tudo que ela fizesse seria acompanhado muito de perto.

– Admiro a sua candura, Davee, mas...

– Por que mentir? Você gostava de Lute?

– Não – respondeu ele sinceramente e sem hesitar. – Ele era um bandido, um trapaceiro e um oportunista sem escrúpulos. Machucava todas as pessoas que podia e usava as que não podia machucar.

– Você também está sendo cândido, Hammond. A maioria das pessoas sentia isso. Não sou a única a desprezá-lo.

– Não, mas você é viúva dele.

– Eu sou viúva dele. Sou uma porção de coisas. Mas uma coisa que não sou é hipócrita. Não vou lamentar a morte desse filho da mãe.

– Davee, se as pessoas erradas ouvissem você dizer coisas como essa, criariam problemas para você.

– Como Rory Smilow e aquela vaca que ele trouxe para cá a noite passada?

– Exatamente.

– Aquela tal de Steffi trabalha com você, certo? – assentiu ele com a cabeça, e ela disse: – Bem, eu a achei um horror.

Ele sorriu.

– Pouca gente gosta da Steffi. Ela é muito ambiciosa. Afeta as pessoas do modo errado, mas não dá a mínima. Ela não pretende ganhar nenhum campeonato de personalidade.

– É bom, porque ia perder.

– Na verdade ela é muito agradável depois que a conhecemos.

– Dispenso.

– Você tem de considerar de onde ela vem.

– De algum lugar ao Norte.

Ele deu uma risadinha.

– Não estava me referindo a uma região, Davee. Quis me referir à motivação dela. Ela teve algumas decepções na carreira. Quer compensar esses contratempos e, às vezes, exagera um pouco.

– Se você não parar de defendê-la, vou acabar ficando de mau-humor.

Ela pôs o braço atrás da cabeça e levantou o cabelo para Sandro ter acesso livre. Era uma pose muito provocante, expondo o lado de baixo do braço e parte do seio. Hammond entendeu que ela sabia que era provocante e imaginou se Davee estava querendo distraí-lo de propósito.

– Você acha mesmo que eles vão suspeitar de mim? – perguntou ela.

– Você vai herdar muito dinheiro agora.

– Ah é, tem isso – concordou ela pensativa. – E há também o consenso de que o principal objetivo da vida do meu falecido marido era enrabar o maior número possível de amigas minhas, e uso esse termo de modo superficial.

"Não sei se ele se metia com elas porque elas são, de modo geral, as mulheres mais desejáveis de Charleston, ou se eram desejáveis para ele só porque eram minhas amigas. Provavelmente essa última hipótese, porque o rabo de Geórgia Arendale é tão grande quanto um navio de guerra, e isso não o impediu de levá-la para Kiawah para passarem um dia na praia. Aposto que ela sofreu uma queimadura séria porque precisaria de um tubo inteiro de Coppertone para cobrir aquela celulite toda.

"Emily Southerland tem uma pele que faria parar um relógio, apesar de ter feito inúmeros *peelings* químicos, mas Lute transou com ela assim mesmo, naquele horrendo toalete do primeiro andar da casa dela, tem uma capa no vaso que imita pele, na festa de ano-novo que ela deu."

Hammond riu, apesar de Davee não estar tentando ser engraçada.

– E você, claro, enquanto isso, era fiel aos seus votos do casamento.

– É claro.

Ela deixou a toalha cair um ou dois centímetros e piscou os olhos para ele, enfatizando a mentira.

– O seu casamento não era exatamente um modelo, Davee.

– Eu nunca disse que amava Lute. Na verdade, ele sabia que eu não o amava. Mas não fazia mal, porque ele também não me amava. Mesmo assim, o casamento servia para um propósito. Ele queria exibir os direitos que tinha sobre mim. Ele era o único homem em Charleston que tinha culhões suficientemente grandes para possuir Davee Burton.

– Em troca, eu... – ela fez uma pausa e fez cara de desgosto. –Tive meus motivos para casar com ele, mas não eram a busca da felicidade.

Ela abaixou o braço e soltou o cabelo enquanto Sandro começava a trabalhar sua espinha lombar.

– Você está fazendo careta, Hammond. Qual é o problema?

– Tudo que você diz parece motivo para cometer um assassinato.

Ela deu uma risada de desprezo.

– Se eu tivesse de matar Lute, não teria feito desse jeito. Não teria me abalado até o centro numa tarde quente de sábado, quando esta cidade fica cheia de turistas nortistas fedorentos e suados, levando uma arma e atirando nele pelas costas.

– De qualquer forma, seria isso que você ia querer que a polícia pensasse.

– Psicologia invertida? Não sou tão inteligente assim, Hammond.

Ele olhou para ela de um jeito que dizia *ah, é sim.*

– Tudo bem – disse ela, interpretando corretamente a expressão dele –, eu sou. Mas também teria de ser muito esforçada, e ninguém nunca me acusou de fazer alguma coisa que não me agrada, ou de sacrificar meu conforto físico por qualquer que fosse o motivo. Eu simplesmente não sinto paixão por nada.

– Acredito em você – disse ele, sinceramente. – Mas acho que não existe precedente legal para basear a defesa na preguiça.

– Defesa? Você realmente acha que vou precisar me defender? O detetive Smilow me considera seriamente suspeita? Isso é loucura! – exclamou ela. – Ora, *ele* poderia matar Lute com mais facilidade do que eu. Smilow nunca perdoou Lute pelo que aconteceu com a irmã dele.

Hammond franziu a testa.

– Você se lembra? Margaret, irmã de Smilow, foi a primeira mulher do Lute. Já devia ser maníaco-depressiva sem que ninguém soubesse, mas o casamento com Lute foi a sua desgraça. Um dia ela surtou e devorou um vidro de comprimidos no almoço. Quando ela se matou Smilow culpou Lute, dizendo que ele tinha sido negligente e que a tinha explorado emocionalmente, sem nenhuma sensibilidade para compreender as carências de Margaret. De qualquer modo, no enterro dela eles trocaram insultos que provocaram um enorme escândalo. Você não se lembra?

– Agora estou lembrando.

– Smilow odeia Lute desde então. Por isso não vou me preocupar com ele – disse ela, mudando de posição na mesa sob orientação de Sandro. – Se ele me acusar de ter matado Lute, simplesmente viro a mesa e lembro de quantas ameaças de morte ele me fez.

– Eu daria tudo para ver isso – disse Hammond.

Devolvendo o sorriso dele, ela disse:

– Você já bebeu todo o seu champanhe. Quer mais?

– Não, obrigado.

– Eu quero mais – enquanto ele servia, ela perguntou: – Suponho que Monroe Mason falou com você? Você será o promotor quando eles capturarem o assassino?

– O combinado foi esse. Obrigado pela recomendação.

Ela bebeu da *flûte* que ele deu para ela.

– Posso ser qualquer outra coisa, Hammond, mas sou uma amiga leal. Nunca duvide disso.

Ele desejou que ela não tivesse dito isso. O promotor municipal Mason tinha informado à equipe que ia se aposentar logo. O assistente do promotor, Wallis, tinha uma doença fatal e não podia concorrer ao cargo máximo na eleição de novembro. Hammond era o terceiro a pleitear o cargo. E tinha praticamente garantido o apoio de Mason como sucessor dele.

Mas o fato de Davee ter intercedido a seu favor junto a Mason deixava Hammond aflito. Ele apreciava sua recomendação; porém, mais tarde, podia se transformar num conflito de interesses se ela fosse julgada pelo assassinato do marido.

– Davee, é meu dever perguntar... o seu álibi é bom?

– Creio que o termo é “perfeito”.

– Ótimo.

Ela jogou a cabeça para trás e deu uma risada.

– Hammond, querido, você é uma gracinha! Está mesmo com medo de ter de me acusar de assassinato, não está?

Ela deslizou da mesa de massagem e se aproximou dele, segurando a toalha na frente do corpo e deixando-a aberta atrás. Ficou na ponta dos pés e beijou o rosto de Hammond.

– Não precisa se preocupar. Se eu fosse atirar no Lute não seria pelas costas. Que graça teria isso? Eu ia querer olhar bem nos olhos do filho da mãe quando apertasse o gatilho.

– Essa defesa não é melhor que a preguiça, Davee.

– Não preciso de defesa. Juro que não matei Lute – demonstrou desenhando um X invisível sobre o peito – Eu nunca mataria ninguém.

Ele ficou aliviado ao ouvi-la negar com tanta convicção. Então ela estragou tudo, completando o raciocínio:

– Aqueles uniformes da prisão são muito fora de moda.

Davee estava deitada de costas, de olhos fechados, satisfeita e relaxada com a massagem de Sandro seguida de sexo que não exigiu nenhuma participação dela, a não ser curtir o próprio orgasmo. Ela sentiu a pressão da ereção insaciada dele contra sua coxa, mas ignorou. Ele acariciou de leve o mamilo dela com a língua.

– É estranho – murmurou ele com seu sotaque carregado.

– O quê?

– O seu amigo deu indiretas, mas em nenhum momento perguntou se você matou o seu marido.

Ela o empurrou e olhou para ele.

– O que você quer dizer?

Ele deu de ombros.

– Ele é seu amigo, por isso não queria ter certeza de que foi você.

Os olhos de Davee se moveram para um espaço vazio logo atrás do ombro dele, e ela sem querer disse em voz alta o que estava pensando.

– Ou talvez ele já saiba, com certeza, que não fui eu.

Capítulo 11

Quando Hammond se afastou da mansão Pettijohn, ele pediu a Deus para nunca ter de chamar Davee para testemunhar no tribunal, por dois motivos muito sérios.

O primeiro, porque Davee e ele eram amigos. Ele gostava dela. Ela não era nenhum pilar de virtude, mas ele a respeitava por não fingir que era. Quando ela afirmava que não era hipócrita, não era uma afirmação vazia.

Ele conhecia dúzias de mulheres que fofocavam maldosamente sobre ela, e que não eram mais íntegras do que ela. A diferença é que elas pecavam em segredo. Davee pecava às claras. Ela era considerada vaidosa e egoísta e era mesmo. Mas essa reputação quem cultivava era ela. Deliberadamente, dava motivos para seus críticos estremecerem com o seu comportamento. Nenhum deles percebia que a *persona* que eles censuravam não era a verdadeira Davee.

Os melhores aspectos da sua personalidade Davee mantinha escondidos. Hammond concluiu que a charada era o mecanismo de autodefesa dela para não se machucar ainda mais do que tinha sido na infância. Ela afastava as pessoas antes que tivessem oportunidade de rejeitá-la.

Maxine Burton foi uma péssima mãe. Davee e as irmãs foram privadas da sua atenção e do seu afeto. Ela não fez nada para merecer o amor ou a dedicação das filhas. No entanto, Davee visitava religiosamente a mãe toda semana na clínica de elite onde estava confinada.

Além de financiar e supervisionar o seu tratamento, Davee se envolvia diretamente com ela, cuidando das necessidades pessoais da mãe nas suas visitas rotineiras. Provavelmente Hammond era a única pessoa que sabia disso e não teria descoberto se Sarah Birch não tivesse feito essa confidência para ele.

O segundo motivo que fazia Hammond não querer interrogar Davee no julgamento era que ela mentia muito bem. Ouvi-la falar era um prazer tão grande que a pessoa deixava de se importar se ela dizia ou não a verdade.

Os jurados achavam testemunhas como Davee divertidas. Se ela fosse chamada para testemunhar, iria para o tribunal vestida para matar. Só a aparência dela já faria o júri se empertigar nas cadeiras e notá-la. Eles podiam cochilar durante o testemunho de outras pessoas, mas ouviriam com atenção e esperariam com ansiedade cada palavra coberta de açúcar que sairia dos lábios de Davee.

Se ela dissesse que, apesar de não ter matado Lute, não sentia a morte dele, que ele era um marido infiel, que a enganava tantas vezes que nem dava para contar, que ele era basicamente mau e cruel e que merecia morrer, os jurados de ambos os sexos provavelmente concordariam. Ela teria persuadido a todos que o caráter e as trapaças do filho da mãe justificavam o crime.

Não, ele não ia querer expor Davee ao julgamento pelo assassinato do marido. Mas se tivesse de fazer isso, ele faria.

Receber esse caso tinha sido a melhor coisa que podia acontecer na carreira de Hammond. Ele esperava que a equipe de Smilow lhe desse bastante material com que trabalhar, que o acusado não se declarasse culpado para que o caso fosse julgado pelo tribunal do júri. Esse era um caso em que ele podia enfiar os dentes. Certamente seria um desafio. Ia exigir toda a sua concentração. Mas também seria uma excelente prova. Ele pretendia definitivamente concorrer ao cargo de promotor público em novembro. Queria vencer. Mas não queria vencer porque era mais bonito, ou por ter um pedigree melhor, ou por ter mais recursos do que o outro ou os outros candidatos. Ele queria merecer o cargo.

Raramente acontecia um caso com o peso do assassinato de Lute Pettijohn. Era por isso que precisava dele. Por isso tinha omitido revelar seu encontro com Pettijohn para Monroe Mason. Ele simplesmente tinha de ter esse caso, e não estava disposto a deixar que qualquer coisa o impedisse de levá-lo a julgamento. Era o veículo perfeito para dar-lhe a exposição pública que precisava antes de novembro.

Era também o veículo perfeito para afrontar o pai dele.

Aquele era o motivo mais atraente de todos. Alguns anos antes, Hammond tinha tomado uma decisão na carreira, de mudar de defensor para promotor. Preston Cross se opôs violentamente à decisão do filho, citando as diferenças do potencial de ganhos financeiros e dizendo para Hammond que ele era louco de se contentar com o salário de um funcionário público. Pouco tempo atrás, Hammond tinha descoberto que o nível de renda de um promotor público não era o maior problema para o pai dele.

A mudança pôs os dois em lados opostos. Como Preston era sócio de Lute Pettijohn em alguns negócios de terras inescrupulosos, ele temia ser processado pelo próprio filho. Só recentemente Hammond tinha feito essa descoberta. Ele ficou enojado. O confronto que tiveram sobre o assunto foi amargo e acrescentou uma nova dimensão à inimizade entre os dois.

Mas ele não podia pensar nisso agora. Sempre que pensava no pai, ele ficava com a mente entorpecida. Tirar camada após camada do relacionamento deles para examinar mais a fundo consumia tempo, era emocionalmente extenuante e acabava sendo improdutivo. Ele não tinha muita esperança de chegar a uma reconciliação.

Por hora ele resolveu arquivar esse problema e se concentrar no que tinha imediatamente se tornado prioritário: o caso.

O momento que tinha escolhido para romper com Steffi foi feliz. Estava livre de uma responsabilidade que o deixava infeliz e que poderia ter prejudicado a sua concentração. Ela ficaria furiosa de saber que tinha sido designada para o posto de co-piloto, mas ele saberia lidar com o mau humor dela se fosse necessário.

Para Hammond Cross aquele dia significava um novo começo – que, na verdade, tinha começado na noite anterior.

Dirigindo o carro para longe da mansão Pettijohn, com apenas uma das mãos, ele pegou no bolso da frente da camisa o pedaço de papel que tinha posto ali mais cedo e verificou o endereço escrito nele.

Ofegante, Steffi entrou correndo no quarto do hospital.

– Vim o mais rápido que pude. O que foi que perdi?

Smilow tinha ligado para o seu celular logo antes de Steffi sair da casa de Hammond. Como prometera, ele tinha telefonado assim que o médico encarregado dera permissão para interrogar os pacientes.

– Quero estar nessa, Smilow – disse ela para ele ao telefone.

– Não posso ficar esperando você chegar. O médico pode retirar a oferta se eu não agarrá-la logo.

– Tudo bem, mas vá devagar. Estou a caminho.

O bairro do condomínio de Hammond não ficava longe do complexo hospitalar. Mesmo assim, ela excedeu todos os limites de velocidade para chegar lá. Estava muito ansiosa para saber se os pacientes com intoxicação alimentar tinham visto alguém perto da suíte de cobertura do hotel de Pettijohn.

Logo que chegou assim apressada, ela parou um pouco na porta e depois cruzou o piso de cerâmica até o leito do hospital. O paciente nele era um homem com cerca de cinquenta anos, cujo rosto tinha a cor da farinha de trigo, os olhos afundados no crânio e emoldurados por círculos escuros. A mão direita estava presa a uma agulha de soro. Havia uma comadre e um patinho ao alcance dele na mesa ao lado da cama.

Uma mulher que Steffi concluiu que devia ser a esposa dele estava sentada numa cadeira ao lado. Ela não parecia doente, apenas exausta. Ainda usava a roupa de turista, tênis, short de caminhada e uma camiseta onde se lia com letras cintilantes: GIRLS RAISED IN THE SOUTH [mulheres criadas no Sul, e *grits* – as iniciais – significa espírito indômito].

Smilow, em pé ao lado da cama, fez as apresentações:

– Sr. e sra. Daniels, Steffi Mundell. A srta. Mundell é do escritório do promotor público. Está intimamente envolvida na investigação.

– Olá, sr. Daniels.

– Oi.

– O senhor está melhor?

– Parei de rezar para morrer.

– Imagino que isso representa alguma melhora – ela olhou para a mulher dele do outro lado da cama. – A senhora não ficou doente, sra. Daniels?

– Tomei sopa de caranguejo fêmea – respondeu ela com um sorriso pálido.

– Os Daniels são os últimos com quem estou conversando – disse Smilow. – Os outros do grupo deles não puderam nos ajudar.

– E eles podem?

– O sr. Daniels é uma possibilidade.

Sem parecer muito contente com isso, o homem no leito resmungou:

– Talvez eu tenha visto alguém.

Sem conseguir conter sua impaciência, Steffi insistiu para que ele fosse mais preciso:

– O senhor viu ou não viu alguém?

A sra. Daniels ficou de pé.

– Ele está muito cansado. Isso não podia esperar até amanhã? Depois de mais uma noite de descanso?

Steffi percebeu seu erro no mesmo instante e fez força para desacelerar.

– Sinto muito. Perdoe-me por ser tão incisiva. Temo que adotei certos maus hábitos na convivência com as pessoas que processei. Estou acostumada a lidar com assassinos, ladrões e estupradores, em geral reincidentes, não gente boa como vocês. Não é comum eu interagir com pessoas que pagam impostos, obedecem às leis e temem a Deus.

Depois desse discurso ela não teve coragem de olhar para Smilow, sabendo que veria escárnio na expressão dele.

Mordendo o lábio, a sra. Daniels consultou o marido:

– É você que sabe, meu bem. Está disposto a fazer isso agora?

Steffi tinha avaliado os dois e imediatamente concluiu que não haveria disputa entre o QI dela e o deles. Aproveitou a vantagem da indecisão do casal para manipulá-los um pouco.

– É claro que se quiserem esperar até amanhã de manhã para responder às nossas perguntas, tudo bem, sr. Daniels. Mas, por favor, compreenda a nossa posição. Um líder da nossa comunidade foi assassinado a sangue-frio. Foi baleado pelas costas sem provocação. Nenhuma que pudéssemos determinar, de qualquer maneira – ela deu um tempo para eles assimilarem aquela informação, e depois acrescentou: – Esperamos pegar esse criminoso brutal antes de ele ter outra oportunidade de atacar.

– Então não posso ajudá-los.

Todos ficaram atônitos com a inesperada declaração do sr. Daniels. Smilow foi o primeiro a recuperar a voz:

– Como sabe que não pode ajudar?

– Porque a sra. Mundell aqui disse que o criminoso foi um homem, e a pessoa que vi foi uma mulher.

Steffi e Smilow trocaram olhares.

– Usei o masculino de forma genérica – explicou ela.

– Ah, bem, quem eu vi foi uma mulher – disse Daniels, recostando no travesseiro. – Só que ela não parecia uma assassina.

– Poderia explicar isso melhor? – pediu Steffi.

– Quer dizer, como ela era?

– Comece pelo começo e vá nos contando – sugeriu Smilow.

– Bem, nós... isto é, nosso grupo do coral... saímos do hotel logo depois do almoço. Cerca de uma hora depois, comecei a me sentir mal. No início pensei que era por causa do calor. Mas dois garotos que estavam conosco já tinham sentido náuseas e dores de barriga, por isso suspeitei que fosse mais que isso. Fui piorando a cada minuto. Finalmente, disse para a minha mulher, que ia voltar para o hotel, tomar um antiácido ou qualquer coisa assim, e que os alcançaria mais tarde.

A sra. Daniels confirmou isso balançando a cabeça solenemente, sem dizer nada.

– Quando voltei a pé para o hotel, eu estava a ponto de... de vomitar. Tive medo de não conseguir chegar a tempo ao meu quarto.

– Quando o senhor viu a mulher? – perguntou Steffi, querendo que ele fosse direto ao ponto.

– Quando cheguei ao nosso quarto.

– Que ficava no quinto andar – verificou Smilow.

– Cinco, zero, seis – disse Daniels. – Notei outra pessoa no fim do corredor e olhei para ela. A mulher estava parada na frente de uma outra porta.

– Fazendo o quê? – perguntou Smilow.

– Não estava fazendo nada. Só olhando para a porta, como se tivesse batido e esperasse alguém abri-la.

– A que distância ela estava do senhor?

– Humm, não muito longe. Mas longe. Nem prestei muita atenção. Sabe como é quando a gente olha nos olhos de uma pessoa estranha e só tem vocês dois no lugar? Foi assim. Você não quer parecer muito antissocial, nem amigável demais. Hoje em dia a gente tem de tomar cuidado com as pessoas.

– O senhor falou com ela?

– Não, não, nada disso. Só olhei na direção dela. A verdade é que eu não pensava em nada além de chegar ao banheiro.

– Mas deu uma boa olhada nela?

– Não tão boa.

– Suficientemente boa para determinar a idade dela?

– Ela não era velha. Mas também não era nenhuma menina. Mais ou menos a sua idade – disse ele para Steffi.

– De alguma outra raça?

– Não.

– Alta, baixa?

Daniels franziu a testa e passou a mão na barriga.

– Meu bem? – disse a mulher dele, pegando uma bacia, aflita, e pondo-a embaixo do queixo dele.

Ele empurrou a bacia.

– Só uma dorzinha.

– Quer um pouco de Sprite?

– Um gole. – A sra. Daniels pôs a xícara coberta perto dos lábios dele e ele sugou através de um canudo com uma dobra. Quando terminou, ele olhou para Smilow de novo. – O que o senhor perguntou... ah, a altura dela? – ele balançou a cabeça. – Não notei. Não era nenhum extremo. Acho que ficava na média.

– Cor do cabelo? Ela era loura? – perguntou Steffi.

– Não muito.

– Não muito? – repetiu Smilow.

– Não era muito loura. Não achei que fosse do tipo Marilyn Monroe, entende? Mas o cabelo também não era escuro. Assim, médio.

– Sr. Daniels, pode nos dar uma descrição física geral?

– Quer dizer, se ela era... como, gorda?

– Ela era?

– Não.

– Magra?

– É. Mais para magra. Bem, meio magra, acho que se pode dizer. Sabe, eu realmente não prestei muita atenção nela.

Só estava tentando evitar provocar um acidente horrível ali no corredor.

– Acho que isso é tudo que ele pode dizer – disse a sra. Daniels para os dois. – Se quiserem perguntar mais alguma coisa, podem voltar amanhã.

– Uma última pergunta, por favor – disse Smilow. – O senhor viu essa mulher entrar no quarto do sr. Pettijohn?

– Não. Destranquei a minha porta com aquela chave que parece um cartão de crédito o mais rápido possível e entrei – ele esfregou a barba por fazer no queixo. – Aliás, nem sei se era ou não o quarto onde o cara foi morto. Podia ser qualquer quarto daquele corredor.

– Era a suíte de cobertura. A porta fica mais para dentro – disse Steffi. – É diferente dos outros. Se apontássemos a suíte do sr. Pettijohn para o senhor, poderia determinar se foi diante daquela porta que o senhor viu a mulher parada?

– Duvido muito. Como já disse antes, só dei uma olhada rápida para aquele lado do corredor. Registrei que havia uma mulher parada diante de uma porta, esperando alguém abri-la. Apenas isso.

– O senhor tem certeza de que ela não estava saindo, se afastando do quarto?

– Não, não tenho certeza – Daniels estava começando a parecer irritado. – Mas foi essa a impressão que tive. Não havia nada estranho nela ou na situação. Sinceramente, se vocês não perguntassem, eu nunca mais pensaria nela. Vocês perguntaram se vi alguém no corredor aquela tarde, e foi ela que vi.

A sra. Daniels interrompeu de novo. Steffi e Smilow se desculparam por ter de incomodá-lo, agradeceram a informação, desejaram que ele se recuperasse logo e foram embora.

No corredor do hospital, Smilow parecia abatido.

– Maravilha! Temos uma testemunha ocular que viu uma mulher parada não muito longe dele, mas bem longe, que poderia ou não estar na frente da suíte de Pettijohn. Não era velha nem jovem. Altura média. Cabelo "meio médio" e "meio magra".

– Estou desapontada, mas não surpresa – disse Steffi. – Desconfiei de que ele não ia se lembrar de nada devido à preocupação dele naquele momento.

– Merda! – xingou Smilow.

– Exatamente.

– Então eles olharam um para o outro e caíram na risada e ainda estavam rindo quando a sra. Daniels saiu do quarto do marido.

– Ele finalmente me convenceu a voltar para o hotel. Não fui lá desde que a ambulância nos trouxe para cá, Vocês vão descer? – perguntou ela educadamente quando o elevador chegou.

– Ainda não – disse Steffi para ela. – Tenho outros assuntos para conversar com o detetive Smilow.

– Boa sorte na solução do mistério.

Eles agradeceram a cooperação dela e a disposição para ajudar, então Steffi levou Smilow para a sala de espera, que estava vazia naquele momento. Depois que se sentaram de frente um para o outro, Smilow informou, sem rodeios, que Hammond Cross seria o promotor do caso Pettijohn.

– Mason premiou seu menino de ouro.

Sem fazer nenhum esforço para mascarar a decepção ou o ressentimento, Steffi perguntou quando ele tinha sabido disso.

– Esta noite mesmo. O chefe Crane telefonou e me contou porque eu tinha feito campanha por você.

– Obrigada. Apesar de não ter servido para nada – disse ela amargamente. – Quando é que eu ia ficar sabendo dessa reviravolta?

– Amanhã, acho.

Hammond não sabia do assassinato de Pettijohn até ela contar para ele. Deve ter sido o telefonema de Mason que ele recebeu quando ela ainda estava na casa dele. Foi um tormento duplo ele ter tirado um caso que faria a sua carreira, segundos depois de terminar o namoro deles.

– Davee Pettijohn mexeu os pauzinhos – disse Smilow.

– Conforme ela prometeu.

– Ela disse que nunca se contenta com o segundo melhor. Parece que acha que você é a segunda melhor.

– Não é isso. Não é só isso, quero dizer. Ela prefere muito mais um homem trabalhando para ela do que uma mulher.

– Bem pensado. Uma química melhor. Além do mais, a família dela e os Cross são amigos há décadas.

– Não é o que você sabe, mas quem.

Depois de um momento refletindo em silêncio, Steffi levantou e pendurou a alça da sua pesada valise no ombro.

– Já que não sou mais...

Smilow fez um sinal para ela se sentar novamente.

– Mason jogou o osso para você. Finja surpresa quando ele lhe der a notícia oficialmente amanhã de manhã.

– Que tipo de osso?

– Você será assistente do Hammond.

– Nenhuma surpresa nisso. Um caso como esse exige pelo menos duas cabeças boas – sentindo que havia mais, ela olhou para Smilow com uma sobrancelha levantada. – E?

– E é da sua responsabilidade servir de barreira entre nós e manter a interação amigável. Fora isso, você deve tentar evitar derramamento de sangue.

– Palavras de Mason para o seu chefe?

– Estou parafraseando – ele deu um sorriso triste. – Mas não se preocupe demais. Duvido que chegue a derramamento de sangue.

– Não tenho tanta certeza. Já vi vocês dois prestes a travar o que parecia ser um combate mortal. Por falar nisso, o que foi aquilo?

– Nós nos detestamos.

– Até aí eu sei, Smilow. Mas o que provocou isso?

– É uma longa história.

– Fica para outra hora?

– Talvez.

Ela ficou frustrada de Smilow não ter prometido contar. Gostaria de conhecer as circunstâncias por trás daquele ódio tão virulento que havia entre Hammond e Smilow. É claro que eram personalidades completamente diferentes. A insociabilidade de Smilow repelia as pessoas e, a não ser que ela estivesse completamente enganada, era proposital. Hammond era carismático. Amizades íntimas com ele tinham de ser merecidas, mas ele era simpático e afável. Smilow era fastidioso e estava sempre impecavelmente arrumado, enquanto o charme de Hammond era natural e espontâneo. Na faculdade, Smilow seria o único cara na classe a gabaritar a prova e arruinar a curva de classificação para todos os outros. As notas de Hammond eram excelentes também, mas ao mesmo tempo ele tinha sido um aluno muito popular, líder e atleta completo. Os dois eram superempreendedores, mas as conquistas de um eram obtidas com dificuldade, e para o outro vinham fáceis.

Steffi se identificava mais com Smilow. Entendia e era capaz de simpatizar com o ressentimento que ele sentia em relação a Hammond, ressentimento que crescia com a própria atitude de Hammond em relação às suas vantagens. Ele não as explorava. Além do mais, ele as rejeitava. Desdenhando o dinheiro da família, ele vivia com o que ganhava. O condomínio onde morava era bom, mas poderia morar muito melhor. Suas únicas extravagâncias eram o veleiro e a cabana, mas nunca fazia propaganda de nenhum dos dois.

Seria muito mais fácil odiá-lo se ele usufruísse dos seus privilégios.

Seria interessante, para não dizer útil, conhecer a origem da antipatia que havia entre ele e Smilow. Eles estavam do mesmo lado da lei, trabalhavam por um objetivo comum e, no entanto, pareciam desprezar ainda mais um ao outro do que aos criminosos incorrigíveis.

– Deve ser difícil – disse Smilow, tirando Steffi de seus devaneios.

– O quê?

– Estar sempre competindo com Hammond no âmbito profissional, mas dormindo com ele à noite. Ou será que esse toque de competitividade é o que torna o caso tão excitante?

Pela primeira vez Steffi foi pega de surpresa. Ela olhou fixamente para ele, muda de espanto.

– Está imaginando como é que sei? – ele deu um sorriso tão frio que provocou arrepios na espinha de Steffi. – Pelo processo de eliminação. Ele é o único homem no prédio do fórum que não se gaba de ter estado aí – ele olhou significativamente para o colo dela. – Juntei as coisas, e a sua reação atônita ao meu palpite apenas serviu para confirmar.

A presunção dele era insuportável, mas ela se recusou a demonstrar raiva ou aborrecimento, o que teria deixado Smilow imensamente satisfeito. Em vez disso, ela não mudou a expressão do rosto e manteve a voz calma.

– Por que está tão interessado na minha vida amorosa, Smilow? Será que é ciúme?

Ele deu uma risada.

– Flertar não lhe cai bem, Steffi.

– Vá à merda!

Sem se perturbar, ele continuou!

– Raciocínio dedutivo é o meu negócio. Sou bom nisso.

– O que você pretende fazer com essa informação picante?

– Nada – respondeu ele com um dar de ombros negligente. – Só me diverte saber que o menino de ouro comprometeu sua ética profissional. A armadura dele está começando a perder o brilho? Só um pouquinho?

– Transar com um colega não é exatamente uma ofensa capital. Quanto às transgressões, é um pequeno insulto.

– É verdade. Mas, para Hammond Cross, é praticamente um pecado mortal. Senão, para que manter segredo?

– Bem, você pode parar de se vangloriar. Não há mais nenhum segredo para manter. O caso acabou. Verdade – disse ela quando ele olhou para ela desconfiado.

– Desde quando?

Ela consultou o relógio de pulso.

– Duas horas e dezoito minutos atrás.

– É mesmo? Antes ou depois de Mason dar o caso para ele?

– Uma coisa não teve nada a ver com outra – disse ela, irritada.

O canto dos lábios de Smilow tremeu num quase sorriso.

– Você tem certeza disso?

– Absoluta. Você pode muito bem saber da verdade, de toda a verdade e nada mais que a verdade, detetive. Hammond me dispensou. Sem mais nem menos. Fim de papo.

– Por quê?

– Recebi o discurso básico “estamos indo em direções opostas”, que normalmente se traduz para “estive lá, fiz aquilo e estou pronto para experimentar outro local de férias”.

– Humm. Você sabe de algum *balneário* que ele planeje visitar?

– Nenhum. E em geral a mulher sabe.

– O homem também.

– O tom de voz dele indicava mais que aquelas três palavras. Steffi olhou bem para ele.

– Ora, Rory! Será que é remotamente possível que o sr. Gelo nas Veias já tenha se apaixonado uma vez na vida?

– Com licença? – eles não tinham notado a chegada da enfermeira até ela falar com eles. – Meu paciente... – ela indicou o quarto do sr. Daniels com o polegar por cima do ombro. – Ele queria saber se os senhores tinham ido embora. Quando eu disse que ainda estavam aqui, ele me pediu para lhes dizer que lembrou de uma coisa que pode ser útil.

Antes de a enfermeira terminar de falar, os dois já estavam em pé.

Capítulo 12

Hammond consultou o endereço que tinha rabiscado no papel e guardado no bolso da camisa antes de sair de casa para visitar Davee.

Sem saber se o número de telefone do serviço de recados da clínica era de Charleston, Hammond passara o dedo, aflito, por uma lista de clínicas médicas nas Páginas Amarelas até encontrar a clínica A. E. Ladd. Na mesma hora soube que era aquela mesma, porque o número para ligações fora do horário de expediente era o mesmo que ele tinha chamado da cabana aquela manhã.

A clínica era a única pista que ele tinha para a mulher com quem tinha estado aquela noite. E claro que conversar com ele estava fora de questão. O objetivo de Hammond no curto prazo era apenas localizar o consultório dele e ver o que podia descobrir com isso, se é que poderia mesmo descobrir alguma coisa. Mais tarde ele pensaria num modo de abordá-lo.

Apesar de estar preocupado com o fim do namoro com Steffi, com a conversa perturbadora que tinha tido com Davee, e com o assassinato de Pettijohn e com tudo que aquilo significava, a lembrança da mulher que havia seguido na saída da feira rural e beijado no posto de gasolina não lhe dava trégua.

Seria inútil tentar ignorá-la. Hammond Cross não aceitava perguntas sem respostas. Mesmo quando era menino, não se contentava com respostas apenas convenientes. Perturbava os pais até eles darem uma explicação que satisfizesse a sua curiosidade.

Tinha mantido essa característica na idade adulta. Esse desejo de saber mais que apenas generalidades, de conhecer as particularidades, beneficiava o trabalho dele.

Hammond cavava para ir mais fundo e continuava cavando até chegar à verdade, às vezes para a suprema frustração dos seus colegas. Às vezes, até ele mesmo ficava frustrado com a própria teimosia.

A lembrança dela ia persistir até ele descobrir quem ela era e por que, depois da noite incrível que passaram juntos, resolveu sair da cabana e, consequentemente, da vida dele.

Localizar a clínica Ladd era uma tentativa, apesar de juvenil, patética e desesperada, de descobrir alguma coisa sobre ela. Especificamente, se ela era ou não a sra. Ladd. Se fosse, terminaria ali. Se não fosse...

Ele não se permitiu considerar os diversos "se não".

Tendo sido criado em Charleston, Hammond sabia mais ou menos onde ficava a rua, e era apenas a alguns quarteirões da mansão de Davee. Chegou lá em poucos minutos.

Era uma rua curta e estreita, onde os prédios se cobriam de trepadeiras e história. Era uma das várias ruas assim que ficavam próximas do movimentado bairro comercial e que pareciam pertencer a um outro mundo. A maioria das casas e prédios naquela área entre a rua Broad e a Battery era repleta de marcos históricos. Alguns números das casas terminavam com ½, indicando que uma estrutura externa do prédio principal, como uma cocheira ou cozinha separada, tinha sido convertida numa outra residência. Os imóveis eram valiosíssimos. Era um bairro muito caro. O acrônimo para qualquer pessoa que morava ao sul da Broad era S.O.B. [*south of Broad,* mas também *son of bitch* – filho da puta].

Hammond não se surpreendeu ao ver que a clínica ficava numa área basicamente residencial. Muitos profissionais liberais tinham convertido casas mais antigas em escritórios, e muitas vezes moravam nos andares de cima, o que era uma tradição em Charleston havia séculos.

Ele deixou o carro estacionado numa rua mais larga e entrou na ruazinha de paralelepípedos a pé. Já era noite. O fim de semana tinha terminado. As pessoas já estavam em suas casas. Ele era o único pedestre na rua. O lugar era escuro e silencioso, mas, apesar disso, simpático e hospitaleiro. Janelas abertas revelavam cômodos iluminados que pareciam convidativos. Sem exceção, as propriedades eram luxuosas e bem cuidadas. Parecia que o proprietário da clínica estava se dando bem na vida.

O ar da noite era pesado e denso. Tão tangível quanto um cobertor de algodão enrolado claustrofobicamente nele.

Em questão de minutos, a camisa grudou no corpo. Até uma caminhada lenta era aflitiva, especialmente quando um dos fatores era o nervosismo.

Ele foi forçado a respirar fundo e captou perfumes florais exóticos e o pungente aroma de sêmen salgado da maresia no porto, que ficava a poucos quarteirões de distância. Sentiu o cheiro do resto de fumaça de carvão com o qual alguém tinha assado o jantar de domingo. Aquele aroma lhe deu água na boca e o fez lembrar que não tinha comido nada o dia inteiro, só aquele pãozinho na cabana.

A caminhada deu-lhe tempo para pensar como ia se sair naquele primeiro contato com a clínica. E se simplesmente chegasse lá e tocasse a campainha? Se o médico proprietário atendesse, podia fingir que obviamente tinha anotado errado o endereço, dizer que estava procurando outra pessoa, pedir desculpas por incomodá-lo e ir embora.

Mas e se ela abrisse a porta... que opção ele teria? A pergunta mais inquietante seria respondida. Ele daria meia-volta e iria embora, sem olhar para trás, e continuaria sua vida.

Todas essas contingências eram baseadas na probabilidade de ela ser casada com um médico. Para Hammond, essa era a explicação lógica para ela ter de fazer uma ligação para a clínica furtivamente e depois parecer culpada quando flagrada no ato. Ela era a imagem da saúde e certamente não tinha apresentado nenhum sintoma visível de doença. Por isso nunca passou pela cabeça dele o fato de ela poder ser uma *paciente*.

Nunca, até ele chegar à casa com aquele número. No pequeno quadrado de grama demarcado por uma cerca de ferro havia uma discreta placa de madeira branca com letras cursivas em preto.

A clínica A. E. Ladd era uma clínica de terapia psicológica.

Será que ela era uma paciente? Se era, a ideia de ela ter sentido necessidade de consultar o psicólogo segundos depois de levantar-se da cama dele era um pouco perturbadora. Ele se consolou reconhecendo que atualmente era comum se ter um terapeuta. Como confidentes, eles tinham substituído cônjuges dedicados, parentes mais velhos e religiosos. Hammond tinha amigos e colegas que se consultavam toda semana, às vezes apenas para aliviar o estresse da vida moderna. Ter um psicólogo não representava nenhum estigma e certamente não era motivo para ninguém se envergonhar.

De fato, ele sentiu um alívio imenso. Ir para a cama com a paciente da clínica Ladd era aceitável. O inaceitável era dormir com a mulher do dono da clínica. Mas uma nuvem cobriu aquele pequeno raio de esperança. E daí se ela era paciente? Seria quase impossível descobrir a identidade dela.

A clínica não daria nenhuma informação sobre seus pacientes. Mesmo se Hammond se rebaixasse a ponto de usar o cargo de promotor para se insinuar, eles provavelmente fariam valer o privilégio profissional e se recusariam a abrir seus arquivos, a menos que recebessem uma intimação, e Hammond jamais chegaria tão longe assim. Seus padrões profissionais não permitiriam.

Além do mais, como poderia pedir informação sobre ela se nem sabia o seu nome?

Do outro lado da rua, Hammond ruminava esse dilema enquanto estudava a estrutura elegante de tijolos em que o consultório se instalara. Era típica de um estilo único de arquitetura – uma casa única, chamada assim porque da rua parecia ter apenas um cômodo na largura, mas tinha vários cômodos para trás. Essa tinha dois andares, com largas varandas laterais, ou *piazzas,* que ocupavam toda a extensão da casa, da frente até os fundos, nos dois andares.

Atrás de um portão enfeitado, o passeio da frente da casa ia reto até o lado direito do jardim, onde havia uma porta dianteira pintada de verde Charleston – quase só tinta preta com apenas uma porção pequena de verde, misturado. A porta tinha uma aldrava de bronze bem no centro e, como as portas da frente da maior parte das casas únicas, não se abria para a casa em si, mas para a *piazza,* de onde se entrava na casa.

Uma figueira trepadeira se agarrava à grande parte da fachada, mas tinha sido bem podada em torno das quatro janelas altas que serviam de contrapeso à porta da frente. Embaixo de cada uma dessas janelas havia uma jardineira transbordante de samambaias e balsâminas brancas. Não havia nenhuma luz acesa.

Quando Hammond ia pôr o pé na rua para atravessá-la e dar uma olhada mais de perto, a porta da casa às suas costas se abriu e um enorme cão pastor cinza e branco saiu galopando, arrastando o dono atrás dele.

– Uôa, Winthrop!

Mas ninguém segurava Winthrop. Ele estava louco para sair e puxava a correia quando chegou ao fim do caminho da casa, levantou-se nas patas traseiras e se jogou contra o portão, instintivamente, Hammond deu dois passos para trás.

Rindo da reação dele, o dono do cachorro abriu o portão e Winthrop saiu pulando.

– Desculpe o escândalo! Espero que ele não tenha assustado você. Ele não morde, mas se tiver oportunidade, pode lambê-lo até a morte.

Hammond sorriu.

– Não tem problema.

Winthrop, sem demonstrar interesse nenhum nele, tinha levantado a perna e estava mijando numa cerca.

Hammond devia estar parecendo inofensivo, mas perdido, porque o homem perguntou:

– Está precisando de ajuda?

– É, na verdade eu estava tentando localizar a clínica Ladd.

– Já a encontrou – o homem apontou com o queixo para a casa do outro lado da rua.

– Certo, certo.

O homem olhou para ele com a testa franzida, sem entender.

– É que sou vendedor – gaguejou ele. – De formulários médicos. Coisas assim. A placa não diz a que hora abrem o consultório.

– Por volta das dez, acho. Você pode telefonar para Alex para confirmar.

– Alex.

– Alex Ladd.

– Ah, claro. É, eu devia ter ligado, mas... sabe como é... pensei que... bem, tudo bem.

Winthrop estava fuçando embaixo de um arbusto de camélias.

– Obrigado. Vá com calma, Winthrop.

Torcendo para o vizinho nunca associar o idiota inarticulado com o assistente do promotor público que era sempre visto falando com repórteres na televisão, Hammond deu um tapinha na cabeça do cachorro peludo e partiu na direção de onde tinha chegado.

– Aliás, ela acabou de sair.

Hammond deu meia-volta como um raio.

– *Ela?*

O sr. Daniels evitava olhar os olhos de Smilow ou de Steffi quando os dois voltaram para o seu quarto, no hospital, e se posicionaram um de cada lado da cama. Para Smilow, o paciente parecia mais desconfortável agora do que quinze minutos antes, mas não era um desconforto gastrintestinal. Parecia mais um caso muito sério de consciência pesada.

– A enfermeira disse que o senhor se lembrou de alguma coisa que pode ajudar a nossa investigação.

– Talvez – os olhos de Daniels dardejaram nervosos para um lado e para outro, entre Smilow e Steffi. – Olha, o negócio é o seguinte. Desde que eu me desgarrei...

– Desgarrou?

Daniels olhou para Steffi, que tinha interrompido.

– Do meu casamento.

– O senhor teve um caso?

Steffi era mestra em engrossar o caldo. "Tato" não constava do seu vocabulário. O sr. Daniels parecia muito infeliz quando gaguejou.

– É. Essa, é... uma colega de trabalho? Nós... vocês sabem – ele mudou o corpo magro de posição no colchão duro, constrangido. – Mas não durou muito. Percebi que estava errado. Era só uma daquelas coisas que acontecem sem a gente saber por quê. Então um dia você acorda e pensa: para que estou fazendo isso? Amo a minha mulher.

Smilow compartilhava a óbvia impaciência de Steffi com a longa confissão de Daniels. Queria que o homem fosse direto ao ponto. Mas ele avisou Steffi, com um olhar muito sério, para respeitar o ritmo de Daniels contar a sua história.

– Estou contando isso para vocês... porque ela, a minha mulher, fica desesperada se eu elogiar uma mulher qualquer. Não a culpo por isso – apressou-se em dizer. – Ela tem o direito de suspeitar de mim. Dei esse direito a ela quando cometi adultério.

"Mas pode ser uma coisa insignificante, até uma palavra gentil para uma mulher, e ela já começa. Sabem o que quero dizer? Ela começa a chorar. E a dizer que não me satisfaz como mulher. Que não é capaz de satisfazer as minhas necessidades – ele olhou para Smilow com olhos cansados. – O senhor sabe como elas ficam."

Mais uma vez Smilow lançou um olhar para Steffi, indicando que ela não podia estragar tudo fustigando o editorial sexual do homem:

– Não descrevi aquela mulher para vocês com mais detalhes porque não queria que a minha mulher ficasse aborrecida. Estamos nos dando bem ultimamente. Ela até trouxe alguns, vocês sabem, apetrechos sexuais nessa viagem, para apimentar nossos momentos a sós. Ela até considera essa uma espécie de segunda lua-de-mel. Não se pode fazer muita coisa num ônibus de um coro de igreja, mas quando chegamos ao nosso quarto toda noite... nossa!

Ele deu um sorriso largo para os dois, mas então o sorriso murchou como se alguém tirasse o ar de uma máscara de borracha.

– Mas se a patroa pensasse que eu tinha prestado atenção no rosto ou no corpo de outra mulher, ela poderia achar que lá no fundo eu desejava uma estranha. E eu ia curtir um dobrado por nada.

– Nós compreendemos – Steffi pôs a mão no braço dele com rara e, Smilow sabia, falsa compaixão.

– Sr. Daniels, agora o senhor está dizendo que pode descrever a mulher que viu no corredor do hotel com mais detalhes?

Ele olhou para Smilow.

– O senhor tem lápis e papel aí?

Lentamente ele puxou a velha camiseta por cima da cabeça dela. Antes tinha tocado nela no escuro. Sabia como ela era pelo tato, mas queria ver o que suas mãos tinham tocado.

Não se decepcionou. Ela era linda. Gostava de ver suas mãos sobre os seios dela, gostava de vê-los reagindo às suas carícias, gostava de ouvi-la murmurando de prazer quando encostava os lábios neles.

– Você gosta disso.

– Gosto.

Ele envolveu o mamilo com a boca e sugou. Ela segurou a cabeça dele e gemeu baixinho.

– Muita força? – perguntou ele.

– Não.

Mas ele ficou preocupado, especialmente quando notou arranhões da barba na pele clara dela. Passou o dedo no lugar.

– Eu nem percebi.

Ela olhou para o pequeno arranhão, encostou o dedo dele nos lábios e beijou.

– Nem eu.

– Desculpe.

– Não faz mal.

– Mas se a machuquei...

– Você não me machucou. Não vai me machucar.

– Ela pôs a mão no pescoço dele e tentou puxar sua cabeça para ela.

Mas ele hesitou.

– Você se importa se... – ele apontou com a cabeça para a cama.

– Não.

Eles deitaram, sem se dar ao trabalho de arrumar os lençóis. Ele se inclinou sobre ela, segurou seu rosto com as duas mãos e beijou-a com tanta paixão que o corpo dela se arqueou na cama para encostar no dele.

As mãos dele deslizaram sobre os seios dela, as costelas e a barriga macia.

– Cristo. Olha só para você. Linda – ele pôs a mão entre as pernas dela, cobriu o monte-de-vênus com a palma da mão, com os dedos para baixo. Para dentro. Na maciez dela.

– Você já está...

– Estou.

– Tão doce. Tão...

– Oh... – ela gemeu ofegante.

– Molhada.

Ele chegou o corpo para cima para beijá-la de novo. Foi um beijo sedoso e sensual, que só terminou quando ela deu um grito abafado e gozou com os dedos dele, sob a pressão do polegar.

Alguns segundos depois ela abriu os olhos e viu que ele sorria para ela.

– Eu sinto muito, sinto muito.

– Sente muito? – repetiu ele, rindo baixinho e beijando a testa molhada de suor.

– Bem, quero dizer... você...

Os lábios dele mal encostaram nos dela. O sussurro dele foi suave e urgente.

– Não se desculpe.

Ele tossiu e deu um grito rouco de surpresa quando ela o segurou. Quase protestou, quase disse para ela que não precisava se sentir obrigada a nada, quase disse que não era necessário retribuir, que ele não ia ficar mais rijo do que estava. Mas quando ela começou a explorar e a massagear, os únicos sons que ele conseguiu emitir foram suaves gemidos de extremo prazer. Sem consciência plena do que estava fazendo, ele pôs a mão sobre a dela e incentivou os movimentos.

Ela passou o nariz no pescoço dele, beijou os pêlos do peito dele e mordiscou a pele. Sem querer – ou talvez por querer –, o mamilo ereto dela roçou no dele. Foi excitante. Foi tremendamente erótico. E ele quase gozou.

Quando ele tirou a mão dela, ela elevou o corpo e beijou freneticamente o maxilar dele, o rosto, os lábios, murmurando:

– Deixe-me tocar em você.

Mas era tarde demais. Ele se posicionou e mergulhou nela. Recuou. Avançou. Fundo. Mais fundo. Então encostou a testa na dela, cerrou os dentes, fechou os olhos bem apertados e sentiu um prazer maior do que todos os seus encontros sexuais juntos...

– Não, eu *é que vou tocar em* você.

... ele gozou.

A campainha do telefone arrancou Hammond daquela lembrança fumegante. Ficou constrangido ao ver que estava com ereção e banhado em suor. Quanto tempo tinha perdido com aquela lembrança específica? Verificou o relógio do painel. Vinte minutos, um pouco mais, um pouco menos.

O telefone tocou pela terceira vez. Ele o atendeu.

– O que é?

– Onde, diabos, você se meteu?

– Sabe, Steffi – disse ele, irritado –, você precisa arranjar um roteiro novo. É a segunda vez hoje que você me faz essa pergunta e com o mesmo tom de voz.

– Desculpe, mas estou ligando para a sua casa há uma hora e deixando recados. Finalmente, resolvi experimentar o seu celular. Você está no carro?

– Estou.

– Você saiu?

– Acertou de novo.

– Oh. Não imaginava que você ia sair de casa esta noite.

Ela estava insinuando que ele explicasse para ela aonde tinha ido e por quê, mas ele não lhe devia mais satisfações do que fazia. Ela provavelmente estava com o orgulho ferido com o fato de Hammond ter saído na noite em que eles terminaram seu relacionamento.

Ela ia ficar realmente ferida se soubesse que ele estava escondido numa rua escura como um pervertido, tomando um suador de excitação sexual e esperando para ver se a dra. A. E. Ladd era a mulher que, mais ou menos àquela mesma hora, na véspera, tinha estado deitada e nua ao lado dele, com o órgão sexual dele bem confortável, ensanduichado entre a barriga dos dois, as mãos dele acariciando as nádegas dela, e ela perguntando se ele sabia que seus olhos eram da cor de nuvens de tempestade.

Ele sentiu um ímpeto maligno de contar para Steffi. Mas é claro que não contou.

Ele secou o rosto na manga da camisa.

– O que está havendo?

– Para começo de conversa, por que você não me contou que Mason lhe deu o caso Pettijohn?

– Não era eu que tinha de contar isso para você.

– Esse é um motivo de merda, Hammond.

– Obrigado, Rory Smilow – resmungou ele.

Ele me contou como amigo.

– Amigo uma ova. Ele contou para você porque não é amigo meu. E agora, vai me dizer o que está havendo?

– Sem saber que eu ia ser o segundo violino – disse ela docemente –, encontrei-me com Smilow no hospital Roper e tivemos sorte.

– Como assim?

– Sabe aquelas pessoas com intoxicação alimentar?

– Sim?

Apareceram faróis do outro lado da rua onde Hammond estava estacionado. Ele ligou o carro.

– Onde você está, Hammond? – perguntou Steffi, irritada. – Você está me ouvindo? Parece que está desligando.

– Estou ouvindo. Pode falar. Uma das pessoas com intoxicação alimentar...

– Viu uma mulher do lado de fora da suíte de Pettijohn. Bom, na verdade ele não pode jurar que era a suíte de Pettijohn, mas isso é uma tecnicalidade que podemos contornar se tudo o mais se encaixar.

O carro parou na frente do consultório da dra. Ladd. *Ela saiu com um cara num carro conversível,* o dono de Winthrop tinha dito para ele.

– E depois de muita lengalenga sobre uma traição... – Steffi estava dizendo.

Dirigindo bem devagar, Hammond chegou suficientemente perto para ver que o carro era um conversível.

– Pensando melhor, deixe a traição pra lá – disse Steffi. – É irrelevante. Pode acreditar em mim. De qualquer maneira, o sr. Daniels tinha observado a mulher muito melhor do que nos levou a crer na primeira vez que falou conosco, na frente da mulher dele.

O brilho dos faróis do conversível ofuscou Hammond, e ele não conseguia ver nada atrás deles. Mas, quando ficou lado a lado com o carro, ele virou a cabeça a tempo de ver os ocupantes. Um homem no lugar do motorista. Uma mulher no lugar do passageiro. A mulher dele. Sem sombra de dúvida.

– O sr. Daniels agora admite que se lembra da altura, peso, cor de cabelo e de todo o resto.

Hammond se desligou de Steffi. Depois que passou pelo outro carro, ele olhou para o espelho retrovisor externo a tempo de ver o homem estender o braço por cima do console e pôr a mão na nuca da mulher, puxando o rosto dela para ele.

Hammond meteu o pé no acelerador, dobrou a esquina rápido demais e fez cantar os pneus. Claro que foi uma reação de ciúme imatura, mas sentiu vontade de fazer isso. Estava com vontade de bater em alguém. Realmente queria dizer para Steffi calar a boca.

– Vá em frente, Steffi – disse ele, interrompendo a frase que ela dizia subitamente.

Confusa, ela se assustou:

– Vá em frente para onde?

Ele não sabia. Não estava prestando muita atenção, mas não queria admitir isso. Ela estava falando de uma possível testemunha. Alguém que tinha visto uma pessoa perto da suíte de Pettijohn e que poderia dar uma descrição razoavelmente correta.

Steffi também podia ter sugerido um retrato falado. Tinha mencionado isso na hora que Hammond passou pelo conversível, e a voz dela foi abafada pelo sangue que subiu à cabeça dele. Ele tinha registrado o teor do relato de Steffi, mas quase tudo que ela dizia foi obscurecido por uma necessidade violenta e primitiva de voltar e agarrar o sujeito no conversível pelo pescoço.

De uma coisa ele tinha certeza. Precisava fazer alguma coisa, senão ia explodir. Agora. Imediatamente. Tinha de determinar que existia alguma coisa sobre a qual Hammond Cross ainda tinha controle.

– Quero um desenhista lá de manhã cedo.

– É tarde, Hammond.

Ele sabia que horas eram. Tinha ficado horas sentado naquele forno de automóvel, alimentando fantasias sexuais. E todo aquele sacrifício só tinha servido para ver a *dra. Ladd* na companhia de outro homem.

– Sei que é tarde.

– O que quero dizer é que não sei se vou conseguir...

– Qual é o número do quarto do cara?

– O número do quarto do sr. Daniels?

– Quero falar com ele.

– Isso não é necessário. Smilow e eu perguntamos tudo para ele. Além disso, acho que ele receberá alta pela manhã.

– Então é melhor marcar isso bem cedo. Às sete e meia. E ponha o artista da polícia de prontidão.

SEGUNDA-FEIRA

Capítulo 13

Às sete e meia da manhã seguinte, Hammond entrou no hospital com a sua pasta e o *Post and Courier.* Parou no balcão de informações para perguntar o número do quarto, que Steffi não havia dito. Parou também numa máquina para comprar uma xícara de café.

Estava de gravata, mas, atendendo à promessa de um dia muito quente, tinha deixado o paletó no carro, arregaçado as mangas da camisa e desabotoado o colarinho. A postura era de um militante e a expressão fechada como uma nuvem negra.

Para crédito de Steffi, os outros já estavam lá quando ele chegou. Ela estava lá, junto com Rory Smilow, uma mulher mal-ajambrada com um uniforme de polícia que não lhe caía bem e o homem no leito do hospital. Steffi estava com os olhos inchados, como se não tivesse dormido bem. Depois de uma rodada mal-humorada de cumprimentos, ela disse:

– Hammond, você deve se lembrar da cabo Mary Endicott. Trabalhamos com ela uma vez.

Ele largou a pasta e o jornal numa cadeira para apertar a mão da artista da polícia.

– Cabo Endicott.

– Sr. Cross.

Steffi, então, apresentou o sr. Daniels, em visita à cidade vindo de Macon, Geórgia, que naquele momento mordiscava a comida insossa que havia na bandeja do café da manhã.

– Sinto muito que a sua visita a Charleston não tenha sido das melhores, sr. Daniels. Está se sentindo melhor?

– Suficientemente bem para sair daqui. Se possível, gostaria de acabar logo com isso, antes de a minha mulher vir me pegar.

– Essa rapidez vai depender da precisão da sua descrição. Cabo Endicott é excelente no que faz, mas só depende do senhor.

Daniels parecia preocupado.

– Vou ter de testemunhar no tribunal? Quero dizer, se vocês pegarem essa mulher e descobrirem que foi ela que matou aquele homem, terei de apontá-la no julgamento?

– É uma possibilidade – disse Hammond para ele.

O homem deu um suspiro de tristeza.

– Bem, se chegar a isso, cumprirei meu dever cívico – ele deu de ombros filosoficamente. – Vamos logo com isso.

– Primeiro eu gostaria de ouvir a sua história, sr. Daniels – disse Hammond.

– Ele já nos contou diversas vezes – disse Smilow. – Realmente não é grande coisa.

Fora o negligente bom-dia, até aquele momento Smilow tinha ficado calado e imóvel como um lagarto tomando sol. Muitas vezes a postura de Smilow parecia indolente, mas, para Hammond, ele dava a impressão de ser um réptil à espera, atento o tempo todo a uma oportunidade de atacar.

Hammond reconheceu que comparar Smilow a uma serpente se devia unicamente ao fato de detestar o homem. Sem mencionar a injustiça com as serpentes.

O terno cinza de Smilow era impecável e estava perfeitamente passado. A camisa branca era tão lisa que uma moeda quicaria nela, a gravata bem presa. Não havia um fio de cabelo fora do lugar. Os olhos estavam claros e alertas. Depois da noite tumultuada que Hammond tinha tido, virando de um lado para outro na cama, estava com raiva da aparência e da pose inabalável de Smilow.

– É claro que você resolve – disse ele educadamente. – Essa investigação é sua.

– Isso mesmo, é minha.

– Mas, como cortesia...

– Você não demonstrou muita cortesia comigo quando marcou essa reunião sem me consultar primeiro. Diz que a investigação é minha, mas parece que é sua. Como sempre, seus atos contradizem suas palavras, Hammond.

Podia contar com Smilow para provocar uma briga numa manhã em que ele mesmo sentia vontade de morder alguém.

– Olha, eu saí da cidade no dia em que Pettijohn foi assassinado, por isso estou correndo atrás. Li as reportagens nos jornais, mas sei que você não revela todas as suas descobertas para a mídia. Só estou pedindo para me informar dos detalhes.

– Quando chegar a hora certa.

– O que há de errado com agora?

– Tudo bem, rapazes, tempo! – Steffi colocou-se entre os dois, formando uma cruz com os dedos indicadores. – Não importa quem marcou essa reunião, importa? Na verdade, Hammond, Smilow já havia chamado a cabo Endicott quando consegui falar com ela ontem à noite – a policial rechonchuda e matronal confirmou balançando a cabeça. – Por isso, tecnicamente, Smilow teve a ideia primeiro, como devia, já que o caso é dele até ele passar para nós. Certo?

"E, Smilow, se Hammond também pensou no retrato falado, isso só significa que grandes cabeças pensam da mesma forma, e esse caso precisa mesmo de todas as mentes brilhantes que puder reunir. Por isso vamos tratar de começar e não prender essas pessoas aqui por mais tempo do que será necessário. O sr. Daniels está com uma certa pressa, e todos nós temos mais o que fazer. Falando por mim, eu não me importaria de ouvir essa história mais uma vez."

Smilow assentiu movendo um pouco a cabeça. Daniels contou outra vez sua experiência de sábado à tarde. Quando terminou, Hammond perguntou se ele tinha certeza de não ter visto mais alguém.

– O senhor quer dizer no quinto andar? Não, senhor.

– Tem certeza?

– Só aquela senhora e eu estávamos no corredor. Mas eu só fiquei no corredor cerca de... humm... digamos, vinte, trinta segundos, desde a hora que saí do elevador.

– Tinha alguém no elevador com o senhor?

– Não, senhor.

– Obrigado, sr. Daniels. Grato por ter repetido sua história para mim.

Ignorando a expressão de "eu não disse?", de Smilow, Hammond deixou Daniels a cargo de Mary Endicott. Smilow pediu licença para dar alguns telefonemas. Steffi ficou espiando por cima do ombro da artista e acompanhou as perguntas que ela fazia para Daniels. Hammond levou sua xícara de café morno até a janela e observou o dia ensolarado demais para o seu humor.

Depois de um tempo, Steffi se aproximou dele.

– Você está quieto demais.

– A noite foi curta. Não consegui pegar no sono.

– Algum motivo especial para a sua insônia?

Entendendo o significado por trás daquela pergunta, ele virou a cabeça e olhou para ela.

– Só inquietação.

– Você é cruel, Hammond.

– Como assim?

– O mínimo que você devia ter feito era tomar um porre a noite passada e mudar de ideia quanto a terminar comigo.

Ele sorriu, mas o tom de voz era sério:

– Era a única decisão para nós, Steffi. Sabe tão bem disso quanto eu.

– Especialmente depois da decisão de Mason.

– A decisão foi dele, não minha.

– Mas eu nunca tive mesmo chance de conseguir esse caso. Mason favorece você e não esconde isso de ninguém. E vai favorecer sempre. E você sabe *disso* tão bem quanto eu.

– Eu estava aqui primeiro, Steffi. É uma questão de antiguidade.

– Está certo – o tom arrastado contradisse as palavras dela.

Antes de Hammond poder responder, Smilow retornou:

– Isso é interessante. Um dos meus homens andou xeretando na vizinhança de Pettijohn para ver se alguém tinha ouvido Lute discutindo com algum vendedor ou vizinho. Não descobriu nada.

– Espero que tenha um *mas* – disse Steffi.

Ele fez que sim com a cabeça.

– Mas Sarah Birch estava no supermercado sábado à tarde. Ela pediu para o açougueiro preparar umas costeletas de porco que queria fazer para o jantar de domingo. Ele estava ocupado, por isso levou algum tempo para atendê-la. Em vez de ficar lá parada, esperando, ela foi comprar as outras coisas. O supermercado estava apinhado. Só voltou ao açougue depois de quase uma hora, disse ele. O que significa que ela mentiu quando afirmou que ficou em casa a tarde toda com a sra. Pettijohn.

– Se ela é capaz de mentir sobre uma coisa tão insignificante quanto ir ao supermercado, devemos supor que ela também seja capaz de pregar uma enorme mentira.

– Só que essa mentira não é tão insignificante – disse Smilow. – Os horários combinam. O açougueiro lembra de ter dado as costeletas para Sarah Birch logo antes de terminar o turno dele, às seis e meia.

– O que quer dizer que ela ficou na loja das, digamos, cinco até as seis e meia – concluiu Steffi em voz alta. – Na hora em que Pettijohn estava sendo eliminado. E o supermercado fica a dois quarteirões do hotel! Droga! Será que é tão simples assim?

– Não – disse Smilow com certa relutância. – O sr. Daniels disse que a mulher que ele viu no corredor do hotel era branca. Sarah Birch não é.

– Mas ela podia estar acobertando Davee.

– A mulher que ele viu também não era loura – relembrou Smilow. – Davee Pettijohn, em qualquer descrição, é loura.

– Está brincando? Ela é a rainha do Clairol.

Hammond não se surpreendeu de saber que a leal empregada de Davee teria mentido por ela. Mas ficou abalado com o comentário maldoso de Steffi e aflito de pensar que a amiga de infância estava sendo seriamente considerada suspeita, com um álibi que não era tão perfeito como tinha dito.

– Davee não mataria Lute – os outros dois se viraram para ele. – Que motivo ela poderia ter?

– Ciúme e dinheiro.

Ele balançou a cabeça, discordando.

– Ela tem os próprios amantes, Steffi. Por que teria ciúme de Lute? E tem o próprio dinheiro. Provavelmente mais do que Lute.

– Bem, ainda não estou preparada para tirá-la da lista.

Deixando os outros dois com suas especulações, Hammond foi para perto da cama. Havia um bloco de desenho no colo de Daniels com o que parecia uma variedade infinita de formatos de olhos. Hammond deu uma olhada no desenho de Endicott, mas até ali ela ainda estava trabalhando para conseguir acertar a forma do rosto.

– Talvez um pouco mais fino aqui – disse o sr. Daniels, passando a mão no próprio queixo. A artista fez a correção sugerida. – É, era mais assim.

Quando passaram para as sobrancelhas e os olhos, Hammond voltou para o lado de Steffi e Smilow.

– E quanto a antigos sócios de negócios? – perguntou ele para o detetive.

– Naturalmente estão sendo interrogados – respondeu Smilow com calma e educação. – Isto é, aqueles que não têm o álibi de estarem na prisão.

Exceto os casos que tinham sido passados para a jurisdição federal, Hammond havia ajudado a pôr alguns daqueles criminosos de colarinho branco atrás das grades. Lute Pettijohn tinha burlado bastante as leis e muitas vezes chegava perto demais de delitos criminais. Flertava com eles, mas nunca cruzava a fronteira.

– Uma das empreitadas mais recentes de Lute envolve uma ilha no mar – disse Smilow para os dois.

Steffi bufou com desprezo.

– Isso é alguma novidade?

– Essa é diferente. A ilha Speckle fica a cerca de uma milha e meia do continente, e é uma das poucas que escapou do progresso.

– Isso basta para Pettijohn ter ereção – observou Steffi.

Smilow assentiu com a cabeça.

– Ele pôs as coisas para funcionar. O nome dele não consta de nenhum documento da sociedade. Pelo menos não nos documentos que encontramos. Mas podem estar certos de que estamos verificando – olhando para Hammond, ele acrescentou: – minuciosamente.

O coração de Hammond afundou como uma bola de chumbo no peito dele. Smilow não estava dizendo nada sobre o empreendimento na ilha Speckle que ele já não soubesse. Sabia muito mais, muito mais do que queria saber.

Cerca de seis meses antes, o procurador-geral da Carolina do Sul tinha pedido para ele fazer uma investigação sigilosa da tentativa de Pettijohn de lotear a ilha. As descobertas que fez foram alarmantes, mas nenhuma tão séria quanto encontrar o nome do próprio pai na lista de investidores. Até saber qual a ligação da ilha Speckle com o assassinato de Pettijohn, se é que havia alguma, ele manteria segredo dessa informação. Assim como o detetive tinha dito para ele com grosseria, ele daria esses detalhes para o detetive quando chegasse o momento certo.

– Um daqueles antigos sócios podia ter tanta raiva dele – disse Steffi – que acabou cometendo o crime.

– É uma possibilidade viável – disse Smilow. – O problema é que Lute operava num círculo de pessoas influentes, que incluía funcionários do governo de todos os níveis. Os amigos dele eram homens que tinham poder de uma forma ou de outra. Isso complica a minha capacidade de manobra, mas não me impede de continuar cavando.

Se Smilow estava cavando, então Hammond sabia que o nome de Preston Cross estava lá como um tesouro enterrado, à espera para ser desenterrado. Era apenas uma questão de tempo para a aliança do seu pai com Pettijohn ser descoberta.

Mentalmente Hammond xingou o pai por deixá-lo naquela posição comprometedora. Logo ele talvez fosse forçado a escolher entre o dever e a lealdade para com a família. No mínimo o negócio sujo de Preston custaria para Hammond o caso Pettijohn. Se chegasse a isso, Hammond jamais o perdoaria.

Olhou para a cama do hospital onde a desenhista parecia estar fazendo progresso.

– O cabelo. Era curto ou comprido?

– Era por aqui – disse Daniels, indicando o ombro.

– Franja?

– Na testa? Não.

– Liso ou crespo?

– Acho que era encaracolado. Fofo – ele usou novamente as mãos para ilustrar.

– Estava de cabelo solto, então?

– É, acho. Não entendo muito de penteados.

– Dê uma olhada nessa revista. Veja se há algum cabelo parecido com o dela.

Daniels franziu a testa e olhou nervoso para o relógio, mas obedeceu e começou a virar aflito as páginas da revista de penteados.

– De que cor era? – perguntou a artista.

– Meio vermelho.

– Ela era ruiva?

Hammond se sentiu atraído pelas palavras de Daniels, como se elas segurassem uma corda que o puxava inexoravelmente.

– Não era cabeça de cenoura.

– Ruivo-escuro, então?

– Não. Acho que eu diria apenas castanho, mas com muito vermelho.

– Castanho-avermelhado?

– É isso aí – disse ele, estalando os dedos. – Sabia que tinha um nome, só que não me lembrava. Castanho-avermelhado.

Hammond tomou um gole de café que subitamente ficou amargo na boca. Chegou mais perto da cama do hospital com a insegurança de um acrófobo que se aproxima da beirada do Grand Canyon.

A cabo Endicott riscava rapidamente com o lápis na sua prancheta. Risca, risca, risca.

– Que tal isso? – disse ela, mostrando o desenho para Daniels.

– Ei, está muito bom. Faltam apenas as mechas em volta do rosto, sabe como é?

Hammond avançou mais alguns passos.

– Assim?

Daniels disse para Endicott que o cabelo estava perfeito.

– Ótimo. Agora só falta a boca – disse ela. Deixando de lado a revista, a artista abriu o bloco de desenho em outra folha. – O senhor lembra de alguma coisa específica sobre a boca, sr. Daniels?

– Ela estava de batom – murmurou ele, estudando os inúmeros desenhos de lábios.

– Então, o senhor notou os lábios dela?

Ele levantou a cabeça, olhou aflito para a porta, como se temesse que a sra. Daniels estivesse lá ouvindo tudo.

– A boca era parecida com essa – ele apontou para um dos desenhos. – Só que o lábio inferior era mais cheio.

Endicott consultou o desenho e copiou no outro que estava fazendo.

Enquanto observava, Daniels acrescentou:

– Quando olhou para mim, ela deu um sorriso.

– Deu para ver os dentes?

– Não. Um sorriso educado. Sabe, como as pessoas fazem quando entram no elevador, ou qualquer coisa assim.

Como quando os olhos se encontram através de uma pista de dança.

Hammond não tinha coragem suficiente para espiar o esboço de Endicott, mas mentalmente ele viu um sorriso de boca fechada muito atraente, que tinha ficado profundamente marcado em sua memória.

– Algo parecido com isso? – Endicott virou o desenho para Daniels para ele poder ver melhor.

– Ora, macacos me mordam! – disse ele atônito. – É ela!

E bastou uma rápida olhada para Hammond confirmar que era mesmo. Era ela.

Smilow e Steffi estavam entretidos numa conversa. Quando ouviram a exclamação de Daniels, correram para o lado da cama. Hammond deixou Steffi ocupar seu lugar porque ele não precisava mais ver nada.

– Não é exato – disse Daniels –, mas está muito bom.

– Alguma marca especial ou cicatriz?

Uma pinta.

Acho que ela tinha uma espécie de sinal – disse Daniels. – Não era feio. Parecia mais uma pinta. Embaixo do olho.

– O senhor lembra... – começou Steffi a dizer.

– Que olho? – perguntou Smilow, completando a pergunta dela.

O direito.

– Bem, deixa eu ver, eu estava de frente para ela... então isso quer dizer que era... o esquerdo. Não, espere, era o direito. Definitivamente, o direito – disse Daniels, feliz de poder ser tão útil e fornecer esse detalhe.

– O senhor estava suficientemente perto para ver a cor dos olhos dela?

– Não. Infelizmente, não.

Verdes, salpicados de castanho. Bem afastados um do outro. Cílios escuros.

– Qual a altura dela, sr. Daniels?

Um metro e sessenta e cinco.

– Mais alta que a senhora – disse ele para Steffi. – Porém mais baixa que o sr. Smilow.

– Eu tenho um metro e setenta e cinco – disse ele.

– Então ela tem entre um e sessenta e cinco e um e setenta? – perguntou Steffi, calculando mentalmente.

– Por aí, acho.

– Peso?

Cinquenta e cinco.

– Não muito.

– Sessenta? – arriscou Smilow.

– Menos, acho.

– O senhor lembra da roupa que ela usava? – quis saber Steffi. – Calça comprida? Short? Um vestido?

Saia.

– Era um short ou uma saia. Sei porque dava para ver as pernas dela. – Daniels se contorceu. – E um tipo de blusa justa. Não me lembro da cor, nem de mais nada.

Saia branca. Blusa de malha marrom e casaco combinando. Sandália de couro marrom. Sem meias. Sutiã bege de renda com fecho na frente. Calcinha fazendo conjunto.

Endicott começou a recolher seu material e a guardar na mochila preta cheia demais. Smilow pegou o desenho da mão dela e apertou a mão do sr. Daniels.

– Temos o número do seu telefone em Macon, se for necessário entrar em contato com o senhor. Esperamos que isso seja suficiente. Muito obrigado.

– Também agradeço – disse Steffi, sorrindo para o homem antes de acompanhar Smilow até a porta.

Sem voz, Hammond simplesmente se despediu do sr. Daniels com um movimento de cabeça. No corredor, Smilow e Steffi agradeceram muito à artista antes que ela entrasse no elevador.

Eles ficaram para estudar o desenho e parabenizar um ao outro.

– Então essa é a nossa mulher misteriosa – observou Smilow. – Ela não parece uma assassina, parece?

– Que cara tem uma assassina?

– Bem pensado, Steffi.

Ela deu uma risadinha.

– Agora entendo por que o sr. Daniels não queria a mulher por perto quando descrevesse a nossa suspeita. Apesar do aperto na barriga, acho que no fundo ele deu bola para ela mesmo. Ele se lembra de cada detalhe, até a pinta embaixo do olho direito da moça.

– Mas você tem de admitir que é um rosto memorável.

– Que não quer dizer nada quando se fala de culpa ou inocência. As mulheres bonitas podem matar com tanta alacridade quanto as feias. Certo, Hammond? – Steffi se virou para ele. – Nossa, o que há com você?

Ele devia estar parecendo tão nauseado quanto se sentia.

– O café caiu mal – disse ele, amassando a xícara de isopor que segurava com força.

– Bem, Smilow, vá pegá-la – Steffi bateu no desenho com a ponta da unha. – Temos o rosto.

– Ajudaria se soubéssemos seu nome.

Dra. Alex Ladd.

Capítulo 14

A sede temporária do fórum ficava ao norte da cidade de Charleston. Era um prédio sem graça, de dois andares, situado num bairro industrial. Os vizinhos mais próximos eram uma loja de conveniência e uma padaria que acabara de abrir. Esse local fora de mão ia servir até que uma extensa reforma do imponente velho prédio no centro da cidade terminasse. Ele já precisava de atenção quando o furacão Hugo tornou o prédio perigoso e impraticável, forçando a mudança.

Era uma viagem de carro de dez minutos do centro. Hammond não se lembrava de ter ido para lá aquela manhã. Ele estacionou o carro e entrou. Respondeu automaticamente para o guarda que operava o detector de metais na entrada. Virou à esquerda e entrou na sala do procurador municipal, passando pela mesa da recepcionista sem diminuir o passo. Pediu bruscamente para ela segurar todas as ligações.

– O senhor já tem...

– Cuidarei de tudo mais tarde.

Bateu a porta da sua sala depois que entrou. Jogou o paletó e a pasta sobre a papelada que o esperava em cima da mesa, caiu na cadeira de couro preto de espaldar alto e apertou a palma das mãos nos olhos.

Simplesmente não podia ser. Aquilo tinha de ser um sonho. Em breve ele ia acordar assustado e alarmado, ofegante, os lençóis molhados de suor. Depois de se localizar e reconhecer o ambiente familiar, ele ia descobrir, aliviado, que tinha dormido profundamente e que aquele pesadelo não era a realidade.

Mas era. Ele não estava sonhando, estava vivendo aquilo. Por incrível que parecesse, a artista tinha desenhado a dra. Alex Ladd, que dividira a cama com Hammond horas depois de ser vista no local de um assassinato.

Coincidência? Pouco provável.

Ela devia ter alguma ligação com Lute Pettijohn. Hammond não tinha certeza se queria saber que ligação era aquela. Na verdade, tinha certeza absoluta de que não queria saber.

Passou a mão no rosto, apoiou os cotovelos na mesa e olhou para o vazio, tentando arrumar seus pensamentos caóticos de uma forma que ao menos parecesse ordenada.

Primeiro, sem dúvida nenhuma, a cabo Endicott havia desenhado o rosto da mulher com quem tinha dormido na noite de sábado. Mesmo se não tivesse visto a mulher tão pouco tempo atrás, como na noite anterior, ele não esqueceria seu rosto tão cedo. Tinha se sentido atraído por ele logo no início. E passara horas na noite de sábado e na madrugada de domingo estudando, admirando, acariciando e beijando aquele rosto.

– De onde veio isso? – ele tocou num ponto embaixo do olho direito dela.

– Minha mancha?

– É uma linda pinta.

– Obrigada.

– Não tem de quê.

– Quando eu era menina, detestava isso. Agora devo admitir que passei a gostar muito dela.

– Entendo muito bem isso. Eu também posso passar a gostar muito.

Ele beijou a pinta uma vez, depois outra, encostando a ponta da língua de leve.

– Humm. É uma pena.

– O quê?

– Eu não ter mais pintas.

Ele ficou conhecendo o rosto dela intimamente. O desenho da artista era bidimensional, em preto e branco. Dadas essas limitações, não podia de jeito nenhum captar a essência da mulher por trás daquele rosto, mas era uma representação tão aproximada que não havia dúvida de que a dra. Ladd tinha estado perto do quarto da vítima logo antes de se pôr no caminho de um funcionário da procuradoria municipal, especificamente um tal de Hammond Cross, que também tinha estado com Pettijohn aquela tarde.

– Cristo.

Hammond passou os dedos no cabelo, segurou a cabeça com as mãos e quase se rendeu à incredulidade e desespero que se apossaram dele. Que diabos ia fazer?

Bem, não podia desmoronar por dentro, que era o que tinha vontade de fazer. Que luxo seria esgueirar-se do escritório, sair de Charleston, deixar o estado, fugir e se esconder, deixar toda a confusão estourar sozinha e se poupar de ter de enfrentar o fluxo de lava incendiária do escândalo que inevitavelmente aconteceria.

Mas ele era mais resistente que isso. Tinha nascido com um indômito senso de responsabilidade, e seus pais tinham alimentado essa característica todos os dias da sua vida. Pensar em fugir daquilo tudo era o mesmo que imaginar que estava criando asas.

Por isso ele se forçou a encarar um segundo ponto que parecia indiscutível. Esconder o nome dele não era o toque de charme sedutor em que tinha pensado. Eles ficaram juntos na feira pelo menos uma hora antes de Hammond pensar em perguntar o nome dela. Deram risadas porque levaram tanto tempo para o que costumava ser a primeira coisa a fazer quando duas pessoas se conheciam e se apresentavam.

– Nomes não são importantes, não acha? Não quando o encontro é tão amigável assim.

Ele concordou.

– É, o que é um nome?

E ele citou o que conseguiu lembrar de uma passagem de Romeu e Julieta.

– Muito bom! Você já pensou em escrever isso?

– Na verdade escrevi, mas sei que não faria o menor sucesso.

Dali em diante o assunto virou uma brincadeira constante. Ele perguntava o nome dela, ela se recusava a dizer. Como um idiota, ele pensou que estavam vivendo a fantasia de fazer amor com um estranho anônimo. Não ter nome passou a ser um estímulo, parte da aventura, um atrativo. Ele não viu mal nenhum naquilo.

O que era inquietante, mas bem provável, era que Alex Ladd devia saber o nome dele o tempo todo. O encontro não tinha sido casual. Não foi à toa que ela chegou ao pavilhão de dança logo depois dele. O encontro dos dois foi planejado. O resto da noite foi orquestrado para constrangê-lo ou comprometê-lo totalmente e/ou a procuradoria municipal.

Até que ponto ele ainda ia ver. Mas mesmo um pouco só poderia ser uma calamidade para a sua carreira que deslanchava. Até uma ameaça de escândalo seria uma pedra no caminho. E um escândalo daquelas proporções certamente provocaria danos, se não destruísse de vez todas as suas esperanças de ocupar o lugar de Monroe Mason e de se destacar como o sumo mantenedor da lei do município de Charleston. Inclinado sobre a mesa, Hammond cobriu novamente o rosto com as mãos. Bom demais para ser verdade. Um adágio banal mas verdadeiro. Nos tempos da faculdade de direito, ele e os amigos frequentavam um bar chamado Tanstaafl, acrônimo para "There ain't no such thing as a free lunch" [Não existe almoço grátis]. A fantasia dele de passar uma noite com a mulher mais excitante que tinha conhecido vinha acompanhada de pauzinhos e cordinhas, e provavelmente essas cordinhas formariam um laço que ia acabar enforcando-o.

Que idiota tinha sido de não reconhecer a armadilha e a isca tão bem elaboradas. Ironicamente, ele não considerava culpada a pessoa, ou as pessoas – se ela estivesse mancomunada com Pettijohn – que lhe armaram a armadilha. O maior culpado era ele, por ter sido tão imaturo. Com os dois olhos bem abertos, Hammond tinha caído no mais antigo conto do vigário que a humanidade conhece. Sexo era um método seguro para comprometer um homem. Inúmeras vezes em toda a história tinha provado que era oportuno, confiável e eficiente. Ele não pensava que era tão ingênuo, mas obviamente era.

Ingenuidade era perdoável. Obstrução da justiça, não. Por que não tinha admitido imediatamente para Smilow e Steffi que reconheceu a mulher do desenho?

Porque ela podia não ter culpa nenhuma. Aquele Daniels podia ter se enganado. Se ele realmente tinha visto Alex Ladd no hotel, a hora exata desse encontro poderia ser crítica. Hammond sabia quase o minuto em que ela aparecera no pavilhão de dança. Dada a distância que ela teria de ter percorrido em seu carro para chegar lá, levando em consideração o congestionamento de trânsito, ela não teria conseguido se saísse do hotel... Ele fez um cálculo rápido. Digamos, às cinco e meia. Se o médico-legista determinasse a hora da morte depois disso, ela não poderia ser a assassina.

Bom argumento, Hammond. A posteriori. *Uma racionalização sensacional.*

Mas o fato era que nunca tinha passado pela cabeça dele identificar Alex Ladd.

Desde o momento em que seu coração parou quando viu o desenho e soube com absoluta certeza quem era a pessoa retratada, ele sabia, com a mesma certeza, que não ia revelar o nome dela.

Quando ele viu o rosto no bloco de desenho da artista e se lembrou do rosto que tinha visto tão de perto no seu travesseiro, ele nem pesou as opções, não deliberou sobre os prós e os contras de ficar calado. Seu segredo foi selado imediatamente. Pelo menos por enquanto ele ia proteger a identidade dela. Desse modo estava quebrando todas as regras da ética que advogava. O silêncio dele era uma violação deliberada da lei que tinha jurado manter, e uma tentativa intencional de prejudicar uma investigação de homicídio. Nem imaginava a severidade das consequências que teria de pagar.

Mesmo assim, não ia entregá-la para Smilow e Steffi. A forte batida soou um milésimo de segundo antes da porta se abrir. Ele já ia repreender a secretária por incomodá-lo, depois de ter pedido expressamente para não ser incomodado, mas não chegou a dizer aquelas palavras duras.

– Bom dia, Hammond.

Merda! Isso é tudo de que preciso.

Como sempre acontecia quando estava na presença do pai, Hammond fazia uma espécie de inspeção pré-voo. Como estava? Todos os sistemas e partes estavam em perfeitas condições de funcionamento? Havia qualquer defeito que necessitasse de correção imediata? Ele ia passar no teste? Esperava que seu pai não o examinasse muito de perto aquela manhã.

– Oi, pai.

Hammond ficou em pé e eles apertaram as mãos formalmente por cima da mesa. Se o pai algum dia lhe dera um abraço, Hammond devia ser jovem demais para se lembrar.

Ele pegou o paletó e pendurou-o num cabide de parede, pôs a pasta no chão e convidou o pai para se sentar na única cadeira vaga na sala sem espaço para mais nada.

Preston Cross era consideravelmente mais corpulento e mais baixo que o filho. Mas a altura de menos não reduzia o impacto que ele provocava nas pessoas, no meio de uma multidão ou frente a frente. A pele corada estava sempre bronzeada por causa das atividades ao ar livre que praticava, e que incluíam tênis, golfe e vela. Como se tivesse obedecido uma ordem, o cabelo dele tinha ficado precocemente branco quando ele completou cinquenta anos. Usava o cabelo branco como um acessório para garantir que recebesse o devido respeito.

Nunca ficou um só dia doente e, na verdade, desprezava a pouca saúde como um sinal de fraqueza. Tinha parado de fumar havia dez anos, mas fumava charuto. Não bebia menos que três doses de uísque por dia. Considerava um sacrilégio jantar sem beber vinho. Sempre tomava um cálice de conhaque antes de dormir. Apesar desses vícios, ele vendia saúde.

Com 65 anos, Preston era mais robusto e estava em melhor forma do que a maioria dos homens com a metade da sua idade. Mas não era apenas seu físico imponente que criava aquela aura tão poderosa. Era também sua personalidade dinâmica. Considerava sua boa aparência como um direito. Intimidava os homens que costumavam ser sempre seguros. As mulheres o adoravam.

Tanto na vida profissional quanto na pessoal, raramente era superado e jamais alguém o contradizia. Trinta anos antes, ele havia combinado diversas pequenas firmas de seguro médico e transformado numa grande que, sob a liderança dele, tinha ficado enorme e agora possuía 21 filiais em todo o estado. Oficialmente, ele era parcialmente aposentado. No entanto, continuava sendo diretor-executivo da companhia e era mais que uma posição passiva. Ele monitorava tudo, até o preço dos lápis no atacado. Nada escapava à sua observação.

Servia a diversas diretorias e comitês. Ele e a sra. Cross constavam de todas as listas de convites que tinham alguma importância. Ele conhecia todos que eram alguém no Sudeste dos Estados Unidos. Preston Cross era muito bem relacionado.

Hammond desejava amar, admirar e respeitar o pai, mas sabia que Preston tinha tirado vantagem das qualidades concedidas por Deus para fazer coisas perversas.

Preston iniciou sua visita inesperada.

– Vim assim que soube.

Essas palavras em geral serviam de prefácio para condolências. Hammond se encheu de medo. Como é que o pai podia ter descoberto tão cedo sua indiscrição com Alex Ladd?

– O que você soube?

– Que você vai ser o promotor do caso do assassinato de Lute Pettijohn.

Hammond procurou esconder o alívio que sentiu.

– Isso mesmo.

– Teria sido bom ouvir essa boa notícia de você, Hammond.

– Não tive a intenção de adiar nada, pai. Só conversei com Mason a noite passada.

Ignorando a explicação de Hammond, Preston continuou:

– Em vez disso, tive de ouvir isso de um amigo que esteve com Mason hoje, num café da manhã de oração. Quando ele mencionou casualmente para mim, mais tarde no clube, naturalmente supunha que eu já soubesse. Fiquei constrangido de não saber.

– Fui para a cabana no sábado. Fiquei sabendo sobre a morte de Pettijohn logo que cheguei, ontem à noite. Desde então as coisas têm acontecido tão depressa que nem tive chance de absorvê-las todas.

Um exemplo perfeito de atenuação dos fatos.

Preston tirou um fiapo invisível da dobra bem passada da calça.

– Tenho certeza que sabe que essa é uma oportunidade incrível para você.

– Sei, sim.

– O julgamento vai atrair muita publicidade.

– Estou sabendo...

– Que você deve explorar, Hammond – com o zelo de um evangélico fanático, Preston levantou a mão e fechou o punho como se segurasse um monte de ondas de rádio. – Use a mídia. Faça seu nome circular sempre. Deixe os eleitores saberem quem você é. Autopromoção. Esse é o segredo.

– O segredo é conseguir a condenação – retrucou Hammond. – Espero que o meu desempenho na corte fale por si e que eu não precise contar com o apoio da mídia.

Preston Cross abanou a mão num gesto de impaciência e pouco caso.

– As pessoas não se importam com sua forma de cuidar do caso, Hammond. Quem está se lixando se o assassino pega prisão perpétua, pena de morte ou se sai impune?

– Eu me importo – disse ele com convicção. – E os cidadãos deviam se importar também.

– Talvez um dia tivessem prestado mais atenção no desempenho dos funcionários públicos. Agora todo mundo só se importa com o desempenho deles na televisão. – Preston deu uma risada. – Se fizessem uma enquete, duvido que a maioria das pessoas soubesse o que um promotor público faz.

– No entanto, essas mesmas pessoas ficam indignadas com as estatísticas do crime.

– Isso é bom. Apele para isso! – exclamou Preston. – Fale bonito e o público será aplacado – ele se recostou na cadeira. – Adule os repórteres, Hammond, e consiga a simpatia deles. Sempre que pedirem, dê uma declaração para eles. Mesmo se for besteira, ficará surpreso de ver até onde chega o benefício de uma coisa tão pequena. Eles começam a dar tempo grátis no ar para você – ele parou de falar para piscar um olho. – Trate de se eleger primeiro, depois pode fazer a cruzada que satisfaz seu coração.

– E se eu não conseguir ser eleito?

– O que vai impedi-lo?

– A ilha Speckle.

Hammond tinha deixado cair uma bomba, mas Preston nem se mexeu.

– O que é isso?

Hammond nem tentou esconder seu desprezo.

– Você é bom, pai. Muito bom. Negue o quanto quiser, mas sei que está mentindo.

– Olha essa língua comigo, Hammond.

– Olhar a língua? – Hammond levantou-se zangado da cadeira e enfiou as mãos nos bolsos. – Não sou criança, pai. Sou promotor municipal. E você é um escroque.

O sangue misturado com uísque subiu para os capilares do rosto de Preston.

– Muito bem, então você é muito esperto. O que pensa que sabe?

– Sei que se o detetive Smilow ou qualquer outra pessoa descobrir que o seu nome está associado ao projeto da ilha Speckle, isso pode lhe custar uma multa pesadíssima, talvez até um tempo na prisão, e significar o fim da minha carreira. A não ser que eu processe meu próprio pai. De qualquer maneira, a sua aliança com Pettijohn me colocou numa situação indefensável.

– Relaxe, Hammond! Não tem nada com o que se preocupar. Estou fora da ilha Speckle.

Hammond não sabia se acreditava nele ou não. O semblante do pai era calmo, implacável, não dava nenhum sinal aparente de desonestidade. Ele tinha esse talento.

– Desde quando? – perguntou Hammond.

– Semanas atrás.

– Pettijohn não sabia disso.

– Claro que sabia. Ele tentou me dissuadir de sair. Eu saí de qualquer maneira e levei meu dinheiro comigo. Ele ficou muito irritado.

Hammond sentiu o rosto esquentar de vergonha. Pettijohn tinha dito para ele no sábado à tarde que Preston estava metido até o pescoço na ilha Speckle. Tinha mostrado documentos assinados em que a assinatura do pai era prontamente reconhecida. Será que Pettijohn estava jogando com ele?

– Um de vocês está mentindo.

– Quando foi que você andou trocando confidências com Lute? – Preston quis saber.

Hammond ignorou a pergunta.

– Quando você saiu, vendeu a sua parte com lucro?

– Não seria um bom negócio se eu não fizesse isso. Havia um comprador que queria entrar no negócio e que estava disposto a pagar o meu preço pela minha parte.

O café amargo no estômago de Hammond ficou indigesto.

– Não importa se você está ou não fora agora. Se já esteve ligado a esse projeto, está marcado. E, por associação, eu também estou.

– Você está dando importância demais para isso, Hammond.

– Se isso se tornar público...

– Não vai.

– Mas pode.

Preston deu de ombros.

– Então eu direi a verdade.

– Que verdade?

– Que eu não sabia o que Lute estava fazendo lá. Quando descobri, fui contra e pulei fora.

– Você já cercou de todos os lados.

– Isso mesmo. Sempre cerco.

Hammond olhou furioso para o pai. Preston estava praticamente desafiando o filho a transformar aquilo num caso... literalmente. Mas Hammond sabia que seria inútil fazer isso. Provavelmente até Lute Pettijohn sabia que Preston teria todos os seus patos enfileirados. Tinha usado a associação temporária de Preston no projeto da ilha Speckle para manipular Hammond.

– O meu conselho, Hammond, é que você aprenda uma valiosa lição com isso. Você pode se safar com quase qualquer coisa, desde que mantenha sempre aberta uma rota de fuga segura.

– Esse é o seu conselho para seu único filho? Que se dane a integridade?

– Não fui eu que criei as regras – retrucou ele. – E você pode não gostar delas – ele chegou o corpo para a frente e sublinhou suas palavras cortando o ar com o dedo indicador em riste. – Mas você tem de segui-las, senão aqueles que não são tão escrupulosos vão deixá-lo para trás, comendo a poeira deles.

Aquele território era bem familiar. Os dois tinham pisado nele milhares de vezes. Quando Hammond tinha idade suficiente para questionar a infalibilidade do pai e para ir contra alguns dos seus princípios, logo ficou claro que eles eram diferentes. Uma linha foi traçada na areia. Aquelas eram discussões que nenhum dos dois podia vencer porque nenhum dos dois se dispunha a ceder nem um milímetro sequer.

Agora que Hammond tinha visto provas por escrito do envolvimento do pai em um dos esquemas mais nefandos de Pettijohn, ele compreendia a imensa diferença entre seus pontos de vista. Não acreditava, nem por um segundo, que Preston não soubesse o que estava acontecendo naquela ilha no meio do mar. A consciência não teve papel nenhum na sua decisão de sair do negócio na hora que ele saiu. Simplesmente esperou uma oportunidade de lucrar com o próprio investimento.

Hammond percebeu que o abismo entre os dois estava se aprofundando. Não via como superá-lo.

– Tenho uma reunião em cinco minutos – mentiu ele, chegando até a ponta da mesa. – Diga oi para a mamãe. Vou tentar telefonar para ela hoje, mais tarde.

– Ela e umas amigas vão visitar a Davee esta tarde.

– Estou certo de que Davee vai gostar – disse Hammond, lembrando como Davee tinha demonstrado desprezar aquela ideia de receber visitas que iam à casa dela mais por curiosidade do que para prestar condolências.

À porta, Preston parou e se virou para ele.

– Não fiz segredo nenhum do que achei quando você deixou a firma de advocacia.

– Não, não fez mesmo. Deixou perfeitamente claro que achava que era a escolha errada – disse Hammond, tenso. – Mas mantenho a minha decisão. Gosto do meu trabalho aqui, deste lado da lei. Além do mais, sou bom nisso.

– Você está se saindo bem sob a tutela de Monroe Mason. Excepcionalmente bem.

– Obrigado.

O cumprimento não suavizou o que Hammond sentia, porque ele não dava mais valor à opinião do pai. Além disso, o elogio de Preston sempre vinha acompanhado de um qualificativo.

*– Gostei de todos esses A's, Hammond. Mas aquele B-*plus *em química é inaceitável.*

– Os corredores que você rebateu naquele triplo ganharam o jogo. Pena que não conseguiu fazer um grand slam. *Isso sim teria sido o máximo!*

– Segundo lugar da sua turma de direito? Isso é maravilhoso, filho. Claro que não tão bom quanto o primeiro lugar.

Era sempre assim, desde a infância dele. E o pai não quebrou a tradição aquela manhã.

– Você agora tem a chance de validar a sua decisão, Hammond. Abandonou a promessa de sociedade numa firma de advocacia com muito prestígio e ingressou no serviço público. Isso teria muito mais sentido se você fosse o patrão.

Com falsa afetação, ele pôs a mão no ombro de Hammond como um saco de cimento. Já tinha esquecido, ou resolvera desconsiderar a discussão recente dos dois.

– Esse é o caso que pode lhe valer a fama, filho. O caso do assassinato de Pettijohn é um convite de portas abertas para o cargo de procurador-geral.

– E se as suas trapaças anularem minhas chances, pai?

– Isso não vai acontecer – respondeu ele, exibindo impaciência.

– Mas se acontecer, levando em conta o que você ambiciona para mim, não seria uma ironia cruel?

A dra. Alex Ladd não atendia pacientes às segundas-feiras.

Ela usava esse dia para atualizar sua papelada e negócios pessoais. Aquela era uma segunda-feira especial. Ia saldar sua dívida com Bobby Trimble e livrar-se dele, se possível para sempre. Aquele tinha sido o trato que os dois fizeram na noite anterior. Ela daria o que ele tinha exigido, e ele desapareceria.

Mas ela já tinha aprendido com experiências concretas que as promessas de Bobby não valiam nada.

Enquanto destrancava a porta do consultório, imaginava quantas vezes no futuro seria forçada a abrir o cofre para tirar dinheiro em espécie. Pelo resto da vida? Essa era uma perspectiva desanimadora, mas válida. Agora que Bobby a tinha encontrado de novo, não era provável que a deixasse em paz.

O consultório bem decorado fazia lembrar tudo que tinha a perder se Bobby a entregasse. Com o conforto dos pacientes em mente, ela havia escolhido uma mobília discreta mas cara. Como os outros cômodos da casa, era uma mistura do estilo tradicional com algumas poucas peças de antiquário dando um toque pessoal.

O tapete oriental abafou seus passos. O sol entrava pelas janelas que davam para a varanda do primeiro andar e, mais adiante, para o jardim murado, que ela mantinha muito bem cuidado nas quatro estações. As plantas e flores que cresciam no clima semitropical de Charleston estavam no máximo de sua exuberância. Curtindo a umidade, elas criavam retalhos de cores vibrantes nos seus canteiros cultivados.

Teve sorte de encontrar a casa já reformada e renovada com conveniências modernas. Só precisou dar alguns toques pessoais para torná-la sua. Um tempo atrás aquele cômodo do canto, na frente, tinha sido a única sala formal da casa. O cômodo idêntico contíguo a ela, originalmente a sala de jantar, agora funcionava como sala de estar. Quando recebia convidados, ela os levava para o jardim. As refeições em casa eram feitas na cozinha, o cômodo dos fundos no primeiro andar. Lá em cima havia duas grandes suítes. Cada cômodo da casa se abria para uma das duas *piazzas* sombreadas. O muro coberto de jasmim que cercava o jardim garantia a privacidade.

Alex puxou para o lado o quadro que escondia seu cofre de parede. Com habilidade, ela girou o mostrador com a combinação da tranca e, quando ouviu as linguetas encaixando, abaixou a alavanca e abriu a porta pesada.

Dentro havia várias pilhas de dinheiro, presos com elástico de acordo com o valor. Talvez por ter conhecido a necessidade, até a fome, quando era pequena, jamais ficava sem dinheiro vivo à mão. O hábito era infantil e irracional, mas se dava esse direito, levando em conta a origem dele. Não era seguro, economicamente, manter o dinheiro num cofre, onde não rendia juros. Mas dava uma sensação de segurança saber que estava lá, à disposição se surgisse alguma emergência. Como agora.

Ela contou a quantia que tinha combinado pagar e pôs o dinheiro numa sacola com zíper. Devido ao que representava, a sacola parecia extraordinariamente pesada na mão dela.

O ódio que sentia por Bobby Trimble era tão intenso que ela ficava até com medo. Não lamentava ter de dar aquele dinheiro para ele. Ficaria feliz de dar até mais se significasse que nunca mais teria de vê-lo. Não era da quantia que ela não gostava, mas da intromissão na vida que ela havia construído para ela.

Duas semanas antes, ele tinha se materializado na sua frente, saído do nada. Sem imaginar o que havia à sua espera, ela atendeu alegremente à campainha da porta e o encontrou lá.

Por um momento não o reconheceu. As mudanças eram surpreendentes. As roupas vulgares e baratas tinham sido substituídas por uma moda mais cara e chamativa. Havia um pouco de branco no cabelo das têmporas, que faria qualquer outro homem parecer distinto. Bob, contudo, só parecia mais sinistro, como se a maldade da juventude tivesse amadurecido e virado puro mal.

Mas o sorriso sarcástico era familiar demais. Era um sorriso triunfante, cheio de volúpia e sugestivo, que ela passara anos tentando erradicar da memória. Quando inúmeras sessões de terapia e mares de lágrimas não lograram livrá-la dele, ela implorou a Deus para fazê-lo desaparecer. Agora, apenas em raras ocasiões, ele reaparecia num pesadelo, do qual ela despertava banhada em suor e tremendo de pavor. Porque aquele sorriso representava o controle que ele havia exercido sobre ela.

– Bobby – a voz dela tinha o tom oco do dobre do sino da morte.

O retorno dele, sem aviso, para a vida dela só podia significar desastre, especialmente porque as mudanças sutis pelas quais tinha passado atenuavam a ameaça que ele representava.

– Você não parece muito contente de me ver.

– Como foi que me encontrou?

– Bem, não foi fácil – a voz dele também tinha mudado. Estava mais suave, mais refinada, não era mais fanhosa. – Se não conhecesse você, acharia que estava se escondendo de mim todos estes anos. Acontece que foi por acaso que vim parar na sua porta. Um golpe do destino.

Ela não sabia se acreditava nele ou não. O destino podia ter pregado essa peça cruel nela. Por outro lado, Bobby era cheio de recursos. Ele podia estar atrás dela estes anos todos. De qualquer modo, não importava mais. Ele estava lá, exumando suas piores lembranças e medos mais sinistros dos lugares profundos da alma em que ela os havia enterrado.

– Não quero nada com você.

Ele pôs as mãos sobre o coração e fingiu que o que ela dizia o estava magoando.

– Depois de tudo que representamos um para o outro?

– *Justamente* por tudo que representamos um para o outro.

Ele achou que ela estava muito mais equilibrada e segura do que quando era mais jovem e fez uma careta de raiva.

– Você realmente quer começar a comparar as nossas experiências passadas? Quer comparar o que aconteceu com quem? Lembre que fui eu que...

– O que você quer? Fora dinheiro. Sei que você quer dinheiro.

– Não tire conclusões precipitadas, *dra. Ladd.* Você não foi a única que melhorou de vida. Desde a última vez que nos encontramos, também prosperei.

Ele se gabou da carreira como relações públicas de uma boate. Quando ela ouviu tudo que era capaz de suportar sobre os dias de glória dele no Cock'n'Bull, ela disse:

– Tenho um paciente daqui a quinze minutos.

Ela esperava com isso dar um fim rápido à reunião. Mas Bobby estava se animando para a grande revelação. Como se jogasse o ás da vitória, ele orgulhosamente explicou o esquema que o tinha levado para Charleston.

Sem dúvida ele estava completa e absolutamente louco, e ela disse isso para ele.

– Tenha cuidado, Alex – disse ele, com uma suavidade apavorante. – Não sou mais tão bonzinho como costumava ser. E estou muito mais esperto.

Tentando controlar o medo, ela disse:

– Então você não precisa de mim.

Mas o plano dele incluía Alex.

– Na verdade, você é a chave para o sucesso do plano.

Quando ele contou o que queria que ela fizesse, ela disse:

– Você está delirando, Bobby. Se pensa que eu lhe daria um minuto do meu tempo está redondamente enganado! Vá embora e não volte mais!

Mas ele voltou. No dia seguinte. E no outro também. Ele persistiu uma semana inteira, aparecendo nas mais diversas horas, interrompendo as sessões de Alex com seus pacientes, deixando repetidos recados na secretária eletrônica, que ficavam cada vez mais ameaçadores. Ele tinha voltado a se incorporar à vida dela, como bom parasita que era.

Finalmente ela concordou em se encontrar com ele. Achando que Alex tinha capitulado, o prazer dele se transformou em fúria quando ela se recusou a participar.

– Você pode ter mais verniz, Bobby. Estar mais refinado. Mas você não mudou. É o mesmo daquele tempo em que trabalhávamos na rua para conseguir uns trocados. É só arranhar a superfície desse verniz fino que você continua sendo ralé por baixo.

Furioso por saber que o que ouvia era verdade, ele tirou um dos diplomas dela da parede do consultório e jogou no chão, quebrando a moldura e estilhaçando o vidro.

– Escute bem o que vou dizer: – sua voz parecia mais a voz que ela lembrava – é melhor você pensar bem e fazer esse pequeno favor para mim. Senão vou estragar sua vida pra valer. Pra valer!

Ela compreendeu então que ele não era mais um vagabundo de rua. Além de poder prejudicá-la, ele podia destruí-la.

Por isso ela concordou em desempenhar seu pequeno papel naquele plano ridículo, mas só porque já tinha pensado numa maneira de sabotá-lo.

Mas, como acontecia com todas as trapaças de Bobby, deu errado.

Terrivelmente errado.

Ela não conseguiu implementar o próprio plano. Agora era fundamental que ela se dissociasse de Bobby. Se isso significava pagar o que ele exigia, era um sacrifício pequeno se comparado à enormidade do que podia perder se a aliança dos dois fosse revelada.

Achando que essa decisão era válida, ela fechou o cofre de parede, pôs o quadro de volta no lugar e saiu do consultório, tendo o cuidado de trancar a porta. Como se fosse uma deixa, a campainha tocou no mesmo instante. Bobby tinha chegado bem na hora. Ela escondeu a sacola atrás de um vaso na mesa da entrada, foi para a varanda e abriu a porta da rua.

Mas não era Bobby. Dois policiais uniformizados acompanhavam um homem de olhos claros e lábios finos, muito sérios. O coração de Alex disparou, pois ela já sabia o que eles estavam fazendo ali na sua casa. Mais uma vez sua vida estava prestes a mergulhar no caos. Para disfarçar sua ansiedade, ela deu um sorriso simpático.

– Posso ajudá-los?

– Dra. Ladd?

– Sim.

– Sou o sargento Rory Smilow, detetive da seção de homicídios do departamento de polícia de Charleston. Gostaria de conversar com a senhora sobre o assassinato de Lute Pettijohn.

– Lute Pettijohn? Eu não sei...

A senhora foi vista do lado de fora da suíte de cobertura dele na tarde em que foi assassinado, dra. Ladd. Por isso faça o favor de não desperdiçar meu tempo fingindo que não sabe do que estou falando.

Ela e o detetive Smilow ficaram olhando um para o outro, medindo forças. Foi Alex que acabou cedendo. Ela chegou para um lado.

– Entrem.

– Na verdade, eu esperava que a senhora viesse conosco.

Ela engoliu em seco, apesar de a boca estar seca.

– Eu gostaria de telefonar para o meu advogado.

– Não é necessário. A senhora não está sendo presa.

Ela olhou bem para os dois policiais ao lado dele.

Os lábios de Smilow subiram um pouco e formaram o que poderia passar como um sorriso triste.

– Ser interrogada voluntariamente sem a presença de um advogado pode representar muito para me convencer de que a senhora é inocente, que não fez nada de errado.

– Não acredito nem um pouco nisso, detetive Smilow – ela marcou um ponto. A franqueza dela pareceu pegar Smilow de surpresa. – Terei prazer de acompanhá-los assim que avisar o meu advogado.

CAPÍTULO 15

Rory Smilow estava sentado na quina de sua mesa. Diferente de todas as outras mesas da Divisão de Investigação Criminal, a dele não tinha papéis empilhados. Os arquivos e a papelada estavam arrumados. Graças ao trabalho do engraxate Smitty aquela manhã, os sapatos de amarrar refletiam as luzes do teto. Ele continuava de paletó.

Alex Ladd estava sentada, com as mãos calmamente postas no colo, as pernas discretamente cruzadas. Smilow achou que ela estava extraordinariamente composta para alguém que, pelo menos no que dizia respeito à aparência, parecia totalmente deslocada na sala de um detetive da Homicídios.

Havia meia hora esperavam o advogado que tinha combinado encontrá-la na delegacia. Se ela se sentia incomodada com o silêncio prolongado e com o exame minucioso que Smilow fazia dela, não dava nenhum sinal. Não demonstrava medo ou insegurança, apenas uma tolerância a contragosto com aquela inconveniência.

O advogado Frank Perkins chegou afobado, apressado e se desculpando. Usava roupa de golfe, fora os sapatos.

– Sinto muito, Alex. Eu estava no décimo buraco quando recebi seu recado. Vim o mais depressa possível. Do que se trata, Smilow?

Perkins tinha uma reputação muito sólida e um desempenho excelente. O que era mais raro ainda, tinha fama de ser um ser humano decente, possuidor de uma integridade inabalável. Smilow ficou imaginando de que forma o advogado tinha servido a Alex Ladd antes, por isso perguntou.

– É uma pergunta grosseira – respondeu Perkins –, mas não me importo de responder, se Alex não se importar.

– Por favor – disse ela.

– Até esse momento temos sido apenas amigos, socialmente. Nós nos conhecemos há uns dois anos, quando ela e Maggie, a minha mulher, trabalharam juntas num comitê do Spoleto – explicou ele, referindo-se ao famoso festival de artes de Charleston, que acontecia no mês de maio.

– Então, até onde sabe, a dra. Ladd nunca enfrentou nenhum processo criminal antes?

– Vá logo ao assunto, Smilow – o tom de Perkins demonstrava por que os promotores o consideravam um adversário duro no tribunal.

– Quero interrogar a dra. Ladd a respeito do assassinato de Lute Pettijohn.

O queixo de Perkins caiu. Ele olhou para eles boquiaberto, como se esperasse o fim da piada.

– Vocês devem estar brincando.

– Não, infelizmente ele não está brincando – disse Alex. – Obrigada por vir, Frank. Sinto muito ter interrompido a sua partida de golfe. Você estava ganhando?

– É... estava, estava – respondeu ele, distraído, ainda tentando digerir o que Smilow acabara de dizer.

– Então sinto mais ainda – olhando para Smilow, ela disse: – Isso tudo é ridículo demais. É uma perda de tempo. Eu só quero terminar logo com isso e sair daqui.

Como se estivesse dando permissão para ele continuar, Alex mexeu a cabeça olhando para ele. Ele se inclinou sobre a mesa, ligou um gravador, declarou os nomes deles, a hora e a data.

– Dra. Ladd, o funcionário de um estacionamento público na rua East Bay identificou a senhora em um retrato falado. Como o estacionamento não tem um sistema automático de emissão de tíquetes, ele mantém um registro, por escrito, de cada carro, com o número da placa e a hora que entrou.

Infelizmente para Smilow não havia nenhum registro da hora em que o carro saíra do estacionamento. A cobrança era feita de acordo com o horário de entrada. Qualquer período inferior a duas horas custava cinco dólares. As taxas adicionais só começavam a ser cobradas depois daqueles primeiros 120 minutos. O preço era anotado, mas não a hora exata da saída.

– Nós a encontramos pelo bilhete do seu carro. No sábado à tarde a senhora deixou o carro naquele estacionamento quase duas horas.

Perkins, que ouvia atentamente, deu uma risada e disse:

– Essa foi a sua descoberta trepidante? Esse é o seu enorme progresso neste caso?

– É um começo.

– Um começo danado de lento. Como é que o negócio do estacionamento associa a dra. Ladd ao assassinato?

– Eu dei uma gorjeta...

Perkins levantou a mão, mas Alex o fez abaixar.

– Tudo bem, Frank. Dei para o rapaz do estacionamento uma nota de dez dólares, a menor que eu tinha. E isso representou uma gorjeta de cinco dólares. Tenho certeza de que foi por isso que ele lembrou tão bem de mim, a ponto de poder me descrever para o retratista.

– Não foi ele que nos deu a descrição – disse Smilow. – Foi o sr. Daniels, de Macon, Geórgia. O quarto dele no Charles Towne Plaza ficava no mesmo corredor da suíte de cobertura ocupada por Lute Pettijohn aquele sábado à tarde. A senhora o conhecia?

– Você não precisa responder, Alex – disse o advogado. – Na verdade, recomendo que não diga mais nada até termos a chance de conversar só nós dois.

– Tudo bem – repetiu ela, dessa vez rindo um pouco. Olhando de novo para Smilow, ela disse: – Nunca ouvi falar do sr. Daniels, de Macon, Geórgia.

Além de calma, ela era inteligente, pensou Smilow.

– Estava me referindo ao sr. Pettijohn. A senhora *o* conhecia?

– Todo mundo em Charleston já ouviu falar de Lute Pettijohn. O nome dele está sempre no noticiário.

– A senhora sabia que ele tinha sido assassinado?

– Claro que sim.

– Viu na televisão?

– Estive fora da cidade uma parte do fim de semana. Mas quando voltei, ouvi no noticiário.

– Não conhecia Pettijohn pessoalmente?

– Não.

– Então o que estava fazendo na frente da porta do quarto dele no hotel, na hora em que foi assassinado?

– Eu não estava lá.

– Alex, por favor, não diga mais nada – ele pôs a mão sob o cotovelo dela e indicou a porta. – Nós vamos embora.

– Não vai ficar bem para mim.

– Detetive, não fica bem para você. Você deve um pedido de desculpas para a dra. Ladd.

– Não me importo de responder às perguntas, Frank, se isso ajudar a acabar com essa loucura de uma vez por todas – disse ela.

Perkins ficou olhando para ela um longo tempo. Ele obviamente discordava disso, mas virou-se para Smilow:

– Insisto em ter uma conversa com a minha cliente antes de isso prosseguir.

– Muito bem. Darei alguns minutos para os dois.

– Não se esqueça de desligar o microfone antes de sair.

– Pode acreditar, Frank, que quero que isso seja feito de acordo com as regras. Não quero que um assassino saia impune por causa de uma tecnicalidade – olhando bem para Alex, ele desligou o gravador e deixou-a sozinha com o advogado.

– Não dá para acreditar – Steffi Mundell estava do lado de fora, no estreito corredor, espiando pela janela de espelho da sala particular do detetive Smilow. – O retrato falado estava perfeito. Como é que ela é?

– Você não tem outros casos, Steffi? Pensei que todos vocês, assistentes da promotoria, vivessem sobrecarregados e mal pagos. Pelo menos é nisso que vocês fazem todo mundo acreditar.

– Com a sanção de Mason, aliviei minha cota de casos para poder me concentrar neste. Ele quer que eu ajude Hammond em tudo que puder.

– Onde está o garoto prodígio?

Smilow viu Alex Ladd balançar a cabeça inexoravelmente para uma pergunta que Frank Perkins fez.

– Entrincheirado em seu escritório. Não o vejo desde que saímos do hospital esta manhã. Deixei-lhe um recado dizendo que eu vinha para cá para dar uma espiada na nossa suspeita. Por falar nisso, um bom trabalho de captura.

– Sopa no mel. Hammond virá nos encontrar?

– Você se importa?

Smilow deu de ombros.

– Gostaria de avaliar a reação dele.

– À dra. Ladd?

– Talvez seja interessante ver se o santo Hammond consegue pedir a pena de morte para uma bela mulher.

Steffi reagiu com espanto.

– Você acha que ela é bonita?

Antes de Smilow poder responder, Frank Perkins abriu a porta, cumprimentou Steffi com aspereza e fez um gesto para eles entrarem.

Bobby Trimble respirou fundo para tentar fazer seu coração voltar a bater normalmente. Estava acelerado desde que vira Alex conversando com policiais na frente da casa dela.

Isso era ruim. Muito ruim. Será que a polícia já sabia do seu esquema Pettijohn? Será que Alex os tinha chamado com a intenção de entregá-lo para se salvar?

Ele tinha passado de carro pela frente da casa dela devagar, com uma indiferença ensaiada. Mas o que ele viu com o canto do olho foi alarmante. Dois uniformizados, um à paisana e uma mulher vingativa que não disfarçava o desprezo que sentia por ele. Uma receita perfeita para o desastre.

Havia, no entanto, um sinal positivo. Alex não apontou para ele. Não apontou para ele gritando "Peguem-no!". Mas ele não tinha certeza do que isso significava, em que pé estava. Podia significar apenas que ela não o tinha visto passar.

Pensando no seu próximo passo, ele dirigiu o conversível sem rumo pelo trânsito do meio-dia no centro de Charleston. Na noite anterior ele pensou que tinha conseguido. Depois de muitas ameaças, Alex tinha concordado em dar o dinheiro que ele exigia.

– Se você pensa que pode roubar a minha ideia e usá-la em benefício próprio, está muito enganada, senhorita! – Quando ele ficava agitado o sotaque voltava. Ele detestava aquele som anasalado e parou de falar para modular a voz. – Nem pense em tentar me ludibriar, Alex – disse ele em tom mais suave, mas não menos ameaçador. – Aquele dinheiro me pertence e eu o quero!

Alex também tinha dado a volta por cima. Falava melhor. Vestia-se melhor. Vivia bem. Mas apesar de toda aquela pose esnobe e metida a besta, não tinha mudado realmente. Não mais que ele. Assim como Alex conhecia sua verdadeira natureza, ele conhecia a dela. Será que ela pensava que ele tinha nascido ontem? Ele sabia o que estava acontecendo. Ela aproveitara a sua ideia brilhante e estava tentando ficar com a metade que pertencia a ele.

Quando ele a acusou disso, ela retrucou:

– Pela última vez, Bobby, não tenho dinheiro nenhum para dar para você. Deixe-me em paz!

– Isso simplesmente não vai acontecer, Alex. Farei parte da sua vida até conseguir o que vim buscar. Se quiser que eu desapareça, vai ter de pagar!

O suspiro cansado de Alex foi tão bom quanto uma bandeira branca hasteada.

– Esteja na minha casa amanhã, ao meio-dia.

Então ele foi para a casa dela ao meio-dia, e o que aconteceu? Ela estava recebendo a visita da polícia. Já podiam até ter expedido um mandado de prisão para ele.

Mas talvez não, ele pensou, esforçando-se para ficar calmo. Se ela e a polícia estavam armando uma armadilha para ele, por que a radiopatrulha estava estacionada bem à vista? E como é que ela podia acusá-lo sem se encrencar também?

De qualquer forma, até ter certeza do que estava acontecendo, seria mais sensato Bobby Trimble se esconder. Uma chatice.

Ele parou num sinal vermelho, cruzou as mãos em cima da direção e contemplou seu futuro imediato. Com o canto do olho ele notou um outro conversível parando ao lado do dele. Virou a cabeça.

Os dois rostos que olhavam para ele estavam parcialmente escondidos atrás de óculos escuros com lentes amarelas. As estudantes eram jovens e atraentes. Seus sorrisos eram convidativos e ousados. Filhinhas mimadas de papai rico à procura de encrenca numa tarde quente de verão.

Ou seja, presas fáceis.

O sinal ficou verde, e cantando pneus o carro delas saiu em disparada. Viraram à direita na rua seguinte. Bobby trocou de pista e foi atrás delas. As meninas, olhando por cima dos ombros nus, sabiam que ele as seguia. Ele as viu dando risadas.

O BMW conversível entrou no estacionamento de um restaurante da moda. Bobby também entrou. Viu as duas indo para a porta de entrada. Elas usavam shorts bem curtos que exibiam uma polegada das nádegas e o que pareciam quilômetros de pernas bronzeadas. As blusas deixavam pouca coisa a cargo da imaginação. Elas eram uma lembrança ambulante, risonha e paqueradora do que Bobby fazia melhor.

Ele abriu caminho pelo restaurante apinhado e avistou as duas sentadas a uma mesa no pátio, à sombra de um guarda-sol, fazendo o pedido de bebidas para uma garçonete. Quando a garçonete se afastou, Bobby sentou-se numa cadeira vazia à mesa delas.

Os lábios delas brilhavam e emolduravam dentes muito brancos e perfeitos. Diamantes brilhavam em suas orelhas. Elas cheiravam a perfumes caros.

– Sou policial – disse ele com a voz arrastada e sensual. – As jovens senhoritas têm idade para beber?

Elas riram.

– Não se preocupe conosco, *policial.*

– Já passamos da maioridade.

– Maioridade para fazer o quê? – perguntou ele.

– Estamos de férias, por isso topamos praticamente qualquer coisa.

– Qualquer coisa mesmo.

Ele deu um sorriso cheio de más intenções.

– É mesmo? E eu pensei que vocês eram missionárias em viagem.

Mais uma rodada de risos. A garçonete chegou com dois drinques.

Bobby recostou-se na cadeira.

– O que estamos bebendo, senhoritas?

O jogo estava ganho.

A intrépida recepcionista finalmente quebrou a barreira invisível e entrou na sala de Hammond.

– Sabe aquela suspeita do retrato falado? Foi identificada como dra. Alex Ladd. Neste exato momento ela está na sala do detetive Smilow, sendo interrogada.

Hammond começou a suar frio na palma das mãos.

– Ele a prendeu?

– Ela veio voluntariamente, foi o que a srta. Mundell disse. Mas está com o advogado dela. O senhor vai para lá ou não?

– Talvez mais tarde.

A recepcionista saiu.

As ramificações dessa notícia ricochetearam rapidamente, como ecos. Hammond foi atacado por elas. As táticas de interrogatório de Smilow eram capazes de arrancar uma confissão da Madre Teresa. Hammond não tinha como saber de que forma Alex Ladd ia reagir a elas. Seria hostil ou ia cooperar? Teria alguma coisa para confessar? Quando ela o visse novamente, o que poderia revelar? O que ele poderia revelar?

Por precaução, ele queria adiar o inevitável encontro cara a cara até quando pudesse. Até saber mais sobre Alex Ladd e conhecer a natureza e a extensão do seu envolvimento com Pettijohn, era melhor para ele manter distância do caso.

Normalmente isso seria viável. A não ser em raras exceções, a promotoria não se envolvia diretamente até os detetives descobrirem provas suficientes para fazer acusações formais, ou para Hammond ter um caso para apresentar ao grande júri. Diferentemente de Steffi, que não sabia o que queria dizer sutileza, ele deixava a polícia fazer seu trabalho até a hora de ele assumir o controle da situação.

Mas era uma daquelas raras exceções. Seu envolvimento era necessário, mesmo que o único motivo fosse a política. Funcionários municipais e estaduais, alguns que tinham sido inimigos declarados de Pettijohn, outros seus aliados, estavam usando aquele assassinato como plataforma política. Pela mídia, eles exigiam a rápida prisão e julgamento do assassino.

Alimentando o interesse público, um editorial no jornal daquela manhã emitia um chamado para despertar os leitores para a triste verdade de que ninguém, nem um indivíduo aparentemente invulnerável como Lute Pettijohn, estava a salvo da violência.

Na edição de meio-dia do noticiário, um repórter fazia uma enquete na rua, perguntando para os transeuntes se confiavam que o assassino de Pettijohn seria capturado e justamente punido.

O caso estava criando o frenesi da mídia que o pai dele tanto queria.

O que Hammond queria era evitar entrar na refrega o máximo de tempo possível. Visando a isso, ele passou mais meia hora inventando trabalho para ele mesmo.

Monroe Mason apareceu assim que ele chegou do almoço.

– Ouvi dizer que Smilow já tem uma suspeita.

A voz retumbante quicou pelas paredes da sala de Hammond como uma bola de tênis.

– As notícias se espalham rápido.

– Então é verdade?

– Acabei de receber o recado alguns minutos atrás.

– Dê-me a versão resumida.

Ele explicou quem era Daniels e contou do retrato falado.

– Fizeram circular um cartaz com o desenho de Endicott e uma descrição por escrito na região do Charles Towne Plaza. A dra. Ladd foi identificada por um funcionário de um estacionamento.

– Soube que ela é uma psicóloga famosa.

– É o que dizem.

– Já tinha ouvido falar dela?

– Não.

– Eu também não. Minha mulher provavelmente já. Ela conhece todo mundo. Você acha que Pettijohn era paciente dela?

– A essa altura, Monroe, sei tanto quanto você.

– Veja o que consegue descobrir.

– Vou mantê-lo informado à medida que o caso for progredindo.

– Não, eu quis dizer esta tarde. Agora.

– Agora? Smilow não gosta quando nós xeretamos – argumentou Hammond. – E ele não gosta especialmente quando *eu* me meto. A Steffi já está lá. Se eu for para lá também, ele vai detestar. Vai parecer que estamos querendo controlá-lo.

– Se ele se enfurecer, Steffi pode aplacá-lo. Preciso de alguma coisa para dizer aos repórteres que estão ligando para cá.

– Não se pode divulgar que a dra. Ladd *é* suspeita, Monroe. Não sabemos se ela é mesmo. Está apenas sendo interrogada, pelo amor de Deus!

– Ela ficou tão preocupada que levou Frank Perkins junto.

– Frank é o advogado dela?

Hammond conhecia bem Perkins, e o respeitava. Era sempre um desafio argumentar num caso contra ele no tribunal. Ela não poderia ter escolhido advogado mais capaz.

– Qualquer pessoa sensata levaria o advogado junto para ser interrogada na delegacia.

Mason não desanimou.

– Trate de me dizer o que ela andou aprontando.

Com um até logo ribombante, Monroe saiu e levou embora com ele qualquer opção que Hammond pudesse ter.

Assim que chegou à delegacia de polícia, ele foi para o segundo andar e apertou a campainha da porta dupla trancada da Divisão de Investigação Criminal. Quem a abriu foi uma mulher policial. Sabendo por que ele estava ali, ela disse:

– Estão na sala de Smilow.

– Por que não na sala de interrogatório?

– Acho que estava ocupada. Além do mais, a procuradora Mundell queria observar pelo vidro.

Hammond ficou quase feliz de Alex não estar sendo interrogada naquele cubículo sem janelas que fedia a café velho e a suor de culpa. Não podia imaginá-la na mesma sala em que tinha visto pedófilos, estupradores, bandidos, cafetões e assassinos serem completamente desmantelados sob a pressão dos tenazes interrogatórios.

Ele entrou no corredor curto onde ficavam as salas dos detetives da Homicídios. Esperava que já tivessem acabado e que Alex já tivesse ido embora quando chegou. Mas não teve tanta sorte. Steffi e Smilow estavam espiando pela janela-espelho, parecendo abutres à espera do último suspiro da vítima.

Ele ouviu Steffi dizer para Smilow:

– Ela está mentindo.

– Claro que está mentindo – disse Smilow. – Só não sei que parte é mentira.

Não notaram a presença de Hammond até ele falar.

– O que está havendo?

Steffi deu meia-volta e parecia muito aborrecida.

– Ora, até que enfim. Você não recebeu meus recados?

– Não pude sair antes. O que a faz pensar que ela está mentindo? – ele apontou com o queixo para a pequena janela, até ali sem coragem de espiar.

– Normalmente a pessoa inocente fica nervosa e irritada – disse Smilow.

– A nossa doutora mal pisca – disse Steffi para ele. – Não hesita. Não pigarreia. Não fica mexendo as mãos. Ela responde diretamente a todas as perguntas.

– Estou surpreso de Frank estar deixando que ela responda a qualquer pergunta – comentou Hammond.

– Ele não queria. Mas ela insistiu. Tem opinião própria.

Seguindo o olhar pensativo de Smilow, Hammond finalmente virou a cabeça. Só dava para ver uma parte do perfil, mas mesmo isso teve um efeito profundo nele. Seu primeiro impulso foi afastar a mecha de cabelo cacheado que pendia no rosto dela. O segundo foi agarrá-la e sacudi-la com raiva, exigindo saber o que ela andou aprontando e por que o tinha arrastado para o meio daquela confusão.

– O que sabemos sobre ela? – perguntou ele.

Até Smilow parecia impressionado ao citar uma longa lista de credenciais.

Além de ter estudos seus publicados duas vezes na *Psychology Today,* foi muitas vezes convidada para dar aulas, especificamente sobre a pesquisa que fez sobre ataques de pânico. É considerada uma especialista no assunto. Alguns meses atrás ela convenceu um homem a sair do parapeito de uma janela.

– Lembro-me disso – disse Hammond.

– Chegou aos jornais. A mulher do homem diz que a dra. Ladd salvou a vida dele – consultando seu bloco de notas, Smilow acrescentou: – A vida pessoal dela é pessoal. Só sabemos que é solteira, não tem filhos. Frank está furioso. Diz que pegamos a pessoa errada.

– O que mais ele poderia dizer? – comentou Steffi com malícia.

Procurando parecer fleumático, Hammond disse:

– Ela parece uma mulher muito segura de si.

– Ah, ela é segura mesmo – disse Steffi. – Não dá para derreter gelo no rabo dela. Depois que você conversar com ela, vai ver o que quero dizer. Ela é tão fria que praticamente não tem sangue nas veias.

Você não sabe de nada, Steffi.

– Prontos para a próxima rodada?

Steffi e Smilow se aproximaram da porta.

Hammond ficou parado.

– Vocês querem que eu entre aí?

Os dois viraram para ele surpresos.

– Pensei que você estaria louco para ter seu primeiro contato com a assassina – disse Steffi.

– Ainda não sabemos se ela é ou não uma assassina – disse ele, irritado. – Mas a questão não é essa. A questão é que já que você está aqui, nós somos em maior número do que Smilow. Não quero que ele pense que estamos monitorando o trabalho dele.

– Você pode falar comigo diretamente – disse Smilow.

– Muito bem – disse Hammond, olhando para o detetive. – Para deixar as coisas bem claras aqui, a minha vinda para cá foi ideia do Mason, não minha.

– Ouvi o mesmo sermão sobre coexistência pacífica do chefe Crane. Posso tolerá-lo se você conseguir me tolerar.

– É justo.

Steffi soltou o ar, bufando, aliviada.

– Assim termina o primeiro round da droga da disputa. Agora será que podemos, por favor, voltar ao trabalho?

Smilow segurou a porta aberta para eles. Hammond deixou Steffi seguir na frente. Smilow entrou atrás dele e fechou a porta, espremendo gente demais num espaço pequeno demais. Não havia quase espaço para Smilow passar por Hammond para chegar à sua mesa.

– Tem certeza de que não quer nada para beber, dra. Ladd?

– Não, obrigada, detetive.

Para Hammond, ouvir a voz dela era tão perturbador quanto ser tocado por ela. Ele quase podia sentir a respiração dela na sua orelha. O coração dele batia forte nas costelas. Mal conseguia respirar. E, maldição, quase não podia controlar o desejo de tocá-la.

Smilow fez as apresentações supérfluas.

– Dra. Ladd, este é o assistente da procuradoria municipal, Hammond Cross. Sr. Cross, a dra. Alex Ladd.

Ela virou a cabeça. Hammond prendeu a respiração.

Capítulo 16

– O assistente do procurador-geral, sr. Cross, pode dizer onde eu estava e o que estava fazendo sábado à noite, não pode, sr. Cross, assistente do procurador-geral?

– Não matei ninguém no sábado, mas, se tivesse matado, teria sido em defesa própria. Sabe, detetive Smilow, o promotor Cross me atraiu para sua cabana na floresta e lá ele me estuprou várias vezes.

– Procurador Cross, que prazer vê-lo novamente. Quanto tempo faz? Ah, eu me lembro. Foi nesse último sábado à noite que trepamos sem parar, não foi?

Alex Ladd não disse nada disso. Nem nenhuma das outras coisas pavorosas que Hammond tinha imaginado que ela pudesse dizer. Ela não começou a berrar acusações, nem o denunciou na frente dos seus colegas, nem piscou o olho sugestivamente, tampouco deu algum outro sinal de reconhecimento.

Mas quando ela virou para ele e os olhos dos dois se encontraram, tudo o mais em volta dele desapareceu, e ele só conseguia se concentrar nela. Eles ficaram se olhando por apenas um segundo ou dois, mas se aquela troca tivesse durado uma eternidade não poderia ser mais poderosa ou significativa.

Ele queria perguntar, "O que você fez comigo?" em todos os sentidos. Tinha sido atingido por um raio no sábado à noite. Tinha pensado e até esperado que, ao vê-la de novo, sob aquela luz fluorescente muito forte e num ambiente bem menos romântico, o impacto seria menor. Mas aconteceu exatamente o oposto. O desejo de encostar nela era uma necessidade física.

Tudo isso passou pela cabeça dele em menos tempo do que levou para piscar. Torcendo para não ser traído pela voz, ele disse:

– Dra. Ladd.

– Como vai?

Então ela virou para o outro lado. Aquele reconhecimento destruiu a esperança desesperada de Hammond de que ele de fato tivesse sido um perfeito desconhecido para ela no sábado, e que o encontro dos dois na feira tivesse sido puramente acidental. Se esse fosse o caso, ao serem apresentados agora ela arregalaria os olhos e diria algo como "Ora, olá! Não esperava vê-lo aqui". Mas ela não demonstrou surpresa alguma. Quando virou a cabeça para cumprimentá-lo, ela sabia exatamente com quem estaria falando.

Na verdade, parecia que ela havia se preparado para aquela apresentação, assim como ele. Ela quase exagerou no ar de indiferença, virou o rosto quase rápido demais, beirando a má educação.

Não havia mais dúvida. O encontro deles tinha sido planejado e, por motivos que ainda não estavam claros, o tempo que passaram juntos era comprometedor para ela e para ele também.

Frank Perkins falou primeiro:

– Hammond, isso é um desperdício completo do tempo da minha cliente.

– Deve ser mesmo, Frank, mas gostaria de ser eu quem determina isso. Parece que o detetive Smilow acha que o que a dra. Ladd pode nos dizer merece a minha atenção.

O advogado consultou sua cliente:

– Você se importa de passar por tudo isso de novo, Alex?

– Não, se isso significar que irei para casa mais cedo, e não mais tarde.

– Veremos.

Esse comentário partiu de Steffi, e Hammond sentiu vontade de dar um tapa nela. Deixando o interrogatório a cargo de Smilow, ele se encostou na porta fechada, de onde tinha uma visão desimpedida do perfil de Alex.

Smilow ligou o gravador e acrescentou o nome de Hammond ao de todos ali presentes.

– A senhora conhecia Lute Pettijohn, dra. Ladd?

Ela suspirou como se já tivesse respondido àquela pergunta milhares de vezes.

– Não, detetive, não conhecia.

– O que a senhora estava fazendo no centro, sábado à tarde?

– Eu poderia dizer que moro no centro, mas, respondendo à sua pergunta, tinha ido olhar as vitrines.

– A senhora comprou alguma coisa?

– Não.

– Entrou em alguma loja?

– Não.

– A senhora não entrou em loja nenhuma, nem conversou com alguma vendedora que pudesse confirmar que a senhora estava lá fazendo compras?

– Infelizmente, não. Não vi nada que me interessasse.

– A senhora simplesmente estacionou o carro e andou por lá?

– Isso mesmo.

– Não estava meio quente para um passeio?

– Para mim, não. Gosto do calor.

Ela olhou rapidamente para Hammond, mas ele não precisou desse olhar para lembrar.

– Agora que o sol se pôs não está mais tão quente.

Ela sorriu para ele, com as luzes do carrossel que rodava refletidas nos olhos.

– Para dizer a verdade, eu gosto do calor.

Hammond piscou e focalizou Smilow novamente.

– A senhora foi ao Charles Towne Plaza?

– Fui. Mais ou menos às cinco horas. Para beber alguma coisa. Um refrigerante. Tenho certeza de que foi lá que o sr. Daniels me viu. Foi a única hora e lugar em que ele podia ter me visto, porque nunca estive no quinto andar, diante da porta do quarto do sr. Pettijohn.

– Ele nos deu uma descrição muito precisa da senhora fazendo exatamente isso às cinco horas.

– Ele se enganou.

– A senhora bebeu o refrigerante no bar.

– Perto do saguão, sim. Chá gelado sem açúcar.

Steffi inclinou a cabeça para o lado de Hammond e sussurrou:

– A garçonete confirma isso. Mas isso só quer dizer que pelo menos duas pessoas a viram no hotel.

Ele concordou, balançando a cabeça, mas não disse nada porque Smilow já estava fazendo outra pergunta, e ele queria ouvir a resposta de Alex.

– O que a senhora fez quando terminou seu chá?

– Voltei para o estacionamento onde tinha deixado meu carro.

– Que horas eram?

– Cinco e quinze. No máximo cinco e meia.

Os joelhos de Hammond quase cederam de alívio. O cálculo inicial de John Madison tinha estabelecido que a hora da morte tinha sido depois disso. Então o silêncio dele estava justificado. Quase. Se ela era totalmente inocente, vítima de um erro cometido por um homem que sofria de intoxicação alimentar, por que não reagiu quando ele entrou na sala? Por que fingiu que não se conheciam? Ele tinha seus motivos para manter o encontro deles em segredo. E era óbvio que ela também tinha.

– Dei dez dólares para o atendente do estacionamento, a menor nota que eu tinha – disse ela.

– É uma gorjeta muito generosa.

– Achei que pedir o troco ia parecer mesquinharia. O estacionamento estava lotado e ele muito ocupado, mas foi muito gentil e educado.

– O que a senhora fez depois de pegar seu carro?

– Saí de Charleston.

– E foi para onde?

– Para a ilha Hilton Head.

Hammond engoliu em seco. Por falar em dizer a verdade, por que ela estava mentindo? Para protegê-lo? Ou para se proteger?

– Hilton Head.

– É.

– Parou em algum lugar no trajeto?

– Parei para abastecer.

Ela baixou os olhos, mas só um instante, e provavelmente só Hammond notou.

O coração dele batia muito forte. Aquele beijo. *O* beijo. O beijo que ele lembraria pelo resto da vida. Nenhum tinha sido tão bom, nem parecido tão perfeito, nem tão errado. Aquele beijo podia acabar modificando a vida dele, arruinar sua carreira, condená-lo.

– A senhora se lembra do nome do posto?

– Não.

– Texaco? Exxon?

Ela deu de ombros e balançou a cabeça.

– Localização?

– Em algum ponto da estrada – respondeu ela com impaciência. – Não era numa cidade. Era autosserviço. Pagamento no guichê. Há dúzias deles naquela estrada. O caixa estava assistindo a uma luta na televisão. É tudo que eu lembro.

– A senhora pagou com cartão de crédito?

– Dinheiro vivo.

– Compreendo. Com uma daquelas notas grandes.

Hammond entendeu a armadilha e torceu para ela ter percebido também. A maioria dos postos de autosserviço e lojas de conveniência não aceitava notas maiores do que de vinte, especialmente à noite.

– Com uma de vinte, sr. Smilow – disse ela, sorrindo para ele. – Pus vinte dólares de gasolina. Não recebi troco.

– Muito, muito conveniente.

Steffi tinha falado bem baixinho, mas Alex ouviu. Ela virou e olhou primeiro para Steffi, depois para Hammond, e ele lembrou nitidamente de segurar o rosto dela com as duas mãos e de puxar a boca para perto da dele.

– Não diga não. Não diga não.

A próxima pergunta de Smilow fez Alex prestar atenção nele outra vez. Hammond soltou o ar sem deixar transparecer que estava prendendo a respiração.

– A que horas a senhora chegou em Hilton Head?

– Isso é que era maravilhoso aquele dia. Eu não tinha planos. Não tinha horário. Não estava contando as horas nem peguei um caminho direto, por isso não me lembro que horas eram quando cheguei lá.

– Aproximadamente.

– Aproximadamente... nove horas.

Às nove horas, aproximadamente, eles estavam comendo milho cozido e os lábios dela estavam cheios de manteiga derretida. Tinham rido comentando a sujeira que estavam fazendo e resolveram esquecer os bons modos e lamber os dedos sem culpa.

– O que fez em Hilton Head?

– Atravessei toda a ilha e fui para Harbour Town. Andei um pouco por lá e me diverti ouvindo a música dos vários bares ao ar livre. Ouvi o rapaz fazendo teatro para as crianças embaixo do grande carvalho. Basicamente, caminhei pela marina e fui até o píer.

– Conversou com alguém?

– Não.

– Comeu em algum restaurante?

– Não.

– Não estava com fome?

– Aparentemente, não.

– Isso é ridículo! – protestou Frank Perkins. – A dra. Ladd admitiu ter estado no hotel no sábado, mas havia centenas de pessoas lá. Ela é uma mulher atraente. Ela chama a atenção dos homens, e esse Daniels não é nenhuma exceção, mesmo no meio de uma multidão.

Hammond continuava olhando para ela, por isso quando ela olhou para ele foi uma repetição daquele primeiro olhar através da pista de dança, no pavilhão. Ele sentiu uma ligação instantânea, uma súbita fisgada nas vísceras.

Perkins ainda estava argumentando.

– Alex disse que não esteve nem perto da suíte de Pettijohn. Vocês não têm nada que a ponha naquele lugar. Isso não passa de um tiro no escuro, porque vocês não têm mais nada. Simpatizo com a sua habilidade de apresentar um suspeito viável, mas não vou permitir que a minha cliente sofra as consequências.

– Só mais algumas perguntas, Frank – disse Smilow. – Faça-me essa gentileza.

– Que sejam breves – disse o advogado, mal-humorado.

Smilow olhou para a psicóloga muito sério.

– Eu gostaria de saber onde a dra. Ladd passou a noite.

– Em casa.

Ele pareceu surpreso com a resposta.

– Na sua casa?

– Eu me censurei por não ter feito uma reserva no Hilton Head. Quando cheguei, pensei em passar a noite lá. Eu gostaria, mas estive em diversos lugares e estavam todos lotados.

Por isso voltei para Charleston e passei a noite na minha própria cama.

– Sozinha?

– Não tenho medo de dirigir à noite.

– A senhora *dormiu* sozinha, dra. Ladd?

Ela olhou friamente para ele.

– Diga para ele ir à merda, Alex – disse Frank Perkins. – Se você não disser, eu mesmo digo.

– O senhor ouviu o conselho do meu advogado, detetive.

A boca de Smilow subiu nos cantos formando o que deveria passar por um sorriso.

– Enquanto estava em Harbour Town, a senhora não conversou com ninguém?

– Entrei em uma das galerias de arte, mas não falei com ninguém. Também comprei um sorvete de casquinha na base do farol, mas estava muito movimentado. Não consegui ver bem a moça que me serviu. Ela estava atendendo a tanta gente aquela noite que duvido de que também se lembre de mim.

– Então não há ninguém para confirmar que a senhora esteve lá?

– Acho que não.

– De lá a senhora foi para casa. Sem paradas?

– É.

– A que hora chegou em casa?

– De madrugada. Não notei. Eu estava muito cansada e com sono.

– A minha gentileza termina por aqui – Frank Perkins ajudou educadamente Alex a levantar-se da cadeira, mas de uma forma que não permitia protestos, nem dela, nem de Smilow. – A dra. Ladd merece um pedido de desculpas por isso. E, se vocês suspirarem o nome dela para a mídia, associado a esse caso, não terão de cuidar apenas de um caso de assassinato, mas também de um processo desconcertante.

Ele foi conduzindo Alex para a porta mas, antes de os outros poderem mudar de posição para abrir caminho para os dois saírem, outro detetive abriu a porta. Tinha uma pasta na mão estendida.

– Você pediu isso assim que ficasse pronto.

– Obrigado – disse Smilow, estendendo o braço para pegar a pasta. – Como foi?

– Madison é meticuloso. Ele pediu desculpas pelo tempo que levou.

– Desde que tenha incluído tudo.

– Está tudo aqui.

O detetive foi embora. Smilow explicou para os outros.

– Aquele detetive assistiu à autópsia. Este é o relatório de Madison.

Steffi ficou bem ao lado de Smilow quando ele tirou os documentos de dentro do envelope. Ela os leu junto com ele. Sem tirar os olhos do relatório, Smilow perguntou:

– Dra. Ladd, a senhora possui uma arma?

– Muitas coisas poderiam ser usadas como arma, não é?

– Estou perguntando porque... – disse Smilow, levantando a cabeça para olhar para ela – ... porque foi exatamente como nós pensamos. Lute Pettijohn não morreu por causa da pancada na cabeça. O que o matou foi um tiro.

– Pettijohn foi *baleado?*

– Acho que foi verdadeira.

Steffi espremeu limão na bebida que tinham acabado de trazer para a mesa deles.

– Ora vamos, Hammond. Cai na real.

– Foi a primeira e única vez que ela demonstrou qualquer emoção ou espontaneidade – persistiu ele. – Acho que a surpresa dela foi autêntica. Até aquele momento ela nem sabia como Pettijohn tinha morrido.

– Fiquei surpresa quando li que ele teve um derrame.

Aquele tinha sido um fato surpreendente que resultou da autópsia. Lute Pettijohn teve um derrame. Não o matou, mas John Madison deduziu que o derrame tinha sido suficientemente extenso para provocar a queda dele, que resultou no ferimento na cabeça. Ele também determinou que se Pettijohn tivesse sobrevivido poderia ficar paralítico e sofrer de outras deficiências. Só depois que Frank Perkins acompanhou Alex Ladd para fora da sala de Smilow, eles leram o relatório com mais atenção e acrescentaram essa nova informação ao mistério cada vez mais complexo.

– Você acha que o derrame foi provocado por algum acontecimento? – imaginou Steffi. – Ou será que foi um problema de saúde que ele não sabia que tinha?

– Vamos ter de descobrir se ele tomava algum remédio contra alguma doença – disse Smilow, pondo um guardanapo embaixo do seu copo de club soda. – Não que faça alguma diferença. O derrame não foi fatal, mas os tiros, sim. Foi assim que ele morreu.

– Alex Ladd não sabia disso – afirmou Hammond. – Não até nós dizermos para ela.

Steffi bebericava seu gim-tônica pensativa. Ela balançou vigorosamente a cabeça e deu um sorriso zombeteiro para Hammond.

– Nada disso. Ela fingiu estar surpresa. As mulheres são boas nessas encenações porque estamos sempre tendo de fingir orgasmos.

A intenção daquela observação era ofendê-lo. Mas não ofendeu. Só que ele ficou irritado.

– Mulheres com inveja do pênis.

– Ah, essa foi uma resposta muito boa, Hammond – disse ela, levantando o copo numa imitação de brinde. – Com um pouco de prática você pode acabar se transformando num verdadeiro idiota.

Smilow, que ouvia aquela discussão sem prestar muita atenção, disse:

– Por mais que me doa, devo concordar com Hammond.

– Você acha que tenho inveja do pênis?

Ele nem tentou sorrir.

– Concordo com ele que o choque de Ladd foi verdadeiro.

– Você tem a mesma opinião de Hammond? Isso é quase tão chocante quanto vocês estarem sentados à mesma mesa – disse ela.

O bar do saguão do Charles Towne Plaza estava apinhado com a multidão da *happy hour*. O hotel e a delegacia de polícia ficavam em extremos opostos do centro da cidade, mas acharam que era um lugar apropriado para discutir o interrogatório de Alex.

Turistas, registrados ou não como hóspedes, faziam compras nas lojas que se enfileiravam no saguão do hotel. Fotografavam a escadaria imponente e o candelabro que ela rodeava. Tiravam fotografias uns dos outros.

Duas mulheres descalças, de roupões de banho do hotel, com toalhas enroladas na cabeça, riam enquanto evitavam sair em alguma foto. Acompanhando o olhar vazio de Hammond, Steffi disse:

– É ridículo andar por aí desse jeito por causa de um tratamento de beleza. Dá para imaginar como Pettijohn ficaria marchando por aqui assim?

– Hein?

– Onde é que você está, Hammond, perdido no espaço? – perguntou ela, irritada.

– Desculpe. Estava apenas pensando.

Ele não tinha notado as mulheres de roupão. Mal tinha notado qualquer coisa desde que saíra da sala de Smilow. Estava pensando nela. Em Alex Ladd e na reação dela quando soube como Pettijohn tinha morrido.

Ela parecia genuinamente espantada, e Hammond ficou esperançoso de ela ter razão quanto ao sr. Daniels quando concluiu que ele a tinha visto no hotel, mas que tinha se enganado quanto ao lugar e a hora.

Esperançoso de ter Smilow como aliado, ele se inclinou sobre a mesa, apoiado nos antebraços.

– Você disse que concorda comigo. Como? O que você acha?

– Acho que ela é suficientemente esperta para fingir estar surpresa e fazer parecer real. Mas não sei por quê, tenho dúvidas. Ainda. Mas não é a reação de surpresa dela que me preocupa tanto, e sim a história que ela contou.

– Estamos ouvindo – disse Steffi.

– Se ela tivesse matado Pettijohn, não teria saído imediatamente do hotel para tentar estabelecer um álibi?

Fazendo força para parecer indiferente, Hammond pegou seu copo de uísque com água.

– Ideia interessante. Dá para desenvolver?

– Eles podem determinar a hora da morte com uma precisão incrível. Até os minutos, para dizer a verdade.

– Entre cinco e quarenta e cinco e seis horas – disse Hammond.

Quando viu isso no relatório da autópsia, ele ficou tremendamente aliviado. Alex não podia ser a assassina porque não podia estar em dois lugares ao mesmo tempo.

– A dra. Ladd disse que saiu de lá no máximo às 17h30.

– Perto demais para livrar a cara dela – disse Smilow. – Um bom promotor como você poderia manipular essa margem de tempo, transformando numa margem de erro. Mas já que não sabemos exatamente a que hora ela tirou o carro do estacionamento, Frank Perkins poderia cortar essa linha de tempo como um salame e usá-la para estabelecer uma dúvida razoável. Mas só funcionaria se...

– Entendo onde você quer chegar... – interrompeu Steffi.

– Se a dra. Ladd tivesse um excelente...

– Álibi.

Enquanto Steffi e Smilow ficavam completando as frases um do outro, Hammond pediu outro drinque. O uísque queimou a garganta dele.

– Faz sentido – disse ele com voz rouca.

Smilow franziu a testa.

– O problema com a história dela é que ela *não tinha* um álibi. Ela disse que foi para Hilton Head e que não falou com ninguém que pudesse confirmar isso.

– Estou confusa – disse Steffi. – Você está achando que por não ter um álibi ela parece mais inocente do que se tivesse um?

O detetive olhou para ela.

– Não exatamente. Mas fico pensando se ela está esperando para ver até onde isso vai, para só depois jogar um álibi na nossa cara.

– Como se guardasse um de reserva para o caso de precisar?

– Alguma coisa assim.

Hammond, que estava prestando atenção enquanto os dois, sem saber, cogitavam sobre o seu maior medo, resolveu participar da especulação:

– Por que você acha que ela guardou esse álibi de reserva?

– Você também acha? – perguntou Steffi.

– Não – respondeu ele, irritado com ela porque queria saber o que Smilow estava pensando. – Você ia dizer...?

– Eu ia dizer o que disse desde o começo – explicou Smilow. – Ela não está nervosa. Desde o momento em que ela abriu a porta e me viu junto com aqueles policiais na casa dela, até o momento em que Frank a acompanhou para fora da minha sala meia hora atrás, ela esteve calma demais para ser completamente inocente.

– As pessoas inocentes mal podem esperar para convencer alguém de que são inocentes – continuou ele. – Elas falam muito, nervosas. Elaboram e expandem suas histórias cada vez que as contam. Dizem mais do que você quer saber. Os que mentem bem se restringem ao básico e em geral são os mais calmos.

– É uma teoria consistente – disse Hammond. – Mas não a toda prova. Sendo psicóloga, a dra. Ladd não teria um controle maior das próprias emoções do que as pessoas comuns? Ela deve ouvir coisas chocantes quando está tratando seus pacientes. Ela não devia saber resguardar suas reações?

– Pode ser – disse Smilow. Hammond não gostou do sorriso do detetive, e segundos depois ficou sabendo por que ele parecia tão complacente. – Mas a dra. Ladd *está* mentindo. Sei disso porque é um fato.

– Que fato? – perguntou Steffi, inclinando o corpo por cima da mesa e quase derrubando seu drinque.

Smilow se abaixou e tirou um jornal da sua pasta.

– Ela deve ter ignorado esse item nas notícias desta manhã. Smilow tinha usado um marcador vermelho para circular a história. Não era comprida, mas para Hammond eram quatro parágrafos devastadores.

– Harbour Town evacuada – leu Steffi em voz alta.

Smilow resumiu a notícia:

– No último sábado à noite houve um incêndio a bordo de um dos iates ancorados no porto. O vento estava forte. Fagulhas voaram para as árvores e toldos da marina. Como precaução de segurança, o corpo de bombeiros evacuou toda a área. Até as pessoas embarcadas em outros barcos e as que estavam nos apartamentos tiveram de sair.

“Apagaram o fogo antes de isso provocar muitos danos. Mas aquela área tem as propriedades mais caras do país. Os bombeiros não quiseram arriscar nada. Interditaram a estrada do Farol para quem ia para lá de carro e verificaram muito bem a área toda. Harbour Town mesmo ficou isolada durante horas.”

– De que hora até que hora?

– Das nove horas em diante. Os restaurantes e bares acharam que não valia a pena reabrir quando liberaram tudo depois da meia-noite. Permaneceram fechados até domingo de manhã.

– Ela não foi para lá – sussurrou Steffi.

– Se tivesse ido, teria mencionado isso.

– Bom trabalho – Steffi levantou o copo para Smilow.

– Acho que é meio cedo para fazer brindes – disse Hammond, zangado. – Talvez ela tenha alguma explicação lógica.

– E talvez o papa seja batista.

Ele ignorou a resposta atrevida de Steffi.

– Smilow, por que não confrontou a dra. Ladd com isso durante o interrogatório?

– Eu queria saber até onde ela iria.

– Você estava dando corda para ela se enforcar.

– O meu trabalho fica mais fácil quando um suspeito faz isso por mim.

Hammond vasculhou a mente em busca de uma nova abordagem.

– Tudo bem, então ela não esteve em Harbour Town. O que isso prova? Nada, só que ela deseja proteger sua privacidade. Ela não quer que saibam onde esteve.

– Ou com quem.

Ele olhou friamente para Steffi, depois continuou conversando com Smilow:

– Você ainda não tem nada contra ela, nada que a ponha dentro da suíte de Pettijohn, nem mesmo perto. Quando você perguntou se ela possuía uma arma, ela disse que não.

– Mas é claro que ela diria que não – argumentou Steffi. – E nós temos o testemunho de Daniels.

Hammond não tinha esgotado seus argumentos:

– Segundo o relatório de Madison, as balas tiradas do corpo de Pettijohn eram calibre 38. As balas mais comuns da pistola mais comum. Há centenas de 38 só nesta cidade. Até no seu depósito de provas, Smilow.

– O que quer dizer com isso? – Steffi quis saber.

– Quero dizer que, se não encontrarmos a arma com o assassino, será praticamente impossível descobri-la – disse Smilow, acompanhando o raciocínio de Hammond.

– Quanto a Daniels – continuou Hammond no mesmo embalo –, Frank Perkins faria picadinho dele no banco das testemunhas.

– Você provavelmente também tem razão quanto a isso – disse Smilow.

– O que sobra, então? – perguntou Hammond. – Nada.

– Pedi para a DCLCS fazer alguns testes em provas coletadas na cena do crime.

– Foram levadas pessoalmente para Columbia?

– Exatamente.

A Divisão de Cumprimento da Lei da Carolina do Sul ficava na capital do estado. Provas coletadas, ensacadas e etiquetadas pela UCC em geral eram entregues em mãos para a DCLCS por algum investigador da polícia para evitar discrepâncias na série de provas.

– Vamos ver o que vai aparecer – disse Smilow com ar inabalável, que só reafirmava para Hammond o próprio temperamento expansivo. – Não conseguimos grande coisa naqueles cômodos da suíte, mas pegamos algumas fibras, fios de cabelo, partículas. Tomara que alguma coisa...

– Tomara? – zombou Hammond. – Você está se baseando em esperança? Terá de fazer melhor do que isso para pegar um assassino, Smilow.

– Não se preocupe comigo – disse ele, e o humor dele começou a ficar tão refratário quanto o de Hammond. – Você trate de fazer o seu trabalho, que eu faço o meu.

– Só não quero encarar o grande júri sem nada, com o meu pinto na mão.

– Duvido que você consiga encontrar o seu pinto com a mão. Mas vou descobrir o elo entre Alex Ladd e Pettijohn.

– E, se não descobrir – disse Hammond, elevando a voz –, sempre pode inventar um.

Smilow levantou-se da cadeira tão depressa que ela arranhou o chão. Hammond também ficou de pé num segundo. Steffi levantou-se também.

– Rapazes – disse ela baixinho –, todo mundo está olhando.

Hammond percebeu que de fato eles estavam atraindo a atenção de todos no bar. As conversas em volta deles silenciaram.

– Preciso ir – ele colocou uma nota de cinco dólares na mesa para pagar sua bebida. – Até amanhã.

Ele não tirou os olhos de Smilow até dar meia-volta, e começara a abrir caminho entre as pessoas para sair do bar. Ouviu Steffi dizer para Smilow pedir outro drinque para ela, que voltaria logo, e então ela foi atrás dele. Ele não queria falar com ela, mas quando chegaram lá fora ela segurou seu braço e o fez virar-se.

– Você quer companhia?

– Não – disse ele, com mais aspereza do que pretendia. Depois ele passou a mão no cabelo, respirou fundo e soltou o ar lentamente. – Sinto muito, Steffi. É uma daquelas segundas-feiras. Meu pai veio me ver esta manhã. Esse caso vai ser complicado. Smilow é um filho da mãe.

– Tem certeza de que é isso que o incomoda?

Ele baixou a mão e olhou bem para ela, com medo de ter se traído. Mas o olhar dela não era desconfiado, nem o acusava de nada. Os olhos dela estavam límpidos, suaves e convidativos. Ele relaxou.

– É, tenho certeza.

– Só pensei que talvez... – ela parou de falar e levantou um pouco os ombros. – Talvez você estivesse achando que devíamos ter conversado antes de você resolver terminar nosso relacionamento – ela pôs a mão no peito dele. – Se quiser descarregar um pouco, lembro-me de uma coisa que costumava funcionar muito bem.

– Também me lembro – ele deu um sorriso gentil e torceu para que satisfizesse o ego dela. Mas tirou a mão dela do peito, apertando-a de leve antes de soltar. – É melhor você voltar lá para dentro. Smilow está à sua espera com o seu drinque.

– Ele pode ir para o inferno!

– Quanto a isso, provavelmente não vai se decepcionar. Vejo você amanhã.

Ele deu meia-volta e foi andando, mas ela o chamou:

– Hammond? – e quando ele ficou de frente para ela novamente, ela perguntou – O que você achou dela?

– Quem, a dra. Ladd? – ele fingiu um ar pensativo. –Articulada. Tranquila sob pressão. Mas, diferente de Smilow, ainda não estou pronto para...

– Quis dizer *dela.* O que você achou dela?

– O que há para achar? – disse ele, com uma risada forçada. – Ela é maravilhosa e, obviamente, muito inteligente.

Então, com um aceno jovial, ele foi embora. Como não tinha a capacidade de Alex Ladd para mentir, achou que seria melhor ater-se à verdade.

Capítulo 17

A Cidadela, respeitada como uma das melhores instituições de ensino superior da América, ficava apenas a alguns quarteirões do Shady Rest Lounge. Fora essa proximidade, o bar e a academia militar não tinham nada em comum, em todos os aspectos.

Diferentemente da famosa academia com seu portão bem guardado e terreno muito bem cuidado, o Shady Rest não se orgulhava de uma bela fachada. Não tinha janelas, apenas blocos de concreto onde antigamente havia janelas. A entrada era uma porta de metal na qual um vândalo tinha escavado uma obscenidade. Depois de cometida a infração, tinham tentado cobrir a palavra com desleixo, uma fina camada de tinta vagabunda que, infelizmente, não combinava com a cor original nem apagava o rabisco. O resultado era que o palavrão agora chamava mais atenção do que antes. A única coisa que indicava a natureza do estabelecimento era um letreiro de néon em cima da porta com o nome do bar. O letreiro zumbia ruidosamente e só funcionava esporadicamente.

Apesar do vizinho importante e das próprias deficiências, o Shady Rest Lounge estava perfeitamente à vontade no seu ambiente, um bairro com ruas em que a pobreza e o crime imperavam, onde as janelas tinham grades e sinais visíveis de prosperidade representavam um alvo.

Pensando em se proteger, Hammond tinha trocado seu terno por uma calça jeans e camiseta, um boné de beisebol e tênis. Tudo que tinha visto dias melhores... décadas melhores. Mas apenas trocar de roupa não bastava. Naquela área da cidade era preciso adotar um certo tipo de comportamento para sobreviver.

Quando abriu a porta desfigurada para entrar no bar, ele não se afastou educadamente para dar passagem para os dois homens que saíam. Em vez disso, abriu caminho entre eles com os ombros, procurando ser bastante bruto, mas esperando não ser agressivo demais para deflagrar um confronto em que certamente perderia. Escapou com apenas um resmungo dirigido a ele e à sua mãe.

Dentro do bar, levou alguns segundos para seus olhos se habituarem à escuridão. Negócios escusos eram transados no Shady Rest. Ele nunca estivera naquele bar, mas soube na mesma hora que tipo de lugar era aquele. Toda cidade tinha lugares assim, e Charleston não era exceção. Ele também sabia e temia que não duraria muito se qualquer outro cliente descobrisse que ele representava a procuradoria de justiça do município.

Seus olhos se acostumaram, ele examinou bem o lugar e encontrou quem procurava. Ela estava sentada na ponta do bar, olhando fixo para um copo alto. Fingindo não se importar com os olhares hostis e desconfiados que lançavam para ele, Hammond foi até ela.

O cabelo de Loretta Boothe estava mais grisalho do que da última vez que ele a vira e parecia que fazia algum tempo que não era lavado. Tinha tentado se maquiar, mas não fez um bom trabalho, ou, então, fazia alguns dias que usava a mesma maquiagem. Havia rímel ressecado no rosto dela e o risco de lápis nas sobrancelhas estava borrado. O batom tinha escorrido pelas rugas finas que se irradiavam da boca, mas não havia mais cor nenhuma nos lábios. Uma maçã do rosto estava rosada com blush, a outra emaciada e descorada. Era um rosto patético.

– Oi, Loretta.

Ela se virou e focalizou nele olhos remelentos. Apesar do boné de beisebol, ela o reconheceu na mesma hora, e era óbvio o prazer que sentia de vê-lo. As pálpebras, caídas e flácidas demais para a sua idade, se enrugaram quando ela deu um sorriso largo, revelando um dente da frente que precisava muito dos cuidados de um dentista.

– Deus do céu, Hammond – ela olhou em volta dele, como se esperasse uma comitiva. – Você é a última pessoa no mundo inteiro que eu imaginaria ver numa espelunca como esta. Está visitando a favela esta noite?

– Eu vim ver você.

– É a mesma coisa – disse ela e bufou uma risada sem alegria. – Achei que você não estava mais falando comigo.

– E não estava mesmo.

– Você tinha todo o direito de ficar furioso.

– E ainda estou.

– Então, o que provocou esse espírito de perdoar?

– Uma emergência – ele olhou para o copo dela, quase vazio. – Posso pagar um drinque para você?

– Já me viu algum dia recusar um?

Desejando a privacidade de um cubículo, Hammond ajudou Loretta galantemente a descer do banco do bar. Se ele não tivesse dado a mão para ela, seus joelhos podiam ter cedido quando ela ficou em pé. O drinque que ela havia deixado no bar não era o primeiro, nem o segundo.

Enquanto Loretta arrastava os pés ao lado dele, Hammond reconheceu que havia a grande probabilidade de lamentar profundamente estar fazendo aquilo. Mas, conforme havia dito para ela, era uma emergência.

Ele a escondeu num cubículo e depois voltou para o bar para pedir dois Jack Daniel's *black,* um puro, o outro com gelo e água. Deu o primeiro para Loretta quando se instalou no banco do cubículo.

– Saúde – ela levantou o copo para ele antes de tomar um gole caprichado. Fortalecida pelo uísque, ela concentrou sua atenção em Hammond. – Você está ótimo.

– Obrigado.

– Falo sério. Você sempre teve uma aparência ótima, é claro, mas agora é que isso está amadurecendo em você. Entranhado nos seus ossos. Seja lá o que vocês, homens, fazem para ficar mais atraentes com a idade, enquanto as mulheres ficam para semente muito rápido.

Ele sorriu, desejando poder trocar cumprimentos com ela. Loretta mal havia completado cinquenta anos, mas parecia muito mais velha.

– Você é mais bonito que o seu pai – observou ela. – E eu sempre achei Preston Cross um homem muito bonito.

– Obrigado de novo.

– Parte do seu problema com ele...

– Eu não tenho problema com ele.

Ela franziu a testa, desfazendo a negativa dele.

– Parte do seu problema com ele é que ele tem inveja de você.

Hammond fez pouco do que ela dizia.

– É verdade – declarou Loretta com o ar superior dos bêbados e dos sábios. – O seu pai tem medo de você ultrapassá-lo. De realizar mais que ele. De se tornar mais poderoso do que ele. Merecer mais respeito. Ele não suportaria isso.

Hammond olhou para a sua bebida, que não queria. Tinha ficado meio nauseado com o que tomara algumas horas antes com Smilow e Steffi. Talvez tivesse sido o assunto que havia revirado seu estômago. De qualquer modo, não estava com vontade de bebericar o uísque do Tennessee.

– Não vim aqui para falar do meu pai, Loretta.

– Certo, certo. Uma emergência – ela deu mais um gole. – Como me encontrou?

– Telefonei para o último número que eu tinha.

– É a minha filha que mora lá agora.

– O apartamento é seu.

– Mas a Bev está pagando o aluguel, e há meses. Ela me disse que se eu não andar na linha ela vai me expulsar de lá – ela deu de ombros. – Aqui estou.

De repente ele compreendeu por que ela parecia tão desarrumada e suja, e essa compreensão só fez piorar as náuseas.

– Onde você está morando agora, Loretta?

– Não se preocupe comigo, figurão. Posso me cuidar sozinha.

Hammond concedeu um resquício de orgulho para Loretta não perguntando logo se ela estava vivendo na rua ou num abrigo para os sem-tetos.

– Quando falei com a Bev, ela me disse que esse bar tinha virado um dos seus programas preferidos.

– Bev é enfermeira de CTI – ela se vangloriou.

– Isso é ótimo. Ela está bem.

– Apesar de mim.

Não existia argumento contra isso, por isso Hammond não disse nada. Constrangido e sem jeito por ela, ele estudou a placa que dizia NÃO FUNCIONA presa ao seletor de discos da mesa deles. O aviso estava lá havia muito tempo. O papel e a fita adesiva já estavam amarelados. A jukebox no canto do salão estava apagada e silenciosa, como se tivesse sucumbido ao desalento que dominava o Shady Rest.

– Tenho orgulho dela – disse Loretta, ainda falando da filha.

– E deve ter mesmo.

– Mas ela não suporta a minha presença.

– Duvido.

– Não, ela me detesta, e não posso dizer que a culpo. Eu a decepcionei, Hammond – os olhos dela se encheram de lágrimas de remorso e de desespero. – Eu decepciono todo mundo. Especialmente você.

– Nós finalmente pegamos o cara, Loretta. Três meses depois...

– Depois que eu estraguei tudo.

Mais uma vez a verdade era indiscutível. Loretta Boothe tinha trabalhado no Departamento de Polícia de Charleston até o alcoolismo tornar-se tão grave que ela teve de ser demitida. A dependência cada vez maior era atribuída à morte do marido. Ele tinha morrido instantaneamente e todo ensanguentado quando sua Harley se espatifou contra o pilar de uma ponte. Consideraram a morte dele acidental, mas numa conversa confidencial, regada a álcool, Loretta tinha confessado seus pecados. Será que o marido tinha preferido se suicidar em vez de viver com ela? Essa pergunta a perseguia.

Naquela mesma época ela foi ficando cada vez mais desanimada com o Departamento de Polícia de Charleston. Ou talvez o desencanto tenha sido provocado pela deterioração da sua vida pessoal. De qualquer modo, ela criava problemas para ela mesma no trabalho e acabou ficando sem emprego.

Tirou uma licença de investigador particular e por um tempo trabalhou regularmente. Hammond sempre gostou dela. Quando ele entrou para a famosa firma de advocacia, logo que saiu da faculdade de direito, ela foi a primeira pessoa que passou a chamá-lo de "procurador". Era uma coisa pequena, mas ele nunca se esqueceu da consideração que ela teve, estimulando sua autoconfiança.

Quando ele passou para a procuradoria municipal, sempre pedia para ela fazer as investigações para ele, apesar de ter investigadores na equipe. Mesmo quando a competência dela perdeu a constância, ele continuou a usá-la por um sentido de lealdade e de piedade. Então ela meteu os pés pelas mãos de uma vez por todas, e as consequências foram desastrosas.

O acusado no caso era um jovem incorrigível e cheio de raiva que quase matou a mãe de pancada com uma chave de roda. Ele era uma ameaça para a sociedade e continuaria sendo até ser posto na prisão por um longo tempo.

Para conseguir a condenação, Hammond precisava desesperadamente do depoimento do primo em segundo grau do acusado, que, além de relutar em testemunhar contra um membro da família, também tinha medo do cara e temia uma retaliação. Apesar da intimação para depor, ele desapareceu da cidade. Diziam os boatos que tinha ido se esconder com outros parentes em Memphis. Como os investigadores da equipe da procuradoria de justiça já estavam ocupados com outros casos, Hammond chamou Loretta. Adiantou-lhe dinheiro para cobrir as despesas e a despachou para Memphis para encontrar o tal primo.

Não foi só a testemunha que sumiu do mapa. Loretta também.

Hammond soube mais tarde que ela gastara o dinheiro das despesas com bebida. O juiz que presidia o julgamento, e que não simpatizava com o problema de Hammond, negou o pedido dele de um adiamento e ordenou que continuasse com o que tinha, que era o testemunho da mãe espancada. Temendo também o revide do filho violento, ela mudou sua história no banco das testemunhas e afirmou que tinha se machucado ao cair da varanda dos fundos da casa.

O júri votou pela absolvição. Três meses depois, o mesmo cara atacou o vizinho de forma parecida. A vítima não morreu, mas sofreu danos cerebrais severos e irreparáveis. Dessa vez o criminoso foi condenado a cumprir anos atrás das grades. Mas foi Steffi Mundell a promotora do caso.

Em todos aqueles meses, Hammond não tinha perdoado Loretta por trair a confiança que depositava nela, especialmente porque ninguém mais queria contratá-la. Ela o abandonou quando mais precisava dela e por causa disso ele acabou fazendo papel de bobo no tribunal. O pior de tudo foi que a negligência dela tinha feito um homem sofrer um espancamento brutal que o deixou mental e fisicamente deficiente para o resto da vida.

Quando estava sóbria, Loretta Boothe era a melhor no que fazia. Tinha os instintos de um cão de caça e uma extraordinária habilidade para obter informações. Parecia que possuía um sexto sentido que dizia aonde devia ir e a quem procurar. Suas fraquezas humanas eram tão óbvias que as pessoas se sentiam desarmadas, ela inspirava confiança. Todos baixavam a guarda e conversavam candidamente com ela. Também era suficientemente inteligente para distinguir as informações importantes das irrelevantes.

Apesar desse talento todo, vê-la naquele estado lamentável aquela noite fazia com que Hammond questionasse a conveniência de contratá-la novamente. Só uma pessoa desesperada procuraria ajuda de uma bêbada contumaz que já havia provado sua irresponsabilidade.

Mas, então, ele pensou em Alex Ladd e compreendeu que estava exatamente desesperado assim.

– Tenho um trabalho para você, Loretta.

– O que é isso, brincadeira de primeiro de abril?

– Não, mas devo ser um idiota mesmo de confiar qualquer coisa a você.

As feições dela se contorceram de emoção.

– Seria melhor você ir embora agora, Hammond. Eu agarraria com unhas e dentes uma oportunidade de compensar o que fiz na última vez, mas você seria louco de contar comigo de novo.

Ele deu um sorriso triste.

– Bom, já fui chamado de louco antes.

Os olhos de Loretta se encheram de lágrimas, mas ela pigarreou e endireitou os ombros.

– O que... o que você tem em mente?

– Você já soube do Lute Pettijohn.

Ela ficou boquiaberta.

– Você quer que eu trabalhe numa coisa tão importante assim?

– Indiretamente – ele se mexeu meio constrangido no banco duro do cubículo. – O que quero que você faça não é nada oficial para o escritório da procuradoria. É estritamente confidencial. Entre mim e você. Ninguém mais pode saber. Combinado?

– Sou uma desgraçada, Hammond. Já demonstrei isso. Mas sempre gostei de você. Admiro você. Você é um dos mocinhos, e me agrada pensar que é meu amigo. Você foi bom para mim quando as pessoas viravam a cara para não falar comigo. Posso decepcioná-lo e provavelmente farei isso, mas terão de cortar fora a minha língua antes que eu traia a sua confiança.

– Acredito nisso – ele olhou bem fundo nos olhos dela. – Você está muito bêbada?

– Estou ouvindo um zumbido, mas lembrarei disso amanhã.

– Muito bem – ele fez uma pausa e respirou fundo. – Quero que você descubra tudo que puder sobre... Será que devo explicar isso por escrito?

– Você quer que isso um dia volte para você?

Ele pensou um pouco.

– Não.

– Então não escreva. Se não for tangível, não há provas.

– Provas? Uau, Loretta! – disse ele, levantando as duas mãos. – O que quero que você faça é confidencial. Vai além da ética. Mas não é ilegal. Só quero aplainar o terreno para um suspeito.

Loretta inclinou a cabeça e olhou para ele curiosa.

– Devo estar mais bêbada do que pensava. Você acabou de dizer...

– Você ouviu muito bem.

– Você quer dar uma colher de chá para um suspeito do caso Pettijohn?

– De certa forma.

– Como?

– Você não está suficientemente bêbada para eu poder explicar isso.

A risada dela foi como um estertor saído do peito.

– Está bem – disse ela, ainda desconfiada. – Quem é o suspeito?

– Alex Ladd.

– Ele está em Charleston?

– É ela.

Ela piscou várias vezes e depois olhou para ele, muito séria.

– É ela.

Hammond fingiu não notar a pergunta óbvia das sobrancelhas levantadas de Loretta.

– Ela é psicóloga aqui em Charleston. Descubra tudo que puder sobre ela. História, família, educação, qualquer coisa. Tudo. Mas especificamente alguma possível ligação que ela pode ter tido com Lute Pettijohn.

– Assim como namorada?

– É – resmungou ele –, essas coisas.

– Tive a impressão de que era Steffi Mundell a promotora do caso Pettijohn.

– Por quê?

Ela então contou que viu Steffi e Rory Smilow na emergência do hospital na noite em que Pettijohn foi assassinado.

– Eu tinha ido ver Bev. Na verdade eu estava lá para pedir dinheiro para ela. De qualquer maneira, a metida da Steffi e o Smilow, que nunca sorri, chegaram lá afobados, como uma tropa invasora. Como se isso adiantasse alguma coisa. O doutorzinho insignificante peitou os dois. Não conseguiram nada com ele. Achei ótimo – ela parou e deu uma risadinha, depois ficou séria de novo e olhou para Hammond. – Você ainda está dormindo com ela?

Ele não conseguiu disfarçar a surpresa, mas não perguntou como é que ela sabia do seu caso secreto com Steffi. O fato de saber provava que ela era realmente boa no que fazia.

– Não.

Loretta examinou Hammond algum tempo, como se tentasse se convencer de que ele dizia a verdade.

– Ótimo. Porque eu detestaria falar mal da mulher com quem você está transando.

– Você não gosta da Steffi?

– Do mesmo jeito que não gosto de cobras venenosas.

– Ela não é tão ruim assim.

– Não, é pior. É uma víbora. Ficou de olho em você desde que pôs os pés em Charleston. E não era só para tirar suas calças. Ela quer vesti-las também.

– Se está querendo dizer que estamos disputando o mesmo emprego de novo, sei muito bem disso.

– Mas você já pensou bem? Steffi podia estar usando seu pinto como alavanca para içá-la para o cargo de procuradora.

– Você está sugerindo que ela foi para a cama comigo só para impulsionar a carreira dela? Nossa, muito obrigado, Loretta! Você está fazendo um bem enorme para o meu ego.

Ela revirou os olhos.

– Tinha medo de que você pudesse ter ignorado essa possibilidade. Os homens raramente pensam que o pinto deles pode ser alguma coisa além de uma varinha mágica com a qual enfeitiçam mulheres agradecidas. É por isso que um pinto ereto é tão fácil de explorar.

Alex Ladd surgiu na mesma hora na mente de Hammond. Se Loretta soubesse como ele tinha sido ingênuo naquele último sábado à noite, seria capaz de dar-lhe uma surra.

– Steffi Mundell transaria com um rottweiller se achasse que ele a levaria para onde quer ir – ela estava dizendo.

– Dê uma colher de chá para ela. É verdade que é muito ambiciosa. Mas teve de ralar para conquistar tudo o que realizou. Tinha um pai dominador, que calculava o valor de todo mundo com um medidor de testosterona. Esperava que Steffi cozinhasse, limpasse e servisse aos homens, primeiro seus irmãos e seu pai, depois seu marido. Devotada família grega ortodoxa. Além de não ser devotada, ela não tinha... não tem fé em nada. Não teve ajuda nem estímulo enquanto fazia a faculdade de direito. E, quando se formou como primeira da turma, o pai dela disse: "Agora talvez você pare com essa besteira e se case".

– Por favor, meu coração está partido! – disse Loretta sarcasticamente.

– Olha, sei que ela pode ser muito irritante. Mas tem qualidades que compensam os defeitos, já sou bem grandinho. Sei quem é a Steffi.

– É, bem... – resmungou ela, sem se convencer – ... e há o Smilow. – Ela pegou o copo de uísque, mas Hammond estendeu o braço por cima da mesa e tirou-o com gentileza da mão dela.

– Não posso nem terminar esse? – choramingou ela. – É um desperdício de um bom uísque.

– A partir de agora você está nos trilhos. Duzentos dólares por dia e sobriedade. Esses são os termos deste contrato.

– Você é duro na queda, procurador Cross.

– Também cubro as suas despesas, e receberá um bônus substancial quando terminar o trabalho.

– Não estava me referindo ao pagamento. Esse é generoso. Mais do que eu mereço – ela passou as costas da mão na boca. – É a cláusula de não beber que está me desanimando.

– A regra é essa, Loretta. Se você tomar um único drinque e eu descobrir, o trato está desfeito.

– Tudo bem, entendi – disse ela, irritada. – Vou ter de aguentar. Preciso do dinheiro para pagar o que devo a Bev. Se não fosse isso, diria para você enfiar seus "termos" onde o sol não alcança.

Ele sorriu, sabendo que a valentia dela não passava disso. Estava muito animada de poder trabalhar de novo.

– O que você ia dizer sobre o Smilow?

– Aquele filho da mãe – zombou ela. – Foi por causa dele que fui demitida. Ele me deu uma tarefa impossível. Dick Tracy não teria conseguido no prazo que Smilow estipulou. Quando viu que eu não conseguia, ele culpou a bebida e não seu prazo impossível.

"Ele foi dizer para o chefe que me tirar da investigação criminal não era suficiente. Ele queria que eu saísse da polícia, ponto final. Disse que eu era uma desgraça, uma praga para o departamento, um ponto fraco. Ele até ameaçou se demitir se eles não me despedissem. Depois de dar um ultimato desses, quem você acha que os poderosos iam escolher? Uma policial mulher, com um pequeno problema de bebida, ou um ótimo detetive da Homicídios?"

Ele podia argumentar que tudo que Smilow tinha alegado era verdade, e que o problema de bebida de Loretta era mais que "pequeno", e que Smilow tinha simplesmente forçado seus superiores a fazerem o que eles tinham de fazer, só que temiam um processo de discriminação sexual ou algo igualmente desagradável.

Por mais triste que tenha sido para Loretta, o ultimato de Smilow talvez tivesse evitado uma catástrofe. Nos meses que antecederam sua demissão, Loretta estava sempre bêbada. Não devia estar trabalhando como polícia feminina armada, investigando assaltos e crimes contra as pessoas, um perigo nas melhores circunstâncias.

Mas Hammond compreendia que ela precisava desabafar.

– Smilow não é muito tolerante com as fraquezas humanas.

– E ele tem as dele.

– Por exemplo?

– O amor pela irmã dele e o ódio por Lute Pettijohn. Hammond lembrou da história resumida que Davee tinha contado para ele na véspera.

– O que sabe sobre isso?

– O que todo mundo sabe. Margaret Smilow era muito doente. Esquizofrênica, acho. Smilow era um irmão mais velho muito protetor. Quando ela se apaixonou por Lute Pettijohn, Rory não gostou da ideia desde o início. Talvez tivesse ciúme do novo protetor da vida dela, ou talvez, simplesmente, enxergasse Pettijohn como ele realmente era, enquanto todos permaneciam cegos. Por qualquer motivo, Rory não aprovava o casamento.

– Soube que eles tinham discussões violentas.

Loretta bufou com desprezo.

– Uma noite, Rory e eu estávamos investigando um assalto seguido de assassinato numa loja de conveniência. Ele recebeu um recado para ligar para a irmã imediatamente. Margaret estava histérica e implorou para ele ir ao seu encontro naquele momento. Ele ficou muito aborrecido, nós passamos a cena do crime para a nossa equipe de apoio e dei carona para ele no meu carro.

"Hammond – disse ela balançando a cabeça, incrédula –, quando chegamos lá ela havia destruído a casa toda. O furacão Hugo não provocou tantos estragos. Não havia uma peça de vidro que não estivesse quebrada. Nenhuma almofada ou travesseiro que não tivesse sido rasgada. Não tinha nada em nenhuma estante. Não dava para andar de tanta coisa no chão.

"Aparentemente ela havia descoberto que Pettijohn tinha uma amante. Quando chegamos lá Margaret estava no banheiro, segurando uma navalha sobre o pulso e ameaçava se matar. Smilow conversou com ela e a convenceu a largar a navalha. Ele chamou o médico dela, que fez a gentileza de ir até lá para medicá-la. Então Smilow pediu para eu levá-lo até o apartamento de Pettijohn.

"Para encurtar a história... ele invadiu o apartamento e pegou a moça sentada na cara de Lute. Ele e Pettijohn deram alguns bons socos um no outro antes de eu poder separá-los. Tive de segurar Smilow porque nada que eu dizia funcionava. Sinceramente, acredito que, se não estivesse lá para contê-lo à força, ele teria matado Pettijohn aquela noite. Nunca vi um homem... ou uma mulher... tão possesso assim."

Ela semicerrou os olhos e tamborilou na fórmica feia com uma unha torta e suja.

– E acho que é isso que Rory Smilow tem contra mim, e terá até o dia que eu morrer. Para o mundo, ele revela seu lado sem coração. Faz o papel de um cara insensível. Frio. Impassível. Mas eu testemunhei seu lado humano. *Mais* humano que os outros. Ele perdeu o controle. Por isso não suportava a minha presença para lembrá-lo disso.

Hammond não questionou a veracidade daquela história. Apesar de todos os defeitos de Loretta, nunca a vira mentir, nem aumentar uma história.

– Por que me contou isso?

– Estou apenas me desfazendo de algumas possibilidades.

– *Possibilidades?* Você acha que Smilow matou Pettijohn?

– Só estou dizendo que poderia ter matado. Não sei quanto à oportunidade, mas ele certamente tinha uma motivação. Nunca perdoou Lute pelo suicídio de Margaret. E esses também não são apenas delírios de uma velha bêbada. A sua amiga Steffi pensou a mesma coisa. Ouvi quando ela tocou no assunto aquela noite no hospital. Ela comentou que Smilow gostaria muito de ver Pettijohn morto.

– O que Smilow disse?

– Ele não confessou, mas também não negou – ela deu uma risadinha. – Pelo menos não literalmente. Pelo que me lembro, ele virou a mesa e passou a bola para Steffi.

– Para Steffi?

– Ele sugeriu a ideia de que Pettijohn podia estar pavimentando o caminho dela para o cargo de Mason quando ele se aposentar.

Hammond deu uma risada.

– Smilow devia estar tendo uma noite daquelas. Se Lute estava fazendo um favor para alguém, por que esse alguém o mataria?

– Foi esse o argumento de Steffi, e a conversa morreu ali. Além do mais, ele estava só provocando, porque Steffi achava que Davee tinha livrado o mundo de Pettijohn.

– Davee foi a primeira suspeita de Steffi. Mas agora ela tem outra pessoa na sua teia.

– Essa dra. Ladd?

Assentindo com a cabeça, Hammond entregou para Loretta um envelope com algum dinheiro de adiantamento.

– Se você beber esse...

– Não vou beber. Juro!

– Descubra o que puder sobre Alex Ladd. Quero o relatório o mais rápido possível.

– Isso pode parecer presunção...

– E tenho certeza que é.

Loretta ignorou Hammond e continuou:

– Ela foi presa?

– Ainda não.

– Mas aparentemente você acha que Smilow e companhia estão enganados.

– Não tenho certeza – ele fez um resumo dos acontecimentos do dia para ela, começando com a história de Daniels e terminando com Alex negando que conhecia Pettijohn. – Eles não descobriram nenhuma ligação. Falando como promotor, o caso dele é fraco.

– E falando de outro jeito?

– Não há outro jeito.

– Ah – Loretta olhava para Hammond como se não acreditasse nele, mas resolveu deixar para lá. – Bem, Deus ajude essa dra. Ladd se ela não matou Pettijohn.

– Você não quer dizer "Deus a ajude se ela matou Pettijohn"?

– Não, o que quis dizer era isso mesmo.

– Não estou entendendo – disse Hammond, confuso.

– Se a dra. Ladd esteve na cena do crime, mas não o matou, ela pode ser uma testemunha.

– Testemunha? Ela não teria dito isso para nós?

– Não se estivesse com medo.

– O que ela poderia temer mais que ser acusada de assassinato?

– O assassino – respondeu Loretta.

Capítulo 18

Alex dirigia com um olho no espelho retrovisor. Reconhecia que os sintomas eram de paranoia, mas achava que tinha o direito depois de ter passado a maior parte do dia sendo interrogada sobre um homicídio. Com Hammond Cross na sala. Sabendo que ela estava mentindo.

É claro que ele também mentiu, por omissão. Mas por quê? Curiosidade? Talvez ele quisesse ver até onde ela iria com suas mentiras sobre onde estava sábado à noite. Mas, quando ela contou sua história falsa sobre Hilton Head, esperava que ele a denunciasse e a chamasse de mentirosa.

Ele não fez isso. E isso indicava que ele estava protegendo a própria reputação. Ele não quis que sua colega, a srta. Mundell, e o ameaçador detetive Smilow soubessem que tinha passado a noite com a única suspeita que tinham do assassinato de Pettijohn, exatamente no dia em que o mataram. E hoje, pelo menos, ele estava mais interessado em manter segredo do encontro deles do que em considerá-la suspeita.

Mas isso podia mudar. E por isso ela estava vulnerável. Até saber como Hammond pretendia levar isso adiante, precisava fazer de tudo para se proteger das acusações. Podia não chegar a tanto mas, se chegasse, tinha de estar preparada.

Ela chegou ao seu destino mas evitou a *porte cochère* e os valetes e parou no estacionamento público. Bobby tinha subido na vida. Quando o conheceu, não era nenhum estranho nos albergues noturnos. Agora ele estava registrado num hotel perto do centro da cidade. Ela não telefonou antes para avisar que estava a caminho. Surpreendê-lo talvez representasse uma pequena vantagem para ela no que, sem dúvida, seria um confronto desagradável.

No elevador, ela fechou os olhos e rodou a cabeça na direção dos ombros. Estava exausta. E apavorada. Desejou poder fazer o relógio voltar e refazer o dia em que Bobby Trimble entrou novamente na sua vida depois de vinte anos livre dele. Desejou poder apagar aquele dia e todos os dias subsequentes.

Mas isso significaria apagar também a noite que passou com Hammond Cross.

Não tinha sido muito feliz na vida. Mesmo quando criança. Especialmente quando criança. O Natal era apenas mais um dia no calendário. Nunca teve um bolo de aniversário, jamais ganhou ovinhos de Páscoa ou uma fantasia no Dia das Bruxas. Foi só no fim da adolescência que ela descobriu que pessoas comuns, não só as pessoas das revistas e da televisão, também podiam participar das celebrações dos feriados.

Ela passou a juventude desfazendo os danos do passado e criando um indivíduo novo. Tinha muita gana de absorver tudo que lhe tinham negado. Na universidade, ela se aplicava nos estudos com tamanha diligência que sobrava pouco tempo para namorar.

Quando finalmente montou seu consultório, tinha aplicado toda a sua energia nisso. Por intermédio do seu trabalho voluntário e de caridade, ela conheceu bons partidos. Com alguns construiu amizade, mas romance nunca foi um elemento desses relacionamentos, e isso por opção dela.

Tinha decidido que ia se contentar com as suas realizações e com a satisfação que obtinha ao ajudar as pessoas a tratar dos seus problemas e viver seu potencial.

A verdadeira felicidade, o tipo animado e efervescente de alegria que tinha experimentado com Hammond aquela noite, ela nunca tivera. Era uma desconhecida indefinível para ela, por isso até aquele momento não tinha se dado conta de que possuía o poder de viciar. E tampouco dos perigos em potencial. E ela pensou: será que a felicidade sempre custava tanto assim?

Assim que as portas do elevador se abriram, ela ouviu música e achou que devia ser do quarto de Bobby. E estava certa. Aproximou-se da porta e bateu, esperou um pouco e bateu de novo, com mais força dessa vez. A música parou.

– Quem é?

– Bobby, preciso falar com você.

Alguns segundos depois ele abriu a porta. Estava nu, apenas com uma toalha na cintura.

– Se você está me dedurando para os tiras, que Deus me livre, mas eu...

– Não seja absurdo! A última coisa que quero é que a polícia saiba que já tive qualquer ligação com você.

Ele examinou o corredor. Finalmente se convenceu de que ela estava sozinha.

– Fico aliviado de ouvir isso, Alex. Por um momento tive medo de que você estivesse me traindo novamente.

– Eu...

Um movimento atrás dele atraiu o olhar dela para além do ombro de Bobby. Apareceu primeiro uma menina, depois outra. Bobby olhou para trás, sorriu quando viu as meninas e as puxou para a frente, segurando as duas pela cintura. Se alguma delas tinha dezoito anos, eram recém-feitos. Uma usava uma calcinha de couro e nada em cima. A outra estava enrolada num lençol que Alex concluiu que tinha sido tirado da cama.

– Alex, esta é...

– Não me importo – interrompeu ela. – Preciso conversar com você – disse com impaciência.

– Está bem – suspirou ele. – Mas você sabe o que dizem sobre só trabalho e nenhum divertimento.

Ele mandou as meninas de volta para o quarto com tapinhas nos seus traseiros e pediu alguns minutos sozinho com Alex.

– Temos de tratar de negócios. Depois a festa vai começar de verdade. Tudo bem? Então, vão.

Elas pediram para ele não demorar muito, Bobby saiu do quarto e fechou a porta.

– Você está chapado, não está? – perguntou Alex.

– E não tenho o direito de estar? Ver a polícia na sua porta não era exatamente o que eu pretendia quando fui procurá-la hoje.

– Onde você comprou a droga?

– Não tive de comprar. Sei como escolher minhas amigas.

– Suas vítimas.

Ele deu um grande sorriso, sem se ofender.

– Essas meninas estavam bem supridas. Material de primeira. Por que você não experimenta um pouco? – ele estendeu o braço e apertou o nó que havia no ombro dela. – Você está toda tensa, Alex. Que tal um estimulante?

Ela afastou o braço dele.

– Você é que sabe – disse ele afável, dando de ombros. – Onde está o meu dinheiro?

– Não está comigo.

O sorriso dele se desfez um pouco.

– Você está querendo brincar comigo, não é?

– Você viu a polícia na minha casa, Bobby. Como é que eu podia trazer aquele dinheiro para você agora? Eu vim aqui te avisar para não se aproximar de mim novamente. Não quero mais ver você. Não quero que passe de carro na frente da minha casa. Não quero saber de você.

– Espere aí um minutinho. Nós concordamos, lembra? – ele moveu a mão entre o peito dele e o dela. – Fizemos um trato.

– O trato já era. A situação mudou. Eles me interrogaram sobre o assassinato de Lute Pettijohn.

– Isso não é culpa minha, Alex. Não pode me culpar por ter estragado tudo.

– Eu disse para você a noite passada...

– Sei o que você disse. Não quer dizer que *acreditei.*

Era inútil discutir com ele. Não tinha acreditado nela ontem e não ia acreditar agora. Não que se importasse com o que ele acreditava. Só queria livrar-se dele.

– Conforme combinamos, vou te dar os cem mil.

– Esta noite.

Ela balançou a cabeça.

– Daqui a algumas semanas. Assim que esclarecer isso tudo. Seria loucura dar o dinheiro para você agora que a polícia está me vigiando.

Ele pôs as mãos nos quadris estreitos e inclinou o corpo para ficar com o rosto bem perto do dela.

– Eu te avisei para tomar cuidado. Não avisei?

– É, você avisou.

– Então como foi que virou alvo deles?

Ela não ia ficar ali no corredor de um hotel com um homem quase nu discutindo seu interrogatório na polícia. Além do mais, ele não se importava de que modo a polícia a tinha associado a Pettijohn. Só se importava com uma coisa.

– Você vai receber o seu dinheiro – disse ela. – Entro em contato com você quando achar que é seguro, que podemos nos encontrar. Até lá, fique longe de mim. Senão, estará dando um tiro no próprio pé.

Parecia que o efeito da droga estava acabando, porque a expressão dele não era mais tão tranquila e simpática, estava ficando beligerante.

– Você deve achar que sou muito burro. Acredita sinceramente que pode se livrar de mim só porque quer, Alex?

Ele estalou os dedos a poucos centímetros do nariz dela.

– Raciocine. Até eu conseguir a minha parte daquele dinheiro, serei sua sombra. Você me deve isso.

– Bobby – disse ela com calma –, para pagar o que você merece eu teria de matá-lo.

– Ameaças, Alex? – disse ele com voz macia. – Acho que não.

Então ele a surpreendeu empurrando-a com força com o indicador no peito dela e ela recuou alguns passos.

– Você não está em condições de me ameaçar. É você que tem mais a perder. Lembre-se disso. Agora vou dizer isso pela última vez: traga aquele dinheiro para mim.

– Você não entende que eu não posso? Não agora.

– Não pode uma ova! Você tem uma sopa de letrinhas pendurada no seu nome. Tem toda a inteligência que precisa para resolver isso – ele semicerrou os olhos até virarem fendas cheias de maldade. – Traga aquele dinheiro para mim. É o único jeito de eu desaparecer.

O ódio queimou como brasa dentro dela.

– Aquelas meninas sabem que vão acordar amanhã sem as joias e o dinheiro delas?

– Elas vão receber o que querem em troca – ele piscou um olho. – E mais alguma coisa.

Enojada, Alex deu meia-volta e foi para o elevador.

– Fique longe de mim até eu avisar.

– Sua sombra, Alex – ele falou bem baixinho para ela. – Olhe em volta. Eu estarei lá.

Hammond acendeu o abajur da mesa de cabeceira e banhou as paredes com listras de cores pastel com um brilho aconchegante. Olhou em volta e teve de tirar o chapéu para Lute

Pettijohn. Ele havia contratado um bom decorador para o seu Charles Towne Plaza e não economizou no conforto. Pelo menos não na suíte da cobertura.

O quarto era espaçoso e tinha sido desenhado para ser funcional. Atrás das portas do armário francês havia uma televisão de 27 polegadas, maior que as dos hotéis e motéis comuns, equipada com um videocassete. Dentro desse armário também havia um CD player e uma seleção de CDs, um exemplar do *TV Guia* da semana anterior e um controle remoto para a televisão. Nada mais.

Ele foi até o banheiro. As toalhas pareciam intactas desde que a camareira as tinha posto nos porta-toalhas decorativos. Ainda havia vidros de xampu e outros cosméticos num pequeno cesto prateado que ficava em cima da penteadeira, além de um kit de costura, uma flanela para lustrar sapatos e uma touca de banho.

Ele apagou a luz e voltou para o quarto, os passos abafados pelo carpete felpudo. O quarto tinha um minibar além do que havia na saleta. O conteúdo já havia sido inventariado pela UCC. Mesmo assim, ele enrolou um lenço na mão e abriu a geladeira. Uma verificação rápida do menu impresso dos itens revelou que não faltava nada. Quando ele fechou a porta, o motor religou e começou a ronronar.

Ele gostou do som. A suíte, apesar da decoração luxuosa e do conforto em todos os detalhes, era agora a cena de um crime. O silêncio fantasmagórico cercava Hammond por todos os lados.

Tinha saído do Shady Rest Lounge com a intenção de ir para casa e dar por terminada aquela segunda-feira terrível. Mas, em vez disso, ele se sentiu atraído para aquele lugar. Não precisava adivinhar o motivo daquela compulsão. O último comentário de Loretta tinha fincado pé na mente dele e não saía mais de lá.

Será que Alex Ladd tinha estado ali naquele sábado? Será que tinha testemunhado alguma coisa que não quisesse revelar porque podia representar um risco para a vida dela? Ele preferia acreditar nisso do que ficar imaginando que ela era a assassina, apesar de nenhuma opção ser muito animadora. Em seu subconsciente, ele tinha ido até lá com a esperança de encontrar alguma coisa que não tivessem visto antes, algo que pudesse isentar Alex Ladd e possivelmente incriminar outra pessoa. Irracionalmente, ele era levado a proteger uma mulher que tinha provado ser uma mentirosa detalhista e inescrupulosa.

Não tinha sido fácil voltar para aquela suíte onde, no último sábado, ele tinha encontrado Lute e trocado palavras duras. Ele não tinha passado da sala de estar, na verdade não tinha se afastado muito da porta. Tinha dito o que queria dizer assim que pôs os pés no apartamento.

Lute estava sentado no sofá, bebendo seu drinque, a imagem da complacência enquanto avisava para Hammond que, se ele tinha a intenção de criar uma investigação do grande júri sobre ele, devia estar preparado para processar o pai dele também.

– É claro – Lute tinha dito ainda, sorrindo – que há uma maneira de evitar toda essa sujeira. Se você concordar com o meu modo de fazer as coisas, todo mundo consegue o que quer e volta para casa feliz.

A proposta dele era que Hammond vendesse sua alma ao diabo. Ele tinha recusado a oferta. E é desnecessário dizer que Pettijohn não reagiu bem a essa recusa.

Perturbado com a lembrança, Hammond entrou no closet, a única área do quarto que não tinha examinado. Atrás das portas espelhadas de correr havia um cofre vazio e cabides de roupas sem roupas. Havia um roupão branco pendurado, com o cinto ainda amarrado. Os chinelos também atoalhados ainda estavam lacrados dentro do saco de celofane. Parecia que nada tinha sido tocado.

Ele fechou as portas e foi então que viu uma imagem refletida no espelho.

– Está procurando alguma coisa?

Hammond virou para trás.

– Eu não sabia que havia mais alguém aqui.

– Isso é óbvio – disse Smilow. – Você deu um pulo como se tivesse levado um tiro. – Olhando para as manchas de sangue no tapete na sala de estar, ele acrescentou: – Perdoe a má escolha das palavras.

– Ora, ora, Rory – disse Hammond, usando o sarcasmo para esconder a mágoa de ter sido pego bisbilhotando. – Você nunca foi dado a rodeios com as palavras.

– Certo. Nunca mesmo. Então que porra você está fazendo aqui?

– Não é da porra da sua conta! – Hammond disparou no mesmo tom de raiva do detetive.

– O adesivo em volta da porta é para manter as pessoas fora.

– Eu tenho o direito de visitar a cena do crime que vou levar a julgamento.

– Mas o protocolo exige que você notifique o meu departamento e que alguém venha junto com você.

– Conheço o protocolo.

– E então?

– Eu estava na rua – disse Hammond com aspereza. Smilow tinha razão, mas ele não queria dar o braço a torcer. – Já era tarde. Não vi necessidade de arrastar um policial até aqui. Não toquei em nada – ele abanou o lenço que ainda segurava. – Não tirei nada. Além do mais, pensei que você já tinha terminado aqui.

– E já terminamos.

– Então, o que está fazendo aqui? Procurando provas? Ou plantando algumas?

Os dois se encararam com ódio no olhar. Smilow foi o primeiro a controlar a fúria.

– Eu vim até aqui para pensar em alguns elementos que a autópsia revelou.

Apesar de não querer, Hammond ficou interessado:

– Como o quê?

Smilow voltou para a sala e Hammond foi atrás dele. O detetive parou em cima das manchas de sangue no chão.

– Os ferimentos. É difícil determinar a trajetória das balas porque elas danificaram muito os tecidos, mas Madison aposta que miraram a pistola nele de cima para baixo, a uma distância de trinta a, no máximo, sessenta centímetros.

– O assassino não podia errar.

– Ele providenciou tudo para não errar.

– Mas apareceu sem saber que Lute tinha sofrido um derrame.

– Ele veio para matá-lo de qualquer jeito.

– À queima-roupa.

– O que indica que Pettijohn conhecia seu matador.

Os dois contemplaram a mancha feia e escura no tapete por algum tempo.

– Uma coisa está me incomodando – disse Hammond depois. – Só agora descobri o que é. Barulho. Como é que se apaga alguém com um 38 sem que ninguém ouça?

– Havia poucos hóspedes nos quartos. O serviço que ia abrir as camas só começava depois das seis. As camareiras ainda não estavam no corredor. O atirador podia ter usado um silenciador de algum tipo, até um improvisado e malfeito. Madison não encontrou nada na área ou nos ferimentos que indicasse isso. O meu palpite é que os quartos, praticamente à prova de som, que Pettijohn costumava se gabar de ter, não eram falsos como seu sistema de vídeo de segurança de última geração.

– E acabei de pensar em outra coisa: – Smilow olhou para ele e fez sinal para Hammond continuar – quem apagou Lute, além de conhecê-lo bem também conhecia muito bem este hotel. Como se o assassino estudasse tudo que Pettijohn fazia. Como se fosse obcecado por ele – ele examinou os olhos frios de Smilow. – Está entendendo onde quero chegar?

Smilow sustentou o olhar de Hammond até contar dez, mas não quis ceder à provocação e apontou com o queixo para a porta da suíte.

– O doutor promotor primeiro.

TERÇA-FEIRA

Capítulo 19

O testamento de Lute Pettijohn estipulava que ele fosse cremado. Assim que o sr. John Madison liberou o corpo segunda-feira à tarde ele foi transportado para a casa funerária. A viúva já tinha acertado tudo e cuidado da papelada necessária. Ela não quis ver o corpo antes de ser levado para o crematório.

Uma cerimônia memorial foi marcada para a manhã de terça-feira, que algumas pessoas acharam inadequada, cedo demais, especialmente à luz das circunstâncias da morte de Pettijohn. Mas levando em consideração a conduta habitualmente imprópria da viúva, ninguém se surpreendeu quando ela atropelou os horários sempre respeitados do ritual.

A manhã estava nevoenta e quente. Às dez horas, a igreja episcopal de são Felipe já estava lotada de gente. Os famosos e infames estavam lá, assim como os que tinham ido admirar os famosos e os infames, inclusive o venerável senador dos Estados Unidos na Carolina do Sul e uma estrela de cinema que morava em Beaufort.

Alguns nunca tinham conhecido Pettijohn, mas se consideravam suficientemente importantes para comparecer ao funeral de um homem importante. Praticamente todos que estavam lá tinham depreciado o falecido quando ele era vivo. No entanto, se enfileiravam na igreja, balançando a cabeça e lamentando sua morte trágica e prematura. O altar ficou pequeno para acomodar a imensa variedade de arranjos de flores.

Pontualmente às dez horas, a viúva foi escoltada ao púlpito principal. Estava de preto da cabeça aos pés, sem absolutamente nada de outra cor, a não ser o colar de pérolas que era sua marca registrada. O cabelo estava puxado para trás num rabo de cavalo, sem enfeite algum, sobre o qual usava um chapéu de palha de aba larga que cobria seu rosto. Durante toda a cerimônia ela não tirou os óculos escuros e opacos.

– Ela está escondendo os olhos porque estão inchados de tanto chorar? Ou porque não estão?

Steffi Mundell estava sentada ao lado de Smilow. A pergunta dela fez o detetive franzir a testa. Ele estava de cabeça baixa e parecia realmente ouvir a prece inicial.

– Desculpe – sussurrou ela. – Não sabia que você tinha esse lado religioso.

Ela permaneceu respeitosamente em silêncio todo o resto do serviço, apesar de não ter religião. Estava mais interessada nesta vida do que na outra. Queria realizar suas ambições aqui mesmo na Terra. Estrelas numa coroa celestial não eram sua imagem de realização.

Por isso ela se desligou das leituras das Escrituras e dos panegíricos e aproveitou aquela hora para meditar sobre os aspectos pertinentes ao caso, especificamente sobre como podia tirar proveito deles.

Hammond tinha sido designado para cuidar do caso, mas era ela, e não ele, que tinha ligado para o procurador Mason na véspera. Tinha se desculpado por interromper o jantar dele, mas quando contou sobre a mentira de Alex Ladd em relação ao seu paradeiro sábado à noite, ele agradeceu por mantê-lo informado. Ela ficou satisfeita porque ganhou alguns pontos com aquele telefonema. Dando mais um passo, ela garantiu para o patrão deles que Hammond provavelmente daria as últimas notícias, mais tarde aquele dia... quando ele tivesse tempo... insinuando que, para Hammond, aquilo não era prioritário.

Depois do que pareceu ser uma eternidade, o ministro fez sua louvação e concluiu o serviço.

– Ora, isso não é comovente? – perguntou Steffi quando eles se levantaram.

Entre todas as pessoas reunidas em volta de Davee Pettijohn para dar os pêsames, ela notou Hammond. A viúva abraçou-o carinhosamente. Ele beijou o rosto dela.

– Amizade antiga de família – observou Smilow.

– Quanta amizade?

– Por quê?

– Parece que ele está relutando em considerá-la uma possível suspeita.

Os dois continuaram observando enquanto a sra. e o sr. Preston Cross também abraçavam Davee. Steffi tinha encontrado o casal apenas uma vez num torneio de golfe. Hammond não tinha apresentado Steffi para os pais como sua namorada, e sim como colega de trabalho. Ela admirou Preston, vendo nele uma personalidade forte e imponente. Amélia Cross, mãe de Hammond, era exatamente o oposto do marido, uma dama sulista doce e miúda, que provavelmente nunca tinha expressado qualquer opinião própria em toda a sua vida. Ela provavelmente nunca tivera nenhuma opinião própria na vida.

– Está vendo? – disse Smilow. – Os Cross são a família substituta de Davee, já que ela não tem mais ninguém aqui.

– Suponho que sejam.

Por causa da multidão, eles levaram alguns minutos para conseguir sair da igreja.

– O que você tem contra a Davee? – perguntou Smilow quando caminhavam para o carro dele. – Agora que ela não está mais na sua lista de suspeitos.

– Quem disse isso? – Steffi abriu a porta do carona e entrou no carro.

Smilow se instalou no banco do motorista.

– Pensei que Alex Ladd fosse a sua suspeita preferida.

– E é. Mas também não estou excluindo a viúva alegre. Será que pode ligar o ar-condicionado, por favor? – pediu ela, abanando o rosto. – Você já confrontou Davee com a mentira da empregada dela?

– Um dos meus homens fez isso. Parece que as duas tinham esquecido completamente da ida de Sarah Birch ao supermercado naquele dia.

Com sinceridade exagerada, Steffi disse:

– Ah, tenho certeza de que isso é verdade.

Rodaram vários quarteirões antes de Smilow surpreendê-la, dizendo baixinho:

– Encontramos um fio de cabelo humano.

– Na suíte?

– Na manga do paletó de Pettijohn – ele olhou para ela e riu da expressão que Steffi fez. – Não se anime muito. Ele poderia ter grudado nele de algum móvel. Podia pertencer a qualquer pessoa que tivesse estado antes naquele quarto, ou a qualquer camareira, garçom de serviço de quarto. Qualquer pessoa.

– Mas se for igual ao de Alex Ladd...
– Estou vendo que você voltou para ela.
– Se for igual ao cabelo dela...
– Ainda não sabemos.
– Nós sabemos que ela mentiu! – exclamou Steffi.
– Pode haver uma dúzia de motivos para isso.
– Agora você está falando como Hammond.
– O detetive amador.

Steffi ouviu com atenção enquanto Smilow contava que tinha encontrado Hammond na suíte do hotel na noite anterior.

– O que ele estava fazendo lá?
– Dando uma espiada.
– Em quê?
– Em tudo, acho. Uma insinuação maliciosa de que eu devia ter ignorado alguma coisa.
– E o que você estava fazendo lá?
– Eu podia ter deixado alguma coisa passar – disse ele meio encabulado.
– Testosterona! – zombou ela. – E o que ela faz com o *Homo sapiens* que costuma ser sensato. – Depois de uma breve pausa, ela acrescentou: – Por exemplo, olha só como dá cores vivas à sua opinião a respeito de Alex Ladd.
– O que quer dizer?
– Se Alex Ladd não fosse uma psicóloga notável com uma longa lista de credenciais, se não fosse tão bem educada, atraente e articulada, se não fosse tão elegante, se em vez disso ela fosse uma mulher sem frescuras, de cabelo eriçado e tatuagens nos seios, vocês dois hesitariam tanto em pressioná-la mais?
– Nem vou me dar ao trabalho de responder a essa pergunta.
– Então por que está tão devagar?
– Porque não posso fazer uma prisão baseado apenas numa mentira sobre ter ido para a ilha Hilton Head. Preciso ter mais que isso, Steffi, e você sabe disso. Tenho de especificamente pô-la dentro daquele quarto. Preciso de provas concretas.
– Como uma arma.
– Estou trabalhando nisso.

Ela continuou a estudar seu perfil e abriu um sorriso.

– Ora, vamos, Smilow, qual é? Você está com cara de gato que comeu canário, praticamente com penas amarelas espetadas na boca.

– Você vai saber das últimas descobertas junto com todo mundo.

– E quando é que vai ser?

– Esta tarde. Pedi para a dra. Ladd comparecer para responder a mais algumas perguntas. E, contrariando o conselho do advogado dela, ela concordou.

– Sem perceber que está caindo numa armadilha muito bem elaborada – animada novamente, Steffi deu uma risada. – Quando você a pegar, mal posso esperar para ver a expressão dela.

A expressão dela traduziu a mais completa surpresa, e a de Hammond também.

O que aconteceu foi uma loucura.

Hammond, Steffi, Smilow e Frank Perkins estavam reunidos do lado de fora da sala de Smilow à espera de Alex. Steffi reclamou de ter deixado uma pasta no balcão do sargento-recepcionista. Sentindo claustrofobia, Hammond logo se ofereceu para ir lá embaixo pegar a pasta para ela.

Ele saiu da Divisão de Investigação Criminal no segundo andar e caminhou até os elevadores. As portas se abriram. A única ocupante era Alex, obviamente a caminho da sala de Smilow. Ficaram olhando um para o outro, atordoados um segundo, então Hammond entrou no elevador e apertou o botão do primeiro andar.

As portas se fecharam, confinando os dois naquele pequeno espaço. Ele sentiu o perfume dela. Notou tudo ao mesmo tempo, cabelo, rosto, corpo. O penteado meio desalinhado, a maquiagem suave e o corpo compacto davam um toque de feminilidade ao conjunto de mulher de negócios que ela estava usando. Uma blusa sem mangas. A pele parecia muito macia e lisa. A pele dela era macia e lisa. Os braços. Os seios. Atrás dos joelhos. Toda ela.

Os olhos de Alex estavam tão ocupados quanto os dele, tocando cada detalhe do rosto, exatamente como tinham feito no posto de gasolina segundos antes de Hammond beijá-la. Fazia parte da sensualidade dela, aquela absorção aparentemente total de qualquer coisa em que punha os olhos. A intensidade com que ela olhava para ele fez Hammond sentir que seu rosto era o mais cativante do mundo.

– Sábado à noite... – começou ele a dizer.

– Por favor, não me pergunte...

– Por que você mentiu quando disse onde esteve?

– Você preferia que eu tivesse dito a verdade?

– E qual é a verdade? Aquele homem viu você diante da porta da suíte de Lute Pettijohn no hotel?

– Não posso comentar isso com você.

– Não pode uma ova!

As portas se abriram no primeiro andar. Não havia ninguém à espera do elevador. Hammond saiu, mas ficou com a mão na proteção de borracha para evitar que a porta se fechasse.

– Sargento, a srta. Mundell deixou uma pasta aqui?

– Pasta? Eu não vi nada, sr. Cross – disse ele. – Se eu vir, mando lá para cima.

– Obrigado.

Hammond entrou no elevador e apertou o botão para subir. As portas se fecharam.

– Uma ova que não pode – repetiu ele num sussurro áspero.

– Temos alguns segundos preciosos. É sobre isso que você quer conversar?

– Não. Claro que não – ele deu um passo para perto dela e rosnou baixinho. – Quero acariciar você toda.

Ela pôs a mão na base do pescoço.

– Não consigo respirar.

– Foi isso que você disse na segunda vez que gozou. Ou foi na terceira?

– Pare. Por favor, pare.

– Isso foi uma coisa que você não disse. Nem uma vez, a noite inteira. Então, por que fugiu de mim?

– Pelo mesmo motivo que me levou a mentir sobre ter estado com você.

– Pettijohn? Sei que não o matou. A hora não combina. Mas de alguma forma você é culpada.

– Tive de deixá-lo aquela manhã. E não podemos ser pegos conversando sozinhos agora.

– Se você não estivesse envolvida de alguma forma – disse ele, dando mais um passo para perto dela –, por que precisaria estabelecer um álibi, passando a noite toda transando comigo?

A raiva cintilou nos olhos dela. Seus lábios se abriram como se ela fosse refutar o que ele tinha dito. O elevador parou. As portas se abriram. Steffi Mundell estava à espera do elevador.

– Oh! – exclamou ela baixinho quando viu os dois juntos. Olhou bem para Alex, depois para Hammond. – Bem, eu já ia chamar você. Encontrei a pasta – disse ela, levantando a mão com o arquivo que tinha pedido para ele buscar, por engano. – Sinto muito.

– Não tem importância.

– Com licença – disse Alex e ficou no meio dos dois para sair do elevador.

– O dr. Perkins já está aqui, dra. Ladd – avisou Steffi quando Alex passou por ela.

Alex agradeceu a informação muito séria e continuou pelo corredor até a porta dupla fechada.

– Onde vocês se encontraram?

A pergunta de Steffi fez Hammond cerrar os dentes, mas ele procurou não demonstrar nada.

– Ela estava lá embaixo, esperando o elevador – mentiu ele.

– Ah. Ora, acho que agora está todo mundo aqui, por isso podemos começar.

– Peça para eles esperarem só mais alguns minutos. Preciso ir ao banheiro.

Hammond foi até o banheiro e ficou feliz de ver que não havia ninguém lá. Na pia, ele se abaixou e jogou água fria no rosto, depois apoiou as mãos na porcelana fria e abaixou a cabeça, deixando a água pingar do rosto na pia. Respirou fundo várias vezes e soltava o ar rogando pragas baixinho.

Tinha pedido alguns minutos, mas ia demorar mais que isso para se recuperar. Na verdade, ele provavelmente nunca mais se livraria do aperto da culpa no peito, que o impedia de respirar.

O que ele podia fazer? Naquela hora, na semana anterior, nunca tinha ouvido falar daquela mulher. Agora, Alex Ladd era o olho de um furacão que ameaçava sugá-lo e afogá-lo.

Não via saída. Não havia cometido apenas uma concussão. Tinha tornado mais grave e continuava fazendo isso. Se tivesse falado assim que viu o desenho do rosto dela, talvez tivesse podido se redimir.

– Smilow, Steffi, vocês não vão acreditar! Passei a noite com essa mulher no sábado. Agora vocês estão me dizendo que ela apagou Lute Pettijohn antes de me levar para a cama?

Ele poderia ter amainado a tempestade se tivesse admitido a sua culpa mais cedo. Afinal de contas, quando a levou para a sua cabana, ele não sabia que mais tarde ela estaria envolvida num crime. Tinha sido a vítima inocente de uma sedução cuidadosamente planejada.

Poderiam tê-lo ridicularizado por ter levado uma completa desconhecida para a cama. Ele poderia ser censurado por ter sido indiscreto. Seu pai o teria acusado de ser simplesmente burro. Então ele não tinha lhe ensinado que não devia ter relação sexual com uma mulher que não conhecesse? Não o tinha avisado de todas as calamidades que podiam ocorrer com um homem nas mãos de uma mulher desonesta? Teria sido embaraçoso para ele, para sua família e para a procuradoria. Ele seria o assunto mais picante das fofocas e o alvo de milhares de piadas obscenas, mas teria sobrevivido.

Mas isso era discutível. Não tinha revelado a identidade dela e não havia exposto Alex quando ela mentiu sobre uma viagem inexistente até Hilton Head. Tinha ficado lá parado, equilibrando o dever e o desejo, e o desejo venceu. Tinha consciente e deliberadamente omitido uma informação que podia ser o elemento-chave num caso de homicídio, assim como tinha omitido revelar para Monroe Mason seu encontro com Pettijohn sábado à tarde. De acordo com qualquer regulamento de promotor, a conduta dele nos últimos dias era imperdoável.

E o que era ainda pior, dada a oportunidade de repensar essas decisões, ele temia fazer as mesmas escolhas erradas.

Alex ficou desconfiada da maneira educada com que Smilow puxou uma cadeira para ela sentar. Ele quis saber se ela estava confortável, se gostaria de beber alguma coisa.

– Sr. Smilow, por favor, pare de se comportar como se isso fosse uma visita social. Só estou aqui porque o senhor pediu, e achei que era o meu dever cívico atender ao seu pedido.

– Muito louvável.

– Vamos tratar de dispensar as amabilidades e ir direto ao assunto, está bem? – disse Frank Perkins.

– Ótimo.

Smilow retomou sua posição da véspera, sentado no canto da mesa, um ponto vantajoso, distinto e calculado, porque obrigava Alex a olhar para cima para vê-lo.

Quando ouviu a porta abrir atrás dela, ela soube que Hammond tinha chegado. A vitalidade dele movimentou o ar de uma forma especial. Ela não tinha se recuperado totalmente daquele novo encontro com ele. Aqueles momentos no elevador tinham sido curtos, mas o impacto que causaram foi muito profundo.

A reação dela foi física e aparentemente visível, porque, quando encontrou Frank Perkins, ele comentou que o rosto dela estava afogueado e perguntou se estava se sentindo bem. Ela culpou o calor do lado de fora. Mas o clima não tinha deixado sua face vermelha nem provocado o formigamento nas partes erógenas do seu corpo.

Aquela turbulência emocional e sexual se juntavam à sensação de culpa que alimentava por ter injustamente colocado Hammond no meio daquele dilema. Ela o comprometera deliberadamente.

No início, Alex enfatizou para a sua consciência. *Só no início.* Então a biologia assumiu o controle.

E ela sentia aquela pontada agora que ele estava na sala.

Ela domou o impulso de se virar para trás e olhar para ele, com medo de Steffi Mundell detectar que alguma coisa estava acontecendo. O promotor tinha parecido avidamente inquisitivo quando ela os viu juntos no elevador. Alex tentara parecer tranquila quando desceu no andar, mas sentiu o olhar de Steffi como ferro de marcar entre suas omoplatas, quando caminhava pelo corredor. Se alguém pudesse notar os sinais que Hammond e ela tinham dado sem querer, essa pessoa seria Steffi Mundell. Não só porque tinha a fama de ser afiada como uma navalha, mas também porque, em geral, as mulheres são mais sintonizadas com as frequências românticas do que os homens.

Alex voltou a prestar atenção quando Smilow ligou o gravador e disse o dia e a hora junto com os nomes de todos ali presentes. Então, ele entregou para ela um recorte de jornal.

– Gostaria que a senhora lesse isso, dra. Ladd.

Curiosa, ela passou os olhos pelo título curto. Não teve de ler mais nada para entender que tinha feito uma estupidez terrível e que ia custar-lhe muito caro.

– Por que não lê em voz alta? – sugeriu Smilow. – Gostaria que o dr. Perkins também ouvisse.

Sabendo que o detetive estava querendo humilhá-la, ela manteve a voz neutra e sem emoção enquanto lia a história sobre a evacuação e o fechamento de Harbour Town em Hilton Head, na hora exata que ela declarara estar lá, curtindo as atrações. Quando terminou de ler, fez-se um pesado silêncio na sala.

Finalmente, com a voz muito baixa, Perkins pediu para ver o recorte. Ela o entregou para ele, mas ficou encarando Smilow, sem querer se submeter ao seu olhar acusador.

– E então?

– E então o quê, detetive?

– A senhora mentiu para nós, não mentiu, dra. Ladd?

– Você não precisa responder – disse Frank Perkins para ela.

– Onde a senhora estava no fim da tarde e na noite de sábado?

– Não responda, Alex – o advogado dela a instruiu novamente.

– Mas eu gostaria de responder, Frank.

– Insisto para que não diga nada.

– A resposta não vai me prejudicar. – Sem atender ao pedido dele, ela disse: – Eu tinha planejado ir para Hilton Head, mas no último minuto mudei de ideia.

– Por quê?

– Um capricho. Fui para uma feira na periferia de Beaufort.

– Uma feira?

– Sim, isto pode ser facilmente verificado, sr. Smilow. Tenho certeza de que foi divulgado. Fui para lá depois que saí de Charleston.

– Alguém pode confirmar isso?

– Duvido. Havia centenas de pessoas lá. É pouco provável que alguém se lembre de mim.

– Como aquela vendedora de sorvete em Hilton Head.

Smilow não gostou mais da observação de Steffi Mundell do que Alex. Os dois olharam zangados para ela antes de Smilow continuar.

– Se a senhora viu anúncios da feira, poderia estar inventando isso, não poderia?

– Suponho que sim, mas não estou.

– Por que devemos acreditar nisso se já a pegamos em uma mentira?

– Não faz diferença nenhuma onde eu estava. Eu já disse que nem conhecia Lute Pettijohn. E certamente não sei nada do assassinato dele.

– Ela nem sabia de que forma ele morreu – intercedeu Frank Perkins.

– É, nós todos lembramos da reação de espanto da sua cliente quando soube que Pettijohn levou um tiro.

Alex estava queimando sob o olhar sarcástico de Smilow, mas manteve a pose.

– Eu saí de Charleston com a intenção de ir para Hilton Head. Quando passei pela feira, tomei uma decisão naquele segundo de parar ali.

– Se foi tão inocente, por que mentiu então?

Primeiro para me proteger. E depois para proteger Hammond Cross.

Se eles queriam a verdade, era essa. Mas a obrigação de Hammond Cross de dizer a verdade era mais comprometedora do que a dela, e ele continuava em silêncio. Aborrecida depois do encontro que teve com Bobby na noite anterior, ela ficou acordada, pensando naquela situação desagradável.

Depois de deliberações torturantes, ela concluiu que, se conseguisse manter Bobby a uma certa distância, ficaria bem. Não podiam encontrar nenhuma ligação dela com Lute Pettijohn. Desde que Hammond acreditasse na sua inocência, seu paradeiro no sábado à noite continuaria sendo um segredo deles dois, porque ele consideraria isso irrelevante.

Mas se ele se convencesse de que ela era culpada, seria obrigação dele, como promotor...

Ela não quis pensar nisso. Por enquanto ia continuar a cooperar com Smilow até ele desistir de achar que ela estava envolvida e redirecionar sua investigação.

– Foi bobagem minha mentir, sr. Smilow. Acho que pensei que aquela viagem para Hilton Head era mais convincente do que uma parada numa feira rural.

– Por que sentiu necessidade de nos convencer?

Frank Perkins levantou a mão, mas Alex disse:

– Porque não tenho o hábito de ser interrogada pela polícia. Eu estava nervosa.

– Perdoe-me, dra. Ladd – disse Smilow. – Mas a senhora é a pessoa menos nervosa que já interroguei. Todos nós comentamos isso. A srta. Mundell, o dr. Cross e eu, todos concordamos que a senhora estava incrivelmente tranquila para alguém sob suspeita de ter cometido um assassinato.

Sem saber ao certo se ele pretendia com isso insultá-la ou se era um cumprimento, Alex não respondeu. Ficou aflita de saber que eles tinham conversado sobre ela. Quais teriam sido os "comentários" de Hammond a seu respeito? Ela imaginou. Ela certamente lhe deu muito assunto para comentar...

– Você é uma fraude, sabe?

– Como é?

Fingindo estar ofendida, ela segurou dois tufos de cabelo dele e tentou levantar sua cabeça. Mas ele não deixou.

– Você dá a impressão de ser uma mulher calmíssima, tranquila e reservada.

A barba por fazer no queixo dele arranhou de leve a barriga dela.

– Foi o que pensei quando a salvei dos fuzileiros navais. Uma gatinha na dela.

Ela deu uma risada.

– Entre uma fraude e uma gatinha, não tenho certeza do que é mais ofensivo.

– Mas na cama – continuou ele, inabalável no seu discurso e na sua intenção – a sua participação é tudo menos contida.

– É duro...

– Claro que é – gemeu ele. – Mas pode esperar.

– ... manter a pose quando...

– Quando?

– Quando...

Então ele encostou a língua nela, e a pose se desfez.

– A senhora foi sozinha para essa feira?

– O quê?

Por um momento, apavorada, ela pensou que tinha gemido em voz alta, ecoando seu orgasmo. O mais terrível é que tinha se virado sem perceber e estava olhando para Hammond. Os olhos dele expressavam excitação, como se tivesse acompanhado os seus pensamentos. Uma veia saltada latejava na têmpora dele.

Ela virou a cabeça rapidamente e encarou Smilow, que repetiu a pergunta:

– Foi sozinha para essa feira?

– Fui. Fui sozinha. Isso mesmo.

– E ficou sozinha a noite toda?

Olhando direto para os olhos implacáveis de Rory Smilow, era difícil mentir.

– Fiquei.

– Não encontrou nenhuma amiga lá? Não encontrou ninguém?

– Como eu disse, sr. Smilow, sozinha.

Ele fez uma breve pausa.

– Que horas eram quando saiu de lá? Sozinha.

– Quando as atrações começaram a fechar. Não me lembro da hora exata.

– Para onde foi então?

– Irrelevante – disse Frank Perkins. – Todo esse interrogatório é irrelevante e impróprio. Não existe base para isso, portanto não importa onde Alex estava, nem se estava ou não sozinha. Ela não precisa dar conta do seu paradeiro na noite de sábado, como você também não precisa, porque não pode colocá-la dentro da suíte de Pettijohn no hotel. Ela já disse que nem o conhecia.

"É um absurdo alguém com sua impecável reputação e posição respeitada na comunidade estar sujeita a esse interrogatório. Um cara de Macon afirma que a viu num momento em que os intestinos dele estavam prestes a explodir. Você acha sinceramente que ele é uma testemunha confiável, Smilow? Se acha, então reduziu seus padrões rígidos de investigação criminal. De qualquer maneira, você já a incomodou em tudo que tinha para incomodar."

O advogado fez um sinal para Alex se levantar.

– Foi um bom discurso, Frank, mas ainda não terminamos. As minhas investigações pegaram a dra. Ladd em outra mentira que diz respeito à arma do crime.

Irritado, mas ressabiado, Frank Perkins recuou.

– É melhor ser bem consistente.

– E é – Smilow virou-se para Alex. – Dra. Ladd, a senhora nos disse ontem que não possui uma arma.

– É verdade.

De uma pasta de arquivo ele tirou um formulário de registro de posse de arma, que Alex reconheceu. Ela leu rapidamente e passou para Frank examinar.

– Comprei uma pistola para me proteger. Como o senhor pode ver pela data, foi anos atrás. Não tenho mais essa arma.

– O que aconteceu com ela?

– Alex? – Frank Perkins inclinou-se para a frente, questionando Alex com os olhos.

– Está tudo bem – ela o tranquilizou. – Fora algumas aulas rudimentares, eu nunca disparei aquela pistola. Eu a guardava num coldre embaixo do banco do motorista do meu carro e raramente me lembrava dela. Até esqueci disso quando troquei o carro por um modelo mais novo.

"Semanas depois da troca, lembrei que o revólver tinha ficado embaixo do banco. Telefonei para a revendedora e expliquei para o gerente o que tinha acontecido. Ele se ofereceu para procurá-la. Ninguém sabia dela. Supus que alguém limpando o carro, ou até quem o comprou depois, tenha encontrado a arma, e pensado: 'Achei, é minha', e nunca devolveu."

– É um revólver cujas balas têm o mesmo calibre das que mataram Lute Pettijohn.

– É um 38, sim. Não chega a ser peça de colecionador, sr. Smilow.

Ele deu o sorriso frio que ela já associava a ele.

– Evidente – ele esfregou a testa como se estivesse preocupado. – Mas aqui temos a prova de que a senhora possui uma arma, e uma história, sem provas, de como a perdeu. A senhora foi vista na cena do crime mais ou menos na hora em que o sr. Pettijohn morreu. Nós a pegamos numa mentira sobre onde esteve aquela noite. E a senhora não tem um álibi – ele sacudiu os ombros. – Veja do meu ponto de vista. Todos esses elementos circunstanciais estão começando a se encaixar.

– Para quê?

– Para a senhora ser a nossa assassina.

Alex abriu a boca para protestar, mas ficou atônita ao descobrir que não conseguia falar. Frank Perkins falou por ela.

– Está preparado para autuá-la, Smilow?

O detetive ficou olhando um longo tempo para ela.

– Ainda não.

– Então nós vamos embora.

Dessa vez o advogado não deixou espaço para discussão. Não que Alex estivesse disposta a discutir. Ela estava assustada, mas procurava não demonstrar o medo que sentia.

Uma parte importante do seu trabalho era ler as expressões dos seus pacientes e interpretar sua linguagem corporal para poder avaliar o que eles estavam pensando, o que muitas vezes diferia do que estavam dizendo. Como ficavam em pé, ou sentados, os movimentos frequentes contradiziam suas declarações verbais. Além disso, quando falavam, as frases que usavam e a inflexão às vezes revelavam mais que as próprias palavras.

Ela aplicou a sua especialidade para entender Smilow naquele momento. O rosto dele podia ter sido esculpido em mármore. Sem nenhuma concessão à diplomacia, ele olhou diretamente para ela, olhos nos olhos, e a acusou de assassinato. Só alguém com a mais absoluta confiança no que estava fazendo podia ser tão resoluto e frio.

Steffi Mundell, por outro lado, parecia pronta para dar pulinhos e bater palmas de alegria. Baseada na sua experiência de analisar as pessoas, Alex podia dizer, com certeza, que os policiais achavam que a situação estava definitivamente a favor deles.

Mas as reações deles não eram tão importantes para ela quanto a de Hammond Cross. Num misto de antecipação e de medo, ela virou para a porta e olhou para ele.

Um ombro estava encostado na parede. Tornozelos cruzados. Braços cruzados sobre o peito. A sobrancelha mais reta estava bem baixa, numa expressão quase de zanga. Para o olho destreinado, ele podia parecer confortável, tranquilo, até despreocupado.

Mas Alex percebeu na mesma hora as emoções que borbulhavam perigosamente perto da superfície. Ele não estava nem um pouco relaxado como queria parecer. As sobrancelhas baixas, o maxilar contraído, eram sinais evidentes. Os braços e os tornozelos cruzados não eram componentes de uma pose indolente.

Na verdade pareciam essenciais para Hammond manter o controle.

Capítulo 20

Ele era o sonho dos diretores de elenco para o papel de *nerd*. A começar pelo nome dele, Harvey Knuckle. [Mocotó, dobradiça]. Era um convite explícito para o ridículo. Cabeça de Knuckle. O que comeu no almoço hoje, Harvey, sanduíche de Knuckle? Colegas de turma e depois de trabalho criaram uma variedade de trocadilhos assim e nunca tiveram piedade dele.

Além do nome, Harvey Knuckle tinha o *physique du rôle*. Tudo nele combinava com o estereótipo. As lentes dos óculos eram grossas. Ele era branquelo e magricelo e tinha coriza nasal crônica. Usava gravata-borboleta todos os dias. Quando o clima ficava frio em Charleston, ele usava suéteres com desenhos de losangos e gola em V por baixo dos paletós de tweed. No verão, eram substituídos por camisas de mangas curtas e paletós de algodão listrado.

A única coisa que o salvava, e que ironicamente também combinava com o estereótipo, era que Harvey era um gênio do computador. Exatamente as pessoas da prefeitura que mais faziam pouco dele ficavam à sua mercê quando os computadores delas "bugavam". O refrão mais comum era "Chame o Knuckle. Traga-o aqui".

Na noite de terça-feira ele entrou no Shady Rest Lounge sacudindo seu guarda-chuva ensopado e examinando apreensivamente o lugar cheio de fumaça de cigarro, com olhar míope.

Loretta Boothe, que o esperava, sentiu pena dele. Harvey era um bobão desagradável, mas era um peixe fora d'água no Shady Rest. Ele só relaxou um pouco quando a viu caminhando na sua direção.

– Pensei que tivesse anotado o endereço errado. Que lugar horrível! Até o nome parece o de um cemitério!

– Obrigada por ter vindo, Harvey. É bom ver você.

Antes que ele pudesse escapar, o que parecia que estava prestes a fazer, Loretta segurou o braço dele e o arrastou para um cubículo.

– Bem-vindo ao meu escritório.

Ainda arisco, ele pôs o guarda-chuva embaixo da mesa, ajeitou as lapelas do paletó e arrumou os óculos no nariz comprido e fino. Agora que seus olhos tinham se acostumado à escuridão, e que tinha examinado melhor os outros fregueses, ele estremeceu.

– Você não tem medo de vir aqui sozinha? A clientela parece a escória da sociedade.

– Harvey, eu *sou* a clientela.

Desconcertado, ele começou a gaguejar um pedido de desculpas. Loretta deu uma risada.

– Isso não me ofende. Relaxe. Você está precisando de um drinque.

Ela fez um sinal para o atendente do bar. Harvey pousou as mãos delicadamente na mesa.

– É, seria bom, obrigado. Uma dose pequena. Não posso ficar muito tempo. Sou alérgico à fumaça do cigarro dos outros.

Ela pediu para ele um uísque sauer e para ela uma club soda. Notou que ele ficou surpreso e disse:

– Estou na lei seca.

– É mesmo? Ouvi dizer que você... Ouvi dizer que não estava.

– Eu me converti recentemente.

– Ora, bom para você.

– Não tão bom, Harvey. Parar assim a seco é terrível. Eu detesto.

A sinceridade dela fez Harvey rir.

– Você sempre foi muito direta, Loretta, e não mudou nada. Senti sua falta. Você sente saudade da polícia?

– Às vezes. Não das pessoas. Do trabalho. Sinto falta do trabalho.

– Ainda está fazendo alguma investigação particular?

– Estou. Trabalhando como autônoma – ela hesitou um pouco. – Foi por isso que telefonei e pedi para você vir me encontrar aqui.

Ele gemeu.

– Eu sabia. Pensei, Harvey, você vai se arrepender de aceitar esse convite.

– Mas não resistiu à curiosidade, não foi? – ela o provocou. – Isso, e a lembrança da minha inteligência ágil.

– Loretta, não vá me pedir um favor.

– Harvey, não seja um maldito hipócrita.

Oficialmente ele era funcionário do município, mas o acesso no computador também permitia que ele entrasse nos registros do estado. Também tinha muita informação à sua disposição, era frequentemente procurado por pessoas dispostas a pagar muito bem para saber o salário dos colegas, coisas assim. Mas Harvey se recusava a tomar parte de qualquer coisa antiética ou ilegal. Ele era irritantemente inflexível em suas recusas para qualquer um que se aproximasse querendo um favor.

Por isso, a afirmação crua de Loretta foi um choque para ele. Ele piscou rapidamente por trás das lentes grossas dos óculos.

– Você não é o menino bonzinho que quer que todo mundo acredite.

– É muito grosseiro você me lembrar da minha pequena e única indiscrição.

– A única da qual fiquei sabendo – disse ela intuitivamente. – Ainda acho que você puxou o tapete, por assim dizer, daquele cretino que o assediou na festa de Natal. Ora, vamos, Harvey, confesse. Você não se vingou embaralhando todos os programas dele?

Ele fez um muxoxo.

– Deixa pra lá – riu ela. – Não o culpo por não confessar, mas seu segredo ficaria seguro comigo. Na verdade, gosto mais de você ainda por demonstrar uma fraqueza. Eu me identifico com a fragilidade humana – ela apontou o dedo para ele. – Você adora a emoção que sente quando desobedece as regras às vezes. É assim que se excita.

– Que terminologia horrível! Além do mais, não é verdade.

Apesar da imagem pública de ser abstêmio, ele emborcou seu drinque e não reclamou quando ela pediu mais uma rodada.

Quando era policial e trabalhava horas extras nos registros municipais, certa noite Loretta tinha encontrado Harvey

Knuckle na sala do superior dele, examinando seus arquivos de finanças pessoais e bebericando da sua garrafa secreta de conhaque.

O homenzinho ficou mortificado por ser pego em flagrante, fazendo exatamente o que jurava que nunca faria para outra pessoa. Loretta quase não conseguiu controlar o riso, garantiu para ele que não tinha intenção nenhuma de dar com a língua nos dentes e desejou boa sorte na sua caça ao tesouro.

Quando mais tarde ela foi pedir um favor para ele, Harvey a atendeu sem hesitar. A partir daquela noite, sempre que ela precisava de uma informação, procurava Harvey. E ele sempre colaborava. Ela passou a usar esse recurso valioso desde então.

– Sei que posso contar com você, Harvey.

– Não vou prometer nada – disse ele com afetação. – Você não está mais no departamento de polícia. Isso muda muito as coisas.

– Isso é muito importante. – Ela chegou para a frente e cochichou no ouvido dele: – Estou trabalhando no caso do assassinato de Pettijohn.

Ele ficou boquiaberto, agradeceu distraído o atendente do bar que pôs a bebida dele na mesa e deu um gole rápido.

– Não me diga.

– É muito sigiloso. Você não pode mencionar uma palavra sobre isso para ninguém.

– Você sabe que pode confiar em mim – sussurrou ele para ela. – Para quem está trabalhando?

– Não posso dizer.

– Eles ainda não prenderam ninguém, não é? E vão prender logo?

– Sinto muito, Harvey. Não posso comentar nada. Violaria a confiança do meu cliente se fizesse isso.

– Compreendo que isso tem de ser confidencial.

Ele não ficou muito desapontado. A intriga alimentava seu insaciável senso de aventura. Fazer parte de um segredo, em qualquer medida, significava participar de um círculo interno, quando ele era excluído da maioria. A consciência de Loretta ficava um pouco estremecida ao manipulá-lo daquela maneira, mas ela se dispunha a fazer praticamente qualquer coisa para agradar a Hammond e, assim, compensar seu erro do passado.

– Estou precisando que você descubra tudo que puder sobre uma dra. Alex Ladd. Inicial do meio E. Também tenho o número do seguro social dela, número da carteira de motorista etc. e tal. Ela é uma psicóloga com consultório aqui em Charleston.

– Uma analista? É essa a ligação dela com Pettijohn?

– Não posso dizer.

– Loretta – choramingou ele.

– Porque não sei. Juro! Até agora tudo que sei sobre ela são esses dados comuns. Restituições de imposto de renda, extratos bancários, cartões de crédito. Nada fora de esquadro em nenhum deles. A casa em que mora é própria, não tem dívidas maiores. Ninguém a está processando. Não recebeu nenhuma multa de trânsito. As transcrições da faculdade e pós-graduação são impressionantes. Foi uma excelente aluna e recebeu convites para trabalhar em diversas clínicas. Mas ela preferiu montar seu próprio consultório.

– Em começo de carreira? Ela deve ter dinheiro.

– Ela herdou uma bolada dos pais adotivos, um tal de dr. Marion Ladd, clínico-geral em Nashville. A mulher dele, Cynthia, era professora e virou dona de casa. Não tinham outros filhos. Morreram alguns anos atrás numa queda de avião numa viagem para esquiar em Utah.

– Suspeitaram de jogo sujo?

Loretta escondeu o sorriso bebendo um gole da sua club soda. Harvey estava pegando o espírito do projeto.

– Não.

– Humm. Está me parecendo que você já tem muita coisa.

Loretta balançou a cabeça.

– Não sei nada sobre a vida dela antes disso. Ela só foi adotada quando tinha quinze anos.

– Tudo isso?

– Estranhamente, parece que foi aí que a vida dela começou. As circunstâncias da adoção e da vida dela antes são um buraco negro. Não existe informação e não tive sorte quando procurei saber de alguma coisa.

– Ah – disse Harvey, tomando mais um rápido gole do uísque.

– Ela fez o segundo grau numa escola particular. As pessoas com quem falei lá, e percorri toda a cadeia de comando, foram simpáticas e educadas, mas lacônicas. Nem se comprometeram a mandar um anuário do ano em que ela se formou. Muito preocupadas em proteger a privacidade dos Ladd, não quiseram comentar nada sobre eles.

"De acordo com tudo que li sobre eles, eram muito respeitados e irrepreensíveis. Cynthia Ladd recebeu o prêmio de Professora do Ano antes de largar a profissão. Os pacientes do dr. Ladd lamentaram muito sua morte. Ele era diácono da igreja. Ela... Ah, deixa pra lá, você já entendeu. Nenhum escândalo, nem nada parecido."

– Então, o que posso fazer?

– Entrar nos registros do juizado de menores.

Ele gemeu teatralmente mais uma vez.

– Temia que você dissesse isso.

– Não deve haver nada lá. Só quero que você dê uma espiada.

– Uma espiada pode significar a minha demissão. Você sabe como é o Serviço de Proteção do Menor – choramingou ele. – Eles guardam aqueles registros como se fossem relíquias sagradas. É perigoso mexer com eles.

– Não para um gênio que não vai ser pego. Preciso dos registros do Tennessee também.

– Pode esquecer!

– Sei que você pode – disse ela, estendendo o braço por cima da mesa para dar um tapinha na mão dele.

– Se o Serviço de Proteção do Menor descobrir o que estou fazendo, posso ter muitos problemas.

– Tenho toda confiança em você, Harvey.

Ele não parava de morder o lábio, mas Loretta percebeu que sentia-se atraído pelo desafio que a missão representava.

– Concordo em tentar, mas só isso. Vou tentar. Além do mais, uma coisa tão delicada assim não pode ser feita às pressas.

– Eu entendo. Leve o tempo que quiser. Mas apresse-se – ela terminou sua club soda e arrotou baixinho. – E Harvey, enquanto estiver fazendo isso...

Ele fez uma careta.

– Ai, ai, ai.

Quero que você verifique uma outra coisa para mim.

– Smilow.

– Você tem de falar mais alto – disse Steffi para ele. – Estou no meu celular.

– E eu também. Um cara do laboratório acabou de ligar.

– Boa notícia?

– Para todo mundo, menos para a dra. Ladd.

– O que é? O que é? Diga logo!

– Lembra da partícula não identificada que John Madison tirou do Pettijohn?

– Você me falou disso.

– Cravo.

– O tempero?

– Quando foi a última vez que você viu um cravo?

– Na Páscoa. No presunto que a minha mãe fez.

– Vi alguns ontem de manhã, quando estive na casa de Alex Ladd. Havia um pote de vidro com laranjas na mesa da entrada. Com cravos espetados nelas.

– Nós a pegamos!

– Ainda não, mas estamos chegando mais perto.

– E quanto ao fio de cabelo?

– É humano, não é de Pettijohn. Mas não temos outro para comparar.

– Ainda não.

Ele deu uma risadinha.

– Durma bem, Steffi.

– Espere aí, você vai ligar para o Hammond para atualizá-lo?

– Você vai?

– Até amanhã – disse ela depois de uma pausa.

Hammond pensou seriamente em não atender o telefone. Mudou de ideia segundos antes de a secretária eletrônica atender. E lamentou na mesma hora.

– Estava começando a pensar que você não ia responder.

O tom de voz do pai dele transformou a frase numa reprimenda.

– Eu estava no chuveiro – mentiu Hammond. – O que houve?

– Estou no meu carro, voltando para casa. Acabei de deixar sua mãe no jogo de bridge. Não quis que ela dirigisse com essa chuva.

Os pais dele tinham um casamento à moda antiga. Os papéis eram tradicionais, claramente definidos, e as fronteiras sempre nítidas. O pai sempre tomava as decisões mais importantes sozinho. Jamais passou pela cabeça de Amélia Cross desafiar esse esquema. Hammond não conseguia entender a devoção cega que a mãe tinha por um sistema arcaico que a privava de sua individualidade, mas ela parecia perfeitamente satisfeita com isso. Ele nunca provocaria o pai ou magoaria a mãe apontando as iniquidades do relacionamento deles. Além disso, sua opinião não tinha importância. Aquilo já funcionava para eles havia mais de quarenta anos.

– Como vão as coisas no caso Pettijohn?

– Bem – respondeu Hammond.

Preston deu uma risadinha.

– Será que dá para elaborar um pouco?

– Por quê?

– Estou curioso. Joguei nove partidas de golfe com o seu patrão esta tarde antes de começar a chover. Ele disse que Smilow interrogou uma mulher suspeita duas vezes e que você estava presente nas duas.

O pai dele estava mais que simplesmente curioso. Ele queria saber se o filho estava sendo competente.

– Prefiro não tratar disso num celular.

– Não seja bobo. Quero saber o que está acontecendo.

Sem querer parecer que estava na defensiva, Hammond contou os pontos altos do interrogatório de Alex.

– O advogado dela...

– Frank Perkins. Um bom homem.

Preston estava bem-informado dos detalhes. Hammond sabia que não ia violar sigilo nenhum porque já tinha sido violado. A amizade de Preston com Monroe Mason datava dos tempos da escola primária. Se tinham acertado nove buracos de golfe hoje, Mason já podia ter divulgado os detalhes, e sobraria pouca coisa para Hammond revelar.

– Perkins acha que não temos nada contra ela.

– O que você acha?

Hammond escolheu as palavras com todo o cuidado, sem saber quando alguma coisa que dissesse poderia voltar para assombrá-lo ou comprometê-lo. Diferentemente de Alex, ele não era um bom mentiroso. Não tinha o hábito de mentir e desprezava até a menor lorota. No entanto, já tinha cometido duas baitas mentiras por omissão. Ele descobriu que podia mentir para o pai com relativa facilidade.

– Ela foi pega em duas mentiras, mas nas mãos hábeis de Frank elas provavelmente serão ignoradas.

– Por quê?

– Porque o nosso lado deixou de apresentar provas concretas para associá-la ao crime.

– Mason disse que ela mentiu sobre onde estava aquela noite.

– Mason não esqueceu de nada, não é? – sussurrou Hammond.

– O quê?

– Nada.

– Por que ela mentiria se não tivesse nada para esconder?

Hammond disse, com vileza e arrogância:

– Talvez ela tivesse um encontro secreto aquela noite e teve de mentir para proteger o homem com que estava.

– Pode ser. De qualquer maneira, ela mentiu, e Smilow descobriu no ato. Sei que você não gosta dele, mas tem de admitir que é um excelente detetive.

– Não posso negar isso.

– Ele é formado em direito, sabia?

Hammond reconheceu que era uma daquelas declarações que seu pai acertava como *jab* rápido na cara. Servia para distrair você do direto no queixo que vinha em seguida.

– Espero que ele nunca resolva mudar do departamento de polícia para a procuradoria municipal. Você pode ficar sem emprego, filho.

Hammond cerrou os dentes para evitar dizer as três palavras que lhe vieram à cabeça.

– Eu disse para a sua mãe...

– Você comentou o caso com a mamãe?

– E por que não?

– Porque... porque não é justo.

– Para quem?

– Para todo mundo envolvido nisso. Para a polícia, a procuradoria, a suspeita. E se essa mulher for inocente, pai? A reputação dela será prejudicada por nada.

– Por que você está tão irritado, Hammond?

– Espero que mamãe não espalhe no seu clube de bridge todos os detalhes picantes do caso.

– Você está exagerando.

Talvez estivesse, mas quanto mais tempo durava aquela conversa ao telefone mais ele ficava irritado. Principalmente porque não queria que seu pai o monitorasse a cada passo daquele caso. Um julgamento de assassinato daquela magnitude consumia a vida de um advogado. As horas viravam dias, os dias, semanas, às vezes, meses. Ele daria conta. Ia adorar cuidar do caso. Mas não aceitava ser criticado no fim de cada dia. Isso seria uma desmoralização e ele começaria a modificar todas as estratégias.

– Pai, sei o que estou fazendo.

– Ninguém nunca questionou...

– Besteira. Você questiona a minha capacidade toda vez que consulta Mason e pede um relatório para ele. Se ele não estivesse satisfeito com o trabalho que tenho feito, não teria me designado para este caso. Ele certamente não me trataria como sucessor dele.

– Tudo que você disse é verdade – disse Preston com um controle de enlouquecer qualquer um. – E mais um motivo para eu temer que você possa estragar tudo.

– E por que acha que eu posso estragar tudo?

– Soube que a suspeita é uma bela mulher.

Hammond não tinha previsto essa. Se fosse um direto ao queixo de verdade, seria um nocaute e ele estaria na lona. Cambaleou com o impacto. Cem por cento do tempo o pai parecia saber onde bater, onde ele sentiria mais.

– Essa foi a coisa mais ofensiva que você já me disse.

– Ouça, Hammond, eu...

– Não, você é que vai me ouvir. Eu farei o meu trabalho. Se esse caso merecer a pena de morte, é isso que vou pedir.

– Vai mesmo?

– Claro que vou. Assim como vou indiciá-lo se a minha investigação mandar.

Depois de uma breve pausa, Preston disse em voz baixa:

– Não blefe comigo, Hammond.

– Pague para ver, pai. Veja se estou blefando.

– Então faça isso. Mas não deixe de examinar seus motivos primeiro.

– O que quer dizer?

– Quero dizer que você precisa ter certeza de ter provas concretas, e não apenas uma implicância medíocre. Não cause perda de tempo, de energia nem constrangimento para nós dois só porque está furioso comigo, porque sou duro com você. Eu nunca seria condenado. Com esse seu despeito por mim você só estaria prejudicando a você mesmo.

Os dedos de Hammond tinham ficado brancos e doíam de tanto apertar o telefone.

– Seu telefone está falhando. Adeus.

Ignorando a chuva, Alex resolveu sair para dar uma corrida. Sob o temporal, suas pernas corriam num ritmo constante. O respeito ao regime de exercício parecia essencial numa hora em que o resto da sua vida havia se precipitado no caos. Além disso, depois de atender a pacientes com novas consultas marcadas até tarde da noite, era uma válvula de escape para a sobrecarga cerebral. Clareava sua cabeça e permitia que a sua mente vagasse livremente.

Ela se preocupava com seus pacientes. Se e quando viesse a público que era suspeita num caso de assassinato, o que aconteceria com eles? O que eles pensariam dela? Mudaria a opinião que tinham? Naturalmente que sim. Não seria nada realista esperar que eles ignorassem seu envolvimento numa investigação de assassinato.

Talvez devesse começar, já no dia seguinte, a tentar distribuí-los entre os terapeutas interinos, para os tratamentos não terem de ser interrompidos se ela fosse presa.

Por outro lado, podia nem ter o problema de encontrar substitutos. Quando os pacientes descobrissem que a psicóloga deles tinha sido acusada de assassinato, provavelmente abandonariam a terapia aos bandos.

Ela passou por um carro estacionado a meio quarteirão da casa dela e notou que as janelas estavam embaçadas, o que indicava que havia alguém lá dentro. O motor estava ligado, mas as lanternas apagadas e os limpadores de para-brisa desligados.

Ela correu mais uns vinte metros antes de olhar para trás. Agora as luzes do carro estavam acesas. Ele estava entrando numa rua lateral.

Provavelmente não era nada, pensou ela. Estava apenas sendo paranoica. Mas a apreensão persistiu. Será que *alguém* a vigiava?

A polícia, por exemplo. Smilow podia ter mandado vigiá-la. Não seria um procedimento padrão? Ou então Bobby poderia estar observando seus movimentos para garantir que ela não fugisse com o dinheiro "dele". O carro que tinha visto não era o conversível dele, mas Bobby era engenhoso.

Havia outra possibilidade. Algo muito mais perigoso. Uma possibilidade que ela não queria nem imaginar, mas sabia que seria tolice não levá-la em conta. Tinha descoberto que poderia ser alvo de interesse do assassino de Lute Pettijohn. Se a notícia de que ela tinha sido identificada na cena do crime se espalhasse, o matador teria medo de que ela pudesse ter testemunhado o homicídio.

Aquela ideia fez Alex estremecer, e não só por temer o assassino. A vida dela no momento estava fora de controle. Era isso que ela mais temia, essa perda de controle. De certa forma, era uma morte mais real do que a própria morte. Estar viva mas não ter opções nem livre-arbítrio podia ser ainda pior do que estar morta.

Vinte anos atrás ela havia determinado que sua vida nunca mais seria administrada por outra pessoa. Tinha levado quase esse tempo todo para se convencer de que finalmente estava livre dos grilhões que a prendiam, que seria a única responsável pelo seu destino.

Então Bobby reapareceu e tudo mudou. Agora parecia que todos à sua volta interferiam na sua vida e que ela era impotente para resolver qualquer coisa.

Depois de correr meia hora ela entrou em casa pela porta do pátio. Tirou a roupa encharcada na lavanderia e se enrolou numa toalha para andar pela casa.

Tinha morado sozinha toda sua vida adulta, por isso quando estava em casa sem ninguém nunca sentia medo. A solidão era mais assustadora para ela do que a ameaça de um intruso. Não sentia necessidade de se proteger de ladrões, mas procurava se defender do vazio que sentia nos feriados, quando até a companhia de bons amigos não compensava a falta de uma família. A solidão não era aconchegante nem quando estava sentada diante da lareira numa noite fria. Quando despertava assustada no meio da noite, não era por causa de ruídos imaginários, e sim por causa do silêncio concreto demais de viver sozinha. O único medo que ela sentia por viver sozinha era de ficar sozinha pelo resto da vida.

Mas aquela noite ela se sentiu meio ressabiada quando acendeu as luzes do andar térreo e começou a subir a escada. As tábuas rangiam sob seus pés. Estava acostumada com os protestos da madeira velha. Em geral era um som simpático, mas aquela noite parecia ameaçador. No segundo andar, ela parou para espiar a escada escura. O vestíbulo e as salas lá embaixo estavam vazios e silenciosos, exatamente como os tinha deixado quando saiu de casa para correr.

Prosseguiu até seu quarto, culpando a chuva pelo nervosismo. Depois de dias de calor abafado, era um alívio, mas chegava a ser demais. Caía a cântaros, batia com força no vidro das janelas e martelava o telhado. Escorria pelas calhas e jorrava das biqueiras.

Abriu a porta da varanda do segundo andar e saiu para arrastar um vaso de gardênias para baixo da proteção da projeção do telhado. Lá embaixo, no centro do jardim murado, a fonte de concreto estava transbordando. Pétalas de flores tinham sido arrancadas e a vegetação parecia nua e desamparada. Voltou para dentro da casa, trancou a porta e foi de janela em janela para fechar as venezianas.

O temporal era suficiente para deixar qualquer um nervoso. A Battery estava deserta aquela noite. Sem os habituais corredores, ciclistas e pessoas passeando com seus cães, ela se sentira isolada e vulnerável. As enormes árvores dos jardins White Point tinham parecido sombrias e ameaçadoras, e normalmente ela considerava seus galhos baixos e grossos uma espécie de proteção.

No banheiro, ela estendeu a toalha na barra de bronze e se abaixou ao lado da banheira para abrir as torneiras. A água quente levou algum tempo para percorrer os canos, por isso ela aproveitou esse tempo para escovar os dentes. Quando endireitou o corpo diante da pia, viu um reflexo no espelho do armarinho de remédios e deu meia-volta.

Era seu roupão pendurado num gancho atrás da porta.

Com os joelhos bambos, ela se apoiou na pia e pensou que tinha de parar com aquela bobagem. Ela não era assim, de ficar assustada com sombras. O que estava acontecendo com ela?

Bobby, para citar uma coisa. Maldito. *Maldito!*

Tolice ou não, ela se permitiu as mesmas fraquezas que teria aconselhado um paciente a permitir. Quando o mundo que construímos com tanto cuidado começa a desmoronar, temos o direito de ter algumas reações naturais, inclusive raiva e amargura, até fúria, e certamente um medo infantil.

Ela lembrava de ter sentido medo quando criança. O bicho-papão não chegava aos pés de Bobby Trimble. Ele tinha a capacidade de destruir vidas. Tinha quase destruído a dela uma vez e estava ameaçando destruí-la novamente. Era por isso que tinha medo dele, agora mais que antes.

Era por isso que se assustava com roupões, era por isso que mentia, por isso que fazia coisas irresponsáveis como envolver um homem decente como Hammond Cross em algo sujo.

Mas só no início, Hammond. Só no começo.

Ela entrou na banheira e fechou a cortina. Ficou bastante tempo parada embaixo do chuveiro, com a cabeça abaixada, deixando a água quente tamborilar no seu crânio enquanto o vapor subia à sua volta.

Uma noite de sábado em Harbour Town tinha parecido uma mentira bem segura. Era uma distância de Charleston que dava para acreditar com facilidade, num lugar apinhado de gente em que seria plausível ninguém se lembrar de tê-la visto. Que azar!

O que tinha dito para eles sobre o revólver era verdade, mas havia pouca chance de acreditarem naquela história agora. Por ter sido pega em uma mentira, tudo que dissesse depois pareceria falso.

Steffi Mundell queria que ela fosse culpada. A promotora odiava as outras mulheres. Alex tinha descoberto isso quando se viram pela primeira vez. Seus estudos incluíam personalidades como a de Mundell. Era ambiciosa, astuta e competitiva ao extremo. Indivíduos como Steffi raramente eram felizes porque nunca se satisfaziam com os outros, mas especialmente com eles mesmos. As expectativas nunca eram realizadas porque eles estavam sempre elevando as barreiras. A satisfação era inatingível. Steffi Mundell era megalomaníaca ao extremo e em detrimento dela mesma.

Era mais difícil compreender Rory Smilow. Ele era frio, e Alex não tinha dúvida de que podia ser cruel. Mas também detectava nele um demônio particular com quem ele estava sempre lutando. O homem não conhecia um minuto de paz interior. Sua válvula de escape era atormentar os outros para sofrerem tanto quanto ele. Esse centro de descontentamento deixava Smilow vulnerável, mas ele o combatia violentamente e isso o tornava perigoso para os seus inimigos, como os suspeitos de assassinato.

Entre os dois seria difícil escolher quem ela mais temia. E havia o Hammond. Os outros achavam que ela era uma assassina. A opinião que ele tinha dela devia ser bem mais baixa que isso. Mas não podia ficar pensando nele, senão acabaria paralisada pelo desalento e pelo remorso. Não tinha nem tempo nem energia de sobra para se dedicar a lamentar o que poderia ter sido se tivessem se conhecido em outro lugar, numa outra hora.

Se existia um homem com chance de tocá-la... tocar sua mente e seu coração, aquele nicho do espírito onde vivia a verdadeira Alex Ladd... podia ser ele. Ele podia ser o homem que acabaria com a solidão e o isolamento que Alex impunha a ela mesma, que preencheria o vazio, povoaria o silêncio, compartilharia a vida com ela.

Mas ideias românticas eram um luxo que ela não podia ter. Sua prioridade devia ser superar aquela provação com o seu trabalho, sua reputação e sua vida intactas.

Ela espremeu um gel perfumado numa esponja de banho e usou a espuma por todo o corpo. Raspou as pernas. Lavou o cabelo. Ficou enxaguando o xampu um longo tempo, deixando a água quente amaciar seus músculos, mesmo sem aliviar sua angústia.

Depois fechou as torneiras, passou as mãos pelo corpo para tirar o excesso de água e abriu a cortina.

Alex nunca gritava, mas então ela gritou.

Capítulo 21

Bobby estava de volta no jogo.

Considerava apenas um revés temporário ainda não ter recebido o dinheiro de Alex. Ela ia pagar. Tinha muito a perder.

Mas nesse ínterim ele não estava desprovido de fundos. Graças às duas estudantes com quem tinha passado a noite, estava algumas centenas de dólares mais rico. Enquanto as duas jaziam roncando na cama dele, Bobby juntou suas coisas e saiu de fininho. A experiência devia servir de lição para elas. Ele se sentia quase altruísta.

Encontrar novas acomodações era uma inconveniência menor comparada com a recompensa. Assim que se instalou em outro hotel do outro lado da cidade, num quarto com vista para o rio, ele pediu um enorme café da manhã com ovos, presunto, cereais e molho, uma pequena pilha de panquecas e uma porção extra de bolinhos de chocolate, que não estava com muita vontade de comer mas que tinha pedido por estar muito animado.

A próxima coisa na agenda dele foi sair para fazer compras. Roupas novas não eram extravagância nenhuma. Eram despesas de negócios. Se pagasse imposto de renda, poderia contar seu guarda-roupa como uma dedução. Na sua linha de trabalho, precisava estar bem-vestido.

Havia passado o resto da tarde à beira da piscina do hotel, cuidando do seu bronzeado.

E agora, com seu novo terno de linho cor creme e uma camisa de seda azul-rei por baixo, ele entrou num bar muito bem recomendado pelo motorista de táxi.

– Onde encontro ação por aqui?

– Ação? – o motorista avaliou Bobby pelo espelho retrovisor e disse, com a fala arrastada: – Está à procura de garotas, não é, camarada?

Lisonjeado, Bobby deu um sorriso.

– Conheço o lugar perfeito.

No instante em que Bobby entrou no bar, ele percebeu que o motorista conhecia bem o riscado. Era um lugar para escolhas de primeira. A música era altíssima. As luzes piscavam. Os dançarinos transpiravam. As garçonetes se afobavam para atender os pedidos de bebida das pessoas numa busca desesperada de divertimento. Muitas mulheres sozinhas. Jogo limpo.

Ele precisou de duas doses de bebida com água antes de avistar seu alvo. Ela estava sentada a uma mesa, sozinha. Ninguém a chamava para dançar. Ela sorria muito, para qualquer um que passasse por perto, prova de que estava insegura, sabia que estava se expondo porque precisava de alguém com quem conversar. O melhor de tudo é que tinha olhado para ele diversas vezes, enquanto ele fingia não notar.

Então, ele a agraciou caridosamente retribuindo o sorriso.

Nervosa, ela desviou o olhar. Levou a mão à garganta e ficou mexendo nas contas prateadas da gola da blusa.

– Bingo! – disse Bobby para si mesmo enquanto pagava sua conta no bar.

Ele chegou por trás dela, por isso ela não o viu até ele falar.

– Com licença. Tem alguém sentado aqui?

Ela virou a cabeça de estalo. Revelou o próprio prazer arregalando os olhos e depois tentou disfarçar, jogando charme.

– Agora tem.

Ele sorriu e sentou com ela à pequena mesa, batendo o joelho no dela, de propósito, e depois pedindo desculpas. Perguntou se podia lhe oferecer um drinque e ela disse que seria muita gentileza dele.

O nome dela era Ellen Rogers. Era de Indiana, e aquela era a primeira vez que visitava o Sul Profundo. Estava adorando tudo, menos o calor, mas até o clima tinha um certo charme. A comida era divina. Ela reclamou que tinha engordado dois quilos desde que chegara em Charleston.

Ela poderia muito bem perder uns oito, mas Bobby disse galantemente:

– Você certamente não precisa se preocupar com o peso. Quero dizer, está com um corpo ótimo.

Ela deu um tapinha na mão dele e retrucou:

– Faço muito exercício no meu trabalho.

– Você é professora de aeróbica? Treinadora pessoal?

– Eu? Deus do céu, não! Sou professora primária. Dou aulas de gramática e de leitura. Devo caminhar uns vinte quilômetros por dia de um lado para outro naqueles corredores.

Ele era do Sul, ela observou corretamente. Dava para perceber pelo sotaque arrastado e pelo desenho melódico do seu jeito de falar. E os sulistas são *tão* simpáticos...

Sorrindo, ele inclinou o corpo para perto dela.

– Nós procuramos ser, madame.

Ele provou isso convidando-a para dançar. Depois de rodopiar com ela algumas músicas, o DJ pôs uma música lenta. Bobby puxou-a para junto dele e se desculpou por estar todo suado. Ela disse que não se importava. Suor era masculino. No fim daquela dança, a mão dele alisava a bunda dela e a srta. Ellen Rogers não tinha dúvida nenhuma de que ele estava excitado.

Quando ele a soltou, Ellen tinha as maçãs do rosto esfogueadas e estava muito excitada.

– Eu sinto muito... – gaguejou ele. – E... Deus, isso é embaraçoso. Eu não tenho uma mulher nos braços desde... Se quiser que eu a deixe em paz, eu...

– Você não precisa se desculpar – disse a srta. Rogers gentilmente. – É natural. Não dá para controlar muito bem.

– Não, eu não poderia. Não segurando seu corpo junto ao meu daquele jeito.

Ela segurou a mão dele e levou-o de volta para a mesa. Foi ela que pediu outra rodada de drinques. Enquanto bebiam, Bobby contou sua vida para ela.

– Ela morreu de câncer. Há dois anos, em outubro.

Ela ficou com os olhos cheios de lágrimas.

– Oh, que terrível para você!

Só recentemente ele tinha começado a sair e a curtir a vida de novo, Bobby contou para ela.

– No início eu achava bom não termos filhos. Agora gostaria de ter tido. É muito solitário, sabe, não ter ninguém no mundo. As pessoas não foram feitas para viver sozinhas. É contra a nossa natureza.

Ela esticou a mão por baixo da mesa, apertou com simpatia a coxa dele e deixou a mão lá.

Cristo, eu sou bom mesmo!, pensou Bobby.

Hammond estava parado do outro lado da cortina da banheira.

– Que susto você me deu! – exclamou Alex, ofegante. – O que está fazendo aqui? Como foi que entrou? Há quanto tempo está aí?

– Você também me assustou.

– Eu? Como?

– Descobri por que você está mentindo. Está com medo do assassino de Pettijohn.

– Ocorreu-me que posso estar correndo perigo, sim.

– Eu queria avisar você e não confio no telefone.

Ela olhou para o quarto.

– Grampeado?

– Acho que Smilow seria capaz disso. Mesmo sem uma ordem judicial.

– Acho que ele pode estar me vigiando.

– Se está, eu não estou sabendo nada. De qualquer maneira, escalei o muro dos fundos. Não seria bom se me vissem na sua casa, não é? Fiquei batendo na porta da cozinha uns cinco minutos. Dava para ver a luz acesa no segundo andar, mas como você não atendeu, minha imaginação funcionou a toda. Achei que talvez fosse tarde demais, que alguma coisa terrível... – ele parou de falar. – Você está tremendo!

– Estou com frio.

Ele pegou uma toalha, enrolou-a nela, fechou-a na frente mas não a soltou.

– Por que acha que estão vigiando você?

– Vi um carro suspeito enquanto estava correndo. Motor ligado. Faróis apagados.

– Você foi correr agora à noite? Com esse tempo? Sozinha?

– Estou sempre sozinha. Mas sempre tomo cuidado.

Ele sorriu um pouco.

– Desculpe tê-la assustado.

– Eu já estava apavorada.

– Eu não podia tocar a campainha na sua porta da frente, podia?

– Acho que não.

– Você me deixaria entrar?

– Eu não sei – e depois ela disse, mais calma: – Deixaria.

Ele ficou olhando para uma gotinha de água que brilhava na pequena depressão na base do pescoço de Alex. Largou a toalha que a envolvia e se afastou dela, um movimento que merecia uma medalha de honra ao mérito.

– Precisamos conversar – disse ele com a voz rouca de desejo contido.

– Saio já.

Como um boneco, ele andou pelo quarto, sem ver nada, mas observando a marca de Alex em tudo. Cada item no quarto era um reflexo dela. Quando Alex saiu do banheiro, estava de roupão, do tipo antiquado e prático, cruzado na frente e com uma faixa na cintura, opaco como um avental de chumbo, mas mesmo assim muito sexy, porque ela estava nua e molhada por baixo.

– A sua mão está sangrando.

Ele olhou para o corte no polegar, que não havia notado até o momento.

– Acho que me machuquei quando arrombei sua fechadura.

– Precisa de um curativo?

– Não, tudo bem.

A última coisa que ele queria era conversar. Desejava tocar nela. Queria abrir o roupão e apertar o rosto na maciez dela, saborear sua pele, respirar seu perfume. Todo o corpo dele pulsava com desejo físico, mas ele resistiu. Não era responsável pelo sábado à noite. Mas sim por tudo que tinha acontecido depois.

– Você sabia meu nome o tempo todo, não sabia? Sabia quem eu era.

– Sabia.

Ele balançou a cabeça bem devagar, assimilando o que já sabia mas não queria aceitar.

– Eu não quero ter essa conversa.

– Por quê...?

– Porque sei que vai mentir para mim. E vou ficar furioso. Não quero me zangar com você.

– Eu também não quero que você fique zangado comigo. Então talvez seja melhor não conversarmos mesmo.

– Mas tem uma coisa que gostaria de ouvir você dizer. Mesmo que seja mentira.

– O que é?

– Gostaria de ouvir você dizer que sábado à noite... que nunca foi assim para você antes.

Ela inclinou um pouco a cabeça.

– Não só a paixão – acrescentou ele. – O... Tudo que aconteceu.

Ele viu Alex engolir em seco, desalojando a gota de água que havia notado antes. Ela escorreu por dentro da gola do roupão. A voz dela estava rouca de emoção.

– Nunca foi assim para mim antes.

Era isso que ele esperava ouvir, mas se a expressão dele mudou foi para ficar mais triste.

– Querendo ou não, nós temos de conversar.

– Não temos, não.

– Temos, sim. Quando você e eu chegamos ao pavilhão de dança mais ou menos ao mesmo tempo, não foi por acaso, foi?

Ela hesitou alguns segundos, depois balançou a cabeça indicando que não.

– Como, em nome de Deus, você sabia que eu ia para lá? Nem eu mesmo sabia.

– Por favor, não faça mais perguntas.

– Você esteve com Lute Pettijohn mais cedo aquela tarde?

– Não posso falar sobre isso com você.

– Droga, responda.

– Não posso.

– É uma pergunta simples.

Com uma risada sem graça, ela balançou a cabeça.

– Não é nada simples.

– Então responda com uma explicação.

– Se eu fizesse isso, ia ficar vulnerável demais.

– Vulnerável é uma palavra estranha que você está usando, pois parece que sou eu que estou boiando.

– Você não é suspeito de ter cometido um assassinato.

– Não, mas você não concorda que eu é que estou numa situação constrangedora? Estou processando um caso de assassinato do cidadão mais conhecido da nossa cidade, que acontece que também era casado com a minha melhor amiga.

– Sua melhor amiga?

– Davee Burton, agora viúva de Lute Pettijohn. Somos amigos a nossa vida toda. Ela fez campanha para eu ser designado para esse caso. Muita gente está contando comigo, pessoas que não gostaria de decepcionar. Você tem alguma ideia do que aconteceria com a minha reputação, minha carreira, meu futuro, se alguém descobrisse que eu estive aqui com você esta noite?

– Foi por isso que fui embora domingo de manhã. – Inquieta, ela começou a andar pelo quarto. – Eu queria continuar anônima. Não queria que você ficasse dividido, do jeito que está agora.

– Domingo de manhã era tarde demais para preocupação ou circunspecção. Se estava tão preocupada em preservar a minha reputação, não devia ter me escolhido, para começar.

Ela se virou e olhou para ele com incredulidade estampada no rosto.

– Perdoe-me, mas a sua memória está um pouco fora de esquadro. Foi você que me escolheu.

– É, está certo – resmungou ele.

– Quem tentou ir embora? Duas vezes. Tentei ir embora duas vezes e nas duas vezes você veio atrás de mim, implorando para eu ficar com você mais um pouco. Quem seguiu quem depois da feira? Quem parou e...

– Está bem – disse ele, cortando o ar com as mãos. – Mas aquela história de mulher difícil é a maior isca que existe, e as mulheres conhecem essa tática desde a criação do mundo. Você sabia exatamente o que estava fazendo.

– É, sabia – exclamou ela elevando a voz. Então juntou as mãos na frente do corpo e examinou o rosto dele com lágrimas nos olhos. – É, eu sabia o que estava fazendo. E você tem toda a razão. No início eu só queria... fazer contato com você.

– Por quê?

– Segurança.

– Em outras palavras, para estabelecer um álibi.

Ela baixou os olhos.

– Eu não sabia que ia gostar de você – disse ela baixinho. – Não tinha contado com a química entre nós. Comecei a me sentir mal de o estar usando. Por isso tentei fugir de você. Não queria que você se comprometesse por causa de uma associação, mesmo breve, comigo.

"Mas você me procurou. Você me beijou. Depois disso... – ela ergueu os olhos para ele. – Depois daquele beijo, meus motivos iniciais para conhecê-lo perderam a importância. Naquele ponto eu só queria ficar com você. Pode acreditar ou não.

– Por que você precisava de um álibi?

– Você sabe que eu não matei Pettijohn. Você disse isso no elevador.

– Certo. E eu repito, por que precisava de um álibi?

– Não me pergunte, por favor.

– Pode dizer.

– Não posso.

– Por que não?

– Porque não quero que você pense... – ela parou de falar e respirou fundo. – Simplesmente não posso, é só isso.

– Tem alguma coisa a ver com o homem?

Ela se assustou com a pergunta. Piscou rápido.

– Que homem?

– Eu segui você até aqui domingo à noite. Vi você com um homem num Mercedes conversível, mais ou menos doze horas depois de sair da minha cama.

– Oh. Domingo à noite? Aquele era... um velho amigo. Da faculdade. Ele veio a Charleston a negócios. Ele telefonou e me convidou para tomar um drinque.

– Você está mentindo.

– Por que você não acredita em mim?

– Porque parte do meu trabalho é detectar mentiras e mentirosos, e você está mentindo!

Ela endireitou o corpo e cruzou os braços.

– Nós devíamos deixar isso ser o fim. Agora. Esta noite. Essa situação é impossível. A sua carreira está em jogo, não quero a responsabilidade de destruí-la. E com certeza não quero ficar com alguém que acha que sou uma mentirosa.

– Quem... era... ele?

– O que importa quem era o meu amigo, se os *seus* amigos, Steffi e Smilow, estão loucos para me acusar de assassinato?

– Por que se admira de eu não acreditar em você se continua a não querer responder às perguntas mais simples?

– Não são perguntas simples – gritou ela. – Você não tem ideia de como são difíceis. Elas desenterram coisas que eu prefiro esquecer, que tentei esquecer, que têm assombrado... – Ela parou, percebendo que ia revelar coisas demais. – Você não confia em mim. É mais um motivo para sair agora e nunca mais voltar. Nunca mais.

– Ótimo.

– Enquanto estávamos na cama...

– Foi maravilhoso.

– Mas se você não confia em mim...

– Eu confio.

– Então...

– Você transou com Pettijohn?

As feições dela despencaram.

– *O quê?*

– Vocês eram amantes?

Hammond avançou para cima dela e a encurralou contra a parede. Era aquilo que realmente o incomodava. Era aquilo que o tinha feito agir como se tivesse perdido o juízo, dizer loucuras, delirar e se comportar com total desprezo pela sua carreira e tudo o mais que antes achava importante. O desejo de conhecer a resposta para essa pergunta era tão imperativo que o cauteloso, cuidadoso e controlado Hammond Cross vociferava feito um lunático.

– Você foi amante de Lute Pettijohn?

– Não! – E a voz dela diminuiu, de um berro para um sussurro. – Eu juro.

– Você o matou? – Ele apertou os ombros dela com as mãos e chegou o rosto a poucos centímetros do dela. – Diga a verdade dessa vez e eu perdoo todas as outras mentiras. Você matou Lute Pettijohn?

Ela balançou a cabeça.

– Não. Não matei.

Ele socou a parede atrás dela com os punhos e deixou-os lá. Inclinou a cabeça para a frente e encostou o rosto no dela. A respiração dele estava áspera e ruidosa, soando mais forte que a chuva que continuava a açoitar as janelas.

– Eu quero acreditar em você.

– Pode acreditar nisso. – Ela virou a cabeça e falou olhando para o perfil dele. – Não me pergunte mais nada porque não posso dizer mais nada.

– Por quê? Diga por quê.

– Porque as respostas são muito dolorosas para mim.

– Como dolorosas?

– Não me faça passar por isso, por favor. Se continuar vai partir meu coração.

– Você está partindo o meu com as suas mentiras.

– Eu imploro, se tiver alguma consideração por mim, poupe-me de ter de decepcionar você! Prefiro nunca mais vê-lo de novo do que você ficar sabendo...

– O quê? Conte para mim!

Ela balançou a cabeça com determinação, e ele entendeu que era inútil pressioná-la mais. Desde que o tormento pessoal dela não tivesse nada a ver com o caso Pettijohn, ele devia respeitar seu desejo de privacidade.

– Isso não é tudo – continuou ela. – Vamos estar em lados opostos de uma crise que está se criando.

– Então tudo isso tem relação com o caso – disse ele, desanimado.

– Eu sabia que o nosso encontro ia resultar numa confusão, mas mesmo assim o provoquei. Eu queria que acontecesse. Até no posto de gasolina eu poderia ter dito não para você. Mas não disse.

Ele levantou a cabeça e inclinou-se para trás para ver melhor o rosto dela.

– Sabendo o que você sabe agora, se tivesse de fazer tudo de novo...

– Isso é injusto.

– Você faria tudo de novo?

A resposta dela foi olhar fixo para ele um longo tempo enquanto uma lágrima escorria pelo rosto. Hammond gemeu.

– Que Deus me ajude, eu também faria.

Um segundo depois Hammond já estava abraçando e beijando Alex. A água pingava do cabelo dela na camisa dele. Os lábios de Alex eram quentes, a língua macia, sua boca doce.

Quando finalmente se separaram, disseram o nome um do outro pela primeira vez, riram deles mesmos e depois se beijaram de novo, se possível com mais paixão do que antes. Ele desamarrou a faixa na cintura dela, enfiou a mão no roupão e acariciou a pele macia do ventre, provocando gemidos suaves de Alex quando passou a ponta dos dedos no monte-de-vênus.

O sangue de Hammond latejava em seus ouvidos com a força da chuva que batia no telhado. Abafou todos os outros ruídos. Os murmúrios de aviso do bom senso e da consciência não tinham a mínima chance contra aquele turbilhão.

Ele a segurou no colo e levou-a para a cama. Então, num frenesi de impaciência, tirou a roupa. Quando deitou em cima dela, ele deu um suspiro que era ao mesmo tempo desejo e desespero. Alex abriu as pernas e ele logo foi envolvido pelo seu calor.

Indo mais fundo, ele praguejou baixinho, com a voz entrecortada de emoção.

– Eu não fui para a cama com você porque precisava de um álibi, Hammond.

Com as mãos nos lados da cabeça dela, ele olhou bem para ela e começou a se mexer.

– Por que, então?

Ela arqueou as costas para acompanhar as investidas dele.

– Por isso.

Ele afundou o rosto no pescoço dela. As sensações eram incríveis. Eram tremores que subiam pelo seu pênis, percorriam sua barriga e se espalhavam pelo peito até as extremidades, provocando um formigamento. Ele deixou que tudo o mais escapasse da consciência para poder saborear o fato de estar dentro dela. Mas o clímax estava crescendo rápido demais dentro dele, por isso parou de se mexer e sussurrou com urgência:

– Não quero gozar ainda. Não sem você.

– Toque em mim.

Ela guiou a mão dele entre seus corpos e a pôs onde se uniam. Ele moveu os dedos de leve, massageando por dentro e por fora ao mesmo tempo. Ela segurou um seio e o levantou até a boca dele. Ele lambeu o mamilo. O som que ela fez foi quase um soluço. Eles gozaram juntos.

Os dois se cobriram. Alex chegou mais para perto e aninhou o traseiro no colo de Hammond. Foi então que ele se deu conta de que não tinha usado proteção nenhuma. Mas não se preocupou demais com isso. De que adiantaria? Agora não tinha mais jeito. Ele só queria abraçá-la. Sentir seu cheiro. Estar perto dela e sentir o calor do seu corpo.

Contentava-se em olhar para o rosto dela sobre o seu braço. Pensou que Alex estava dormindo porque os olhos dela estavam fechados, mas notou que seus lábios formavam um sorriso. Ele beijou uma pálpebra.

– Um tostão por eles.

Ela riu baixinho e olhou para ele. Traçou o formato dos lábios de Hammond com a unha.

– Eu estava pensando como seria sair com você. Ir jantar fora. A um cinema. Sair em público para todo mundo ver.

– Quem sabe. Um dia, talvez.

– Talvez – murmurou ela, parecendo mais otimista que ele.

– Eu adoraria desfilar com você em Charleston, exibi-la para todos os meus amigos.

– Verdade?

– Você parece surpresa.

– E estou mesmo, um pouquinho. Para um caso clandestino...

– Não é isso, Alex.

– Não é?

– Não.

– De certo modo sou uma recém-chegada, mas já aprendi como as coisas funcionam aqui.

– Que coisas?

– Os círculos sociais.

– Eu não me importo com essa besteira.

– Mas a maioria dos charlestonianos se importa. Eu não tenho pedigree. A sua família praticamente inventou esse conceito.

– Citando um famoso charlestoniano, apesar de fictício, "Francamente, minha querida, eu não dou a mínima". Mas mesmo se me importasse, eu preferiria você a qualquer outra mulher desta cidade. Eu *já escolhi* você no lugar de qualquer outra.

– No lugar de Steffi Mundell. – A expressão dele fez Alex rir. – Você precisava ver a sua cara.

– Como soube?

– Intuição feminina. Antipatizei com ela à primeira vista. O sentimento foi mútuo e não teve nada a ver com o fato de eu ser uma suspeita e ela a promotora. Foi mais essencial do que isso. Hoje, quando ela nos pegou juntos no elevador, eu percebi. Vocês eram amantes, não eram?

– "Eram" é a palavra operante e importante aqui. Durou quase um ano.

– Faz quanto tempo que vocês terminaram?

– Dois dias.

Foi a vez de Alex demonstrar desânimo:

– Domingo? – Ele fez que sim com a cabeça. – Por causa de sábado?

– Não. Para mim já tinha acabado há muito tempo. Mas depois de estar com você eu tive a mais absoluta certeza de que, como um casal, Steffi e eu éramos uma causa perdida. – Ele passou os dedos no cabelo dela. – Apesar da sua tendência de mentir, você é a mulher mais desejável que já conheci. Em todos os sentidos. Vai além do físico.

Satisfeita, ela sorriu.

– Por exemplo?

– Você é inteligente.

– Bondosa com os animais e com os idosos.

– Você é engraçada.

– Temperamento equilibrado. A maior parte do tempo.

– Você é frugal, corajosa, limpa e reverente.

– Eu sabia que você era um escoteiro.

– Um escoteiro Águia. Onde é que eu estava? Ah, seus seios são perfeitos.

– O que houve com ir além do físico?

Dispensando as frivolidades, ele a beijou com empenho. Quando finalmente afastou o rosto, a expressão confusa de Alex foi um susto.

– O que foi?

– Tenha cuidado, Hammond.

– Ninguém vai saber que eu estive aqui.

Ela balançou a cabeça.

– Não é isso.

– Então, o quê?

– Você pode ter de me levar a julgamento. Por favor, não faça com que eu me apaixone por você antes.

QUARTA-FEIRA

Capítulo 22

– Obrigada por me receber.

O procurador Monroe Mason ofereceu uma cadeira para Steffi na sala dele.

– Só tenho um minuto. O que há?

– É o caso Pettijohn.

– Já imaginava. Alguma coisa específica?

A hesitação de Steffi era planejada e ensaiada. Como se estivesse constrangida, ela disse:

– Detesto incomodá-lo com o que pode parecer política medíocre de trabalho.

– É a respeito do Hammond e do detetive Smilow? Eles estão se comportando como brigões rivais em vez de profissionais?

– Eles tiveram alguns duelos verbais, com troca de insultos. Posso cuidar disso. É outra coisa.

Ele olhou para o relógio em cima da mesa.

– Vai ter de me desculpar, Steffi. Tenho uma reunião em dez minutos.

– É a atitude de Hammond – revelou ela. Mason franziu a testa.

– A atitude dele? Em relação a quê?

– Ele parece... eu não sei bem... – Ela ficou mordendo o lábio como se procurasse a palavra certa e finalmente disse: – Indiferente.

Mason recostou-se na cadeira e ficou olhando atentamente para ela com o queixo apoiado nas mãos postas.

– Acho difícil acreditar. Esse caso é bem do estilo do Hammond.

– Foi isso que pensei também. Normalmente ele estaria muito animado. Perseguindo Smilow para obter provas suficientes para levar o caso ao grande júri. Ele estaria aflito para começar a se preparar para o julgamento. Esse caso tem todos os ingredientes que, em geral, o fazem ficar com água na boca.

"É por isso que estou perdida – continuou ela. – Ele parece não se importar com a solução do mistério. Passei para ele tudo que soube do Smilow. Mantive Hammond informado das pistas quentes e das que esfriaram. Ele reage a cada informação com o mesmo grau de desinteresse."

Mason coçou o rosto, pensativo.

– O que você acha que é?

– Não sei o que pensar – disse ela, com a mistura certa de exasperação e confusão. – Por isso vim falar com você. Pedir sua orientação. Estou no segundo lugar nesse caso e não quero extrapolar o meu limite. Por favor, diga o que devo fazer quanto a isso.

Monroe Mason estava chegando ao seu septuagésimo aniversário. Já estava cansado daquela amolação que era ser funcionário público. Nos últimos dois anos tinha delegado grande parte da responsabilidade para os assistentes de promotores mais jovens e ávidos, dando conselhos quando era necessário, mas em geral cedendo autonomia para eles operarem como lhes aprouvesse. Estava louco para se aposentar para poder jogar golfe e pescar o quanto quisesse e não ter de lidar com os aspectos políticos do cargo.

Mas não foi por acaso que servira como procurador municipal aqueles últimos 24 anos. Era um operador muito astuto quando assumiu a posição de procurador e não tinha perdido nem um pouco dessa qualidade. Seus instintos eram tão aguçados quanto antes. Ainda podia sentir quando alguém não estava sendo totalmente sincero com ele.

Steffi tinha contado com a intuição do chefe quando planejou aquela reunião.

– Tem certeza de que não sabe o que está incomodando Hammond? – perguntou ele para ela, baixando a voz retumbante até soar como um rugido abafado.

Fingindo ansiedade, Steffi esticou o lábio inferior.

– Fiquei meio sem saída, não é?

– Você não quer falar mal de um colega.

– É por aí.

– Entendo o constrangimento da sua situação. Admiro a sua lealdade com o Hammond. Mas esse caso é importante demais para ficar à mercê de sensibilidades. Se ele está se furtando das suas obrigações...

– Oh, eu não quis dizer isso – ela se apressou em explicar. – Ele nunca deixa a peteca cair. Só que não acho que ele está inteiro nisso. O coração dele não está.

– E você sabe por quê?

– Toda vez que abordo o assunto, ele reage como se eu tivesse pisado num calo dele. Fica todo nervoso e irritado. – Ela fez uma pausa como se raciocinasse a respeito do comportamento de Hammond. – Mas se me pedisse para especular sobre o que deve estar incomodando Hammond...

– Eu pedi.

Ela fingiu pensar com muito cuidado antes de finalmente falar.

– Neste momento o nosso suspeito é uma mulher. Alex Ladd é uma mulher inteligente e bem-sucedida. E refinada, articulada e alguns talvez a considerem atraente.

Mason deu uma risada.

– Você acha que Hammond está a fim dela?

Steffi riu com ele.

– Claro que não.

– Mas está dizendo que o fato de ser uma mulher está influenciando o modo que ele trata do caso.

– Estou dizendo que é uma possibilidade. Mas o sentido disso é meio truncado. Você conhece Hammond melhor do que eu. Você o conhece a vida toda. Sabe como ele foi criado.

– Num lar com valores muito tradicionais.

– E certamente com papéis bem definidos – acrescentou ela. – Ele nasceu em Charleston, é sulista até os ossos. Ele cresceu bebendo uísque com menta e aprendeu cavalheirismo.

Mason pensou no que ela estava dizendo.

– Está com medo que ele possa amolecer se tiver de pedir a pena de morte para uma mulher como a dra. Ladd.

– É só um palpite.

Ela baixou os olhos como se estivesse aliviada de ter cumprido aquela terrível missão.

Disfarçadamente, ela observou seu chefe puxar, pensativo, o lábio inferior. Alguns segundos se passaram. A teoria dela e o jeito relutante de verbalizá-la tinham sido perfeitos. Ela não contara para ele que Hammond tinha ido até a cena do crime na noite anterior. Mason podia considerar isso um bom sinal. Steffi não sabia bem o que achava daquela atitude. Em geral Hammond costumava deixar os detetives fazerem seu trabalho sem interferir, por isso tinha achado estranha aquela reviravolta. Devia pensar nisso, porém mais tarde.

Naquele momento ela estava ansiosa para ouvir a reação de Mason ao que tinha dito para ele. Dizer qualquer outra coisa ia parecer exagero, por isso ela ficou calada e deu-lhe bastante tempo para meditar.

– Eu discordo.

– O quê?

Ela levantou a cabeça de estalo. Estava tão segura de ter transmitido muito bem a sua ideia que a discordância dele foi totalmente inesperada.

– Tudo que você disse sobre a criação de Hammond está correto. Os Cross entalharam uma boa educação naquele menino. Tenho certeza de que esse aprendizado incluiu um código de comportamento com as mulheres, todas as mulheres, que remonta aos dias dos cavaleiros de armadura. Mas os pais dele, especialmente Preston, também insularam nele um sentido inabalável de responsabilidade. Creio que este se sobrepõe ao outro.

– Então como você explica o tédio dele?

Mason deu de ombros.

– Outros casos. Um calendário lotado no tribunal. Uma dor de dente. Alguma coisa na vida particular dele. Há muitos motivos para essa distração. Mas estamos apenas a alguns dias do assassinato. A investigação ainda está no estágio preliminar. Smilow admite que não tem provas suficientes para efetuar uma prisão. – Ele sorriu e recuperou o ânimo. – Tenho certeza de que quando Smilow acusar de fato a dra. Ladd, ou seja lá quem for, de ter praticado este crime, Hammond pisará na base, com o taco de beisebol na mão e, se o conheço bem, baterá um *home run.*

Steffi estava com vontade de rilhar os dentes, mas em vez disso ela deu um suspiro de alívio.

– É bom saber que você acha isso. Fiquei indecisa se devia ou não comentar esse assunto.

– Estou aqui para isso.

Ele deixou claro que a conversa tinha acabado, levantou-se e pegou seu paletó num cabide de pé.

Steffi seguiu atrás dele até a porta da sala e insistiu. Tinha de dizer outras coisas para ele.

– Tinha medo que você ficasse insatisfeito com o desempenho de Hammond e passasse o caso para outra pessoa. Então eu também não estaria mais trabalhando nele e detestaria isso, porque estou achando o caso fascinante. Estou ansiosa para a polícia nos dar logo um suspeito. Mal posso esperar para cravar os dentes na preparação do julgamento.

Achando graça no entusiasmo dela, Mason deu uma risadinha.

– Então ficará contente de saber o que Smilow andou fazendo esta manhã.

– Minha hora está quase acabando...

Um gemido de protesto se ouviu entre os alunos de medicina que tinham lotado o auditório à capacidade de apenas lugares em pé para ouvir a aula de Alex.

– Obrigada – disse ela, sorrindo. – Agradeço a sua atenção. Antes de sermos forçados a terminar a aula, quero comentar como é vital que o paciente que sofre de ataques de pânico não seja ignorado como um hipocondríaco. Infelizmente isso acontece muito. Os familiares podem, e é compreensível, não tolerar mais as reclamações crônicas do paciente.

"Os sintomas às vezes são tão bizarros que parecem ridículos e, em geral, são considerados imaginários. Por isso, mesmo se o paciente estiver recebendo tratamento e aprendendo táticas para enfrentar o distúrbio de ansiedade aguda, sua família também deve ser instruída para saber como lidar com esse fenômeno.

"Agora eu realmente tenho de dispensar vocês, senão seus outros instrutores vão querer a minha cabeça. Obrigada pela sua atenção."

Eles a aplaudiram com entusiasmo e depois começaram a sair. Vários alunos foram falar com ela, apertar sua mão, dizer que a palestra tinha sido muito interessante e informativa. Um deles até apresentou uma cópia de um artigo que Alex havia escrito e pediu para ela autografar.

O anfitrião de Alex não se adiantou até o último aluno partir. O dr. Douglas Mann lecionava na Universidade de Medicina da Carolina do Sul. Ele e Alex tinham se conhecido na faculdade e tornaram-se amigos desde então. Ele era alto e magro, careca como uma bola de bilhar e excelente jogador de basquete, solteiro convicto por motivos que não tinha revelado para Alex.

– Talvez eu deva organizar um fã-clube – observou ele quando a encontrou.

– Só estou aliviada de ter conseguido mantê-los atentos.

– Você está brincando? Eles se agarravam a cada palavra que você dizia. Você me transformou no herói da hora – disse ele com um sorriso largo. – Adoro ter amigos famosos.

Ela riu do que considerava um cumprimento não merecido.

– Eles eram tranquilos. Uma boa plateia. Nós éramos tão inteligentes assim quando tínhamos a idade deles?

– Quem pode saber? Vivíamos chapados!

– *Você* vivia chapado.

– Ah, é – ele sacudiu os ombros ossudos. – Isso mesmo, você não era nada divertida. Só queria saber de trabalho, nada de diversão.

– Com licença, dra. Ladd?

Alex virou e deu de cara com Bobby Trimble. O coração dela deu um pulo.

Ele segurou sua mão e apertou-a com entusiasmo.

– Dr. Robert Trimble. Montgomery, Alabama. Estou de férias aqui em Charleston, mas vi um aviso sobre a sua palestra esta manhã e não pude deixar de vir encontrá-la.

Doug, sem perceber o mal-estar de Alex, apresentou-se e apertou a mão de Bobby.

– Colegas são sempre bem-vindos nas nossas palestras.

– Obrigado. – Olhando para Alex, Bobby disse: – Os seus estudos sobre a ansiedade têm sido particularmente interessantes para mim. Estou curioso de saber o que a fez se concentrar nessa síndrome específica. Alguma experiência pessoal, talvez? – Ele piscou um olho. – Com medo de que os pecados do passado a alcancem?

– Terá de me desculpar, dr. Trimble – disse ela com a voz gelada. – Tenho consultas marcadas.

– Desculpe tomar seu tempo. Foi um prazer.

Virando abruptamente, ela se dirigiu à saída. Doug resmungou uma despedida apressada para Bobby e correu para alcançá-la.

– Um fã ardente em excesso, hein? Você está bem?

– Claro que estou – respondeu ela alegremente.

Mas não estava nada bem. Estava qualquer coisa, menos bem. A aparição inesperada de Bobby era seu jeito de informar que ele podia se intrometer a qualquer momento. Com facilidade. Não havia uma área da vida dela que ele não pudesse invadir se quisesse.

– Alex? – Doug perguntou se ela queria tomar café da manhã com ele. – Como agradecimento, o mínimo que posso fazer é comprar um prato de camarão e cereais.

– Parece delicioso, Doug, mas fica para a próxima – ela não conseguiria engolir uma garfada de comida se a sua vida dependesse disso. Ver Bobby no que considerava um território seguro a deixara muito abalada e contrariada, o que certamente era a intenção dele – Tenho uma consulta marcada para daqui a quinze minutos. Mal vai dar para chegar na hora se eu for para lá direto.

– Estamos indo.

Doug tinha insistido em pegá-la aquela manhã e dar uma carona até o Centro Médico da UMCS porque as vagas para estacionar perto do enorme complexo eram raras. A caminho do centro da cidade, ele agradeceu mais uma vez.

– Não tem de quê. Eu gostei muito. – *Até Bobby aparecer,* pensou ela.

– Qualquer coisa que eu puder fazer para retribuir o favor, estou devendo um para você – disse ele sinceramente.

– Vou me lembrar disso.

Ela procurava esconder sua aflição mantendo a conversa superficial. Trocaram fofocas sobre amigos e colegas que tinham em comum. Ela perguntou sobre a pesquisa de AIDS em que ele estava trabalhando. Ele perguntou se havia alguma coisa nova e excitante acontecendo na vida dela.

Se dissesse, ele não acreditaria. *Ou talvez acreditasse,* ela se corrigiu quando eles entraram na rua dela.

– Que diabos foi isso? – perguntou Doug. – Sua casa deve ter sido assaltada!

Alex soube na mesma hora, com uma sensação pesada de apreensão, que o carro de polícia parado na frente de sua casa não tinha nada a ver com assalto. Dois policiais uniformizados ladeavam a porta da frente como sentinelas. Outro, à paisana, espiava pelas janelas da frente. Smilow conversava com a paciente dela que aparentemente tinha chegado cedo para a sua consulta.

Doug parou o carro e já ia descer quando Alex o impediu:

– Não se envolva nisso, Doug.

– Envolver em quê? Que diabos está acontecendo?

– Mais tarde eu explico.

– Mas...

– Por favor! Eu telefono!

Ela apertou o braço dele, saiu do carro, passou pelo portão e subiu quase correndo o caminho até a casa, notando que a cena na sua porta da frente tinha atraído a atenção de vários transeuntes. Um turista tirava fotografias da casa, o que não era nada incomum. A rua era incluída em todos os passeios turísticos. Apesar de semelhantes na planta, cada casa naquele quarteirão apresentava pelo menos uma faceta distinta de significado histórico. Aquela manhã, a casa dela se destacava das outras por causa do carro da polícia estacionado em frente.

– Dra. Ladd! – a paciente correu na direção dela. – O que está acontecendo? Eu cheguei bem na hora em que esses policiais chegaram.

Alex olhou furiosa para Smilow por cima do ombro da mulher aflita.

– Sinto muito, Evelyn, mas terei de marcar sua consulta para outra hora.

Alex pôs as mãos nos ombros da mulher, fez com que ela desse meia-volta e andou com ela até o carro. Levou alguns minutos para garantir-lhe que estava tudo bem e que sua consulta seria marcada o mais cedo possível.

– Você está bem? – perguntou Alex gentilmente.

– Você está, dra. Ladd?

– Eu estou ótima. Juro. Telefono para você mais tarde, ainda hoje. Não se preocupe.

Só depois que o carro se afastou, Alex virou para trás. Dessa vez, enquanto seguia para a porta, não tirava os olhos de Smilow.

– Que diabos está fazendo aqui? Eu tinha uma paciente e...

– E eu tenho um mandado de busca.

Ele tirou o documento do bolso no peito do paletó. Alex olhou para os três outros policiais flanando na porta da casa dela e de novo para Smilow.

– Atendo ao meu último paciente às três horas. Isso não pode esperar até a sessão terminar?

– Temo que não.

– Vou ligar para Frank Perkins.

– Esteja à vontade. Mas não precisamos da permissão dele para entrar. Não precisamos nem da sua.

Sem dizer mais nada, ele acenou para seus homens entrarem.

O que Alex achou mais ofensivo talvez tenham sido as luvas que eles calçaram antes de entrar, como se a casa e ela estivessem contaminadas e eles precisassem de proteção.

Primeiro ela chorou.

Despertar e se encontrar no pior pesadelo que uma mulher solteira pode imaginar – pelo menos para uma professora solteira de um subúrbio de Indianápolis. – Ellen Rogers sentou-se na cama, apertou o lençol na garganta e chorou convulsivamente.

De ressaca. Nua. Violentada. Abandonada.

Revivendo os acontecimentos da noite anterior, primeiro teve a impressão de que tinha mergulhado em uma das suas fantasias, em que um belo desconhecido a tinha escolhido em vez das meninas mais jovens, mais bonitas e mais magras da boate. Ele tinha tomado a iniciativa. Ele a tinha escolhido para dançar e para pagar os drinques. A atração foi instantânea e mútua, como sempre imaginou que seria quando "aquilo" finalmente acontecesse com ela.

Além disso, ele não era insípido nem superficial. Tinha uma *história.* A história dele era de amor e perda e tinha partido o coração dela. Tinha amado demais a mulher. Quando ela adoeceu, ele se dedicou inteiramente a cuidar dela, até ela morrer. Apesar dos sacrifícios que isso representou na vida dele e nos seus negócios, ele cozinhava, limpava a casa e lavava a roupa. Cumpriu tarefas pessoais para a esposa, mesmo as mais desagradáveis. Nas raras ocasiões em que ela podia sair, era ele que fazia sua maquiagem.

Tanto sacrifício! O amor era exatamente isso. Valia a pena conhecer aquele homem. Era um homem que merecia todo o amor que Ellen acumulava havia anos e desejava desesperadamente partilhar.

Ele também tinha sido um amante fantástico.

Mesmo com a experiência dela limitada a um primo mais velho, que um dia a forçara a fazer sexo oral com ele, um namorado que falou de amor entre duas trepadas mal dadas no carro antes de acabar o namoro com ela e um professor casado com quem ela teve um excitante mas não consumado flerte até ele ser transferido para outra escola, ela soube reconhecer que Eddie – esse era o nome dele – era excepcional na cama. Tinha feito coisas com ela que só tinha lido a respeito nos romances que colecionava em caixas etiquetadas no porão. Ele a exauriu com a sua paixão.

Mas agora o brilho cor-de-rosa do romance era apagado pelo terror negro que acompanha esses programas de uma noite com um completo desconhecido. Gravidez. (Ei, podia acontecer com mulheres de mais de quarenta). DST. AIDS.

Qualquer consequência dessas arrasaria seu sonho de um dia se casar. Sua chance de chegar ao matrimônio ficava menor a cada ano que passava, mas a indiscrição da véspera tinha realmente tornado impossível esse sonho. Que homem ia querê-la agora? Um homem decente, não. Não agora que tinha um *passado*.

A situação dela não podia piorar muito.

Mas piorou.

Ela foi roubada também.

Descobriu isso quando finalmente saiu da cama para ir ao banheiro e avaliar os danos. Viu que a sua bolsa não estava na cadeira onde a tinha deixado na noite anterior. Lembrava-se muito bem. Não era algo que ia esquecer porque aquela tinha sido a primeira vez que um homem chegara por trás, apertando seu... sabe o quê... nela. Ele a abraçou, enfiou a mão no vestido e acariciou seus seios. Com os ossos praticamente derretendo, ela deixou a bolsa cair na cadeira. Tinha certeza disso.

Mesmo assim, deu uma busca frenética no quarto, e se censurou por não ter dado ouvidos aos comerciais da televisão que avisavam para nunca sair de casa sem traveler's checks.

Pode ter sido por causa daquela autoincriminação dolorosa, ou por lembrar da facilidade com que o falastrão do Eddie a convencera de todas aquelas mentiras, mas Ellen Rogers de repente parou sua busca inútil da bolsa e ficou perfeitamente imóvel no meio do quarto de hotel. Ainda nua, pôs as mãos nos quadris, desvencilhou-se da sua personalidade decorosa e xingou feito um marinheiro.

Não sentia mais pena dela mesma. Estava furiosa.

Capítulo 23

Era quase meio-dia quando Hammond chegou ao fórum. Ao passar pela mesa da recepcionista, pediu para ela levar uma xícara de café para ele. Não ficou feliz de ver Steffi à sua espera, dentro da sua sala. Para deixá-lo ainda mais aborrecido, ela olhou para ele e disse:

– Noite dura?

Hammond só tinha voltado para casa quase ao amanhecer. Quando adormeceu, dormiu profundamente algumas horas. Ao acordar, maldisse a hora que viu no relógio de cabeceira. Não precisava da acusação de Steffi de que estava iniciando o dia de trabalho com muito atraso.

– O que aconteceu com o seu polegar?

Tinham sido necessários dois Band-Aids para cobrir o corte.

– Eu me cortei quando fazia a barba.

– Polegares peludos?

– O que há, Steffi?

– Smilow enviou mais provas para o laboratório. Espera que encontrem semelhança nos fios de cabelo.

Ele ocultou sua reação espontânea interior, tratando calmamente dos seus afazeres – deixou a pasta na mesa, tirou e pendurou o paletó, folheou uma pilha de correspondência e recados telefônicos. Leu um, distraído, e perguntou:

– De que caso?

Extremamente perturbada, Steffi cruzou os braços.

– O caso do assassinato de Lute Pettijohn, Hammond.

Ele sentou-se à mesa dele e agradeceu à recepcionista quando ela lhe deu uma xícara de café.

– Quer um, Steffi?

– Não, obrigada – sem muita gentileza, ela fechou a porta depois que a recepcionista saiu. – Agora que você já se instalou e está tomando seu café, será que podemos, por favor, conversar sobre essa última revelação?

– Smilow encontrou um cabelo na suíte do hotel de Pettijohn?

– Correto.

– E está mandando compará-lo com...?

– Com o que ele tirou da escova de cabelo de Alex Ladd esta manhã, durante a busca.

Isso perturbou Hammond.

– Busca?

– Ele conseguiu um mandado bem cedo. Já fizeram a busca.

– Eu nem sabia que ele ia pedir um mandado. Você sabia?

– Não até agora há pouco.

– Por que não ligou para mim?

– Não achei necessário, até termos alguma coisa.

– O caso é meu, Steffi.

– Bem, você evidentemente não está agindo como se fosse – disse ela, levantando a voz.

– Como é que estou agindo?

– Trate de descobrir sozinho. Para começo de conversa, pode se perguntar por que está chegando aqui tão tarde. Não fique zangado comigo por não estar aqui quando as coisas começaram a acontecer.

Ficaram se encarando, cada um de um lado da mesa. Ele estava zangado por ser excluído do elo apertado que ela havia formado com Smilow. Estavam praticamente unidos pela cintura naquele caso. Mas, por mais que detestasse admitir, os argumentos dela eram válidos. Ele estava zangado com ele mesmo e com a situação e descontava nela.

– Mais alguma coisa? – perguntou ele num tom mais civilizado.

– Ele tem os cravos também.

– Cravos? De que diabos você está falando?

– Lembra do pedacinho de alguma coisa que foi tirado da manga de Pettijohn?

– Vagamente.

Ela explicou que identificaram a lasquinha como cravo-da-índia e que Alex Ladd tinha laranjas com cravos num pote na entrada da casa dela.

– A laranja com cravo perfuma o ambiente como um *pot-pourri* natural. Além disso, eles encontraram uma bolada de dinheiro no cofre da casa dela. Milhares de dólares.

– Que supostamente prova o quê?

– Ainda não sei o que isso *prova,* Hammond. Mas você tem de admitir que não é muito ortodoxo e bastante suspeito alguém manter essa quantidade de dinheiro num cofre doméstico.

Com um nó na garganta, Hammond perguntou:

– E a arma?

– Infelizmente não apareceu.

O telefone dele tocou e a recepcionista informou que era o detetive Smilow na linha.

– Ele deve estar ligando para mim – disse Steffi e pegou o fone. – Eu disse para ele que estaria aqui no seu escritório.

Ela ficou ouvindo um pouco, verificou seu relógio de pulso e depois disse alegremente:

– Estamos a caminho.

– Estamos a caminho de onde? – perguntou Hammond quando ela desligou.

– Acho que a dra. Ladd entendeu que está no meio da maior "você sabe o quê". Está vindo para ser interrogada de novo.

Apesar de ter a mesa cheia de papéis intocados, minutas, memorandos e recados não respondidos, ele nem cogitou em mandar Steffi no seu lugar. Precisava estar lá para ouvir o que Alex tinha para dizer, mesmo se fosse alguma coisa que ele não quisesse ouvir.

O pesadelo ao vivo continuava. O horror aumentava. Smilow era irreprimível, mas o homem não podia ser acusado de fazer o seu trabalho e fazê-lo bem. Alex... droga, ele não sabia o que pensar de Alex. Ela havia admitido tê-lo comprometido deliberadamente, indo para a cama com ele, mas se recusava a explicar por quê. Que outro motivo haveria senão algo ligado a Pettijohn e/ou ao seu assassinato?

Com medo do desconhecido, Hammond se movia como se tivesse de se arrastar em areia movediça quando saíram do prédio. O sol parecia um maçarico. O ar estava pesado e parado. Nem o ar-condicionado do carro de Steffi dava conta. Ele estava transpirando quando subiram os degraus da entrada da sede da polícia. Dessa vez ele subiu no elevador com Steffi para o território de Smilow.

Steffi bateu uma vez na porta da sala antes de entrar.

– Perdemos alguma coisa?

Smilow, que tinha começado sem eles, continuou falando ao microfone do gravador.

– Os assistentes do promotor público, Mundell e Cross, acabaram de chegar – ele disse a hora e o dia.

Alex virou-se para Hammond. Ele estava atrás de Steffi.

Quando Hammond se abaixara ao lado da cama aquela manhã para dar um beijo de despedida, Alex tinha posto a mão na nuca dele e levantado o rosto para beijá-lo demorada e profundamente. Quando o beijo finalmente terminou e ele gemeu por ter de deixá-la, ela sorriu para ele sonolenta, sensual, com olhos de sono e pálpebras pesadas. Agora Hammond lia naqueles olhos uma apreensão igual à dele.

Liquidadas as formalidades, Frank Perkins disse:

– Antes de começar, Smilow, a minha cliente gostaria de corrigir algumas de suas afirmações anteriores.

Steffi deu um sorriso afetado. Smilow não demonstrou reação alguma e fez sinal para Alex falar.

A voz firme dela ocupou o silêncio da expectativa.

– Menti para os senhores antes, quanto a ter estado na suíte de cobertura do sr. Pettijohn. Estive lá no sábado à tarde. Enquanto esperava que ele abrisse a porta, vi o homem de Macon entrando no quarto dele, conforme ele relatou.

– Por que mentiu sobre isso?

– Para proteger um dos meus pacientes.

Steffi bufou incrédula, mas Smilow a inibiu com um olhar muito sério.

– Por favor, continue, dra. Ladd.

– Fui encontrar o sr. Pettijohn a pedido de um paciente.

– Para quê?

– Para dar um recado verbal. Não posso revelar mais que isso.

– Sigilo profissional é um escudo muito conveniente.

Ela concordou movendo um pouco a cabeça.

– No entanto, era isso que eu estava fazendo lá.

– Por que não nos contou isso antes?

– Tive medo que vocês acabassem me fazendo revelar o nome do paciente. Os interesses desse indivíduo estavam acima dos meus.

– Até agora.

– A situação ficou insustentável. Mais ainda do que eu já previa. Fui forçada a contar o que pretendia manter em segredo pelo bem do meu paciente.

– A senhora costuma fazer tais sacrifícios pelos seus pacientes? Dar recados e coisas assim?

– Em geral, não. Mas teria sido muito perturbador para esse paciente encontrar-se cara a cara com o sr. Pettijohn. Foi um pequeno favor que fiz.

– Então a senhora viu o sr. Pettijohn? – Ela fez que sim com a cabeça. – Quanto tempo ficou na suíte com ele?

– Alguns minutos.

– Menos de cinco? Mais de dez?

– Menos de cinco.

– A suíte de um hotel não é um lugar estranho para esse tipo de encontro?

– Eu achei que era, mas foi a pedido do sr. Pettijohn que nos encontramos lá. Ele disse que o hotel seria mais conveniente para ele, já que teria um encontro com alguém lá mais tarde.

– Quem?

– Eu não sei. Em todo o caso, não me importei de ir até lá, porque, como já disse, tinha o resto do dia livre. Não tinha mais nenhum compromisso. Dei uma espiada nas vitrines na área do Charles Towne e depois saí da cidade.

– E foi para a feira.

– É. Confirmo todo o resto que eu disse.

– Qual versão?

Frank Perkins franziu o cenho para a piadinha de mau gosto de Steffi.

– Não precisa ser sarcástica, srta. Mundell. Agora ficou claro por que a dra. Ladd relutou em contar seu breve encontro com Pettijohn. Ela estava protegendo a privacidade de um paciente.

– Um gesto muito nobre da parte dela.

Antes de o advogado poder chamar a atenção de Steffi de novo, Smilow continuou:

– Como lhe pareceu o sr. Pettijohn, dra. Ladd?

– Como me pareceu?

– Como estava o humor dele?

– Eu não o conhecia, por isso não tenho nada para comparar com o humor dele aquela tarde.

– Bem, ele estava jovial ou rabugento? Alegre ou triste? Tranquilo ou irritado?

– Nenhum desses extremos.

– Qual era o teor da mensagem que a senhora transmitiu?

– Não posso dizer.

– Era provocante?

– O senhor quer dizer se ele ficou zangado?

– Ficou?

– Se ficou ele não demonstrou.

– Não foi um aborrecimento que pudesse provocar um ataque?

– Não. De jeito nenhum.

– Ele parecia nervoso?

Ela sorriu.

– O sr. Pettijohn não me pareceu uma pessoa que fica nervosa com facilidade. Nada que li a respeito dele sugere que fosse uma pessoa tímida.

– Ele foi basicamente simpático com a senhora?

– Educado. Não chego a ponto de dizer simpático. Não nos conhecíamos.

– Educado – Smilow ponderou a informação. – Ele bancou o anfitrião? Por exemplo, ofereceu uma cadeira para a senhora sentar?

– Ofereceu, mas eu fiquei em pé.

– Por quê?

– Porque sabia que não ia ficar muito tempo e preferi ficar em pé do que sentar.

– Ele lhe ofereceu algo para beber?

– Não.

– Sexo?

Todos na sala reagiram à pergunta inesperada, mas ninguém com mais violência que Hammond. Ele deu um pulo como se tivesse levado uma mordida da parede onde estava encostado.

– Que diabos?! – exclamou ele. – De onde saiu isso?

Smilow desligou o microfone, depois virou-se para Hammond.

– Não se meta. Esse interrogatório é meu.

– A pergunta foi imprópria, e você sabe muito bem disso.

– Concordo plenamente – disse Frank Perkins, e a raiva dele era quase tão intensa quanto a de Hammond. – A sua investigação não revelou nada que pudesse indicar que Pettijohn teve um encontro sexual aquela tarde.

– Não na cama da suíte do hotel. Isso não exclui todas as atividades sexuais. Sexo oral, por exemplo.

– Smilow...

– A senhora fez sexo oral com o sr. Pettijohn, dra. Ladd? Ou ele com a senhora?

Hammond avançou na sala congestionada e deu um empurrão forte em Smilow.

– Seu filho da puta!

– Tire suas mãos de mim – disse Smilow, empurrando Hammond para trás.

– Hammond! Smilow! – Steffi tentou entrar no meio dos dois e levou um safanão.

Frank Perkins estava enlouquecido.

– Isso é ultrajante!

– Isso foi um golpe baixo, Smilow! – berrou Hammond. – Mesmo você nunca tinha se rebaixado tanto. Se vai começar a atirar às cegas desse jeito, pelo menos tenha a coragem de deixar o gravador ligado.

– Não preciso que você me explique como conduzir um interrogatório!

– Isso não é um interrogatório. É um assassinato moral. E sem um bom motivo.

– Ela é suspeita, Hammond – argumentou Steffi.

– Não de uma trapaça sexual – vociferou ele para ela.

– E o cabelo, Smilow? – perguntou Steffi.

– Já ia chegar lá.

Smilow e Hammond continuaram se encarando como pitbulls presos às coleiras. Smilow foi o primeiro a se recompor. Alisou o cabelo para trás e puxou os punhos da camisa. Voltou para a sua mesa e ligou de novo o gravador.

– Dra. Ladd, encontramos um fio de cabelo na suíte do hotel. Acabei de saber do laboratório estadual de Columbia que é igual aos fios tirados da sua escova de cabelo.

– E daí, detetive? – Ela não parecia mais passiva diante do que estava acontecendo. Tinha manchas vermelhas no rosto e os olhos verdes cintilavam de raiva. – Admiti que estive na suíte e expliquei por que não disse a verdade antes. Devo ter perdido um fio de cabelo, que é uma ocorrência biológica natural. Tenho certeza de que o meu não foi o único fio de cabelo que o senhor encontrou naquele quarto.

– Não, não foi.

– Mas fui a escolhida para ser insultada.

Hammond queria gritar *bravo, Alex!* Ela tinha todo o direito de estar indignada. Smilow tinha preparado aquela pergunta para deixá-la abalada, desconcertada, para interromper sua concentração e poder pegá-la numa mentira. Era um velho truque usado pelos profissionais e normalmente funcionava. Mas não dessa vez. Smilow não tinha conseguido desestruturar Alex, só a deixara furiosa.

– A senhora pode explicar como um pedaço de cravo-da-índia foi parar na manga do sr. Pettijohn?

A expressão de raiva de Alex relaxou um pouco, e então ela riu.

– Sr. Smilow, há cravos em quase todas as cozinhas do mundo. Por que resolveu isolar o *meu* cravo? Tenho certeza de que há cravos na cozinha do Charles Towne Plaza. O sr. Pettijohn pode ter levado o cravo da cozinha da casa dele até o quarto do hotel.

Frank Perkins sorriu e Hammond sabia o que o advogado de defesa estava pensando. No tribunal, ele seguiria aquele mesmo raciocínio até os jurados começarem a rir da alegação da promotoria de que *o cravo* era o cravo da dra. Ladd.

– Acho que é melhor limitar suas perdas até este ponto, Smilow – disse Perkins. – Contrariando o meu conselho, a dra. Ladd já cooperou totalmente. Ela tem sido terrivelmente prejudicada e os pacientes que tiveram de desmarcar consultas também. A casa dela foi virada de cabeça para baixo e ela foi insultada de forma imperdoável. Você deve a ela muitas desculpas.

Se Smilow ouviu o que o advogado disse, nem deu mostras. O olhar cristalino não desgrudou do rosto de Alex.

– Gostaria de saber sobre o dinheiro que encontramos no seu cofre.

– O que tem ele?

– Onde o conseguiu?

– Você não precisa responder, Alex.

Ela ignorou o conselho do advogado.

– Verifique minhas declarações de renda, sr. Smilow.

– Já verificamos.

Ela ergueu uma sobrancelha como se dissesse *então que pergunta é essa?*

– Não seria mais seguro em termos financeiros manter seu dinheiro numa conta bancária que rendesse juros do que guardá-lo num cofre de parede?

– As economias dela e a forma que as administra são totalmente irrelevantes – disse Perkins.

– Isso ainda vamos ver. – Antes de o advogado poder protestar de novo, Smilow levantou o dedo indicador. – Mais uma coisa, Frank, e termino.

– Isso não está levando a lugar nenhum.

– Quando foi que arrombaram sua casa, dra. Ladd?

Hammond certamente não podia prever aquela pergunta. E aparentemente nem Alex. Pela primeira vez a reação dela foi bem visível e reveladora.

– A porta da cozinha?

Observando Alex bem de perto, Smilow disse:

– A que dá para o pátio, sim.

– Não me lembro exatamente. Acho que foi há alguns meses.

– Roubaram alguma coisa?

– Não, acho que deve ter sido a garotada da vizinhança num ato de vandalismo.

– Humm. Está bem, obrigado.

Smilow desligou o gravador, Perkins puxou a cadeira para ela se levantar.

– Isso está ficando muito velho e muito rápido, Smilow.

– Nada de desculpas, Frank. Tenho de resolver um assassinato.

– Você está latindo na árvore errada. Está assediando a dra. Ladd enquanto o rastro do culpado vai esfriando.

Ele empurrou sua cliente de leve para a porta. Hammond tentou não olhar para ela, mas não conseguiu. Ela deve ter sentido seu olhar porque olhou para ele ao passar. E assim eles olhavam um para o outro quando Smilow perguntou:

– Quem é seu namorado?

Ela virou depressa para o detetive.

– Namorado?

– Seu amante.

Dessa vez a farpa acertou o alvo. Alex perdeu o controle. Não usou a cautela habitual nem deu ouvidos aos pedidos insistentes do advogado para não dizer nada. Ela reagiu automaticamente:

– Eu não tenho amante.

– Então o que nos diz dos lençóis que encontramos no seu roupeiro, manchados de sangue e de sêmen?

– Aquela história de proteger o paciente foi pura ficção – Steffi deu uma risadinha de desdém. – Recomendo que a acuse sem demora.

Steffi, Smilow e Hammond tinham ficado na sala depois que Frank Perkins saiu furioso com sua cliente. Mas os dois não ouviam nada que Steffi estava dizendo. Estavam se encarando como gladiadores prestes a iniciar uma luta até a morte. O último a morrer é o vencedor.

Hammond desferiu o primeiro golpe:

– De onde diabos você...

– Não dou a mínima para o que você acha das minhas táticas. Farei isso do meu modo.

– Você quer que ela saia impune? – disparou Hammond de volta. – Se você continuar com essa besteira sobre a vida pessoal dela, Frank Perkins vai fazer uma festa! Um lençol no roupeiro da casa dela? Cristo! – disse ele, com um sorriso de desprezo.

– Não se esqueça do roupão! – exclamou Steffi. Essa era a parte que ela achava mais divertida. – A srta. Santa do Pau Oco transa sem tirar o roupão.

Hammond olhou para ela soltando faíscas dos olhos, mas Smilow chamou a atenção dele.

– Por que ela mentiu sobre o namorado?

– Como é que vou saber? – berrou Hammond. – E como é que *você* sabe? Ela explicou que no momento não tem ninguém. E basta.

– Não basta, não – Steffi se intrometeu.– As manchas de sêmen...

– Não têm nada a ver com o encontro que ela teve com Pettijohn na semana passada!

– Talvez não tenham – disse ela bruscamente. – Pode ser que ela tenha se cortado quando raspava a perna, conforme explicou. Tudo bem, isso resolve o sangue, apesar de eu achar que devia ser analisado. Mas esperma é esperma. Por que ela negaria ter um relacionamento pessoal com um homem se isso não tivesse alguma relação com Pettijohn?

– Ela poderia ter milhares de motivos.

– Cite um.

Hammond aproximou o rosto do rosto de Steffi.

– Tudo bem, aqui vai um. Não é da sua conta com quem ela vai para a cama.

Os tendões no pescoço dele se esticaram. O rosto ficou vermelho e uma veia na testa começou a latejar. Steffi o tinha visto furioso com policiais, juízes, jurados, com ela, com ele mesmo. Mas nunca tinha visto Hammond tão furioso assim antes. Surgiram dúvidas na mente dela, perguntas que ia ruminar quando estivesse sozinha e tivesse tempo para pensar com todo o cuidado.

– Não entendo por que você está tão irritado – disse ela.

– Porque sei do que ele é capaz – ele apontou para Smilow. – Ele se vale de artifícios com as provas para montar seu caso.

– Nós reunimos essas provas numa busca legal – disse Smilow, soprando as palavras entre dentes cerrados.

Hammond riu com desprezo.

– Não me admiraria se você mesmo tivesse gozado naqueles lençóis.

Smilow parecia que ia bater em Hammond. Com esforço, ele respirou pelas narinas que estavam quase fechadas de tanta raiva. Steffi achou mais prudente entrar na conversa:

– Com que frequência você acha que a srta. Pureza Alex Ladd lava suas roupas?

– Pelo menos a cada três ou quatro dias – disse Smilow muito tenso, olhando fixamente para Hammond.

– Não estou acreditando nisso – Hammond recuou até a parede para se distanciar da conversa.

– Isso significa que nos últimos três ou quatro dias Alex Ladd fez sexo e depois mentiu sobre isso – disse Steffi. – Quando você mencionou um amante ela não disse simplesmente que não queria identificá-lo, ou perguntou que relação sua vida amorosa poderia ter com a nossa investigação de assassinato, ou nos mandou catar coquinho. Ela ficou branca, mentiu e depois de pega na mentira tentou explicá-la: "O que eu quis dizer é que não estou envolvida com ninguém no momento".

Os dois estavam ouvindo, ou pareciam estar. Mas como nenhum disse nada, ela continuou:

– Pode ser uma questão de semântica. Talvez ela esteja usando a saída política. Não mentiu exatamente, mas também não disse exatamente a verdade. Talvez ela não tenha um amante fixo, mas goste de sexo recreativo, ocasional.

As sobrancelhas de Smilow se juntaram.

– Eu acho que não. Não encontramos nenhum anticoncepcional oral no armário de remédios. Nenhum diafragma, nem camisinhas. Nada que possa sugerir atividade sexual numa base mais ou menos rotineira. Consequentemente, foi por isso que fiquei francamente surpreso quando encontramos aqueles lençóis manchados no roupeiro.

– Mas você deve ter pensado nela com uma conotação sexual, Smilow. Senão, onde queria chegar com aquela pergunta sobre ter sexo com Pettijohn?

– A nenhum lugar em especial – admitiu ele. – A pergunta dizia mais respeito a Lute do que a ela.

– Foi uma tentativa torpe de passar uma rasteira nela.

Steffi ignorou a observação mal-humorada de Hammond.

– Então você não acredita realmente que ela tenha se ajoelhado naquele quarto de hotel e dado uma chupada no Pettijohn?

Smilow sorriu de orelha a orelha.

– Talvez tenha sido isso que provocou o derrame.

Hammond praticamente se jogou da parede.

– Essa conversa sobre a vida sexual da dra. Ladd é o motivo dessa reunião? Porque, se for, tenho trabalho de verdade para fazer.

Smilow acenou para a porta.

– Pode ir.

– O que mais há para conversar?

– O arrombamento da porta dos fundos da casa dela.

– Ela explicou isso.

Steffi estava ficando cada vez mais impaciente com a estupidez de Hammond.

– Você não acreditou naquela explicação, acreditou? É claro que ela estava mentindo sobre aquilo também. Assim como esteve mentindo o tempo todo sobre tudo. O que há com você? Você costuma farejar uma mentira a um quilômetro de distância.

– Ela diz que o arrombamento aconteceu há meses – disse Smilow. – Mas a madeira quebrada não sofreu a ação do tempo. Estava fresca. E os arranhões no metal também. Além desses sinais de um arrombamento recente, por mais meticulosa que ela seja na arrumação e por mais imaculada que a casa esteja, não a vejo esperando meses para providenciar o conserto.

– Continua sendo uma conjetura – disse Hammond. – Tudo isso. A coisa toda.

– Mas ignorar isso seria absurdo – argumentou Steffi.

– Não mais absurdo do que pegar um monte de palpites sem provas e sem relação um com o outro e considerá-los fatos.

– Alguns *são* fatos.

– Por que você quer tanto que ela seja culpada?

– E por que você quer tanto que ela não seja?

O silêncio foi tão repentino e carregado de tensão que a batida na porta soou como um tiro de canhão.

Monroe Mason abriu a porta e enfiou a cabeça na sala.

– Ouvi dizer que a dra. Ladd ia ser interrogada de novo e resolvi dar um pulo aqui para ver como estava indo. Não muito bem, imagino. Ouvi a gritaria assim que passei pelas portas de segurança.

Todos resmungaram cumprimentos e então ninguém disse nada por uns trinta segundos.

Depois Mason dirigiu-se a Steffi:

– Você não costuma ter papas na língua. O que houve? O gato comeu sua língua? O que foi que interrompi?

Ela olhou para Hammond e para Smilow e virou-se de novo para Mason.

– A busca na casa da dra. Ladd resultou em alguns itens interessantes. Hammond e eu estávamos avaliando a relevância deles para o caso. É opinião de Smilow, e concordo, que constituem evidências válidas contra ela.

Mason olhou para Hammond:

– É óbvio que você não tem a mesma opinião.

– Na minha opinião, nós não temos nada. Eles estão se contentando com isso, mas acontece que não são eles que têm de apresentar o caso para o grande júri.

Steffi percebeu que aqueles próximos minutos seriam a chave do seu futuro. Hammond era o protegido de Monroe Mason. Aquela manhã mesmo, quando externara suas preocupações com a aparente indiferença de Hammond quanto ao caso, Mason tinha pulado em defesa dele. Contradizer seu sagrado sucessor podia não ser a melhor coisa a fazer.

Por outro lado, ela não podia deixar uma suspeita perfeita escapar só porque Hammond tinha ficado supersensível. Se ela jogasse direito, Mason poderia ver uma fraqueza no seu herdeiro necessário que não tinha visto antes. Podia notar um defeito de caráter que prejudicaria a eficiência de um promotor durão.

– Acho que o que temos da dra. Ladd é forte o suficiente para um mandado de prisão – declarou ela. – Não sei o que estamos esperando.

– Provas – disse Hammond, asperamente. – Que tal esse conceito?

– Nós temos provas.

– Provas inconsistentes, circunstanciais, na melhor das hipóteses. O pior advogado de defesa do estado da Carolina do Sul poderia facilmente dar a volta em tudo que nós juntamos. Longe de ser o pior, Frank Perkins é um dos melhores. Duvido que o grande júri chegasse a indiciá-la se eu chegasse lá apenas com um fio de cabelo e um condimento.

– Condimento? – perguntou Mason.

– Cravo é um tempero – corrigiu Steffi, irritada.

– Seja lá o que for! – gritou Hammond.

– Ele tem razão – a voz suave de Smilow silenciou os outros na mesma hora.

Steffi não podia acreditar que Smilow estava concordando com Hammond, e Hammond parecia tão atônito quanto ela.

Mason estava interessado no que Smilow tinha a dizer.

– Você concorda com Hammond?

– Em tudo, não. Acho que a dra. Ladd está envolvida. De que forma e até que ponto eu ainda não sei. Ela esteve lá com Pettijohn no sábado. Meu palpite é que não foi lá com boas intenções. Senão, por que estaria pregando mentira em cima de mentira para esconder isso? No entanto, do ponto de vista legal, Hammond tem razão. Não temos a arma. E não temos...

– O motivo – completou Hammond.

– Exatamente – Smilow deu um sorriso azedo. – Se ela não tinha intimidade com Pettijohn, realmente não importa se vai para a cama com todos os outros homens de Charleston. O que nos importa se alguém realmente arrombou a casa dela aparentemente sem motivo? É estranho, mas não ilegal, guardar milhares de dólares num cofre doméstico se há diversos bancos bem próximos da casa dela.

"Pelo que pude perceber do caráter dela, creio que se submeteria à pena de morte para não trair a confiança de um paciente, mesmo se esse paciente for sua única defesa. Não que eu acredite naquela história de dar um recado de um paciente. Não acredito. E também não acredito naquela bobagem de ir à feira e todo o resto.

"Mas – disse ele enfaticamente – o fato é que não estabeleci um motivo para ela matar Lute Pettijohn. Nem fiz nenhuma conexão entre os dois, em suas vidas pessoais, nem nas profissionais. Se ele era paciente dela, nunca assinou um cheque para ela. Se ela investia em um dos negócios imobiliários dele, não há registro. Não posso nem sequer pôr os dois juntos num jantar.

"Tenho um cara investigando no Tennessee, que é de onde ela vem, mas até agora ele não descobriu grande coisa, só o currículo escolar dela. Se Pettijohn já esteve alguma vez no estado do Tennessee, não deixou nenhum rastro por lá."

– Então – disse Mason – ou ela está dizendo a verdade ou também cobriu seu rastro muito bem.

– Acredito na segunda opção – disse o detetive. – Ela está escondendo alguma coisa. Só não sei o que é.

– Mas se você tivesse... – disse Steffi.

– Ele não tem.

– Se você tivesse um motivo...

– Mas ele *não tem.*

– Cale a boca, Hammond, e me deixa falar! – reclamou ela. – Por favor – ele abanou a mão, dando-lhe a vez. Ela dirigiu-se a Smilow: – Se você pudesse fazer essa ligação, descobrir um motivo, poderia avançar com as provas que temos?

Smilow olhou para Hammond:

– Isso cabe a ele.

Hammond olhou bem para Smilow e depois para Steffi. Então para Mason, que parecia ansioso para ouvir sua resposta. Finalmente ele disse:

– É. Eu poderia trabalhar com o que temos. Mas teria de ser uma motivação danada de forte.

Capítulo 24

– Você sabe, Davee, que isso é de muito mau gosto.

– Muito – Davee Pettijohn estava praticamente ronronando de satisfação enquanto trocava seu copo vazio pelo cheio que o garçom tinha trazido para ela. – Como já disse antes, Hammond, eu me recuso a ser hipócrita.

– O enterro do seu marido foi ontem.

– Meu Deus, não precisa me lembrar. Que coisa mais lúgubre foi aquela! Você não ficou de saco cheio?

Hammond sorriu meio sem querer e agradeceu ao garçom o drinque que tinha pedido.

– Vão ficar falando sobre isso anos e anos.

– Essa é a ideia, querido – disse Davee. – Essa festinha foi programada para ofender todas as vadias que vão fofocar a meu respeito, não importa o que eu faça. Por que não aproveitar até o fim?

A reunião não podia ser chamada de festinha. Os salões do primeiro andar da mansão Pettijohn estavam abarrotados de amigos, conhecidos e agregados que também eram rebeldes e não davam a mínima se a viúva promovia uma festa no dia seguinte ao funeral do marido ou não. Não havia possibilidade de considerá-la uma espécie de velório. Era um bacanal fora de hora, tremendamente impróprio, mas essa era a ideia, claro.

– Isso não deixaria Lute furioso? Ele teria um ataque.

– Ele teve – observou Hammond.

– Ah, é. Já ia esquecendo disso.

– Ele teve algum aviso de um derrame iminente?

– Pressão arterial ultrapassando os gráficos.

– Ele não tomava remédio para a pressão?

– Devia tomar. Mas deixava o pinto dele mole, por isso parou de tomar.

– E você sabia disso?

Ela deu uma risada.

– O que você acha, Hammond? Que eu provoquei o ataque nele? Olha, foi culpa única e exclusivamente dele. Ele disse que se tivesse de escolher entre trepar ou explodir, ele preferia explodir.

– O derrame não o matou, Davee.

– Não. O filho da mãe levou um tiro. Nas costas. Um brinde a quem fez isso – ela levantou o copo.

Hammond não podia brindar a isso e ficou constrangido com o fato de Davee poder. Concentrou sua atenção na festa. Eles estavam no balcão do segundo andar, um ponto excelente para observar os convivas.

– Não vejo ninguém da velha guarda aqui.

– Eles não foram convidados – ela bebeu um gole do seu drinque e deu um sorriso malicioso. – Por que estragar o prazer deles de ficar especulando sobre todos os pecados e toda a iniquidade que acontece aqui?

A festa daria muito material para as fofocas. Os amplificadores da banda de rock estavam no máximo. A comida servida pelo bufê era farta. O suprimento de bebidas era ainda mais abundante. Havia drogas à vontade também. Mais cedo Hammond tinha reconhecido um traficante famoso que escapara da prisão inúmeras vezes.

Ele avistou um escritor de best-sellers que recentemente tinha saído do armário. Para celebrar sua decisão libertadora, ele estava namorando descaradamente seu par daquela noite. O espetáculo público, sem pejo, dos dois talvez chamasse atenção, se não fosse uma jovem deslumbrante que exibia seus seios recentemente aumentados para um grupo de admiradores ávidos que eram convidados a tocar e experimentar.

– Ela pagou caro demais por eles – observou Davee, maldosa.

– Você conhece um médico de seios que dê desconto?

– Não, mas conheço um que teria feito um trabalho melhor – Hammond olhou para ela de lado, e ela deu sua risada rouca e sensual. – Não, querido. Os meus são meus mesmo. Mas fui para a cama com ele. É um péssimo amante, mas quando se trata do trabalho dele, é o maior perfeccionista.

Hammond deu uma vista dc olhos nela.

– Desde que cheguei aqui queria perguntar.

– O quê?

– Você anda fazendo dança do ventre?

– Não é divino?

Davee estendeu os braços e executou uma pirueta para exibir sua roupa. Feita de seda crua vermelha, consistia de uma calça justa no cós e um top cortado logo abaixo do busto. A calça tinha o cós perigosamente baixo. Na cintura, ela usava uma corrente de ouro bem fina. Em cada braço, pelo menos uma dúzia de pulseiras de ouro.

Ela terminou o rodopio encostando o corpo com força no dele. Hammond deu uma risada.

– Divino.

Ela abaixou os braços e franziu a testa.

– Grande vantagem para mim você achar isso. Hammond, por que não somos amantes?

– Eu teria de pegar uma senha.

– Vá à merda – ele riu, mas Davee só franziu mais o cenho. – Como pode dizer algo tão cruel se nem ao menos tenho um par na minha própria festa?

– Onde está o massagista?

– Sandro. Tive de dispensá-lo.

– Desde domingo? Esse foi rápido.

– Você sabe como sou quando resolvo alguma coisa.

– Ele estava esfregando você do lado errado?

Como resposta à piada de mau gosto, ela disse sarcasticamente:

– Rá, rá.

– Dor de cotovelo?

– Minha nossa, não! Ele não era um coração palpitante, só uma pélvis palpitante. O pênis dele é muito maior que o seu cérebro.

– O homem da fantasia de toda mulher.

– Por algum tempo, talvez. Mas acabei me entediando.

– E o tédio é anátema para você.

– Positivamente. – Olhando para a multidão lá embaixo, ela suspirou. – E agora estou aqui – ela segurou a mão dele. – Venha comigo. Quero te mostrar uma coisa.

Davee o levou pelo corredor até o quarto dela. Com a porta fechada, obtiveram um alívio temporário, mas abençoado, da música. Ela se recostou na porta e fechou os olhos.

– Chega disso tudo. Eu estava começando a ficar com uma terrível dor de cabeça.

– Você não pode abandonar a sua festa, Davee.

– Só um punhado daquelas pessoas me conhece. Estavam só procurando uma festa e encontraram uma. Não importa se eu fico ou não circulando e conversando com elas. Além do mais, estão todas prestes a cair bêbadas. – Enquanto andava pelo quarto, ela tirou as sandálias de salto alto e deixou seu drinque na pequena mesa perto da espreguiçadeira. – Quer outro?

– Não, obrigado.

Ela tirou o copo molhado da mão dele e pôs ao lado do dela. O que aconteceu em seguida pegou Hammond completamente de surpresa. Ela pegou a mão dele e pôs na sua cintura nua, depois ficou na ponta dos pés e o beijou, e colou de novo o corpo no dele, sem o exagero da outra vez, mas com um movimento ainda mais sugestivo.

Ele reagiu como se levasse um susto, jogando a cabeça para cima e para trás.

– O que você está fazendo?

– Precisa perguntar?

Ela passou os braços em volta do pescoço dele e tentou beijá-lo de novo e, quando ele não reagiu, ela abaixou os calcanhares e olhou para ele evidentemente desapontada.

– Não?

– Não, Davee.

– Só para se divertir? Se não pode trepar com uma velha amiga, vai trepar com quê?

– Vai trepar com *quem.*

Ela deu um sorriso largo e tentou beijá-lo na boca novamente, mas ele inclinou a cabeça para trás.

– Não somos mais crianças, Davee. Já passamos da idade das experiências.

– Seria bom – prometeu ela, sedutora. – Muito melhor que a primeira vez.

– Não duvido – ele sorriu e apertou a cintura dela afetuosamente antes de abaixar os braços e soltá-la –, mas não posso.

– Você quer dizer que não quer.

– Quero dizer que não quero.

– Meu Deus! – ela gemeu, abaixou os braços, deslizando as mãos pelo peito de Hammond até o cinto e então se separou dele. – Diga que não é verdade.

– O quê?

– Você se apaixonou por ela.

O coração dele praticamente parou de bater.

– Como foi que você descobriu?

– Oh, pelo amor de Deus, Hammond! Há meses correm boatos por aí que você está levando trabalho para casa.

– Steffi! – exclamou ele num desabafo de alívio. – Você está falando da Steffi.

Davee inclinou a cabeça, perplexa.

– De quem mais eu poderia estar falando?

Admitir o caso com Steffi era menos prejudicial do que responder à pergunta dela.

– Tive um relacionamento com Steffi, mas já acabou.

– Jura? – ela semicerrou os olhos, desconfiada.

– Palavra de escoteiro.

– Bom, nem sei dizer como fico feliz de ouvir isso. Domingo à noite, quando você esteve aqui, eu lhe dei toda oportunidade para falar mal da srta. Mundell. Você não disse nada, e concluí que os boatos eram verdadeiros. Fiquei arrasada. Quero dizer, Hammond, que atração é essa? Ela não tem estilo, não tem senso de humor, não tem classe, e aposto que está tão por fora que é capaz de usar sapato branco no inverno.

Hammond deu uma risada.

– Você é uma grande fraude. Não é tão informal como deseja que todos pensem.

Ela assumiu um ar de arrogância.

– Certas coisas simplesmente não se faz.

– E essa história de sapato branco é puro tabu.

– Mas você está interessado em alguém, não está? – perguntou ela de repente. – E não me venha com aquela cara de “quem, eu?” para cima de mim, porque sei que estou certa.

Ele não admitiu, nem negou.

Exasperada, ela pôs os punhos fechados nos quadris.

– Eu joguei isso para você – disse ela, referindo-se ao seu belo corpo. – Ofereci sem nenhum compromisso, sucesso sem preocupação, e você me desprezou. Por isso, ou você virou bicha ou está amarrado em outra mulher, ou então perdi toda a minha atração sexual e posso muito bem me matar esta noite. Qual vai ser?

– Bem, eu não virei bicha e você não perdeu toda a sua atração sexual.

Ela não proferiu nenhuma das exclamações a que tinha direito. Nenhum "Eu sabia!", nada de "Você não pode me enganar, Hammond Cross!". Nada disso.

Ao contrário, ela reagiu à solenidade da resposta dele dizendo baixinho:

– Foi o que pensei. Quando a conheceu?

– Recentemente.

– É uma aventura? Ou é especial?

Hammond ficou olhando para ela um tempo, resolvendo se devia tentar mentir ou não. Antes do caso com Steffi, tinha namorado muitas mulheres, mas nunca por muito tempo. Em Charleston, ele era conhecido como um bom partido, com dinheiro de família e muito promissor. Montes de mulheres solteiras disputavam atrevidamente a companhia dele. Sogras em potencial o consideravam uma presa excelente.

Até a mãe dele estava sempre querendo apresentar filhas e sobrinhas das amigas dela.

– Ela é uma jovem adorável, de uma família maravilhosa.

– A família dela é da Geórgia. Do ramo de madeireiras. Talvez seja de pneus. Alguma coisa assim.

– Ela é simplesmente uma joia de menina. Acho que vocês dois devem ter muita coisa em comum.

Uma resposta irreverente provavelmente convenceria Davee de que o caso atual não passava disso.

Mas Davee era sua amiga mais antiga, e ele estava farto de mentir e de mentiras. Abaixou-se ao lado da espreguiçadeira e juntou as mãos entre os joelhos afastados. Inclinou um pouco os ombros para a frente.

– Nossa! – disse ela, pegando seu drinque. – É tão ruim assim?

– Ela não é uma aventura. Quanto a ser especial, eu não sei.

– Cedo demais para dizer?

– Complicado demais.

– Ela é casada?

– Não.

– Então, por que é complicado?

– É mais que complicado. É impossível.

– Não estou entendendo.

– Não posso falar sobre isso, Davee – ele disse isso com mais ênfase do que pretendia, mas o tom dele deve tê-la alertado para a seriedade do assunto.

De qualquer forma, ela recuou.

– Tudo bem. Mas se precisar de uma amiga...

– Obrigado – ele segurou a mão dela, empurrou as pulseiras e beijou-lhe a parte interna do pulso. Depois, distraído, passando o dedo no desenho gravado em uma das pulseiras, ele perguntou: – O que me traiu?

– Seu modo de agir.

Ele largou a mão dela.

– Como é que estou agindo?

– Como se houvesse uma fila para castração obrigatória e você fosse o próximo – ela foi até um carrinho do outro lado do quarto e preparou um novo drinque. – No instante em que vi você no funeral ontem, eu soube que alguma coisa estava errada. Em termos da sua carreira – em parte, graças a mim –, está tudo ótimo para você. Por isso imaginei que devia estar sofrendo de algum problema do coração.

– Incomoda-me ser tão transparente.

– Fique tranquilo. Provavelmente ninguém mais notou. Além de conhecê-lo tão bem, eu reconheço os sintomas. Aquele tipo especial de sofrimento só pode significar amor.

Ele ergueu as sobrancelhas.

– Não acredito.

– Humm.

– Você nunca me disse.

– Terminou mal. Eu estava começando a me recuperar naquele verão em que fomos juntos ao casamento. Um casamento – ela bufou –, exatamente o ambiente que eu precisava para ficar completamente desesperada. Foi por isso que agi como uma cretina em todas as festas antes da cerimônia. E é por isso também que eu precisava de um amigo aquela noite. Um amigo muito íntimo – disse ela com um sorriso suave, que ele retribuiu. – A nossa pequena escapada na piscina recuperou a minha autoconfiança.

– Fico feliz de ter sido útil.

– E foi mesmo.

Aos poucos o sorriso de Hammond se desfez.

– Eu nunca teria adivinhado, Davee. Você disfarçou muito bem. O que aconteceu?

– Nós nos conhecemos na universidade. Ele era filho de um pastor. Você acredita nisso? Eu com um filho de pastor! Ele era um verdadeiro cavalheiro. Inteligente. Sensível. Não me tratava como vagabunda e, por mais incrível que possa parecer, quando estava com ele eu não me comportava como uma.

Ela terminou seu drinque e serviu-se de outro.

– Mas tinha sido assim antes, é claro. Quando o conheci, já tinha dormido por todo o campus, um dormitório inteiro, percorrendo os dois lados da rua das casas de fraternidades. Tive até uma aventura com um dos meus instrutores.

"Milagrosamente ele nem desconfiava da minha reputação. Alguns dos meus antigos parceiros acharam que seria muito engraçado contar para ele."

Ela foi até a janela e ficou espiando através das venezianas.

– Ele era um excelente aluno. Na lista do reitor. Muito correto. Não frequentava muitas festas. Por todos esses motivos, ninguém gostava muito dele. Os rapazes gostavam de humilhá-lo, achavam que ele é que provocava isso sendo tão superior. Não pouparam um único detalhe. Tinham até algumas fotos de uma festa em que eu era uma das atrações.

"Quando ele veio confirmar comigo tudo que tinham contado para ele, fiquei arrasada por ele ter descoberto a verdade sobre o meu comportamento. Implorei para ele me perdoar. Para procurar entender. Para acreditar que eu tinha mudado quando o conheci. Mas ele nem quis ouvir – ela inclinou a cabeça para a frente e encostou a testa nas venezianas. – Naquela mesma noite, para me humilhar, ele dormiu com outra. E ela ficou grávida."

Ela ficou tão imóvel que nem as suas pulseiras tilintavam.

– Do ponto de vista moral e religioso, um aborto estava fora de cogitação. E tampouco teria passado pela cabeça dele fazer qualquer outra coisa senão a certa. Por isso ele se casou com ela. Por mais estranho que possa parecer, Hammond, foi aí que eu o amei mais. Eu queria muito ter filhos com ele.

Hammond esperou até ter certeza de que ela terminara a história, até ela se mexer de novo, e esse movimento foi para levar o copo aos lábios.

– Você soube o que aconteceu com ele?

– Sim.

– Ele ainda está casado?

– Não.

– Você o vê de vez em quando?

Ela deu as costas para a janela e olhou para ele.

– Ontem. No funeral de Lute. Ele estava sentado atrás, com Steffi Mundell. Até hoje muita gente não gosta dele.

Quando Hammond juntou todas as pistas, seu queixo caiu. Sem emitir nenhum som, os lábios dele formaram o nome.

– Rory Smilow?

Ela deu uma risada fria.

– Há gosto para tudo, não é?

Hammond passou a mão pelo cabelo.

– Não admira que ele detestasse tanto o Lute. Primeiro pela irmã dele. E depois você.

– Bem, na verdade foi ao contrário. O casamento de Lute com Margaret só aconteceu anos depois. Lembro quando Rory mudou-se para Charleston para aceitar o cargo no departamento de polícia. Li sobre isso no jornal. Queria falar com ele na época, mas o orgulho não permitiu.

"A mulher com quem ele tinha se casado morrera de parto e o bebê nasceu morto também. – Ela fez uma pausa para refletir a ironia daquilo tudo. – Os pais dele também já tinham morrido, por isso a responsabilidade pela Margaret era dele. Ela se mudou para cá com ele. Ela conseguiu um emprego de funcionária pública no tribunal. Registros municipais, de terras, coisas assim. Foi lá que ela conheceu Lute. Não ficaria admirada se soubesse que o romance começou depois de Margaret fazer algum favor para ele, como modificar o limite de alguma propriedade ou algo assim."

– A mim também não surpreenderia – observou Hammond. – Ouvi dizer que aquele casamento era um pesadelo.

– Margaret era emocionalmente frágil. Certamente não era páreo para um filho da mãe como o Lute – ela terminou seu drinque. – De vez em quando eu me enchia de coragem, engolia meu orgulho e me punha no caminho de Rory fingindo ser um encontro acidental. Ele sempre me ignorava, como se nunca tivéssemos nos conhecido. Aquilo doía, Hammond. E também me deixava furiosa.

"Por isso, depois do suicídio de Margaret, fui atrás de Lute e não parei de persegui-lo até ele se casar comigo. Rory tinha partido meu coração. Então tentei partir o dele casando com o homem que ele mais desprezava – acrescentou ela com tristeza. – A vingança sempre acaba dando um chute no traseiro de quem se vinga, não é?"

– Eu sinto muito, Davee.

– Ora, não precisa – disse ela com uma leveza que Hammond sabia que era falsa. – Ainda tenho a minha beleza. Isso – disse ela, mostrando o copo alto – não destruiu a beleza da mamãe. Ela continua maravilhosa como sempre, por isso eu conto com bons genes para afastar os efeitos danosos do demônio do álcool. Tenho rios de dinheiro. Assim que o testamento de Lute for autenticado, terei mais ainda. Por falar nisso...

Ela foi até uma escrivaninha antiga e abriu a gaveta estreita da tampa.

– Essa merda de passeio pelas lembranças quase me fez esquecer. Encontrei isso quando estava mexendo nos papéis da mesa de Lute. Está escrito com a letra dele. – Ela entregou para Hammond um bilhete num papel verde-claro. – A data é do sábado passado, não é?

A visão de Hammond ficou embaçada quando ele olhou para a anotação.

– Lute escreveu o seu nome e cinco horas. Parece um compromisso. E tenho certeza que você prefere que ninguém saiba disso.

Ele olhou para ela.

– Não é o que você está pensando.

Ela deu uma risada.

– Hammond, querido, seria mais fácil eu acreditar em cremes que reduzem a celulite do que acreditar que você é capaz de cometer um assassinato. Não sei o que isso significa, nem quero saber. Só achei que devia ficar com você.

Ele ficou olhando fixamente para a segunda anotação no pequeno quadrado de papel.

– Ele anotou aqui uma outra hora. Seis horas. Sem nome. Alguma ideia?

– Nenhuma. Não há nada na agenda oficial dele sobre qualquer compromisso no sábado, nem com você, nem com alguma outra pessoa.

Obviamente Lute pretendia se encontrar com mais alguém aquela tarde, depois da hora marcada com ele. Quem?, ele imaginou. Pensativo, Hammond dobrou o pequeno pedaço de papel e o guardou no bolso.

– O certo seria você ter dado isso para Smilow.

– E quando foi que me viu fazer a coisa certa? – O sorriso malicioso dela ficou tristonho. – Aprendi da forma mais difícil que é perda de tempo tentar magoar Rory. Acho que ele nunca se magoa – então o sorriso desapareceu por completo. – Mas também não me sinto obrigada a fazer nenhum favor para ele.

Capítulo 25

– Ele esteve aqui comigo a noite passada – Ellen Rogers tinha de gritar para se fazer ouvir com a música alta. – Nós nos sentamos ali e ficamos várias horas, pedimos várias rodadas de bebida. Você deve se lembrar.

O atendente do bar, um jovem corpulento, de rabo de cavalo e uma argola prateada na sobrancelha, olhou para ela de um jeito que dizia que ela era extraordinariamente fácil de esquecer.

– Eu vejo muita gente. Todas as noites. Não me lembro de todos os rostos. Eles se embaralham na minha cabeça, sabe como é?

Uma loura pernalta de vestido preto justo sentou-se sinuosa num banco ao lado. O atendente do bar estendeu o braço pela frente de Ellen para acender o cigarro dela.

– O que vai querer?

– O que tem de bom?

Ele apoiou os cotovelos no bar e chegou mais perto dela.

– Depende do que você está procurando.

– Com licença – Ellen interrompeu e acabou tendo de dar um tapinha no ombro do barman para chamar a atenção dele. – Se ele voltar – o cara com quem eu estava ontem à noite –, telefona para mim. Está bem?

Com pouca esperança de que fosse adiantar alguma coisa, ela deu para ele um pedaço de papel.

– Aqui está o número do meu hotel.

– Está bem.

Ela viu quando ele guardou o número do telefone no bolso, sabendo que a lavanderia provavelmente encontraria o papel lá alguns dias depois. Tinha entrado no bar com passos determinados e orgulhosos de uma guerreira em cruzada. Era uma mulher encarregada de uma missão.

Aquela manhã, depois que o choque inicial diminuiu e ela teve tempo de se recompor, resolveu encontrar a pista do mentiroso filho da mãe e entregá-lo à polícia.

Quando escureceu, ela partiu determinada a vasculhar cada boate em Charleston, se fosse preciso, para denunciá-lo. Aquele tipo tinha transformado suas trapaças em uma arte. Relembrando, ela compreendeu que ele estava calmo demais para ela ter sido sua primeira vítima. E também não seria a última. Impetuoso e confiante depois do sucesso da véspera, seu sedutor sairia para caçar novamente aquela noite.

Mas na saída do bar o ânimo dela já estava reduzido. Reconheceu que era estupidez ficar andando por Charleston à procura de um ladrão mentiroso que só conhecia como Eddie, que muito provavelmente era um nome falso.

O sapato novo de couro que tinha comprado especialmente para aquela viagem de férias estava apertando seus dedos, transformando seus passos num cambalear. Ela estava com fome, mas toda vez que tentara comer ficava nauseada por causa do consumo de bebida da noite anterior e da autorrecriminação daquela manhã.

Não que pudesse se dar ao luxo de comer em qualquer restaurante decente, lembrou ela com amargura. Tinha avisado às companhias de cartão de crédito sobre o furto, mas levariam dias para mandar os novos cartões. Por sorte, tinha lembrado que pusera algum dinheiro num bolso de um blazer. Era apenas uma fração do que Eddie havia roubado, mas se economizasse ia dar.

Então, por que simplesmente não reduzia seu prejuízo e voltava para casa?

Charleston estava estragada para ela. O calor abafado que enfatizara o charme romântico da cidade agora provocava irritação e dor de cabeça. Se ficasse o tempo que tinha planejado, não poderia pagar nenhum passeio ou programa. E menos noites significariam uma conta de hotel menor.

O bom senso dizia que ela devia voltar para Indianápolis no dia seguinte. A companhia aérea ia cobrar para trocar sua passagem, mas valia a pena. Segura na sua casinha, com seus dois gatos e suas coisas, ela podia se retirar para lamber as feridas até o semestre do outono começar. Com o tempo, o trabalho e a rotina iam apagar o terrível incidente da memória dela.

Em todo o caso, andar mancando por Charleston à procura de Eddie era perda de tempo e desperdício de energia.

Por outro lado, naquele exato momento, enquanto ela mancava com seus sapatos de couro desconfortáveis que provocavam bolhas, ele provavelmente estava seduzindo outra dama solitária que acordaria na manhã seguinte sem seu talão de cheques e sem respeito próprio. O crime não seria registrado porque a vítima teria vergonha demais de revelá-lo às autoridades. Era por isso que Eddie fazia aquilo com tal arrogância, porque saía sempre impune.

Bem, dessa vez ele não sairia impune.

– Não se depender de mim – disse Ellen Rogers em voz alta.

Com renovada determinação, ela entrou na boate seguinte.

Hammond deslizou no banco do cubículo de frente para Loretta.

– O que você tem para mim?

– Nada de "oi" ou "como vai"?

– Não estou para amabilidades hoje.

– Você está com uma cara péssima.

– Você também não deve estar disposta a trocar amabilidades – Hammond deu um sorriso triste. – Para dizer a verdade, é a segunda vez hoje que alguém observa que minha aparência está péssima. Foi assim que meu dia começou, aliás.

– O que houve?

– Você não tem esse tempo todo. Eu mesmo estou sem tempo; por isso, tem alguma coisa para mim ou não?

– Eu liguei para você, não liguei? – retrucou ela.

Ele não a culpou por ficar ressentida. Ele estava agindo como um grosso. A visita a Davee o tinha deixado mais desconcertado do que antes. Quando entrou no carro e usou seu celular para verificar os recados, só ficou um pouco contente de ouvir a voz de Loretta pedindo para ir encontrá-la assim que pudesse no Shady Rest Lounge. Vê-la significava alongar um dia que ele já queria encerrar. Por outro lado, ele estava ansioso para saber o que a investigação dela tinha revelado.

Ele balançou a cabeça, suspirou profundamente e se desculpou:

– Estou com um humor de cão, Loretta, mas não devia estar descontando em você.

– Você precisa de um drinque.

– A sua solução para tudo.

– Para tudo, não. De jeito nenhum. Mas pode ser um curativo de Band-Aid para mau humor.

Ela pediu para ele uísque com água.

Em menos de um minuto Hammond já estava com seu drinque na mão e tomava um gole.

– Você parece bem.

Ela deu uma risada bebendo club soda.

– Talvez, vista através do fundo de um copo alto.

Loretta tinha melhorado muito desde a noite de segunda-feira. Estava mais penteada, de roupas limpas e passadas. A maquiagem bem-feita suavizava as rugas do seu rosto. Os olhos estavam brilhantes e claros. Apesar de ter feito pouco do cumprimento dele, Hammond percebeu que se sentia lisonjeada.

– Eu fiz uma pequena faxina, só isso.

– Pintou o cabelo?

– Ideia da Bev.

– Boa ideia.

– Obrigada. – Meio constrangida, ela levantou a mão e deu uma batidinha no penteado rejuvenescedor. – Ela ficou feliz de saber que eu estava trabalhando. Eu disse que era apenas temporário, mas mesmo assim ela ficou contente. Deixou eu voltar para o apartamento, sob uma condição, e ela adora condições, como você, que eu não falte a uma única reunião dos AA.

– E como vai indo?

– Tenho a tremedeira matinal, mas estou me controlando.

– Isso é bom, Loretta. Muito bom – disse ele sinceramente.

Ele fez uma pausa para marcar o fim daquele assunto antes de abordar o motivo da reunião.

– O que você tem para mim?

Ela piscou o olho.

– O filão principal. Você provavelmente vai me indicar para algum cargo na equipe do procurador público. Pode até pedir para eu ser mãe dos seus filhos.

– Tão bom assim?

Ele largou o copo. Aquela bebida não estava combinando bem com o que tinha bebido na festa de Davee. Além disso ele teve a impressão de que o que ia ouvir seria perturbador, por isso era melhor manter a cabeça limpa.

– Tenho um informante que permanecerá anônimo, um verdadeiro gênio do computador...

– Knuckle.

– Você o conhece?

– Harvey é meu informante também. Ele é informante de todo mundo.

– Você está me sacaneando? – perguntou ela, atônita, muito desconcertada e furiosa.

– Você o livrou de um aperto, certo?

– Droga! – disse ela, dando um tapa na mesa. – Não acredito que aquele pomposo filho da mãe fez-me sentir culpada de torcer o braço dele e de querer que ele comprometesse sua integridade.

– Ele é totalmente corrupto. Por isso não fui a ele diretamente. Não é nada confiável.

Hammond não estava preocupado que a investigação de Harvey nos registros de Alex pudesse incriminá-lo. Acreditava em Loretta quando ela dizia que teriam de cortar sua língua antes que ela traísse a confiança dele. Mas ficou pensando se mais alguém tinha tentado apertar Knuckle com o mesmo objetivo.

– Quando você falou com ele, Harvey sabia alguma coisa sobre o caso?

– Não parecia saber, não. Mas agora estou desconfiada dele e dos meus instintos também. Por quê?

Hammond ergueu o ombro.

– Só estou curioso de saber se mais alguém pediu para ele investigar a dra. Ladd.

– Como Steffi Mundell?

– Ou Smilow.

– Se Harvey é informante de todo mundo, acho que isso é possível. Mas, sinceramente, Hammond, ele reagiu com surpresa e prazer quando soube que eu ia incluí-lo na minha investigação.

Ele balançou a cabeça concordando e apontou para o envelope embaixo da mão direita de Loretta.

– Vamos aos furos de reportagem.

Ela abriu o envelope e tirou algumas folhas de papel dobradas. Pelo que Hammond podia ver, o texto estava datilografado. Àquela altura Loretta já tinha repassado as informações tantas vezes que havia praticamente decorado tudo. Só se referia aos dados datilografados para verificar datas específicas.

– Impressionante – murmurou ele, quando ela enumerou as conquistas acadêmicas de Alex Ladd, sendo que a maior parte já conhecia. Mas qualquer alívio que ele possa ter sentido durou pouco.

– Espere aí. Eu ainda não cheguei na parte boa.

– Quando diz boa, você na verdade quer dizer má?

– Ela não tem uma história impressionante no Tennessee.

– O que aconteceu lá?

– O que não aconteceu?

Ela então contou para ele o que Harvey Knuckle tinha desenterrado dos impenetráveis registros do juizado de menores. Não era fácil ouvir aquilo. Quando Loretta terminou, meia hora tinha passado e Hammond estava desejando não ter bebido uísque aquela noite. Tinha quase certeza de que ele ia ser reciclado. Agora compreendia o que Alex tinha querido dizer na noite anterior sobre ele se decepcionar, sobre explicações dolorosas. Ela não quis contar nada, e agora ele sabia por quê.

Loretta guardou as folhas no envelope e entregou-o para ele com ar triunfante.

– Não encontrei nenhuma ligação dela com Pettijohn. Isso continua sendo um mistério.

– Eu acho... achava – corrigiu ele – que ela tinha classe demais para se associar com Lute. Parece que me enganei.

Ele guardou o envelope com seu conteúdo incriminador no bolso de dentro do paletó. A depressão dele não passou despercebida.

– Você não parece muito animado.

– Eu não podia querer uma cobertura mais detalhada. Você deve estar se sentindo muito bem por ter se recuperado e correspondido ao que eu esperava de você. Você compensou com sobra seus erros do passado. Obrigado.

Hammond deslizou apressado no banco para sair do cubículo, mas Loretta estendeu o braço por cima da mesa e segurou a mão dele.

– O que há com você, Hammond?
– Não sei do que você está falando.
– Pensei que ficaria nas nuvens.
– É um bom material, sem dúvida.
– E só levei dois dias.
– Também não tenho o que reclamar da rapidez.
– Dá definitivamente algo com que trabalhar, não é?
– Definitivamente.
– Então por que você parece tão desanimado?
– Acho que estou envergonhado.
– Com o quê?
– Com isso – disse ele, dando um tapinha do lado de fora do bolso do paletó. – Indica que sou péssimo para avaliar as pessoas. Sinceramente não pensei que ela fosse capaz de... – ele parou de falar e deixou a frase incompleta.
– Você está falando de Alex Ladd? – ele concordou com a cabeça.
– Você acha que ela é inocente? Que Smilow está latindo na árvore errada? Ela apresentou algum álibi?
– É fraco. Ela diz que foi a uma feira rural em Beaufort. Ninguém para comprovar – agora parecia que as mentiras vinham fáceis, mesmo para amigos de confiança. – De qualquer modo, à luz dessa informação, um álibi sem provas parece acadêmico.
– Eu poderia...
– Desculpe-me, Loretta. Como disse antes, tive um dia duro e estou exausto.
Ele tentou sorrir, mas sabia que tinha falhado. O interior soturno do bar era sufocante para ele. A fumaça parecia mais densa. O cheiro de desespero mais forte. A cabeça dele latejava e suas entranhas se reviravam. Os olhos de Loretta eram aguçados como facas de açougueiro. Com medo de que eles vissem demais, Hammond evitava olhar diretamente para eles.
– Amanhã mando o seu pagamento.
– Revirei todas as pedras que pude, Hammond.
– Você fez um ótimo trabalho.
– Mas você esperava mais.
Na verdade ele não esperava nada, mas certamente menos que aquilo.

– Não, não. Com isso posso adiantar o caso.

Pateticamente disposta a agradá-lo, Loretta apertou mais a mão dele.

– Eu podia tentar ir mais fundo ainda.

– Dê-me algum tempo para assimilar isso primeiro. Tenho certeza de que vai bastar. Se não for suficiente, procuro você de novo.

Sem ar puro, ele ia morrer. Livrou a mão da pegada úmida de Loretta, disse para ela continuar sóbria, agradeceu mais uma vez o trabalho bem-feito e deu um até logo apressado por cima do ombro.

Fora do Shady Rest o ar não estava fresco nem revigorante. Estava estagnado, denso e quando ele inspirava parecia algodão.

Mesmo horas depois do pôr do sol, a calçada ainda emanava um calor que queimava seus pés através da sola dos sapatos. Sua pele estava pegajosa. E como quando era criança, nauseado. Depois que a febre cedia, a mãe dele trocava o pijama molhado e os lençóis da cama, garantindo que a transpiração era um bom sinal. Queria dizer que ele estava melhorando. Mas ele não se sentia melhor. Preferia a secura da febre à umidade que saturava sua pele.

A calçada estava congestionada de gente que ia de porta em porta, mas sem ter para onde ir. Procuravam alguma coisa interessante para fazer, o que podia incluir, mas não se limitava a, embebedar-se em um dos bares, furtar algo de que precisavam, destruir ou vandalizar propriedades privadas só por diversão, ou derramar sangue para executar uma vingança.

Normalmente Hammond estaria atento ao potencial de perigo que aquela vizinhança representava para alguém que obviamente não pertencia ao lugar. Tanto negros quanto brancos riam e zombavam dele com um preconceito muito palpável e um ódio bem cultivado. Ele era definitivamente alguém com posses num bairro em que ninguém possuía nada, e o ressentimento imperava. Em qualquer outro momento ele ficaria olhando para trás o tempo todo enquanto voltava para o seu carro, esperando encontrá-lo depenado. Aquela noite a preocupação gerava o descaso e a indiferença em relação aos olhares hostis que davam para ele.

O relatório que Loretta tinha feito sobre Alex fez Hammond mergulhar num lodaçal moral. A informação que a incriminava era arrasadora. O impacto emocional que provocava era severo. Tudo era tão devastador que ele não conseguia distinguir os aspectos individuais.

Quando Smilow soubesse da história dela... e era só uma questão de tempo para um dos detetives descobrir... ele teria sonhos molhados. Steffi estouraria uma garrafa de champanhe. Mas para ele e para Alex, profissional e pessoalmente, a descoberta seria desastrosa.

A revelação era como um peso morto pendurado num fio que se desenrolava bem em cima da cabeça dele. Quando ia cair? Aquela noite? No dia seguinte? No outro? Quanto tempo ele ia suportar o suspense? Quanto tempo aguentaria lutar contra a própria consciência? Mesmo que a hora da morte eliminasse Alex como a verdadeira assassina, ela devia estar envolvida de alguma maneira.

Esses pensamentos eram tão sombrios, tão absorventes, que eram quase paralisantes. Ele perdeu completamente a noção de onde estava. Pensava em interdição, não em desagregação. Quando chegou à ruela onde tinha deixado o carro, ele usou a tranca sem chave e abriu a porta sem nem olhar em volta para ver se era seguro.

Assustado com o súbito movimento atrás dele, reagiu rápido. Deu meia-volta muito depressa, com o braço levantado, pronto para se proteger e se defender.

Quase agrediu Alex antes de interromper o movimento com o braço.

– Que diabo! – ato reflexo, ele examinou a área em volta e só então se deu conta do ambiente escuro e ameaçador. – O que é que você está fazendo aqui nesse lugar?

– Eu a segui até aqui.

– Quem?

Os olhos verdes olharam zangados para ele.

– Quem você acha, Hammond? A mulher que você contratou para me seguir.

– Merda!

– Exatamente o que eu sinto – disse ela, furiosa. – Achei estranho que a mesma turista fosse duas vezes no mesmo dia à minha rua para tirar fotografias da minha casa. Primeiro esta manhã e outra vez logo depois que a tropa de Smilow foi embora. A caminho de casa, depois daquele interrogatório humilhante esta tarde, parei no supermercado. Ela estava lá também, fingindo se interessar pelas melancias. Finalmente concluí que eu estava sob vigilância.

– Vigilância, não.

– É verdade. Isso implicaria profissionalismo. O que acontecia era espionagem vulgar, cruel e sem classe.

– Alex...

– Por isso eu a enganei, dei o troco, virei a mesa e comecei a segui-la. Pensei que o detetive Smilow estava por trás disso. Imagine só a minha surpresa quando você apareceu para encontrá-la aqui.

– Não me compare com Smilow.

– Oh, você é muito mais baixo que o sr. Smilow – disse ela, com a voz falhando de emoção crescente. – Você é mais dissimulado. Mais desleal. Você foi para a cama comigo primeiro.

– Não é nada disso.

– Ah, é? Então o que é? Qual parte está correta? Ela é uma policial?

– Investigadora particular.

– Pior ainda! Você pagou para ela me vigiar.

– Tudo bem, você me pegou – disse ele, e a raiva dele se equiparava à dela. – Você é uma dama muito esperta, dra. Ladd.

– Vocês dois tiveram uma conversa agradável sobre mim?

– Não houve nada agradável nisso, mas o que ela descobriu sobre você foi muito interessante. Especialmente os registros do Tennessee.

Ela fechou os olhos e cambaleou um pouco. Mas recuperou-se rapidamente, abriu os olhos e mandou-o à merda.

Ela se virou para ir embora, mas Hammond segurou-a pelo braço e puxou-a de frente para ele.

– O que ela desenterrou sobre você não é culpa minha, Alex. Quando a contratei, achei que estava fazendo um favor para nós dois.

– Pelo amor de Deus, como?

– Eu esperava, foi burrice minha, que ela encontrasse alguma coisa que a desculpasse. Mas isso foi antes de você começar a mentir para a polícia a cada palavra que dizia e a se jogar em becos sem saída.

– Você preferia que eu dissesse a verdade para eles?

Alex tinha feito a mesma pergunta para ele quando se encontraram acidentalmente no elevador. Ele não teve resposta para isso. Mas desde então Hammond tinha pensado muito nisso.

– Não importa se passamos a noite de sábado juntos.

– Então por que não contou para eles? Quando eu estava passando por toda aquela humilhação no interrogatório sobre a minha roupa suja, literalmente, por que você não disse nada? Por que não contou tudo para eles, inclusive quem invadiu a minha casa a noite passada e manchou meus lençóis?

– Porque é irrelevante.

Ela deu uma risada fria.

– Você está delirando, promotor Cross. Mesmo com o seu brilhantismo, acho que teria muita dificuldade para convencer qualquer um dessa irrelevância. E, por falar nesse assunto, expliquei o sangue. Mas só existe uma explicação para o sêmen. Que não estaria lá se você tivesse usado proteção.

– Eu não pensei nisso – ele abaixou o rosto, ficando mais perto dela, e acrescentou num sussurro irritado: – E você também não – ele soube que tinha marcado aquele ponto quando ela desviou o rosto. – Além do mais, uma coisa não tem nada a ver com a outra.

Ela olhou de novo para ele.

– Estou tendo dificuldade para seguir a sua lógica.

– O fato de termos dormido juntos não tem nada a ver com o caso – se ele conseguisse convencê-la, talvez pudesse convencer outras pessoas. Podia até passar a acreditar nisso. – Andei pensando nisso. No sábado passado você poderia ter matado Pettijohn antes de sair de Charleston.

Ela sugou o ar rapidamente e cruzou os braços como se sentisse uma súbita pontada de dor.

– Foi isso que você andou pensando? Você disse que a hora da morte não se encaixava.

– Porque eu não queria que se encaixasse.

– E agora quer?

– Você o matou e depois forjou o nosso encontro para estabelecer um álibi.

– Eu te disse ontem à noite que não matei Pettijohn.

– Certo, certo. Como também não trepou com ele.

Mais uma vez ela deu meia-volta para ir embora. Hammond estendeu o braço. Mas dessa vez ela resistiu:

– Vai se danar! Me larga!

Hammond virou Alex de frente para ele e prendeu-a no vão formado pela porta aberta do carro. Para escapar, ela teria de dar a volta ou passar através dele. Tinha resolvido que ela ia ouvir o que ele queria dizer primeiro.

– Não quero pensar essas coisas, Alex.

– Minha nossa, obrigada. Fico muito feliz de saber que você não quer pensar em mim como uma vagabunda e assassina.

– Em que devo acreditar?

– Acredite no que bem entender, mas deixe-me em paz.

– Esse tempo todo, mesmo quando fugia das raias da credibilidade, eu tenho lhe dado o benefício da dúvida. Até esta noite.

Ele abriu o paletó para Alex poder ver o envelope dentro do bolso de cima.

E, de repente, ela parou de lutar. Ficou olhando fixamente para o envelope um tempo, e ele viu os lábios dela torcidos numa expressão de remorso. Mas, para dar-lhe crédito, quando Alex olhou bem nos olhos dele, sua expressão era de desafio e orgulho.

– Leitura picante?

– Prejudicial. Muito prejudicial. Essa é a munição que eles precisam para indiciá-la.

– Então por que você está aqui parado, conversando comigo?

– Smilow vai pegar isso e sair correndo.

– Então liga para ele. Dê-lhe a informação secreta. Você conseguiu o que queria, o que pagou para obter.

– Estou lhe dando uma chance de explicar.

– Imagino que isso dispense explicações.

– Então devo levar em conta o significado aparente?

– Não dou a mínima para o que você leva em conta.

– Está bem, vou interpretar do único jeito que posso – ele encostou a parte de baixo do corpo nela – Significa que você já rodou muito, neném.

Ela perdeu a compostura e a altivez. Com as duas mãos, empurrou o peito dele com força.

– Afaste-se de mim!

Ele não se mexeu.

– O que isso significa para mim é que aquela noite de sábado foi mais que uma simples sedução.

– Eu não seduzi você.

– Uma ova que não, mas já falamos sobre isso antes. Você está envolvida num crime grave e me envolveu de propósito. Por quê, Alex? Você criou intencionalmente um conflito de interesses para mim, como promotor. Você me tornou parte disso... seja lá o que *isso* for.

– Não tem *isso* nenhum. Nunca teve. Não até Lute Pettijohn aparecer morto.

– Ele tinha alguma coisa a ver?

– Você não está ouvindo? – gritou ela.

– Eu era o alvo do último golpe dele? Ele estava planejando me derrubar quando foi assassinado?

– Eu não sei. O fato de ele ter sido assassinado não teve nada a ver comigo.

– Gostaria de poder acreditar nisso. Nosso encontro não foi acidental, Alex. Você já admitiu isso.

Ela tentou desviar dele, mas Hammond bloqueou o caminho e pôs as mãos nos ombros dela.

– Você não vai sair daqui até eu chegar à verdade. Como sabia que eu ia estar naquela feira?

Ela balançou a cabeça.

– Como sabia?

Ela continuou obstinadamente muda.

– Conte para mim, Alex. Como soube que eu ia para lá? Não podia saber. A única maneira de saber isso era...

Ele interrompeu a frase de repente. Olhou intensamente para ela e apertou seus ombros com mais força.

Os olhos de Alex se manifestaram com eloquência para ele.

– Você me seguiu até lá – disse ele calmamente.

Ela hesitou pelo que pareceu um tempo interminável e então meneou a cabeça lentamente.

– Sim. Eu o segui desde o Charles Towne Plaza.

Capítulo 26

– Você sabia o tempo todo que eu estava lá?

– Sabia!

– Com Pettijohn?

– Acertou de novo.

– E não disse nada? Por quê?

– Se dissesse agora para você, não acreditaria em mim. Olhando direto para o paletó dele, era como se Alex pudesse enxergar através do tecido e ver o envelope dentro do bolso interno. Ela estava zangada. Mas também parecia profundamente triste.

– Esse relatório é horrível, mas não chega nem perto de como foi horrível na realidade. Você nem pode imaginar – ela olhou nos olhos dele de novo. – Serei julgada por um maldito relatório, não pelo que sou agora.

– Eu não vou...

– Você já fez isso – disse ela com veemência. – Vejo isso no seu olhar e ouço nas suas insinuações maldosas. É fácil julgar da sua posição elevada, não é? Você, da família rica com pedigree. Você já passou fome dias a fio, Hammond? Já sentiu frio porque a conta da luz não tinha sido paga? Já ficou sujo porque não tinha sabão para se lavar?

Ele tentou encostar a mão nela, mas ela afastou o braço dele.

– Não, não tenha pena de mim. Às vezes fico feliz porque isso me fez forte. Fez-me ser quem sou, uma pessoa melhor, que ajuda os outros. Porque nada que digam pode me chocar. Aceito as pessoas com suas aberrações, porque se você não esteve onde a outra pessoa está ou esteve não tem o direito de julgar seu comportamento.

"Se você não passou fome, não sofreu humilhações, não odiou você mesmo por fazer o que faz... se não passou a acreditar que você é escória, que não merece o amor de ninguém, o amor de um homem..."

Ela parou de falar, engoliu ar rapidamente e seu peito estremeceu. Então ela fungou e levantou a cabeça, desafiando as lágrimas que escorriam pelo rosto.

– Boa leitura, Hammond.

Ela o empurrou para o lado e saiu com passos largos, virou a esquina para fora da ruela. Hammond ficou olhando Alex ir embora, sabendo que nada que dissesse agora poderia penetrar na raiva que ela sentia. Ele xingou, encostou o cotovelo na capota do carro e apoiou a cabeça no braço. Mas a pausa durou apenas alguns segundos.

Um grito abafado fez com que ele levantasse e virasse a cabeça.

Alex estava correndo de volta para o beco. Um homem a perseguia.

– Ele tem uma faca! – gritou ela.

O atacante agarrou-a pelo cabelo e a fez parar com um tranco. Ele levantou o braço e Hammond viu o brilho do aço. Sem nem pensar, ele se jogou contra o assaltante, bateu com o ombro nas costelas do homem, que perdeu o equilíbrio.

Para evitar a queda, o homem soltou Alex. Ela se afastou cambaleando. Hammond mal teve tempo de registrar que ela estava momentaneamente fora de perigo, quando viu um clarão prateado chegando horizontalmente na altura da sua barriga. Num ato reflexo, ele protegeu a barriga com o braço. A lâmina produziu um corte do cotovelo até o pulso.

Desarmado, numa luta de faca, ele perderia. A única defesa que conhecia tinha aprendido jogando futebol americano. Para agradar ao pai, Hammond tinha jogado com uma competitividade sedenta de sangue.

Instintivamente ele recorreu a uma tática de bloqueio que era eficiente se você conseguisse se safar com ela e não provocar a bandeirada do juiz. Ele abaixou a cabeça como se fosse dar uma chifrada na garganta do atacante, mas parou logo antes de encostar nele. O bandido reagiu como ele esperava, jogando a cabeça para trás e deixando seu pomo de adão vulnerável ao golpe do braço de Hammond, que funcionou como um aríete. Sabia que aquilo doía demais e que o assaltante ficaria inutilizado por alguns segundos preciosos.

– Entre no carro! – berrou ele para Alex.

Hammond deu um chute na direção da virilha do homem, mas errou o alvo e acertou a coxa dele. O pontapé não causou nenhum dano concreto, mas garantiu mais meio segundo para correr de volta para o carro enquanto se esquivava dos golpes da faca. Alex tinha entrado pela porta aberta do lado do motorista e passado por cima do console. Hammond praticamente caiu no banco do motorista, inclinou o corpo para trás por cima do console e enfiou o calcanhar na barriga do camarada. O assaltante cambaleou para trás, mas ainda conseguiu dar mais um golpe com a lâmina. Hammond ouviu o tecido da sua calça rasgar.

Estendendo o braço para a maçaneta da porta, ele a fechou e trancou. O atacante, tendo recuperado rapidamente o equilíbrio, socou a janela e a porta, berrando obscenidades e ameaças de morte.

A mão direita de Hammond estava escorregadia, coberta de sangue, mas ele conseguiu enfiar a chave na ignição e ligou o motor. Pôs o câmbio em *drive* e pisou no acelerador. Os pneus queimaram quando o carro saiu em disparada pelo beco e virou, derrapando de traseira na rua principal.

– Hammond, você está ferido!

– E você?

Ele desviou os olhos da rua tempo suficiente para olhar para Alex. Ela estava ajoelhada no banco, inclinada por cima do console para examinar o braço dele.

– Eu estou bem. Mas você não está.

O que restava da manga direita do paletó dele estava encharcado de sangue. O sangue pingava da mão dele, deixando o volante muito escorregadio, forçando Hammond a dirigir com a mão esquerda. Mas isso não o impedia de correr demais. Ele avançou um sinal vermelho.

– Ele deve ter amigos. Eles vão nos assaltar e roubar o carro. Precisamos sair logo desse bairro!

– Ele não estava tentando roubar nada – disse ela com uma calma extraordinária. — Ele estava atrás de mim. Chamou o meu nome.

Hammond ficou boquiaberto olhando para ela. O carro derrapou e quase bateu num poste de telefone.

– Hammond! – gritou ela. Depois que ele recuperou o controle, ela disse: – Vá direto para o pronto-socorro. Vai precisar de uns pontos aí.

Ele soltou o volante para passar a manga do braço esquerdo na testa. Estava transpirando muito. Sentia o suor no rosto, no cabelo, escorrendo pelo peito até a virilha. Agora que a descarga de adrenalina tinha cessado, ele sentia o impacto do que havia acontecido e do que podia ter acontecido. Ele e Alex tinham sorte de ainda estarem vivos. *Cristo, ela podia ter morrido!* Pensar em como Alex tinha chegado perto de morrer deixava Hammond muito fraco e trêmulo.

No primeiro grande cruzamento ele teve de parar no sinal vermelho. Respirava fundo para tentar clarear a cabeça de um zumbido que parecia um milhão de abelhas.

– A sua perna está sangrando também, mas estou preocupada com o seu braço – disse Alex. – Acha que o corte atravessou o músculo?

Sinal verde. Hammond apertou o acelerador com força e o carro pulou para a frente como um cavalo xucro disparando. Em poucos segundos ele já ultrapassava o limite de velocidade. Dava para ver os prédios do hospital a alguns quarteirões de distância.

– Hammond, você está bem?

A voz de Alex parecia chegar de muito longe.

– Estou bem.

– Consegue dirigir até lá?

– Humm.

– Acho que não. Pare aqui. Deixa que eu dirijo.

– Ele tentou insistir que estava bem, mas não conseguia separar as palavras, e elas saíram enroladas e ininteligíveis.

– Hammond? Hammond? Você tem de virar aqui. A emergência...

– Não.

– Você está perdendo muito sangue.

– Você é médica – Deus, a língua dele estava grossa.

– Não do tipo que você precisa! – exclamou ela. – Você precisa de um hospital. De uma antitetânica. Talvez até de uma transfusão.

Ele balançou a cabeça e resmungou:

– Minha casa.

– Por favor, seja sensato.

– Nós dois... – ele olhou para ela e balançou a cabeça. – Estaríamos ferrados.

Ela enfrentou a indecisão alguns segundos, mas aparentemente chegou à mesma conclusão. Estendeu o braço por cima do console e assumiu o controle da direção, que estava grudenta com o sangue dele.

– Tudo bem, mas eu vou dirigindo.

Ela conseguiu encostar o carro no meio-fio e pôr a marcha em ponto morto. Precisou fazer um certo esforço e insistir gentilmente, mas com firmeza, para Hammond trocar de lugar com ela. Desceu do carro, deu a volta e ajudou-o a sair. Ele estava com as pernas bambas. Ela o pôs sentado no lado do carona e prendeu o cinto de segurança nele. Assim que ela se instalou na direção ele inclinou a cabeça para trás e fechou os olhos.

Ela não podia deixar Hammond desmaiar.

– Hammond, qual é o seu endereço? – Ela pegou o celular dele e começou a discar. – Hammond!

Ele murmurou o endereço:

– Em frente à marina. Logo...

Ele virou o queixo na direção certa. Felizmente Alex conhecia a rua. Ficava a poucos quarteirões de onde eles estavam. Ela o levaria para lá em alguns minutos.

Convencer o dr. Douglas Mann a dar uma consulta em casa era outra história.

Milagrosamente, Alex tinha decorado o número do telefone dele de casa. Ele atendeu no segundo toque.

– Doug, é Alex. Graças a Deus encontrei você!

Ela explicou a situação enquanto dirigia o carro, mas não disse que não tinha sido um ataque ao acaso.

– Acho que ele precisa é de um hospital.

– Doug, por favor! Estou cobrando aquele favor!

Ainda relutante, ele pediu o endereço. Alex estava dando as coordenadas para ele enquanto estacionava o carro na rua da casa de Hammond.

– Chegamos. Venha o mais depressa possível.

O controle remoto da porta da garagem da casa de Hammond estava preso no para-sol. Ela abriu a porta da garagem e fechou-a assim que desligou o motor do carro.

Ela desceu e deu a volta pela frente do carro até a porta do passageiro. Hammond continuava de olhos fechados. Estava pálido. Quando Alex tentou acordá-lo, ele gemeu.

– Não vai ser fácil, mas tenho de levar você para dentro. Consegue pôr suas pernas para fora?

Ele se moveu como se pesasse mil quilos, mas conseguiu. Ela passou as mãos por baixo dos braços dele.

– Fique em pé, querido, e pode se apoiar em mim.

Ele fez isso. Mas o movimento machucou o braço direito, e ele gritou de dor.

– Desculpe! – disse ela, zelosa.

Era como carregar uma boneca de pano que pesava noventa quilos. Ele não tinha mais coordenação motora. Mas seguiu as instruções dela e assim ela conseguiu tirá-lo do carro e pô-lo em pé. Ela sustentou e foram se arrastando até a porta dos fundos.

– A porta está trancada? Vai disparar algum alarme?

Ele balançou a cabeça indicando que não.

Alex entrou com ele na cozinha.

– Onde fica o banheiro mais próximo?

Ele apontou com a mão esquerda. O toalete ficava num corredor curto entre a cozinha e o que ela pôde ver que era a sala de estar. Alex pôs Hammond sentado na tampa da privada e acendeu a luz. Pela primeira vez ela deu uma boa olhada nos ferimentos dele.

– Oh, meu Deus!

– Eu estou bem.

– Não está, não.

A pele do braço estava toda aberta. Era difícil dizer a que profundidade ia o corte, porque o sangue escorria de toda a extensão do ferimento. Ela não perdeu mais tempo. Primeiro tirou o paletó, depois rasgou a manga da camisa até a costura do ombro. Arrancou as toalhas dos ganchos decorativos, enrolou-as em volta do braço dele e as apertou bem para formar compressas que esperava poderem estancar o sangramento.

Ajoelhada na frente dele, Alex tentou rasgar a perna da calça, mas o tecido era resistente demais, por isso ela ficou impaciente e acabou puxando até passar do joelho. O corte na canela não era tão fundo quanto o do braço, mas também sangrava muito. A meia dele tinha absorvido muito sangue. Ela virou a lixeira vazia de cabeça para baixo e apoiou o pé dele em cima, depois enrolou toalhas na perna dele, como tinha feito com o braço.

Ela se levantou, passou a mão ensanguentada no cabelo e consultou seu relógio de pulso.

– Onde é que ele está? Já devia estar aqui!

Hammond segurou a mão dela.

– Alex?

Ela controlou o nervosismo e olhou para ele.

– Ele podia ter matado você – disse ele com a voz rascante.

– Mas não matou. Estou aqui – ela apertou a mão dele.

– Por que não contou para eles?

– Que você esteve com Pettijohn?

Ele fez que sim com a cabeça.

– Porque da primeira vez que me interrogaram eu achava que você o tinha matado.

Ele ficou um pouco mais pálido.

– Você pensou...

– Não posso explicar tudo agora, Hammond. É muito confuso. No estado em que você está, duvido que possa lembrar mais tarde. Basta dizer que primeiro eu menti para me proteger. Mas, quando soube que Pettijohn tinha morrido com um tiro, continuei a mentir para proteger...

Ele piscou e olhou para ela sem entender.

– Você.

Tocaram a campainha. Ela largou a mão dele.

– O médico chegou.

Ele acordou assustado, com o nome dela nos lábios. Precisava dizer uma coisa para ela, uma coisa urgente sobre a qual tinham de conversar.

– Alex – sua voz era um coaxar, e Hammond ficou alarmado. Fez um movimento para se levantar, a rigidez no braço trouxe a lembrança.

Ele abriu os olhos. Estava deitado na própria cama. O quarto estava escuro, a não ser por uma pequena luz de segurança que tinha sido trazida do corredor e ligada numa tomada na parede do quarto.

– Estou aqui.

Ela se materializou ao lado da cama, inclinou-se sobre ele e pôs a mão no seu ombro. Enquanto ele dormia Alex tinha tomado uma ducha e lavado o cabelo. Não estava mais coberta de sangue e havia trocado a roupa que usava antes por uma das camisetas mais velhas e mais macias que ele tinha. Como na cabana.

– É hora de mais um analgésico, se quiser.

– Eu estou bem.

– Quer água?

Ele disse que não.

– Então volte a dormir.

Ela arrumou o lençol sobre o peito nu de Hammond, mas, quando ia se afastar, ele cobriu a mão dela com a dele e a segurou de encontro ao peito.

– Que horas são?

– Duas e pouco. Você dormiu umas duas horas.

– Quem era o médico?

– Um amigo meu. Um bom amigo. Podemos confiar nele.

– Tem certeza?

– Digamos que nós trocamos favores profissionais. Ele recomendou muito que eu o levasse a um pronto-socorro, mas eu o convenci do contrário.

– Dizendo o quê?

– Que você não queria enfrentar toda aquela confusão de registro de crime na polícia.

– E ele se convenceu?

– Não, porque ele viu Smilow e a turma na minha casa esta manhã. Ele sabe que alguma coisa está errada. Mas não dei espaço para ele argumentar. Se seus ferimentos exigissem, eu seria a primeira em insistir no hospital, sem me importar com o que podia acontecer. Mas depois de limpos, eu me convenci de que ele podia tratá-los aqui mesmo. E, na verdade, você provavelmente foi melhor tratado aqui do que teria sido no hospital. E foi muito mais rápido também.

– Não lembro dele com muita clareza.

– Ele deu uma injeção que mais ou menos apagou você, por isso não me surpreende que não se lembre de muita coisa. Você sofreu um grande trauma. Ficou exaurido e a perda de sangue o deixou fraco – sorrindo, ela alisou a testa dele. – Foi uma trabalheira danada subir a escada com você. Devíamos ter filmado em vídeo. Podíamos mandar para *Os mais engraçados da América.*

– Vou ficar com o meu braço?

Aproveitando o humor dele, ela respondeu solenemente:

– O doutor queria levá-lo, mas eu não deixei, joguei meu corpo em cima para protegê-lo.

– Obrigado.

– De nada. O ferimento foi apenas superficial. Atingiu várias camadas da pele, mas não danificou nenhum músculo ou nervo, graças a Deus. A sua perna não precisou levar pontos. Ele disse que ia fechar sozinha em poucos dias. Ele lhe deu uma antitetânica e uma injeção enorme cheia de antibióticos. Sua bunda vai ficar doída. Ele deixou alguns comprimidos de antibiótico e Darvocet contra a dor, que você pode tomar a cada quatro horas.

O braço direito de Hammond, com o curativo, estava apoiado num travesseiro.

– Parece chumbo, mas não dói.

– Está cheio de anestésico local. Quando o efeito passar você vai sentir dor. Amanhã ficará contente de ter os comprimidos analgésicos. Na semana que vem poderá tirar os pontos. Até lá você deve manter o braço numa tipoia, elevá-lo sempre que puder e evitar molhá-lo.

– Estava coberto de sangue.

– Dei um banho em você na cama.

– Que pena que perdi isso – ele deu um sorriso largo, mas era uma luta manter os olhos abertos.

– Também limpei seu carro e lavei o banheiro. Estão imaculados.

– Você é um anjo de misericórdia.

– Só até um certo ponto. Devia estar lá embaixo agora, lavando as toalhas.

– Jogue-as fora.

– Imaginei que você diria isso, e foi o que eu fiz. Além do mais, preferi ficar aqui em cima, cuidando de você – ela passou os dedos no cabelo dele com ternura.

Ele se mexeu um pouco, procurando uma posição mais confortável. Mas até esse pequeno movimento provocou-lhe uma careta de dor.

– Vou te dar mais um analgésico.

Dessa vez ele não reclamou. Estava quase dormindo de novo quando ela enfiou um comprimido na boca dele, apoiou sua cabeça no braço e o fez levantar um pouco. Ela encostou um copo com água nos lábios dele. Ele engoliu o comprimido.

Enquanto Alex abaixava a cabeça dele no travesseiro, Hammond resistiu e encostou o rosto nos seios dela. Eram fartos e convidativos por baixo da malha macia da camiseta dele. Hammond fechou os lábios sobre um mamilo.

– Você precisa dormir – sussurrou ela e empurrou delicadamente a cabeça dele para o travesseiro.

Ele suspirou um protesto, mas fechou os olhos automaticamente. Sentiu o leve beijo que ela lhe deu na testa. E outra coisa também. Abriu os olhos de novo e viu as lágrimas. E enquanto espiava, mais uma caiu no rosto dele.

Cheio de remorso, ele disse:

– Você salvou a minha vida. Você se machucou por minha causa. Se eu não estivesse lá...

– Psiu.

Ele passou o braço esquerdo por cima do corpo e encostou a mão no rosto dela. Ela agarrou a mão dele, a apertou no peito e beijou sem parar os nós dos dedos.

– Eu tive tanto medo, Hammond – ela encostou os lábios na mão dele. Ele passou as costas da mão no rosto dela, que estava molhado de lágrimas. – Você se machucou assim por minha causa. E vai continuar se machucando.

Ele lutava para ficar acordado porque aquilo era importante.

– Alex... eu te amo.

Ela soltou a mão dele como se queimasse a dela.

– O quê?

– Eu amo...

– Não, não ama, Hammond! – exclamou ela, com suavidade mas irredutível. – Não diga isso. Você nem me conhece.

– Eu conheço você – ele fechou os olhos alguns segundos preciosos de descanso e procurou reunir energia para dizer o que queria dizer: – Eu te amo desde... *desde a noite que a conheci. Quando a vi do outro lado da pista de dança, eu a conheci imediatamente.*

Ele pensou aquelas palavras, mas não sabia ao certo se as tinha pronunciado em voz alta. Ele abriu os olhos, focalizou o rosto dela e deu um sorriso triste.

– Por que tinha de ser essa merda de confusão?

Ela lambeu uma lágrima no canto da boca. Ia dizer alguma coisa mas não encontrava as palavras. Devia ser tão confuso para ela como era para ele, que a primeira vez na vida que amava alguém de verdade, a coisa toda não podia ser mais errada.

Ele deu um tapinha na cama ao seu lado.

Ela balançou a cabeça e recusou.

– Eu poderia machucá-lo.

– Deite-se aqui.

Ela hesitou só mais um pouco, deu a volta na cama e deitou ao lado dele. Não encostou o corpo no dele, apenas pôs a mão no peito de Hammond.

– Não posso chegar mais perto, senão bato na sua perna.

Ele queria dizer mais coisas e tinham muito que conversar, mas a droga estava fazendo efeito. Tê-la perto era um consolo. Ele queria aproveitar. Mas contra sua vontade, adormeceu.

Algum tempo depois, ele acordou. Parcialmente. Não completamente. Não queria despertar completamente. Não sentia dor. Na verdade, o estado dele era sublime. Muito bons esses analgésicos.

Ao lado dele, Alex se mexeu. Ele sentiu que ela se sentou.

– Hammond, você está acordado?

– Humm.

– Quer que eu traga alguma coisa?

Ele resmungou e ela provavelmente achou que era um não, porque ela deitou de novo. Mas alguns segundos depois ele murmurou alguma coisa que nem ele conseguia distinguir.

– O que disse? – ela levantou a cabeça de novo. Pelo menos foi isso que ele achou que ela fez. Ainda não tinha aberto os olhos. – Hammond? – Preocupada, Alex pôs a mão no peito dele. – Está sentindo dor? Quer um pouco de água?

Hammond cobriu a mão dela com a dele e puxou para baixo do lençol.

Então mergulhou num estado de semiconsciência que era melhor que o melhor sonho erótico. Como numa fantasia sexual, a participação dele era desnecessária. Tudo que tinha de fazer era abdicar do controle e submeter-se às sensações. Deixar acontecer. Ir com a maré. Ficar boiando à deriva nas suaves ondas da sensibilidade.

O crescendo era deliciosamente lento. Não tinham horário para nada, nenhum compromisso. Não existia pressão, nem recriminação. Felizmente os sonhos não tinham consequências.

Ele percebeu que ela mudou de posição, mas alguns delicados beijos preliminares não prepararam Hammond para o calor molhado que o cobriu. A massagem sensual era diferente de qualquer outra. Ele prendeu a respiração e deixou-se saturar pelas sensações. Todo o seu corpo relaxou pesadamente sobre o colchão, como se estivesse numa banheira com água quente, e se refestelou numa lassitude sexual.

Instintivamente, ele mexeu a mão. Esticou o braço. Procurou. Encontrou. Maciez. Feito seda. Profundo mistério. Centro do universo. Pulsação da humanidade. Caminho para a vida.

Ele precisou mover os dedos só um pouco para provocar pequenos espasmos de excitação. Seu dedo polegar estava possuído por uma antiga sabedoria. Dotado de um toque especial que se alimentava dos suaves gemidos dela. Não eram exatamente sons. Eram vibrações dentro da boca que se transmitiam de volta para ele.

Esse sonho acordado, esse esquecimento, eram tão doces, que ele não os deixou, nem depois de um clímax lento e ondulante que provocou a sensação de estar se dissolvendo.

Na fronteira da consciência dele se esgueirava algo feio e ameaçador, que ele se recusava a reconhecer. Agora não. Esta noite não. Amanhã.

O amanhã de Hammond começou três horas depois, com um grito explosivo:

– Meu Deus!

QUINTA-FEIRA

Capítulo 27

Steffi continuou gritando enquanto subia a escada aos saltos. Chegou ao quarto de Hammond, entrou afobada e o encontrou sentado na cama, com as mãos na cabeça, parecendo prestes a sofrer uma parada cardíaca.

– Pensei que você tivesse sido assassinado! Eu vi as toalhas cheias de sangue...

– Que merda, Steffi! Você quase me fez ter um ataque do coração!

– Você? Não, eu é que quase tive um! Você está bem?

Ele olhou aflito em volta do quarto como se procurasse alguma coisa.

– Que horas são? O que você está fazendo aqui? Como entrou?

– Eu ainda tenho a chave. Mas deixa isso pra lá. O que aconteceu com você?

– Eu... – ele olhou para o braço enfaixado como se o visse pela primeira vez. – Eu, é... fui atacado a noite passada. – Ele apontou para a cômoda. – Quer pegar uma cueca para mim?

– Atacado? Onde?

As cuecas dele ficavam na segunda gaveta de cima para baixo. Ela pegou uma para ele. Hammond girou as pernas para o lado da cama.

– A sua perna está machucada também?

– Está. Não tão grave quanto o braço.

Ele inclinou o corpo para a frente, vestiu a cueca e puxou-a até a coxa. Antes de levantar-se, ele olhou sugestivamente para ela.

– Ah, pelo amor de Deus, Hammond! Eu já o vi!

Ele afastou o lençol, ficou de pé e puxou a cueca, depois pegou uma garrafa de água que estava na mesa de cabeceira e bebeu tudo.

– Você vai me contar o que aconteceu ou não vai?

– Eu já disse que fui...

– Atacado. Essa parte eu entendi. E o seu braço?

– Cortado. Minha perna também.

– Meu Deus, podiam tê-lo matado! Onde é que você estava? – quando ele explicou, ela disse: – Então não é surpresa nenhuma. O que você estava fazendo naquela parte da cidade?

– Lembra de Loretta Boothe?

– A bêbada?

Ele franziu a testa, mas concordou.

– Ela está sóbria e quer trabalhar em investigação particular de novo. Pediu para eu ir encontrá-la em um dos bares que frequenta. Quando eu estava voltando para o meu carro, um cara pulou em cima de mim. Eu resisti. Ele ficou desferindo golpes de faca a torto e a direito. Consegui lutar com ele até fugir no meu carro. Vim para casa e chamei um médico. Ele costurou meu braço.

– Você notificou à polícia?

Eu não queria ser coagido pela polícia quando prestasse depoimento. Mas, de qualquer forma, estou sendo coagido. Por você.

– Por que não foi para um hospital?

– Pelo mesmo motivo – ele cambaleou até o banheiro, poupando a perna esquerda. – Não foi tão ruim assim.

– Não foi tão ruim? Hammond, tem um saco de lixo cheio de toalhas ensanguentadas lá embaixo!

– Parece muito pior do que realmente é. Só precisei de dois analgésicos a noite toda. Quer me dar licença? – Steffi tinha seguido Hammond até o banheiro. Ela saiu e ele fechou a porta. Do lado de fora ela gritou:

– Eu também já vi você mijar antes!

Ela voltou para a cama e se sentou onde ele tinha sentado. Junto com a garrafa de água mineral vazia e um copo havia, na mesa de cabeceira, uma tipoia comum de pano e um recipiente plástico com comprimidos. Era de farmácia de manipulação. Não havia o nome do médico no rótulo.

Hammond saiu do banheiro, foi mancando até ela, afastou-a da cama e puxou o edredom por cima dos lençóis.

– Desde quando você ficou tão fresco? – perguntou ela.

– E desde quando você ficou tão metida?

– Você não acha que tenho o direito de ser um pouco intrometida? Hammond, a primeira coisa que vi quando entrei aqui foi um saco cheio de toalhas ensanguentadas. Pode me chamar de sentimental, mas fiquei imaginando se o meu colega, para não dizer ex-namorado, por quem ainda nutro afeto e zelo, estava nas garras do assassino do machado.

Ele levantou a sobrancelha, desconfiado.

– Que limpa tudo antes de ir embora?

– Alguns desses caras são compulsivos. Mas você não está entendendo o que eu quero dizer.

– Não, não estou, Steffi. Você estava preocupada com o meu bem-estar. Se a situação fosse ao contrário, eu teria reagido do mesmo jeito. Mas como pode ver, continuo respirando. Com hematomas, cortes e doído, mas respirando. Vou me sentir muito melhor depois de uma chuveirada quente e algumas xícaras de café mais quente ainda.

– É a minha deixa para ir embora?

– Agora você está começando a entender.

Ela olhou para a bandagem no braço direito dele.

– Quem foi o médico?

– Você não conhece. Velho amigo da faculdade. Devia um favor.

– Qual é o nome dele?

– Que diferença faz? Você não o conhece.

– Humm.

– *O que é?*

– Nada.

– Pode perguntar.

– Por que não quis registrar queixa?

– Não valeria o esforço. O assaltante não levou nada.

– Ele te atacou com uma arma.

Parecendo muito perturbado e falando como se ela fosse retardada, ele disse:

– Não adiantaria nada registrar. Eu não poderia identificar o cara. Sinceramente nem sei se ele era branco ou negro, ou hispânico, alto ou baixo, magro ou gordo, cabeludo ou careca. Estava escuro. O incidente terminou num segundo, e tudo que eu realmente vi foi aquela lâmina vindo para cima de mim. Foi isso que me impressionou e por isso saí chispado de lá.

"Seria perda de tempo contar para a polícia, porque tudo que eles poderiam fazer seria arquivar esse relatório e ponto final. Eles têm coisa melhor para fazer, e eu também – Hammond fez uma careta e segurou o braço direito com o esquerdo. – Agora você quer fazer o favor de ir embora para eu poder tomar um banho e me vestir?"

– Precisa de ajuda?

– Obrigado, mas posso me virar.

– Por que não tira o dia de folga? Eu posso vir para cá por volta do meio-dia, fazer o almoço para você e contar o que sabemos sobre esse cara.

Hammond abriu a gaveta de camisetas. Ela costumava zombar da sua coleção de camisetas quase esfarrapadas, que ele adorava usar dentro de casa. Ele pegou a primeira camiseta da pilha. Devia ser a verdadeira preferida, ela pensou, porque ele sorriu e levantou a camiseta na frente do rosto para sentir o cheiro.

– Que cara?

– Eu não te contei! – ela deu um tapa na testa. – Quando o vi assim esqueci o que tinha vindo fazer aqui. Quando estava no meu carro, indo para o trabalho, Smilow ligou para o meu celular. Tem um cara preso na nossa delegacia municipal.

Ela não percebeu a fascinação de Hammond com a camiseta, mas ele continuava a mexer nela. Ele observou distraído:

– Tem um monte de caras presos na nossa delegacia municipal.

– Mas só um diz que é irmão de Alex Ladd.

Hammond virou para ela como um raio. Seu rosto ficou branco como giz. Steffi achou que a palidez era por causa da dor. Com a virada abrupta, ele tinha batido o cotovelo do braço ferido na quina da gaveta aberta. Ele estendeu o braço esquerdo para se equilibrar.

– Acho muita maluquice sua pensar em ir ao escritório hoje, Hammond. Olha só para você! Mal consegue ficar de pé, e está branco como cera. O seu braço...

– Esqueça a merda do meu braço!

– Não grite comigo.

– Então pare de bancar a minha mãe.

– Você está ferido.

– Estou ótimo. Qual é a desse cara?

– O nome dele é Bobby Turnbull. Não, não é isso. Alguma coisa parecida.

– Por que ele está na cadeia?

– Smilow não chegou a explicar isso quando interrompi a ligação e vim direto para cá.

– O que ele...

– Hammond, sinceramente! E por falar em ser interrogado, só sei que esse Trimble... é isso. Bobby Trimble. Ele foi preso a noite passada e usou o único telefonema para falar com Alex Ladd. Ela não estava em casa. Um dos policiais da detenção foi suficientemente esperto para ouvir o nome dela, sabia que ela estava ligada ao assassinato de Pettijohn e notificou a Smilow.

Hammond recolocou a camiseta na gaveta e a fechou com força.

– Pensando bem, não vá embora. Vai ser difícil dirigir com meu braço na tipoia, por isso vou pegar uma carona com você. Dê-me alguns minutos.

Enquanto Hammond se aprontava, Steffi desceu para o primeiro andar para telefonar para Smilow e contar que ia se atrasar.

– Atacado?

– Foi isso que ele disse.

Depois de uma breve pausa, Smilow perguntou:

– Você tem algum motivo para duvidar dele?

– Não. É só que... – ela olhou pensativa para a porta do toalete, bloqueada por um saco de lixo grande cheio de toalhas ensanguentadas. – Só não parece muito típico do nosso dr. Crime e Castigo deixar passar um ataque com uma faca. Ele tentou minimizar seus ferimentos, mas parece que enfrentou quinze rounds de luta com um urso-pardo.

– Talvez ele só esteja envergonhado de ter sido tão descuidado.

– Pode ser. De qualquer maneira, estaremos aí em quinze minutos.

Ela não contou para Smilow a desculpa esfarrapada que Hammond deu para não ir para um hospital. O médico "velho amigo da faculdade" era uma mentira deslavada. Hammond nunca foi bom em contar mentiras. Ele devia ter umas aulas com Alex Ladd. Parecia admirar a queda que a mulher tinha para...

A mente de Steffi pisou firme no freio.

Olhando para o espaço próximo, com os olhos vidrados, a cabeça dela foi assaltada por pensamentos impensáveis que giravam pela sua consciência com a velocidade da luz. Agarrar aqueles pensamentos era como tentar capturar cometas.

Hammond desceu a escada mancando.

Ela o encontrou na porta da frente, mas antes pegou uma das toalhas encharcadas de sangue do saco de lixo e a enfiou na bolsa.

Bobby Trimble estava apavorado. Mas preferia morrer do que deixar que percebessem o medo que sentia. Policiais filhos da puta!

Devia sua situação atual a uma professora solteirona, malvestida e gorda. Era um insulto para o orgulho dele uma galinha morta provocar sua derrocada. Ela não era desafio nenhum. Seduzi-la tinha sido uma rotina entediante. Tinha lutado para se manter acordado enquanto a levava no bico. Tinha cabeceado o tempo todo.

Quem teria imaginado que aquele canhão seria uma mulher fatal no mais puro sentido do termo?

Na noite anterior ele estava quase conquistando uma viúva de Denver que tinha diamantes do tamanho de holofotes nas orelhas e em anéis nas duas mãos. Eles teriam financiado um estilo de vida nababesco por um longo tempo. A mulher tinha revelado logo no início possuir um senso de humor sexualmente explícito e espírito de aventura, por isso Bobby apelara para isso. Com a mão dentro da saia dela, ele descrevia a ereção que ela havia provocado, sem poupar nenhum detalhe anatômico, quando dois policiais o agarraram por baixo dos braços e o arrastaram para fora da boate.

Lá fora eles o encostaram no capô de um carro e mandaram que afastasse as pernas e os braços, revistaram-no e algemaram-no como se fosse um criminoso comum e leram seus direitos. Com o canto do olho, ele avistou a professora pudica e antiquada de Indiana ali perto, com um par de sapatos de couro em uma das mãos.

– Maldita vaca! – resmungou ele no presente, no momento em que a porta se abriu.

– O que foi, Bobby? Disse alguma coisa?

O cara parecia vagamente familiar, mas Bobby não conseguia se lembrar de onde o conhecia. Não era alto, mas dava a impressão de ser quando entrou com passos largos na sala. Usava terno com colete, que Bobby considerou de boa qualidade. A água-de-colônia também tinha cheiro de coisa cara.

Ele apertou a mão do advogado que tinham indicado para Bobby, um cara chamado "Heinz, como o ketchup", que parecia um perdedor e cujo conselho para Bobby até ali tinha sido para manter a boca fechada até descobrirem o que estava acontecendo. Ele então se sentou à pequena mesa e cobriu educadamente seus bocejos com a mão. Mas o homem que acabava de entrar o fez se endireitar na cadeira e adotar uma postura alerta.

Ele se sentou na cadeira de frente para Bobby e se apresentou como o detetive Rory Smilow. Bobby não confiava no sorriso dele, assim como não abriria o jogo para aquele afável filho da mãe.

– Estou aqui para facilitar muito a sua vida, Bobby – disse ele.

Bobby também não acreditou na promessa:

– É mesmo? Então pode começar ouvindo o meu lado dessa história. Aquela vadia está mentindo.

– Então não a estuprou?

Os músculos da face de Bobby amoleceram. Em compensação, o esfíncter se contraiu.

– Estupro?

– Sr. Smilow, meu cliente e eu tivemos a impressão de que esse era um caso de furto. A queixa da srta. Rogers não menciona estupro – observou Heinz, nervoso.

– Ela está conversando com uma policial – explicou Smilow. – Ficou constrangida demais de discutir os detalhes do crime com os policiais que o prenderam.

– Se ela está alegando estupro, então preciso ter mais uma conversa com o meu cliente.

Bobby, já recuperado do choque inicial, olhou com desprezo para o advogado.

– Não temos nada que conversar. Eu não estuprei ninguém. Tudo que nós fizemos foi de comum acordo.

Smilow abriu uma pasta e deu uma olhada rápida no relatório.

– O senhor a conheceu numa boate. Segundo a srta. Rogers, minou sua resistência com bebida alcoólica e a embebedou intencionalmente.

– Tomamos alguns drinques. E é verdade, ela ficou meio alta. Mas nunca a forcei a beber nada.

– Acompanhou-a de volta ao quarto do hotel em que ela estava hospedada e fez sexo com ela – ele olhou para Bobby. – Isso é verdade?

Bobby não resistiu e enfrentou o desafio do olhar do detetive.

– Sim, é verdade. E ela adorou cada minuto.

Heinz pigarreou meio constrangido.

– Sr. Trimble, recomendo que não diga mais nada. Qualquer coisa que disser poderá ser usada contra o senhor. Lembre-se disso.

– Estão achando que vou deixar uma mulher gorda me acusar de estupro sem me defender?

– É para isso que serve o julgamento.

– Que se foda o julgamento! E foda-se você também! – Bobby virou-se novamente para Smilow: – Ela está mentindo descaradamente.

– Não fez sexo com ela enquanto ela estava sob a influência do álcool?

– Claro que fiz! A pedido dela.

Smilow parecia compadecido dele, deu um suspiro e coçou a sobrancelha.

– Acredito, sr. Trimble. Acredito no senhor. Mas, do ponto de vista legal, o senhor está na corda bamba. As leis mudaram. As definições foram buriladas e ficaram bem mais precisas. Dada a crescente consciência do público sobre o tratamento equivocado das vítimas de estupro, promotores e juízes adotaram uma linha dura. Eles não querem ser responsáveis pela liberação de estupradores...

– Nunca tive de estuprar mulher nenhuma! – exclamou Bobby. – Na verdade, sempre foi exatamente o contrário.

– Compreendo – disse Smilow calmamente. – Mas se a srta. Rogers alega que estava mentalmente incapacitada pelo álcool que o senhor insistiu para ela beber, então técnica e legalmente, nas mãos de um bom promotor público, existiria um caso de estupro.

Bobby cruzou os braços sobre o peito, em parte por ser uma pose despreocupada, mas principalmente porque ele estava à beira de uma crise de pânico. Quando tinha dezoito anos, tinha sido sentenciado à maldita prisão. Não gostou. Nem um pouco. Tinha jurado que nunca mais iria para lá. Com medo de que sua voz traísse o medo que sentia, ele não disse nada.

– Portava drogas quando foi preso – continuou Smilow.

– Alguns cigarros. Não dei nenhum para aquela fulana.

Smilow olhou muito sério para ele.

– Não deu?

– Não teria desperdiçado um bom fumo com ela! Ela era fácil demais!

– Mesmo assim, ainda tem um problema. Em quem pensa que o júri ia acreditar? Numa dama simples e doce como ela? Ou num garanhão malandro como você?

Enquanto Bobby compunha uma resposta adequada, a porta abriu e uma mulher entrou. Ela era miúda, cabelo escuro e curto, olhos pretos brilhantes. Boas pernas. Seios pequenos e pontudos. Mas a maior castradora que Bobby já tinha visto.

– Espero que o balde de merda ainda não tenha confessado – disse ela.

Smilow apresentou-a como Stefanie Mundell, do escritório do procurador público municipal. Heinz ficou meio esverdeado e engolia em seco convulsivamente. Não era um bom sinal se o próprio advogado se engasgava diante da visão daquela vadia e desse a impressão de estar pronto para dar o fora.

Smilow ofereceu uma cadeira para ela, mas ela disse que preferia ficar de pé.

– Não vou demorar muito. Só queria avisar ao sr. Trimble que casos de estupro são a minha especialidade e que indico a castração para réus primários. E não é a castração química

– ela pôs a palma das mãos sobre a mesa e inclinou o corpo para a frente até ficar nariz com nariz com Bobby. – Pelo que fez com a pobre Ellen Rogers, mal posso esperar para pôr seus culhões no cepo!

– Eu não a estuprei.

A negação sincera não afetou a srta. Mundell, que riu com desprezo e disse:

– Vejo-o no tribunal, Bobby.

Ela deu meia-volta com seus sapatos de salto alto e saiu, batendo a porta com força.

Smilow massageava o queixo e balançava a cabeça com ar de tristeza.

– Sinto por você, Bobby. Se Steffi Mundell é a promotora, temo que você se dê muito mal.

– Talvez o sr. Trimble prefira declarar-se culpado para obter a pena mínima.

Bobby fuzilou Heinz, que tinha sugerido aquilo, com os olhos.

– Quem pediu a sua opinião? Não vou me declarar culpado de nada, entendeu?

– Mas furto...

– Cavalheiros – disse Smilow, interrompendo. – Acaba de me ocorrer que já que a srta. Mundell está envolvida, pode haver uma maneira de contornar isso.

Aparentando uma falsa tranquilidade, Bobby perguntou:

– Qual é a sua ideia?

– Ela está trabalhando no caso do assassinato de Pettijohn.

Alerta vermelho!

De repente Bobby se lembrou onde tinha visto Smilow. Na televisão, na noite seguinte ao assassinato de Pettijohn. Era ele o detetive da Homicídios encarregado da investigação. Bobby recostou-se na cadeira e procurou fingir que não começara subitamente a transpirar, como um caipira num milharal.

– O caso do assassinato de Pettijohn?

Smilow dirigiu um olhar demorado, duro e ameaçador para Bobby. Depois suspirou e fechou a pasta.

– Pensei que poderíamos ajudar um ao outro, Bobby. Mas se você vai se fazer de bobo, não me resta outra opção, terei de deixá-lo nas mãos da srta. Mundell.

Smilow afastou sua cadeira para trás e saiu da sala sem dizer mais uma palavra, fechando firmemente a porta.

Bobby olhou para Heinz "como o ketchup" e levantou os ombros.

– O que foi que eu fiz?

– Você tentou enrolar Rory Smilow. Péssima ideia.

Capítulo 28

Smilow e Steffi ficaram meia hora se dando tapinhas nas costas pelo excelente trabalho que tinham feito manipulando Bobby Trimble. Os profusos parabéns quase esgotaram a paciência de Hammond.

– Dei mais de uma hora para ele pensar a respeito – disse Smilow para ele pela décima vez.

– Você já disse.

– Logo que voltamos para a sala, ele começou a falar – disse Steffi alegremente.

– Você deve ter feito muito bem o papel de policial má.

– Modéstia à parte, sim – ela se vangloriou. – Bobby estava convencido de que ia enfrentar uma acusação de estupro.

Ellen Rogers jamais alegou ter sido violentada. Pelo contrário, tinha reconhecido a própria culpa pelo furto de seus cartões de crédito e seu dinheiro. Ela só queria que capturassem Bobby Trimble para pô-lo fora de ação, poupando outras mulheres de experiência tão humilhante.

Tratou de providenciar sua volta para Indianápolis imediatamente apesar de ter deixado claro que se dispunha a testemunhar contra Trimble no tribunal se o caso fosse a julgamento. Saiu da cidade sem saber que presente tinha dado para o Departamento de Polícia de Charleston.

– Mal posso esperar para ver a cara de Alex Ladd quando ela ouvir essa gravação! Hammond, você não vai acreditar – disse Steffi, animada. – Você queria um motivo e, meu irmão, conseguiu. Numa bandeja de prata.

Ele respirou pela boca para afastar as náuseas. Era uma ameaça desde que fora informado de que o meio-irmão de Alex estava sob a custódia da polícia. Steffi e Smilow estavam muito orgulhosos com aquela gravação. Já salivavam, prevendo a reação de Hammond quando ouvisse, mas ele já conhecia o teor dela. Tinha ouvido Loretta Boothe contar a história incriminadora na noite anterior.

Os simples fatos, nus e crus, pintavam uma imagem nada lisonjeira de Alex. Quando Bobby Trimble terminou de incrementar a história para atender aos próprios interesses, ela se transformou num assassinato de caráter. Como Steffi havia observado, representava o motivo que faltava ao caso. Em bandeja de prata.

Hammond tinha torcido para a investigação de Smilow não ser tão completa e diligente como a de Loretta, para ele poder continuar atrasando o caso indefinidamente até determinar a natureza da conexão de Alex com Pettijohn e poder explicar para ela o encontro que ele teve com Lute.

Ia sugerir que ambos jogassem limpo com Smilow. Ele devia ter contado imediatamente para o detetive seu encontro com Pettijohn. Mas era uma questão delicada e esperava poder evitar que qualquer outra pessoa ficasse sabendo. Também ia aconselhar Alex a informar Smilow do seu passado antes que ele tivesse a chance de descobrir por conta própria e tirar conclusões precipitadas sobre a relação que tinha com a investigação Pettijohn.

Infelizmente tinham tirado aquela oportunidade dele. Quando Steffi invadiu a casa dele, Alex já tinha ido embora. Hammond deu graças de ela ter saído cedo e achou que os dois tiveram muita sorte de não terem sido flagrados juntos na cama, o que teria prejudicado a credibilidade deles quando fizessem suas confissões independentes para Smilow.

E agora isso.

Bobby Trimble apareceu do nada, na pior hora possível. Alex não tinha ideia da armadilha que estavam armando para ela. E Hammond não tinha como avisá-la.

A campainha de um *pager* tocou. Os três verificaram seus bipes ao mesmo tempo.

– É o meu – disse Hammond.

Smilow empurrou o telefone da mesa para perto de Hammond. Hammond verificou o número no mostrador.

– Vou usar meu celular, obrigado.

Ele pediu licença, saiu da sala e foi para o corredor, que oferecia alguma privacidade.

– Loretta, o que é?

– Ontem a nossa conversa terminou mal.

– O que quer dizer?

– Você estava tão desapontado quando saiu...

– Não se preocupe com isso.

– Mas fiquei preocupada. Queria fazer alguma coisa por você, por isso fui à prefeitura esta manhã e peguei Harvey comprando um pão de mel numa máquina.

– Só tenho um minuto, Loretta.

– Vou chegar lá. Perguntei para ele se alguém mais tinha pedido informações sobre o caso Pettijohn.

– Especificamente Alex Ladd?

– Não, eu só joguei a isca para ver se ele mordia.

– E aí?

– Ele suou frio. Quase deu para ouvir os joelhos dele batendo um no outro.

– Quem o procurou para obter informações?

– O *nerd* não quis dizer.

– Loretta...

– Tentei tudo, Hammond. Pode acreditar. Ameacei denunciá-lo, tortura e danos físicos. Adulei, negociei e engabelei. Ofereci quantidades ilimitadas de bebida, drogas, sexo com a profissional que ele escolhesse. Nada funcionou. Quem quer que tenha procurado Harvey conseguiu assustá-lo. Mudez total. Ele não vai falar.

– Tudo bem, obrigado.

Hammond ouviu um movimento atrás dele e virou-se para ver quem era. Frank Perkins acompanhava Alex pelo corredor.

– Tem mais alguma coisa que você quer que eu faça? – perguntou Loretta.

– Por enquanto, não. Obrigado. Preciso ir.

Ele desligou o celular e virou-se na hora em que Perkins e Alex chegavam à porta da sala de Smilow. Quando o advogado viu Hammond, ele arregalou os olhos.

– O que aconteceu com você?

– Fui atacado na rua.

– Minha nossa! Parece pior que os assaltos comuns.

– Vou ficar bem – ele olhou para Alex. – Cuidaram bem de mim.

Os olhos dos dois se encontraram por apenas um milésimo de segundo. Hammond tentou telegrafar um aviso para ela, mas o advogado empurrou-a para dentro da sala.

– Bem, o que foi agora, detetive?

– Queremos que a sua cliente ouça uma gravação.

– Gravação de quê?

– De um depoimento que tomamos hoje cedo de um homem que está preso aqui mesmo. Pode acreditar que as declarações dele são relevantes para o caso Pettijohn.

Perkins ofereceu a única cadeira para Alex. Os outros ficaram em pé na pequena sala. Smilow se ofereceu para pedir que trouxessem uma cadeira para Hammond, mas ele não quis. Quando Alex se sentou, ela conseguiu dar uma olhada disfarçada para ele, mas Hammond não tinha como prepará-la para o que a esperava.

Smilow resumiu a experiência de Ellen Rogers para Alex e para o advogado dela.

– Felizmente para nós, a srta. Rogers não era nenhuma violetinha frágil. Ela mesma seguiu o homem e informou à polícia.

– Não estou vendo...

– O nome dele é Bobby Trimble.

Hammond estava observando atentamente o rosto de Alex. Logo que Smilow começou a falar, ela percebeu o que tinha pela frente. Fechou os olhos rapidamente e respirou bem fundo para se fortalecer. Mas, quando ele disse o nome de Trimble, ela não revelou reação alguma.

– Conhece o sr. Trimble, não é, dra. Ladd? – disse Smilow.

– Gostaria de ter uma conversa com a minha cliente – disse Frank Perkins.

– Tudo bem, Frank – disse ela suavemente. – Infelizmente não posso negar que conheço Bobby Trimble.

Antes de Perkins poder dizer mais alguma coisa, Smilow falou:

– A fita se explica sozinha, Frank.

Ele apertou o botão *play* do gravador.

A voz de Smilow identificou as pessoas presentes no interrogatório. Disse a hora, o lugar e a data, assim como as condições sob as quais Trimble estava fazendo a sua declaração. Ele havia confessado ter seduzido a srta. Ellen Rogers com o propósito de roubá-la e, apesar de não ter garantida a clemência, foi dito por Stefanie Mundell que a procuradoria pública seria favorável a qualquer um que desse voluntariamente informações pertinentes ao caso do assassinato de Lute Pettijohn.

Dito isso, Smilow fez sua primeira pergunta:

– Bobby... posso chamá-lo de Bobby?

– Não tenho vergonha do meu nome.

– Bobby, você conhece a dra. Ladd?

– Alex é minha meia-irmã. Mesma mãe. Pais diferentes. Mas nunca conheci nenhum dos dois.

– Trimble era o nome da sua mãe?

– Correto.

– Você e sua meia-irmã foram criados juntos, no mesmo lar?

– Se quer dar esse nome a nossa casa... Não era bem um lar. Nossa mãe não era nenhuma Martha Stewart, apesar de entreter muita gente.

– Que tipo de gente?

– Homens, detetive Smilow. Recebia homens em casa o tempo todo. E, quando fazia isso, nos mandava para a rua. Se fazia calor lá fora, paciência. Se fazia frio, azar. Se estávamos com fome, que pena. Às vezes conseguíamos convencer a senhora negra que trabalhava na Dairy Queen a nos dar um hambúrguer. Ela não gostava muito de mim, mas tinha um fraco pela Alex. Mas se o chefe dela estivesse por perto, nada feito. Continuávamos famintos.

– A sua mãe ainda está viva?

– Quem sabe? E quem se importa? Ela foi embora quando eu tinha... humm, catorze anos. E Alex doze, acho. Ela estava apaixonada por um cara e, quando ele partiu para Reno, foi atrás dele. Não sei se ela o encontrou ou não. Foi a última vez que a vi ou que ouvi falar dela.

– Vocês não ficaram aos cuidados dos Serviços de Proteção ao Menor depois disso?

– Prefiro ir para a cadeia a ter um bando de burocratas intrometidos respirando no meu cangote. Por isso disse para a Alex não contar para ninguém que nossa mãe tinha ido embora. Fingimos que nada tinha acontecido. Continuamos indo à escola, fingindo que tudo estava normal. – E – ele deu uma risadinha *– tudo estava normal mesmo. Acho que nossa mãe nunca chegou perto da porta da escola. Para ela a APM*

(Associação de Pais e Mestres) era "Associação de Porra e de Meretrizes".

– Não há necessidade disso – disse Smilow, irritado.

– Desculpe, madame. Não tive a intenção de faltar com o respeito.

Hammond imaginou que Bobby estivesse se desculpando com Steffi. O pedido de desculpas não pareceu sincero. Alex deve ter achado isso também. Ela olhava fixamente para o gravador com cara de nojo.

– Os vizinhos não notaram que sua mãe não estava mais lá? – perguntou Smilow.

– Alex e eu nos defendíamos sozinhos havia tanto tempo que não era nada incomum vê-la levando a roupa para a lavanderia automática ou eu me oferecendo para fazer alguns bicos.

– Fazia bicos para sustentar vocês dois?

Ele pigarreou.

– Por algum tempo. – Uma pausa. – *Antes de continuar... só para deixar tudo bem claro... Eu já paguei minha dívida para com a sociedade pelo que aconteceu. Isso não vai cair em cima de mim outra vez, vai? Isso tudo aconteceu há muito tempo. No Tennessee. Agora estamos na Carolina do Sul. Estou livre e limpo neste estado.*

– Diga o que sabe sobre o assassinato de Lute Pettijohn, Bobby, e sai livre daqui.

– Parece bom.

Até aquele ponto Alex não tinha se mexido. Então virou-se para Perkins:

– Nós precisamos ouvir isso?

O advogado pediu para Smilow desligar o gravador para ele poder conversar com Alex. Smilow atendeu educadamente ao pedido. Perkins sussurrou uma pergunta para ela. Ela respondeu baixinho. Ficaram falando assim por cerca de sessenta segundos.

– Vocês não podem levar a sério as declarações deste homem – disse Perkins. – Ele está barganhando pela retirada das acusações contra ele. É óbvio que ele disse o que vocês queriam ouvir.

– Se ele está mentindo – disse Smilow –, então o que ele diz não importa para a dra. Ladd, não é?

– Importa à medida que pode ser constrangedor para ela.

– Sinto muito qualquer constrangimento. Mas acho que a dra. Ladd gostaria de ouvir o que está sendo dito sobre ela. Ela tem a liberdade de interromper e refutar qualquer coisa que ele diz, a qualquer momento.

Perkins disse para Alex:

– Você é que sabe.

Ela concordou com um breve movimento da cabeça.

– Tudo bem, Smilow – disse ele. – Mas isso é uma encenação barata e você sabe muito bem disso.

A reclamação não afetou Smilow. Ele ligou o gravador no ponto em que repetia a pergunta de como Trimble sustentava a irmã e ele.

– Nós sobrevivemos um tempo com alguns serviços que eu prestava – respondeu ele. – Mas eu estava dando um duro danado para pôr comida na mesa e para vestir a Alex. Ela estava crescendo, sabe, como qualquer adolescente. Florescendo.

O tom de voz de Trimble reduziu-se a um sussurro confidencial.

– Foi justamente quando vi Alex ganhando formas que tive a ideia pela primeira vez.

– Que ideia?

– Vou chegar lá – disse ele, incomodado com a impaciência de Smilow. *– Comecei a notar que meus amigos olhavam de uma certa forma para a minha irmãzinha. Sob uma luz completamente nova, pode-se dizer. Ouvi alguns comentários. E foi então que tive a ideia.*

Hammond apoiou o cotovelo esquerdo no pulso do braço na tipoia e cobriu a boca com a mão. Queria tapar os ouvidos. Queria jogar o gravador contra a parede. Queria estapear Steffi, que sorria presunçosa para Alex. Era impotente para fazer qualquer coisa e só podia ouvir, já que estava sendo forçado a isso.

A diferença da dicção e da sintaxe de Trimble era notável. O fato de falar sobre seu passado tinha feito com que ele retornasse ao padrão de linguagem da sua juventude. Ele parecia mais grosseiro. Mais rude. Mais indecente.

– A primeira vez aconteceu por acaso. Quero dizer, não planejei nada. Alex e eu estávamos com um amigo meu. Ele tinha roubado umas seis latas de cerveja e fomos a um posto de gasolina abandonado para beber. Ele começou a provocar Alex e... – Ouve-se uma cadeira arrastando no chão quando Bobby se ajeita. *– Ele acabou desafiando Alex a levantar a blusa para ele poder dar uma olhada.*

"Alex disse: 'De jeito nenhum, camarada.' Mas não falava a sério. Ela estava rindo, brincando com ele, vocês sabem. E acabou fazendo o que ele queria. Eu disse que em troca pela visão das tetas da minha irmãzinha – desculpem, seios – ele tinha de me dar o resto da cerveja. Ele disse que não ia dar porque na verdade só tinha visto o sutiã dela. Mas da próxima vez..."

Hammond estendeu a mão e desligou o gravador.

– Nós todos já entendemos, Smilow. O meio-irmão da dra. Ladd a explorava. É discutível se ela colaborava por livre e espontânea vontade. Mas, de qualquer modo, é história antiga.

– Não tão antiga.

– Vinte, vinte e cinco anos! Por Deus, o que isso tem a ver com Lute Pettijohn?

– Vamos chegar lá – disse Steffi. – Tudo se encaixa.

– O resto de vocês pode ficar e ouvir essa porcaria – disse Frank Perkins, que também se levantou. – Mas não vou permitir que a minha cliente ouça isso.

– Temo que não possa permitir a saída da dra. Ladd – disse Smilow.

– Planeja acusá-la formalmente de um crime? – acrescentou Perkins sarcasticamente. – Um supostamente cometido nesta década?

Smilow evitou dar uma resposta direta:

– Se não quer ouvir o resto da gravação, devo pedir que espere na outra sala até o dr. Cross terminar de ouvi-la.

– Ótimo.

– Não – disse Alex em voz baixa, mas com firmeza. Todos olharam para ela. – Bobby Trimble é lixo. Nos últimos vinte anos ele adquiriu algum verniz, mas continua sendo escória. Quero ouvir tudo o que ele diz. Tenho o direito de saber o que ele diz de mim. Por mais horrível que seja ouvir a voz dele, preciso saber, Frank.

– Você nega qualquer coisa que ele disse até agora? – perguntou Steffi.

– Não precisa responder a essa pergunta, Alex.

Ignorando o conselho do advogado, Alex olhou direto para os olhos ansiosos de Steffi.

– Tudo isso aconteceu há muito tempo, srta. Mundell. Eu era criança.

– Já tinha idade para ser responsável pelos seus atos.

– Fiz algumas escolhas ruins quando minha única opção era fazer escolhas piores. As lembranças são feias. Anos atrás eu as eliminei da minha mente e segui a minha vida. Construí uma nova vida.

– Resposta muito boa, dra. Ladd – disse Steffi. – Mas isso quer dizer não. Não nega o que ele disse até agora.

Se Frank Perkins não tivesse intercedido naquele momento e avisado para Alex não dizer mais nada, Hammond teria tomado a iniciativa. Ela acatou o conselho do advogado. Aparentando estar enojado com tudo aquilo, Perkins disse:

– Vamos acabar logo com isso.

Smilow voltou a fita. Hammond mudou o pé de apoio para poupar a dor da perna esquerda. Na realidade estava se contendo para não fazer uma burrice muito grande, como segurar a mão de Alex e tirá-la dali. A noite anterior tinha provado que ela precisava de proteção. Queria protegê-la pessoalmente. Estava quase revelando tudo, abrindo o jogo, que se danassem os torpedos.

Quase. Naquele momento o advérbio era um qualificativo monumental.

O pior da história ainda estava por vir, e era essa parte que tinha uma semelhança inquietante com o presente. Segundo o relatório de Loretta, quando deixou a Flórida com uma condenação por furto e um tubarão da agiotagem no seu encalço, Bobby Trimble sumiu de vista. Ter reaparecido ali em Charleston, dias antes de um assassinato em que a meia-irmã estava envolvida, era uma coincidência terrivelmente incômoda.

Era certamente mais que suficiente para aumentar as suspeitas de Steffi e de Smilow. Apesar de Hammond saber que era praticamente impossível Alex ter matado Pettijohn e chegado à feira na hora em que chegou, ainda havia inconsistências, e as perguntas sem respostas que o perseguiam. Especialmente à luz do passado problemático de Alex.

Sem dúvida alguém a considerava uma ameaça que tinha de ser silenciada. Mas que ameaça ela representava? Como testemunha? Ou como uma conspiradora que resolveu mudar de ideia na última hora? Até ter certeza de que Alex era totalmente culpada – ou totalmente inocente – de qualquer malfeito, ele estava encurralado entre o promotor e o protetor.

Na fita, Smilow perguntava para Trimble sobre a trapaça que tinha criado para arrancar dinheiro dos seus amigos:

– *Funcionava assim: eu escolhia alguém e começava a falar de Alex para ele, que ela estava se desenvolvendo. Dizia que ela estava louca para experimentar o novo equipamento, que ela estava no cio, coisas assim. Dava algumas dicas para que ele pensasse nela e especulasse sobre as possibilidades. Às vezes levava alguns dias, às vezes era apenas uma questão de horas para ele ficar muito entusiasmado.*

"Eu tinha jeito para a coisa, um sexto sentido, de saber quando chegava a hora certa de acertar o negócio. Dava o nosso preço. Sabem de uma coisa? Nenhum daqueles babacas pechinchava o que eu cobrava – disse ele, dando risada. – *Eu determinava a hora e o lugar. Eles pagavam, depois cabia a Alex fazer o número dela."*

– *Que número?*

– *O que tivesse de fazer para eles ficarem... vocês sabem, vulneráveis.*

– *Excitados?*

– *Esse é um modo gentil de descrever a coisa. Quando eles estavam completamente excitados, eu chegava e exigia todo o dinheiro deles, senão...*

– *Senão o quê?*

– *Eu inventava alguma besteira que parecia legal sobre molestar menores. Se eles resistissem ou nos ameaçassem com a lei, eu dizia que era a nossa palavra contra a deles, e quem não ia acreditar numa virgem de doze anos? E eles não abriam a boca mesmo. Foi assim que o nosso negócio durou tanto tempo. Ninguém queria parecer otário diante dos amigos, por isso não admitiam ter sido enganados.*

– A sua meia-irmã participava de boa vontade?

– O que vocês acham? Que eu a forcei a fazer isso? As mulheres adoram se exibir. Sem querer faltar ao respeito, srta. Mundell. Mas aposto que o sr. Smilow concorda comigo, mesmo que não abra o jogo. Todas as mulheres são exibicionistas por natureza. Elas conhecem seus atributos. Sabem que os homens babam por elas. E adoram nos atiçar com isso.

– Obrigada por essa visão psicológica.

Ele não deixou de observar o sarcasmo de Steffi Mundell.

– Não fui eu que escrevi as regras, srta. Mundell. Só estou dizendo como as coisas são, e a senhorita sabe disso.

Smilow começou a perguntar de novo:

– Vocês não ficaram sem otários?

– Atacamos outros bairros. Alex parecia tão fresca e inocente que todos os caras pensavam que eram o primeiro. Por isso eu soube que ia funcionar com homens mais velhos também.

– Fale sobre isso.

– Alex era a isca perfeita. E ela sabia como envolvê-los também. Essa é a especialidade dela. Sabia fingir inocência e nervosismo. Em geral os homens não conseguem resistir a uma mulher coquete. Alex sabe se fazer de difícil melhor que qualquer mulher que conheci, antes e depois disso.

Hammond passou a manga da camisa no suor que brotava da testa, depois encostou a cabeça na parede e fechou os olhos.

Ouviu o clique quando apertaram o botão para parar a reprodução.

– Você está bem?

Hammond se deu conta de que a pergunta de Smilow era para ele e abriu os olhos. Todos, exceto Alex, olhavam para ele. Os olhos dela estavam baixos, focalizando as mãos postas no colo.

– Claro. Por quê?

– Você está pálido demais, Hammond. Quer que eu mande buscar mais uma cadeira?

– Eu lhe dou a minha, dr. Cross – Alex se levantou e deu um passo na direção dele.

– Não – disse ele bruscamente. – Estou bem.

– Quer beber alguma coisa?

– Obrigado, Steffi. Está tudo bem.

Alex continuou em pé, olhando para ele, e Hammond sabia que ela sabia que ele não estava nada bem. Na verdade ele nunca se sentira tão mal em toda a sua vida.

– Quanto falta? – perguntou ele.

– Não muito – respondeu Smilow. – Dra. Ladd?

Ela se sentou novamente e ele religou o gravador. A sala ficou silenciosa, a não ser pelo ronronar suave da máquina e a voz insinuante de Bobby descrevendo de que maneira eles passaram a seduzir homens mais velhos e mais ricos que ele atraía nos saguões e bares dos hotéis. Basicamente Bobby era o cafetão de Alex. Os negócios iam bem.

– *Quando eles estavam lá com ela eu roubava suas carteiras, que eram mais gordas que as que tirava dos meninos do bairro. Muito mais gordas.*

– *Parece que vocês dois formavam uma equipe e tanto.*

– *Era mesmo. A melhor* – A voz de Bobby ficou nostálgica. – *Então apareceu aquele cara que arruinou tudo.*

– *Você tentou matá-lo, Bobby.*

– *Foi autodefesa! Aquele filho da mãe veio para cima de mim com uma faca!*

– *Você estava roubando o dinheiro dele. Ele é que estava protegendo o que era dele.*

– *E eu estava me protegendo! Não foi minha culpa que a faca virou para o outro lado na luta e acabou enterrada na barriga dele.*

– *O juiz achou que a culpa foi sua.*

– *Aquele juiz filho da mãe me mandou para aquele inferno!*

– *Você teve sorte de o homem sobreviver. Se ele tivesse morrido, poderia ter sido muito pior para você.*

Loretta tinha contado o resto da história para Hammond, Trimble foi para a prisão. Alex recebeu uma suspensão condicional da pena que incluía aconselhamento e lar de adoção obrigatórios.

Ela foi para a casa dos Ladd. O casal adorou a menina. Pela primeira vez na vida Alex foi bem tratada, recebeu afeto e aprendeu com o exemplo de que maneira funcionavam os relacionamentos saudáveis. Ela floresceu sob os cuidados e a influência positiva deles. Eles acabaram adotando Alex oficialmente e ela adotou o nome deles. Não importa se o crédito pertenceu aos falecidos sr. e sra. Ladd, ou à própria Alex, o fato é que a vida dela sofreu uma reviravolta de 180 graus.

Admitido pelo próprio Bobby Trimble, ele se ressentiu com a sorte dela.

– Fui para a prisão, mas Alex saiu impunemente. Não foi justo! Não era eu que me exibia para aqueles caras.

– Era só isso que ela fazia? Exibir-se?

– Ora, o que vocês acham? – zombou Trimble. – No início, sim. Mas mais tarde? Droga, ela se prostituía, pura e simplesmente! Ela gostava de fazer aquilo. Algumas mulheres foram feitas para isso, e Alex é uma delas. E por isso que mesmo com essa história de ser psicóloga ela sente falta.

– O que quer dizer, Bobby?

– Pettijohn. Se ela não sentisse falta da prostituição, por que recomeçaria com Pettijohn?

Alex ficou em pé na mesma hora e gritou:

– Ele está mentindo!

Capítulo 29

– Nunca ouvi nada mais ridículo – disse Frank Perkins, sinalizando para Alex se levantar. – Bobby Trimble é um ladrão imoral e mentiroso, que desavergonhadamente explorava sua meia-irmã na juventude e que agora a está utilizando para escapar de uma acusação de estupro. Por sinal, uma *falsa* acusação de estupro, inventada por vocês para estimular essa farsa. Não esperava isso nem de você, Smilow. Vou levar a minha cliente para casa!

– Por favor, não saiam do prédio! – disse Smilow.

– Está preparado para acusar a dra. Ladd agora? – disse Perkins, furioso.

Smilow olhou para Steffi e para Hammond, franzindo a testa. Mas nenhum dos dois opinou, e ele disse:

– Ainda temos de discutir alguns pontos. Por favor, esperem lá fora.

Hammond adotou a saída do covarde e nem olhou para Alex antes de o advogado escoltá-la para fora da sala. A expressão dele não seria condizente com a precariedade da situação dela. As fichas estavam definitivamente se empilhando contra ela. Não era bom augúrio Trimble e ela terem sido parceiros no crime, e nem tinham sido crimes tão insignificantes assim. A vítima, esfaqueada, poderia ter morrido se não fosse por um milagre da medicina.

Depois de anos de separação, Trimble e Alex se reencontravam poucas semanas antes de Lute Pettijohn ser assassinado. A jovem Alex tinha sido a isca que possibilitava a Trimble depenar suas vítimas. Alex tinha um cofre em casa cheio de dinheiro. As implicações eram brutais.

O efeito do analgésico que Hammond estava tomando tinha terminado havia horas. Para manter a mente mais clara, ele evitou tomar mais. Seu desconforto devia ser óbvio, porque assim que Perkins levou Alex para fora da sala, Steffi virou-se para ele:

– Parece que você está à beira de um colapso. Está sentindo dor?

– Dá para suportar.

– Terei prazer em buscar qualquer coisa para você.

– Estou bem.

Mas ele não estava nada bem. Temia ouvir Smilow analisar as declarações de Bobby Trimble e o que elas representavam para o caso deles contra Alex, mas não tinha opção, a não ser dar a palavra ao detetive e ficar ouvindo enquanto ele resumia a história.

– Foi assim que aconteceu. Na última primavera, Bobby Trimble se meteu numa briga de bar em alguma cidadezinha do interior. Ele se saiu bem na confusão toda. Um dos caçadores de talento de Pettijohn, por assim dizer, testemunhou a luta e recomendou Trimble para o trabalho na ilha Speckle, onde precisavam de um leão-de-chácara.

– Para espremer os proprietários de terra que não queriam vender.

– Certo, Steffi. Pettijohn estava querendo comprar a ilha inteira, mas deparou-se com uma resistência que não esperava. Os proprietários tinham herdado as terras dos ancestrais, escravos que, por sua vez, receberam as propriedades de seus antigos donos. Gerações trabalharam naquela terra. É tudo o que conhecem. São o legado e a herança deles. É mais importante para eles que dinheiro, um conceito que Lute não era capaz de compreender. De qualquer modo, eles não queriam o "progresso" na ilha deles.

– Pettijohn talvez nem pretendesse promover o desenvolvimento da ilha – concluiu Steffi. – Ele provavelmente queria apenas comprá-la, deixá-la valorizar alguns anos e depois vendê-la com um lucro excelente – ela se virou para Hammond. – Quer dar a sua opinião?

– Vocês dois estão indo muito bem. Não discordo de nada que disseram até agora. Um inseto nojento como Trimble não está acima de pessoas violentas e trabalhadoras que só querem ficar em paz para viver suas vidas. As táticas dele provavelmente eram muito piores do que ele fazia crer.

– E eram – disse Smilow. – Meu investigador relatou incêndios, espancamentos e outras atividades do tipo Klan. Trimble organizava os bandidos que faziam essas coisas.

– Meu Deus! – disse Hammond, enojado.

Seria possível que seu próprio pai estivesse envolvido com tais atrocidades? Preston tinha afirmado desconhecer o terrorismo de Pettijohn. Tinha dito que, quando ficou sabendo, vendeu sua parte na sociedade. Hammond esperava que isso fosse verdade mesmo.

Referindo-se novamente a Bobby Trimble, ele zombou:

– E essa é a nossa testemunha confiável?

Ignorando aquele comentário editorial, Steffi disse:

– Trimble afirma que compreendeu que estava agindo errado e se recusou a fazer mais trabalho sujo para Pettijohn. O mais provável é que tenha simplesmente se cansado. Aquela ilha não oferece muitas mordomias. Não podia ser nada excitante comparada com seu trabalho de mestre de cerimônias no clube de striptease.

– Lute era um filho da mãe avarento – disse Smilow. – Não ia pagar tanto para Trimble. E também não havia muitos lugares na Speckle para Bobby usar suas roupas da moda.

Steffi consultou as anotações que havia feito:

– E ele não se referiu aos ilhéus como pessoas teimosas? Talvez não tivesse muito sucesso dando suas chaves de braço. Pettijohn pode ter ficado insatisfeito com o desempenho dele e ameaçado demiti-lo.

– De qualquer modo, Trimble era um empregado descontente, cujo patrão infringia a lei e que coincidentemente tinha muito dinheiro.

– Em outras palavras, extorsão pedindo para entrar no jogo.

– Exatamente. O esquema de chantagem fazia sentido economicamente – observou Smilow com um sorriso torto.– Trimble concluiu que estava trabalhando demais e que podia conseguir muito mais dinheiro de Pettijohn ameaçando revelar o que estava acontecendo na Speckle.

– Você acredita que Pettijohn deu ordem para Bobby machucar aquelas pessoas? Espancá-las? Provocar incêndios? Ou será que Bobby é que estava elaborando?

– Tenho certeza de que parte daquilo era exagero – disse Smilow. – Mas se está me perguntando se acho que Lute era capaz de táticas nefandas como essas, a resposta é sim. Ele fazia qualquer coisa para obter o que queria.

– O que quer que ele estivesse fazendo, devia ser muito ruim, porque concordou em pagar cem mil dólares em dinheiro vivo para Bobby manter a boca fechada.

Smilow continuou a contar a história:

– Mas, nas palavras de Bobby, ele "não tinha nascido ontem". Lute capitulou quase rápido demais as suas exigências. Bobby desconfiou da pressa com que Lute concordou. Pegar o dinheiro era um negócio arriscado. Até Bobby é suficientemente esperto para saber que poderia estar caindo numa armadilha.

– Entra a irmã dele.

– Meia-irmã – corrigiu Hammond. – E ela não "entrou".

– Tudo bem, ele foi procurá-la e a recrutou.

– Ele a encontrou por acaso. Viu a foto dela no *Post and Courier*.

Sem dúvida Alex amaldiçoava o dia em que tinha se oferecido como voluntária para ajudar a organizar o Worldfest, um festival de cinema que durava dez dias, que acontecia todo mês de novembro em Charleston. Um artigo aparentemente inócuo no jornal e uma foto do grupo tinha exposto Alex à sua nêmesis.

Na gravação, Trimble tinha dito: *Não pude acreditar quando vi a foto de Alex no jornal. Li os nomes duas vezes antes de compreender que ela devia ter mudado o dela. Procurei o endereço na lista telefônica, fiquei vigiando a casa dela e confirmei que a dra. Ladd era mesmo a meia-irmã que eu tinha perdido havia tanto tempo.*

– Até ver aquele artigo – disse Hammond – ele nem sabia que ela morava em Charleston. Depois de anos se escondendo dele atrás da nova identidade, ela não ficou contente de vê-lo.

– É isso que ela diz – disse Steffi.

– Se ele fosse seu irmão, você ficaria contente se ele reaparecesse na sua vida?

– Talvez. Se tivéssemos sido parceiros bem-sucedidos antes...

– Parceiros uma ova! Ele usou a sexualidade dela da pior forma que se pode imaginar, Steffi.

– Você acredita que ela era inocente?

– Sim, acredito.

– Hammond, ela era uma prostituta.

– Tinha doze anos!

– Está bem, era uma jovem prostituta.

– Não era nada.

– Ela fazia favores sexuais por dinheiro. Não é essa a definição de uma prostituta?

– Crianças – Smilow chamou a atenção deles e pôs fim à disputa de quem gritava mais alto. Reuniu uma pilha de material escrito na pasta do caso e passou para Hammond. – Isso é tudo que você precisa levar para o grande júri. Eles se reúnem na próxima quinta-feira.

– Eu sei quando eles se reúnem – retrucou Hammond, irritado. – Tenho alguns outros casos pendentes. Isso não pode esperar mais um mês até a próxima reunião? Para que a pressa?

– E precisa perguntar? – disse Smilow, sarcástico. – Tenho de explicar a importância desse caso?

– Mais um motivo para ter certeza de costurar tudo antes da audiência com o grande júri – ele tentou se agarrar a um outro argumento. – Você fez um acordo muito fácil para Trimble. O simples furto de uma bolsa. Uma noite na cadeia, no máximo. Ele deve estar morrendo de rir.

– O que quer dizer com isso?

– Trimble pode ter matado Pettijohn e está usando a irmã como bode expiatório.

Smilow pensou naquilo um segundo e depois balançou a cabeça.

– Não há evidência que o situe na cena do crime enquanto que evidências físicas põem Alex Ladd no quarto com Pettijohn. A declaração de Daniel põe Alex lá na hora estimada da morte dele.

– Frank Perkins poderia invalidar facilmente essa estimativa. E você não tem a arma.

– Se tivéssemos a arma, acusava a dra. Ladd hoje – disse Smilow. – Por falar nisso, lembre ao grande júri que Charleston é cercada de água. Ela poderia ter jogado a arma fora a qualquer hora na noite de sábado.

– Concordo – disse Steffi. – Nós podíamos procurar até o dia do Juízo Final e não encontrar aquela pistola. Você realmente não precisa dela Hammond – afirmou ela com segurança.

Ele passou a mão pelo rosto e percebeu que não tinha se barbeado aquela manhã.

– Vai ser difícil vender-lhes o motivo dela.

– Vai ser moleza! – argumentou Steffi. – Você tem o testemunho de Trimble sobre o passado dela.

– Você está viajando, Steffi – disse ele. – Aconteceu há mais de vinte anos. Mas mesmo se tivesse acontecido ontem, Frank jamais permitiria que isso fosse ventilado durante o julgamento. Ele ia argumentar que a ficha dela no juizado de menores é irrelevante, e qualquer juiz justo vai declarar inadmissível. O júri jamais ouvirá aquela merda. Se, por alguma manobra legal da minha parte, for considerado admissível, não sei bem se usaria. Poderia provocar o efeito contrário e se voltar contra nós.

Smilow olhou para Hammond com os olhos semicerrados.

– Ora, dr. Promotor, talvez esteja representando o lado errado. Está preparado para citar todos e quaisquer obstáculos para este caso, não está?

– Sei o que pode acontecer no tribunal, Smilow. Só estou sendo realista.

– Ou covarde. Talvez Steffi devesse alertar Mason de que você anda com nervosismos à última hora.

Hammond engoliu uma resposta obscena. Smilow o provocava de propósito, e uma reação de zanga lhe daria exatamente o que ele queria. Em vez disso, ele disse com toda a calma:

– Tive uma ideia. Por que você não dispensa todos os modos legais de conseguir uma condenação? Vejamos, que métodos ilícitos você poderia usar? Já sei! – ele estalou os dedos. – Você poderia omitir provas exculpatórias. É, poderia fazer isso. E nem seria a primeira vez, não é?

O maxilar bem barbeado de Smilow se enrijeceu de raiva.

– Sobre o que você está falando? – perguntou Steffi.

– Pergunte para ele – respondeu Hammond, sem jamais tirar os olhos de Smilow. – Pergunte a ele sobre o caso Barlow.

– Se você não estivesse todo arrebentado...

– Não seja por isso, Smilow!

– Rapazes, parem com essa besteira! – disse Steffi, impaciente. – Já não temos muito com que nos preocupar sem que vocês dois fiquem se estapeando com luvas de pelica? – ela se virou para Hammond: – O que você estava dizendo sobre a ficha de Ladd no juizado de menores funcionar contra nós?

Vários segundos se passaram até Hammond conseguir tirar os olhos de Smilow e se concentrar em Steffi:

– Quando a dra. Ladd estava ouvindo a gravação de Trimble, bastava observar o seu rosto para ver o quanto ela o detesta. O júri vai observá-la também.

– Mas talvez não tão intimamente quanto você.

Ele não teria uma reação tão exagerada se ela o tivesse ferido com um espeto em brasa.

– Que merda é essa?

– Nada.

– É alguma coisa – insistiu ele furioso.

– Apenas uma observação, Hammond – respondeu ela com uma calma enlouquecedora. – Hoje você não conseguiu tirar os olhos da nossa suspeita.

– Está com ciúme, Steffi?

– Dela? Nem pensar!

– Então guarde suas observações maliciosas para você mesma – ele procurou não avançar demais por aquele caminho, com medo de não conseguir mais voltar em segurança. Retomou o assunto onde tinha deixado. – Trimble é viscoso. Chegou até a ofendê-la, e você não se ofende com facilidade. O testemunho dele vai provocar nojo nas mulheres do júri.

– Vamos ensinar o que ele deve dizer e como deve dizer.

– Você já viu Frank Perkins interrogando uma testemunha? Ele vai bajular Trimble até ele expor alguma de suas teorias chauvinistas. Trimble ficará vaidoso demais para enxergar a armadilha. Ele cairá nela discursando sem parar e será a nossa ruína. Seria dureza para mim tentar convencer o júri de que a dra. Ladd, e pode apostar que Frank formará uma fila de testemunhas de defesa do caráter dela, estava mancomunada com um camarada como ele.

Steffi pensou um pouco.

– Tudo bem, considerando essa discussão, digamos que ela é pura como a neve caindo. Quando seu meio-irmão criminoso apareceu com seu esquema de chantagem, por que ela não deu queixa dele para as autoridades imediatamente?

– Associação – respondeu Hammond. – Ela quis proteger sua prática e sua reputação. Não queria desencavar todo aquele lixo do passado.

– Talvez, mas ela podia pagar para ver o blefe dele e ameaçar pôr a polícia no seu encalço. Ou então podia tê-lo ignorado até ele desistir e ir embora.

– Por algum motivo, acho que não seria tão fácil assim ignorá-lo. Ele ia infernizar a vida dela, ameaçando expô-la aos pacientes e diante da comunidade. E não seriam ameaças vazias. As pessoas estão sempre dispostas a acreditar no pior sobre qualquer pessoa. Os pacientes confiam seus problemas para ela. Será que continuariam a confiar nela se ouvissem o que Bobby tinha para contar? Não, Steffi. Ele era capaz de provocar danos muito sérios, e ela sabia disso.

"Ela construiu um nome profissional. Estabeleceu-se como especialista em angústia profunda. É admirada e respeitada. Depois de todos os anos que levou para se livrar de Deus sabe quantos traumas da infância e reconstruir sua vida, ela faria praticamente qualquer coisa para protegê-la."

– Mas esse é exatamente o nosso caso! – exclamou Steffi, excitada. – Você acabou de fechá-lo, Hammond. Bobby ameaçou expô-la se ela não compactuasse com os planos dele. Para livrar-se dele, ela concordou em coletar o dinheiro da chantagem. Alguma coisa deu errado dentro daquela suíte do hotel, e ela não teve outra escolha senão matar Pettijohn.

Hammond percebeu tarde demais que tinha escolhido muito mal as palavras. Steffi tinha razão. Ele acabava de articular seu caso.

– Pode funcionar – resmungou ele.

– Que outra explicação pode haver para ela ter estado naquela suíte de hotel com Lute Pettijohn? Ela definitivamente não deu nenhuma.

Aquele era o problema. Hammond podia bailar em volta dele o quanto quisesse, mas seus passos de dançarino sempre o levavam de volta. Se Alex era completa e totalmente inocente de qualquer crime, por que tinha ido se encontrar com Pettijohn aquela tarde?

Smilow caminhou para a porta.

Vou dizer para o Perkins que o grande júri terá a audição do nosso caso na próxima quinta-feira.

– Por que não a prende simplesmente? – perguntou Steffi.

A ideia de Alex passar algum tempo presa provocou náuseas em Hammond, mas ele achou melhor não mencionar mais nenhum protesto.

Graças a Deus Smilow fez isso por ele.

– Porque Perkins ia protestar e nos forçar a indiciá-la antes de prendê-la. De qualquer modo, ele a soltaria sob fiança em questão de horas.

– Ele tem razão, Steffi – disse Hammond, com a sensação de ter recebido um adiamento na sua sentença de morte. – Quando ela for indiciada, prefiro ter uma indiciação do grande júri por trás.

Smilow saiu e deixou a sala dele para os dois. Steffi olhou com simpatia para Hammond.

– Tem certeza de que consegue preparar o caso? Quer você admita ou não, esse ataque não custou barato. Provavelmente vai se sentir ainda pior nos próximos dias, quando tudo ficar sensível. Será um prazer assumir essa responsabilidade por você.

Aparentemente, parecia um colega preocupado oferecendo um favor a outro, mas Hammond não sabia se o gesto era totalmente desinteressado. Ela queria o caso e provavelmente se ressentia de terem dado para ele.

Além do mais, a oferta dela também podia ser uma armadilha bem montada. Depois da indireta de que ele não conseguia tirar os olhos de Alex, ele ficou desconfiado. Se Steffi estivesse tendo até a mais vaga ideia de que ele sentia atração por Alex, ela o vigiaria como um falcão. Tudo que ele dissesse e fizesse passaria pelo filtro da suspeita dela. Se ela descobrisse que a atração que ele sentia ia muito além do que ela imaginava, seria um desastre para ele e para Alex. Ele não podia deixar transparecer que favorecia a suspeita.

Por outro lado, a oferta de Steffi podia ser completamente desinteressada, sua preocupação genuína. Tinha todo o direito de estar zangada e aborrecida com ele por causa do rompimento, mas não tinha deixado que isso comprometesse a relação profissional dos dois. Era ele que tinha seus motivos ocultos.

Contrariado, ele agradeceu a oferta dela:

– Agradeço muito, mas tenho uma semana para me recuperar. Tenho certeza de que na próxima quinta-feira estarei de volta ao normal e pronto para outra.

– Se você mudar de ideia...

Capítulo 30

– A imprensa está lá fora? – perguntou Frank Perkins, incrédulo e irritado.

– Foi o que me disseram – respondeu Smilow suavemente. – Achei que você devia saber.

– Quem deixou vazar a informação?

– Eu não sei.

O advogado bufou com desprezo:

– Claro que não.

Ele deu meia-volta, segurou o braço de Alex e a levou até o elevador.

Steffi esgueirou-se para perto de Smilow e observou:

– Mal posso esperar pela quinta-feira.

– Não vai ser fácil.

Ela olhou para o detetive, surpresa com o tom desanimado de sua voz.

– Não me diga que o pessimismo de Hammond é contagioso. Pensei que você estaria distribuindo charutos para os seus detetives.

– Os argumentos de Hammond têm lá seus méritos – disse ele, pensativo. – Primeiro, ele tem de convencer o grande júri de que Alex Ladd é indiciável. Se eles realmente concederem um indiciamento, ele terá de provar para o júri que ela é culpada, acima de qualquer dúvida razoável. As nossas provas são circunstanciais, Steffi. O testemunho de Trimble tem o *handicap* do próprio Trimble. Não é grande coisa para um promotor construir seu caso.

– Antes do julgamento começar vão aparecer mais provas.

– Se é que existem.

– Mas tem de haver mais.

– Não, se não foi ela – Steffi olhou para ele com os olhos semicerrados, mas ele fingiu que não notou e se afastou. – Tenho um monte de trabalho à minha espera.

Desapontada com as observações dele, Steffi ficou fazendo hora no corredor até Hammond sair do banheiro dos homens. Entraram juntos no elevador.

– Os repórteres estão lá fora.

– Já soube.

– Vai encarar? – perguntou ela, dando um tapinha amistoso no braço machucado de Hammond.

No andar térreo, eles viram através das portas de vidro a multidão de repórteres à espera nos degraus da entrada.

– Não importa se estou disposto ou não. Preciso fazer isso.

Mais tarde Steffi teve de admitir que ele se saiu bem. Apesar de menosprezar seus ferimentos, eles o fizeram parecer arrojado e corajoso, um soldado ferido, pronto para enfrentar a batalha.

Quase não se falaram na volta para o centro jurídico, ao norte de Charleston. Assim que entraram no prédio, Hammond pediu licença e se trancou na sua sala particular. Steffi, perdida em seus pensamentos, literalmente deu um encontrão em Monroe Mason quando ele dobrava afobado a esquina de um corredor. Ele levava um smoking pendurado no braço.

– O patrão está saindo mais cedo – brincou ela. Mason franziu a testa.

– A minha mulher inventou um daqueles chatíssimos eventos beneficentes esta noite. Um banquete em que todos que comparecerem recebem um prêmio. Mas quem precisa de mim por aqui de qualquer maneira? Vocês todos estão fazendo um ótimo trabalho sem a minha ajuda. O meio-irmão da dra. Ladd forneceu o elo perdido para Hammond, não foi? Agora ele tem o motivo. Parece consistente.

– O depoimento de Trimble fez toda a diferença.

– Eu apostaria todo o meu dinheiro na nossa equipe.

– Obrigada.

– Agora chega de retórica – disse ele, sorrindo, de bom humor. – O que diz o seu instinto, Steffi? Que tipo de caso você tem?

Steffi se lembrou das preocupações de Smilow e respondeu:

– Gostaríamos de ter provas mais concretas.

– Cite um promotor que não deseja isso. Raramente pegamos o acusado com uma arma fumegante na mão. Às vezes, e realmente costuma ser assim, temos de criar alguma coisa de muito pouco, até do nada. Hammond vai conseguir o indiciamento e, quando o caso for a julgamento, ele obterá o veredicto de culpada. Não tenho dúvida nenhuma da capacidade dele.

Apesar de todo o esforço que teve de fazer com os músculos da face, Steffi sorriu.

– Eu também não tenho. Se ele não se deixar levar pelas emoções.

Mason olhava para seu relógio de pulso.

– Preciso ir. Vou encontrar meu treinador para malhar um pouco e fazer uma massagem antes de vestir essa fantasia. O coquetel começa às cinco. A sra. Mason me fez jurar que não ia me atrasar.

– Divirta-se.

Ele franziu a testa.

– Isso é uma piada, não é?

– Sim, senhor, isso é uma piada – dando risada, ela desejou que ele tivesse uma noite agradável.

Mason tinha quase chegado ao fim do corredor quando parou e deu meia-volta.

– Steffi?

Ela estava de costas para ele, de forma que não deu para ver o sorriso triunfante que se espalhou pelo rosto dela. Ela o desfez antes de virar-se para ele.

– O quê?

– O que você quis dizer com aquela observação?

– Observação?

– Sobre Hammond se deixar levar pelas emoções.

– Ah – ela deu uma risada. – Eu estava brincando. Não foi nada.

Ele voltou para perto dela.

– Foi a segunda vez que você fez uma alusão ao fato de Hammond estar interessado na dra. Ladd. Não considero isso nada. E certamente não acho que é assunto para brincadeiras.

Steffi mordeu a bochecha por dentro.

– Se não o conhecesse tão bem... – disse ela e interrompeu a frase. Então balançou a cabeça com firmeza. – Mas conheço. Todos nós conhecemos. Hammond jamais perderia sua objetividade.

– Nunca.

– Claro que não.

– Bem, então... boa noite.

O procurador municipal seguiu pelo corredor. Ao perdê-lo de vista, Steffi entrou na sua sala praticamente aos pulos. Tinha plantado a semente no início daquela semana. Hoje a tinha regado.

– Vamos ver se a mente dele é fértil – disse para si mesma enquanto se sentava à sua mesa e folheava a pilha de recados telefônicos.

O recado que ela tanto esperava não estava lá. Irritada, ela discou um número.

– Laboratorista Anderson falando.

– Aqui é Steffi Mundell.

– Sim?

Jim Anderson trabalhava no laboratório do hospital e era um encrenqueiro de marca. Steffi sabia disso porque tinha tido atritos e confrontos com a agressividade dele antes. Ela exigia exatidão associada à rapidez, o que ele parecia incapaz de produzir.

– Você já fez aquele teste?

– Eu disse que ligaria assim que fizesse.

– Ainda não fez?

– Por acaso eu liguei?

Ele nem se incomodou de se desculpar ou de lhe dar alguma explicação.

– Preciso do resultado desse teste para um caso muito importante – disse ela. – E vital. Talvez não tenha deixado isso claro para você esta manhã.

– Você deixou bem claro, sim. E *eu* também deixei bem claro que trabalho para o hospital, não para o departamento de polícia, e tampouco para o promotor público. Tenho outros trabalhos antes do seu que também são muito importantes.

– Nada é tão urgente quanto isso.

– Entre na fila, srta. Mundell. É assim que funciona.

– Olha, não preciso de teste de DNA. Nem de HIV. Nada complicado, por enquanto. E só tipologia de sangue.

– Eu sei.

– Só preciso saber se o sangue naquela toalha combina com o do lençol que Smilow levou para você algumas semanas atrás.

– Eu entendi da primeira vez que me pediu isso.

– Qual é o problema, então? – disse ela, elevando a voz. – Você não tem de simplesmente espiar através de um microscópio ou qualquer coisa assim?

– Terá o resultado quando eu fizer o exame.

Anderson desligou o telefone na cara dela.

– Filho da puta – sibilou ela, batendo o fone no gancho. Nada deixava Steffi mais furiosa do que incompetência, só incompetência combinada com arrogância injustificada.

Merda, precisava daquele exame de sangue! Ela estava tendo um palpite muito forte, e seus palpites raramente falhavam. Desde que tinha surgido aquela manhã, a ideia passou a consumir seus pensamentos e agora tinha virado obsessão.

Por mais impossível que pudesse parecer, ela achava que havia um estranho sentido no fato de haver alguma coisa entre Hammond e Alex Ladd, e que essa "coisa" era sexual. Ou pelo menos romântica.

Não ousava comentar suas suspeitas com Smilow. Ele provavelmente as consideraria absurdas e, nesse caso, ela faria o papel de boba na melhor das hipóteses, e de ex-amante ciumenta na pior.

Ele contaria a teoria dela para sua equipe de detetives, que faria de Steffi alvo de suas piadas. O detetive Mike Collins e os outros que não eram capazes de aceitar mulheres em postos de comando nunca mais a levariam a sério. Tudo que ela dissesse ou fizesse seria minado pela zombaria deles. E isso seria intolerável. Tinha lutado muito para conquistar a reputação de promotora durona e sensata e não ia prejudicá-la com algo tão risivelmente feminino como ver romance onde não havia nada.

Mas seria quase tão ruim se Smilow acreditasse no palpite dela. Ele iria adiante com a ideia. Diferentemente de Steffi, ele tinha recursos e influência para fazer uma investigação muito séria. Faria pular os babacas como Jim Anderson, e o técnico do laboratório do hospital só perguntaria até que altura. Smilow teria o resultado daquele exame de sangue na mesma hora. Se as amostras combinassem, Smilow levaria o crédito de fazer a conexão entre Hammond e a suspeita deles.

Se ela estivesse certa não queria dividir o crédito com Smilow ou com qualquer outra pessoa. Queria tudo só para ela. Se Hammond tivesse de cair em desgraça – será que ela podia torcer pela sua expulsão da Ordem dos Advogados? – por prejudicar uma investigação de assassinato, queria ser a pessoa que ia expô-lo. Sozinha. Chega de tocar o segundo violino, chega de projetos de grupo para Steffi Mundell, muito obrigada.

Seria deliciosamente divertido ver Hammond despencar do seu pedestal. E seria muito gratificante derrubá-lo pessoalmente de lá.

O comportamento dele aquele dia quando ouvia a gravação de Trimble tinha reforçado suas suspeitas. Ele havia reagido como um amante ciumento. Era claro que considerava Alex Ladd uma vítima da exploração do meio-irmão. Sempre que possível ele tinha se adiantado em sua defesa, descobrindo ângulos que sugeriam inocência. Não era uma boa atitude para um promotor que tentava convencer os outros da culpa da acusada.

Talvez ele só sentisse pena da inocência perdida da moça. Ou então simpatia pela profissional prestes a perder toda credibilidade e respeito. Mas, de qualquer maneira, havia *alguma coisa* ali. Definitivamente.

– Eu sei – sussurrou Steffi com convicção.

Steffi era dotada de uma intuição aguçada. Sentia o cheiro de mentiras e percebia motivações que ninguém mais notava no escritório do procurador público. Essa habilidade tinha sido muito útil. Seus instintos ganhavam vida e zuniam ruidosamente toda vez que Hammond e Alex Ladd estavam próximos um do outro.

Mas a certeza que tinha ia além dos seus instintos de promotora. Sua intuição feminina também alimentava essa impressão. Enquanto observava os dois se olhando, os sinais ficavam cada vez mais óbvios. Eles evitavam contato visual direto, mas sempre que efetuavam esse contato quase dava para ouvir o clique de uma ignição.

Alex Ladd demonstrou ter ficado arrasada quando Trimble relatou os detalhes mais lascivos do seu passado. A maioria das suas negativas verbais tinha sido dirigida a Hammond.

E ele, que tinha fama de possuir uma habilidade extraordinária de focalizar e de se concentrar no assunto em pauta, não conseguia parar quieto. Ficava se mexendo o tempo todo. As mãos não paravam. Agia como se sentisse uma coceira que não pudesse coçar.

Steffi reconhecia aqueles sinais. Ele tinha se comportado daquela forma quando o caso deles começou. Ir para a cama com uma colega de trabalho deixava Hammond inquieto. Ele se preocupava com o fato de não ser apropriado. Ela o provocava, dizendo que, se não relaxasse quando estavam em público, seus tiques nervosos iam acabar denunciando os dois.

Mas não sinto ciúme, pensou Steffi no presente. *Não sinto ciúme dele, e certamente não a invejo. Não mesmo.*

Superficialmente, ela podia parecer a típica mulher desprezada. Mas não era ciúme que alimentava seu desejo de chegar ao fundo daquela questão. Era muito mais que ciúme. Muito maior. Seu futuro dependia disso.

Ia continuar cavando até obter uma resposta, mesmo se o seu palpite estivesse errado. Um dia, quando a dra. Ladd estivesse curtindo a prisão, talvez contasse para Hammond essa ideia maluca que teve. E eles dariam boas risadas.

Ou então podia descobrir um segredo escandaloso que arruinaria por completo a reputação de Hammond Cross e acabaria com qualquer chance de ele se tornar procurador do município.

E, se isso acontecesse, adivinhem quem estaria pronta e preparada para assumir o cargo?

O melhor detetive de homicídio do Departamento de Polícia de Charleston estava pronto para alegar que Alex Ladd tinha matado Lute Pettijohn. A função de Hammond era argumentar e provar o caso da promotoria pública num tribunal de Justiça. Mas o caso da promotoria pública era contra uma mulher por quem ele havia se apaixonado. Além disso, ele era uma testemunha essencial nesse caso. Esses eram dois motivos muito poderosos para ele querer invalidar a alegação da promotoria.

Mas havia um outro motivo ainda mais poderoso, influente e urgente. A vida de Alex corria perigo. A mídia tinha descoberto a história de terem revirado a casa dela na véspera. Ela sofrera um atentado na noite anterior. Isso não podia ser uma coincidência. O invasor provavelmente tinha sido contratado para silenciar Alex. Como tinha falhado, certamente tentaria de novo.

Smilow e seus homens tinham concentrado toda a atenção em Alex, deixando a cargo de Hammond a tarefa de encontrar outro possível suspeito, ou suspeitos.

Com esse objetivo, Hammond trancou-se na sua sala com o arquivo sobre o caso que Smilow tinha dado para ele. Desligou-se mentalmente do caso. Descontando seu investimento pessoal, ele se concentrou apenas nos aspectos legais e abordou o caso exclusivamente a partir desse ponto de vista.

Quem queria ver Lute Pettijohn morto?

Rivais nos negócios? Certamente. Mas de acordo com os arquivos de Smilow, todos os interrogados tinham álibis concretos. Até o pai dele. Hammond havia verificado pessoalmente o álibi de Preston.

Davee? Mais ainda. Mas Hammond achava que, se ela tivesse matado o marido, não faria segredo nenhum disso. Seria uma produção e tanto. Era mais o estilo dela.

Confiando no seu poder de concentração e capacidade de raciocínio, ele organizou e absorveu todos os dados que o arquivo do caso continha. A essa informação Hammond acrescentou os fatos que ele conhecia, e Smilow não:

1. Que o próprio Hammond tinha estado com Lute Pettijohn logo antes do seu assassinato.
2. Que o bilhete escrito à mão, que Davee tinha dado para ele, indicava que Hammond não era a única visita que Lute tinha marcado para aquele sábado à tarde.
3. Que Lute Pettijohn estava sendo secretamente investigado pelo ministério da justiça.

Isolados, nenhum desses fatos parecia relevante. Mas, juntos, aguçavam a curiosidade de Hammond como promotor e geravam perguntas... e a procura de motivos, independentemente do fato de querer que Alex fosse inocente. Mesmo se não estivesse emocionalmente envolvido com ela, Hammond não queria de jeito nenhum condenar uma pessoa inocente. Não importava quem fosse o principal suspeito, essas perguntas exigiam novas investigações.

Utilizando mentalmente esses fatos não revelados, ele repassou cada conversa que teve sobre o caso. Com Smilow, Steffi, com o pai dele, Monroe Mason, Loretta. Retirou Alex da equação e fingiu que ela não existia, que o suspeito continuava um mistério. Assim ele pôde escutar cada pergunta, cada declaração e cada observação espontânea com ouvidos novos em folha.

Por incrível que pareça, foi uma afirmação dele mesmo que chamou sua atenção e o arrancou daquele fluxo preguiçoso de consciência: *"As balas mais comuns da pistola mais comum. Há centenas de 38 só nesta cidade. Até no seu depósito de provas, Smilow."*

Subitamente Hammond sentiu uma energia nova e uma determinação muito forte para justificar o próprio comportamento irracional nos últimos dias. Tudo... sua carreira, sua vida, sua paz de espírito... dependia de exonerar Alex e de provar que ele estava certo.

Hammond olhou para seu relógio de mesa. Se corresse, talvez ainda pudesse começar sua investigação aquela tarde mesmo. Recolheu apressadamente o arquivo, enfiou-o na pasta e saiu da sala. Tinha acabado de sair do prédio pela porta principal e estava sentindo o bafo do calor de fornalha quando ouviu o seu nome.

– Hammond.

Só uma pessoa tinha aquela voz imperativa. Hammond grunhiu por dentro e deu meia-volta.

– Oi, pai.

– Podemos voltar para a sua sala para conversar?

– Como pode ver, estou de saída e com uma certa pressa de chegar ao centro da cidade antes do fim do expediente. O caso Pettijohn será apresentado ao grande júri na quinta-feira.

– É sobre isso mesmo que eu quero conversar com você.

Preston Cross jamais aceitava um não como resposta. Ele guiou Hammond até uma sombra estreita colada à fachada do edifício.

– O que aconteceu com o seu braço?

– Uma história muito comprida para explicar agora – respondeu ele com impaciência. – O que é tão urgente que não pode esperar?

– Monroe Mason ligou para mim do celular quando estava a caminho da academia esta tarde. Ele está profundamente preocupado.

– Qual é o problema?

– Tremo só de pensar nas consequências se as especulações de Monroe estiverem corretas.

– Especulações?

– De que você tenha adquirido um interesse impróprio por aquela dra. Ladd.

Aquela dra. Ladd. Sempre que seu pai falava depreciativamente de alguém ele punha o pronome na frente do nome. A despersonalização era sua maneira sutil de expressar o desprezo que sentia pelo indivíduo.

Procurando ganhar tempo, Hammond disse:

– Sabe de uma coisa, estou começando a me aborrecer de verdade com essa história de o Mason ligar para você toda vez que ele tem algum problema comigo. Por que ele não vem falar diretamente comigo?

– Porque ele é um velho amigo. Se ele acha que meu filho está prestes a arruinar seu futuro, o respeito que tem por mim faz com que ele queira me avisar. Tenho certeza de que ele queria que eu interviesse.

– O que você faz com o maior prazer.

– E faço mesmo!

O rosto de Preston tinha ficado vermelho até as raízes dos cabelos brancos. Havia umas gotas de saliva no canto da boca. Ele raramente perdia a calma e considerava explosões emocionais de qualquer tipo uma fraqueza reservada para mulheres e crianças. Tirou um lenço do bolso de trás da calça e secou o suor da testa com o quadrado branco de linho irlandês bem passado. Já mais calmo, ele disse:

– Diga-me que a impressão de Monroe não tem qualquer fundamento.

– De onde ele tirou essa ideia?

– Primeiro da sua atitude apática em relação a este caso.

– Eu não usaria essa palavra. Tenho ralado muito. É claro que sou cauteloso...

– Demais.

– Na sua opinião.

– E parece que na de Mason também.

– Então é ele que tem de chamar a minha atenção, não você.

– Desde o início você vem se arrastando. Seu mentor e eu gostaríamos de saber por quê. Foi a suspeita que fez você se acovardar? Você está gostando dessa mulher?

Hammond fixou os olhos no pai, mas continuou obstinadamente calado.

As feições de Preston Cross se enrijeceram de fúria.

– Meu Deus, Hammond! Não acredito! Você ficou louco?

– Não.

– Uma *mulher?* Você sacrificaria todas as suas ambições...

– Você não quer dizer todas as *suas* ambições?

– ... por uma mulher? Depois de chegar tão longe, como pode se comportar assim...

– Comportar? – Hammond rosnou uma risada de desprezo. – Você tem topete mesmo para me acusar de algum problema de comportamento. E o seu comportamento, pai? Que tipo de exemplo moral você deu para mim? Talvez eu tenha adaptado os meus valores para ficarem iguais aos seus. Só que eu definitivamente não chegaria a queimar cruzes.

O pai dele piscou bem rápido, e Hammond percebeu que o tinha atingido.

– Você é da Klan?

– Não! Claro que não!

– Mas você sabia daquilo tudo, não sabia? Sabia muito bem o que estava acontecendo na ilha Speckle. Além do mais, você sancionou aquilo.

– Eu pulei fora.

– Não inteiramente. Lute está fora. Ele foi assassinado, por isso escapou da rede. Mas você ainda está vulnerável. Está se descuidando, pai. O seu nome está naqueles documentos.

– Já compensei o que aconteceu na ilha Speckle.

Ah, os famosos *jab* e gancho super-rápidos de Preston! Como sempre, Hammond não foi capaz de prever.

– Estive na ilha Speckle ontem – disse Preston calmamente. – Com as vítimas do apavorante terrorismo de Lute. Expliquei para elas que fiquei mortificado quando soube o que ele estava fazendo e que tinha deixado imediatamente de fazer parte da sociedade. Dei mil dólares para cada família para cobrir qualquer prejuízo causado às suas propriedades, pedi desculpas sinceras e fiz uma contribuição substancial para a igreja da comunidade. Também criei um fundo de bolsas escolares – ele fez uma pausa e olhou para Hammond com simpatia. – Agora, à luz desse gesto filantrópico, você realmente acha quc alguém pode me processar criminalmente? Pode tentar, filho, e verá o tamanho do seu fracasso!

Hammond ficou tonto e nauseado, e não graças ao calor ou aos seus ferimentos.

– Você os comprou.

Mais uma vez aquele sorriso beatífico.

– Com trocados.

Hammond não conseguia se lembrar de outro momento em sua vida que tivesse desejado tanto bater em alguém. Queria amassar os lábios do pai com o punho até eles ficarem arrebentados e sangrando, até não poderem mais formar aquele sorriso condescendente. Controlando aquele impulso, ele baixou o tom de voz e aproximou o rosto do rosto do pai.

– Não seja tão convencido, pai. Vai custar bem mais que alguns trocados da caixa pequena para fazer isso ir embora. Você ainda não se livrou. Você é um filho da puta corrupto. Você é a definição de corrupção. Por isso não me venha com sermões sobre comportamento. Nunca mais!

Tendo dito isto, Hammond deu meia-volta e foi caminhando para o estacionamento.

Preston agarrou seu braço esquerdo e puxou-o com força.

– Quer saber de uma coisa? Eu espero mesmo que isso venha a público. Sobre você e essa moça. Espero que alguém tenha fotos de você no meio das pernas dela. Espero que as publiquem no jornal e exibam na televisão. Estou feliz de você estar nessa enrascada. E bem feito para você, seu merdinha hipócrita! Você e seu farisaísmo de bom-moço, suas atitudes de escoteiro, me dão vontade de vomitar há anos – disse ele num tom de deboche.

Ele cutucou com força o peito de Hammond com o dedo indicador.

– Você é tão corruptível quanto qualquer um. Só que até agora ainda não tinha sido posto à prova. E foi ganância que fez você sair do caminho reto e estreito? Não. Foi a promessa de poder? Não.

Preston deu uma risadinha.

– Foi por um rabo. No que me diz respeito, é isso que dói mais. Você poderia ao menos se corromper com alguma coisa mais difícil de conseguir.

Os dois homens se encararam furiosos e a animosidade entre eles borbulhava na superfície depois de cozinhar por tantos anos sob camadas espessas de ressentimentos. Hammond sabia que nada que dissesse abalaria a vontade de ferro do pai e subitamente compreendeu que não se importava com isso. Para que se defender e a Alex de um homem que não respeitava? Ele reconheceu Preston como realmente era e não gostou. A opinião que o pai tinha dele, de qualquer coisa, não importava mais, porque não havia integridade nem honra por trás. Hammond deu as costas para Preston e foi embora.

Smilow teve de esperar meia hora no saguão do Charles Towne Plaza até uma das cadeiras de engraxate vagar.

– O brilho está se mantendo muito bem, sr. Smilow.

– Então tire apenas a poeira, Smitty.

O velho engraxate iniciou uma conversa sobre o fracasso atual do Braves de Atlanta.

Smilow interrompeu.

– Smitty, você viu esta mulher no hotel na tarde em que o sr. Pettijohn foi assassinado?

Smilow mostrou para ele a fotografia de Alex Ladd que tinha saído na edição vespertina do jornal. Tinha feito uma ampliação para definir melhor suas feições.

– Sim, eu vi, sr. Smilow. Eu a vi na televisão esta tarde também. É ela que vocês todos acham que o matou.

– O indiciamento dela pelo grande júri na semana que vem vai depender da força das nossas provas. Quando você a viu ela estava com alguém?

– Não, senhor.

– Você já viu este homem?

Smilow mostrou a foto de Bobby Trimble tirada na delegacia.

– Só na televisão, a mesma história, essa mesma foto.

– Nunca aqui no hotel?

– Não, senhor.

– Tem certeza?

– O senhor me conhece e sabe como sou com fisionomias, sr. Smilow. Raramente esqueço uma.

O detetive balançou a cabeça distraído enquanto guardava as fotos no bolso de cima do paletó.

– A dra. Ladd parecia zangada ou aborrecida quando você a viu?

– Aparentemente, não, mas não fiquei olhando para ela muito tempo. Eu a notei quando chegou porque tem um cabelo muito bonito, sabe? Apesar de velho, ainda gosto de admirar moças bonitas.

– Você vê muitas passando por aqui.

– Muitas feias também – disse ele, dando uma risada. – De qualquer forma, essa estava sozinha e muito na dela. Passou direto pelo saguão e foi para os elevadores. Depois de pouco tempo, ela desceu. Foi até o bar. Logo depois eu a vi voltando para os elevadores.

– Espere aí – Smilow inclinou o corpo mais perto do homem que lustrava seus sapatos. – Você está dizendo que ela subiu duas vezes?

– Foi o que eu disse.

– Quanto tempo ela ficou lá em cima na primeira vez?

– Cinco minutos, talvez.

– E na segunda?

– Não sei. Não vi quando ela desceu de novo.

Ele deu uma última escovada nos sapatos de Smilow. O detetive desceu da cadeira e abriu os braços para Smitty passar uma escova no seu paletó.

– Smitty, você mencionou para qualquer pessoa que eu engraxei meus sapatos aquele dia?

– Ninguém perguntou, sr. Smilow.

– Gostaria que não contasse para ninguém, está bem? Smilow deu meia-volta e entregou uma boa gorjeta para Smitty.

– Claro, sr. Smilow. Claro. Sinto muito pela outra.

– Que outra?

– A senhora. Desculpe não tê-la visto descer a segunda vez.

– Tenho certeza de que você estava ocupado.

O engraxate sorriu.

– Sim, senhor. Naquele sábado isso aqui estava como a Estação Central. Muita gente entrando e saindo o tempo todo – ele coçou a cabeça. – É engraçado, não é? Todos vocês aqui no mesmo dia.

– Todos nós?

– O senhor, aquela médica, o advogado.

– A mente de Smilow funcionou como uma armadilha de aço que acabava de ser destravada.

– Advogado?

– Do escritório do promotor público. Aquele que apareceu na televisão.

Capítulo 31

Hammond ficou esperando no corredor até ver Harvey Knuckle sair da sala dele, às cinco horas em ponto. O gênio do computador trancou conscienciosamente a porta, e quando se virou Hammond já estava em cima dele.

– Oi, Harvey.

– Dr. Cross! – exclamou ele e recuou até encostar na porta da sala dele. – O que está fazendo aqui?

– Acho que você sabe.

O proeminente pomo de adão de Knuckle subiu e depois desceu pelo pescoço magro. Engoliu em seco ruidosamente.

– Sinto muito, mas não tenho a menor ideia.

– Você mentiu para Loretta Boothe – disse Hammond, jogando verde. – Não mentiu?

Harvey tentou disfarçar seu nervosismo culpado com petulância.

– Não sei do que você está falando.

– Estou falando de cinco a dez anos por pirataria na informática.

– Hein?

– Poderia condená-lo por diversos crimes sem esforço algum, Harvey. A menos que você coopere comigo agora. Quem pediu para você investigar a dra. Alex Ladd?

– O quê?

Os olhos de Hammond praticamente empalaram Harvey à porta do escritório atrás dele.

– Está bem. Ótimo. Trate de arrumar um bom advogado de defesa – disse Hammond e já ia embora.

– Foi a Loretta – gaguejou Harvey. Hammond voltou para perto dele.

– E quem mais?

– Ninguém.

– Har-veeey?

– *Ninguém!*

– Tudo bem.

Harvey relaxou, molhou os lábios com a língua grossa, mas o sorriso amarelo se desfez quando Hammond perguntou:

– E quanto a Pettijohn?

– Eu não sei...

– Conte o que quero saber, Harvey.

– Estou sempre disposto a ajudá-lo, dr. Cross, sabe muito bem disso. Não sei do que está falando.

– Registros, Harvey – disse ele, com a paciência se esgotando. – Quem pediu para você investigar os registros de Pettijohn? Contratos. Terras. Documentos de sociedades, coisas assim.

– Foi o senhor – guinchou Harvey.

– Usei canais legais. Quero saber quem mais estava interessado nos negócios dele. Quem pediu para você invadir os registros dele?

– O que o faz pensar que...

Hammond avançou mais um passo para cima dele e baixou o tom de voz.

– Quem quer que tenha sido, teve de pedir a informação para você, por isso não seja evasivo e não tente me enrolar com essa expressão falsa de inocência e confusão, senão vou acabar me zangando. A prisão pode ser muito cruel para um cara como você, você sabe – ele fez uma pausa para o outro entender bem o significado daquelas palavras. – Agora, quem foi?

– Duas pessoas. Mas em épocas diferentes.

– Recentemente?

Harvey balançou a cabeça concordando com tanta pressa que seus dentes bateram uns nos outros.

– Nos últimos dois meses, por aí.

– Quem eram essas duas pessoas?

– O detetive Smilow.

Hammond continuou com ar imperturbável:

– E quem mais?

– O senhor devia saber, dr. Cross. Ela disse que o senhor tinha pedido.

Viciada em notícias, Loretta Boothe assistia aos primeiros noticiários da noite, pulando de um canal para outro e comparando as coberturas da história de Alex Ladd.

Ficou consternada de ver Hammond encarando as câmeras de televisão todo estropiado, com o braço numa tipoia. Quando é que ele tinha se machucado daquele jeito? E de que maneira? Tinham se visto na véspera.

Quando terminaram os telejornais e começou a *Roda da Fortuna,* a filha dela, Bev, passou pela sala com seu uniforme de trabalho.

– Fiz uma macarronada para o meu almoço, mãe. Sobrou bastante na geladeira para você. E ingredientes de salada também.

– Obrigada, querida. Não estou com fome agora, mas talvez mais tarde.

Bev hesitou quando chegou à porta.

– Você está bem?

Loretta viu a preocupação nos olhos da filha, a desconfiança. A harmonia entre as duas ainda era experimental. Ambas queriam desesperadamente que as coisas dessem certo dessa vez. Ambas temiam que não desse. Loretta tinha prometido e quebrado promessas tantas vezes que nenhuma das duas confiava nos seus juramentos mais recentes. Tudo dependia de Loretta manter-se sóbria. Ela só precisava fazer isso. Mas era muita coisa.

– Estou bem – ela deu um sorriso com a intenção de tranquilizar Bev. – Sabe aquele caso em que eu estava trabalhando? Vão levá-lo ao grande júri na quinta-feira.

– Com base em informações que você deu?

– Em parte.

– Puxa! Isso é ótimo, mãe! Você ainda leva jeito pra coisa.

O cumprimento de Bev fez bem para Loretta.

– Obrigada. Mas acho que isso significa que estou sem trabalho de novo.

– Depois desse sucesso, tenho certeza de que vai arranjar outros. – Bev abriu a porta. – Tenha uma boa noite. Vejo você de manhã.

Depois que Bev foi embora, Loretta continuou assistindo ao programa, mas só por falta de coisa melhor para fazer. O apartamento estava claustrofóbico aquela noite, apesar dos cômodos não estarem menores do que eram ontem ou anteontem. A inquietude não era externa, ela partia de dentro.

Loretta pensou em sair, mas seria arriscado. Seus amigos eram bêbados também. Os lugares que ela conhecia eram tentadores demais para quem tentava tomar um drinque só. E mesmo um único drinque significaria o fim da sua sobriedade, e ela voltaria exatamente para o ponto em que estava antes de Hammond contratá-la para trabalhar no caso Pettijohn.

Ela queria que o trabalho não tivesse terminado. Não só por causa do dinheiro. Apesar do salário de Bev ser suficiente para sustentar as duas, Loretta também queria contribuir para pagar as contas da casa. Seria bom para sua autoestima, e precisava da independência que resultava do fato de ter renda própria.

Além do mais, enquanto estava trabalhando não sentiria tanta sede. O ócio era o perigo que precisava evitar. Não ter nada de construtivo para fazer é que alimentava o desejo do que não podia ter. Com tempo sobrando, ela começava a pensar que sua vida era muito trivial, que realmente não ia fazer muita diferença se bebesse até morrer, que podia facilitar as coisas para si mesma e para todas as pessoas ligadas a ela. Uma associação de ideias muito perigosa.

Pensando bem, Hammond não tinha dito especificamente que não precisava mais dos serviços dela. Depois que ela lhe deu o serviço sobre a dra. Alex Ladd, ele saíra daquele bar como se a cueca estivesse pegando fogo. Parecia um pouco abatido, mas mal podia esperar para usar a informação que ela havia conseguido, e o que ele fez deve ter dado certo, porque agora ele estava apresentando seu caso de assassinato para o grande júri.

Contatar Harvey Knuckle hoje provavelmente tinha sido supérfluo. Hammond parecia afobado e nada interessado quando ela revelou seu palpite de que Harvey tinha mentido para ela aquela manhã. Mas que diabos? Não tinha custado nada fazer esse esforço adicional.

Apesar dos ferimentos, qualquer que fosse a causa deles, a voz de Hammond tinha soado bem forte e cheia de convicção quando se dirigiu aos repórteres nos degraus da entrada da delegacia de polícia. Ele explicou que a aparição de Bobby Trimble tinha sido a reviravolta do caso.

– Com base na força do testemunho dele, tenho confiança de que a dra. Ladd será indiciada.

Por outro lado, o advogado da dra. Ladd, que Loretta só conhecia pela reputação, tinha dito para a mídia que aquele era o erro mais gritante cometido pela polícia de Charleston e pelo assistente do promotor público, dr. Cross. Tinha certeza de que, quando todos os fatos fossem revelados, a dra. Ladd seria inocentada e as autoridades teriam de pedir perdão para ela em público. Ele já estava pensando em mover um processo de difamação.

Loretta reconheceu aquele jargão típico dos advogados, apesar de as afirmações de Frank Perkins terem sido particularmente veementes. Das duas, uma: ou ele era um excelente orador, ou então estava sinceramente convencido de que a sua cliente era inocente. Talvez Hammond realmente estivesse com a suspeita errada.

Se fosse esse o caso, ia fazer papel de idiota no caso mais importante da sua carreira até o momento.

Ele havia aludido ao álibi sem provas de Alex Ladd, mas não fora específico. Tinha a ver com... o que era mesmo?

– *Little Bo Peep Show* – disse Loretta mecanicamente, resolvendo o problema Antes e Depois na *Roda da Fortuna* que ainda estava sem os *t's,* os *p's* e o *w.*

Uma feira na periferia de Beaufort. Era isso.

Ela se levantou subitamente e foi até a cozinha onde Bev empilhava os jornais antes de conscienciosamente embrulhá-los para a reciclagem. Por sorte o dia da coleta era amanhã, por isso todos os jornais da semana estavam lá. Loretta folheou a pilha até encontrar o do último sábado.

Tirou o caderno de entretenimento e examinou-o rapidamente até encontrar o que estava procurando. O anúncio de um quarto de página da feira dava a hora, o lugar, orientação de como chegar lá, preço da entrada, atrações da feira e... espere aí!

– Toda quinta, sexta e sábado à noite, durante todo o mês de agosto – leu ela em voz alta.

Em poucos minutos Loretta estava no seu carro, saindo da cidade, indo para Beaufort. Não sabia o que ia fazer quando chegasse lá. Seguir seu faro, pensou ela. Mas se pudesse – por um golpe de sorte ou algum milagre mesmo – descobrir um buraco no álibi de Alex Ladd, Hammond seria seu eterno devedor. Ou então, se confirmasse o álibi da psicóloga, pelo menos ele poderia ser avisado com antecedência. Não teria aquela surpresa desagradável no tribunal. De qualquer maneira, Hammond ficaria devendo essa para ela. Um grande avanço na sua vida.

Até ele dispensá-la oficialmente, ela continuava tecnicamente contratada. Se pudesse ajudá-lo nessa, ele ficaria eternamente grato e imaginaria como tinha sobrevivido sem ela. Podia até indicá-la para um cargo permanente na procuradoria pública.

No mínimo ele teria de agradecer por Loretta ter tido a iniciativa de agir por conta própria obedecendo aos seus instintos afiadíssimos, que nem oceanos de bebida tinham anestesiado. Ele ficaria muito orgulhoso!

– Sargento Basset?

O policial uniformizado baixou o canto do jornal que estava lendo. Quando viu Hammond diante da sua mesa, ficou imediatamente em pé.

– Ei, doutor. Estou com aqueles dados que o senhor pediu bem aqui.

O depósito de provas do Departamento de Polícia de Charleston era domínio do sargento Glenn Basset. Ele era baixo, gordo e insignificante. Um bigode farto compensava a careca. Sem um pingo de agressividade, tinha sido um mau patrulheiro, mas servia perfeitamente para a função burocrática que desempenhava. Era um cara simpático, que não reclamava de nada, satisfeito com a sua patente, um companheiro afável, amigo de todos, sem inimigos.

Hammond ligou antes para fazer seu pedido, que o sargento atenderia com muito prazer.

– O senhor não me deu muito tempo, mas foi só uma questão de pegar os registros do mês passado e imprimir. Eu poderia ir mais para trás...

– Ainda não – Hammond examinou a folha de papel, com a esperança de que um nome lhe saltasse aos olhos. Não aconteceu. – Dispõe de um minuto, sargento?

Sentindo que Hammond queria conversar com ele em particular, o policial dirigiu-se a uma funcionária que trabalhava numa mesa ali perto.

– Diane, será que você pode cuidar das coisas para mim um minuto?

Sem tirar os olhos do seu terminal de computador, ela disse:

– O tempo que quiser.

O policial corpulento apontou para uma pequena sala que era usada para descanso. Ofereceu para Hammond uma xícara do café viscoso de um bule opaco na cafeteira.

Hammond recusou e então disse:

– Trata-se de um assunto muito delicado, sargento Basset. Lamento ter de pedir isso.

Ele olhou para Hammond sem entender.

– Pedir o quê?

– Há alguma possibilidade... não digo probabilidade, mas possibilidade... de um policial pegar... emprestada... uma arma do depósito sem que você saiba?

– Não, senhor.

– Não é possível?

– Tomo nota de tudo, dr. Cross.

– Sim, entendo – disse ele, dando mais uma olhada rápida na folha impressa.

Basset começou a ficar nervoso.

– Do que se trata?

– Só uma ideia que eu tive – disse Hammond, desapontado. – Não descobri nada sobre a arma que matou Lute Pettijohn.

– Duas balas de 38 nas costas.

– Certo.

– Temos centenas de armas de munição calibre 38.

– Esse é o meu problema.

– Dr. Cross, eu me orgulho de manter tudo em ordem. Meu currículo na polícia...

– É impecável. Eu sei disso, sargento. Não estou sugerindo nenhuma cumplicidade da sua parte. Conforme eu disse, é um assunto delicado e detesto ter de pedir. Eu simplesmente pensei que talvez um policial mais graduado pudesse inventar um motivo para tirar uma arma daqui.

Basset ficou mexendo na orelha, pensativo.

– Acho que poderia, mas mesmo assim ele teria de assinar um recibo.

Nada.

– Sinto tê-lo incomodado. Obrigado.

Hammond levou os registros impressos, apesar de achar que não forneceriam a pista valiosa que esperava obter. Tinha deixado Harvey Knuckle muito animado, depois de fazer o gênio do computador admitir que Smilow e Steffi o forçaram a dar a informação sobre Pettijohn.

Mas refletindo melhor, o que isso provava? Que os dois estavam tão interessados quanto ele em saber que Lute tinha levado o castigo que merecia? Isso não era nenhuma descoberta. Nem mesmo uma surpresa.

Ele queria tão desesperadamente que Alex fosse inocente que se dispunha a desconfiar de qualquer um e de todos, até de colegas que, ultimamente, faziam mais para manter a lei do que ele.

Desanimado, ele entrou no seu apartamento, foi direto para a sala de estar e ligou a televisão. A âncora com lentes de contato verde-esmeralda acabava de apresentar o resumo da história. Satisfazendo uma tendência masoquista, Hammond ficou assistindo.

A não ser pela tipoia no braço, os curativos estavam cobertos pela roupa, mas o rosto dele parecia de cera e muito abatido sob o brilho feérico das luzes sanguessugas da televisão, escurecendo ainda mais a barba por fazer. Quando perguntaram sobre seus ferimentos, ele fez pouco do ataque como se fosse algo inconsequente e cortou o assunto.

Sendo politicamente correto, ele cumprimentou a polícia de Charleston pelo excelente trabalho de investigação. Escapou de perguntas específicas sobre Alex Ladd e só disse que as declarações de Trimble tinham sido um marco na investigação, que o caso deles era sólido e que o indiciamento estava praticamente garantido.

Em pé, logo atrás do seu ombro esquerdo, dando apoio, Steffi concordava, balançando a cabeça, e sorria. Era fotogênica, ele observou. As luzes brilhavam nos seus olhos escuros. A câmera capturava a vivacidade dela.

Smilow também tinha sido assediado pela mídia e recebeu o mesmo tempo nos noticiários. Mas, diferentemente de Steffi, ele estava estranhamente contido. Suas observações se diluíam com diplomacia e mais ou menos ecoavam as de Hammond. Ele se referiu à ligação de Alex com Bobby Trimble apenas em termos bem gerais, dizendo que o homem na prisão tinha sido vital para o caso contra ela. Negou-se a revelar a natureza do relacionamento dela com Lute Pettijohn.

Jamais se referiu aos seus registros no juizado de menores, mas Hammond suspeitava de que essa omissão fosse calculada. Smilow não queria contaminar o grupo de jurados e dar a Frank Perkins uma base para troca de foro do julgamento ou para invalidar o julgamento, supondo que o caso chegasse a julgamento.

Câmeras de vídeo capturaram um Frank Perkins com maxilar de granito saindo com Alex. Aquele foi o segmento mais difícil de assistir para Hammond, sabendo como devia ter sido humilhante para ela estar sob os holofotes como principal suspeita do caso de homicídio mais sensacionalista da história recente de Charleston.

Alex foi descrita como respeitada psicóloga de 35 anos de idade, com credenciais de peso. Fora suas conquistas profissionais, ela foi elogiada por sua participação em eventos cívicos e por ser benfeitora generosa para várias organizações filantrópicas. Vizinhos e colegas procurados para comentar o caso expressaram choque, alguns pareceram escandalizados, chamaram de ridícula a ideia do envolvimento dela e de outros adjetivos sinônimos.

Quando a âncora com olhos artificialmente verdes passou para outra história, Hammond desligou o aparelho, subiu a escada e preparou um banho de imersão bem quente. Entrou e deixou o braço direito pendurado para fora da banheira. O banho aliviou um pouco suas dores, mas também o deixou meio zonzo e fraco.

Precisava comer, por isso desceu até a cozinha e começou a preparar uns ovos mexidos.

Era muito desajeitado fazendo as coisas com a mão esquerda. E ficou ainda mais incapacitado com suas previsões lúgubres. Não queria ser lembrado na posteridade como uma piada suja. Não queria que dissessem: Ah, você se lembra de Hammond Cross? Promotor jovem e promissor. Mas sentiu o cheiro de uma xoxota e foi tudo para o inferno.

E era isso que iam dizer. Talvez usando outras palavras, mas com esse sentido.

Sobre as toalhas molhadas e meias suadas nos armários do vestiário, ou entre doses de uísque em algum bar da moda, colegas e conhecidos balançariam as cabeças mal disfarçando o riso, comentando a suscetibilidade de Hammond. Iam chamá-lo de idiota e Alex seria apenas o rabo que lhe havia provocado a ruína.

Ele queria descontar sua raiva naquelas fofocas imaginárias por serem tão injustas. Queria punir a todos por tecerem observações maliciosas sobre ela e sobre o relacionamento dos dois. Não era o que eles pensavam. Tinha se apaixonado de verdade.

Não estava tão dopado com Darvocet na véspera para não lembrar de ter dito a ela que para ele o amor era verdadeiro, e que tinha sido desde o início. Tinha conhecido Alex havia menos de uma semana – *menos de uma semana* –, mas nunca teve tanta certeza de alguma coisa assim na vida dele. Nunca sentiu atração física tão intensa por uma mulher. Nunca sentiu uma ligação cerebral, espiritual e emocional tão forte com ninguém.

Os dois tinham conversado horas na feira, e mais tarde na cama dele, na cabana. Sobre música. Comida. Livros. Viagens e os lugares que queriam conhecer quando tivessem tempo. Filmes. Exercícios e regimes para a boa forma física. O velho Sul. O novo Sul. Os Três Patetas e por que os homens os adoravam e as mulheres detestavam. Coisas importantes. Coisas sem importância. Conversas intermináveis sobre tudo. Exceto sobre eles mesmos.

Hammond não tinha dito nada de mais profundo sobre ele mesmo para Alex. E ela certamente não tinha divulgado nada sobre a vida dela, no presente ou no passado.

Será que tinha sido uma prostituta? Será que ainda era? E, se fosse, será que ele conseguiria deixar de amá-la com a mesma rapidez que aquele amor tinha começado? Ele temia que não.

Talvez ele fosse mesmo um idiota.

Mas ser um idiota não era desculpa para ser desonesto. Ele e sua consciência culpada estavam se tornando parceiros incompatíveis. Estava achando cada vez mais difícil viver com ele mesmo. Apesar de odiar ter de dar razão ao pai por qualquer coisa, Preston tinha aberto os olhos dele mais cedo, forçando-o a encarar o que ele sempre evitou reconhecer: que Hammond Cross era tão corruptível quanto qualquer um. Não era mais honesto que seu pai.

Não conseguiu engolir aquela ideia, nem os ovos mexidos, por isso jogou-os na lata de lixo.

Queria beber alguma coisa, mas o álcool só serviria para aumentar os resquícios do torpor na cabeça dele, fazendo com que se sentisse ainda pior.

Queria que a merda do braço parasse de latejar.

Queria uma solução para aquela porra de confusão que ameaçava o futuro brilhante que tinha planejado para ele mesmo.

Acima de tudo, queria que Alex estivesse a salvo.

A salvo.

Dinheiro a salvo num cofre na casa de Alex.

Um cofre vazio na suíte de Pettijohn no hotel.

Um cofre dentro do armário.

O armário. O cofre. Cabides. Robe. Chinelos. Ainda embrulhados.

Hammond deu um pulo como se tivesse recebido uma descarga elétrica, depois ficou completamente imóvel, procurando se acalmar, pensar, raciocinar.

Vá devagar. Não se apresse.

Mas depois de alguns minutos examinando a ideia de todos os ângulos possíveis, ele não encontrou nenhuma falha. Todos os elementos se encaixavam.

A conclusão não deixou Hammond feliz, mas não podia se dar ao luxo de pensar nisso agora. Precisava agir.

Levantou tropeçando da cadeira e pegou o telefone sem fio mais próximo. Depois de verificar o número no serviço de auxílio à lista, ele digitou o número.

– Charles Towne Plaza. Com quem deseja falar?

– Com o spa, por favor.

– Sinto muito, senhor, mas o spa fica fechado durante a noite. Se o senhor quiser marcar uma hora...

Ele interrompeu a telefonista, identificou-se e disse para ela com quem queria falar.

– E preciso falar com ele imediatamente. Enquanto procura, ponha-me em contato com o gerente do serviço de camareiras.

Loretta não levou muito tempo para concluir que ir àquela feira tinha sido uma má ideia.

Quinze minutos depois de estacionar seu carro num pasto poeirento e de percorrer o resto do caminho a pé, ela estava suando como uma porca. Havia crianças por toda a parte, crianças barulhentas, briguentas e grudentas que pareciam tê-la escolhido para perturbar. Os responsáveis pelas atrações da feira estavam mal-humorados. Mas não podia culpá-los por suas atitudes ríspidas. Quem conseguia trabalhar com aquele calor todo?

Ela teria vendido sua alma para estar dentro de um bom bar, escuro e fresco. O fedor da fumaça de cigarro e de cerveja seria um alívio bem-vindo para aquela mistura de algodão-doce e bosta de vaca entranhados na feira toda.

A única coisa que a mantinha lá era a lembrança constante de que podia estar fazendo um favor para Hammond. Devia-lhe isso. Não só como recompensa pelo caso que ela estragou, mas por lhe dar mais uma chance quando ninguém mais se dava ao trabalho de falar com ela.

Aquela fase de sobriedade podia não durar. Mas naquele momento ela estava a seco, estava trabalhando, e sua filha olhava para ela sem aquela expressão de desprezo. E Loretta tinha de agradecer a Hammond Cross por essas bênçãos.

Obstinadamente, ela parava em todas as atrações.

– Achei que o senhor podia lembrar...

– Ficou doida, madame? Milhares de pessoas passaram por aqui. Como é que vou lembrar de uma dona?

O homem cuspiu um punhado de sumo de tabaco que quase bateu no ombro dela.

– Obrigada pela sua atenção e vá se foder!

– É, é. Agora saia daí. Está atrapalhando a fila.

Toda vez que ela mostrava a fotografia de Alex Ladd para os exibidores, operadores de brinquedos e vendedores de comida, a resposta era uma variação do mesmo tema. Ou eram descaradamente grosseiros como esse último ou estavam cansados demais para prestar atenção. Balançar a cabeça e dizer um lacônico "sinto muito" era a resposta habitual às perguntas de Loretta.

Ela percorreu a feira toda até bem depois de o sol se pôr e de os mosquitos atacarem com força total. Depois de horas, o único resultado de todo aquele esforço eram pés que a umidade tinha feito inchar até ficarem como duas almofadas. Analisando a pele esticada e inchada que escapava das tiras da sandália, ela achou que era uma pena que aquela feira não tivesse um show de aberrações.

– Esses dois me dariam o direito de participar – resmungou ela.

Loretta finalmente reconheceu que aquela missão era perda de tempo, que, para começar, a dra. Ladd provavelmente tinha mentido sobre ter estado na feira, e a possibilidade de topar com alguém que tivesse estado lá naquele sábado e que também lembrasse de tê-la visto era praticamente nula.

Ela deu um tapa num mosquito no braço. Ele explodiu como um balão e deixou uma mancha de sangue.

– Devo estar, no mínimo, com meio litro de sangue a menos.

Foi então que ela resolveu reduzir as perdas e voltar para Charleston.

Loretta sonhava que enfiava os pés na banheira cheia de água gelada quando passou pelo pavilhão de dança com teto cônico cheio de lâmpadas brancas de Natal. Uma banda piolhenta afinava os instrumentos. O violinista tinha uma barba toda enrolada, aliás. Dançarinos se abanavam com folhetos, rindo e conversando enquanto esperavam a banda recomeçar a tocar.

Os solteiros se esgueiravam no perímetro da pista de dança, analisando suas possibilidades, avaliando a competição, procurando não parecer óbvios demais, nem desesperados demais para encontrar alguém.

Loretta notou que havia muitos militares no meio da multidão. Jovens soldados, de barbas e cabelos recém-cortados, transpiravam suas águas-de-colônia, olhavam as mulheres e bebiam cerveja.

Uma cerveja ia cair muito bem mesmo. Uma cerveja? Que mal poderia fazer? Não era pelo álcool. Apenas para matar a sede horrorosa que um refrigerante açucarado não afetaria. E já que estava ali podia mostrar a foto da dra. Ladd também. Talvez alguém naquele grupo lembrasse dela no fim de semana anterior. Os soldados estavam sempre à procura de mulheres bonitas. Talvez um deles tivesse se interessado por Alex Ladd.

Procurando se convencer de que não estava racionalizando só para se aproximar do pessoal que bebia cerveja e fazendo uma careta com a dor provocada pelas tiras da sandália nos pés inchados, Loretta subiu mancando os degraus do pavilhão.

Capítulo 32

Quando Frank Perkins abriu a porta da casa dele, o sorriso de boas-vindas se desfez, como se o fim da piada não tivesse graça nenhuma.

– Hammond.

– Posso entrar?

Escolhendo as palavras com muito cuidado, Frank respondeu:

– Eu ficaria muito constrangido com isso.

– Precisamos conversar.

– Eu atendo no horário normal do expediente.

– Isso não pode esperar, Frank. Nem até amanhã. Você tem de ver isso agora.

Hammond tirou um envelope do bolso da camisa e deu-o para o advogado. Frank pegou o envelope e espiou dentro dele. O envelope continha uma nota de um dólar.

– Ah, meu Deus...

– Eu o estou contratando como meu advogado, Frank. Isso é o adiantamento dos seus honorários.

– Que diabos você está tentando fazer?

– Eu estava com Alex na noite em que Lute Pettijohn foi morto. Passamos a noite juntos. Agora posso entrar?

Como Hammond esperava, aquela declaração deixou Frank Perkins sem fala. Hammond se aproveitou daquela catatonia momentânea para passar por ele.

Frank fechou a porta da sua confortável casa de subúrbio. Rapidamente se recompôs e atacou Hammond a toda:

– Você se dá conta de quantas regras de ética acaba de violar? E de quantas me levou a violar também?

– Tem razão – Hammond pegou de volta a nota de um dólar. – Você não pode ser meu advogado. Conflito de interesses. Mas pelo breve tempo que esteve trabalhando para mim, confidenciei uma coisa para você que deve manter em segredo por prerrogativa profissional.

– Seu filho da puta – disse Frank, furioso. – Não sei o que você está pretendendo. Nem quero saber, mas quero que saia da minha casa. Agora!

– Você não ouviu o que eu disse? Eu disse que passei...

Ele parou de falar quando o arco aberto entre as salas atrás de Frank se encheu de gente, curiosa para ver o que era aquela comoção toda. O rosto de Alex foi o único que Hammond registrou.

Frank, seguindo a direção do olhar espantado de Hammond, resmungou:

– Maggie, você se lembra de Hammond Cross?

– Claro que sim – disse a mulher de Frank. – Como vai, Hammond?

– Maggie. Sinto muito invadir a casa de vocês desse jeito. Espero não ter interrompido nada.

– Na verdade, estávamos jantando – disse Frank.

Um dos filhos gêmeos de nove anos de Frank tinha uma mancha do que parecia molho de espaguete num canto da boca. Maggie era uma mulher sulista muito fina, que descendia de valentes esposas e viúvas confederadas. A situação constrangedora que se criara na entrada da casa não a perturbou:

– Acabamos de nos sentar, Hammond. Por favor, venha jantar conosco.

Ele primeiro olhou para Frank, depois para Alex.

– Não, obrigado, mas agradeço o convite. Só preciso de alguns minutos do tempo de Frank.

– Foi um prazer vê-lo de novo. Meninos...

Maggie Perkins segurou os ombros dos dois meninos, deu meia-volta com eles e levou-os para o lugar de onde tinham vindo, supostamente a copa, ao lado da cozinha.

– Eu não sabia que você estava aqui – disse Hammond para Alex.

– Frank fez a gentileza de me convidar para jantar com a sua família.

– Muita gentileza dele. Depois do que aconteceu hoje, você não devia estar mesmo querendo ficar sozinha.

– É, não queria.

– Além do mais, é bom mesmo que esteja aqui. Você também tem de ouvir isso.

Finalmente, Frank resolveu se intrometer:

– Já que provavelmente serei expulso da Ordem por causa disso, de qualquer maneira acho que vou tomar aquele drinque de que preciso desesperadamente. Algum de vocês se candidata?

Ele fez um sinal para os dois o acompanharem até os fundos da casa, onde ficava seu escritório doméstico. As placas e citações emolduradas, arrumadas em grupos estéticos nas paredes com painéis de madeira, atestavam o homem honrado que Frank Perkins era, pessoal e profissionalmente.

Hammond e Alex recusaram a oferta de um drinque, mas Frank serviu-se de uma dose de uísque puro e sentou-se atrás de uma mesa pesada. Alex se sentou num sofá de couro e Hammond numa poltrona. O advogado olhou para os dois e acabou fixando o olhar na sua cliente:

– Isso é verdade? Você dormiu com o nosso estimado assistente da promotoria pública?

– Não há necessidade de...

– Hammond – interrompeu-o Frank bruscamente –, você não tem o direito de me corrigir. Nem de me contradizer, por falar nisso. Eu devia te chutar para fora daqui e depois contar para Monroe Mason o que você me contou. A não ser que ele já saiba.

– Não, não sabe.

– Você só continua aqui embaixo do meu teto porque respeito a privacidade da minha cliente. Até conhecer todos os fatos, não quero fazer nada precipitado que possa embaraçá-lo ainda mais do que já foi por essa farsa.

– Não se zangue com Hammond, Frank – disse Alex. Havia uma saturação sincera na voz dela que Hammond não tinha ouvido antes. Ou então era resignação. Talvez até alívio pelo fato de o segredo deles finalmente ter sido revelado. – Isso é tão culpa minha quanto dele. Eu devia ter contado para você logo de cara que o conhecia.

– Intimamente?

– É.

– Até onde você ia deixar isso chegar? Ia deixar Hammond indiciá-la, prendê-la, sujeitá-la a um julgamento, condená-la e pô-la no corredor da morte?

– Eu não sei! – Alex levantou-se subitamente e ficou de costas para os dois, apertando os cotovelos colados ao corpo. Depois de um tempo para se recompor, ela os encarou novamente. – Na verdade, a culpa não é nem minha nem dele. Ele não me conhecia, mas eu o conhecia e o persegui. De propósito. Fiz o nosso encontro parecer acidental, só que não foi. Nada que aconteceu conosco foi por acaso.

– Quando foi que esse encontro premeditado aconteceu?

– Nesse último sábado, à noite. Mais ou menos ao entardecer. Depois do contato inicial, usei todos os artifícios femininos que conhecia para fazer Hammond passar a noite comigo. E o que fiz – disse ela, com a voz meio rouca – funcionou. – Ela olhou para ele. – Porque ele realmente passou a noite comigo.

Frank terminou seu drinque de um gole só. O álcool provocou lágrimas em seus olhos e o fez tossir com o punho fechado diante da boca. Depois de pigarrear, ele perguntou onde tudo aquilo tinha acontecido. Alex contou a sequência de eventos, começando com o encontro dos dois no pavilhão de dança e terminando na cabana dele.

– Saí de mansinho na manhã seguinte, antes do sol nascer, preparada para nunca mais vê-lo.

Frank balançou a cabeça, que parecia ter ficado meio atordoada pela infusão de álcool ou pelos fatos conflitantes que achava difícil compreender.

– Não estou entendendo. Você dormiu com ele, mas não era... você não...

– Era o seguro dela – disse Hammond.

Ele ainda achava difícil ouvir Alex admitir que foi tudo planejado, que o encontro dos dois não tinha sido obra do destino ou do acaso romântico que ele queria que fosse. Mas tinha de superar isso. As circunstâncias exigiam que ele se concentrasse em questões muito mais importantes:

– Se Alex achava que precisava de um álibi, eu seria esse álibi. Na verdade era o álibi perfeito. Porque eu não podia expô-la sem me envolver também.

Frank olhou para ele ainda completamente confuso.

– Dá para explicar?

– Alex me seguiu até a feira, quando saí do Charles Towne Plaza, onde tinha me encontrado com Lute Pettijohn.

Frank ficou olhando para Hammond alguns segundos antes de virar para Alex pedindo confirmação. Ela concordou balançando um pouco a cabeça. Frank levantou-se e foi pegar mais uísque.

Enquanto ele se servia, Hammond aproveitou a oportunidade para olhar para Alex. Os olhos dela estavam molhados, mas ela não estava chorando. Ele queria abraçá-la. Também queria sacudi-la até toda a verdade escapar.

Talvez não. Talvez não quisesse saber que tinha sido ingênuo como os meninos excitados e os velhos tarados que pagaram ao meio-irmão Bobby pelos favores dela.

Se ele a amava, como dizia, teria de superar isso também.

Frank voltou para a sua cadeira. Ficou girando seu copo no tampo de couro da mesa.

– Quem vai falar primeiro?

– Eu tinha uma hora marcada com Pettijohn sábado à tarde – disse Hammond. – A convite dele. Eu não queria ir, mas ele insistiu nesse nosso encontro e garantiu que seria do meu interesse.

– Em que sentido?

– A Procuradoria Geral tinha me indicado para investigar Pettijohn e ele ficou sabendo.

– Como?

– Mais tarde eu explico. Por enquanto basta dizer que eu estava quase revelando as minhas descobertas ao grande júri.

– Suponho que Pettijohn quisesse fazer um acordo.

– Certo.

– O que ele ofereceu em troca?

– Se eu relatasse para o procurador-geral que não havia um caso e deixasse Lute seguir com seus negócios como sempre, ele prometia me apoiar como sucessor de Monroe Mason, incluindo contribuições vultosas para a minha campanha. Ele também sugeriu que, quando eu conquistasse o cargo, continuaríamos a ter uma relação mutuamente benéfica. Uma aliança muito confortável por intermédio da qual ele poderia continuar infringindo as leis e eu fingiria que não via nada.

– Imagino que você tenha recusado.

– Sem mais nem menos. Foi então que ele exibiu sua artilharia pesada. Meu próprio pai era um dos sócios dele no projeto da ilha Speckle. Lute me mostrou documentos que provavam isso.

– Onde estão esses documentos agora?

– Levei-os comigo quando saí de lá.

– Eles são válidos?

– Temo que sim.

Frank não era nenhum idiota. Ele entendeu tudo.

– Se você continuasse com a sua investigação sobre o Lute, seria forçado a processar criminalmente seu pai também.

– É, essa foi a essência do aviso de Lute.

O rosto de Alex denotava compaixão. Frank disse calmamente:

– Sinto muito, Hammond.

Ele sabia que a comiseração era sincera, mas fez um gesto com a mão como se aquilo não tivesse importância.

– Eu disse para o Lute ir à merda, que eu pretendia cumprir o meu dever. Quando virei as costas para ele, ele começou a berrar e a fazer ameaças. Aquela crise de agressividade pode ter provocado o derrame. Eu não sei. Não me virei mais. Não fiquei lá mais de cinco minutos. No máximo.

– A que horas foi isso?

– Nosso encontro estava marcado para as cinco.

– Você viu a Alex?

Os dois balançaram a cabeça ao mesmo tempo.

– Só quando cheguei à feira. Estava furioso com Pettijohn, estava uma fera quando saí do hotel. Não notei nada.

Ele parou e respirou bem fundo.

– Tinha planejado passar a noite na minha casa de campo. Sem mais nem menos resolvi parar naquela feira. Vi Alex no pavilhão de dança e... – ele olhou para Frank e para Alex, sentada no sofá de dois lugares, ouvindo atentamente – E... e aí tudo começou.

O escritório ficou tão quieto que o tique-taque do relógio na mesa de Frank parecia uma trovoada. Depois de um tempo, o advogado falou:

– O que você esperava conseguir vindo até aqui e me contando isso?

– Estava pesando demais na minha consciência.

– Bem, eu não sou um padre – disse Frank, aborrecido.

– Não, não é.

– E estamos de lados opostos num julgamento de assassinato.

– Sei disso também.

– Então volto à minha pergunta inicial. Por que veio até aqui?

– Porque sei quem matou Lute – disse Hammond.

Capítulo 33

Davee atendeu o telefone languidamente.

– Davee, você sabe quem eu sou – não era uma pergunta.

Por falta de coisa melhor para fazer, ela estava deitada na espreguiçadeira no seu quarto de dormir, bebendo vodca com gelo e assistindo a um clássico em preto e branco com Joan Crawford, num canal de filmes clássicos. A urgência na voz da pessoa ao telefone fez Davee se sentar, o que provocou uma onda de tontura. Ela apertou o botão para emudecer a televisão.

– O quê...

– Não diga nada. Pode vir me encontrar?

Ela verificou o relógio sobre a antiga mesa de chá ao lado da espreguiçadeira.

– Agora?

Nos anos loucos da adolescência, uma ligação tarde da noite teria representado aventura. Ela sairia de casa escondida para encontrar um namorado ou um grupo de amigas para algum programa proibido até o amanhecer, tomar banho de mar sem roupa, beber cerveja ou fumar maconha. Essas escapadas sempre deixavam seus pais revoltados. Ser pega e desafiar o castigo faziam parte da diversão.

Mesmo depois do seu casamento com Lute, não era tão incomum Davee ter uma conversa unilateral ao telefone que redundava em excursões tarde da noite. Só que essas saídas jamais perturbavam a tranquilidade doméstica. Lute reagia com indiferença às suas idas e vindas, ou então estava fora em alguma farra própria. Não eram mais tão divertidas.

Aquela não prometia diversão nenhuma, mas ela estava curiosa:

– O que está havendo?

– Não posso falar sobre isso ao telefone, mas é importante. Sabe onde fica o McDonald's da avenida Rivers?

– Eu acho.

– Perto da esquina com a Dorchester. Logo que você puder chegar lá.

– Mas...

Davee ficou algum tempo olhando para o telefone sem fio mudo na sua mão, então largou-o na espreguiçadeira e se levantou. Balançou-se um pouco e apoiou a mão na mesa para recuperar o equilíbrio. Foi se firmando aos poucos e seu raciocínio também despertou.

Aquilo era loucura. Tinha bebido demais. Não devia dirigir. E de qualquer maneira, quem ele pensava que era para chamá-la para um McDonald's no meio da noite? Nenhuma explicação. Nenhum por favor, nada de obrigado. Nem se preocupou se ela concordaria ou não. Por que ele não podia ir à casa dela contar o que achava tão importante? O que quer que fosse, devia ter relação com a investigação do assassinato de Lute. Já não havia deixado bem claro que não queria se envolver naquilo mais que o absolutamente necessário?

Mesmo assim ela foi até o banheiro, jogou água fria no rosto e gargarejou com um antisséptico bucal. Despiu a camisola e, sem se importar de vestir qualquer roupa de baixo, vestiu uma calça branca e uma camiseta também branca, feita de alguma microfibra sintética colante que não deixava muita coisa para a imaginação, que era bem-feito para ele. Não calçou sapato nenhum. Seu cabelo estava todo despenteado. Se alguém os visse juntos, o simples desalinho dela faria as sobrancelhas subirem. É claro que ela não dava a mínima, mas esse descuido não era característico dele.

Sarah Birch assistia à televisão na sua suíte ao lado da cozinha.

– Eu vou sair – informou Davee.

– A essa hora da noite?

– Quero sorvete.

– O freezer está cheio de sorvete.

– Mas não tem o sabor que eu quero.

A fiel governanta sempre sabia quando Davee estava mentindo, mas nunca abria o jogo. Era um dos motivos pelos quais Davee a adorava.

– Eu terei cuidado. E volto logo.

– E se alguém me perguntar depois...?

– Eu estava na cama dormindo profundamente por volta das nove.

Sabendo que todos os seus segredos estavam seguros com Sarah, Davee foi para a garagem e entrou no seu BMW.

As ruas residenciais estavam escuras e sonolentas. Havia pouco trânsito na autoestrada e também nas avenidas comerciais. Apesar de ir contra sua inclinação natural e do carro também, ela manteve o BMW no limite de velocidade permitido. Dois processos por dirigir intoxicada tinham sido anulados por um juiz que devia um favor a Lute. Um terceiro seria forçar a sorte.

O McDonald's estava iluminado como um cassino de Las Vegas. Mesmo sendo tão tarde, havia uma dúzia de carros no estacionamento, de adolescentes amontoados nas mesas dentro do salão.

Davee estacionou numa vaga pouco iluminada do outro lado do estacionamento, abaixou a janela do lado do motorista e depois desligou o motor. Na frente dela havia uma fileira de arbustos desiguais que serviam de cerca viva entre o estacionamento do McDonald's e o de outra lanchonete que tinha falido. O prédio estava coberto com tapumes de madeira. Atrás dela havia a pista vazia do *drive-thru*. De um lado e do outro, nada além da escuridão.

Ele ainda não tinha chegado, e ela ficou irritada com isso. Reagindo à urgência dele, tinha largado tudo, inclusive um drinque novinho, e corrido para lá. Abaixou o para-sol, puxou a tampa do espelho iluminado e espiou seu reflexo.

Ele abriu a porta do lado do passageiro e entrou no carro.

– Você está ótima, Davee. Como sempre.

Rory Smilow fechou rapidamente a porta do carro para apagar a luz interna. Estendeu o braço por cima da direção, empurrou a tampa do espelhinho e eliminou aquela luz também.

O cumprimento dele se espalhou por Davee como um gole de uma bebida quente e muito cara, só que ela procurou não demonstrar o efeito embriagante que provocava nela. Em vez disso, disse zangada:

– Que negócio de capa e espada é esse, Rory? Anda sem pistas ultimamente?

– Exatamente o contrário. Tenho pistas demais. E nenhuma esclarece nada.

O comentário dela era para ser uma piada, mas é claro que ele tinha levado a sério. Era decepcionante, mas ele ia direto ao assunto, assim como tinha feito na noite em que foi informar que o marido dela estava morto. Tinha se comportado exatamente como mandava o protocolo. Profissionalmente. Educadamente. Distante.

Nunca, nem em um milhão de anos, Steffi Mundell ia adivinhar que eles tinham sido amantes que um dia quebraram a porta de vidro do box da casa dele enquanto faziam amor. Que um piquenique num parque público tinha terminado com ele sentado num tronco de árvore e ela montada nele. Naquele fim de semana eles se alimentaram de manteiga de amendoim e sexo desde o fim das aulas na sexta-feira à tarde até o início das aulas na segunda-feira de manhã.

O comportamento dele no dia em que Lute morreu não tinha traído nada da loucura romântica que tinham vivido. O fato de Rory conseguir manter um distanciamento tão grande enquanto ela queria engoli-lo com cada olhar partia seu coração. O controle dele era admirável. Ou digno de pena. Tão pouca paixão devia significar uma vida estéril e muito solitária.

Davee procurou endurecer seu coração para ele.

– Pode considerar um lapso da minha sensatez, mas aqui estou. E, agora, o que você quer?

– Fazer algumas perguntas sobre o assassinato de Lute.

– Pensei que você já tinha arrematado o caso. Eu vi no noticiário...

– Certo, certo. Hammond vai apresentá-lo ao grande júri na semana que vem.

– Então, qual é o problema?

– Antes de hoje, quando você viu a notícia na televisão, você já tinha ouvido falar da dra. Alex Ladd?

– Não, mas Lute tinha muitas amigas. Muitas eu conhecia, mas não todas, tenho certeza disso.

– Não acho que ela era amiga dele.

– É mesmo?

Davee virou-se de frente para Smilow, pôs o pé no banco do carro, encostou o calcanhar na nádega e apoiou o queixo no joelho. Era uma pose provocante e vulgar que fez o detetive olhar para baixo e ficar assim alguns segundos antes de olhar de novo para o rosto dela.

– Se você me procurou para obter respostas, Rory, deve estar mesmo desesperado.

– Você é a minha última esperança.

– Então é uma pena, porque eu já disse tudo que sabia.

– Duvido muito disso, Davee.

– Não estou mentindo para você sobre essa dona Ladd. Eu nunca...

– Não é isso – disse ele, balançando a cabeça com impaciência. – É uma... uma outra coisa.

– Você acha que está atrás da pessoa errada?

Ele não respondeu, mas suas feições ficaram tensas.

– Ah, então é isso, não é? E para você essa incerteza é um destino pior que a morte, não é? Logo você, que tem o coração gelado e a determinação férrea – sorriu ela. – Bem, tenho de desapontá-lo, querido, mas esse pequeno *tête-à-tête* foi uma perda de tempo para nós dois. Eu não sei quem matou Lute. Juro.

– Você falou com ele aquele dia?

– Quando ele saiu de casa aquela manhã, ele me disse que ia jogar golfe. Só pensei nele de novo quando você e aquela vaca da Mundell apareceram para informar que ele estava morto. As últimas palavras que ele disse para mim devem ter sido uma mentira, o que mais ou menos resume o nosso casamento. Ele era um péssimo marido, um amante apenas razoável e um ser humano desprezível. Francamente, eu não estou nem aí para quem cometeu o crime.

– Nós pegamos sua governanta numa mentira.

– Para me proteger.

– Se você é inocente, por que precisava de proteção?

– Bem pensado. Mas, se eu tivesse dito que passei aquele sábado à tarde passeando nua a cavalo pela rua Broad, Sarah teria concordado. Você sabe disso.

– Você não ficou no seu quarto o dia todo com dor de cabeça?

Ela deu uma risada e passou os dedos no cabelo, penteando alguns cachos embaraçados.

– De certa forma, sim. Fiquei na cama o dia todo com o meu massagista, que acabou se revelando uma dor de cabeça e, mais que isso, um pé no saco. Sarah não queria sujar a minha reputação contando a verdade para você.

Smilow não deixou de notar o sarcasmo de Davee. Ele virou para a frente e ficou olhando pelo para-brisa, vendo a fileira de arbustos desalinhados. Seu maxilar estava rígido de tensão. Davee não sabia se aquilo era um bom ou um mau sinal.

– Sou suspeita de novo, Rory?

– Não. Você não ia matar o Lute.

– Por que você acha isso?

Ele olhou novamente para ela.

– Porque você gostava de me atormentar ficando casada com ele.

Então ele sabia por que ela se casara com Lute. Tinha notado e, o que era melhor, se importava. Apesar de toda aquela aparente indiferença, havia sangue nas veias dele, afinal, e pelo menos um pouquinho dele ficava quente de ciúme.

O coração dela adejou animado, mas não deixou a excitação transparecer nas feições, nem na voz.

– E além disso...?

– E além disso você não teria esse trabalho todo. Sabendo que poderia sair impune, para que se preocupar?

– Ou seja – disse ela –, sou rica demais para ser condenada.

– Exatamente.

– E um divórcio é só um pouquinho menos problemático do que um julgamento por homicídio.

– No seu caso, um divórcio seria provavelmente bem mais problemático.

Davee estava se divertindo.

– Além do mais, como já disse para o Hammond, o uniforme da prisão...

– Quando foi que esteve com Hammond? – perguntou ele, interrompendo Davee.

– Falo sempre com ele. Somos velhos amigos.

– Sei muito bem disso. Você sabia que ele esteve com Lute no dia em que o mataram? Mais ou menos na mesma hora do crime?

Davee não estava mais relaxada, levantou imediatamente a guarda e ficou imaginando até onde Rory iria para vingar o tormento que ela criara para ele. Será que ia acusá-la de obstruir a justiça por omitir provas? Havia deixado a anotação escrita à mão de Lute com Hammond, com seus compromissos de sábado. A informação podia ser totalmente insignificante. Ou a chave para a solução do misterioso assassinato de Rory.

Mas, de qualquer forma, aquela era a função do investigador, não da viúva, determinar que relação tinha com o caso. E, mesmo que o encontro de Hammond com Lute não representasse um fator a mais para o assassinato, podia comprometê-lo como promotor do caso. O segundo compromisso nunca aconteceu, se é que aquela segunda anotação realmente indicava um encontro mais tarde. Não tinha nome e, pela hora especificada, Lute já estaria morto.

Davee estava encurralada entre um ato desonesto e uma lealdade profunda a um velho amigo.

– Hammond disse isso para você?

– Ele foi visto no hotel.

Ela deu uma risada, mas não uma risada muito convincente.

– Isso é tudo? É essa a base para a sua hipótese de que ele esteve com Lute, que foi visto no mesmo prédio? Talvez você esteja precisando de umas férias, Rory. Você está perdendo sua agudeza.

– Insultos, Davee?

– A conclusão à qual você chegou é um insulto à minha inteligência e à sua também. Dois homens estiveram no mesmo lugar público aproximadamente à mesma hora. O que o faz pensar que houve alguma conexão?

– Todas as vezes que falamos sobre o hotel naquela tarde, no último sábado, Hammond não mencionou nem uma vez que esteve lá.

– E por que deveria? Por que fazer uma tempestade em copo d'água por uma coincidência?

– Se foi uma coincidência, não haveria motivo para ele não mencionar o fato.

– Talvez ele tivesse um encontro secreto com alguma mulher. Quem sabe ele gosta das tortas de caranguejo do restaurante. Ele pode ter cortado caminho passando pelo saguão do hotel só para escapar do calor. Poderia haver milhões de motivos para ele estar lá.

Smilow inclinou o corpo por cima do console e chegou mais perto dela do que fazia há anos.

– Se Hammond teve um encontro com Lute, eu preciso saber.

– Não sei se eles se encontraram ou não – retrucou ela, irritada.

Até aí isso era verdade. Tudo que ela fez foi dar para Hammond a anotação de Lute. Não tinha perguntado nada e ele não tinha dito se comparecera ao encontro marcado.

– Qual seria a natureza de tal encontro?

– Como é que vou saber?

– Lute tinha pego você e Hammond juntos?

– O quê? – exclamou ela e deu uma breve risada. – Minha nossa, Rory, a sua imaginação está realmente desgarrada esta noite. De onde tirou essa ideia?

Ele olhou muito sério para ela, e não havia como interpretar errado aquele olhar. Ele furou a minúscula e frágil bolha de felicidade gerada por vê-lo de novo.

– Ah – disse ela, e seu sorriso ficou triste. – Bem, você tem razão, é claro. Certamente não estou isenta de cometer adultério. Mas você sinceramente pensa que Hammond Cross iria para a cama com a mulher de outro homem?

Depois de um breve e tenso silêncio, ele perguntou:

– Que outro motivo eles teriam para se encontrar?

– Nós nem sabemos se eles se encontraram.

– Hammond mencionou ter visto mais alguém no hotel?

– Se ele esteve lá, tenho certeza de que viu as hordas de pessoas suadas que entram e saem de lá todos os dias.

– Alguém em particular?

– Não, Rory! – disse ela, exasperada. – Eu já disse, ele não falou nada.

– Há alguma coisa errada com ele.

– Com o Hammond? O quê?

– Eu não sei, mas está me preocupando. Ele não tem sido ele mesmo ultimamente.

– Ele está apaixonado.

O queixo dele foi para trás como se tivesse levado um soco rápido e inesperado.

– Apaixonado? Pela Steffi?

– Deus me livre! – respondeu ela, estremecendo um pouco. – Quase tive medo de perguntar sobre a profundidade daquele relacionamento, mas quando perguntei ele disse que tinha terminado, e eu acreditei. A mulher que ele ama não é a insossa srta. Mundell.

– Então quem é?

– Ele não disse. E também não parecia nada feliz com isso. Disse que não era apenas complicado, mas impossível. E não, a mulher não é casada. Eu também perguntei isso.

Rory abaixou um pouco a cabeça. Parecia que olhava fixo para os dedos dos pés de Davee enquanto ruminava o que ela havia dito. Davee teve alguns minutos para olhar para ele disfarçadamente. A testa lisa, o cenho austero, o maxilar rígido, a boca intransigente que ela sabia que era capaz de transigir. Já sentira nos seus lábios, no seu corpo, faminta e suave.

– É uma motivação poderosa – disse ela baixinho.

Ele levantou a cabeça.

– O quê?

– O amor – por alguns segundos significativos e intermináveis, eles olharam profundamente nos olhos um do outro. – Nos faz fazer coisas que nem pensaríamos em fazer em qualquer outra circunstância. Como casar com um homem que odiamos.

– Ou matá-lo.

A respiração entrecortada fez os seios de Davee tremerem sob o tecido fino que os cobria.

– Queria que você me amasse o suficiente para matá-lo – ela pôs as mãos no rosto de Smilow e passou os polegares nos lábios dele. – Você me ama, Rory? – sussurrou ela, aflita. – Você me ama tanto assim? Por favor, diga que sim!

Como se saltasse sobre todos os anos de coração partido e desejo, ela se inclinou sobre o console do carro e o beijou. O primeiro toque dos lábios dela foi tão cataclísmico quanto um fósforo raspando uma lixa. A reação dele foi explosiva. A boca de Smilow devorou a dela num beijo duro e faminto que era quase selvagem de tão intenso.

Mas terminou com a mesma rapidez. Ele ergueu os braços e arrancou as mãos dela do seu rosto, empurrando-a para longe.

– Rory? – gritou ela e estendeu a mão para ele enquanto elc abria a porta do carro.

– Adeus, Davee.

– Rory?

Mas ele passou pelo meio da sebe de arbustos e desapareceu na escuridão. O McDonald's tinha fechado. Todos tinham ido embora. As luzes estavam apagadas. Estava escuro, e Davee estava sozinha. Ninguém ouviu seus soluços amargos.

Capítulo 34

– Eu sei quem matou Lute.

A declaração de Hammond deixou Alex e Frank Perkins mudos de espanto, mas essa mudez só durou alguns segundos, pois logo eles começaram a disparar mais perguntas para ele. Primeiro Frank queria saber por que Hammond estava lá no seu escritório, na casa dele, em vez de ir para a delegacia de polícia.

– Mais tarde – disse Hammond. – Antes de continuar, preciso ouvir de Alex o que aconteceu – ele virou para ela e chegou um pouco para a frente. – A verdade, Alex. Toda. Tudo. Esta noite. Agora.

– Eu...

Antes de Alex dizer qualquer coisa, Frank levantou a mão.

– Hammond, você deve achar que eu sou um idiota. Não vou deixar a minha cliente dizer nada para você. Não quero tomar parte desse encontro clandestino que você me impôs. Você se comportou da forma mais repreensível, irresponsável, antiprofissional...

– Tudo bem, Frank, você não é um padre, lembra? – disse Hammond. – Você não é meu professor de catecismo, nem o meu pai. Alex e eu sabemos muito bem que agimos muito mal nisso tudo.

– Uma pérola de eufemismo – observou Frank em tom de galhofa. – As consequências da intimidade de vocês dois são potencialmente desastrosas. Para todos nós.

– Como podem ser desastrosas para você? – perguntou Alex.

– Alex, há menos de cinco minutos você admitiu ter feito tudo que podia para levar Hammond para a cama com você. Se você tem alguma defesa, é ter estado com Hammond aquela noite. Mas que eficiência terá esse testemunho à luz da sua história, de acordo com Bobby Trimble?

– Como isso pode ser usado contra mim? Isso é passado. Não sou mais aquela menina. Eu sou eu – ela olhou para Hammond. – É, cada detalhe horrível da declaração de Bobby é verdade. Com uma exceção. Nunca deixei que fizessem nada além de me espiar.

Ela balançou a cabeça enfaticamente.

– Nunca. Protegi uma parte pequena e privada de mim, caso a minha esperança de ter uma vida melhor se realizasse. Havia uma linha que eu nunca cruzava. Graças a Deus tive esse instinto de autopreservação.

"Bobby me explorou da forma mais abjeta. Mas levei anos até parar de me culpar pela minha participação. Eu acreditava que era intrinsecamente má. Por meio de terapia e dos meus próprios estudos, descobri que eu era um caso clássico, uma criança que sofria abusos e que achava que era responsável por esses maus-tratos."

Ela sorriu com a ironia da coisa.

– Fui um dos meus primeiros casos. Tinha de me curar. Tive de aprender a amar a mim mesma e a me considerar merecedora do amor dos outros. Os Ladd foram essenciais. Eles me deixaram um legado de amor incondicional. Compreendi que, se eles podiam me amar, sendo basicamente bons e decentes como eram, eu podia enterrar o passado e pelo menos me aceitar.

"Mas a terapia não terminou. Às vezes tenho lapsos. Até hoje ainda me pergunto se não havia alguma coisa que eu poderia ter feito. Será que houve algum momento em que eu poderia ter enfrentado Bobby e resistido? Tinha muito medo de que ele me abandonasse como minha mãe tinha feito e de ficar completamente sozinha. Ele era meu provedor. Dependia dele para tudo."

– Você era uma criança – lembrou Frank com gentileza.

Ela concordou balançando a cabeça.

– Naquela época, sim, Frank. Mas não na noite em que me meti no caminho de Hammond com a esperança de que ele gostasse de mim... – Ela virou para ele e suplicou: – Por favor, me perdoe pelos danos que causei! Tinha medo exatamente disso, do que aconteceu. Eu não matei Lute Pettijohn, mas tive medo de ser acusada disso. Medo de ser considerada culpada por causa dos meus antecedentes no juizado de menores. Fui à suíte do hotel de Pettijohn...

– Alex, devo avisar mais uma vez para você não dizer mais nada.

– Não, Frank. Hammond tem razão. Você tem de ouvir a minha história. E ele precisa ouvir também.

O advogado continuava com a testa franzida de preocupação, mas ela não obedeceu ao aviso silencioso.

– Vou voltar algumas semanas – Ela contou sobre o reaparecimento súbito e indesejado de Bobby na sua vida, como revelara para ela seus planos de chantagear Lute Pettijohn. – Avisei ao Bobby que isso era muita areia para o caminhão dele, que seria melhor se ele saísse de Charleston e esquecesse esse plano ridículo.

"Mas ele estava determinado a ir até o fim e também a obrigar-me a ajudá-lo. Ameaçou expor o meu passado se eu recusasse. Tenho vergonha de admitir, mas fiquei com medo dele. Se ele fosse o mesmo falastrão arrogante e grosso que tinha sido 25 anos atrás, eu teria rido das suas ameaças e chamado a polícia imediatamente.

"Mas ele tinha adquirido alguma educação, ou pelo menos fingia ter bons modos e decoro social. Esse novo Bobby poderia se insinuar com mais facilidade na minha vida e arruiná-la por dentro. Ele de fato compareceu a uma palestra, se fazendo passar como um psicólogo de outro estado, e meu colega nunca questionou a autenticidade dele.

"Mesmo assim, eu disse que ia pagar para ver, que era para ele me deixar em paz. Imagino que ele tenha ficado desesperado. De qualquer forma, ele entrou em contato com Pettijohn. O que quer que Bobby tenha dito para ele, deve ter causado alguma impressão, porque ele concordou em pagar cem mil dólares em troca do silêncio de Bobby."

– Ninguém que conhecia Lute Pettijohn vai acreditar nisso, Alex – disse Hammond calmamente.

– Concordo com isso – acrescentou Frank.

– Nem eu acreditei – disse Alex. – E aparentemente Bobby também não estava inteiramente convencido, porque ele me procurou de novo e dessa vez insistiu para eu ir me encontrar com Pettijohn para pegar o dinheiro. Eu concordei.

– Em nome de Deus, por quê? – perguntou Frank.

– Porque vi que era uma oportunidade para me livrar de Bobby. A minha ideia era encontrar Pettijohn, mas em vez de pegar o dinheiro eu ia explicar a situação e pedir para ele dar queixa da extorsão de Bobby para a polícia.

– Por que não foi você mesma à polícia?

– Agora entendo que essa teria sido a melhor opção – suspirou ela. – Mas eu temia a associação com Bobby. Ele tinha se vangloriado de como escapara de um agiota poderoso na Flórida. Eu tinha muitos motivos para querer ficar longe dele.

– Por isso você foi ao Charles Towne Plaza na hora marcada.

– Você não podia telefonar para o Pettijohn?

– Queria ter feito isso, Frank. Mas achei que encontrá-lo pessoalmente ia causar uma impressão mais forte.

– O que aconteceu quando você chegou lá?

– Ele foi cortês. Ouviu educadamente enquanto eu expliquei a situação.

Alex se sentou na beirada do sofá e coçou a testa.

– E daí?

– E daí ele riu de mim – disse ela, trêmula. – Eu devia saber, no minuto em que ele abriu a porta, que alguma coisa estava errada. Ele não se surpreendeu de me ver, quando devia estar esperando o Bobby. Mas só me dei conta disso mais tarde.

– Ele sabia que era você que ia, não o Bobby, e ele riu da sua história.

– É – disse ela, desconsolada – Bobby tinha ligado antes e dito para Pettijohn que eu ia para lá, que eu era sua cúmplice traidora, avisou que eu provavelmente ia inventar uma história dramática para ele sentir pena de mim, antes de levá-lo para a cama e criar a minha própria chance de chantageá-lo, pedindo um resgate ainda maior que o de Bobby.

– Eu não dei crédito suficiente para aquele filho da mãe – resmungou Hammond, furioso. – Trimble não parece tão inteligente assim.

– Ele não é inteligente – disse Alex. – Só tem astúcia. Bobby tem mais cara de pau que bom senso, e isso o torna perigoso. Quando ele vê uma oportunidade, corre riscos que nenhuma pessoa inteligente imaginaria correr. Ele também sabe que é vantagem atacar primeiro. Nada que eu disse convenceu Pettijohn de que eu não fazia parte de algum plano desonesto maior que envolvia sexo e chantagem. Ele sugeriu que eu não desperdiçasse a oportunidade. E que já que estávamos lá, e como eu tinha resolvido levá-lo para a cama... Vocês entendem onde ele queria chegar.

– Ele tentou agarrar você? – adivinhou Frank.

– Eu resisti, é claro. Afastei o braço dele. Tenho certeza de que foi aí que o cravo-da-índia ficou agarrado na manga da camisa dele. Eu tinha jogado os cravos nas laranjas aquela manhã. Devia haver algum ainda grudado na minha mão. De qualquer forma, eu o rejeitei, ele ficou furioso e começou a esbravejar ameaças, especificamente que ia se encontrar com um promotor da procuradoria municipal. Hammond Cross – ela olhou para ele. – Ele disse que sem dúvida você ia se interessar por aquela minha trapaça com o Bobby.

Depois de um tempo, Alex continuou seu relato.

– Entrei em pânico. Vi a minha vida cuidadosamente reconstruída desmoronando. Os Ladd, que tinham confiado tanto em mim, cairiam em desgraça. Duvidariam da minha credibilidade e meus estudos não valeriam mais nada. Pacientes cuja confiança eu tinha conquistado se sentiriam traídos.

"Por isso eu fugi. No elevador comecei a tremer descontroladamente. Quando cheguei no andar térreo fui até o bar à procura de um lugar para sentar, porque meus joelhos iam ceder a qualquer momento.

"Mas quando o pânico diminuiu, compreendi que a minha reação tinha sido completamente irracional. Em segundos eu havia regressado para onde eu estava quando Bobby controlava a minha vida. Lá no bar eu recuperei a sensatez. Meus delitos juvenis estavam décadas no passado. Sou um membro respeitado da minha comunidade. Sou aclamada na minha profissão. Do que é que eu tinha medo? Não tinha feito nada errado. Se pudesse convencer a pessoa certa de que mais uma vez meu meio-irmão estava tentando me explorar, possivelmente poderia livrar-me dele para sempre. E quem seria melhor para convencer a acreditar em mim do que..."

– Hammond Cross, promotor assistente da procuradoria municipal.

– Correto. – Ela olhou para Frank assentindo com a cabeça. – Por isso voltei ao quarto no quinto andar. Quando cheguei lá a porta da suíte estava meio aberta. Encostei a orelha nela, mas não ouvi nenhuma conversa. Empurrei a porta e espiei lá dentro. Pettijohn estava deitado de barriga para baixo perto da mesa de centro.

– Você percebeu que ele estava morto?

– Não estava – disse ela, provocando uma reação de choque nos dois. – Eu não queria encostar nele, mas encostei. Senti o pulso, mas ele estava inconsciente. Não queria ser pega com ele naquela situação, ainda mais que meu antigo parceiro de crime o estava chantageando. Por isso mais uma vez praticamente saí correndo da suíte. Dessa vez desci pela escada. Devemos ter nos desencontrado por pouco – disse ela para Hammond. – Quando cheguei ao saguão, eu o vi saindo do hotel pela porta principal.

– E como foi que me reconheceu?

– Eu o reconheci pela sua exposição na mídia. Você parecia muito aborrecido. Eu pensei...

– Que eu tinha atacado Pettijohn.

– Atacado, não. Pensei que você tinha dado um soco nele e deixado o homem inconsciente e que, se a sua reunião com ele tivesse sido um pouco parecida com a minha, ele bem que merecia. Foi por isso que segui você. Mais tarde, se Pettijohn desse queixa de Bobby e de mim, se eu ficasse implicada em algum crime, quem seria álibi melhor que o promotor público, que também tinha se desentendido com Pettijohn? – Ela olhou para as mãos. – Diversas vezes naquela noite de sábado eu me senti culpada com o que estava fazendo e tentei ir embora.

Ela olhou para Hammond, que olhou com ar de culpa para Frank, que por sua vez fazia uma careta para ele que mais parecia o porteiro do inferno.

– Na manhã de domingo eu estava muito envergonhada e saí antes de Hammond acordar – contou para o advogado. – Naquela noite Bobby veio procurar seu dinheiro, que não existia, é claro. Mas para surpresa minha, ele me deu os parabéns por ter matado nossa única "testemunha".

– Até então você não sabia que Pettijohn estava morto?

– Não. Tinha ouvido alguns CDs a caminho de casa e não liguei o rádio do carro. Também não liguei a televisão. Eu estava... preocupada – depois de um breve e tenso silêncio, ela disse: – De qualquer maneira, quando soube que Pettijohn tinha sido assassinado, acreditei no pior.

– Você pensou que eu tinha matado Lute – disse Hammond. – Que ele acabou morrendo por causa do meu ataque.

– Certo. E continuei a acreditar nisso até...

– Até ficar sabendo que ele tinha sido morto com um tiro – disse ele. – Por isso você ficou tão chocada quando soube da causa da morte.

Ela fez que sim com a cabeça.

– Vocês dois não brigaram?

– Não, eu só saí ventando de lá.

– Então o ataque dele deve ter provocado a queda.

– Foi o que pensei – disse Hammond. – A trombose cerebral fez Lute desmaiar. Ele caiu e bateu na mesa, o que provocou o ferimento na testa.

– Que não deu para eu ver. Eu não tinha ideia de que o estado dele fosse tão ruim. Pelo resto da minha vida vou me arrepender de não ter feito alguma coisa – disse ela com remorso sincero. – Se eu tivesse pedido ajuda, provavelmente teria salvado a vida dele.

– Mas em vez disso alguém entrou lá depois de você, viu o homem caído e atirou nele.

– Infelizmente, Frank, foi isso mesmo – disse ela. – E em parte foi por isso que não usei o meu álibi.

– E foi por isso que vim para cá esta noite – disse Hammond.

O advogado olhou para os dois sem entender.

– O que foi que perdi?

Foi Alex que explicou:

– Graças ao empenho de Smilow, e agora da mídia, todo mundo sabe que estive na suíte de Pettijohn naquele sábado à tarde. Mas a única pessoa que sabe com certeza absoluta que não atirei nele é a pessoa que fez isso.

– E essa pessoa atentou contra a vida de Alex na noite passada.

Frank ficou de queixo caído, sem acreditar no que estava ouvindo, quando Hammond contou o encontro dos dois no beco.

– Alex era o alvo dele. Ele não era nenhum assaltante comum.

– Mas como vocês sabem que era o assassino de Pettijohn?

Hammond balançou a cabeça.

– Ele era apenas um contratado para fazer o serviço, que nem era bom para o serviço. Mas o assassino de Lute é muito competente.

– Você acha mesmo que resolveu o mistério? – perguntou Frank.

– Preparem-se – disse Hammond.

Ele falou sem parar mais quinze minutos. Frank demonstrou estar chocado, mas Alex não pareceu nada surpresa.

Quando ele terminou, Frank soltou o ar longamente dos pulmões.

– Você já falou com os empregados do hotel?

– Antes de vir para cá. As declarações deles corroboram a minha hipótese.

– Parece plausível, Hammond. Mas, meu Deus! Não podia ser mais difícil, podia?

– Não, não podia – admitiu Hammond.

– Você vai se arriscar demais sozinho por aí, com uma lima nas mãos.

– Eu sei.

– O que vai fazer quando sair daqui?

– Bom, antes de mais nada, quero ter certeza absoluta de que estou certo – Hammond virou para Alex. – Fora eu, Pettijohn mencionou algum outro compromisso? Sei que ele tinha outro marcado para as seis horas. Só não sei com quem.

– Não. Ele só falou da reunião com você.

– A caminho da suíte, você viu alguém no elevador ou no corredor?

– Ninguém, a não ser o homem de Macon, que mais tarde me identificou.

– E, quando desceu a escada, não viu ninguém também?

– Não – ele olhou bem sério para ela, e Alex acrescentou: – Hammond, você está pondo a sua carreira em jogo por mim. Eu não mentiria para você agora.

– Acredito em você, mas o nosso culpado pode não acreditar. Se vierem a pensar que você viu alguma coisa, realmente não vai importar se você viu ou não.

– Para o assassino, ela continua sendo uma ameaça.

– O que seria inaceitável. Lembrem que a cena do crime estava praticamente imaculada. Essa pessoa não é de pregar prego sem estopa.

– Então, o que você sugere? – perguntou Frank. – Segurança 24 horas para Alex?

– Não – disse ela com toda a convicção.

– Eu ia preferir isso sim – disse Hammond. – Mas tenho de concordar, embora com certa relutância, com a Alex. Antes de mais nada, eu a conheço suficientemente bem para saber que ela não ia querer isso e que qualquer discussão seria inútil. Em segundo lugar, guardas, ou qualquer coisa fora do comum, seria como uma bandeira vermelha.

– Quanto tempo você precisa, Hammond?

– Quem dera eu soubesse.

– Bem, essa indefinição de tempo me deixa muito nervoso – disse Frank. – Enquanto você está colhendo provas, Alex está correndo risco de vida. Você devia contar isso para...

– É – disse Hammond, adivinhando o pensamento de Frank. – Contar isso para quem? A essa altura, em que posso confiar? E quem acreditaria em mim? Essas alegações iam soar como uvas verdes, especialmente se alguém ficasse sabendo que Alex e eu somos amantes.

– São? Quer dizer que vocês estão juntos desde sábado à noite? – a expressão dos dois devia estar muito reveladora. – Deixem pra lá – gemeu Frank. – Eu não quero saber.

– Como eu estava dizendo – continuou Hammond –, preciso fazer isso pessoalmente e tenho de trabalhar depressa – ele explicou seu plano para os dois.

Quando terminou, dirigiu-se primeiro a Frank:

– Posso contar com a sua aprovação?

O advogado ponderou algum tempo a sua resposta.

– Eu gostaria de acreditar que as pessoas associam o meu nome com integridade. De qualquer forma, foi para isso que trabalhei a vida toda. Essa é a primeira vez que me desvio da ética. Se isso terminar em desastre, se você estiver errado, provavelmente sairei dessa com nada além de uma reprimenda e uma mancha num currículo até então impecável. Mas Hammond, o que está em jogo é o seu pescoço. Tenho certeza que você sabe disso.

– Eu sei.

– Além do mais, acho que não tem a mínima chance de funcionar.

– Por que não?

– Porque, para funcionar, você precisa confiar na Steffi Mundell.

– Creio que esse é um mal necessário.

– Exatamente a palavra que eu usaria.

Então o bip de Hammond tocou. Ele verificou o número.

– Não reconheço.

Hammond ignorou o bip e perguntou se Frank queria saber mais alguma coisa.

– Está falando sério? – perguntou o advogado, brincando.

Hammond deu um sorriso largo.

– Anime-se. Você também não prefere ser enforcado como pecador do que como santo?

– Prefiro não ser enforcado, ponto.

Hammond sorriu, mas virou para Alex:

– No que você está pensando?

– O que posso fazer?

– Fazer?

– Eu quero ajudar.

– De jeito nenhum – disse ele terminantemente.

– Eu provoquei essa confusão toda.

– Pettijohn teria sido assassinado naquele sábado de qualquer jeito, conhecendo você ou não. Conforme eu já expliquei, não teve nada a ver com você.

– Mesmo assim, não posso simplesmente ficar de fora, sem fazer nada.

– É exatamente isso que você vai fazer. Não podem perceber que estamos juntos nisso.

– Ele tem razão, Alex – disse Frank. – Ele precisa trabalhar nisso por dentro.

– Hammond – disse Alex com os olhos cheios de ansiedade –, não existe algum outro jeito? Você pode acabar com a sua carreira.

– E você pode perder a sua vida. Que é mais importante para mim do que a minha carreira.

Ele estendeu a mão para ela. Ela segurou e apertou a mão dele. Ficaram se olhando nos olhos algum tempo, até o silêncio ficar pesado e desconfortável.

Frank teve a delicadeza de pigarrear.

– Alex, você fica aqui esta noite. Sem discussão.

– Concordo – disse Hammond.

– E você vai para casa – a ordem rígida foi dirigida a Hammond.

– Concordo com isso também, apesar de relutar um pouco.

– O quarto de hóspedes está arrumado, Alex. É o segundo quarto à esquerda da escada.

– Obrigada, Frank.

– Já é tarde e tenho muito em que pensar – Frank foi até a porta do escritório, parou e olhou para os dois. Ia dizer alguma coisa, parou e, finalmente, disse: – Eu já ia perguntar para vocês dois se sábado à noite tinha valido a pena. Mas a resposta de vocês é evidente. Boa noite.

Depois que ficaram sozinhos, o silêncio tornou-se mais constrangedor ainda, o tique-taque do relógio na mesa de Frank mais barulhento ainda. Havia uma tensão entre os dois, e não se devia unicamente ao que poderia acontecer no dia seguinte.

Hammond foi o primeiro a falar:

– Não tem importância, Alex.

Ela nem teve de perguntar a que ele estava se referindo.

– É claro que tem importância, Hammond.

Ele lhe estendeu os braços, mas ela se esquivou, levantou-se e foi para o outro lado do escritório e parou diante de uma estante cheia de livros de direito.

– Estamos nos iludindo.

– Como assim?

– Isso não terá um final feliz. Não pode ter.

– Por que não?

– Não seja ingênuo.

– Trimble é lixo. É passado. Sabia disso tudo a noite passada quando disse que amava você – ele sorriu. – E não mudei de ideia.

– O nosso romance teve início quando preguei um truque sujo em você.

– Truque sujo? Não é assim que eu lembro da noite desse último sábado.

– Menti para você desde o início. Isso ficará para sempre num cantinho da sua cabeça, Hammond. Nunca confiará completamente em mim. Não quero ficar com alguém que está sempre com um pé atrás para tudo que faço, avaliando a veracidade de tudo que digo.

– Eu não faria isso.

Ela sorriu, mas foi uma expressão de tristeza.

– Então não seria humano. Sou especialista em emoções e comportamento humano. Conheço o impacto duradouro que os acontecimentos nas nossas vidas provocam em nós, o modo que as outras pessoas nos ferem, às vezes de propósito, às vezes sem querer. Vejo o resultado desses ferimentos e mágoas todos os dias nas sessões com os meus pacientes. Também sofri a mesma coisa. Levei anos para recuperar minha saúde emocional, Hammond. Trabalhei duro para me livrar da influência de Bobby. E consegui. Com a ajuda de Deus eu consegui. E por isso que sou capaz de amá-lo desse jeito...

– Então é verdade? Você me ama?

Com um gesto inconsciente, ela ergueu a mão e a pôs sobre o coração.

– Tanto que chega a doer.

O bip dele tocou novamente. Xingando baixinho, Hammond desligou o aparelho. A distância entre eles parecia enorme e ele sabia que não seria apropriado atravessá-la aquela noite.

– Quero beijar você.

Ela fez que sim com a cabeça.

– E, se beijar você, vou querer fazer amor com você.

Ela fez que sim com a cabeça de novo e eles trocaram olhares longos e cheios de significados.

– Amo fazer amor com você – disse ele.

O peito dela subiu e desceu suavemente.

– Você tem de ir.

– É – disse ele com a voz rouca de desejo. – Você sabe que tenho de levantar muito cedo amanhã – ele franziu as sobrancelhas e a testa.

– Não sei o que isso vai dar, Alex. Estarei sempre me comunicando com você. Você vai ficar bem?

– Vou.

Ela deu um sorriso para tranquilizá-lo. Ele foi saindo do escritório de costas.

– Durma bem.

– Boa noite, Hammond.

– Droga!

Loretta Boothe olhava furiosa para o telefone de moedas como se pudesse fazê-lo tocar. Tinha mandado duas mensagens para o bip de Hammond depois de tentar em vão ligar para seu número de casa e para o celular. O telefone continuou obstinadamente mudo. Ela verificou seu relógio. Quase duas. Onde será que ele tinha se metido? Ela esperou mais sessenta segundos, depois enfiou mais uma moeda no aparelho e discou o número da casa dele de novo.

– Olha aqui, seu cretino, não sei por que estou caçando você no meio da noite para te dar cobertura, mas pela enésima vez eu saí daquela merda de feira com uma testemunha. Por favor, entre em contato comigo o mais depressa possível. Ele é meio arisco e estou ficando sem charme.

– Sra. Boothe?

– Estou indo! – ela desligou o telefone e gritou para o homem que tinha forçado a ficar sentado no carro dela.

No início ele estava animado para falar sobre o caso e sobre a notícia da prisão de Alex Ladd. Depois, quando Loretta contou que ele podia ser chamado para testemunhar, ele começou a recuar bem depressa. Disse que não queria se envolver. Queria ser um bom cidadão, mas...

Loretta tinha usado horas de argumentos e todos os seus poderes de persuasão para ele se comprometer a cooperar. Mas ela não confiava no compromisso dele. A qualquer momento ele poderia mudar de ideia e fugir, ou então sofrer de um conveniente bloqueio mental e esquecer tudo que lembrava do último sábado.

– Sra. Boothe?

Apontando o dedo médio para o telefone público, ela voltou para o carro.

– Não disse para você me chamar de Loretta? Quer mais uma cerveja?

– Agora que tive tempo para pensar sobre isso... – as feições dele mudaram com a indecisão. – Não sei se quero me envolver. Posso estar enganado, sabe? Não dei uma boa olhada nela.

Loretta procurou tranquilizá-lo de novo, sem parar de pensar *onde é que Hammond se meteu?*

SEXTA-FEIRA

Capítulo 35

Steffi parou assustada quando abriu a porta da sua sala e viu Hammond com o punho levantado, pronto para bater.

– Tem um minutinho?

– Na verdade, não tenho. Eu já ia...

– Seja o que for, pode esperar. Isso é importante – ele a fez recuar para dentro da sala e fechou a porta.

– O que houve?

– Sente-se.

Mesmo confusa, ela fez o que ele pediu. Enquanto ela se sentava, Hammond começou a andar de um lado para outro. A aparência dele não estava muito melhor que na véspera. Continuava com o braço na tipoia. Parecia que tinha secado o cabelo com um ventilador. Cortara o queixo fazendo a barba e a marca de sangue a fez lembrar do relatório do laboratório que tinha recebido poucos minutos antes.

– Você parece podre. Quanto café tomou esta manhã? – perguntou ela.

– Nenhum.

– É mesmo? Parece que andou tomando cafeína na veia.

De repente ele parou de andar de um lado para outro e encarou Steffi com a mesa dela entre os dois.

– Steffi, nós temos um relacionamento especial, não temos?

– O quê?

– Transcende o fato de sermos colegas. Quando estávamos juntos, confiei segredos meus para você. Essa intimidade do passado eleva o nosso relacionamento para um outro nível, não é – ele olhou bem para ela um tempo, depois xingou e tentou em vão amansar o cabelo. – Meu Deus, isso é complicado!

– Hammond, o que está havendo?

– Antes preciso acertar umas coisas.

– Eu cansei, Hammond. Está bem? Não quero um homem que...

– Não é isso. Não se trata de nós dois. É o Harvey Knuckle.

O nome caiu como uma pedra no peito dela. Steffi tentou disfarçar a surpresa, mas sabia que a expressão atônita devia ser um sinal bem claro. Sob o olhar penetrante de Hammond, negar seria inútil.

– Tudo bem, então você sabe. Pedi para ele desencavar alguma informação sobre Pettijohn.

– Por quê?

Ela brincou um pouco com um clipe de papel, avaliando a sensatez de revelar isso para Hammond. Finalmente, ela disse:

– Pettijohn me procurou alguns meses atrás. No início parecia bem inocente. Então ele fez sua jogada. Disse que tinha pensado que seria muito confortável para nós dois se eu ficasse com o cargo de procurador público. Ele prometeu que ia providenciar isso.

– Se?

– Se eu mantivesse olhos e ouvidos atentos e contasse para ele tudo que pudesse ser interessante. Como alguma investigação sigilosa nos negócios dele.

– E você disse o que para ele?

– Alguma coisa não muito educada ou feminina. Recusei a oferta, mas fiquei curiosa de saber o que ele podia estar escondendo, o que ele estava tramando. Não seria uma honra para Steffi Mundell se orgulhar se ela pegasse o maior bandido do município de Charleston? Por isso fui procurar o Harvey – ela deu uma forma de S ao clipe de papel. – Consegui a informação que queria e...

– Viu o nome do meu pai nos contratos da sociedade.

– É, Hammond – respondeu ela muito séria.

– E não disse nada.

– O crime era dele, não seu. Preston não podia ser punido sem que você se machucasse também. Eu não queria que isso acontecesse. Você sabe que eu adoraria ter o cargo máximo. Nunca escondi isso de ninguém.

– Mas não se isso significasse ir para a cama com Pettijohn.

Ela estremeceu.

– Espero que tenha querido dizer isso no sentido figurado.

– Eu quis. Obrigado por me contar a verdade.

– Para dizer a verdade, estou feliz de essa história não ser mais segredo. Era como uma infecção – ela largou o clipe de papel. – E agora, o que está havendo?

Ele se sentou diante dela, equilibrado na beira de uma cadeira e inclinado para a frente.

– O que vou contar para você deve ficar só entre nós – disse ele, nervoso, em voz baixa. – Posso confiar em você?

– Está implícito.

– Ótimo – ele respirou bem fundo. – Alex Ladd não matou Lute Pettijohn.

Era essa a grande declaração? Depois de toda aquela introdução grandiosa, ela estava esperando uma confissão de coração aberto sobre o caso deles, talvez implorando perdão. Em vez disso, toda aquela baboseira tinha servido para anunciar apenas mais um pedido patético pela inocência da amante secreta dele.

A agressividade dela cresceu, mas Steffi se esforçou para recostar-se na cadeira, fingindo uma posição relaxada.

– Ontem você estava todo animado para levar o caso ao grande júri. Por que essa súbita mudança de opinião?

– Não é súbita, e eu nunca estive animado. O tempo todo achei que era a pessoa errada. Há fatores demais que não se encaixam.

– Trimble...

– Trimble é um cafetão.

– E ela era prostituta dele – disparou ela. – E parece que ainda é.

– Não vamos começar isso de novo, está bem?

– Está bem. É um argumento esgotado. Espero que tenha outro melhor.

– Foi Smilow que o matou.

O queixo de Steffi caiu. Dessa vez ela não acreditava mesmo que tivesse ouvido direito.

– Isso é uma brincadeira?

– Não.

– Hammond, pelo amor de Deus...

– Preste atenção, só um minuto – disse ele, gesticulando com a mão para ela esperar. – Apenas ouça e depois, se não concordar, agradecerei o seu ponto de vista.

– Pode poupar seu fôlego. Garanto que meu ponto de vista será diferente.

– Por favor.

No sábado a noite, quando ela quis provocá-lo e perguntou para Smilow se ele tinha assassinado seu ex-cunhado, ela pretendia que fosse uma piada, apesar do mau gosto. Fez a pergunta só de maldade mesmo, para provocá-lo. Mas Hammond estava falando sério. Obviamente considerava Smilow um suspeito viável.

– Tudo bem – disse ela com um movimento exagerado de ombros, indicando rendição. – Pode mandar.

– Pense só. A cena do crime estava praticamente estéril. O próprio Smilow fez diversas referências à limpeza do lugar. Quem saberia melhor evitar deixar pistas do que um detetive de homicídios que ganha a vida catando os indícios atrás dos assassinos?

– É um bom argumento, Hammond, mas você está forçando a barra.

Ele forçava a barra para proteger sua nova amante. Era uma ofensa muito grande ele chegar a esse ponto pelo bem de Alex Ladd. Toda aquela bobagem de adolescente sobre intimidade e sobre confiar seus segredos, e de querer acertar umas coisas, e do relacionamento especial e elevado deles, tinha sido idiotice demais. Ele estava tentando usá-la para livrar a cara da namorada.

Steffi queria dizer para Hammond que sabia do caso dos dois, mas essa seria uma atitude impetuosa e tola. Seria gratificante vê-lo humilhado, mas ela ia sacrificar, assim, uma vantagem a mais longo prazo. O conhecimento que tinha do caso secreto deles era um trunfo. Jogar esse trunfo cedo demais reduziria sua eficácia.

E, enquanto isso, quanto mais ele falava mais munição dava para ela usar contra ele. Sem saber, ele estava dando para ela seu cargo de procuradora embrulhado para presente. Ela precisava ter muito controle para manter aquela expressão neutra.

– Espero que você esteja baseando suas suspeitas em algo além da falta de provas – disse ela.

– Smilow odiava Pettijohn.

– Já ficou determinado que muita gente odiava Pettijohn.

– Mas não como Smilow. Em diversas ocasiões ele praticamente jurou matar Lute pela infelicidade que ele causou em Margaret. Sei de fonte segura que uma vez ele atacou Lute, e teria matado o homem ali mesmo se não o segurassem.

– Quem contou isso para você, o Garganta Profunda?

Ele não gostou da brincadeira e respondeu de mau humor:

– De uma certa forma, sim, foi ele. Por enquanto, isso será o mais confidencial possível.

– Hammond, você tem certeza de que não está deixando o seu conflito de personalidade com Smilow afetar seu discernimento?

– É verdade. Não gosto dele. Mas nunca ameacei matá-lo. Não como ele ameaçou matar Lute Pettijohn.

– No calor do momento? Num acesso de raiva? Ora, Hammond! Ninguém leva esse tipo de ameaça de morte a sério.

– Smilow costuma tomar seus drinques no bar do saguão do Charles Towne Plaza.

– E centenas de pessoas também fazem isso. Por falar nisso, nós também fazemos.

– Ele engraxa os sapatos lá.

– Ah, ele engraxa os sapatos lá! – exclamou ela, dando um tapa na beirada da mesa. – Nossa, isso é praticamente um revólver fumegante!

– Eu me recuso a reagir à ofensa, Steffi. Porque a arma era o próximo ponto.

– A arma do crime?

– Smilow tem acesso a armas. Provavelmente a metade delas sem registro e não identificáveis.

Aquele foi o primeiro argumento sobre o qual Steffi pensou seriamente. O sorriso provocante desapareceu lentamente. Ela se endireitou na cadeira.

– Você está falando das armas...

– Do depósito de provas. São confiscadas em incursões contra as drogas. Tomadas quando prendem alguém. E ficam lá até a data do julgamento, ou à disposição para serem vendidas ou jogadas fora.

– Eles mantêm registro de troca de custódia lá.

– Smilow saberia como contornar isso. Poderia ter usado uma e depois substituído. Talvez tenha jogado fora depois de usar. Ninguém sentiria falta. Ele podia usar uma que ainda não tivesse sido registrada no depósito. Há dezenas de maneiras de fazer isso.

– Estou entendendo o que você quer dizer – disse ela, pensativa, e depois balançou a cabeça. – Mas ainda é forçar a barra, Hammond. Assim como não temos a arma para provar que Alex Ladd atirou em Pettijohn, não temos a arma para provar que foi Smilow.

– Ele deu um suspiro, olhou para o chão e olhou para ela de novo.

– Há mais uma coisa. Um outro motivo, talvez ainda mais forte do que a vingança pelo suicídio da irmã dele.

– E qual é?

– Não posso falar.

– O quê? Por que não?

– Porque a privacidade de outra pessoa seria violada.

– Não foi você mesmo, há menos de cinco minutos, que fez aquele discurso empolado sobre o nosso relacionamento transcendente e confiança mútua?

– Não é que eu não confie em você, Steffi. É que outra pessoa confia em mim. Não posso trair a confiança desse indivíduo. E não vou trair, a menos que essa informação venha a ser um elemento vital no caso.

– No caso? – repetiu ela em tom de deboche. – Não existe caso.

– Acho que existe.

– Você realmente pretende ir adiante com isso?

– Sei que não vai ser fácil. Smilow não é o queridinho do pessoal da polícia de Charleston, mas é temido e respeitado. Sem dúvida vou enfrentar alguma resistência.

– Resistência é pouco, Hammond. Se você investiga um deles, jamais terá a cooperação de outro policial do município.

– Conheço os obstáculos. Sei o quanto isso vai me custar. Mas estou determinado a ir até o fim. E isso devia servir para você entender até que ponto acredito que estou certo.

Ou até que ponto está idiotizado com sua nova amante, pensou ela.

– E o que vai acontecer com Alex Ladd e o caso que montamos contra ela? Não pode simplesmente jogar fora, fazer desaparecer.

– Não. Se eu fizesse isso, Smilow ia desconfiar. Planejo continuar. Mas, mesmo se o grande júri indiciá-la, não podemos ganhar esse caso que temos contra ela. Não podemos – disse ele obstinadamente ao ver que Steffi ia protestar. – Trimble é um cafajeste que fala demais. O júri não vai se deixar enganar pelo seu verniz vagabundo. Vão concluir que o testemunho dele atende aos interesses dele mesmo e estarão certos. Não acreditarão nele nem se ele disser a verdade de vez em quando. Além disso, quantas vezes a dra. Ladd negou veementemente que foi ela?

– Naturalmente ela vai negar que foi ela. Todos negam.

– Mas ela é diferente – resmungou ele.

Mesmo sabendo do caso que ele tinha com a psicóloga, Steffi ficou desconsolada com a determinação inabalável de Hammond de proteger e defendê-la. Ficou olhando para ele algum tempo, sem nem tentar disfarçar sua frustração.

– Acabou? Você já me contou tudo?

– Sinceramente, não. Verifiquei algumas coisas ontem à noite, mas as provas não são concretas.

– Que tipo de coisas?

– Não quero falar disso agora, Steffi. Só quando tiver certeza de que estou certo. Essa situação é muito precária.

– É precária mesmo – disse ela, zangada. – Se não me conta tudo, para que contar uma parte? O que você quer de mim?

A última pessoa que Davee Pettijohn esperava receber aquela manhã era a mulher que suspeitavam que tinha feito dela uma viúva.

– Obrigada por me receber.

Sarah Birch tinha levado a dra. Alex Ladd para a sala de estar íntima onde Davee estava tomando café. Mesmo se a governanta não tivesse anunciado Alex pelo nome, Davee a teria reconhecido. A foto dela estava na primeira página do jornal matutino e Davee tinha visto o último noticiário na véspera, antes do seu encontro clandestino e perturbador com Smilow.

– Faço isso mais por curiosidade do que por cortesia, dra. Ladd – disse ela espontaneamente. – Sente-se. Quer um café?

– Por favor.

Enquanto esperavam Sarah Birch retornar com outra xícara e pires, as duas mulheres ficaram em silêncio, avaliando uma à outra. As câmeras de televisão e as fotos dos jornais não faziam justiça a Alex Ladd, Davee concluiu.

Alex agradeceu a governanta por servir o café, deu um gole e disse:

– Estive com seu marido naquele sábado à tarde na suíte do hotel – ela apontou para os cadernos do diário matutino espalhados pela sala. – As reportagens do jornal sugerem sutilmente que o sr. Pettijohn e eu tínhamos um relacionamento pessoal.

Davee deu um sorriso amargo.

– Bem, ele tinha de manter a reputação.

– Mas eu não. Não há base alguma para essa insinuação. Mas a senhora provavelmente vai achar que estou mentindo se o meu meio-irmão testemunhar contra mim.

– Também li sobre ele. No jornal, Bobby Trimble parece um verdadeiro babaca.

– Para ele isso é um elogio.

Davee deu uma risada mas, observando o rosto da outra mulher, percebeu que o assunto não era nada agradável para ela.

– Sua infância foi dura, sofrida?

– Já superei isso.

Davee fez que sim com a cabeça.

– Acho que todos nós temos cicatrizes da infância.

– Algumas cicatrizes são mais visíveis que outras – disse Alex, concordando. – No meu trabalho aprendi que as pessoas conseguem escondê-las muito bem. Até delas mesmas.

Davee observou Alex mais algum tempo.

– Não imaginava que fosse assim, dra. Ladd. Pelo modo como foi retratada nas reportagens, eu pensava que era... mais empedernida. Mais durona. Dissimulada. Até malvada – riu ela novamente. – Achei que era mais parecida comigo.

– Tenho meus defeitos. Muitos. Mas juro que só estive uma vez com seu marido. Foi naquele sábado. E acontece que foi logo antes de ele ser assassinado. Mas eu não o matei e não fui àquela suíte do hotel para ir para a cama com ele. Para mim é importante que a senhora saiba disso.

– E acho que acredito nisso – disse Davee. – Antes de mais nada, não ganha nada vindo até aqui para me dizer isso. E, além de tudo, e não tenho intenção nenhuma de ofendê-la, não faz o tipo do meu querido falecido.

Alex sorriu com aquela observação, mas demonstrou uma curiosidade sincera quando perguntou:

– E por que não sou do tipo que ele gosta?

– Fisicamente até atenderia aos requisitos dele. Não se ofenda com isso também, mas Lute trepava com qualquer mulher que tivesse um corpo quente. E, quem sabe? Às vezes nem isso seria critério de qualificação.

"Mas ele gostava que as mulheres ficassem deslumbradas com ele. Que fossem submissas e burras. Que ficassem em silêncio a maior parte do tempo, exceto, talvez, na hora do orgasmo. Ele não ia se interessar porque é inteligente e segura demais."

Ela encheu sua xícara com café de uma garrafa térmica prateada, depois jogou dois cubos de açúcar, que fizeram um ruído suave ao mergulhar no café.

– Para sua informação, dra. Ladd, algumas pessoas que a estão acusando de ter matado Lute não acreditam que é a criminosa.

Alex demonstrou surpresa e disse sem pensar:

– A senhora conversou com Hammond?

– Não. Não foi... – de repente Davee entendeu e parou de falar no meio da frase. – Hammond? Você está tratando o homem que conduz seu caso de assassinato pelo primeiro nome?

Claramente constrangida, Alex deixou o pires e a xícara na mesa de centro.

– Espero que a minha vinda aqui não tenha sido uma intromissão, sra. Pettijohn. Nem sabia se a senhora ia querer me ver. Obrigada pelo...

Davee fez Alex calar estendendo o braço por cima da mesa e pondo a mão no braço dela. Depois de uma pausa Alex levantou a cabeça e encarou Davee com serena dignidade. Elas se comunicaram num nível diferente. Baixaram as defesas. Duas mulheres que se reconheciam, compreendiam e aceitavam.

Olhando bem nos olhos da outra mulher, Davee disse em voz baixa:

– É você que está numa situação não só complicada, mas impossível.

Alex abriu a boca para falar, mas Davee a impediu:

– Não, não me diga. Seria como ler a última página de um romance instigante. Mas mal posso esperar para saber como vocês dois conseguiram se meter nessa confusão toda. Espero que as circunstâncias tenham sido totalmente decadentes e deliciosas. Hammond merece isso. – Então ela deu um sorriso triste. – Pobre Hammond. Isso deve estar sendo um dilema gigantesco para ele.

– Está sim.

– Posso fazer alguma coisa?

– Ele deve precisar de amigos em breve. Seja amiga dele.

– Eu sou.

– É o que ele diz. – Alex pôs a alça da bolsa no ombro. – Preciso ir.

Davee não chamou a governanta e foi pessoalmente com Alex até a porta.

– Você não comentou nada sobre a minha casa – observou ela quando atravessaram o hall de entrada. – A maioria das pessoas comenta quando vem aqui pela primeira vez. O que você acha?

Alex olhou em volta rapidamente.

– Sinceramente?

– Eu perguntei.

– Algumas coisas são lindas. Mas, para o meu gosto, é um pouco exagerada.

– Está brincando? – disse Davee. – É de mau gosto de uma ponta à outra. Agora que o Lute morreu, planejo redecorar tudo.

As duas mulheres sorriram uma para a outra. Aquilo era raro para Davee, sentir afinidade por outra mulher. Com sua sinceridade característica, ela disse:

– Não me importa se você foi para a cama com Lute ou não. Gosto de você, Alex.

– Também gosto de você.

Alex já estava na metade do caminho até a rua quando Davee a chamou.

– Você esteve com Lute logo depois que o mataram?

– Isso mesmo.

– Humm. O assassino talvez ache que você está escondendo alguma coisa. Algo que viu ou ouviu. Você está? – perguntou ela sem rodeios.

– Não devíamos deixar essa pergunta para a polícia?

Alex seguiu em frente e passou pelo portão. Davee fechou a porta e deu meia-volta. Sarah Birch estava logo atrás dela.

– O que foi, meu bebê? – disse ela, estendendo a mão e alisando as rugas de preocupação na testa de Davee.

– Nada, Sarah – murmurou ela, distraída. – Nada.

Capítulo 36

Bem cedo aquela manhã, antes de sair para o escritório e de ter uma conversa com Steffi, Hammond verificou as mensagens na secretária eletrônica. Só respondeu a um recado:

– Loretta, aqui é o Hammond. Só recebi seu recado esta manhã. Sinto muito tê-la deixado irritada ontem à noite. Concluí erradamente que suas chamadas eram engano. Ouça, agradeço muito o que fez. Mas o fato é que não quero que apresente esse cara com quem conversou na feira. Pelo menos não agora. Tenho meus motivos, acredite em mim e explicarei tudo isso mais tarde. Por enquanto, guarde-o na manga. Se eu precisar dele, aviso. Senão, simplesmente... acho que você pode... o que estou querendo dizer é que está livre para pegar outro trabalho. Se precisar de você, eu a procuro. Obrigado mais uma vez. Você é a melhor. Até logo. Ah, vou mandar um cheque para cobrir o dia e a noite de ontem. Você superou todas as expectativas. Tchau!

Bev Boothe ouviu a mensagem duas vezes, depois ficou olhando fixamente para o telefone, tamborilando de leve na etiqueta com o número enquanto pensava o que fazer com o recado... gravar ou apagar? O que ela gostaria de dizer para o dr. Cross fazer com a mensagem era anatomicamente impossível.

Estava cansada e mal-humorada. Durante a noite alguém tinha amassado seu carro no estacionamento dos funcionários do hospital. E uma dor nas costas se instalava todas as manhãs depois do seu plantão de doze horas.

Acima de tudo estava preocupada com a mãe, cujo quarto estava vazio e a cama arrumada. Onde é que tinha passado a noite e onde estava naquele momento? Bev lembrou que quando saiu para o hospital na véspera Loretta parecia preocupada e deprimida.

Aquele recado significava que estava lá fora fazendo o trabalho sujo do procurador público para ele, pelo menos uma parte da noite. O filho da mãe nem parecia dar muito valor ao esforço de Loretta.

De raiva, Bev apertou o número três para apagar a mensagem.

Cinco minutos depois, quando saía do chuveiro, ela ouviu a mãe chamá-la no quarto.

– Bev, acabei de chegar!

Bev pegou uma toalha e se enrolou nela. Deixou pegadas molhadas no corredor, até o quarto da mãe. Loretta estava sentada na beira da cama, descalçando as sandálias que tinham deixado marcas vermelhas nos seus pés inchados.

– Mãe, fiquei preocupada! – exclamou Bev, procurando não parecer surpresa e aliviada de a mãe estar sóbria, apesar de abatida e desarrumada.

– Onde você esteve?

– É uma longa história, que pode esperar até nós duas tirarmos algumas horas de sono. Estou exausta! Você verificou os recados na secretária quando chegou? Tinha algum para mim?

Bev hesitou só um segundo:

– Não, mãe. Nenhum.

– Não acredito! – resmungou Loretta enquanto tirava o vestido. – Eu ralo a noite toda e Hammond inventa de desaparecer!

Ela despiu a roupa de baixo, puxou as cobertas e deitou-se na cama. Já estava quase dormindo na hora que sua cabeça encostou no travesseiro.

Bev voltou para seu quarto, vestiu uma camisola, ligou o alarme, reajustou o termostato para uma temperatura mais fresca e foi para a cama.

Dessa vez Loretta tinha voltado sóbria para casa. Mas o que aconteceria na próxima vez? Ela estava se esforçando muito para se agarrar à sobriedade. Precisava de estímulos constantes e de ânimo. Precisava sentir-se útil e produtiva.

A última coisa que Bev pensou antes de adormecer foi que, se o dr. Hammond Cross ia dispensar sua mãe do trabalho que ela desesperadamente precisava para seu bem-estar presente e futuro, então ele podia muito bem dispensá-la pessoalmente e não pela secretária eletrônica.

– O que é isso?

Rory Smilow desviou os olhos do envelope pardo que Steffi acabava de pôr em cima da mesa coberta de papéis. Assim que Hammond saiu da sala dela, Steffi não perdeu tempo e foi até a delegacia de polícia. Encontrou o detetive na grande sala aberta de investigação criminal.

Não sentia compunção nenhuma de estar informando as novidades para Smilow. Lealdade ao seu ex-amante jamais passara pela sua cabeça. E tampouco seria detida por sua promessa de guardar segredo. A partir daquele momento ela estava jogando pra valer.

– É um exame do laboratório – ela pegou de volta o envelope e abraçou-o encostado ao peito como se o acariciasse. – Podemos conversar na sua sala?

Smilow ficou em pé e indicou a sala dele com um movimento de cabeça. Enquanto caminhavam pelo meio do labirinto de mesas, o detetive Mike Collins saudou Steffi cantarolando.

– Bom dia, senhorita Mundell!

– Vai tomar no rabo, Collins.

Ignorando as risadas e assobios, ela caminhou na frente de Smilow pelo curto corredor e entrou na sala particular dele. Depois de fechar a porta, ele perguntou o que era:

– Lembra-se das manchas de sangue nos lençóis de Alex?

– Ela cortou a perna quando se depilava.

– Não cortou nada. Ou talvez tenha cortado, mas não foi ela que sangrou no lençol. Mandei examinar o sangue e compará-lo com outra amostra. São da mesma pessoa.

– E essa outra amostra é de...?

– Hammond.

Pela primeira vez desde que se conheceram, Smilow estava completamente despreparado para a resposta que ouviu. Ele ficou sem palavras.

– Na noite que foi atacado – explicou ela – ele perdeu sangue. Bastante sangue, acho. Fui à casa dele bem cedo na manhã seguinte para dizer que Trimble estava na nossa delegacia. Ele estava esquisito. Atribuí suas esquisitices à noite que tinha tido e aos remédios que estava tomando.

"Mas era mais que isso. Tive a *sensação* de que ele estava mentindo para acobertar algum segredo vergonhoso. De qualquer forma, antes de sair, impulsivamente furtei uma toalha ensanguentada que estava no banheiro dele."

– Por que você fez isso? E por que comparar o sangue dele com as manchas nos lençóis da dra. Ladd?

– Por causa do jeito que ele se comporta quando está perto dela! – exclamou ela baixinho, abrindo os braços. – Como se mal conseguisse controlar o desejo de devorá-la. Você também sentiu isso, Smilow. Eu sei que sentiu.

Ele passou a mão na nuca e disse a última coisa que Steffi esperava ouvir dele:

– Meu Deus, estou constrangido.

– Constrangido?

– Eu devia ter chegado a essa conclusão sozinho. Há muito tempo. Você tem razão, realmente senti que havia alguma coisa entre eles. Só não conseguia determinar o que era. É tão incrível que nunca pensei em atração sexual.

– Não se recrimine por isso, Smilow. As mulheres são mais intuitivas para essas coisas.

– E você tinha mais outra vantagem em relação a mim.

– Qual?

– Eu nunca transei com Hammond.

Smilow deu um sorriso meio torto, mas Steffi não achou graça no que ele disse.

– Bem, realmente não importa quem sentiu o que e quando, ou quem definiu primeiro o que está acontecendo com os dois. A questão é que Hammond está transando com Alex Ladd desde que foi indicado promotor do caso criminal no qual ela é a principal suspeita – ela ergueu o envelope como se fosse um tipo de escalpo ou algum outro troféu de batalha. – E podemos provar.

– Com provas obtidas ilegalmente.

– Uma tecnicalidade – disse ela dando de ombros. – Por enquanto vamos examinar o quadro geral. Hammond está numa merda profunda. Lembra-se daquela mentira fraquinha sobre quem tinha arrombado a porta dos fundos da casa dela? Estou achando que foi o Hammond. Ele invadiu a casa dela...

– Para quê? Para roubar a prataria?

Ela franziu a testa, reprovando o fato de Smilow estar fazendo pouco de tudo aquilo.

– Eles já se conheciam. Antes de Alex se tornar suspeita. E os dois fingiram não conhecer o outro. Tinham de se encontrar para combinar as coisas, por isso Hammond foi até lá... Vejamos, devia ser terça à noite, depois que a pegamos em diversas mentiras.

"Ele não quis aparecer na porta da frente e tocar a campainha, por isso entrou escondido. Quando arrombou a tranca, machucou o polegar. Esse foi o sangue que manchou o lençol dela. Lembro que no dia seguinte ele estava com um curativo no dedo.

"E acho que ela estava com ele na noite em que ele foi atacado também. Foi evasivo quando perguntei sobre o médico que tinha tratado dos seus ferimentos e por que ele não tinha procurado um pronto-socorro. Ele inventou umas explicações inverossímeis."

O detetive ainda olhava para ela com ceticismo.

– Eu o conheço, Smilow – insistiu ela. – Praticamente moramos juntos. Conheço seus hábitos. Ele é relativamente organizado, mas é um homem. Deixa as coisas por fazer até ser forçado a arrumar tudo, ou então espera o dia da semana em que a faxineira vai para limpar sua bagunça. Na manhã seguinte ao ataque, quando ele se sentia péssimo, sabe com que se preocupava? Em fazer a cama dele. Agora entendo por quê. Ele não queria que eu notasse que alguém tinha dormido com ele.

– Não sei, Steffi – disse ele, denotando dúvida nas rugas da testa. – Por mais que quisesse ver esse escoteiro cair alguns pontos, não acredito que Hammond Cross faria algo tão comprometedor. Você já perguntou diretamente para ele?

– Não, mas já plantei verde. Bem de mansinho, provocante. Até esta manhã quando recebi o exame do laboratório, tudo não passava de um palpite.

– Tipo de sangue não é conclusivo.

– Se a questão for provar conduta ilegal, poderíamos obter um exame de DNA.

– Se você estiver certa, e admito que a sua história tem peso, então isso explica a reação que ele teve à declaração de Bobby Trimble ontem.

– Hammond não quis ouvir dizer que Alex Ladd é uma prostituta.

– Foi.

– O tempo do verbo ainda está em debate. De qualquer forma, foi por isso que ele não quis que usássemos o testemunho de Trimble – Smilow franziu a testa de novo. – O que foi? – disse Steffi.

– Concordo com ele nesse caso. Os argumentos de Hammond fazem um certo sentido. Trimble é tão ofensivo que pode acabar gerando simpatia pela dra. Ladd. De um lado ela, respeitada psicóloga. Do outro lado ele, um homem que se prostitui e usa drogas e que acha que é uma dádiva divina especial para as mulheres. Ele poderia prejudicar, mais que ajudar, o nosso caso, especialmente se o júri acabar tendo mais mulheres que homens. Seria quase melhor que ele nem aparecesse.

– Se Hammond conseguir o que quer, não haverá caso contra Alex Ladd. Pelo menos nunca irá a julgamento.

– Essa decisão é unicamente dele. Ele planeja...

– O que ele planeja é culpar outra pessoa pelo assassinato de Pettijohn.

– *O quê?*

– Você não estava prestando atenção, Smilow. Estou dizendo que ele fará qualquer coisa para proteger aquela mulher. Ele inspira e se nega a revelar as pistas que está seguindo, e quando solta o ar está pedindo a minha cooperação e ajuda para criar um caso contra outra pessoa. Alguém que tinha motivo e oportunidade. Alguém que ele adoraria derrubar dessa maneira – Steffi saboreou o momento antes de acrescentar: – E adivinha em quem ele está pensando.

– Hammond, estive à sua procura a manhã toda.

– Oi, Mason – ele tinha recebido o recado, que Mason estava à sua procura, mas tentou evitá-lo. Não tinha tempo para uma reunião, por mais curta que fosse. – Andei muito ocupado esta manhã. E agora estou de saída.

– Então não vou ocupar seu tempo.

– Obrigado – disse Hammond, continuando na direção da saída. – Vejo você depois.

– Certifique-se de estar livre esta tarde, às cinco horas.

Hammond parou e virou para ele.

– O que vai acontecer?

– Uma coletiva de imprensa. Todas as estações locais vão transmitir ao vivo.

– Hoje? Às cinco horas?

– Na prefeitura. Resolvi anunciar formalmente a minha aposentadoria e indicá-lo como meu sucessor. Não há por que adiar isso. E de qualquer forma todo mundo já sabe. Na eleição de novembro, seu nome estará na cédula – Mason deu um sorriso para o seu protegido e balançou o corpo todo orgulhoso.

Hammond teve a sensação de estar sendo jogado numa cela, de cabeça.

– Eu... não sei o que dizer – gaguejou ele.

– Não precisa dizer nada para mim – disse Mason, animado. – Guarde suas observações para hoje à tarde.

– Mas...

– Já avisei seu pai. Amélia e ele vão estar lá.

Meu Deus!

– Você sabe, Mason, que estou bem no meio desse negócio do Pettijohn.

– E que hora melhor? Quando você já está na berlinda com o público. Essa é uma grande oportunidade de transformar seu nome numa palavra pronunciada em todos os lares de Charleston.

Aquela declaração fez Hammond voltar a uma conversa recente. Ele fechou os olhos por um segundo e balançou a cabeça.

– Foi papai que disse para você fazer isso, não foi?

Mason deu uma risadinha.

– Ele pagou umas rodadas no clube a noite passada. Nem preciso dizer como ele sabe ser persuasivo.

– É, nem precisa dizer – resmungou Hammond, zangado.

Preston nunca relaxava e deixava as cartas caírem naturalmente. Ele sempre arrumava o baralho a seu favor. Sua filantropia na ilha Speckle tinha desarmado Hammond e praticamente garantido que ele não seria responsabilizado por qualquer coisa ilegal que tivesse acontecido na ilha. Mas, caso Hammond pretendesse continuar investigando, Preston tinha aumentado a aposta, elevado os prêmios e aumentado a pressão.

– Olha, Mason, preciso correr. Tenho muito o que fazer hoje.

– Tudo bem. Apenas lembre-se das cinco horas.

– Não vou esquecer.

Capítulo 37

Loretta esfregou os pés no fundo da banheira com água fria onde os banhava havia quase meia hora.

Bev andava pelo corredor, bocejando e se espreguiçando.

– Mãe? Já acordou? Não dormiu muito.

– Muita coisa para pensar – comentou ela distraída, olhou para Bev e disse: – Você tem certeza que verificou se não tinha nenhum recado na secretária eletrônica esta manhã? Espero que não haja nada errado com ela.

– Não há nada errado com ela, mãe – disse Bev, virando-se para a mãe com expressão de culpada. – Tinha um recado do dr. Cross. Só que eu não quis dizer para você.

– Por que não? O que ele disse?

– Ele disse para esquecer o cara da feira.

Loretta olhou para Bev, incrédula.

– Você tem certeza?

– Acho que ele disse "da feira".

– Não, tem certeza que ele disse para esquecer o homem?

– Dessa parte tenho certeza. Fiquei furiosa. Depois de todo esse trabalho que você teve... Cuidado, mãe, você está molhando o chão todo.

Loretta estava em pé, com as mãos plantadas firmemente na cintura.

– Ele enlouqueceu?

Bobby Trimble não tinha contado com a prisão. A prisão fedia. A prisão era para os perdedores. A prisão era para o velho Bobby, talvez, mas não para o Bobby que ele era agora.

Tinha passado a noite dividindo a cela com um bêbado que roncara e peidara com idêntica exuberância a noite inteira. Tinham prometido que ele seria libertado de manhã bem cedo, logo que pudessem registrar sua saída. Era parte do trato que tinha feito com o detetive Smilow e com a puta da procuradoria – não mais que uma noite encarcerado.

Mas já era de manhã e eles não pareciam ter pressa nenhuma. Serviram o café da manhã. Com o cheiro da comida, seu companheiro de cela rolou do beliche de cima e quase não teve tempo de chegar ao vaso sanitário aberto, onde ficou vomitando uns cinco minutos. Quando finalmente esvaziou tudo, ele subiu de novo no beliche e desmaiou outra vez, só que antes deu uma trombada em Bobby e sujou a roupa dele, de modo que ele também ficou cheirando a vômito.

É claro que Bobby não sofreu todos aqueles maus-tratos em silêncio. Ele articulava suas reclamações bem alto e frequentemente. Vociferava e xingava, mas em vão. Andava de um lado para outro na cela. As horas se arrastavam e ele foi mergulhando numa depressão profunda. O pessimismo se apoderou dele com toda a força.

Parecia que ele não merecia uma trégua.

As coisas tinham deixado de ser moleza e estavam virando merda desde que mataram Pettijohn. Aquilo não fazia parte do plano de Bobby. Ele não era nenhum santo, mas não queria nada com uma investigação de homicídio. Se pintar uma Alex culpada – e quem sabe? talvez fosse mesmo – pudesse livrá-lo daquilo, era isso que ia fazer. Mas enquanto isso eles o manteriam com rédea curta. Até o fim do julgamento estava à disposição da prefeitura de Charleston. Nada de festas. Nada de mulheres. Nada de drogas. Nenhum divertimento.

E também não estava cem mil dólares mais rico, como esperava estar. Nunca foi lá pegar o dinheiro da chantagem. E continuava sem saber se Alex tinha ou não recebido o dinheiro vivo de Pettijohn, mas essa era uma questão secundária. O dinheiro não estava com *ele*.

Seu futuro parecia desolado e incerto, e a única certeza era que não ia para lugar nenhum enquanto continuasse preso naquele lugar.

Ele se levantou da cama e encostou na grade.

– Por que estão demorando tanto?

Suas perguntas eram ignoradas. Os guardas não se abalavam com os pedidos dele.

– Vocês não compreendem. Não sou um prisioneiro comum – disse ele para um guarda que passava diante da cela dele. – Eu não devia estar aqui.

– Gostaria de ganhar um centavo cada vez que ouço isso, Bobby.

Bobby virou a cabeça como um raio. Viu um recém-chegado, escoltado por outro guarda, vestindo um paletó leve de verão e gravata. Estava bem barbeado, mas mesmo assim a aparência era um pouco desmazelada, provavelmente por causa da tipoia que segurava seu braço direito. Apresentou-se como Hammond Cross.

– Ouvi falar do senhor. É da procuradoria, não é?

– Assistente especial do procurador do município de Charleston.

– Estou impressionado – disse Bobby, retomando sua voz modulada. – Francamente, não dou a mínima se o senhor é a fada Sininho, desde que tenha vindo para me tirar daqui.

– Foi esse o trato, não foi?

Cross era muito seguro e tranquilo. Bobby se ressentiu na mesma hora da sofisticação que era natural para ele.

Hammond fez sinal para o guarda abrir a cela de Bobby, mas foi levado para uma sala reservada para conversas de prisioneiros com advogados.

– Não considero isso soltura, dr. Cross. Fiz um trato ontem. Ou vocês convenientemente esqueceram?

– Estou a par desse trato, Bobby.

– Que ótimo! Então faça o que tem de fazer para as coisas andarem por aqui.

– Só depois da nossa conversa.

– Se vou conversar com o senhor, quero um advogado presente.

– Sou advogado.

– Mas...

– Senta aí e cala a boca, Bobby!

Ele estava em forma, mas não era tão corpulento, aquele Hammond Cross. Além disso, estava ferido. Arrogantemente, Bobby sacudiu os ombros.

– Palavras duras vindas de um homem com o braço numa tipoia.

Os olhos de Cross adquiriram um brilho quase tão duro e frio quanto o de Smilow. Bobby não ficou exatamente amedrontado, mas suficientemente intimidado para sentar. Ele olhou furioso para Cross.

– Tudo bem, estou sentado. E daí?

– Você nem imagina o quanto eu adoraria moê-lo de pancada.

Bobby olhou boquiaberto para ele, sem saber o que dizer. Os lábios de Cross mal tinham se mexido e a voz dele era bem suave, mas a hostilidade por trás daquela afirmação fez os pelinhos na nuca de Bobby se arrepiarem todos. Isso e o fato de que cada músculo do corpo de Cross estava flexionado, como se a pele dele fosse arrebentar.

– Olha, eu não sei qual é a sua, mas fiz um trato.

– E eu fiz outro – disse Cross calmamente. – Com um dos investidores, quero dizer, ex-investidor, no projeto da ilha Speckle.

Ele deu um tempo para Bobby entender. Bobby fez um esforço enorme para não se encolher na cadeira.

– Esse indivíduo está disposto a testemunhar contra você em troca de clemência. Temos uma lista interminável de processos contra as suas atividades na ilha Speckle que são irrelevantes para esse acerto que você fez ontem. Você provavelmente ia se aborrecer se eu enumerasse a lista toda, mas incêndio culposo é um dos primeiros.

As palmas das mãos de Bobby estavam molhadas de suor. Ele as secou nas pernas da calça.

– Ouça, eu conto o que vocês quiserem saber sobre a minha irmã.

– Inútil – disse Cross, dispensando o oferecimento de Bobby com um gesto. – Não foi ela que matou Pettijohn.

– Mas o seu pessoal...

– Não foi ela – repetiu ele e depois sorriu, mas não foi um sorriso amigável. – Você não tem mais fichas, Bobby. Não tem mais nada para negociar. Ficará um bom tempo em uma das nossas prisões. E, quando a Carolina do Sul se cansar de abrigá-lo e alimentá-lo, as autoridades lá da Flórida estarão loucas para pôr as mãos em você.

– Fodam-se! E vá se foder você também! – berrou Bobby, pulando da cadeira! – Quero falar com o meu advogado!

Ele deu dois passos para a frente, Cross plantou a mão esquerda espalmada no externo dele e o empurrou de volta para a cadeira com tanta força que ele quase caiu com cadeira e tudo. Então Cross chegou tão perto que Bobby teve de inclinar a cabeça para trás até o seu pescoço ficar doendo.

– Uma última coisinha, Bobby – sussurrou Cross. – Se você chegar perto de Alex de novo, eu quebro o seu pescoço! E depois arrebento essa sua carinha bonita até ficar irreconhecível. Seus dias de conquistador de mulheres acabam. Os únicos olhares que terá delas serão de piedade e repulsa.

Bobby ficou atônito. Mas só por alguns segundos. E então entendeu tudo – a ameaça, a insistência do promotor em afirmar a inocência de Alex. Ele começou a rir.

– Agora entendi. O seu pau está enrabichado pela minha irmãzinha!

Ele cutucou o peito de Hammond de brincadeira.

– Acertei? Deixa pra lá, eu sei que acertei. Conheço os sinais. Sabe do que mais, dr. Assistente Especial, ou seja lá como se chama. Sempre que quiser trepar com ela, procure-me. Do jeito que quiser, por trás, pela frente ou de lado, eu posso arrumar.

A cadeira caiu e Bobby foi lançado voando para trás junto com ela. Foguetes de dor decolaram do ponto de contato no osso da face. Detonaram dentro do crânio dele. Suas costelas estalaram quando um punho com a força de um pistão se chocou com elas.

– Dr. Cross?

Bobby ouviu passos correndo e as vozes dos guardas. Os sons flutuavam até ele através de uma escuridão enorme e vazia.

– Está tudo bem aí dentro, dr. Cross?

– Eu estou bem, obrigado. Mas acho que o prisioneiro está precisando de cuidados.

Capítulo 38

– Isso é interessante.

Steffi firmou o fone do telefone da mesa dela entre a orelha e o ombro.

– Hammond? Onde você está?

– Acabei de sair da cadeia. Bobby Trimble é nosso por algum tempo.

– E o nosso trato com ele?

– Os crimes dele na ilha Speckle superaram isso. Explico para você mais tarde.

– Tudo bem. O que é interessante?

– Basset – disse ele. – Glenn Basset? O sargento que cuida do depósito de provas?

– É, eu o conheço vagamente. Bigode?

– Esse mesmo. Ele tem uma filha de dezesseis anos que foi presa por posse de droga no ano passado. Sem antecedentes. Basicamente uma boa menina, mas se meteu com a turma errada na escola. Pressão dos colegas. Isolada...

– Entendi. O que isso tem a ver com as calças?

– Basset procurou Smilow e pediu conselhos e ajuda. Smilow interveio junto à procuradoria pela filha de Basset.

– Eles trocaram favores.

– É isso que acho – disse Hammond.

– Só acha?

– Até agora não passa de boato e insinuação. Andei xeretando por aí. Os policiais relutam em falar sobre outros policiais, e ainda não conversei com Basset sobre isso.

– Gostaria de estar presente quando conversar com ele, Hammond. O que mais?

– Tenho mais uma parada no caminho e depois vou até o Charles Towne.

– Fazer o quê?

– Lembra-se dos roupões?

– Que as pessoas usam para ir e voltar do spa? Umas coisas felpudas e brancas que fazem todo mundo ficar parecido com um urso polar?

– Onde estava o do Pettijohn? – perguntou ele.

– O quê? Eu não estou...

– Ele fez uma massagem mais cedo aquela tarde. Tomou uma chuveirada no spa, mas não se vestiu. Perguntei para o massagista. Ele chegou de roupão e saiu de roupão. Devia haver um roupão e um par de chinelos usados no quarto dele. Não estavam entre as provas recolhidas. O que aconteceu com eles?

– Boa pergunta – disse ela devagar.

– Tem uma melhor ainda. Você sabia que Smilow faz sempre as unhas no spa? Entendeu? Ninguém acharia nada de mais se o visse usando um daqueles roupões. Vou verificar a suíte de novo, para ver se deixei passar alguma coisa. Só queria que você soubesse. A propósito, você o viu hoje?

– Smilow? – Ela hesitou e depois disse. – Não.

– Se o vir, ocupe-o bem para eu poder operar livremente.

– Claro. Depois me conta o que descobriu.

– Será a primeira a saber.

– Obrigada por vir me ver, Hammond.

Ele deslizou no banco do cubículo de frente para Davee.

– O que houve? Você disse que era urgente.

– Você quer almoçar?

– Não, obrigado, não posso. Tenho mil coisas para fazer hoje. Vou querer uma club soda – disse ele para o garçom, que se afastou para atender o pedido. Hammond abanou fumaça do rosto. – Quando foi que você começou a fumar de novo?

– Uma hora atrás.

– O que está acontecendo, Davee? Você parece aborrecida.

Ela deu um gole no seu drinque, que Hammond adivinhou corretamente que não era o primeiro, e que também não era club soda. Tinha respondido ao recado dela no bip e ficara surpreso quando ela pediu para ir encontrá-la naquele restaurante no centro da cidade. Ele já estava indo naquela direção de qualquer maneira, e foi esse o único motivo de ter concordado com aquele convite espontâneo, seu horário apertado.

– Rory ligou para mim a noite passada. Tivemos um encontro. Mas não do tipo romântico – esclareceu ela.

– De que tipo, então?

– Ele fez todo o tipo de perguntas sobre você e a investigação do assassinato de Lute – ela esperou o garçom servir a club soda e depois continuou: – Ele sabe que você esteve com Lute no sábado, Hammond. Mas eu não disse nada para ele. Juro que não fui eu.

– Acredito em você.

– Ele disse que viram você no hotel. Ele está chutando que você se encontrou com Lute, mas nós sabemos que ele é um ótimo adivinho.

– É um chute inofensivo.

– Pode não ser, porque tem outra coisa que você precisa saber.

A mão de Davee tremia quando ela levou o cigarro aos lábios.

– Hammond tirou-o da mão dela e o apagou no cinzeiro.

– Pode dizer.

– Eu sei de você e Alex Ladd.

Ele pensou em se fazer de desentendido, mas Davee, mais que ninguém, saberia desmascarar sua farsa.

– Como?

Ouviu Davee contar a visita de Alex à casa dela aquela manhã.

– Não conheço os detalhes de como vocês se conheceram, quando ou onde. Não pedi nenhuma outra informação e ela também não revelou nenhuma. E, por falar nisso, ela é adorável.

– É – disse ele com voz rouca. – É sim.

– Tenho certeza que você sabe – continuou ela – que esse caso aconteceu numa hora péssima e é totalmente inapropriado.

– Sei bem demais.

– De todas as mulheres de Charleston que estão a fim de você, por que...

– Estou com meus horários apertadíssimos hoje, Davee. Não tenho tempo para ouvir um sermão. Não planejei me apaixonar pela Alex esta semana. Simplesmente aconteceu. E, aliás, você é a mais indicada mesmo para dar sermões sobre indiscrições.

– Só estou avisando para tomar cuidado. Eu ainda nem estive no mesmo cômodo com vocês dois, mas ficou mais que evidente para mim, só pelo jeito que ela pronunciou seu nome, que está apaixonada por você.

"E qualquer pessoa que já esteve com vocês dois juntos deve ter sentido essas correntes todas. Até alguém tão pouco romântico como Rory. Foi por isso que chamei você – os olhos dela se encheram de lágrimas, e isso assustou Hammond, porque Davee não chorava nunca. – Tenho medo por você, Hammond. E por ela.

– Por que, Davee? Do que você tem medo?

– Tenho medo de Rory ter matado Lute e que possa matar mais alguém para se proteger.

Ele ficou olhando para ela algum tempo e depois sorriu.

– Obrigado, Davee.

– Por quê?

– Por se preocupar comigo. Eu te amo por isso. E a amo ainda mais por se preocupar com a Alex. Espero que vocês se tornem grandes amigas – ele deslizou pelo banco para sair do cubículo, abaixou-se e beijou o topo da cabeça de Davee. – Não tem com o que se preocupar.

– Hammond? – chamou ela quando ele foi se afastando com pressa.

– Estou cuidando de tudo – disse ele para ela. – Juro.

Ele foi correndo do restaurante até o carro. No caminho para o hotel, ele discou o número da casa de Alex.

A fechadura da porta da cozinha continuava quebrada. Era desleixo dela não ter providenciado o conserto. Ele lembrava que a cozinha era aconchegante e limpa, apesar de a torneira da pia pingar um pouco.

Passava ao lado do telefone quando ele tocou e levou um susto. Ela atendeu em outro cômodo, no segundo toque. A voz dela flutuou pelo corredor e chegou até ele.

– Hammond, você está bem?

Ela estava no consultório, de costas para a porta que dava para o corredor. Ele sentiu o cheiro das laranjas com cravos-da-índia no pote sobre a mesa de canto. Ela estava sentada numa poltrona com o que parecia ser uma pilha de fichas de pacientes na mesa, ao seu lado. Tinha uma pasta aberta no colo junto com um gravador de um palmo de comprimento. A luz do sol entrava pelas janelas altas. O cabelo dela atraía os raios como um ímã.

– Não se preocupe comigo, estou bem... E o sargento Basset?... Então você tinha razão. De certa forma sinto pena dele. Não dá para saber que tipo de ameaças foram usadas para ele cooperar... Está bem. Por favor, liga pra mim assim que puder.

Ela encerrou a conversa e pôs o telefone sem fio na mesa. Notou um movimento com o canto do olho e virou para ele subitamente. A pasta aberta escorregou do colo dela e caiu no chão, espalhando seu conteúdo pelo tapete oriental. O gravador caiu a seus pés com um ruído surdo. Era óbvio que ela achava que estava sozinha.

Ela gaguejou, meio engasgada.

– Detetive Smilow, o senhor me assustou!

Smitty estava atendendo a um freguês quando Hammond passou por ele a caminho dos elevadores.

– Olá, Smitty. Viu o detetive Smilow hoje?

– Não, dr. Cross. Não vi.

Normalmente gregário, Smitty não levantou os olhos e não quebrou seu ritmo com as escovas alternadas dando brilho na ponta do sapato do freguês. Hammond não prestou muita atenção. Queria chegar à suíte de cobertura no quinto andar.

A fita amarela ainda formava um X na frente da porta. Com a chave que tinha conseguido com o gerente na noite anterior, ele passou por cima da fita e entrou, deixando a porta entreaberta.

As cortinas estavam fechadas, por isso o quarto estava às escuras. Deu uma verificada de rotina na sala onde a mancha de sangue no tapete estava quase preta. Pelo que a equipe de camareiras tinha dito, já estava pedido um novo tapete.

Em pé sobre a mancha, ele tentou captar algum sentimento de remorso pela morte de Pettijohn, mas não encontrou nada. Ele tinha sido um filho da mãe em vida. E mesmo na morte continuava perturbando a vida das pessoas.

Hammond foi para o quarto de dormir e direto para o armário. Olhou para o roupão lá pendurado, com o cinto amarrado na cintura. Era par do que Lute tinha usado para ir ao spa. Ele deixara suas roupas na suíte, tomara uma chuveirada no spa e depois trocara o roupão pelas roupas na volta ao quarto.

– Eu nunca pensaria nisso se você não tivesse mencionado aquela tarde, quando tomamos uns drinques no bar do hotel – disse ele.

Ele se virou e deu de cara com Steffi, que pensava que Hammond não tinha percebido a sua presença. Na verdade, ele estava à sua espera.

– Retoricamente – continuou ele –, você perguntou se eu podia imaginar Lute andando por aí com um desses roupões do spa. Eu não pude. E não imaginei. Até a noite passada. E quando imaginei, não entendi como você sabia que ele tinha andado por aí com aquele roupão naquele dia. Então fiquei pensando onde estava o roupão usado. – Ele olhou para ela pensativo. – O que concluí foi que você usou aquele roupão por cima da sua roupa quando saiu da suíte.

– Roupa de exercício. Que achei uma boa ideia. Quem vai assassinar alguém vestido desse jeito? Mas o roupão era melhor ainda.

– Você o deixou no spa.

– Junto com a toalha que Pettijohn deve ter levado do spa. Enrolei-a como turbante na minha cabeça. Pus óculos escuros. Eu estava praticamente não identificável. Larguei toda a parafernália no spa – tinha muita gente deixando roupões e toalhas vindas da academia e da piscina. Ninguém prestou atenção em mim. Corri alguns quilômetros e, quando voltei, o corpo tinha sido descoberto e a investigação começado.

– Muito esperta.

– Foi o que pensei – disse ela com um sorriso atrevido.

Ele olhou para o revólver que ela apontava para ele.

– É esse aí?

– Claro que não. Você acha que eu seria burra de usar a mesma arma duas vezes? Quando devolvi o que usei para matar Pettijohn, surrupiei outro, por via das dúvidas.

– Enquanto estamos aqui conversando, Basset está botando tudo para fora. Ele é um homem arrependido, com a consciência culpada.

– Será a minha palavra contra a dele. Essas armas nunca os trarão até mim. Não assinei o registro, nem ele. Basset poderia estar inventando histórias perversas porque tem uma rixa comigo.

– Smilow pediu para você aliviar para a filha de Basset.

– E eu aliviei na primeira vez. Não foi culpa minha se ela foi presa de novo. A audiência dela está marcada para daqui a algumas semanas.

– O que você prometeu para o Basset?

– Que eu seria leniente na minha segunda recomendação para o juiz.

– Ou?

– Ou a doce Amanda ia enfrentar toda a força da lei. A decisão era dele.

– Sua barganha é muito dura.

– Quando me forçam a isso.

– E você se sentiu forçada a matar Pettijohn?

– Ele me enganou! – exclamou ela com a voz muito aguda, que Hammond nunca ouvira antes.

Steffi tinha perdido a noção da realidade.

– Eu espionei para ele – dizia ela. – Eu o aconselhei em manobras legais que seriam ciladas para seus rivais mas que o manteriam do lado da lei. Bem na linha, mas do lado de dentro. Ele me disse que ia usar o material sobre o Preston para arruinar vocês dois. Tirar você completamente de lá e me instalar na cadeira mais alta. Mas então ele me traiu.

Os olhos dela ficaram duros como pedras.

– Ele viu uma utilidade melhor para o envolvimento de Preston, que era coagir você a fazer o que ele queria. Ele pensou que poderia usar esse subterfúgio para convencê-lo a aceitar as ideias dele. Agradeceu o tempo que gastei e o trabalho que tive, mas achava que não tinha de se contentar em ter o segundo melhor se podia ter *o melhor* advogado do lado dele.

– Então você veio aqui aquela tarde para matá-lo.

– Não tinha escolha, Hammond. Joguei de acordo com as regras e elas não me beneficiaram. Desde que entrei na procuradoria trabalhei demais, lutei à beça, mas era você que ia ficar com o cargo, assim como ficou com o último.

"Pettijohn apareceu e me ofereceu uma vantagem. Pela primeira vez eu estaria na dianteira. Então, quando a recompensa já estava à vista, o filho da puta puxou o tapete embaixo de mim.

"Já tinha me decepcionado antes, mas nada tão esmagador. Toda vez que olhava para ele, lembrava que otária eu tinha sido. Uma mulher ingênua, e provavelmente era assim que ele me via. Não podia suportar ser tão suscetível assim e dominada por ele. Alguma coisa lá dentro de mim se rompeu, acho. Eu simplesmente não podia deixar Pettijohn escapar impune.

"Ele deu a notícia para mim pelo telefone, mas insisti numa conversa cara a cara. Apareci alguns minutos mais cedo que a hora marcada e, quando o vi estirado no chão, a primeira coisa que pensei foi que alguém tinha me furtado aquele prazer."

– Talvez a Alex.

– Eu não sabia nada de Alex Ladd. Só soube depois que aquele cara, Daniels, nos deu a descrição dela... e eu estava em pânico quando o encarei naquele quarto do hospital. Tive medo de que ele me entregasse para Smilow. Não o tinha visto no hotel, mas não podia ter certeza de que ele não tinha me visto. De qualquer forma, quando ele descreveu Ladd nem acreditei na minha sorte. Havia realmente uma suspeita. E depois o Trimble apareceu e comecei a acreditar em anjos da guarda – disse ela, dando risada.

– Foi você que encomendou o atentado contra a vida dela.

– Aquilo foi um erro. Não devia ter confiado em outra pessoa para fazer o serviço.

– Quem era ele?

– Um cara que passou pelo sistema judicial alguns meses atrás. Eu o acusei de agressão. O advogado dele apelou. Achei que ter alguém como ele a postos poderia ser útil um dia. Talvez eu já estivesse prevendo que a minha aliança com Pettijohn ia acabar mal – ela deu de ombros.

"De qualquer maneira, deixei o cara escapar da prisão. Mas não o perdi de vista. Ele estava disposto a cortar a garganta dela por meros cem dólares. Só que estragou tudo. Fugiu da cidade com os cinquenta que paguei de entrada. Ele nem se comunicou comigo aquela noite."

Ela deu um tapa na própria testa.

– Fui uma idiota! Não associei o seu atacante como meu assassino até descobrir que Alex Ladd estava viva e gozando de perfeita saúde.

– Você teve medo de que ela a tivesse visto sábado à tarde na suíte de Pettijohn.

– Achei que era bem possível. Naquele primeiro depoimento senti que ela estava escondendo alguma coisa, temi que tivesse me reconhecido e que só estivesse esperando a melhor hora para dar o bote com aquela informação secreta. Devo admitir que fiquei chocada quando descobri que o segredo que ela guardava era você. Quando foi que a conheceu?

Ele se recusou a responder.

– Ora, ora – suspirou ela baixinho. – Você está certo. Acho que não importa mesmo, apesar de ter arrasado o meu ego saber que você era capaz de passar com tanta facilidade da minha cama para a dela. E é claro que eu entendo a atração que ela sente por você. Não foi nenhum sacrifício transar com você. E eu teria transado mesmo se Pettijohn não tivesse sugerido que as conversas na cama eram boa fonte de informações.

Ela levantou um pouco a pistola.

– Eu não odeio você, Hammond, mas não estaria sendo sincera se dissesse que não tenho nenhum ressentimento em relação às suas conquistas e à facilidade com que você as obtém. Mas agora que cheguei até aqui, você é o último obstáculo. Sinto muito.

– Steffi...

Com o revólver ela disparou no peito dele.

Steffi virou-se para trás e atravessou correndo a saleta. Ela abriu a porta. Do outro lado estavam o detetive Mike Collins e dois policiais uniformizados apontando suas pistolas para ela.

– Entregue essa arma, srta. Mundell – disse Collins.

O tom de voz dele não era de brincadeira. Um dos policiais deu um passo para a frente e tirou a arma da mão dela.

– Você está bem? – perguntou Collins.

Hammond observava o rosto de Steffi quando ela virou a cabeça e ficou boquiaberta, atônita. Kevlar tinha salvado a vida dele, mas teria de conviver com um hematoma bem dolorido junto com os outros ferimentos daquela semana.

– Você me enganou?

Collins recitava os direitos dela, mas Steffi concentrava sua atenção em Hammond.

– Descobri a noite passada. Smilow e eu tivemos uma conversa de madrugada. Contei tudo para ele. Absolutamente tudo. Por isso encenamos isso aqui. Eu fingia reunir provas contra ele, mas, na verdade, ele e eu estávamos trabalhando juntos hoje. Foi ele que sugeriu que você podia ficar preocupada se eu revelasse as minhas pistas para você, pistas que iam apontar para você. Ele insistiu para eu usar um microfone. E o colete também. Ainda bem que segui o conselho dele nos dois casos.

Ela estava praticamente eriçada de ódio. Hammond achou difícil acreditar que um dia tinham sido namorados. Mas foi com um certo grau de tristeza que ele disse:

– Eu sabia que você me considerava seu rival, Steffi, mas nunca pensei que tentaria me matar!

– Você sempre me subestimou, Hammond. Nunca me deu o crédito que eu merecia. Nunca achou que eu era tão inteligente quanto você.

– Bem, tudo indica que não é.

– Sou suficientemente inteligente para saber do seu caso com Alex Ladd! – berrou ela. – Nem tente negar, porque tenho provas de que esteve na cama dela esta semana!

Hammond apontou o queixo para Collins, que fez Steffi dar meia-volta e a levou para fora do quarto. Ela virou a cabeça e gritou para ele:

– É com isso que vou derrotá-lo, Hammond! O seu caso com essa mulher. Por falar em justiça poética!

Havia uma risada suave de autorreprovação no tom de voz de Alex.

– Sabia que viria, mas não o ouvi entrar, detetive.

– Não sabemos quando, nem quem Steffi pode atacar. Verifiquei os fundos da casa e entrei pela porta de trás. Aquela fechadura ainda não foi consertada. Deve providenciar esse conserto imediatamente.

– Estive preocupada com coisas mais sérias esta semana.

– Semana infernal.

– Para dizer o mínimo.

Ele se ajoelhou para ajudar Alex a recolher os papéis espalhados, ela agradeceu e guardou o material de volta na pasta.

– Não pude deixar de ouvir – disse ele. – Hammond contou sobre Basset?

– Contou.

– Foi muita esperteza de Hammond descobrir isso.

– Mas o senhor chegou à mesma conclusão logo depois. Ele me contou que, quando revelou de quem suspeitava hoje cedo, o senhor admitiu que tinha passado pela sua cabeça que Steffi podia estar envolvida.

– E tinha mesmo, só que não me detive nessa suspeita. Para ser sincero, não pensei muito nisso, porque estava muito feliz com a morte de Pettijohn – ele olhou bem nos olhos de Alex. – Dra. Ladd, eu nunca pensei que a senhora era a assassina. Perdoe algumas perguntas que fiz.

Ela aceitou o pedido de perdão com um breve movimento de cabeça.

– É difícil recuar quando assumimos uma opinião. Eu era uma suspeita viável, e o senhor não queria estar enganado.

– Foi mais que isso. Eu não queria que Hammond estivesse certo.

Fez-se um silêncio constrangedor entre os dois. Foi quebrado quando o telefone celular dele tocou.

– Smilow.

Ele ficou ouvindo. O rosto permaneceu inexpressivo.

– Estou indo. – Smilow desligou o telefone. – Steffi atirou em Hammond. Ele está bem – disse ele logo. – Mas ele a fez admitir na gravação que ela matou Pettijohn. Ela está sob custódia.

Alex não tinha se dado conta de como estava angustiada, até que toda aquela tensão acumulada se esvaiu de dentro dela e ela afundou numa cadeira.

– Hammond está bem?

– Perfeitamente.

– Então acabou – disse ela baixinho.

– Ainda não. Ele fará uma coletiva de imprensa dentro de meia hora. Posso oferecer uma carona?

Capítulo 39

O prédio que abrigava temporariamente o fórum do município de Charleston possuía um espaço muito limitado, por isso Monroe Mason havia pedido para a coletiva de imprensa ser feita no prédio da prefeitura no centro da cidade. O pedido dele foi gentilmente atendido.

Por respeito ao homem que servira a comunidade por tanto tempo e tão bem, muita gente que costumava sair correndo às cinco horas das tardes de sexta-feira para aproveitar o fim de semana havia se reunido para ouvir o anúncio formal da sua aposentadoria.

Era isso que eles esperavam ouvir.

E receberam mais do que esperavam. Uma dianteira no fim de semana não parecia um sacrifício tão grande com os boatos que começavam a circular sobre o que tinha acontecido na mesma suíte de hotel onde Lute Pettijohn tinha aparecido morto havia menos de uma semana. Um membro da equipe do próprio promotor público tinha sido preso, acusado do assassinato.

A sala já estava apinhada de gente quando Hammond entrou atrás de Mason e da infantaria da promotoria pública. Até Wallis, o segundo procurador, abatido e maltratado pela quimioterapia, tinha encontrado forças para comparecer. Só Stefanie Mundell estava ausente quando todos se sentaram em seus lugares sobre o tablado.

A primeira fila de assentos para os espectadores estava ocupada pelos repórteres e operadores de câmera. Atrás deles, três filas reservadas para funcionários da prefeitura, do município e estaduais, clérigos convidados e dignitários diversos. O resto das cadeiras dobráveis era para convidados.

Entre eles estavam os pais de Hammond. A mãe dele respondeu ao aceno de cabeça com um adeusinho alegre com a mão. Hammond também fez um gesto com a cabeça para o pai, mas as feições de Preston continuaram pétreas como as do monte Rushmore.

Aquela manhã Hammond tinha telefonado para Preston com o acordo ao qual se referira para Bobby Trimble. Era o seguinte: ele recomendaria ao procurador-geral que não fizesse acusações contra seu pai se Preston testemunhasse contra Trimble.

Claro que era crucial que Preston admitisse que tinha conhecimento das atividades terroristas que tinham ocorrido na ilha Speckle. Ele havia se distanciado do negócio, mas não a tempo de livrá-lo da responsabilidade.

– Esse é o trato, pai. É pegar ou largar.

– Não me venha com um ultimato.

– Você admite que agiu contra a lei ou vai para a cadeia negando – declarou Hammond determinado. – Aceite o acordo.

Hammond tinha dado ao pai 72 horas para pensar e discutir o assunto com o advogado dele. Apostava que o pai concordaria com seus termos, intuição que ficou mais forte ainda quando o olhar duro de Preston tremeu e desviou primeiro.

Seria demais esperar que seu pai estivesse passando por uma crise de consciência? Haveria sempre os abismos que nunca poderiam transpor, mas ele esperava que conseguissem se reconciliar em algum nível. Ele queria poder chamá-lo de pai novamente.

Davee também estava lá e parecia uma estrela de cinema. Ela soprou um beijo para ele, mas quando um repórter enfiou o microfone na frente dela e pediu algum comentário, Hammond viu Davee dizer para ele se foder. Com essa palavra mesmo. Mas com um sorriso bem doce.

Ele estava observando a porta dos fundos quando Smilow entrou acompanhando Alex. Os olhos dos dois se encontraram e eles ficaram se olhando, um devorando o outro. Tinham conversado através de seus telefones celulares a caminho do tribunal, mas não era tão satisfatório quanto ver com os próprios olhos que ela estava, finalmente, a salvo. Da acusação. De Steffi. De Bobby.

Smilow indicou para ela uma cadeira vazia ao lado de Frank Perkins. O advogado ficou em pé e abraçou Alex carinhosamente. Smilow deixou-a com Perkins e desceu pela ala externa, a caminho do tablado. Acenou e chamou Hammond.

Perplexo, Hammond pediu licença e desceu da plataforma temporária.

– Bom trabalho – disse Smilow para ele.

Sabendo o quanto de orgulho aquele cumprimento devia ter custado ao detetive, Hammond disse para ele:

– Eu só apareci e fiz o que você disse para eu fazer. Se você não tivesse coordenado tudo, não teria funcionado – ele fez uma breve pausa. –Ainda não acredito que ela foi para me pegar. Eu esperava uma rendição e uma confissão primeiro.

– Então não a conhece muito bem.

– Foi o que acabei concluindo. Quase tarde demais. Obrigado por tudo que você fez.

– De nada.

Smilow olhou para Davee e a pegou olhando para ele. A não ser que seus olhos o estivessem enganando, Hammond achou que o detetive enrubesceu. Ele rapidamente virou de frente para Hammond de novo.

– Isso é para você – disse ele, estendendo um envelope pardo para Hammond.

– O que é?

– Um exame de laboratório. Steffi me deu isso esta manhã. Identifica seu sangue com o sangue encontrado nos lençóis da dra. Ladd – Hammond abriu a boca para falar, mas Smilow balançou a cabeça muito sério. – Não diga nada. Apenas pegue e destrua. Sem isso, quaisquer alegações que Steffi possa fazer sobre um caso com uma suspeita não poderão ser provadas. É claro que já que a dra. Ladd afinal não era a culpada, não passa de uma tecnicalidade.

Hammond olhou para o envelope que parecia tão inofensivo e não era. Se o aceitasse, teria tanta culpa quanto Smilow no caso do *Estado contra Vincent Anthony Barlow.* Barlow era culpado até o último fio de cabelo de ter assassinado a namorada de dezessete anos e o feto que ela carregava no ventre, mas Smilow tinha manipulado alguma prova exculpatória que Hammond foi obrigado por lei a revelar.

Só depois que conseguiu a condenação é que ficou sabendo da suposta manipulação de Smilow naquele caso. Jamais poderia provar que Smilow havia deliberadamente excluído a prova mitigante assim que a descobriu, de modo que jamais fizessem uma investigação de conduta ilegal. Barlow, que agora cumpria pena perpétua, tinha apelado. E ganhou. O jovem teria um novo julgamento, ao qual tinha direito, por mais culpado que fosse.

Mas Hammond nunca perdoou Smilow por ter feito dele um cúmplice involuntário daquela obstrução da justiça.

– Não seja um escoteiro – disse bem baixinho o detetive. – Já não ganhou todos os prêmios de que precisava?

– É errado.

Smilow baixou mais ainda a voz.

– Não gostamos um do outro e sabemos por quê. Nós operamos de modo diferente, mas trabalhamos do mesmo lado. Preciso de um promotor durão como você aqui na procuradoria pública, não de um político que fica fazendo favores como Mason. Você fará um bem muito maior a serviço deste país como o funcionário da lei mais graduado do que faria se confessasse uma conduta sexual imprópria para a qual, aliás, ninguém dá a menor bola mesmo. Pense nisso, Hammond.

– Hammond?

Estavam chamando Hammond de volta ao tablado para poderem começar.

– Estou indo – disse ele, sem se virar.

– Às vezes temos de dobrar um pouco as regras para fazer um trabalho melhor – disse Smilow, sem tirar os olhos dele.

Era um argumento persuasivo. Hammond pegou o envelope.

Mason estava encerrando seu discurso. Os olhares dos repórteres já estavam começando a ficar vidrados. Alguns operadores de câmera tinham tirado as câmeras dos ombros. O relato do atentado de Steffi contra a vida de Hammond e subsequente prisão tinha deixado todo mundo hipnotizado, mas aquela parte do discurso de Mason não despertava interesse.

– É doloroso saber que alguém da nossa equipe está neste momento sob a custódia da polícia e que em breve será acusada de um crime muito sério. Mas também sinto um orgulho muito especial ao dizer que o assistente especial do procurador municipal, dr. Hammond Cross, desempenhou um papel essencial nessa captura. Ele hoje demonstrou extraordinária bravura. E esse é apenas um dos motivos pelos quais o estou indicando como meu sucessor.

Isso mereceu uma ruidosa salva de palmas. Hammond olhava fixamente para o perfil de Mason enquanto o mentor elogiava seu talento, sua dedicação e integridade. O envelope com o exame de laboratório incriminador estava no colo dele. Imaginou que ele irradiava uma aura vermelha agressiva que ia contra os elogios de Mason.

– Não vou aborrecê-los mais – disse Mason com seu vozeirão, do jeito simpático e direto que o tornava tão querido pela mídia. – Deixem-me apresentar o herói da hora – Mason se virou e acenou para Hammond juntar-se a ele.

Os operadores de câmera reposicionaram seus gravadores de vídeo nos ombros. Os repórteres dos jornais se empertigaram e clicaram suas canetas esferográficas quase ao mesmo tempo.

Hammond pôs o envelope na bandeja inclinada do atril. Ele pigarreou. E começou a falar depois de agradecer os comentários de Mason e a confiança que depositava nele.

– Essa semana foi memorável. De diversas formas parece que muito mais tempo que isso se passou desde que soube que Lute Pettijohn tinha sido assassinado.

– Na verdade não me considero um herói, nem tenho prazer nenhum de saber que a minha colega, Steffi Mundell, será acusada desse homicídio. Creio que as provas contra ela são definitivas. Conhecedor do caso...

Loretta Boothe entrou apressada na sala.

O coração de Hammond deu um pulo. A voz dele falhou e morreu.

No início, apenas quem estava perto da porta notou a chegada de Loretta. Mas quando Hammond parou de falar, todas as cabeças se viraram para ver quem tinha provocado a interrupção. Sem se importar com a comoção que causava, Loretta acenava freneticamente para Hammond ir falar com ela.

Com tudo acontecendo tão depressa naquele dia, Hammond não teve tempo para telefonar e dizer para ela que Alex não era mais suspeita e que, por isso, o que tinha feito sábado à noite não tinha importância.

Mas Loretta estava lá, com um dos fuzileiros navais bronzeados da feira a reboque, e não havia como evitá-la.

– Com licença.

Apesar do burburinho atônito que permeou as pessoas presentes, ele desceu do tablado e foi para o fundo da sala. Enquanto avançava, pensou em todas as pessoas que iam inevitavelmente ficar constrangidas nos próximos segundos. Monroe Mason. Smilow. Frank Perkins. Ele mesmo. Alex. Quando passou por ela, pediu perdão com os olhos pelo que estava para acontecer.

– Você queria falar comigo, Loretta?

Ela nem tentou disfarçar sua irritação:

– Há quase 24 horas.

Andei ocupado.

– Bem, eu também – ela saiu pela porta e falou com alguém que tinha ficado lá esperando em pé no corredor. – Venha aqui.

Hammond ficou esperando, aflito, imaginando como ia se explicar quando o fuzileiro olhasse para ele boquiaberto e declarasse: "É ele! Era ele que estava dançando com Alex Ladd."

Mas não foi um recruta que surgiu daquela porta. Em vez disso, muito tímido e constrangido, foi um negro bem magro, com óculos de armação metálica que entrou na sala.

Hammond deu uma risada breve de puro espanto.

– Smitty? – perguntou ele, descobrindo que nem sabia o sobrenome do homem.

– Como vai o senhor, dr. Cross? Eu disse para ela que não devíamos interrompê-lo, mas ela não quis me ouvir.

Hammond olhou do engraxate para Loretta.

– Pensei que você tinha ido à feira – disse ele sem pensar. – Era isso que os seus recados diziam.

– E fui mesmo. E encontrei o Smitty aqui. Ele estava sentado sozinho no pavilhão, escutando a música. Começamos a bater papo e surgiu o assunto do caso de Pettijohn. Ele transferiu o negócio dele para o Charles Towne Plaza.

– Eu o vi lá hoje.

– Sinto muito não ter falado com o senhor, dr. Cross. Acho que eu estava meio envergonhado.

– Por quê?

– Por não ter contado sobre a troca de roupa de Steffi Mundell nesse último sábado – adiantou-se Loretta. – Primeiro ele a viu com roupa de corrida, depois com um dos roupões do hotel, depois de roupa de corrida de novo, tudo muito estranho.

– Não concluí grande coisa daquilo, dr. Cross, até vê-la na televisão ontem e me lembrar.

– Ele não queria criar problemas, por isso não disse nada para ninguém, só para Smilow.

– Smilow?

O detetive, que tinha se aproximado de Hammond, dirigiu-se a Smitty.

– Quando você se referiu ao advogado que viu na televisão pensei que estava falando do dr. Cross.

– Não, senhor, era a advogada – explicou o homem. – Sinto muito se causei qualquer problema.

Hammond pôs a mão no ombro de Smitty.

– Obrigado por vir esclarecer isso agora. Pegaremos seu depoimento mais tarde. – E para Loretta ele disse: – Obrigado.

Ela franziu a testa, resmungando.

– Você a pegou sem a minha ajuda, mas ainda me deve uma massagem nos pés e um drinque. Duplo!

Hammond deu meia-volta. As câmeras ronronavam. Ficou quase cego com as luzes enquanto voltava para o tablado. Podia ir saltitando como uma criança. Os aros de tensão que prendiam seu peito estavam abertos. Ele respirava normalmente.

Ninguém sabia do seu caso com Alex. Não haveria nenhuma testemunha surpresa que teria visto Alex e ele juntos naquele sábado. Ninguém sabia, só ela. Frank Perkins. Rory Smilow. Davee.

Bem... e ele.

Ele sabia.

E de repente Hammond não sentia mais vontade de saltitar.

Voltou ao seu lugar atrás do atril. Nessa hora Monroe Mason piscou o olho para ele e levantou os polegares. Hammond olhou para o pai. Preston estava concordando plenamente, balançando a cabeça, para variar. Ele concordaria com

Smilow. Deixar pra lá. Aceitar o emprego. Fazer um bom trabalho e, assim, a omissão seria justificada.

Ele era uma barbada. Ia vencer a eleição com a maior facilidade. Provavelmente nem teria um oponente. Mas aquele emprego, qualquer emprego, valia sacrificar seu respeito próprio?

Será que ele não preferia dizer a verdade, mesmo que custasse a eleição, a guardar segredo? Quanto mais tempo aquele segredo durasse, mais sujo ficaria. Ele não queria que a lembrança da sua primeira noite com Alex ficasse manchada por aquele segredo.

Os olhos dele encontraram os dela, e no mesmo instante ele soube, pela expressão suave dos olhos dela, que Alex sabia exatamente o que ele estava pensando. Ela era a *única* pessoa que sabia o que ele estava pensando. A única que compreendia por que ele pensava naquilo. Ela lhe deu um sorriso de estímulo intensamente privado e extremamente íntimo.

Naquele momento Hammond a amou mais do que imaginava ser possível amar.

– Antes de continuar... quero dirigir-me a uma pessoa cuja vida foi virada do avesso, de modo imperdoável, esta semana. A dra. Alex Ladd cooperou com o Departamento de Polícia de Charleston e com a procuradoria, sacrificando a prática da sua profissão, seu tempo e, o que é mais importante, a sua dignidade. Ela sofreu constrangimentos imensuráveis. Peço perdão a ela, em nome deste município.

"Também lhe devo um pedido pessoal de desculpas. Porque... porque eu sabia desde o início que ela não tinha matado Lute Pettijohn. Ela admite ter estado com ele aquela tarde, mas bem antes da hora da morte. Certos dados indicavam que ela podia ter um motivo. Mas eu sabia, mesmo quando a sujeitavam a interrogatórios humilhantes, que não podia ter matado Lute Pettijohn. Porque a dra. Alex Ladd tinha um álibi."

Ninguém sabe. Na verdade não passa de uma tecnicalidade. Por que ser um escoteiro? Você fará um bem muito maior... Ninguém dá a menor bola mesmo.

Hammond parou de falar, respirou bem fundo, não angustiado, mas aliviado.

– *Eu* era o álibi dela.

ropolis – Valerio Massimo Manfredi

álibi – Sandra Brown

ssédio sexual – Michael Crichton

ella Toscana – Frances Mayes

omo um romance – Daniel Pennac

evoradores de mortos – Michael Crichton

mboscada no Forte Bragg – Tom Wolfe

identidade Bourne – Robert Ludlum

parque dos dinossauros – Michael Crichton

ob o sol da Toscana – Frances Mayes

ol nascente – Michael Crichton

rilogia da paixão – J. W. von Goethe

última legião – Valerio Massimo Manfredi

s virgens suicidas – Jeffrey Eugenides

IMPRESSÃO:

GRÁFICA EDITORA
Pallotti
IMAGEM DE QUALIDADE

Santa Maria - RS - Fone/Fax: (55) 3220.4500
www.pallotti.com.br